LES SOUS-

Jacques Laurent est né le
paix. Il a grandi entre la
d'une autre, influencé par
et il finissait sa licence d
soldat. C'est au lendemai
rapide changement du monde, il écrivit
ce livre à la fois annonçait le roman nouveau et restait lié à la grande lignée du roman français. Par la suite, il devait fonder la revue littéraire La Parisienne *(1953), diriger l'hebdomadaire* Arts *(1954-1959), publier des essais :* Paul et Jean-Paul *(Grasset),* Neuf perles de culture *(en collaboration avec Claude Martine, Gallimard),* Au contraire *(La Table ronde) et des ouvrages polémiques. En 1971, il obtient le Prix Goncourt pour son roman* Les Bêtises. *Il s'est consacré à des essais :* Histoire égoïste, Roman du roman, Le Nu vêtu et dévêtu. *Viennent ensuite deux romans :* Les Sous-ensembles flous *et* Les Dimanches de Mlle Beaunon.
Le Grand Prix de littérature de l'Académie française a été décerné à Jacques Laurent en 1981 pour l'ensemble de son œuvre.

Si Diderot, Stendhal et, d'une certaine manière, Dostoïevski n'avaient pas existé, Jacques Laurent n'aurait peut-être pas écrit ce roman. Roman d'amour qui nous révèle, sous une lumière que la mort vient colorer d'une façon à la fois érotique et tragique, l'affrontement d'un homme et d'une femme, entre lesquels un secret inégalement partagé crée des liens pathétiques, marqués d'une générosité et d'une humanité qui leur confèrent une émotion et une grandeur classique, et en font une œuvre dont la modernité prend dans l'ensemble de notre littérature romanesque une résonance singulière. En effet la manière de Jacques Laurent n'appartient qu'à lui, elle n'est pas seulement manière d'écrire, mais manière de mêler inextricablement — d'où le titre, qui, tiré des mathématiques, révèle partout son exactitude au lecteur — l'éternel et le passager.
Le sujet est-il situé dans le diagnostic médical qui, limitant l'existence de Paul, crée entre lui et ceux qui l'aiment des relations rebelles à l'analyse ? Est-il dans le portrait d'un homme aux prises avec les femmes qu'il a chéries ou qu'il chérit, les passants qu'il rencontre, ses fantasmes, son impatience et sa tendresse ? Est-il dans le caractère de Juliette, partagée, elle aussi, entre le passé, une enfance tchèque qui a tourné à l'horreur, et un présent sensuel qui tourne à l'angoisse et se résout dans l'action ? Ce livre, avant tout œuvre de romancier, est donc lié à toutes les forces claires ou obscures qui soutiennent notre passage sur la terre.

ŒUVRES DE JACQUES LAURENT

Dans Le Livre de Poche :

LE PETIT CANARD.
LES BÊTISES.

JACQUES LAURENT

Les Sous-ensembles flous

GRASSET

A Kléber Haedens

PREMIÈRE PARTIE

I

LES ambulanciers réussiront à extraire le brancard et se dirigeront vers la porte mais Juliette les arrêtera. Elle soulèvera Paul par les épaules.

« Prends-le sous les jarrets », dira-t-elle à Lise.

Une camionnette à l'enseigne du *Rendez-vous des Ames* se sera arrêtée derrière l'ambulance et Blancherut aidera à descendre le chanoine Plancafort qui se dirigera vers Corlion. Ils contempleront le mouvement des deux femmes qui porteront Paul.

« A l'église de Lucé, dira Corlion, il y a une belle copie assez ancienne d'une *Mise au tombeau* de Raphaël.

— Raphaël s'était inspiré de la statuaire antique. Regardez le bras de Paul qui pend flasque, c'est celui du soldat dont la pierre tombale est au musée du Capitole. Et ce bras on le retrouve partout dans Michel-Ange comme dans Caravage. »

Elles disparaîtront dans le corridor, emportant leur fardeau, essoufflées ; elles ne seront plus visibles, leurs voix parviendront toujours.

« C'est à toi, murmura Juliette, qu'il a parlé en dernier. Qu'est-ce qu'il a dit ?

— Il regardait cette carte d'Air France où il y avait l'Atlantique, un bout d'Amérique, un bout d'Europe. Il s'est exclamé, sur le ton de la récitation : « Ah ! que le monde est grand à la clarté des « lampes ! »

— Pour l'enfant amoureux de cartes et d'estampes l'univers est égal à son vaste appétit ah ! que le monde est grand à la clarté des lampes, la reine d'Angleterre on dit qu'elle est vilaine Ille-et-Vilaine chef-lieu Rennes, vive la Pologne monsieur, s'il n'y avait pas de Pologne il n'y aurait pas de Polonais, je pense donc je suis, vanitas vanitatum et omnia vanitas, dixit Ecclesiastes, de cette nuit Phenis as-tu vu la splendeur, c'était pendant l'horreur d'une profonde nuit ma mère Jézabel devant moi s'est montrée comme au jour de sa mort pompeusement parée, ô mort vieux capitaine il est temps levons l'ancre, dans le grand parc solitaire et glacé deux ombres ont lentement passé, le presbytère n'a rien perdu de son charme ni le jardin de son mystère, $ax^2 + bx + c = 0$, le vase où meurt cette verveine d'un coup d'éventail fut fêlé, quand j'étais petit je croyais que la verveine était une petite bête de la famille des salamandres et...

— Si au lieu de réciter vous bavardez, votre temps ne sera pas défalqué, s'écrie Tilly en désignant, derrière elle, la grosse pendule qui, plantée au-dessus des bouteilles, domine le bar de l'Épave. Il faudrait savoir si vous tenez à la vie ou non ! »

Je creuse mon cerveau à la recherche d'une phrase qui entraînera les autres. Une seule. Les autres suivraient. Je me sais plein de phrases qui ne demandent qu'à émerger. Je pousse un cri de triomphe :

« Lorsque le pélican lassé d'un long voyage dans les brouillards du soir... dans les brouillards du soir.

— Vous n'avez pas le droit de vous répéter !

— Souvent pour s'amuser les hommes d'équipage prennent les albatros vastes oiseaux des mers qui suivent indolents compagnons de voyage les navires glissant vers des gouffres amers, de quel droit mettez-vous les oiseaux dans les cages, pour la première fois l'aigle baissa la tête, the raven, les oies du Capitole, le chien de la Bible, l'âne de Buridan, le héron au long bec emmanché d'un long cou, la fourmi n'est pas prêteuse, ô rage ô désespoir ô vieillesse ennemie ! Ça c'est de circonstance...

— Ne bavardez pas, monsieur Paul ! C'est dans votre intérêt que je vous parle. »

Elle a approché le goulot de mon verre et le whisky déferle en enlaçant les glaçons. Pour la première fois je remarque que tout le bar a la couleur du whisky, même les cheveux de Tilly.

« Il ne faut pas que je boive trop, dis-je en l'arrêtant.

— Maintenant, plus aucune importance... et puis c'est offert par la maison. Continuez vite de réciter !

— Plus près de toi mon Dieu...

— Continuez ou alors dites-le, c'est un suicide !

— Si Dieu n'existait pas il faudrait l'inventer, France mère des arts des armes et des lois, la discipline faisant la force principale des armées il importe que tout supérieur obtienne de son subordonné une obéissance pleine et entière, c'est la lutte finale levons-nous dès demain l'Internationale sera le genre humain...

— Les chansons ne sont pas admises.

— Pourquoi ?

— C'est comme ça.

— Ce qui se conçoit bien s'énonce clairement, le ciel dont nous voyons que l'ordre est tout-puissant pour différents emplois nous fabrique en naissant, levez-vous vite orages désirés qui devez emporter René dans les espaces d'une autre vie, tout homme cherche le bonheur même celui qui va se pendre, le silence éternel de ces espaces infinis m'effraie, vous chantiez j'en suis fort aise eh bien dansez maintenant, les chênes qu'on abat dans la forêt d'Hercule... »

Le téléphone a grésillé, elle a décroché, elle raccroche.

« Certaines de vos citations sont incomplètes ou inexactes. Jusqu'ici ils ne vous ont pas pénalisé mais ils vous préviennent que désormais, ils ne prendront plus en compte les textes litigieux.

— C'est scandaleux ! Je m'assieds au bar de l'Épave que je fréquente depuis vingt ans et j'apprends, à minuit moins cinq, que je meurs à minuit.

— Vous n'êtes pas le premier à qui ça arrive ni le dernier, moi aussi j'y passerai. Il n'y a que l'heure qu'on ne puisse pas prévoir bien qu'on la vive chaque jour ou chaque nuit. Et encore vous êtes un privilégié puisqu'ils vous ont accordé que tout le temps que vous passerez à réciter les textes que vous avez appris par cœur sera défalqué. Regardez il va être minuit et vous avez jusqu'à minuit trois minutes et demie grâce à votre mémoire. Profitez-en. Soyez un peu raisonnable. Ils font ce qu'ils peuvent pour vous être agréables. Mettez un peu du vôtre.

— Waterloo, Waterloo Waterloo morne plaine, ma commère la carpe y faisait plus d'un tour avec le brochet son compère, je vous salue Marie pleine de grâce le Seigneur est avec vous vous êtes bénie entre toute les femmes et Jésus le fruit de vos entrailles est béni...

— Les prières ne sont pas admises. Vous allez me dire que vous avez eu du mal à les apprendre par cœur mais le règlement ce n'est pas moi qui le fais, je l'applique, et croyez bien que ça ne m'amuse pas plus que vous.

— Nul n'est censé ignorer la loi, comme je descendais les fleuves impassibles je ne me sentis plus guidé par les haleurs, mais qu'allait-il faire dans cette galère, on n'emporte pas la patrie à la semelle de ses souliers, Rome n'est plus dans Rome... Rome unique objet de mon ressentiment, tous les chemins mènent à Rome, qui va à la chasse perd sa place, petit poisson deviendra grand, un tien vaut mieux que deux tu l'auras, dis-moi qui tu hantes je te dirai qui tu es, tel père tel fils, l'habit ne fait pas le moine, charbonnier est maître chez soi...

— Un instant. »

J'allume une cigarette, je bois presque la moitié de mon verre. Elle écoute, elle raccroche.

« Ils ne m'avaient pas prévenu du nouveau règlement. Les proverbes ne sont plus valables, et cela se comprend : ils n'ont pas été appris mais enregistrés par l'habitude.

— Est-ce que vous vous figurez, Tilly, que je vais me plier éternellement à leurs caprices ?

— Eternellement, on ne vous en demande pas tant. Regardez... »

Sur l'horloge (dont l'encadrement de nickel est censé avoir été retrouvé dans l'épave d'un vapeur naufragé ce qui justifie le nom de l'établissement) la petite aiguille était verticale et la plus longue envahissait avec une lente certitude l'espace fatal.

« Il vous reste juste quatre minutes. Celles que vous aviez gagnées et que vous êtes en train de reperdre par vos récriminations.

— Cave ne cadas, vae victis, diis placuit causa victrix sed victa Catone, lorsque l'enfant paraît le cercle de famille, j'ai longtemps habité sous de vastes portiques que les soleils marins teignaient de mille feux... deux fois deux quatre, deux fois trois six, deux fois quatre huit, deux fois cinq dix, deux fois six douze...

— La table de multiplication n'est pas admise. C'est illogique puisqu'il a fallu l'apprendre par cœur mais c'est un principe pour eux.

— Littré cinquante vingt-trois. Babylone dix-huit vingt-sept...

— Les numéros de téléphone sont assimilés par

habitude et non acquis par un effort. Ils ne comptent pas. Tenez-vous-le pour dit.

— Je me dis seulement : à cette heure, en ce lieu, un jour je fus aimé, j'aimai, elle était belle. J'enfouis ce trésor dans mon âme immortelle et je l'emporte à Dieu. Est-ce toi, chère Élise, ô jour trois fois heureux, que béni soit le ciel qui te rend à mes vœux. Et puis merde ! »

J'ai allumé une cigarette et je me suis laissé glisser du tabouret. L'indignation m'étouffe. Tournant le dos à Tilly je chuchote :

« On n'a pas le droit de traiter un être comme ça !

— Est-ce une citation ?

— Non. »

Dans la pénombre du bar de l'Épave, je marche d'un pas incertain. Je crois me rappeler que j'ai murmuré que c'était une honte, une horreur. J'ai tiré les rideaux. La fenêtre était entrouverte. J'ai largement écarté les battants. L'air du matin était frais mais soutenu par une haleine lourde qui annonçait une journée chaude. Un segment de Seine s'allongeait encore éteint, mais le soleil frôlait avec légèreté le dôme du Panthéon encore teinté de soufre. Le roulement des premières voitures jalonnait le chant ininterrompu des oiseaux. Le bar de l'Épave étant situé dans une cave j'en déduisais que je me trouvais ailleurs et je sus où très vite, car je reconnus la coiffeuse dont luisait le miroir. J'aperçus dans les draps la chevelure brune de Juliette, une épaule et des doigts allongés sur le cou, car Juliette dort comme les chats en protégeant la carotide. Le rêve s'était dissipé devant une évidence plus forte que lui mais je n'étais pas aussi joyeux que j'aurais dû l'être après avoir échappé à la condamnation. J'avais peur de me recoucher, de me rendormir, de me retrouver au bar de l'Épave, face à la raisonnable Tilly, la main à portée du téléphone. Sans faire la moindre toilette je m'habillai. Au dos d'une enveloppe je traçai une phrase pour Juliette où je promettais de téléphoner. L'escalier aux dalles trop sonores, je l'ai descendu comme si j'étais poursuivi.

Sous un ciel boueux, je m'engageai sur le pont de la Tournelle. Une question se substitue facilement à une autre. Après m'être demandé comment j'aurais le courage de m'enfoncer à nouveau dans le piège du sommeil, je m'interrogeais sur ce qui, de la vie éveillée, avait pu me retenir au point de m'abaisser à réciter de vieilles leçons à un juge invisible. On peut être honteux de s'être conduit indignement, fût-ce dans un rêve. Enfant, je me confessais de fautes que j'avais commises en rêve à l'abbé Plancafort qui les écartait avec une indulgente impatience. Je découvrais que j'aurais été capable, dans ce bar couleur whisky, de réciter jusqu'à perte de mémoire, de boire de l'eau de vaisselle, de marcher à quatre pattes pour prolonger une durée qui ne m'apportait aucun plaisir. On peut défendre sa vie sans l'aimer et éprouver du dégoût pour elle sans désirer sa fin. Tout se passait comme si être était une satisfaction en soi. Les heures que j'avais vécues la veille avaient constitué une corvée jalonnée par quelques éclaircies. Pourtant bien éveillé, lucide, marchant d'un pas ferme, je souhaitais désespérément que cette corvée fût éternelle et, tout comme dans mon rêve, je jugeais scandaleux non que mon existence fût déplaisante mais qu'elle courût vers un terme.

Quand j'eus traversé le pont, le jour s'éclaircit à l'improviste, rayonna, s'attendrit et je m'attendris aussi tant l'homme est indulgent et affectueux pour ce que semble lui apporter gentiment la nature. Elle offre parfois des délices. Je ne sais guère peindre mais c'était au pastel que j'aurais demandé le moyen de rendre la douceur charnelle des façades que la force du soleil avait touchées en naissant, la pénombre bleue de celles qui, échappant à la directe caresse de la lumière, en recevaient néanmoins les vibrations. Les arbres dont le feuillage était agité par la brise jouaient avec l'ombre et la clarté, les brassant dans leur frondaison et sur leurs troncs au-dessus des boîtes de bouquinistes ancrées à la pierre qui emprisonne tendrement le fleuve. Pour trouver une excuse à la lâche complaisance que j'avais montrée dans mon rêve je battais le rappel des délices ; au lieu de demander à ma mémoire ce qui s'y était inscrit par ma volonté, j'attendais du souvenir qu'il me fournît des images qui justifiassent mon attachement aux charmes terrestres. A la terrasse d'un café de mes vingt-cinq ans, humides comme des touffes d'herbe que la rosée a touchées, des oursins bleus, violets, roux dont les couleurs s'allient parce qu'elles font partie d'un même ensemble, et de même leur chair, jaune ou mauve, qui a la même consistance fuyante et le même goût, la même intonation ; près de l'assiette, un verre de vin blanc reflète, atténuée par l'ombre du store, l'ardeur du ciel. Un autre ciel, rose et mourant, à travers les vastes fenêtres de la bibliothèque municipale, jette d'ultimes caresses sur les dos des livres qu'on aime à dix-huit ans. Dans un instant l'électricité s'allumera et ma main projettera sur la page imprimée une double ombre en s'interposant sur ce qui reste de lumière solaire et sur la lumière des ampoules. J'ai quatorze ans et je m'éveille en sursaut en me disant et même en disant à haute voix : « Mais je l'aime ! » C'était la première fois que je croyais aimer. J'éprouvai un mouvement que je n'avais jamais imaginé. Je me levai, je retirai mon pyjama, je me regardai dans la glace de l'armoire. J'avais chassé mon sexe entre mes cuisses que je serrais fort, réussissant à me faire un ventre semblable à celui de l'aimée que j'avais entrevu lors d'un rhabillage qui suivait une baignade. Aimer pour moi n'était pas désirer mais s'identifier, je voulais être elle. Je passai une robe de chambre et pour n'alerter aucune oreille je me glissai par la fenêtre qui était de plain-pied avec le jardin, seulement vêtu d'une robe de chambre flottante qui me donnait l'illusion d'être vêtu comme elle. A la vue de la Loire sur laquelle cheminaient de transparents vaisseaux de brume je m'assis sur le muret, serrant ma robe sur mes genoux avec un geste que je lui avais vu faire. C'était la première fois depuis ma naissance qu'un bonheur passait mon espérance.

D'autres images de bonheur montèrent à ma rencontre ; je les chassai avec horreur. Je les avais vécues comme du bonheur, je me les étais rappelées pendant un certain nombre d'années comme du bonheur, elles ne représentaient plus que des péripéties dont j'aurais désespérément voulu qu'elles n'eussent jamais existé. Pendant des années Germaine et moi nous avions évoqué la couleur, l'odeur, la texture de la paille sur laquelle nous couchions dans la grange où campaient les F.T.P. Quand Germaine avait loué un appartement rue La Bruyère elle l'avait fait peindre en jaune paille ; après notre séparation elle le fit repeindre en blanc. Quand la paille intervient à l'improviste dans mon existence quotidienne, soit que je la voie ou que je la hume, ou seulement que le mot soit prononcé, je suis remué par un élan joyeux qui dans la seconde même est balayé par une horreur impuissante. Il aurait tellement mieux valu que Germaine et moi ne connaissions pas cette paille qui, sur l'instant et pendant longtemps, avait constitué pour nous une félicité. L'état de nos relations qui, finies, n'en finissaient pas de finir a transformé la félicité en malédiction. Ce rai de soleil oblique qui par la lucarne crasseuse de la ferme s'en venait ciseler les brins de paille que nous remuions en faisant l'amour pour la première fois avait gardé pendant un temps la jeune gaieté d'un soleil de Dufy, pour prendre ensuite l'opacité d'un soleil de

Van Gogh. Le passé est imprévisible puisqu'il poursuit ses conséquences dans le présent et dans l'avenir et qu'un délice peut trente ans plus tard devenir un monstre.

J'ai marché vite toute ma vie, même quand je n'étais pas pressé et que je ne savais pas où j'allais. Je suis habitué à doubler les autres passants. Depuis quelques mois on me double. Corlion, ami d'enfance, né comme moi à Lucé, cardiologue à Tours, m'a posé des questions sur ce que je ressentais en marchant vite et notamment quand il faisait froid et qu'il y avait du vent. Je lui ai répondu que je me sentais le cœur gros sans savoir s'il l'était au propre ou au figuré.

Je me laissais doubler par des hommes et des femmes qui allaient à leur travail, seuls et hâtifs.

Au bout d'un quart d'heure je me trouvai rue des Quatre-Vents et je m'arrêtai en face du bar de l'Épave. Le jour, il est fermé. Il n'offre au regard qu'une porte de grosses planches faussement rustiques auxquelles trente années ont réussi à donner un air fatigué mais non ancien. Les tanières nocturnes, pendant que le soleil règne, feignent d'être aveugles. Elles se terrent comme si la clarté naturelle les contraignait à se reconnaître nuisibles. Je n'avais pas le souvenir d'avoir jamais vu en plein jour la façade de l'Épave. Il m'était arrivé, m'étant attardé outre mesure, de l'entrevoir frôlée par le mou frisson de l'aube. Pour la première fois je la contemplai sous la menace tenace du soleil. Il est des rues pareilles à Montmartre qui, la nuit, sont des chemins incendiés par le volcan en éruption qu'elles assiègent et le matin prennent le regard inintelligible d'un mongolien. En face de l'Épave se trouve un petit tabac dont la terrasse comporte quelques tables. Je m'assis, je trempai un croissant dans un express, association qui dans ma mythologie avait le pouvoir d'un fétiche et qui, sur l'instant, ne m'offrit qu'une élasticité insipide mêlée à un goût âcre qui, le sucre aidant, devint sirupeux.

Je contemplais, sans m'en lasser, la porte close derrière laquelle un escalier descendait vers le lieu où une heure plus tôt je rêvais mon trépas. Quand un regard scientifique se pose sur la section d'un cèdre qui vient d'être abattu, il décèle des couches concentriques qui révèlent à travers le passé personnel de l'arbre les successions des saisons, les variations du climat, de sorte que des siècles morts sont illustrés par des anneaux d'épaisseur et de ton différents, écrasés les uns contre les autres. Je m'avisai que le bar de l'Épave avait le même pouvoir révélateur et qu'il ne survivait qu'en additionnant les enthousiasmes anciens qui s'étaient lignifiés. Il était né peu après la Libération en un temps où les jeunes gens à qui la danse avait été interdite pendant quatre ans éprouvaient le besoin de la pratiquer comme un culte clandestin dans un décor de catacombes, vaste cave aux murs de moellons crasseux que l'électricité éclairait aussi parcimonieusement que l'huile d'une lampe romaine. Le temps des auberges de la jeunesse, des Compagnons de France, des maquisards hâlés était révolu et le bon ton voulait qu'on eût l'air pâle, pauvre, fatigué et qu'on appelât existentialistes les filles ophéliennes qui découvraient une culture dans les clarinettes de La Nouvelle-Orléans, le cinéma muet et les romances de 1900, car déjà ce bar se délectait du passé, fût-ce par dérision, « au deuxième degré » comme on disait en employant une expression nouvelle dont l'apparition avait été imposée par une nouvelle attitude.

Puis les voitures se multiplièrent, le soleil retrouva ses droits et le fard aussi ; au comptoir qui avait d'abord été un vieux zinc se substitua un bar d'acajou, des moquettes s'allongèrent sur le plancher, seules les voûtes de pierre sale subsistèrent. Vinrent bientôt se mêler, dans une opulence triomphante, des styles qui n'avaient en commun que d'appartenir au passé récent, les ovales, les efflorescences, les pleins et les déliés de 1900 et les angles nus d'acier nickelé de l'art déco qui sur le cadran de l'horloge imposaient une rectitude qui traduisait un 8 par la superposition de deux carrés. En bas de l'escalier alternaient indifféremment des affiches représentant un Picasso cubiste, un Puvis de Chavannes, un Klee et un fac-similé de la mobilisation, celle de 14 évidemment. La clientèle représentait les stratifications d'une société qui dans ce décor devenu immuable rassemblait les illusions perdues par trois quarts de siècle. L'ancêtre avait été dadaïste à Zurich puis pharmacien pendant cinquante ans ; à peine plus jeunes, un ex-surréaliste qui poursuivait une querelle avec un André Breton mythifié, un colonel dont les moustaches évoquaient Clemenceau et Brassens et dont les colères changeaient volontiers de cibles car il était pacifiste mais admirait la charge en casoar ; il avait été résistant mais interdisait à tout autre que lui d'attaquer Pétain ; à peu près du même âge, un architecte qui avait quitté le parti communiste après Budapest mais défendait toujours Staline, pour peu qu'on l'asticotât. De même qu'il y avait d'anciens F.T.P. et d'anciens miliciens, il y avait ceux qui avaient cru en l'Algérie française et ceux qui l'avaient combattue. De jeunes cadres dont la crise avait freiné le plaisir de participer au festin de la société de consommation s'entendaient avec de religieux écologistes pour vanter la locomotive, la bicyclette, le rouet, les patois. Les inconsolables de 68 formaient des groupes amers aux visages embroussaillés qui réunissaient d'anciens étudiants, dont les uns étaient devenus maîtres-assistants à Censier et les autres, appointés par des concierges paresseux, se bornaient à sortir leurs poubelles chaque matin. La sociologie, l'ethnologie, la psychanalyse, l'antipsychiatrie, l'antinucléaire, l'antiviolence agitaient violemment leurs conversations qu'apaisait le goût du yoga, du zen, de l'astrologie, de la bioénergie et du gestuel. Des jeunes très jeunes, deux ou trois fois par mois, avaient pris depuis peu la manie, débarquant de vieilles voitures américaines couleur pâte dentifrice, de choisir l'Épave pour y célébrer leur amour des années 50, les garçons portant des pantalons à pinces, des cheveux en houppette, bien laqués, les filles des queues de cheval et des jupes qui bouillonnaient quand elles dansaient un be-bop en ce lieu où l'on ne dansait plus depuis longtemps. Aux murs ils avaient obtenu d'appendre quelques photographies d'Humphrey Bogart et de Marilyn Monroe.

La rue continuait de passer devant moi avec une démarche lasse et hâtive. Asexués, les visages n'exprimaient que l'habitude. A ma montre je vis qu'il était neuf heures moins cinq et qu'ils n'avaient plus, pour atteindre le bureau ou le magasin, qu'un nombre de minutes aussi réduit que moi quand tout à l'heure je mourais. Un moineau intrépide sautillait sur le bord du trottoir. Je lui jetai les débris de mon croissant sous le regard hostile du serveur qui venait de surgir sur la terrasse. Depuis une heure que j'étais assis là j'avais peu consommé. Je lui demandai un whisky bien que, le matin, l'alcool me fît horreur. Mais ce matin était particulier. Son visage mou s'éclaira et, quand il m'apporta ce liquide ocre comme le bar de l'Épave, il sourit, ce dont je l'aurais cru incapable.

« Vous visitez Paris ? » demanda-t-il.

J'ai toujours aimé être pris pour qui je n'étais pas. Il me prenait pour un touriste bien que mon vêtement ni mon accent ne pussent justifier ce diagnostic. Je n'avais même pas d'appareil photographique. J'essayai de lui donner raison et j'inventai une intonation qui pouvait aussi bien être slave qu'anglo-saxonne ou berrichonne pour lui répondre :

« Oui, grande ville, belle ville, Paris ! »

Je ne travaille pas selon un horaire rigide et ce matin je suis arrivé particulièrement tôt. L'U.G.R.A. (Union des groupes de recherches et d'application) se présente sous l'aspect d'un haut bloc de verre fumé dont les portes s'écartent automatiquement devant vous. La vaste salle où l'on débouche est ornée de plantes vertes qui tentent de représenter un jardin tropical. Autrefois ces plantes furent vivantes, peu à peu elles ont été remplacées par des palmes de plastique. A gauche un faux vitrail éclairé par-derrière pour donner l'illusion que, comme un vitrail d'église, il communique avec le jour. A droite un comptoir derrière lequel sont assises l'hôtesse d'accueil, les standardistes et quelques griffonneuses. Au fond trois portes d'ascenseur. Je descendis au premier « niveau ». Je montai quelques marches semblables à celles d'une piscine et retrouvai la moquette du couloir qui me permettait de sortir du building. Le building, celui de la maison mère, temple de l'empire se consacre à la coordination, à la prospection, à la détection, à la comparaison du temps et de l'espace productifs, au marketing étayé par des « antennes » socialisées, aide à la vente, budget de campagne, outils de gestion. Il suffit, au bout du couloir, de pousser une porte pour pénétrer dans l'immeuble voisin que l'U.G.R.A. possède seulement en partie, un restaurant occupant le rez-de-chaussée. Ce secteur de trois étages est mon domaine. Je dirige une filiale, la C.T.R. (Ciné télé rex) qui, comme son nom l'indique, produit des films. A travers les étages se répartissent les studios de montage, d'enregistrement, de projection, les magasins où sont entreposés le matériel et les archives, les bureaux de l'administration, de la direction. Pendant vingt ans j'ai toujours éprouvé le même plaisir, après avoir traversé la caverne de l'U.G.R.A., à retrouver la relative bonhomie de ces lieux où les fenêtres peuvent s'ouvrir, où l'air n'est pas conditionné, où à travers des vitres innocentes les couleurs et les formes du monde extérieur parviennent sans avoir été traduites dans une langue sépulcrale. Nous abritons des antres d'obscurité dans les salles de projection mais dès qu'on les quitte, on retrouve dans le couloir des relations directes avec l'état de la surface terrestre, avec le jour, avec la nuit.

Pour parvenir à mon bureau, il faut traverser mon secrétariat qui comporte deux pièces, l'une assez grande où tapent à la machine trois filles jeunes, assez interchangeables puisqu'elles se renouvellent tous les deux ou trois ans. La seconde pièce un peu plus petite abrite Mlle Beaunon, ma secrétaire particulière qui, comme elle le dit avec une gloire dont on ne sait si elle est gaie ou funèbre, a « vingt-cinq ans de maison ». Quand elle est entrée dans cette maison elle s'appelait Beaucon mais, grâce à un arrêté du Conseil d'État, elle a obtenu qu'un *n* se substituât à un *c*. Elle arrive toujours la première et part la dernière ; son travail est pour elle un refuge vers lequel à peine éveillée elle se rue et qu'elle n'abandonne au soir que contre son gré. Elle semble porter l'éternelle blessure d'un chagrin lointain qui, lentement mais régulièrement, d'année en année accroîtrait son embonpoint. Une fois par an elle me rappelle que nous sommes du même signe et que nous sommes nés la même année. Naturellement les filles de la première pièce n'étaient pas arrivées mais Mlle Beaunon, retranchée derrière sa table, compulsait déjà des papiers. Il est dans nos traditions d'éviter les conversations matinales et de nous adresser seulement un signe du front et des yeux. Ses yeux bleus et ronds sont devenus inexpressifs depuis qu'une jeune dactylographe, d'un naturel effronté, a osé lui dire, sur le ton de la gentillesse affectueuse, qu'elle avait les yeux en trous de bitte.

« Je suis contente que pour une fois vous arriviez de bonne heure. »

Comme beaucoup de secrétaires elle est plus sévère qu'un patron et ne manque pas une occasion de me faire remarquer mes retards ou mes négligences.

« Depuis une semaine nous avons laissé traîner des décisions qui sont urgentes. Vous trouverez sur votre table le dossier du *Delta*. Il s'agit de savoir si vous êtes d'accord avec la troisième chaîne pour poursuivre la série *Surface de la terre*. »

Mon bureau est plus petit que celui de Mlle Beaunon. C'est moi qui l'ai choisi quand j'étais jeune et il n'a jamais cessé de me plaire pour la simple raison que je ne le vois pas. Il me permet d'exister. Ce matin-là je l'ai regardé. Les sièges et le bureau sont Empire ou passent pour tels ayant été achetés par hasard salle Drouot vers 1955. Sur les murs des rayonnages d'acajou et des livres que le hasard a également rassemblés. Dans un espace libre une gravure qui représente l'arrestation de Broussel devant laquelle je me suis toujours éveillé dans ma chambre d'enfant et dont je ne sais pourquoi je l'ai appendue ici. Devant moi une photographie de ma mère en longue robe blanche, protégée par une ombrelle, qui doit dater de la guerre de 14 et être antérieure à son mariage. Quand dans la nuit on a été condamné à mort, on s'étonne de ce que l'on retrouve en vivant. Pourquoi cette photographie ? Je sais que ma mère m'a aimé et que je ne l'ai pas assez aimée parce qu'elle m'agaçait. A l'autre bout de mon bureau un petit vase de cuivre ovoïde où mon père plaçait des mimosas. J'ai toujours, sans oser le lui dire, abominé les mimosas, sauf quand ils règnent en tremblant sur leurs branches. Je me suis demandé pourquoi de cet homme que j'avais trop aimé il ne subsistait que ce vase qui représentait une de nos contradictions. A peine assis j'ai allumé une cigarette, une Peter bleue, celle qui sur le marché actuel dénicotinise au maximum. Sur la terrasse du café j'avais bu un express décaféiné. L'alcool désalcoolisé n'a pas encore été inventé mais ça viendra. On trouvera un foie gras qui ne sera pas gras et ne fabriquera pas de lipides et, comme me l'a avoué mon vieux chanoine Plancafort, une hostie pour incroyants.

Le dossier *Delta* comporte une série d'images photographiques qui indique les repères du film éventuel. J'ai abordé le texte qui lui était joint. J'ai éprouvé la même impression qu'en abordant les dossiers de la dune, du glacier, du volcan, celle d'affronter l'entêtement du monstre géologique. Il y a delta lorsque les apports du fleuve forment une construction qui devient un marais puis, fixée par la végétation, un sol. Pour s'écouler le fleuve exhausse son lit et tente de ruisseler au-dessus de l'obstacle qu'il a opposé à lui-même. Il ne peut pas mener totalement à bien son entreprise mais il réussit à percer des créneaux, se divisant d'abord en deux bras puis en multiples membres latéraux. La mer s'en mêle, elle invente des îles et des crêtes en utilisant les matériaux que le fleuve lui livre, charriés depuis des milliers de kilomètres. L'évolution d'un delta est variable ; la lutte entre le courant de vie et son ennemi, qu'il entraîne, est compliquée par cette intervention de la mer et du vent qui ne sont pas disposés à laisser au flux sa liberté. Il y a des deltas digités, comme celui du Mississippi, lobés comme ceux du Rhône, du Pô, de la Volga ou stabilisés comme celui du Nil parce que la mer au lieu de se conduire en ennemie collabore à la dispersion de la masse qui entrave la liberté du fleuve. Ma situation, à mesure que je lisais ce texte technique et glacé, m'apparaissait. Comme un fleuve je charriais depuis ma source des débris qui, les années passant, constituaient un massif auquel je me heurtais. Sur cinquante et un ans de vie j'ai cueilli et entraîné dans mon cours les marques de certains actes qui un moment donné deviennent comme pour un fleuve des remords, me ferment l'horizon et, pour essayer de les contourner, m'obligent à biaiser et à me disloquer.

Mlle Beaunon est entrée à sa manière habituelle, ouvrant la porte d'abord puis frappant ensuite.

« Avez-vous pris une décision ?

— Oui. Je suis d'accord pour le *Delta.* Auparavant j'ai besoin d'un devis concernant surtout les frais de déplacement. Vous me le montrerez et Courtelaine entrera en contact avec la chaîne pour savoir si elle est prête à signer. »

Selon son habitude également, elle s'est attardée devant la porte comme si notre conversation devait se poursuivre, puis elle s'est décidée à sortir.

Sur une feuille de papier, j'ai commencé à énumérer les noms de mon delta : ma mère, mon père, Odette Pale, Germaine, Léone. Le téléphone a grésillé. J'ai reconnu la voix de Juliette. Sans doute Juliette constituait-elle un futur remords, un sédiment qui n'avait pas encore émergé mais qui, quelques mois aidant, surgirait et s'associerait aux autres pour me barrer la route. Juliette s'était réveillée seule. Elle avait trouvé mon billet. Le whisky matinal que j'avais absorbé m'avait un peu troublé la mémoire et je ne me rappelais plus ce que j'avais écrit. J'ai essayé de me résumer :

« Il ne faut pas que vous m'en vouliez. Un rêve m'a embêté et réveillé, je me suis levé, je suis parti, on se voit ce soir ? »

Au téléphone beaucoup de femmes m'ont demandé d'où je les appelais, où j'étais. Je n'avais pas envie de savoir en quel lieu Juliette tenait un appareil téléphonique. Chez elle, dans son bureau, dans une cabine ? Je préférais que cette voix si proche émanât d'un séjour incertain.

« Vous voulez rompre ? »

Je lui fis répéter la question que d'emblée j'avais entendue. Puis :

« Non. Et vous ?

— Je ne sais pas, mais si vous avez envie de rompre, dites-le.

— Je ne le dis pas. Je vous propose un rendez-vous pour ce soir.

— Chez moi.

— Chez vous ou ailleurs.

— Non. Chez moi. »

J'étais en train de me demander si j'aurais le courage de revenir dans le temple où mes funérailles s'étaient célébrées. Question oiseuse puisque je savais qu'en quelques heures j'avais changé, bien qu'il fût contraire au bon sens qu'un homme de mon âge changeât autrement que pour décliner. J'avais changé. Je ne redoutais plus le retour de ce rêve. Je pouvais revenir chez elle, impavide.

« D'accord, j'apporterai du vin et de l'alcool.

— A ce soir. Mais si à la dernière minute vous n'avez pas envie de venir, ne venez pas.

— En ce moment j'ai envie de vous retrouver, mais seulement envie, ce soir j'en aurai besoin. Peut-être.

— Ciao. »

Sur mon bureau, répandu en pièces détachées le dossier *Delta* s'étalait encore. J'étais en train de comprendre ce qu'était un delta, parce que je cherchais seulement à me comprendre. On passe des années à s'oublier puis brusquement la lumière qu'on jette sur les autres, on la jette à l'intérieur de soi. Dans une région sombre, car la peau protège notre corps de la lumière et tout ce qui est en nous reste obscur tant qu'une blessure ne vous met pas les tripes au soleil. Le delta prouve que le passé d'un fleuve, les alluvions qu'il remorque, à un certain moment, peuvent le bloquer et l'obliger à des ruses pour continuer de s'écouler. Un fleuve ne peut pas revenir sur ses pas, moi non plus. On ne peut revenir sur ses pas tant que le temps domine l'espace. Je peux retrouver un foulard oublié, si j'arrive *à temps*, mais je ne peux pas revenir sur mes pas pour empêcher qu'une rencontre ait eu lieu il y a vingt ans ou un an et qu'elle ait comporté des suites qui font mal. La preuve que j'existe n'est pas dans l'espace, elle est dans le temps. La preuve de l'existence du temps c'est le remords. Le remords est la preuve que le temps existe et que différent de l'espace il est irréversible. Quand un fleuve lutte contre les matériaux que son courant a accumulés devant lui, il devrait avoir horreur de son passé. J'ai la haine du mien, une haine qui devient méticuleuse. Il paraît que, pour agir, une idée fixe est utile, la haine de soi en est une. On peut commencer par s'aimer, chercher à s'éblouir, attacher une valeur à des vanités périssables, souhaiter d'être ressenti par autrui comme un objet d'admiration puis finir par se détester, non pas seulement parce qu'on éprouve de l'aversion pour un corps qu'on ne peut pas changer alors que l'âge le dégrade mais surtout parce que les autres ne lâchent pas prise et vous rappellent les promesses que l'on a sincèrement jetées et qui, sous l'empire du temps, ne sont plus tenables ; elles se transforment en crimes dont le châtiment est ce reptile spongieux qui lentement sort du fleuve et bloque son cours en enfantant de petits animaux et des excroissances végétales.

Je découvris que je n'avais pas raccroché et qu'elle n'avait pas raccroché non plus. Le silence téléphonique s'est allongé au bout duquel je demandai à Juliette si, après tout, elle avait envie que nous rompions.

« Pas particulièrement. »

Souvent, et notamment quand tout va bien, elle envisage notre rupture, ce qui me plaît. J'ai peur des filles qui m'embarquent dans un projet à long terme « l'année prochaine il faudrait qu'on aille en Égypte (ou en Vendée) ». Nous en faisons des projets Juliette et moi, mais ils sont limités à une semaine, un mois au plus. Il se peut que nous nous jouiions sincèrement la comédie et sans doute est-il dangereux de se donner une fausse sécurité en entretenant l'illusion d'une liberté déjà menacée. Mon malheur c'est d'avoir lié le désir au sentiment, sans le faire exprès, telle est ma nature. Le sentiment entraîne la durée. La durée crée des liens qui deviennent des entraves et s'ensanglantent quand on les rompt, en tout cas laissent des cicatrices.

« Voilà ce que je te propose, a lancé Juliette. Ce soir, tu ne viens pas chez moi, nous prenons le train pour Tours et nous allons passer le week-end dans ta maison.

— Tu ne préfères pas la voiture ?

— Le train justement. Six heures moins cinq à la gare d'Austerlitz.

— Tu as une I ?

— Bien sûr. »

Comme bien des amants nous avons un code. Une I. c'est une idée, celle d'un projet fantasmatique. J'avais envie qu'elle me l'exposât tout de suite mais comme elle avait montré de la discrétion en ne m'interrogeant pas sur mon rêve, j'en montrai à mon tour en n'exigeant pas de détails immédiats bien que, pour un artiste, donc pour un érotique, imaginer, préciser un schéma, le peaufiner à loisir, procure des plaisirs au moins aussi forts que l'exécution. J'ai raccroché à la fois déçu et impatient d'accéder à l'instant où je retrouverais Juliette à la gare d'Austerlitz.

Mlle Beaunon est entrée pour déposer un papier sur mon bureau. Je n'ai pas regardé le papier plus qu'elle. Je savais qu'avant le crépuscule où j'entrerais dans le hall de la gare d'Austerlitz un grand événement se serait produit qui seul aurait le pouvoir d'effacer mon rêve. A ma pendulette j'ai observé qu'il fallait encore laisser quelques minutes s'écouler avant de téléphoner à Mme Verdurin qui ignore ses relations avec Proust mais tire une insolence feutrée du poste qu'elle occupe au secrétariat de M. Deul, le président-directeur général de l'U.G.R.A., donc mon patron puisque la C.T.R. dépend de l'U.G.R.A. comme un caniche de sa laisse.

Ces minutes étaient difficiles à franchir. Je les occupai à faire du regard l'inventaire de mon bureau. Je ne pourrais y laisser ni la photographie mythique de ma mère, ni le vase de cuivre de mon père. Cette certitude m'occupa un instant. Mon attachement à cette photo s'expliquait facilement : je ne voulais pas me débarrasser trop aisément d'une image qui représentait même sous un aspect archaïque et inconnu de moi celle qui avait pesé sur mon enfance parce qu'elle avait involontairement réussi à me communiquer un inguérissable penchant à l'angoisse et que par sa bêtise elle nous avait naïvement torturés mon père et moi. Larguer la photo c'était régler trop facilement un compte. Le pot de cuivre posait un problème moins soluble. Mais parce que je m'étais levé très tôt en rompant mes habitudes, parce que j'avais bu un whisky matinal, parce que je découvrais un nouveau monde une lucidité de somnambule m'agitait. J'avais trop aimé mon père ; enfant je l'avais écouté avec trop d'enthousiasme raconter et répéter une charge à la baïonnette pendant la bataille de la Marne pour ne pas avoir eu envie, cherchant à être digne de lui et à lui plaire, de partir à seize ans rejoindre un maquis ; lorsque j'en étais revenu, tout glorieux, mon père, qui avait été désigné par Vichy comme maire de Lucé, venait de passer quinze jours en prison et était menacé de poursuites « en indignité nationale ». Il avait considéré ma gaieté de guerrier comme un affront et il en était resté quelque chose entre nous que le vase illustrait. Ce vase signifiait l'excès d'un amour pour son père et l'excès d'une déception passagère puisque, de tous les objets qui encombraient son bureau, il était le seul que je désapprouvasse à cause de ses accointances avec les mimosas.

Par le téléphone intérieur j'obtiens facilement Mme Verdurin. Notre groupe comporte différentes sortes de conseils. Le conseil d'administration de l'U.G.R.A. où je fais figure de parent pauvre, le conseil de direction de la C.T.R. où je joue le rôle d'un responsable donc d'un coupable éventuel et un conseil restreint auquel je ne dois me rendre que sur une convocation particulière. Le conseil restreint siège tous les vendredis matin. Mme Verdurin était donc fondée à me juger présomptueux et même indiscret en m'entendant solliciter l'autorisation de me rendre sans y avoir été convié à cette délibération.

Au bout d'un moment la voix de cette vassale souveraine s'est de nouveau manifestée :

« Ces messieurs vous autorisent à vous présenter immédiatement. »

En traversant le bureau de Mlle Beaunon je crus devoir me justifier :

« Je vais au comité. »

En une minute je me suis retrouvé dans l'air conditionné de l'U.G.R.A. A force d'appuyer sur les boutons j'ai obtenu qu'un des ascenseurs s'arrêtât à mon « niveau ». A partir de neuf heures et demie ces ascenseurs diffusent en sourdine une fugue de Mozart. Au cinquième étage j'ai pénétré dans le bureau de Mme Verdurin qui m'a souri sans conviction et d'un geste m'a indiqué que je pouvais accéder au sanctuaire ; celui-ci se compose de deux pièces, le cabinet de M. Deul n'est pas très vaste, il est meublé Charles X et ses murs tapissés par des livres, des Pléiade et des volumes disparates du XVIIIe tous reliés en cuir, les uns et les autres ayant été achetés au mètre. Les deux battants du cabinet étaient ouverts sur une vaste salle, celle du conseil d'administration, longue table feutrée de vert et allongée devant une tapisserie de Lurçat, qui était vide puisque le vendredi était consacré à un conseil restreint. Celui-ci était présidé par M. Deul dont le visage, vers la cinquantaine, devenait informe vu de face alors que de profil il révélait une énergie néronienne. Le visage de M. Larrivée semblait avoir été gravé par un burin amoureux des rides. Chauve et souriant, M. Larrivée fumait un cigare. M. Deul, pour imiter son père fondateur de la dynastie, était vêtu de sombre ; cela mettait en valeur sa rosette de la Légion d'honneur. M. Larrivée dont la physionomie aurait appelé une vêture sombre ne portait que des tweeds relativement clairs car Deul aurait difficilement toléré de son vice-président qu'il prétendît lui ressembler. Je passe sur les portraits des quatre autres membres du conseil restreint, Hirch, Fomentin, Guine et Chomel encore que ce dernier, le plus jeune, assez beau, très blond, détonnât par son vocabulaire et surtout son entraînement à saisir tous les problèmes de gestion sous un angle auquel les autres n'étaient pas habitués ; il avait été admissible à l'E.N.A. et, bien qu'il fût le dernier venu dans la maison, en imposait. Il me fallut serrer la demi-douzaine de mains, refuser le cigare que m'offrait avec une grimace cordiale M. Larrivée, accepter un siège qui, légèrement à l'écart, me donnait l'impression de présider à distance la réunion.

M. Larrivée se chargea de m'interroger sur les motifs de ma présence. Bien évidemment il parlait au nom de M. Deul comme Moïse au nom de Dieu.

« Mme Verdurin nous a laissé entendre que vous teniez à nous communiquer des informations urgentes.

— Messieurs, leur dis-je (ce qui me frappa : avec la même intonation que pour réciter dans mon rêve), messieurs, la décision que je me propose de soumettre à votre agrément a été par moi mûrement réfléchie. »

Je venais de la former, cette décision, sur quelques heures, en marchant dans Paris, en considérant un garçon de café qui me prenait pour un touriste, en pénétrant dans mon bureau avec la certitude que ce n'était plus le mien, en feuilletant le dossier du *Delta,* en lançant le numéro d'appel de Mme Verdurin. J'aurais pu dater cette décision de cette matinée. Mais je ne mentais pas en la prétendant ancienne. Pendant des mois elle s'était formée dans les cabinets secrets qu'abrite notre fin fond. Il m'aurait été impossible de lui trouver une date d'origine exacte ; je suppose qu'aucun médecin ne peut déceler le déclenchement initial d'un cancer à une minute, à un jour, à un mois près.

« Je n'abuserai pas de votre patience, mais un bref historique s'impose. Je suis entré dans cette maison il y a près de trente ans à titre de scénariste et de metteur en scène. J'ai réalisé pour vous *Les Trottoirs ensoleillés,* un film qui n'a pas marché. Néanmoins vous aviez constitué pour cette production une société, la C.T.R., dont vous m'avez ensuite donné la direction. Vous savez aussi bien que moi que cette faveur n'était pas due à mon mérite mais à la protection que voulait bien m'accorder Odette Pale, votre belle-mère, monsieur Deul. La société s'est développée puis a stagné. Après avoir travaillé pour le cinéma, elle s'est confinée de plus en plus dans la télévision et notre dernier film sur grand écran remonte à deux ans. Je sais que vous avez toujours eu l'impression que je ne comprenais pas exactement mon rôle, que je suivais les films de trop près, que je perdais mon temps au tournage et au montage et que je laissais à mon adjoint Courtelaine des responsabilités de direction qui auraient dû rester les miennes. Néanmoins votre réprobation ne s'est jamais manifestée ouvertement. Je sais aussi, il en a été question devant moi lors des conseils auxquels j'ai assisté, qu'il entre dans vos intentions de limiter les activités de la

C.T.R. pour porter votre effort sur d'autres secteurs plus rentables. Aucun de vous ne me démentira si j'affirme qu'il ne vous déplairait pas de vous débarrasser de moi, attendu que Courtelaine, selon vous, suffirait à assurer la direction d'une C.T.R. minimisée. Si vous hésitez à me larguer c'est parce que mon contrat prévoit, étant indexé, une assez grosse indemnité de licenciement. En outre je possède des parts de la C.T.R. et même quelques parts de l'U.G.R.A. J'ai réfléchi et j'ai trouvé un arrangement qui devrait nous convenir à tous. »

Étonné par la longueur de mon intervention je me suis tu. Les autres aussi se taisaient de sorte qu'à travers la baie vitrée et inamovible le chant du merle nous parvint. De l'autre côté de la baie qui s'étendait derrière le bureau de M. Deul un jardin suspendu avait été hasardé sur du béton, clos par un angle de façades aveugles dominées par les superstructures des Galeries Lafayette. Ce jardin se réduisait à une pelouse où survivaient trois arbrisseaux dont on était obligé de laver les feuilles chaque matin tant la suie du quartier qui se déposait sur elles était grasse. Pourtant quelques oiseaux fréquentaient ce simulacre, dont un merle. En plein conseil M. Larrivée, perdant pour une fois la tête, s'était résolu à nous révéler qu'il imitait parfaitement le chant du merle et n'avait pu résister au plaisir de nous le démontrer. Quelquefois, quand ce chant nous parvenait, nous nous tournions vers lui pour lui donner le plaisir de récidiver. Ce qui se produisit. M. Larrivée imita un trille, les yeux baissés, enfermé en lui-même, puis il releva son regard vers moi :

« Nous écoutons la suite de votre exposé.

— Un autre problème a été débattu en conseil. Le centre du cinéma, en vertu de la loi d'aide, tient à notre disposition une somme de deux millions et nous ne pouvons l'utiliser qu'en produisant un nouveau film cinématographique. »

Chomel est intervenu, détachant les syllabes sans détacher les mâchoires :

« Je ne saisis pas la relation que vous semblez sous-entendre entre les deux parties de votre discours.

— Elle est simple. Vous débarrasser de moi vous coûterait à peu près deux millions. Ne pas produire un film pour le cinéma vous obligerait à renoncer aux deux millions dont vous disposez. Deux et deux quatre. Je suis prêt à démissionner, à vous rendre mes parts gratuitement si vous engagez deux millions dans un film dont je serai l'auteur et le réalisateur. Portons les choses au pire : supposons que la sortie soit ratée, vos rentrées vous rembourseront vraisemblablement votre mise d'autant que vous trouverez facilement un coproducteur. Vous vous serez débarrassés de moi à peu de frais et en courant la chance, si le film marche, de tirer un bénéfice de mon départ. »

Ils ont tous pris la peine de réfléchir, ce qui me ravissait, moi qui précisément ne voulais plus réfléchir. M. Larrivée a consulté du regard M. Deul puis il a observé d'un ton négligent :

« Cette proposition mérite d'être examinée.

— Oui mais vite. Dans huit jours je ne serai peut-être plus d'accord.

— Il est certain, a déclaré M. Deul qui, de son enfance suisse, a conservé une trace d'accent qu'il cultive et une lenteur d'élocution qui lui est utile, il est évident même, mon cher monsieur Bâche, que vous risquez les avantages confortables d'un poste sûr, ou à la rigueur ceux d'une indemnité plantureuse contre... »

Il a cherché sa pensée :

« En échange d'un caprice. Bref vous regrettez d'avoir cessé d'être metteur en scène à trente ans et vous êtes disposé à jouer l'acquis de toute une vie sur les aléas d'une entreprise qui ne peut avoir d'autre intérêt pour vous que de vous rajeunir. »

Il n'avait pas tout compris mais assez pour que j'en fusse surpris et même irrité.

« Ça me regarde.

— Ça vous regarde en effet mais après des années de collaboration et de relations qui ont reposé, je crois, sur une estime réciproque, il serait impardonnable de ma part de ne pas vous mettre en garde contre ce qui peut n'être qu'un mouvement d'humeur. »

Je me suis levé pour conclure :

« Touché par vos scrupules, je n'en maintiens pas moins ma proposition en vous rappelant qu'elle doit être acceptée dans un délai très bref.

— Vous nous donnez jusqu'à lundi ?

— Jusqu'à lundi. »

J'ai serré une seconde fois la demi-douzaine de mains et je suis sorti en sachant que le sort en était jeté. Lundi ils accepteraient. La confirmation je la tins immédiatement de Mme Verdurin qui courait derrière moi :

« Ces messieurs ont encore une précision à vous demander. »

Je fis demi-tour. Cette fois je ne m'assis même plus. Ils voulaient connaître le sujet du film. Ils me rappelaient qu'avant quatre mois, pour bénéficier de l'aide, il faudrait fournir un dossier complet à la commission d'agrément.

« Je commence mon scénario aujourd'hui. Lundi quand nous nous mettrons définitivement d'accord nous nous entendrons également sur les sommes que vous me verserez chaque mois pour écrire, partir en repérage, puis tourner et monter. »

Il n'y eut plus de poignées de main, nous nous saluâmes de la tête et je m'éloignai persuadé ou essayant de me persuader que j'avais exorcisé mon rêve.

Rentré dans mon bureau je me suis décidé à mettre de l'ordre dans mes dossiers, à débroussailler, à éclaircir, pour le bonheur de Mlle Beaunon qui réussissait rarement à obtenir de moi cet accès de zèle. Ensuite j'ai convoqué Courtelaine pour lui confier une partie des affaires en cours. C'est un petit homme aimable, à peu près de mon âge, qui a une seule passion : il collectionne non pas des timbres mais un timbre, le même qui date de 1833, il en possède déjà une centaine d'exemplaires mais quelques-uns traînent encore par le monde, ce qui l'obsède, et également l'inquiète car ayant créé lui-même la rareté d'une pièce qui à l'origine ne présentait pas une valeur particulière il en a fait monter le cours au point qu'il ne peut plus être sûr d'avoir les moyens de le suivre. Ce qui lui déplaît en moi c'est que je sois son patron, mais à part ça il est bien disposé en ma faveur et je n'ai pu résister au plaisir de lui faire plaisir en lui annonçant que selon toute vraisemblance j'allais quitter mon poste et qu'il en hériterait. Je bavardais pour retenir Courtelaine, n'ayant guère envie de me trouver seul face aux conséquences de ma décision. A peine fut-il parti que je me hâtai de descendre au mixage pour y cueillir Juaurez.

Dans une relative obscurité, sur un écran, le bloc de marbre, où Michel-Ange creusa son David, éclatait, comme le solo de trompette de Luter qui, lancé avec violence, réduisait le volume de la pièce. Sous l'image couraient les numéros de la bande témoin, rythmant les secondes et les chenilles colorées correspondant à la musique, au bruit, au commentaire. Je reconnus la voix d'Arthur Fabre qui prenant la suite de la clarinette annonçait la bonne nouvelle :

« La civilisation occidentale est la seule qui, après des crises que l'on aurait pu croire mortelles, a été capable de renaître. »

Je demandai à Juaurez s'il était libre à déjeuner. Il n'hésita qu'une seconde et pendant cette seconde j'attendis le verdict avec effroi.

« Ça tombe bien, dit-il, j'avais invité Fabre qui vient de se décommander. »

David cessa de rayonner, le son se tut ; passagèrement, le pointillé lumineux des bandes continua sa course et sur la table de montage les cellules électriques s'attardèrent à éclairer les aiguilles inertes. J'aimais ces instants où la salle de mixage devient un aéroport pour vols de nuit.

Au plafond la lumière surgit et Juaurez se leva. En saluant de la main la monteuse et l'ingénieur du son il observa, comme s'il s'adressait à lui-même et non à eux :

« Ce qui serait peut-être bien tout à l'heure, oui ce serait nécessaire il faut le réussir, il faudrait remonter l'attaque de Fabre et fondre la fin du solo de façon à l'arrêter avant que le piano intervienne. »

Dans l'ascenseur, pour me demander mon avis, il me confia le sien avec une évidente satisfaction :

« Fabre aurait voulu de la musique d'époque. J'ai essayé. Ce pléonasme folklorique ne passait pas. Pour annoncer la Renaissance c'était une clarinette de jazz qui s'imposait. Ton Courtelaine en est scandalisé mais...

— Mais ça n'a aucune importance. »

J'avais à peine parlé que je mesurais le tort que mon départ causerait à Juaurez. Dans quelques jours ce serait le jugement de Courtelaine et non le mien qui ferait autorité.

« J'avais retenu au Louis XIV, ça te va ? Je l'aime bien ce restaurant et puis c'est plaisant de régler la note en faisant un chèque à Louis XIV. On prend ta voiture ou la mienne ?

— La mienne est restée à Tours, tu sais bien.

— C'est vrai. Tu as revu ton copain médecin ?

— Il m'a examiné tout de suite après mon malaise, pendant toute une journée. J'ai trop de tension, j'ai une aorte déroulée, le cœur un peu enflé mais il paraît que ce n'est pas bien grave. Corlion m'a donné quelques médicaments que j'oublie d'ailleurs de prendre. »

L'ascenseur nous avait débarqués au sous-sol. Le petit parking de la maison semble avoir été taillé dans un bloc d'anthracite qui brille salement sous la clarté électrique. J'ai reconnu la voiture de Juaurez et je me suis assis auprès de lui en me demandant comment j'allais m'y prendre pour lui annoncer mon départ. Il travaille pour d'autres boîtes que la C.T.R. mais actuellement c'est avec la C.T.R. qu'il a ses principaux contrats et je lui manquerai.

« Comment va Juliette ?

— Nous prenons le train pour Tours ce soir. Je récupérerai ma voiture et nous passerons le week-end à Lucé.

— Tu l'embrasses pour moi. Je suis content que vous redémarriez.

— Nous essayons. Ce corps et ce visage qui m'ont menti...

— Il t'est arrivé à toi aussi de mentir à Juliette. Ne joue pas au scout avec ton culte de la vérité alors que tu n'aimes rien tant que les complications. »

Il est vrai qu'à douze ans, pris par mon père en flagrant délit de mensonge, j'avais été surpris qu'il me regardât avec une horreur sincère, puis que quelques années plus tard, découvrant un mensonge de mon père à ma mère, mensonge grâce auquel il gagnait une nuit de liberté, j'avais éprouvé la même horreur sans m'étonner assez d'avoir été surpris par la sienne.

« Il y a, reprit Juaurez, dans le mensonge des étapes à travers lesquelles on croit d'autant plus créer une vérité que l'autre accepte. C'est l'autre qui, en acquiesçant, fonde la fable.

— Justement je ne me pardonne pas d'avoir par ma confiance aidé Juliette à édifier sa fable. C'est à moi que j'en veux. C'est toujours plus grave d'en vouloir à soi qu'aux autres. »

Quand nous sommes sortis de l'embouteillage où nous avait retenus la place de l'Opéra, Juaurez, lassé par mes récriminations, s'est hâté de changer de sujet. A bord d'une voiture il arrive souvent qu'une modification de la vitesse incite la conversation à bifurquer. Il en est revenu à la civilisation, c'est-à-dire à lui-même, c'est-à-dire au film qu'il poursuit avec Arthur Fabre.

« Son commentaire ne serait pas mal s'il n'exagérait pas, par souci d'érudition, l'intérêt de détails insignifiants. Par exemple il s'attarde, à propos de trois hommes aussi semblables que Brunelleschi, l'architecte du Dôme, Donatello qui a orné le campanile de ses statues, Ghiberti à qui on doit ses deux portes, tous les trois copains, tous les trois rivaux, tous trois ayant débuté par l'orfèvrerie et l'anatomie et s'étant ensemble passionnés pour l'antique, il s'attarde sur les quelques années qui séparent leurs dates de naissance, l'un né en 1377, le deuxième en 1386, le troisième en 1378. L'important est qu'ils aient œuvré au début du XVe, qu'ils aient déterré dans les labours les torses et les membres jetés à bas sous Constantin et qu'ils aient renoué avec le souci capital de la perfection. »

La suite de ce discours nous conduisit jusqu'à la place des Victoires où Juaurez réussit à garer la voiture en mordant sur un passage clouté. Nous entrâmes au Louis XIV avec un peu d'avance pour y apprendre que notre table ne serait pas libre avant quelques minutes.

« Profitons-en pour faire un tour, dit Juaurez, quel plaisir de traîner par ici.

— Parle-moi de la place des Victoires. »

Je savais qu'il aimait parler d'elle. Il me répondit :

« Regarde-la. »

Sous un ciel dont le bleu était tendre et que

parcouraient rapidement de gros nuages ronds d'un blanc éclatant, la statue équestre concentrait l'assaut du soleil avec plus d'ardeur encore que les nuages.

« Regarde cette place, elle est construite autour d'un roi solaire, elle est ronde, si tu ne tiens pas compte de l'effraction commise par Haussmann qui a osé y jeter sa rue Étienne-Marcel. Elle est d'une rondeur incomparable puisque ses façades sont concaves, destinées à jouer avec le soleil comme autant de projecteurs orientés vers Louis XIV. Ces fenêtres en arcades sont aussi le comble de quelque chose. Le comble de ce qu'en France on appelle le classique et de ce que j'appellerais "le grand goût". »

Il gesticulait en parcourant la chaussée avec presque autant de pas que de bifurcations imprévues qui effrayaient les automobilistes. Connaissant Juaurez depuis plus de quinze ans je ne l'ai pas vu vieillir. Je savais qu'il avait forcément changé mais je me refusais à le sentir. C'est l'année dernière pendant le festival de Cannes que, l'ayant appelé au téléphone dans un restaurant dont le ton excluait l'usage d'un haut-parleur, je fus obligé de le décrire à la standardiste pour qu'à travers une cinquantaine de convives elle réussît à l'identifier. Mes yeux se dessillèrent. Je découvris que pour être efficace je devais oublier le mince jeune homme à la démarche volante dont l'image était encore inscrite dans mon cerveau et je parvins à décrire un gros homme moustachu au poil gris, le port écrasé sur les fesses, un coude fiché sur la table. Succès complet : la standardiste m'apporta Juaurez. Pourtant, le regardant gesticuler à l'entrée de la rue Catinat, je n'admettais pas la justesse de ma description et je distinguais toujours le jeune homme ailé qu'avait emprisonné cet ours.

« Le nom de la rue Catinat me rappelle, dit-il, celui d'un personnage de Sacha Guitry que Marguerite Moreno incarne dans *Le Roman d'un tricheur*. Vois et conclus toi-même. Nous sommes encore en un lieu où l'on ne doute pas de ce que l'on bâtit. Où l'on ne doute de rien, même pas de Dieu ou à peine. Ce porche ne te frappe-t-il pas ? Il est devenu en 1812 celui de la Banque de France après avoir été celui d'un hôtel princier ou bourgeois qui fut vite dépassé et assiégé par les bâtiments d'un siècle hypocrite, cynique et solennel, bref ennuyeux, qui prolonge la Banque de France rue Croix-des-Petits-Champs. La grâce pataude du XVIIe, la grâce savante du XVIIIe, fini. On prolonge en faisant semblant de poursuivre, il reste encore dans le succès de la façade une marque qui impose ; elle impose sans pouvoir charmer, elle souhaite rassurer puisqu'elle contient l'or de la France. Nous n'avons pas besoin d'allonger cette marche en plein soleil. D'ici tu peux remarquer que la façade de la banque, de solennelle devient ennuyeuse, que, reprise au XIXe, elle imite sans conviction la grande époque disparue. Tout au bout, n'aie pas peur de te faire écraser, mets-toi au milieu de la chaussée, jette un coup d'œil, c'est du 25 ou du 35 sans doute, les fenêtres sont en longueur au lieu d'être en hauteur, c'est quelconque, sans plus. L'immeuble ne semble plus digne de contenir de l'or mais seulement des traveller's cheques. De l'autre côté de la rue ce cube fait de cubes de verre te certifie qu'on peut encore aller plus loin dans l'absence de conviction. Revenons vers la place des Victoires, sans doute notre table est-elle libre. »

En revenant j'ai résumé mon rêve. J'ai dû même l'abréger car Juaurez, selon son habitude, m'a interrompu :

« Mes cousines, des jumelles, se racontaient leurs rêves tous les matins. Elles inventaient, je présume, non pour s'intéresser mais pour se séduire mutuellement. Souvent elles tentaient d'imaginer qu'elles avaient traversé le même rêve, ce qui est le rêve de tous les jumeaux. Épargne-moi les tiens. Qu'attends-tu de moi ? »

Effrayé par ma démission, j'attendais une échappatoire et qu'elle me fût fournie par Juaurez. Au moment où il entrait au Louis XIV je le retins par la manche avec une certaine violence.

« Ne crois-tu pas, murmurai-je comme si je distillais un secret d'État, que ce rêve où, sous peine de mort, je récitais un passé connu par cœur s'applique non à moi mais à mon temps ?

— Reprends tes esprits », répliqua-t-il en se dégageant avec la hâte d'un affamé.

Notre table n'était pas encore libérée et l'on nous pria d'attendre le long du comptoir. Cette circonstance me rendit confiance. Elle me fournissait l'occasion, en maintenant la conversation sur le même objet, alors que le fait de nous asseoir devant une table risquait de la rompre, d'établir une théorie de ma nuit qui me dispenserait de quitter la C.T.R. pour me lancer tout nu dans une œuvre. La patronne, pour « patienter », nous offrit deux verres de rosé. J'appuyais ma main sur l'épaule de Juaurez comme sur une bouée. De la salle nous parvenait un bruit continu où le mélange cadencé des voix que ponctuait le tintement des couverts prenait le régime d'un moteur.

« J'ai rêvé, insistai-je sur un ton qui était presque celui de la supplication, que je pouvais péniblement survivre à condition de débiter un acquis. »

Ce n'était pas mon destin que je voulais préserver mais celui de Juaurez que ma démission allait laisser désarmé.

« Est-ce que tu ne penses pas, lançai-je avec un entêtement désespéré, que notre société, aux environs de 1830, entre 30 et 40, a découvert que sa mécanique était cassée ? Découverte confuse, je te l'accorde.

— Quelle découverte ? » demanda impitoyablement Juaurez.

Il avait vidé la moitié de son verre d'un trait et évité de me regarder.

« Trois hommes ont reçu, chacun à leur manière, la nouvelle de la catastrophe. Balzac s'est indigné que le gouvernement, au lieu d'encourager l'avenir, finance la protection du passé. Victor Hugo s'est indigné que le gouvernement ne fasse pas assez pour le passé et il a évoqué un argument décisif : puisque nous ne sommes plus capables d'en faire autant, protégeons et restaurons ce qui a été fait. Mérimée s'est introduit dans les commissions ministérielles fondées par Guizot pour sauvegarder les vieilles pierres et il fit dans cette activité nouvelle une carrière plus brillante que son ami Beyle dans la diplomatie, ayant compris que l'Occident rentrait dans un temps où le passé était l'avenir. »

Un grand sourire m'interrompit.

« Messieurs, votre table est libre. »

Contrairement à moi qui n'ai d'appétit que le soir et la nuit, Juaurez avait faim. Le regard compétent qu'il posa sur le menu m'irrita. Quand j'en manque je supporte mal l'appétit des autres. De même Juaurez grogne dès qu'il me surprend à « chipoter » dans mon assiette. Il commanda un œuf en gelée et une tête de veau, je l'imitai par paresse et j'acquiesçai quand il proposa d'un ton quasiment affirmatif que nous continuions au sancerre rosé.

« Je te vois venir, reprit-il avec impatience, ce songe t'a effrayé. Tu es une Athalie qui cherche à se rassurer. Tu voudrais te faire croire que ce n'était pas ta mort qui était en cause mais celle de la société occidentale. Pour ton repos tu préférerais ça. Je comprends mal que tu aies besoin de recourir à une métaphore pour te rassurer et que...

— Mais enfin, Juaurez, nous sommes d'accord tous les deux pour découvrir les signes de déclin d'une société qui ne croit plus en elle, et qui, comme moi, cette nuit, récapitule son acquis. Hier tu me faisais observer toi-même qu'un sculpteur ne tenait pas un complet veston pour digne de la pierre ou du bronze et que si Balzac avait eu la chance d'inspirer Rodin c'était grâce à sa robe de bure. Tu me rappelais cette statue de l'avenue du Roule où était représentée une voiture automobile démodée, elle faisait tellement rire qu'on s'est décidé à l'enlever.

— Nous sommes d'accord mais nos observations n'ont aucun rapport avec ton rêve. Pourquoi tiens-tu à lui donner un sens, à ce rêve ? Oublie-le. Laisse-le aux psychanalystes. Nos nuits sont agitées par des singeries indignes de notre attention. Cette nuit j'ai rêvé que j'étais en ballon et que je mangeais un mille-feuille. En me donnant un peu de mal je pourrais rattacher cette scène au sort de notre civilisation. Ce serait malin. »

Il ne pouvait pas comprendre que, prisonnier d'une logique irrationnelle, j'étais en train de me chercher une bonne raison pour revenir sur ma démission. Elle avait été prise sous l'effet d'un réveil funeste et je ne pouvais l'annuler qu'après avoir donné un autre sens à la scène du bar. En m'en empêchant, Juaurez m'obligerait à demeurer sur mes positions. Il ne me restait plus qu'à lui annoncer que j'avais démissionné. Je décidai d'attendre que nous ayons terminé nos œufs. Le mien ouvert par la fourchette laissait lentement s'épandre un liquide épais d'un or rouge. Le blanc était solide comme un écrin, rehaussé par la roseur du jambon et les paraphes verts des fines herbes. Mon appétit était stimulé par la beauté du spectacle qu'il détruisait à coups de fourchette. De la place parvenait une réverbération qui ensoleillait le plafond et les murs. Louis XIV nous éclairait.

« Ce matin, dis-je, je suis allé au comité... »

Le reste suivit. Juaurez ne m'interrompit que deux ou trois fois pour me poser de brèves questions d'une voix neutre. Un silence s'établit ensuite entre nous. Enfin Juaurez retrouva sa vigueur vocale pour s'exclamer :

« Tu as fait la plus grande connerie de ta vie ! »

Cet éclat avait fait broncher le serveur qui déposait les têtes de veau. Juaurez ne le remarqua pas, il ne voyait plus la salle du restaurant, il s'était replié en lui-même, enfermé dans sa colère. Il réussit à l'exprimer avec une véhémence méthodique :

« Premièrement, si tu tenais tellement à créer, pourquoi n'as-tu pas cherché à écrire et à mettre en scène un film après la sortie des *Trottoirs ensoleillés* ? Pourquoi, depuis vingt-cinq ans, t'es-tu satisfait de diriger une société de production, mettant la main à la pâte quand ça te chantait ou selon ton humeur laissant courir ? »

Il n'attendait pas de réponse à sa question. S'il s'interrompit, ce fut seulement pour reprendre feu.

« Deuxièmement tu sais fort bien, à ton âge et dans l'état où est le cinéma, que même si ton film réussit sa sortie, on ne t'en demandera vraisemblablement pas un autre, ni dans l'année, ni l'année suivante. Tu en seras réduit à courir les commandes de télé. Après avoir été un petit patron tu deviendras un quémandeur. Et comment paieras-tu la pension de Léone ? Et Germaine ? Tu as creusé un ravin pour le plaisir de t'y laisser tomber. Si tu avais vraiment éprouvé le besoin de faire « ton » film, qui t'empêchait de l'écrire, de le préparer, de profiter de tes relations pour le proposer, quitte à ce qu'on te le refuse ? Du moins aurais-tu conservé ton poste et ta sécurité. »

Son appétit s'était transformé en rage et il se jeta avec agressivité sur sa tête de veau. Je contemplais mon assiette comme un tableau. Le morceau de langue imitait la roseur timide et grisée de certains œillets de sable, la cervelle ressemblait à ces grosses fleurs globuleuses d'un blanc sale et champignonneux qui poussent au bord des champs et dont j'ignore le nom. La joue, plutôt minérale, aurait pu passer pour une coupe géologique hasardée dans une falaise de grès enrobée de terre sableuse mais, parce que j'en avais l'expérience gustative, je savais qu'elle appartenait à un autre monde qu'à celui du dur et du poudreux et que, grasse, craquante, cartilagineuse, écœurante à la limite, elle n'obtenait l'agrément des connaisseurs que grâce à plusieurs cuillerées d'une sauce gribiche qui, sous des airs blêmes, cachait le pouvoir revigorant de sa morsure.

« Rien de pire, observa-t-il, qu'une tête de veau froide, qu'est-ce que tu attends pour manger ? »

Du bout de la fourchette, du bout du couteau, du bout des dents j'entrepris cet exploit en buvant avec régularité de bonnes gorgées de rosé pour m'encourager.

« Et alors ? Le sujet de ton film c'est quoi par curiosité ?

— Je ne pouvais obtenir ma complète liberté qu'en sacrifiant ma situation. Mon sujet je ne l'ai pas encore trouvé.

— Tu confonds liberté et vacuité. Tu te moques de ceux qui confondent la contestation et la création, mais tu es de la même sorte. Ou tu fais semblant. Je suppose que tu vas reprendre ton vieux projet, le film sur Spinoza ? »

Delixe, qui avait occupé à l'U.G.R.A. le poste maintenant tenu par Larrivée, avait longuement entretenu le projet d'un film dont le départ était lié à la jeunesse de Spinoza, et je devais travailler avec lui sur le scénario. Au début, Spinoza tombait amoureux de Marion Van den Enden, la fille de son professeur de latin ; celle-ci suivait son père à Paris où il organisait une conspiration contre Louis XIV ; tous deux finissaient suppliciés en compagnie du chevalier de Rohan et Spinoza se retrouvait avec la philosophie pour maîtresse.

« Je ne vais pas me lancer dans un film en

costumes. Ce sujet est beau mais il ne me ressemble pas. Si je prends un risque c'est pour me projeter tout entier dans une œuvre.

— Garde de tels propos pour les interviews, si jamais tu en obtiens. Tu ne t'imagines pas en train d'annoncer à Deul et à Larrivée et à la commission d'agrément que tu prépares un film sur tes états d'âme ! L'homme d'un certain âge qui médite sur sa carrière manquée et sur ses amours défuntes, tu peux évidemment le faire interpréter par Piccoli mais à condition de trouver une histoire.

— D'abord mon sujet n'est pas un homme qui a raté sa carrière, c'est un homme qui se demande pourquoi il l'a ratée et qui veut la réussir en trouvant à quel moment il s'est trompé de chemin. Deuxièmement, poursuivis-je, prenant involontairement le ton didactique et irrité de Juaurez, il ne s'agit pas d'amours défuntes. La question est au contraire de savoir pourquoi cet homme reste lié à un passé amoureux, alors que ce passé le retient dans sa tentative de résurrection. L'attachement de Germaine et de Léone pour un passé abîmé fait aussi partie du sujet, de même que l'obsession de Juliette pour ses origines tchèques. J'ai besoin d'une enquête comme dans *Citizen Kane*. Mon héros pourrait la mener pendant un voyage en Asie. Il faut que je donne un but à ce voyage le long duquel des pans de sa vie et de celle de trois femmes surgiraient, tantôt le poussant vers le futur, tantôt le paralysant.

— Je ne saurais pas me conseiller moi-même, c'est pourquoi je te donne un conseil. Retourne voir Deul, reviens sur tes propositions et rétablis le statu quo.

— Le statu quo jusqu'à ce que mort s'ensuive, oh ! non. »

Dans la voiture Juaurez reprit la parole mais ce fut pour me proposer le sujet d'une émission de télé qui consistait à chercher ce en quoi la France avait excellé, du gothique au foie gras et aux maximes. Il cherchait sans succès à détourner ma pensée de l'objet qui l'accaparait toute.

A ma vue, Mlle Beaunon se dressa, le regard hostile.

« M. Larrivée a appelé il y a déjà une bonne demi-heure, il vous prie de passer le voir. »

Parce que j'allais la quitter je me demandais si la sévérité agressive qu'elle me montrait n'était pas le produit d'une affection que j'avais prise à tort pendant bien des années pour de la tyrannie. Je lui souris, son visage exprima la surprise, ce qui m'apprit que je ne lui souriais que rarement et distraitement : habitué à subir ses remontrances, j'usais le plus souvent d'une physionomie autoritaire pour les bloquer. Quand elle eut assimilé mon sourire elle me le rendit ; ce fut un sourire de débutante, non pas d'enfant mais de ces jeunes filles de jadis qui, lors de leur premier bal, reçoivent un compliment de leur cavalier.

« Allez-y vite, soyez raisonnable. »

Elle me parlait comme à un jeune garçon et j'obéis avec plaisir. M. Larrivée ne me fit attendre que quelques minutes et j'eus le temps de me demander ce que serait après mon départ le sort de Mlle Beaunon. Si Courtelaine me remplaçait, il arriverait avec sa secrétaire et la mienne risquerait d'être reléguée dans quelque obscur service. Je me reprochai d'avoir sympathisé avec elle au moment même où je lui faisais un mauvais coup. Le mobilier de bureau où j'entrai était Knoll sans qu'on pût savoir si ce vieil homme vêtu comme un sportsman de 39 l'avait choisi ou s'il lui avait été imposé par M. Deul.

« Salut et fraternité citoyen Bâche ! s'exclama M. Larrivée qui était assis à califourchon sur une chaise de bois blond écru. Votre avocat est toujours maître Mourissoux ? Il est également le nôtre. Je pense qu'il trouvera une solution pour légaliser le troc que vous souhaitez entre la mise en scène de votre film et l'abandon de vos parts et indemnités. La question n'est donc pas là et je vous en pose une autre : de vous à moi êtes-vous sûr de ne pas être en train de commettre une imprudence comme dirait M. Deul ?

— Vous savez ce que j'étais ?

— Non, mais vous allez me le dire.

— J'étais un chemin sûr et carrossable qui ne menait nulle part. »

Le sourire de M. Larrivée se fendit, bousculant toutes ses rides comme une bourrasque. Il ne demandait qu'à me suivre dans les paraboles :

« Et vous vous êtes mis en tête de devenir un de ces sentiers de chasseur qui parfois se perdent dans les broussailles. »

L'entrée de M. Deul me dispensa de poursuivre davantage cet échange imagé.

« Alors ? demanda-t-il.

— Alors il n'en démord pas.

— Pourquoi n'irions-nous pas passer un moment tous les trois dans la tour ? »

Ce nom avait été donné à un cabinet circulaire où il arrivait à Deul de recevoir des hôtes de marque et même de déjeuner avec eux en recourant aux bons offices d'un traiteur. Les murs étaient tapissés de cuir fauve, un lustre dressait ses branches dorées dans un feuillage de cristal de Baccarat, un énorme vase de Chine trônait au-dessus d'une table d'acajou, un tapis prétendu d'Orient recouvrait une partie de la moquette. Par téléphone, un appareil style 1900 accroché au mur, Deul avait commandé du thé pendant que Larrivée m'offrait un cigare.

« Tous les médecins reconnaissent que le cigare est moins nocif que la cigarette, insista-t-il. Car je présume que votre médecin, comme tous les autres, vous interdit de fumer. Il est vrai que vous vous faites soigner par un de vos amis, se je me rappelle bien ? Les amis sont enclins à l'indulgence. »

François Corlion, mon copain de Tours, tantôt m'adjurait de cesser de fumer, tantôt sortait de lui-même un paquet de sa poche et m'offrait une Seitane. Deul, qui luttait contre le tabac, écarta ce sujet de conversation.

« Il n'empêche, observa-t-il en choisissant l'une de ses voix, celle de l'homme d'action lucide, que votre démission nous laisse dans une situation boiteuse. Sur le plan administratif Courtelaine nous satisfait mais il ne pourra pas se substituer à vous dans la direction artistique. Peut-être vos interventions dans le tournage et le montage étaient-elles excessives mais nous n'avons jamais eu à nous plaindre du choix des sujets que vous avez retenus ni des réalisateurs et des techniciens auxquels vous avez fait confiance. Sur ce plan Courtelaine nous inquiète.

— Adjoignez-lui un conseiller à mi-temps. Vous pouvez vous dispenser d'augmenter le salaire de Courtelaine et la différence entre son salaire et le mien suffira à payer le conseiller. »

Je faillis poursuivre en proposant pour ce poste Juaurez mais je me tus, craignant que, chargé de cette mission, Juaurez ne se trouvât dans l'impossibilité de proposer un sujet de son cru et de s'offrir comme réalisateur. Un instant le projet m'effleura de recommander pour ce poste Mlle Beaunon mais « elle ne faisait pas le poids » comme on n'aurait pas manqué de me répondre. Quelques secondes me suffirent pour renoncer à soutenir plus précisément mon ami et ma secrétaire. D'ailleurs on ne m'en demandait pas tant, au contraire.

« Je trouverai bien sûr une solution », trancha Deul.

L'une des hôtesses d'accueil nous servit le thé. Du thé de Ceylan, car Deul avait entendu dire que c'était celui des vrais amateurs. S'il lui arrivait dans sa vie professionnelle de trouver des solutions qui étaient parfois d'une remarquable ingéniosité, il avait simplifié sa vie quotidienne en vouant un respect méthodique aux valeurs établies, le foulard Hermès, les roses de chez Lachaume, le champagne Dom-Pérignon, le complet Cardin, la Bentley (plus discrète que la Rolls), les albums d'art de Malraux. Par Odette Pale j'avais appris que cet amoureux du café ne buvait du thé qu'avec mélancolie, respectueux de convenances qui, au milieu de l'après-midi, lui interdisaient le café, comme elles le contraignaient à jouer au golf alors qu'il raffolait du billard. Tout en le regardant je voyais briller sur une console l'une de ces multiples copies du *Laocoon* qui depuis des siècles encombrent les intérieurs et les parcs. Depuis toujours ce prétendu chef-d'œuvre de l'art de Pergame m'avait paru niais, ce serpent ressemblait à un cordage qu'une petite famille peinait pour porter. Pourtant je me rappelais avoir vu dans un livre la photographie d'un fragment de ce groupe où étaient seulement cadrés le torse et la cuisse du père dont la beauté m'avait longuement retenu. C'est un pouvoir de la photographie, celui d'isoler un détail, prouesse dont notre regard est incapable car même si nous appliquons toute notre attention sur un doigt nous ne parvenons pas à ignorer la main et le reste. Une pente de ma pensée m'avait éloigné de *Laocoon*, une autre revenait vers lui : je me souvenais d'un *Laocoon* de bronze, dans le bureau de mon père, posé sur la cheminée et je m'apercevais que sans que j'y eusse pris garde il avait disparu depuis quelques années. Le mouvement de ces deux démarches intérieures ne m'empêchait pas de participer à la conversation. Deul souhaitait savoir quelle interprétation je prévoyais pour le film. J'éludai en faisant observer que le plus urgent pour moi était de construire un script puis de repérer en Inde les extérieurs où se déroulerait l'action présente entrecoupée de flash-back, puis je précisai que, lors du tournage, seul le comédien principal escorté d'une équipe réduite aurait à se rendre sur place, le reste, c'est-à-dire ses souvenirs, étant tourné en France. Encore que la perte de ce bronze m'affligeât peu, je ne pouvais m'abstenir de chercher qui pouvait bien être l'auteur de ce vol. En échafaudant des hypothèses, je leur racontai la vie que j'avais menée au Cachemire et au Ladakh que j'allais bientôt retrouver, et j'employai l'expression *dormir à la belle étoile.*

« C'est drôle, dit Larrivée, on emploie comme ça des tournures, on les lance machinalement dans la conversation, elles ne font ni chaud ni froid mais, si on s'avise de les remarquer au passage, elles vous frappent. Par exemple *dormir à la belle étoile* c'est de la poésie. »

Je fus frappé par cette remarque.

« C'est vrai, notre conversation, sans que nous y prenions garde, entraîne des images qui mériteraient d'avoir eu un auteur et qui en ont eu un, mais inconnu. Il y a bien quelqu'un qui, le premier, a évoqué cette belle étoile.

— Et vous-même, monsieur Larrivée, poursuivit Deul, en disant à l'instant que ça ne vous faisait *ni chaud ni froid,* vous avez employé une formule banale qui à l'origine a été la trouvaille d'un anonyme. »

Nous étions tous les trois d'accord et heureux de l'être. Notre conversation manquait d'éclat, nous ne cherchions pas à nous éblouir, nous étions détendus, nous en tirions un bien-être.

« *Entre chien et loup,* s'exclamait Larrivée, quel trait de génie ! Comme cela décrit bien le mélange d'obscurité et de lumière d'un crépuscule !

— Et ce n'est pas seulement l'inventeur qui a eu du génie mais ses contemporains qui ont adopté cette nouveauté déconcertante avec une telle unanimité qu'ils en ont fait un lieu commun. »

Chacun cherchait en lui des clichés. Nous nous coupions la parole pour échanger nos trophées :

« *La chair de poule...*

— *Claire comme de l'eau de roche...*

— *Sabre au clair...*

— *Etre terre à terre, être dans la lune, une pierre de lune, une mine de déterrée...*

— *Pâle comme un mort...*

— *Une voix blanche !* Si c'était Rimbaud qui avait trouvé ça, insistai-je, les manuels de littérature en retentiraient encore.

— Le plus curieux c'est la quantité d'informations qu'une expression brève peut contenir, observa Deul. Un exemple : *avoir le bras long.* A première vue... »

Larrivée ne put résister au plaisir de jeter :

« *A vue de nez...* »

Il jubilait, il en était touchant, j'avais envie de l'embrasser sur les deux joues, projet qui, auparavant, ne m'avait jamais effleuré. Un peu contrarié par cette interruption, Deul reprit en baissant et en ralentissant sa voix pour accaparer toute notre attention :

« Je disais qu'avoir le bras long semblait signifier qu'on détient un pouvoir étendu mais cette comparaison recèle d'autres nuances. On ne dira pas d'un dictateur ou même d'un chef d'État qu'il a le bras long parce que ça va de soi. On ne dira pas de moi que j'ai le bras long à l'U.G.R. parce que ça va également de soi. Avoir le bras long implique qu'on a plus de pouvoir qu'on n'en a l'air et qu'on ne veut en avoir l'air et que les régions où l'on peut intervenir sont variées et parfois éloignées du secteur qu'on occupe. Celui qui a le bras long cherche à dissimuler ses possibilités mais ne laisse jamais passer une occasion de les mettre en œuvre. Cette expression résume subtilement une situation et un caractère. »

La justesse de cette analyse nous plut, Deul le lut

sur nos physionomies et nous lûmes sur la sienne qu'il en était tout heureux, ce qui nous fit plaisir. Je n'aurais jamais imaginé qu'entre nous trois il pût circuler un air aussi léger, aussi cordial, que nous pussions recevoir mutuellement de notre société un plaisir gentil et gratuit. Je faillis en faire la remarque, mais je la retins de justesse en profitant de ce quart de seconde où la phrase qui se forme à l'intérieur de soi prend son élan pour devenir parole. Dans la position où j'étais, cette remarque aurait pu passer pour un reproche. Mais elle s'imposait et ce fut Deul qui se chargea de l'énoncer :

« C'est dommage que nous ne nous soyons pas donné pour habitude de nous rencontrer de temps à autre pour bavarder en liberté.

— Ce n'est pas trop tard, enchérit Larrivée. J'espère que pendant la préparation du film nous aurons l'occasion, tous les trois, de retrouver ce plaisir tout simple d'échanger ce qui nous passe par la tête.

— Dans une certaine mesure », corrigea Deul.

Le visage de Larrivée se remplit de petites rides subsidiaires qui jouèrent entre les rides fondamentales. Il reprit :

« Je voulais dire que si l'on était plus naturel la drogue, le crime, l'alcool, la déprime, diminueraient progressivement. Nous venons d'être naturels mais c'est rare. La dernière fois que ça m'est arrivé c'était dans un hôtel, un de ces hôtels comme il y en a en Bretagne, à la fois prétentieux et familiaux, avec un chasseur qui se garde de porter vos bagages et un concierge qui tient lieu de réceptionniste, et l'inverse. Je descends en compagnie de ma femme... »

Je connaissais un peu la femme de Larrivée, robuste blonde qui portait en général un kilt et remuait les épaules en marchant.

« Un matin la patronne qui jouait aussi le rôle de

concierge et de réceptionniste saisit la clef que je lui tendais puis m'interpelle : « Monsieur, je suis « obligée de vous rappeler que la présence de « chiens est interdite dans cet hôtel. — Madame, je « l'ignorais, répondit ma femme, et, pour tout vous « dire, je l'apprends sans plaisir car j'ai plutôt de la « sympathie pour ces animaux, mais après tout « cela vous regarde. » Ma femme et moi, délestés de notre clef, prenions déjà notre envol vers la plage quand nous fûmes rappelés. Cette fois c'était à moi que la matrone s'adressait : « Monsieur, « vous avez, ainsi que madame, caché la présence « de vos deux chiens. — Ni deux chiens ni un seul, « répondis-je. Je les adore, voyez-vous, mais je suis « un égoïste. Je satisfais le goût que j'ai pour « certains chiens en batifolant avec ceux de mes « amis ou même avec des inconnus au hasard « d'une rencontre dans une rue, au bord d'une « route, sur une plage, et même, cela m'est arrivé, « dans un cimetière. — Monsieur, répondit la « matrone, la femme de chambre de votre étage, « prénommée Yvette, ayant voulu ouvrir votre « porte pour faire les lits, a été accueillie hier « après-midi par les aboiements de deux chiens « dont l'un doit être gros selon elle, et l'autre « plutôt petit. »

Deul était intervenu :

« Dans les meilleurs hôtels, dit-il, on se heurte aux difficultés de la vie collective, c'est bien connu. »

J'osai pour défendre Larrivée m'opposer à Deul.

« Je suppose qu'il nous raconte une fable. Pourquoi La Fontaine ou Ésope détiendraient-ils le monopole des fables ? »

Une des filles était apparue brandissant un message téléphonique.

« Je n'y suis pour personne, déclara Deul. Poursuivez votre fable », ajouta-t-il, en s'adressant à

Larrivée, avec un mélange d'aversion et de curiosité affectueuse.

Un peu troublé d'abord, celui-ci reprit son propos :

« — Madame, répondis-je à cette sorcière, l'inci-
« dent que vous évoquez s'est produit après que
« ma femme et moi avons entendu une clef s'intro-
« duire maladroitement dans la serrure. Nous
« avons pensé une fois de plus que notre voisin se
« trompait de porte et nous avons aboyé. Il faut
« vous dire que j'imite à merveille le chien de
« berger et ma femme le caniche nain. »

— Donc, observa Deul, démonté, vous n'imitez pas seulement le merle, vous imitez d'autres animaux. C'est votre droit mais où voulez-vous en venir ? »

On est empereur ou l'on est vadrouilleur. Un vadrouilleur, je le découvrais, a bien des droits. Donc j'osai prier Deul de laisser la parole à Larrivée qui poursuivit :

« Derrière nous quelques clients, clef en main, s'étaient immobilisés ne sachant pas s'ils devaient sourire, ignorer, s'éloigner. Je leur confiai avec enthousiasme que depuis mon adolescence j'aboyais volontiers, notamment le matin dans ma salle de bain. Un Hollandais qui portait un short me secourut en assurant que lui aussi, depuis son service militaire, aboyait à l'occasion et, pour en fournir la preuve, il se mit à japper. « Entre
« aboyeurs, lui dis-je, la franchise est un devoir. Je
« me permets donc de vous signaler que ce que
« vous faites est bien mais incomplet parce que
« vous ne vous êtes pas spécialisé dans une race.
« Vous imitez le cri du chien en général. » Un jeune homme chauve qui retenait sa clef entre le pouce et l'index intervint : « Oserais-je rappeler qu'Aris-
« tote a écrit que le concept de chien ne mord pas.
« Il n'aboie donc pas davantage. Monsieur a raison,
« précisa-t-il en s'adressant au Hollandais, vous

« devriez vous spécialiser dans une race. — En « haussant le ton, observa ma femme, vous attein- « driez exactement celui de l'épagneul breton. « Essayez. » Il essaya, l'aristotélicien s'en mêla, trois clients porteurs de clef se mirent de la partie dont le plus petit et le plus grêle réussit un aboiement qui me rappela celui du chien des Baskerville. Quant aux clients qui n'aboyaient pas, ils riaient ou ils souriaient et même la matrone souriait aussi et me sourit désormais quand je lui rendais ou lui reprenais ma clef. Nous avons passé une semaine ma femme et moi dans cet hôtel en ne rencontrant plus que des yeux gais. Le jour de notre départ, le chasseur a même daigné porter nos valises jusqu'à la voiture, la matrone l'a escorté, elle nous a fait un grand bonjour de la main et, pour démontrer sa complicité, a simulé un aboiement qui n'était pas réussi mais nous n'allions pas lui chercher la petite bête puisqu'elle et ses clients et son personnel, puisque tout le monde avait été heureux pendant quelques jours, parce que nous avions osé cesser de nous contrôler. Monsieur Deul, si j'ai raconté cette histoire c'est parce qu'elle ressemble à ce qui vient de nous arriver à propos de dormir à la belle étoile. »

Deul reprit sévèrement la direction de la manœuvre.

« Vous pourriez ajouter, monsieur Larrivée, que ces moments de détente n'apportent pas seulement la faveur d'un loisir heureux. Ils peuvent être créateurs. Ce fut le cas de Delixe. Vous l'avez bien connu l'un et l'autre. Il y eut même entre vous (il s'adressait à moi) et lui des liens particuliers. Il a occupé dans notre société des postes prépondérants. Il les devait à un moment de détente. Delixe était flâneur. Assis sur un banc il regardait en hiver le port de Port-Vendres ou de Collioure s'enliser dans la boue dorée du crépuscule. J'emploie ses propres mots. Les bateaux de pêche, alignés bord à bord, avaient été sages jusqu'au coup de vent, un coup de vent qui réveilla l'éclat du soleil, ameuta les vagues, jeta les bateaux les uns contre les autres. Les chocs étaient amortis par de vieux pneus suspendus le long des bâtiments. Si les pêcheurs avaient bardé d'acier le flanc des coques, celles-ci auraient été déchirées. Du coup, Delixe découvrit que ce qui valait dans l'eau valait sur terre et que les voitures automobiles, au lieu de porter sur leur avant et sur leur arrière des plaques d'acier qui rendaient tout choc plus destructeur et même plus sanglant, devraient être entourées, de dos, de face et de profil, par un bourrelet de caoutchouc. Il déposa son brevet, nous le proposa, c'est ainsi qu'il fit son apparition dans la maison et qu'il y resta jusqu'à sa mort. Son brevet nous ne l'avons pas exploité parce qu'il n'était pas exploitable, nous n'étions pas de force à toucher Michelin, nous n'avions pas à l'époque de relations politiques assez bien situées, bref nous abandonnâmes mais Delixe fit sa carrière chez nous, parce qu'en fin d'après-midi il avait rêvé, rêvassé dirais-je même, sur le port de Port-Vendres. »

De nouveau une multitude de petites rides gaies jouèrent sur le visage de Larrivée.

« Encore faut-il ajouter, observa-t-il en baissant les yeux comme s'il était confus de grivoiser, que la carrière de notre ami Delixe a été facilitée par les bonnes relations qu'il avait eues sous l'Occupation avec votre père, monsieur Deul, et sans doute aussi par l'intérêt que lui portait, monsieur Paul Bâche, votre défunte belle-mère Odette Pale. »

Je n'ai jamais lu de pièces de Scribe ni d'Émile Augier mais j'imaginais que ce style était apparenté aux leurs.

« Parlons honnête, répliqua Deul avec une bougonnerie qui faisait partie de son art. Sous l'Occupation Delixe a aidé mon père à dégeler des capitaux menacés par les Allemands et a réussi à les lui rapporter en Suisse. A cette époque il était l'amant d'Odette Pale, dont une intelligentsia tentait de faire la plus grande comédienne de son temps. Par la suite Odette Pale a épousé mon père et Delixe était donc doublement recommandé pour rentrer chez nous. Ce qui n'empêche pas que la rêvasserie portvendraise était nécessaire. Elle a été le catalyseur. Il faut ajouter aussi qu'il a montré une compétence inattendue qui a soutenu son destin dans la maison. Le plus curieux d'ailleurs, et au moment où vous quittez votre poste, mon cher Bâche, je me permets de vous le rappeler, le plus curieux c'est que vous-même êtes entré ici parce que, après la mort de mon père, vous avez été vous aussi l'amant d'Odette Pale, puis de sa fille. »

Les traités d'histoire m'ont toujours inspiré de la méfiance. L'enchaînement de circonstances, de rêves et d'à-peu-près qui poussent Bonaparte à entreprendre la campagne d'Égypte, à la gagner d'abord, à la perdre ensuite, à transformer enfin cette défaite en victoire est inextricable donc tout historien qui prétend l'éclaircir se conduit comme un faussaire. Delixe avait été mon premier patron, nous nous aimions beaucoup sans trop savoir pourquoi. Dix ans après lui j'avais été l'amant d'Odette Pale qui dans l'intervalle avait trouvé moyen de devenir la femme et la veuve du vieux Deul. Odette Pale, auparavant, toute jeune, au début de la guerre, s'était fait faire une fille, Léone, que le père avait emportée avec lui au Sénégal. Après avoir été l'amant de la mère j'avais été celui de la fille, c'était incontestable et je me refusais à tolérer le soupçon que je devinais — depuis trop longtemps — dans le regard de Deul, dans le regard de Larrivée.

« Est-ce que vous vous figurez que je me suis intéressé à Odette puis à Léone dans l'espoir de me faire une situation dans cette baraque ? »

Larrivée sembla voler à mon secours en s'écriant :

« Nous n'avons jamais pensé que l'ami Delixe avait été guidé par l'intérêt dans ses relations avec Odette Pale qui, d'ailleurs, lorsqu'il la rencontra, était une débutante pauvre. »

C'était une manière de me rappeler que lorsque j'avais connu, moi, Odette Pale, elle était une comédienne célèbre encore que déclinante et surtout une veuve riche. Comment ose-t-on juger les autres alors qu'on refuse de se juger soi-même ? Il se trouve que je tombai amoureux successivement de Germaine qui avait cinq ans de plus que moi, puis d'Odette qui elle en avait dix ou douze de plus, inutile de faire le calcul. Si l'on me citait le cas d'un jeune homme qui aurait montré deux fois cette prédilection pour des aînées, j'en conclurais aussitôt qu'il cherchait des mères dans ses maîtresses, qu'il avait souffert d'un manque d'affection, etc. Je savais que, malgré les apparences, ce n'était pas mon cas. La suite de ma vie me le confirme : d'Odette je passai à Léone qui avait tout juste dix-sept ans et aussi bien dans mes aventures que dans mes liaisons je ne montrai plus de goût que pour des filles nettement plus jeunes que moi, ce qui était encore le cas de la dernière, Juliette, née alors que j'avais seize ans. Quand on se remémore certains passages de sa vie, on peut se refuser malgré l'évidence à les reconnaître comme siens. Je sais que je me suis laissé entretenir par Odette Pale, que j'ai accepté qu'elle subventionne mon premier film, que je l'ai quittée pour Léone, sa fille, grâce à laquelle j'ai pu m'installer confortablement à la C.T.R. Je résume cette affaire comme si elle concernait un autre, un autre que je considérais comme un gigolo d'une triste banalité. Parfois on s'écarte de soi au point de ne plus pouvoir se reconnaître. On est étonné qu'entre soi et soi le même abîme existe qu'entre soi et les autres et cet étonnement devrait permettre de plus facilement comprendre autrui. Au lieu de répondre, je réfléchissais, de sorte qu'ils craignirent de m'avoir blessé et que Deul chercha un refuge dans le sujet innocent que nous avions traité d'abord.

« Il est bien vrai qu'on fait des découvertes en ne pensant à rien. Un peu avant Noël j'avais mené mon petit-fils dans un magasin de jouets pour qu'il choisisse à sa guise. Il était lent à se décider. Je m'ennuyais. J'étais vacant. Mon regard errait sur des maquettes de voiture automobile qui reproduisaient des modèles allant de 1900 à nos jours. Et, parce que je n'avais pas de but, que je n'avais pas fixé d'objectif à mon cerveau, celui-ci s'est mis à tourner tout naturellement. En liberté. Et j'ai constaté, ce qu'aucun historien de l'automobile n'a noté à ma connaissance, que pendant des années le chauffeur était resté assis en plein air sans autre protection que son pare-brise. Il en était de même pour les avions dont je suivis la progression avec le même intérêt parce qu'une idée me venait, une idée qui n'avait encore ni forme ni contenu. Je ne sais pas si je me fais bien comprendre mais je la sentais poindre sans la connaître. Tout d'un coup elle se solidifia. Je compris que les hommes, fussent-ils de grands techniciens et des chercheurs passionnés, restent prisonniers d'habitudes qu'ils ne songent pas à examiner. Je découvris que si, dans mon enfance encore, les chauffeurs de maîtres, les conducteurs d'autobus, maniaient leur volant en plein air, cela tenait à la nécessité que les cochers avaient subie, étant bien obligés pour manier les guides et le fouet de se trouver en relation directe avec le cheval, lequel cheval lui ne pouvait être que dehors. Dès la naissance du moteur on aurait dû tenir pour évident que, le conducteur étant en relation avec lui par des pédales et avec les roues par un volant, il n'était nullement tenu de rester en plein vent. Il a fallu des dizaines d'années pour qu'on découvre cette évidence, on a même donné le nom de conduite intérieure aux premières voitures dont la carrosserie était entièrement fermée. Il aurait suffi, il y a quatre-vingts ans, qu'au passage d'une voiture automobile et d'une voiture à cheval un passant se soit trouvé dans un état assez détendu pour que lui vienne à l'esprit une observation qui aurait accéléré l'histoire de l'automobile et de l'avion. Évidemment cette découverte je la faisais trop tard, encore que si Delixe a échoué avec son pare-chocs mou, c'est qu'il l'avait faite trop tôt et que les constructeurs allaient mettre des années et des années à renoncer à cette évidence erronée qui veut que pour protéger une carrosserie dure il faille des bordures encore plus dures et non la molle souplesse dont avait rêvé Delixe.

— Si les gens de lettres avaient réellement, comme ils le prétendent, une manière de regarder le monde différente et complémentaire de celle des savants c'est eux qui devraient nous étonner par des trouvailles comme celle de M. Deul, comme celle de Delixe. Je sais que vous adorez la littérature, ajouta Larrivée en m'examinant d'un air narquois, mais même votre Giraudoux n'a jamais réussi à jeter un regard original sur son époque.

— Pourquoi *mon* Giraudoux ?

— Vous avez sur les rayons de votre bureau une cinquantaine de livres parmi lesquels j'ai remarqué la présence de trois Giraudoux. »

C'était bien possible. Ces livres je ne les avais pas ouverts depuis des années mais l'envie de me disculper ne m'effleura pas. Je me demandais seulement ce que le nom de Giraudoux pouvait bien signifier pour Larrivée, sans doute le comble de la futilité. Deul, qui avait jeté un coup d'œil à sa montre, décida de conclure :

« Tenons-nous-en au projet suivant : une fois par mois nous nous réunirons pour bavarder à bâtons rompus, en nous affranchissant de toutes règles et j'espère qu'il en sortira des idées opératoires.

Naturellement, Bâche, vous participerez à ces...
— Récréations, proposa Larrivée.
— A ces récréations, approuva Deul en souriant avec indulgence. Vous avez renoncé au poste fixe que vous occupiez mais nous vous confions la responsabilité d'un film, donc vous êtes toujours de la maison. Il serait également souhaitable que Chomel nous assiste. Il pourrait à l'issue de chaque rencontre, de chaque récréation, poursuivit-il avec une feinte bonne humeur où perçait l'impatience, rédiger un résumé analytique des idées que le hasard aurait jetées.
— Chomel, coupai-je, n'aura rien de plus pressé que de placer nos divagations sur ordinateur et de chasser ainsi un naturel qui ne reviendra pas au galop.
— La collaboration de Chomel nous sera précieuse au contraire, cria Larrivée, et je ne peux concevoir votre animosité pour ce malheureux garçon. »
Depuis que Chomel était entré dans la maison, Larrivée le haïssait quotidiennement mais en toute occasion prenait soin de le défendre. Il savait que le projet était dans l'air de le faire bénéficier prématurément de ses droits à la retraite et que Chomel était impatient de se subtituer à lui. De mon côté je connaissais les intrigues de Courtelaine et je réagissais exactement comme Larrivée, celui-ci soutenant Chomel et moi soutenant Courtelaine. Cette identité de comportement aurait dû m'éclairer mais elle en était incapable parce que je ne savais pas moi-même par quoi mon comportement était motivé. Peut-être l'orgueil m'interdisait-il de dénigrer ou de laisser dénigrer un ennemi que je méprisais. Peut-être, en volant au secours de Courtelaine, souhaitais-je montrer que je ne le craignais pas et que sa faiblesse lui donnait droit à ma protection. Les deux hypothèses valaient pour expliquer la conduite de Larrivée, la seconde me

semblant pourtant plus fondée. En employant l'expression « ce malheureux garçon », Larrivée tendait à donner de son cruel adversaire l'image d'un pauvre type incapable et plein de bonnes intentions qui ne pouvait prétendre à entrer en rivalité avec lui.

« Ces séances, je ne sais pas si je me fais comprendre, ne seront fructueuses que si nous leur apportons toute notre attention », conclut Deul en me serrant brutalement la main.

Il disparut dans son bureau tandis que Larrivée m'escortait le long du couloir en mâchonnant un sourire rêveur.

« Dimanche dernier, me dit-il, j'ai eu une de ces idées qui viennent à la diable et qui souvent ne se prêtent à aucune application tout en présentant un certain intérêt. Le magazine que je feuilletais rappelait que si un lavabo se vide le tourbillon de l'eau est orienté dans un certain sens s'il est situé dans l'hémisphère nord et dans le sens contraire s'il appartient à l'hémisphère sud. Je me demandais où était située la démarcation. Je me demandais si l'on pouvait imaginer une vaste salle de bain nantie à chacune de ses extrémités d'un lavabo qui...

« Oui je vois, deux lavabos voisins, deux tourbillons de sens contraires. C'est une idée qui aurait ravi ce Giraudoux que vous me reprochez de lire. Delixe m'avait raconté qu'à Lyon, sous l'Occupation, il avait bavardé avec Giraudoux et que celui-ci projetait d'effectuer après la guerre un voyage à travers l'Europe qui aurait suivi la frontière de la vigne et au retour celle de l'olivier, des cigales ou de la tuile romaine. Un voyage équatorial entre deux lavabos coulant en sens contraires ne lui aurait certainement pas déplu. »

La malice rayonna sur les traits de Larrivée.

« Vous voyez que j'avais bien raison de le dire : vous ne jurez que par Giraudoux. Comme votre cher Juaurez d'ailleurs. »

Le remords me vint de ne pas être encore décidé à protéger l'avenir de Juaurez.

« Vous n'avez rien à lui reprocher, dis-je. Il a toujours tenu ses devis avec exactitude. »

Larrivée s'émerveilla : il me considérait en jubilant. J'en venais à croire qu'il allait se donner des claques sur les cuisses ou me caresser les joues quand, levant les bras avec enthousiasme, il s'écria :

« Vous serez toujours le même ! Vous aimez énormément Juaurez, c'est une évidence. Mais vous ne le vantez que sur des points médiocres. Sa ponctualité. Alors que vous croyez en son talent. C'est une preuve que vous l'aimez d'ailleurs. Vous le traitez comme vous vous traiteriez. En effet, ajouta-t-il en clignant de l'œil gauche, je ne vous ai jamais entendu louer vos travaux que sur des détails, jamais vous n'avez osé jeter dans la balance le poids de votre valeur qui est pourtant réel.

— Et vous ? »

Ce n'était pas une question. Au cours de nos rencontres professionnelles, sur un beau nombre d'années, j'avais observé que Larrivée évitait de souligner les services d'importance qu'il rendait à la maison et ne mettait l'accent que sur des apports dérisoires. Et il le savait si bien qu'il tarda à me répondre. Il me serra la main avant de jeter, en clignant cette fois de l'œil droit :

« Peut-être ai-je mes raisons. »

Tout en regagnant mon bureau par le dédale habituel je tirai de cette phrase finale un suc qui me troubla. A l'Épave il arrivait de temps en temps que des travestis vinssent se rafraîchir. Six mois plus tôt, l'un d'entre eux qui, dans la rue m'avait aperçu avec Larrivée éclata de rire en me parlant de lui. Il précisa son rire par une horrible confidence : Larrivée était un de ses clients, il se déguisait en Bretonne, coiffe comprise, et exigeait d'être battu comme plâtre. Cette image ne collait pas avec celle que je m'étais faite de Larrivée et quand elle m'effleurait l'esprit je la chassais non parce que je la jugeais scandaleuse mais parce qu'elle dérangeait mon ordre du monde. De même je savais que Juaurez menait une vie familiale à mon insu. Savait-il que je le savais ? S'il me cachait cet aspect de son existence donc de son caractère, c'était évidemment parce qu'il le jugeait incompatible avec l'apparence qu'il voulait me donner et peut-être avec la notion qu'il avait de lui-même.

En me retrouvant en face de Mlle Beaunon je la considérai avec stupeur : elle était un remords en formation. Elle se chargea de me placer en face de mes responsabilités :

« Il paraîtrait, dit-elle, que vous vous préparez à quitter votre poste. »

Je tentai d'arrondir les angles :

« La C.T.R. me confie la mise en scène d'un film à laquelle je me consacrerai pendant un an. Dans l'immédiat je compte m'absenter pour rédiger mon projet et je suppose que Courtelaine expédiera les affaires courantes. D'ici deux mois, si cela vous convient, je vous intégrerai à l'équipe de production. Je n'en sais pas davantage pour le moment. »

Ce n'était pas son sort qui l'inquiétait mais le mien, je le sentis avec certitude. A travers moi elle était humiliée. Elle croyait que, victime des intrigues de Courtelaine, je m'étais laissé avoir. Par vanité je fus sur le bord de lui confier que cette modification de mon statut, je l'avais décidée de mon propre chef. Je n'osais pas m'y résoudre, craignant de la peiner en lui apprenant que je l'abandonnais volontairement.

« Soyez gentille, appelez-moi un taxi. »

Je l'entendis réciter au téléphone notre numéro d'abonné, puis je l'entendis attendre. J'attendais avec une telle impatience que quand elle m'annonça : « douze à quinze minutes », je bondis vers la porte. Je m'enfuis sans même penser à lui dire au revoir. Sur le trottoir le flux des passants était régulier et n'atteignait pas encore la densité qui, après six heures et surtout six heures et demie, aboutit à une foule compacte où les êtres n'ont plus l'air de marcher mais d'être portés par un courant. Depuis qu'une syncope m'avait obligé de laisser ma voiture à Tours, j'avais souvent pris des taxis et chaque fois avec intérêt. Le chauffeur de taxi est un homme (ou une femme) dont on ne connaît guère que la nuque. Pendant un certain nombre de minutes on reste enfermé avec un inconnu qui, selon sa nature, ou selon une rencontre de circonstance aussi, restera jusqu'au bout un inconnu ou imprimera sa marque dans le souvenir. La veille pour me rendre chez Juliette le conducteur dont je ne me rappelle pas le visage mais seulement le crâne et les oreilles m'avait fasciné parce que d'emblée il avait engagé la conversation sur un sujet imprévu. Il arrive que des conducteurs par besoin de communiquer recourent à un échange vide qui concerne le temps ou la circulation. On en vient vite à dire *ils* pour désigner tantôt les gens qui conduisent comme des cochons ou qui traversent à l'aveuglette, tantôt les pouvoirs publics qui placent les sens interdits en dépit du bon sens. Celui-ci, au contraire, m'avait fait observer, en démarrant, que l'on passait sa vie familièrement avec des notions ignorées. « La rue de Provence, s'était-il exclamé, nous trouvons normal qu'elle s'appelle comme ça mais nous ne savons pas pourquoi on l'a appelée comme ça. Ceux qui l'ont fait devaient bien avoir une raison mais laquelle ? » Il avait poursuivi en me racontant que dix ans plus tôt la curiosité l'avait saisi d'en apprendre sur ses ancêtres. Il avait entrepris des recherches à la mairie et à l'église de Saint-Gervais-des-Bois, petite commune proche de Versailles où une partie de sa famille paternelle avait vécu, en tout cas depuis

1780, « peut-être depuis plus longtemps remarquez bien mais actuellement je n'ai pas pu encore remonter plus loin ». L'un de ses arrière-arrière-grands-parents avait siégé comme député à la Convention. Il avait été emprisonné puis libéré et avait ouvert un commerce d'épicerie qu'il tenait avec sa femme, une ancienne blanchisseuse. Le fils aîné avait été tué à Waterloo, le plus jeune avait fait quelques études, était devenu clerc chez un notaire, avait vendu l'épicerie et donné naissance à une fille dont la descendance restait encore mystérieuse et à des jumeaux qui tous deux s'étaient faits accordeurs de piano. Ni l'un ni l'autre ne s'étaient mariés mais ils avaient élevé ensemble un enfant naturel qui s'était engagé, avait servi en Algérie et en 1871, sergent, avait fait son entrée à Paris en tirant sur les communards. Son fils, jardinier, s'était transporté à Paris, sans qu'on sût pourquoi il avait renoncé à la verdure, il avait travaillé plusieurs années au percement du métropolitain, après quoi il était revenu à Saint-Gervais pour y répandre le syndicalisme qui était sa passion. Il avait épousé une ouvrière qui était employée dans une fabrique de poupées et lui avait fait huit enfants dont l'un était le grand-père de mon conducteur. Celui-ci ne put m'en apprendre davantage car nous étions arrivés à destination et maintenant je regrettais de ne pas avoir trouvé un moyen de prolonger la course pour connaître mieux et cette famille et les mobiles qui avaient poussé vers cette quête un homme dont il ne restait plus dans mon souvenir que des touffes de cheveux châtains.

Mon nouveau conducteur freina, s'arrêta, se tourna à demi vers moi pendant que je m'asseyais en lui annonçant que nous nous rendions à la gare d'Austerlitz. Ce Vietnamien d'un âge indéfinissable conduisait en silence et je ne cherchais pas à ouvrir la conversation, importuné par les lettres vertes sur fond jaune, ce vert et ce jaune qui évoquent l'univers carcéral ou hospitalier, qui me priaient de m'abstenir de fumer.

« J'ai eu tort, lança-t-il soudain, jamais je n'aurais dû prendre par l'Opéra. »

Son intonation, et peut-être l'accent en était-il cause, était celle d'un reproche dirigé non contre lui-même mais contre moi. Pourtant c'était bien lui qu'il mettait en cause et avec une objectivité d'autant plus méritoire que l'embouteillage ne m'avait pas inspiré la moindre marque d'impatience. Pour lui répondre quelque chose je répétai ce que les conducteurs répètent depuis des dizaines d'années à savoir que dans Paris, maintenant, on ne peut plus se fier à un itinéraire parce que le trafic change d'un moment à l'autre. Puis j'évoquai Saigon, et le souvenir de la rue Du-No bloquée à six heures tous les soirs. Il parut content d'apprendre que je connaissais le Vietnam et pour en savoir plus sur son histoire je n'eus pas besoin de lui poser beaucoup de questions, il me suffisait de lui renvoyer la balle. Jeune il avait appris le français parce qu'il était brancardier à l'hôpital Graal. Puis il avait été mobilisé et s'était tapé la retraite de Hué à Saigon. Après la prise de la capitale il avait été envoyé travailler dans une rizière. L'un de ses frères employé à bitumer les routes avait été arrêté et nul n'avait jamais su ce qu'il était devenu. Sa mère qui était veuve était morte dans une épidémie alors qu'elle avait été tirée de son village pour débroussailler une plantation d'hévéas abandonnée. Quant à lui, pour des raisons qu'il ne s'expliquait pas il avait été placé dans un camp de rééducation. Se trouvant possesseur d'une liasse de dollars et de quelques piécettes d'or, il avait obtenu d'un « grand fonctionnaire » l'assurance d'être embarqué clandestinement sur un cargo qui devait partir pour la Malaisie. Le jour de l'embarquement il avait été arrêté puis sa rééducation avait été reprise. Cette fois il avait fait un gros effort et appris par cœur tout ce qu'il fallait apprendre par cœur. Enfin au cours d'un interrogatoire il avait eu la bonne idée de déclarer que s'il se conduisait si mal, s'il se comportait en ennemi de la révolution, c'était sans mauvaise intention mais tout simplement parce qu'il ne s'adaptait pas aux travaux qu'on lui confiait. Né dans un petit port, d'un père pêcheur, il pouvait prétendre que sa vocation était la pêche, argument qui ne déplut pas aux autorités qui manquaient de poisson. On le transféra dans une équipe de pêcheurs modèles au sud du cap Saint-Jacques. Il avait profité de la relative liberté de conversation qui subsistait sur les barques de pêche pour déceler trois complices avec lesquels, de nuit, il avait pris la mer. L'objectif était de doubler la pointe de Ca Mau et de traverser le golfe de Siam jusqu'à la baie de Bangkok. C'était un long parcours, leurs provisions étaient réduites, le carburant leur manqua vite, ne restaient plus que la voile et les rames. Au départ ils avaient espéré que l'un des navires qu'ils rencontreraient les accepterait à son bord mais les paquebots qu'ils croisèrent les ignorèrent. Un gros bateau de pêche coréen daigna leur donner quelques bidons d'eau et les situer sur leur position. Ils étaient plus avancés qu'ils ne le pensaient mais les Coréens ne leur cachèrent pas que, dans la baie de Bangkok, croisaient des bateaux de guerre thaïlandais qui ne manqueraient pas de les repousser. Ils touchèrent la côte thaïlandaise de nuit. L'un d'eux était déjà mort, mordu par un petit serpent d'eau, un second se noya au cours du débarquement. Son dernier compagnon et lui furent arrêtés par la police, dirigés sur un camp d'où mon conducteur réussit à obtenir le droit de sortir pour aller mendier un visa au consulat de France. Je me rappelais la façade de ce consulat et ses grilles assiégées par les candidats au départ.

« Heureusement, me dit-il, que je parlais le français, ça a facilité les choses. Une de mes sœurs réussit à m'écrire. Elle espère partir, il faut bien vivre d'espoir. »

En descendant du taxi j'allumai une cigarette puis me dirigeai vers une cabine téléphonique pour appeler Mlle Beaunon. J'étais fâché d'avoir oublié de lui dire au revoir et ce souci m'avait suivi pendant que j'écoutais le récit de ce navigateur résigné à qui je n'avais pas osé demander s'il était content d'être à Paris. A peine eus-je dans l'oreille la voix de Mlle Beaunon que je cherchai un prétexte à mon appel. Je n'osai pas lui dire carrément que je regrettais d'avoir omis de la saluer en partant, je lui demandai si je n'avais oublié de signer aucun papier, puis cette fois, je lui dis au revoir avec la certitude que cet *au revoir* créait du définitif. Du coup j'entrai dans le hall de la gare d'un pas précipité, celui d'un voyageur qui craint de manquer son train, alors que j'étais trop en avance pour espérer trouver Juliette.

Entre Juliette et moi dès que nous nous rencontrâmes, nous ignorant encore l'un l'autre, éclata un moment miraculeux qui dura un an. Ici je suis obligé d'employer le mot fantasme bien qu'il soit à ce point usé qu'il ne s'écrit même plus phantasme. Je ne l'utiliserai pas dans le film mais je l'emploie provisoirement pour simplifier ma pensée et mon émotion. Une de mes hésitations à l'employer vient de ce que le jeune Chomel, notre énarcoïde, déclare volontiers en plein conseil d'administration que la baisse du cours de nos actions est due à un fantasme boursier. Mon hésitation dépassée, je renonce d'emblée à définir ce qu'est un fantasme. Je le rattache à un fantastique capable de donner un pouvoir à ceux qui lui sont sensibles, le pouvoir d'échapper à la régularité et à l'attendu, celui de prendre la mer avec un projet précis et obscur, sans météo. Ce qu'il y eut de miraculeux entre Juliette et moi c'est que la rencontre de nos fantasmes fut simultanée. Il m'était arrivé au début de ma vie, c'était la première fois que j'étais infidèle à Germaine, de rencontrer une fille qui m'avait demandé d'accomplir certains actes durant lesquels j'avais été comblé. Il m'était aussi arrivé (après que j'eus enfin compris qu'une très grande partie de ce qu'on rêvait à l'état masturbatoire ne demandait, comme dirait Leibniz, qu'à passer du possible au réel), de suggérer, de proposer, d'influencer, enfin d'obtenir de femmes successives qu'elles apportent leur participation et même qu'elles prennent un goût puissant à ce qui au début les avait horrifiées ou simplement ennuyées. Pour la première fois j'avais en rencontrant Juliette, et cela se vérifia de mois en mois, à mesure que nous osions nous livrer davantage l'un à l'autre, rencontré celle grâce à qui le duo fantastique s'établissait de lui-même, sans que jamais l'un eût imposé à l'autre un thème qui ne fût pas déjà présent ou naissant en son esprit. La pratique des fantasmes, comme celle de la mer, de la montagne, de la guerre, présente des risques dont le principal tient en ceci : on a besoin d'aller toujours plus loin, tout en sachant qu'il y a quelque part une cime où le bon sens qui est nécessaire à la santé du fantastique exigerait que l'on s'arrêtât. Mais quand on s'entraîne mutuellement cette cime se profile trop vite et l'on perd assez la tête pour continuer au-delà. Des fantasmes légers aux graves fantasmes nous avons passé en l'espace d'une année comme en l'espace d'une nuit. Il va de soi que sur un sujet aussi obscur que le fantasmique je ne tienne pas compte de la rigueur étymologique. Je ne lie pas seulement le fantasmique au fantastique mais aussi à la fantaisie telle qu'elle a été entendue d'Aristote à Descartes qui pensaient qu'elle s'appliquait à l'imagination seule, qu'elle comportait le souvenir de certaines figures mais aussi le pouvoir d'en imaginer d'autres et qu'elle était esprit aussi bien lorsqu'elle formait de nouvelles idées que lorsqu'elle se bornait à l'exploitation nouvelle d'idées déjà formées et utilisées.

Dans ce hall de gare, les êtres humains s'agitaient en se croisant et même en se heurtant, aimantés les uns par les boutiques vendant du tabac, des livres, des journaux, les autres par les guichets derrière lesquels des employés « délivraient » des billets, d'autres aussi par l'ouverture des quais d'embarquement. Il était impossible de scruter la présence ou l'absence de fantasmes sur les visages qui ne reflétaient qu'un objectif, celui de se déplacer, échanger provisoirement ou définitivement un lieu pour un autre. Je ne pouvais m'empêcher de chercher dans ce tournoiement la démarche, le profil, les cheveux sombres de Juliette, c'était absurde puisqu'il n'était pas encore cinq heures et demie et que vingt-cinq minutes nous séparaient encore de l'heure du rendez-vous, d'autant plus absurde que je croyais découvrir sa silhouette aussi bien dans celle d'une forte dame conduisant une tribu de Portugais que dans celle d'un porteur. J'étais prêt à chercher Juliette dans les airs, au plafond du hall. Depuis que j'étais arrivé dans cette gare j'étais beaucoup plus amoureux d'elle. Parce que je l'attendais. L'attente a un pouvoir sinon créateur du moins intensificateur. J'épiais l'écoulement des minutes qui me séparaient de l'arrivée d'une femme à laquelle j'avais peu pensé dans la journée. Il est vrai que la curiosité exaspère le désir amoureux. Il m'est arrivé, après plusieurs semaines de relative indifférence, d'attendre des nouvelles de Juliette avec l'impatience d'un psychotique parce que je la soupçonnais d'être aux prises avec un autre. Or j'était curieux de connaître l'I. qu'elle allait me proposer.

A quelques jours près il y a aujourd'hui trois ans que nous nous connaissons ; pendant les deux premières années nous avons savouré la rencontre de nos fantasmes et les avons pratiqués en toute sécurité parce qu'ils étaient pareils aux boîtes d'aquarelles de mon enfance qui portaient la mention : couleurs sans danger. Nos fantasmes nous agitaient mais c'était des corps tranquilles. Que Juliette se promenât nue sous sa robe, qu'assise à la terrasse d'un café elle laissât distinguer cette nudité à un consommateur de notre choix, que dans la cabine d'un wagon-lit, toutes lumières allumées, Juliette se dévêtit et s'offrît tandis que le convoi s'engageait entre les façades éclairées de Marseille nocturne, suffit pendant un temps à nourrir notre brasier. Ni la partouze ni l'échangisme ne nous tentaient mais nous nous hissions vers des crêtes périlleuses. Dans le film sans doute inventerai-je une profession pour Juliette dont la situation est trop compliquée pour être exposée avec une vitesse suffisante. Elle est médecin mais elle n'a guère pratiqué et est entrée très jeune (aujourd'hui elle a trente-six ans) dans un laboratoire qui lui a confié la direction d'une revue qui, comme dirait Chomel, est un House Organe, et l'organisation de séminaires, de congrès, de rencontres, de colloques.

Miraculeusement (car pendant un temps, dès qu'il y eut fantasme, entre Juliette et moi il y eut miracle) elle découvrit un étudiant prénommé Évariste, ce qui ne s'invente pas, et spécialisé dans l'époque médiévale. Elle lui fit admettre qu'elle vivait un grand amour avec un chercheur qui travaillait en Océanie et qu'il avait été convenu entre elle et lui que leurs infidélités devaient toujours rester imparfaites, soumises à une règle, ce qu'Évariste était tout disposé à admettre puisque dans le roman courtois le respect d'un code était non seulement admis mais considéré comme une valeur amoureuse. L'appartement de Juliette, autre miracle, était à merveille conçu pour l'accomplissement de nos projets. Évariste ne demandait qu'à laisser s'écouler des années pour passer selon son code médiéval du fenhedor au precador, à l'entendedor et peut-être au drut. L'appartement de Juliette occupait le grenier d'une maison qui datait de la fin du XVIIe ; on suivait d'abord un long couloir puis on pénétrait dans la pièce qui était à la fois son salon et son cabinet de travail ; quelques marches conduisaient à ce qu'on appelle une loggia qu'elle utilisait à la fois comme chambre et très rarement en vérité comme salle à manger car elle recevait plutôt dans la pièce du bas où des coussins étaient répandus à profusion. Il était facile de se dissimuler dans la loggia et de voir. J'assistai ainsi à la progression de leurs étreintes. Évariste m'inspirait de la sympathie. Quand on se soumet à un fantasme on est sans vergogne, pourtant il m'arrivait passagèrement d'éprouver des scrupules au spectacle d'un Évariste qui se livrait en toute candeur alors que la complicité de Juliette et de moi était si peu candide. Au début ils ne se permirent que d'effleurer leurs lèvres, Juliette ne dévoilait que partiellement son corps. Vint la soirée où elle lui permit de la dévêtir et de hasarder des caresses superficielles. Puis les caresses s'approfondirent, Évariste se dévêtit à son tour. Entre chaque séance, Juliette et moi, nous débattions très sérieusement des faveurs supplémentaires qu'elle pourrait lui accorder, puis j'assistais à la réalisation de notre projet. Nous accédâmes sans nous en douter aux confins du redoutable quand, impatientés par les nuances, nous tombâmes d'accord pour une accélération dont les détails ne furent pas immédiatement précisés, mais à la séance suivante elle le pénétra avec un gode que nous avions acheté un an avant pour me permettre de dédoubler mon assaut et qu'une seule fois elle avait enfoncé en moi ; il parut très heureux de se soumettre et son état physique en témoigna si clairement que pour terminer elle le gratifia d'une fellation qui devait provoquer, aussitôt après, un débat entre nous. Je considérais celle-ci comme plus grave que l'acte sexuel banal, tant il est vrai que l'érotisme repose moins sur des faits que sur l'interprétation qu'on leur accorde. Lycéen j'avais encore connu des lycéennes de province qui se croyaient obligées de préserver leur virginité et en ce temps-là la fellation tout comme la sodomisation me paraissaient des ersatz. L'époque avait changé, mon expérience aussi m'avait changé en me persuadant, avec preuves à l'appui (plusieurs femmes, et des plus sensuelles, m'avaient affirmé que quand elles n'atteignaient pas à un certain sommet d'amour ou de désir elles pouvaient néanmoins agréablement accepter un coït mais se seraient refusées aux deux autres formes de l'étreinte sexuelle), que ce que j'avais considéré autrefois comme un pis-aller constituait un privilège chargé de l'intimité la plus violente. Je soutins donc à Juliette que puisqu'elle avait accepté la fellation elle devait accepter l'acte sexuel banal, elle résista un peu mais elle manquait d'argument puisqu'elle faisait précisément partie des femmes qui m'avaient confié qu'elles considéraient comme un privilège le mode d'étreinte qu'elle venait d'accorder à Évariste. Bref elle accepta.

L'automne s'était déjà mué en hiver, il faisait nuit quand nous arrivâmes ensemble chez elle. Elle alluma les lampes sauf celle de la loggia où ma protection exigeait la pénombre. Nous fumâmes quelques cigarettes ; nos cœurs battaient fort, le mien en tout cas. Pour montrer à Évariste que cette fois elle le considérait comme un *drut* (un amant complet au sens médiéval), elle décida de l'accueillir nue ne conservant qu'un porte-jarretelles et des bas à couture, accessoires qui nous étaient chers et qu'Évariste appréciait aussi parce que selon lui le Moyen Age avait été le triomphe du dessous féminin conçu par une intuition géniale pour exalter la discrimination du masculin et du féminin en ajoutant à la chainse et au billot d'autres parures clandestines qui allèrent en se multipliant, du doublet au corset, au jupon, au blanchet, au troussis, à la jarretière, aux transparences secrètes ou visibles. Un quart d'heure plus tard embusqué moi aussi derrière une transparence, celle d'un rideau d'alcôve qui me permettait, comme il est énoncé dans le manuel du fantassin, de voir sans être vu, je vis. Et je passai un moment qui me parut trop court et trop long. Je n'aurais pu participer que si, surpassant la vision des corps, celui de Juliette inerte, celui d'Évariste mollement en mouvement, j'avais pu scruter leurs cerveaux. Toujours en prenant Juliette j'avais cru devenir elle au point que si je la battais c'était moi qui ressentais les coups. La torpeur d'Évariste, l'indifférence de Juliette, ne m'expédiaient aucun message qui me permît de me mettre à leur place. Je ne pouvais même pas savoir si pour Juliette la présence de mon regard était un excitant ou un frein.

L'interprétation d'autrui fondée sur une interprétation de soi-même semble facile, mais quand un homme interprète une femme (ou l'inverse) il y a un effort d'imagination à tenter, celui que j'avais cru réussir chaque fois que je faisais l'amour avec Juliette. Si j'avais accepté qu'une fois elle me sodomisât c'est parce que j'avais voulu subir physiquement la sensation que savoure une femme quand elle est pénétrée, dominée et occupée par une arme étrangère.

Le haut-parleur faisait retentir les noms des villes pour lesquelles un convoi se préparait à partir. Ces noms français ou espagnols je ne les entendais même pas. J'étais agité par une ivresse qui n'était pas produite par l'alcool mais par un étonnement d'où débordait l'espoir. J'étais étonné que le jour même où en liquidant ma situation à la C.T.R. j'avais conjuré mon naufrage quotidien, Juliette —

sept ou huit minutes me séparaient maintenant de son arrivée — fût en train de se diriger vers moi porteuse d'une I. qui peut-être nous arracherait au naufrage.

Celui-ci avait commencé aussitôt après le départ d'Évariste. D'abord je sautai sur Juliette, cette femme encore ouverte et trempée, et j'agis avec la violence que j'avais espérée et redoutée d'Évariste. Puis elle ralluma une cigarette et nous parlâmes. J'ai toujours été surpris par la rapidité avec laquelle on peut passer d'un déchaînement physique à une discussion rationnelle. Pris d'un accès de bon sens j'entrepris de convaincre Juliette que nous avions atteint une cime — « une cime qui était ta cible », observa-t-elle — et que nous devions interrompre net nos relations avec Évariste. Elle se laissa facilement convaincre et ce fut facilement aussi que je la crus sincère car j'avais remarqué qu'elle n'avait pas joui, ce qu'elle me confirma avec tranquillité. « J'avais l'impression d'être sous un enfant, j'éprouvais plutôt des sentiments maternels, si j'en suis capable. » Pendant les semaines qui suivirent, le souvenir de ce qui s'était produit, à la fois complet et manqué, entre Évariste et elle, me stimula et je crus qu'il agissait avec la même force ambiguë sur elle. Tout homme aime sa passion, fût-ce celle de collectionner un timbre ; la jalousie est une passion, un jaloux la savoure et pour lui l'agenda de celle qu'il désire est objet de désir, tant il est vrai que les désirs sont des excitations qui exigent comme excitants des objets extérieurs. Dans l'agenda de Juliette je vis réapparaître le nom d'Évariste. Je remarquai qu'elle prenait grand soin aux jours et aux heures où elle avait rendez-vous avec lui de me donner des détails sur l'emploi de son temps afin d'éviter que je vinsse la retrouver. Tout naturellement, armé de la clef qu'elle me confiait, je débarquai chez elle et m'embusquai dans l'alcôve. Situation connue mais neuve puisque, comme Évariste, maintenant Juliette ignorait mon regard. L'agenda était devenu un fleuve obsessionnel qui fixait toutes mes émotions, un pactole où je guettais le passage de la pépite. Enfin le prénom désiré surgit, prévu pour le surlendemain à neuf heures du soir ; à peine l'avais-je découvert et Juliette m'annonçait que nous ne pourrions pas aller au cinéma comme prévu « car après-demain je dois représenter mon labo à une conférence de sexo ». Ce soir-là, leur ayant laissé un bon moment pour prendre leur élan, je glissai la clef dans la serrure et après avoir refermé la porte avec lenteur je m'engageai dans le couloir où Grognard le chien de Juliette m'arrêta pour me faire fête. Je me prêtai à ses bonds, je lui massai le crâne, je lui tirai la peau du dos, ce qu'il adore ; il jappait d'enthousiasme et je me répandais en « Grognard, bon chien, bon chien Grognard, oui, oui, tu es beau », etc. Je voulais donner à Juliette le temps d'improviser. Certain que c'était à moi qu'elle tenait et non au jouet sur lequel elle assouvissait sa part de masculinité j'étais certain qu'elle l'expédierait, ses vêtements sous le bras, dans la loggia. J'entendais à travers les coups de gueule enamourés de Grognard des chuchotements ; enfin quand je jugeai le délai suffisant, j'apparus devant une Juliette qui était nue, ce qui lui arrivait souvent, mais pour une fois désemparée : « Mais nous ne devions pas nous voir ce soir. » Je feignis d'avoir complètement oublié qu'elle s'était décommandée. Recouvrant son calme elle m'expliqua que la conférence avait été remise, que c'était vraiment bien que je sois venu, elle allait passer une robe et un manteau et nous arriverions à l'heure au cinéma. Elle bondissait déjà vers ses vêtements quand je me saisis d'elle. « Après t'avoir vue ce n'est plus du film que j'ai envie. » Elle ne se défendit pas, vaincue par la surprise, réduite à un état où l'on est le spectateur d'une scène qui vous échappe. Volontairement je me comportai avec brutalité pour pouvoir lui crier : « Ça ne ressemble pas aux mollissonneries de ce niais d'Évariste dont nous nous sommes tant amusés. » A peine libérée Juliette d'un pas naturel, parvenant à réfréner sa hâte, monta dans la loggia qui était adjacente à la salle de bain. Ce fut de cette pièce sonore que son hurlement me parvint, se répandant comme une bourrasque. Je montai pour trouver Évariste vacillant, appuyé au rebord de la baignoire où il s'effondra avant que Juliette ait pu le retenir. De nombreux paquets de somnifères éventrés gisaient sur le carrelage. Cinq. Pendant que Juliette appelait l'ambulance, je marchais de long en large en essayant de ne pas entendre les balbutiements puis les silences d'Évariste. Les infirmiers le hissèrent sur un brancard, l'enveloppèrent dans une couverture. Juliette les suivait et je la suivais. Sur le trottoir elle constata d'un ton neutre : « Vous l'avez fait exprès c'est affreux, je ne veux plus vous voir. » Elle courut vers sa voiture pendant que l'ambulance démarrait, enroulée dans le chant de sa sirène. J'avais déjà connu un spectacle semblable lors de ma rupture avec Germaine et avec Léone à quatorze ans d'intervalle. La nuit, quand je croise l'une de ses ambulances répandant à travers les rues sa plainte menaçante, je n'imagine jamais un malade ou un blessé mais toujours le corps d'un être qui a décidé lui-même de se supprimer parce que la souffrance a excédé son pouvoir de résister. Dans la musique modulée et scandée de l'ambulance je reconstitue l'histoire d'un amour qui, pour avoir fini si cruellement, doit avoir débuté avec bonheur à travers les premières rencontres, les premières ententes, les premiers mots de passe, les premiers chagrins heureux, ceux d'une séparation brève au cours de laquelle on découvre mutuellement combien on se manque.

Le lendemain et les jours suivants, Juliette avait raccroché le téléphone avant même que je pusse lui poser une question sur l'état d'Évariste. En une matinée elle avait réussi à faire changer sa serrure. Je me décidai, bien qu'elle m'eût toujours défendu l'accès de l'immeuble qu'occupait son laboratoire, à m'y rendre et je la trouvai dans un couloir. Évariste s'en était tiré avec deux jours de coma. Il se remettait bien. L'idée lui était venue qu'au Moyen Age la complication des relations sentimentales et physiques avait dû provoquer des situations analogues. Il avait cessé en quelques heures de déifier Juliette mais, méthodique, il l'avait assurée qu'il lui écrirait une fois tous les trois mois. Juliette finit par accepter un dîner qui se termina par une nouvelle rupture. Nos arguments se heurtaient sans qu'aucun entamât l'autre. Elle soutenait que j'étais une belle ordure, un espion qui fouillait dans son carnet, un traître qui l'avait placée dans une position de traîtresse à l'égard d'Évariste. Je lui répondais que traîtresse elle l'était profondément puisque après avoir feint de jouer l'aventure Évariste en complicité avec moi et pour notre bien à tous deux, elle avait continué seule en additionnant froidement les mensonges. Nous nous haïssions en nous quittant. Quarante-huit heures plus tard elle me téléphona pour m'annoncer qu'elle avait choisi l'homme le plus antipathique que nous connaissions, Géricault, pour coucher avec lui. Juliette détestait la sous-directrice du laboratoire, Josette Assure, que j'avais d'ailleurs connue par elle au moment où la C.T.R. produisit un film documentaire sur les médicaments employés dans le traitement des dépressions alcooliques. Il ne me fallut que deux soirées pour vaincre la résistance souriante de Josette Assure, copieuse personne, blonde des pieds à la tête (même les yeux) avec qui je m'ennuyai beaucoup tout en me réjouissant intérieurement puisque je pus téléphoner la nouvelle à Juliette.

Celle-ci tenant à exhaler sa rage, nous nous

revîmes de nouveau. Notre querelle prit une tournure conceptuelle. Juliette soutenait que mon acte était le plus grave parce qu'un homme pour tenir son rôle est obligé de désirer physiquement, crime dont je m'étais rendu coupable dans les bras de Josette Assure, alors qu'une femme, c'était justement son cas auprès de Géricault, n'avait eu besoin d'éprouver aucun désir et qu'elle avait réussi à se venger en se laissant simplement aller, les yeux fermés. Tout en pensant à Évariste à qui cette querelle aurait rappelé celles de la scolastique, je rétorquai que la femme en s'abandonnant à la possession d'un homme, en lui donnant le droit de régner en elle, de la soumettre à son empire phallique, était de cent fois la plus coupable. J'utilisai là une vieille thèse masculine que le code a lui-même reflétée bien qu'après l'avoir partagée longtemps j'eusse fini par douter de son bien-fondé. L'homme, quand il imagine sa partenaire infidèle, s'imagine lui-même dans cette situation et dans la mesure où une soumission à un autre homme lui répugne il donne une importance démesurée à l'infidélité. Je savais cela mais d'une part j'avais grandi dans la croyance contraire et d'autre part il faisait partie de mon plaisir d'accabler Juliette alors que celle-ci n'en éprouvait aucun à évoquer le corps de Josette Assure. Une trêve intervint. Nous ne faisions pas l'amour ensemble mais elle m'avait donné une nouvelle clef et la nuit précédente était la troisième que j'avais passée dans son lit. Nos discussions nous avaient amenés à conclure que nous avions dépassé les hauteurs respirables du fantasme et qu'il fallait reprendre notre progression à zéro en sachant cette fois éviter les glaciers et savourer les zones verdoyantes. L'inconvénient du projet était évident : si nous recommencions notre aventure par le début en répétant les mêmes rencontres et les mêmes projets nous nous ennuierions et même nous nous donnerions une comédie où nous serions l'un et l'autre ridicules. Or le nombre de fantasmes est limité. La veille, alors que je m'apprêtais à m'enfoncer dans le sommeil auquel la mort devait m'arracher au matin, Juliette avait chuchoté : « Je crois que je suis sur le bord d'avoir une I. » Dans cette gare qui, pareille à une grotte marine où le même mouvement agite les algues, depuis une heure n'avait pas cessé d'être semblable à elle-même, frôlé par les valises, j'attendais Juliette et son I. Il y eut l'âge de la pierre taillée. Le bronze naquit selon les civilisations à des dates différentes et il y en eut où il ne naquit jamais. Des tribus qui nous sont contemporaines ignorent encore le feu. Le fantasme (sexuel, c'était le seul que j'envisageais tout en sachant que la poésie, le fard, l'utopie politique, le bijou, le supplice de l'ennemi vaincu, la crinoline, le voyage dans la lune, sont aussi produits par des fantasmes) a été ignoré par des sociétés soit trop libres pour donner vie à une transgression, soit trop ritualisées pour qu'aucun osât imaginer la transgression. En Occident, l'année où naquit Jésus, des poètes latins, de Properce à Ovide, découvraient dans la jalousie un lancinant plaisir dont ils ne pouvaient se passer. Peut-être le fantasme déclina-t-il ensuite pour renaître au Moyen Age. Son histoire n'avait pas été écrite mais sans doute est-elle comparable à l'histoire du vêtement qui lui aussi a été inspiré depuis ses origines (collier, plumes, tatouage) par un refus de l'homme à accepter comme les autres animaux les ordres de la nature, qu'ils concernassent son aspect ou son désir.

Je m'abandonnais au goût pour l'abstraction que me reproche Larrivée quand Juliette apparut, messagère d'une I., et s'étant vraisemblablement vêtue de la manière qu'elle jugeait la plus conforme à l'accomplissement du projet. Elle portait un tailleur écru dont la jupe qui était fendue et atteignait à peine le genou semblait chercher non à provoquer mais à obéir à la mode. La veste était entrouverte sur un chemisier mauve d'une discrète transparence que la mode recommandait aussi. Marchant auprès de moi d'un pas rapide elle donnait l'apparence d'une jeune femme élégante et stricte qui part en week-end avec son mari ou son amant.

Les yeux de Juliette, son sourire, peuvent atteindre une force explosive ; un inconnu dans la rue s'en retournera, frappé par un trait. Mais, très visiblement pour moi, non pour les autres, elle s'était mise en veilleuse. Elle ne retenait pas son éclat comme l'on retient un cheval, par un effort, mais comme, en tournant le bouton d'un poste de télévision, on tamise l'intensité d'un son ou d'une couleur. L'ardeur de ses yeux sombres et brillants s'était dissimulée dans la broussaille de ses cils et ses lèvres, qui n'étaient pas serrées mais un peu rapprochées, effaçaient la denture, arme trop éblouissante. Dès qu'elle le jugeait opportun elle savait jouer la jeune femme neutre, banale ; elle pouvait porter un tailleur Chanel sans qu'on la crût déguisée, elle seule le savait. Bref elle avait décidé de se déguiser et de déguiser son regard de braise en regard compétent. Pour les besoins de l'I., elle avait décidé de cacher la gitane qu'elle était, celle qui m'avait foudroyé, dont la chevelure trop souple ne demande qu'à devenir une crinière trop parfumée et qui rit, toutes dents au vent, d'un rire aveuglant qui est autant destiné à faire peur qu'à faire bander ; la gitane que Chateaubriand rencontra sur un chemin, misérable et trop riche pour lui, vive, brune, agitée de science et de gentillesse, la gitane de Mérimée aux yeux obliques et parfaitement fendus, à la peau unie et proche de la teinte du cuivre, aux dents plus blanches que des amandes. Je croyais que bientôt cette Juliette dont l'apparence donnait plus envie de croire en l'existence des sexes qu'en l'existence de Dieu triompherait et m'asservirait.

« Voilà les billets, dit-elle, nos places sont retenues à tout hasard, mais nous allons remonter les voitures pour chercher une position stratégique. »

Cet adjectif m'amena à découvrir que la gare où nous nous trouvions portait le nom d'une bataille. Les appellations s'émoussent selon l'usage qu'on en fait. Austerlitz était pour moi une gare orientée vers le sud-ouest comme la gare de Lyon l'était vers la Méditerranée. Jeune, je lisais *L'Intransigeant* sans attendre de lui la moindre intransigeance et *Le Figaro* ne me rappelle pas Beaumarchais. La notion de bataille qui s'était introduite dans mon esprit m'incita à me demander si Napoléon éprouvait plus de plaisir quand il concevait son plan ou quand il l'appliquait. Je me rappelais qu'à Austerlitz, très exactement entre Brünn et Austerlitz sur un terrain qu'il avait reconnu et choisi, tout comme on prépare un projet amoureux, Napoléon face aux deux autres empereurs avait déployé ses forces qui étaient inférieures à celles dont François II et Alexandre Ier disposaient, les avait déployées de telle manière que sa droite semblait très faible ce qui ne pouvait manquer de leur inspirer le projet de la tourner par le sud, entreprise qui dégarnissait leur centre sur le plateau et permettait à l'armée française une attaque qui coupait en deux l'adversaire. Celui-ci manœuvra comme Napoléon avait su le lui suggérer et la victoire fut complète. Il y eut probablement entre le plan et l'action quelques légères différences mais elles ne sont guère importantes si l'on s'applique à comparer l'état où fut Napoléon quand il tendit son piège et quand il l'exécuta. Enfant quand mon père et moi faisions des courses de montagne je savourais plus que l'ascension elle-même la lecture que j'en faisais auparavant dans un guide. « Une heure trente, on quitte le chemin de Trevoz pour emprunter un sentier muletier signalé par une croix consacrée au souvenir d'un village détruit par une avalanche.

Deux heures trente, on atteint le chalet de Foigny pour s'élever à travers des alpages vers un éboulis que l'on gravit en direction du sud. Trois heures trente, on parvient sur un plateau rocheux terminé par un névé de pente accentuée (passage un peu vertigineux, piolets nécessaires). Quatre heures, on découvre le lac de Foigny que l'on contourne pour parvenir sur les bords du glacier », etc. De même il m'était arrivé, en polissant les détails d'un fantasme avec Juliette, de goûter une émotion plus complète qu'en le réalisant.

« Je veux que tu me donnes tous les détails. »

Comme nous compostions nos billets elle commença de m'exposer son plan. Elle souhaitait que nous affections de ne pas nous connaître ; elle choisirait une place en face d'un homme à sa convenance qu'elle chercherait à allumer ; à un signal qu'elle me donnerait en tirant une cigarette de son paquet je commencerais à l'attaquer jusqu'à ce qu'elle se laisse convaincre de passer la nuit dans la chambre d'hôtel que je prétendrais avoir retenue à Tours ; arrivés à Tours nous irions à la Marquise, maison de rendez-vous dont l'atmosphère complaisamment libidineuse permettait toutes les impudeurs. Vers minuit, rassasiés du regard des miroirs et des femmes de chambre, nous reprendrions l'auto que j'avais laissée dix jours plus tôt dans un garage proche de la gare quand un malaise m'avait surpris et Juliette se dévêtirait pour traverser Tours assise auprès de moi et longer la Loire parmi les hasards des lampadaires et des phares.

« Je sais ce que tu vas me dire, conclut-elle en montant dans la première voiture, rien de neuf là-dedans pour nous mais c'est l'agencement harmonique qui est neuf. D'accord ? »

Je la suivais à travers les voitures dont les unes répétaient la tradition des compartiments, dont les autres imitaient les cabines d'avion et, de part et d'autre d'une travée centrale, répartissaient, sur une rangée, les sièges en deux d'un côté et un de l'autre quand on se trouvait en première. Ce fut une voiture de ce style que Juliette choisit. Elle s'assit près de la vitre en face d'un jeune homme de trente-cinq ans, complet beige, polo rouge, attaché-case pareil à tous les attaché-cases, *Le Monde* entrouvert sur ses genoux, un visage assez neutre mais de beaux yeux et une fine fossette comme Évariste. Je m'assis auprès d'elle en feignant de l'ignorer. Presque aussitôt je crus que le convoi allongé de l'autre côté du quai reculait, c'était le nôtre qui démarrait. Je me rappelais qu'à Austerlitz Napoléon avait su utiliser l'artillerie au moment opportun, Juliette utilisa la sienne qui était la fente de sa jupe. Notre adversaire parut d'abord subir notre plan tout comme François II et Alexandre Ier. Son regard s'attacha à la région de la cuisse que Juliette révélait en croisant les jambes, puis en les réunissant ou en les éloignant. Ainsi traversâmes-nous cette étendue que l'on appelle banlieue ; elle mêle des cubes de béton, des peupliers nains, de vieilles façades sales, des cerisiers en fleur, des pavillons de pierre meulière et des cheminées d'usine. Quand la végétation accentua son pouvoir sur les rives de la voie le regard du jeune homme et celui de Juliette se croisèrent. La jupe se fendit si haut que pendant un instant la chair surgit au-dessus du bas pour disparaître aussitôt.

Le colonel du bar de l'Épave était imbattable sur les grands chefs de guerre de l'Antiquité à nos jours et sur les vedettes féminines de l'écran, surtout sur celles de sa jeunesse mais aussi sur les contemporaines car il avait suivi le train de son époque dans ce domaine limité. D'Annie Girardot il disait : « Plus naturelle que la nature cette fille-là ! Aussi vraie quand elle est enjouée que quand elle est grave. Mais qu'elle se méfie : si elle tourne au grave il lui arrivera ce qui est arrivé à Napoléon. » Il reprenait souffle en attendant qu'on lui demande ce qui était arrivé à Napoléon et s'exclamait : « Il a perdu sa gaieté au combat. Les premiers nuages l'ont touché à Iéna. A la Moscova il s'ennuie tellement qu'il n'écoute pas les conseils des généraux qui n'auraient pas, quelques années plus tôt, osé lui en donner un seul, il s'ennuie tellement qu'il a hâte d'en finir par une attaque frontale. Il a perdu son goût pour les plaisirs de la guerre. Pendant Leipzig il s'endort, vous me direz qu'il s'est éveillé à l'occasion de la campagne de France. Il livre de petites batailles, petits bijoux qui le rajeunissent, c'est un *has been* mais à Waterloo, il a de nouveau perdu son enjouement, manœuvrer ne l'amuse plus, il s'apprête à encaisser la défaite avec toute la gravité convenable. » Tout souvenir se rattachant au bar de l'Épave, donc à mon rêve et aussi au temps que j'avais laissé s'écouler comme une hémorragie discrète et insensible sur tant d'années, était propre à me rendre défaitiste. Mais le propos du colonel, même dépouillé de son décor, me poussait à craindre d'avoir moi aussi perdu l'élan de liesse qui avait animé ma stratégie érotique. Deux hypothèses : ou bien, l'âge venant, cet élan avait été atténué par l'usure, ou encore cette défaillance était-elle due à une loi secrète qui veut qu'on ne réussisse pas à désirer deux fois de suite la même personne. Il se pouvait aussi que je fusse déçu par les thèmes proposés par Juliette qui n'avaient de neuf que leur composition et, isolés, pris l'un après l'autre, n'apportaient qu'un trop connu, bien inférieur en tonicité à ce que nous avions partagé. En gros j'étais disposé à admettre, si malheureuse qu'elle fût, la nouvelle que je ne désirais plus Juliette et qu'au bout du compte fantasmer avec elle avait cessé de me convaincre mais l'hypothèse « tu as quitté l'ère des fantasmes » me retenait aussi, terrible.

Le convoi allongeait sa course à travers la ville d'Étampes qui comme certains animaux est tout en longueur ; son dos est hérissé par quatre ou cinq églises la plupart romanes. Je me rappelais avec quel plaisir j'avais appris à nier le père Noël, avec quelle facilité j'avais annoncé à l'abbé Plancafort que je ne croyais plus ni en Dieu ni en diable ni en la religion. Mon père m'avait inculqué le culte du maréchal Pétain. Quelques mois me suffirent pour le considérer comme un traître, jugement sur lequel je suis revenu par la suite sans que ni mon aller ni mon retour n'eussent été accompagnés du moindre trouble. Dans le maquis je crus en Mestre notre chef de secteur et à travers lui en Staline, le père des peuples. Croyance qui me déserta tranquillement au bout de quelques années. Or, une croyance fait partie de soi ; on peut être convaincu par l'addition d'un certain nombre de raisons que la représentation proportionnelle correspond en régime parlementaire à la meilleure approximation de la réalité mais si l'on croit qu'Allah est grand, que le fils du créateur des atomes et de l'harmonie des sphères s'est baladé il y a quelques centaines d'années en Galilée et que la dialectique explique l'histoire des hommes, on n'est pas convaincu par une idée extérieure à soi, on fait corps avec une certitude sans preuve, la croyance qui est la plus redoutable des certitudes. Regardant s'écouler des champs de blé en herbe que jalonnaient de loin en loin d'inexplicables bosquets d'arbres tordus, je m'étonnais qu'après avoir abandonné aisément des croyances fortement incarnées, le désespoir me prît à la crainte d'avoir perdu la croyance dans les fantasmes. Pour me réconforter je préférais supposer que c'était Juliette qui avait perdu le pouvoir de me faire fantasmer et qu'une autre me le rendrait.

Il m'était triste de renoncer à Juliette et à la poursuite de nos entreprises, j'acceptai donc une autre théorie selon laquelle Juliette avait conservé tous ses dons mais les employait mal en prétendant faire du neuf avec du vieux grâce à une nouvelle ordonnance de nos anciens explosifs. Elle s'en laissait conter, par l'illusion très féminine chère à Giraudoux : grâce à la justaposition de plusieurs détails banals, parvenir à rendre un moment nouveau et unique. Il était ordinaire à l'époque où il écrivait *Bella* qu'on bavardât autour du traité de Versailles, qu'on bût un vieux marc de pays, qu'on fût amoureux mais la collusion de ces trois circonstances lui permettait d'accéder à l'unique et d'affirmer que de ces deux milliards d'êtres épars dans les continents, aucun amoureux ne buvait en ce moment ce marc en écoutant l'histoire du traité de Versailles ; pour remonter au jour où la première brise caressa la végétation il faudrait quasiment remonter aux origines de la vie mais dans *Jérôme Bardini,* en accolant la nature et le cinéma, Giraudoux peut découvrir de vulgaires arbustes à Hollywood qui sont incomparables parce qu'ils ont reçu le premier frisson des plantes filmées. Ainsi Juliette croyait vivre un rêve inconnu en enchaînant dans un ordre original les circonstances que nous avions déjà connues et en modifiant les lieux où elles s'étaient produites. Ainsi cette giralducienne qui n'avait jamais lu Giraudoux croyait-elle créer en provoquant, dans un train diurne, un inconnu puisque ici elle n'avait joué à ce jeu que dans un train de nuit, un restaurant, un salon. Son illusion était d'autant plus puissante que jamais en effet elle n'avait provoqué un homme immédiatement avant que je l'attaquasse, elle, à mon tour et que je l'entraînasse dans une maison de rendez-vous. C'était la troisième fois en vingt-quatre heures que mon souvenir effleurait l'œuvre de Giraudoux. Dans l'après-midi la responsabilité en revenait à M. Larrivée mais la veille c'était un propos de Juliette qui avait décidé de l'enclenchement ; elle m'avait dit : « Ma sincérité a toujours été excessive jusqu'à devenir presque un défaut. Tu es le seul homme à qui j'aie menti. » J'avais humé dans cette déclaration cette senteur de privilège que se décernent mutuellement les héros de Giraudoux. Peut-être, avec une cruauté racinienne à laquelle Giraudoux s'est gardé de prétendre, avait-elle dit à Évariste : « Tu es le seul homme de qui je n'aie jamais attendu le plaisir physique. » Je me rappelai qu'en un bref laps de temps j'avais pensé trois fois à un écrivain que je n'avais pas relu depuis bien des années mais j'étais incapable de découvrir dans mon passé l'époque où son nom pour la dernière fois m'était venu en tête : trois mois, trois ans, cinq peut-être, me séparaient de la dernière apparition de ce nom dans mon cerveau et je déplorai une incapacité qui ne m'était pas propre, qui concernait sans doute toute l'humanité, à mémoriser les époques où un souvenir était revenu. Je rêvais à ce manque quand je m'aperçus que Juliette s'agitait, une cigarette entre les lèvres, ce qui était le signal.

« Merci, monsieur, me dit-elle quand je lui offris du feu.

— Je vous en prie. »

D'un coup d'œil je découvris que l'inconnu s'était réfugié derrière son journal. Je demandai à Juliette :

« Descendez-vous à Tours ?

— Oui.

— Moi aussi. Vous êtes libre ce soir ?

— Oui.

— J'ai laissé ma voiture dans un garage à côté de Saint-Pierre-des-Corps, nous irons dîner à la Marquise. Vous connaissez ?

— Non, mais j'ai entendu parler de cette maison. »

Le Monde frétillait entre les doigts de l'inconnu qui tout à coup le déposa sur la banquette et se leva. Dès qu'il eut disparu je demandai à Juliette :

« Vous le suivez ?

— Pas question, répondit Juliette assez sèchement. Il a décroché. Il m'avait été facile de l'enflammer mais tout à coup, en pleine combustion, il s'est réfugié derrière son journal. Il le regrettera. Tu me dragues à fond. Tu annonces la couleur. »

Cette attaque, je l'ai menée à l'instant même où il venait de se rasseoir en face de nous. J'ai présenté la Marquise à Juliette comme un restaurant flanqué de cabinets particuliers. Je lui laissai la licence d'orienter le tir ; elle a pataugé, hésitant entre deux rôles, celui de la conne qui se laisse embarquer sans méfiance, celui de la dure qui ne demande qu'à tester sur place les capacités sexuelles du jules. De toute façon, en face de moi, l'inconnu trop connu en était réduit à savourer une tristesse qui ne l'embellissait pas. Qu'elle fût une niaise ou qu'elle fût une brûlante, il savait qu'il avait eu tort de ne pas monter à l'assaut, il ne se le pardonnerait pas et les gens qui ne se le pardonnent pas ne sont pas jolis à voir. Nous l'avons perdu dans les couloirs de Saint-Pierre-des-Corps. Il ne nous retenait plus, nous ne le retenions plus. En sortant de la gare nous avons marché dans une chaleur nocturne qui était agréable. J'ai appuyé sur le bouton « service de nuit » du garage où Léopoldine termine une vie de Belge dont une partie s'est passée à suivre mon ami Hurlu quand il servait à la Légion étrangère. C'est en Indochine qu'elle a appris à trafiquer les moteurs. Au bord de la route coloniale numéro 1. Elle termine au bord d'une route nationale et tourangelle que l'autoroute a démodée.

« Juliette, pendant qu'elle sortira ma voiture, j'entrouvrirai une porte et tu verras, concrétisés, les fantasmes de Léopoldine. Elle est obsédée par deux déviations ignobles de la vie, celle qui se dirige vers les champignons, celle qui est orientée par la reptation. »

Il y a en effet chez Léopoldine une salle où sur

des taches d'huile marquées dans le ciment comme des taches de sang les éléments des moteurs sont répandus, puis une autre salle, pour peu qu'on pousse une porte battante, où des champignons en pots brandissent leurs couleurs spongieuses, alternant avec des robes de vipère suspendues à des fils par des pinces à linge. Pendant que Léopoldine, grande, grasse, blême, lançait le moteur de ma voiture j'avais montré la salle secrète à Juliette qui m'interrogea du regard. Ayant compris sa question je lui répondis :

« Non, ses rêves n'ont aucun rapport avec les nôtres. Sauf le fait incontestable que comme les nôtres ils empiètent sur la réalité. »

Je manœuvrai avec plaisir pour me ranger cérémonieusement derrière la Marquise qui ressemblait à la maison telle que l'imagine le Larousse en accumulant des formes comme un cauchemar à la Bosch additionne des crêtes, des mandibules, des œufs, des fourrures, des écailles pour enfanter des monstres. La Marquise ressemblait vraiment à la maison du Larousse et dans ce début de nuit on pouvait reconnaître sur la façade la justaposition des éléments que le Larousse énumère : bandeaux à bourrelet, volets, arcs surbaissés, consoles, appuis, harpes, corniches, gouttières, chatières, câble conducteur du paratonnerre, couronnement, mitron, paratonnerre, recouvrements, châssis à tabatière, versants, noues, jambages, frontons, couvre-joints, faîtage, épis de faîtage, solins, œils-de-bœuf, joues, chéneaux, linteaux, descentes pluviales en zinc, collets, persiennes, meneaux, glacis, soupiraux, allèges, seuil, perron, soubassement en meulière. A l'intérieur la monstruosité continuait de se défendre avec un amalgame de parquet à la française, de parquet mosaïque, de parquet à points de Hongrie, de parquet anglais, de parquet à bâtons rompus, à coupe de pierre ou à coupe perdue. Un commissaire-priseur aurait résumé le mobilier par : « bergères, fauteuils, commodes, secrétaires, chiffonniers, cartonniers en bois de placage style XVIIIe ». La patronne nous a salués, bien droite, un peu guindée, col Claudine un peu Mao. L'architecture de la maison avait été souvent remaniée mais le mobilier me semblait un mélange d'objets d'époque, de ces tables ou de ces consoles qu'un siècle après et de la meilleure foi du monde les artisans locaux continuaient d'exécuter sur des données traditionnelles, et de copies conscientes. Quelques meubles étaient contemporains notamment un bar devant lequel m'entraîna Juliette.

« Dans un moment, annonça-t-elle à la tenancière qui nous avait accompagnés avec la dignité d'une sous-maîtresse de bordel chinois dans un film américain situé à la frontière du muet, nous monterons dîner dans notre chambre mais nous prenons un verre avant. »

Un jeune barman encore pataud, Tourangeau qui un an plus tôt devait encore courir chercher l'œuf au-dessous des poules, fit étinceler de l'alcool.

« La boîte, m'exposa Juliette, organise un podium sur religion et alcool. Lundi il faut que je mobilise un pasteur, un curé, un rabbin, un théologien musulman. C'est intéressant. Il s'agit de savoir si, en renforçant la religion chez un alcoolique ou un buveur excessif, on peut le guérir ou du moins provoquer des stades de rémission. Il est vrai, ajouta-t-elle avec un sourire qui mordit brutalement ses joues, que cette cure de religiosité doit s'accorder avec l'usage de nos antidépresseurs. Puisqu'on peut espérer obtenir tout de l'alcool on ne devrait jamais en avaler une gorgée sans faire un vœu, comme lorsqu'on allume un cierge ou que l'on met un sou dans le tronc d'un saint. »

Je bus en souhaitant devenir un examinateur indulgent, face à Juliette qui pour réparer son demi-échec du train se préparait à un nouveau coup. Recalée à l'oral du bac en juin elle se représentait en septembre. Le fantasme est plus impressionnable encore que la sensitive, il se rétracte même par lassitude. Un client, visiblement plus riche, plus gros et plus âgé que notre partenaire du train, était assis non pas à une petite table comme nous mais au bar. Je comprenais à sa mine que Juliette renouvelait l'épreuve manquée et, quoique ne pouvant me retourner trop souvent pour scruter celle de son nouveau partenaire, je sentis qu'elle était sur le point d'obtenir une bonne note.

« Je vais faire pipi.

— Je te suis ? demandai-je docilement.

— Surtout pas. »

Seul, je manquai à ce point d'intérêt pour le présent que je me raccrochai à un souvenir immédiat, celui de Léopoldine que j'avais connue pendant un tournage, à Da Nang, où elle réparait de vieux cars Renault, ce qui ne l'empêcha pas de nous dépanner une Fiat toute neuve. Réfugiée en Touraine elle avait découvert que la vipère était un ersatz du cobra. Comme un chasseur ou un pêcheur elle connaissait les bons endroits. « Au bord du bois des Vaux c'est terminé. Je ne reviens là que pour les champignons mais au Clain de Ré elles pullulent entre la route et la Loire. » Il m'était arrivé de lui demander, me sachant grossièrement indiscret, les origines de cette double passion qui n'en faisait qu'une car souvent, d'une expédition, elle revenait chargée de deux musettes, l'une hermétique et l'autre béante, celle des serpents et celle des champignons. Cette pièce qui avait laissé Juliette indifférente, à peine dégoûtée, me rappelait la penderie de Barbe-Bleue où les corps de femmes étaient suspendus. A ma question elle m'avait répondu que les êtres humains étaient sans doute les descendants des monstres qu'elle collectionnait, et, peut-être dérangée par ma curiosité comme je l'aurais été par celle d'un interlocuteur qui sans partager les singularités de mon désir aurait attendu que je m'en expliquasse rationnellement, elle avait ajouté en montrant son atelier : « Je ne m'en vais tout de même pas collectionner des pièces de moteur tachées de cambouis puisque, liées à un ensemble auquel elles n'ont pas d'autre emploi que de collaborer, elles sont claires comme de l'eau de roche. » Cela, prononcé sur un accent belge auquel la fréquentation des Vietnamiens avait donné une modulation nasillarde. J'essayai de retrouver cet accent inimitable quand Juliette dont j'avais oublié l'absence réapparut. Le triomphe essoufflé :

« Il m'attendait à la sortie des toilettes !

— Qui ?

— Le type du bar. Tu avais bien vu qu'il m'avait suivie. »

Je fis semblant d'avoir vu.

« C'est un usinier du Nord, des environs de Lille. Il me prend pour une putain. C'est la première fois que ça m'arrive. Nous ne l'avions pas prévu dans le schéma mais le hasard nous a servis. Il m'a demandé un tarif. J'ai dit mille francs, je pense que c'est plausible ?

— Je ne suis plus très au courant, mais ça me paraît coller.

— Il m'a donné rendez-vous lundi au bar du George-V. Tu vas le voir repasser et tu sauras que pour lui je suis une pute. »

Il revint, régla le barman sans se rasseoir et jeta en effet vers Juliette un regard qui m'intéressa parce que j'imaginai le trouble avec lequel Juliette pouvait le recevoir. Elle avait réussi. A partir de cet instant j'eus hâte que ce figurant quitte la scène, mais Juliette le devança.

« Tu montes ? » me demanda-t-elle d'une voix forte.

Nous montâmes. La chambre comme dans toutes les maisons de rendez-vous était peuplée de glaces et de miroirs qui se renvoyaient la blancheur du lit ouvert et de la nappe sur laquelle les couverts étaient déjà disposés. Servis tantôt par le maître d'hôtel, tantôt par une femme de chambre qui changeait chaque fois, nous dînâmes. Juliette s'était dévêtue mais dès qu'on toquait à la porte elle se voilait pudiquement avec sa combinaison.

Elle déambulait à travers la chambre, montrant un corps dont elle savait que j'appréciais les contradictions : larges épaules, taille frêle, avant-bras frêles, cuisses musclées, seins et fesses amples. Elle s'arrêta devant un meuble peu compréhensible qu'une draperie violette ensevelissait, ne laissant surgir que des pieds torsadés ; elle souleva la draperie ; un écran de télévision apparut et elle appuya machinalement sur les boutons. Alors un Suédois et un Américain échangèrent des coups de raquette. Deux tribus, l'une en rouge l'autre en vert, donnèrent des coups de pied dans un ballon. Des chevaux coururent sur une piste verte, l'un d'eux gagna d'une encolure mais je savais depuis toujours que toujours il y avait un cheval qui courait plus vite que les autres. D'Afghanistan, puis du Liban, puis de l'Iran quelques images éparses. Partout des morts. Marchais aime l'adjectif *délibéré,* toutes les entreprises, tous les projets qu'il condamne sont *délibérés,* et tout ce qui l'intéresse est *fondamental.* Suit un débat sur Sartre. Un critique montre que Sartre s'est toujours trompé mais il admire sa méthode, ce qui invite à se demander si un boulanger dirait d'un collègue qu'il déteste son pain mais qu'il admire sa recette. Je coupe la télé. Juliette se fâche. Nous débattons sur Sartre en privé puis nous nous cherchons querelle sur l'Afghanistan. Pour nous opposer nous demandons nos convictions au hasard, tels deux joueurs d'échecs qui tirent au sort les blancs et les noirs. La voici communiste bien qu'elle rende ce régime responsable de l'exécution de son père et me voici proaméricain jusqu'à un accès de bon sens de Juliette qui est un accès de désir. Ou encore elle s'est rappelé que le projet ne saurait être désorienté par une querelle vaine et elle a sacrifié son goût de la discussion à son besoin d'accomplir ce qu'elle avait prévu avec trop de soin. Elle s'est allongée, son corps rôde le long du mien, des forces me viennent issues d'un pays secret dont l'Afghanistan ne fait pas partie.

Bien que la bouteille de champagne fût encore à demi pleine, Juliette décrocha à l'improviste le téléphone et demanda deux vodkas sans glace mais dans des verres glacés. Aussitôt j'employai mes forces, sachant que la situation où nous placeraient les regards étrangers faisait partie du projet et me fiant à son auteur pour relever maladroitement le drap jusqu'à nos hanches. En agissant, j'attendais. Ce fut une femme de chambre qui entra ; je l'entrevis grâce aux miroirs répartis sur les quatre cloisons. Juliette lui jeta un regard qui était comparable à un arc-en-ciel parce qu'il passait sans rupture d'une couleur à une autre, de la surprise à la gêne, à la confusion, à la complaisance, à la complicité féminine : nous savons l'une et l'autre, proclama son regard, qu'il y a plaisir à se faire enconner. Mot ignoré des dictionnaires que son deuxième amant lui avait appris et que je sentis errer dans sa tête pendant tout le temps où la femme de chambre, qui en entrant dans la pièce était entrée dans notre jeu, soit par goût soit par habitude professionnelle, s'attarda pour conduire dans les verres une rotation de glaçons avant de verser la vodka. Elle portait une robe noire, un tablier festonné de dentelles et planté dans sa chevelure sombre un petit bonnet tuyauté ; son visage était long, ingrat, construit avec des angles droits que seule une amorce de sourire incurvait. Elle ressemblait un peu à ces gouvernantes qui dans les films érotiques conduisent les victimes à leur supplice, ce qui me dérangea en me rappelant que le domaine que nous prétendions explorer était usé. La gouvernante sortie, le drap rejeté, ce fut aux miroirs que nous demandâmes de nous regarder et de nous renvoyer leurs impressions. Nous ne nous souciions plus de nous mais seulement du spectacle que nous offrions à ces multiples yeux glacés. Toutes les maisons de rendez-vous que j'ai connues comportaient des miroirs qui se situaient parallèlement au lit en général, quelquefois en perpendiculaire ou même au plafond. Grâce à Juliette, ou à cause d'elle, j'ai parcouru beaucoup de revues de sexologie dont les textes signés de docteurs, de professeurs, d'anciens internes, d'anciens chefs de clinique m'ont troublé parce que je me suis demandé si ces gens voués professionnellement à la relation érotique faisaient exprès d'en ignorer certains ressorts. Je n'ai jamais trouvé dans ces textes une allusion à cette fable extraordinaire qui est celle du miroir. Se voir vu par soi-même. Ou plutôt : nous voir vus par nous-mêmes. Et nous voir agissant l'un, subissant l'autre, pensant tous les deux. Il est bien que les tenanciers de maisons de rendez-vous sachent que ce rêve visuel et penseur est assez répandu pour faire les frais d'une multitude de miroirs et que les sexologues remboursés par la sécurité sociale considèrent, si l'un de leurs clients s'avise de leur révéler ce penchant, la tendance à jouer avec les glaces comme un inoffensif enfantillage, tout de même que la sodomie.

Les coups d'œil que Juliette jetait à la glace étaient graves et je croyais savoir pourquoi : médecin, chef de service dans un laboratoire, plus encline à draguer qu'à être draguée elle s'était habituée à considérer qu'elle s'était fait un mec en couchant avec lui mais quand elle surprenait, dans un reflet, les formes des deux corps et l'action qui les assemblait, elle se demandait si en effet ce moment n'était pas conforme à une tradition verbale qui voulait que l'une se donnât et l'autre prît.

Quand nous remontâmes dans la voiture, elle s'empara du volant, elle mit le chauffage à plein et pendant que nous traversions Tours se dévêtit d'une main tout en conduisant de l'autre, ce qui n'était pas une répétition de sa nudité à la Marquise car cette nudité urbaine était nouvelle et jamais cette ville à peu près endormie dès dix heures du soir ne me parut aussi traversée de lumières que pendant notre parcours. La voiture franchit la Loire puis lentement suivit le fleuve dont les méandres étincelaient sous les phares des autres voitures qui éclaircissaient le corps chroniquement doré de Juliette. Quand nous parvînmes à la hauteur du chemin qui dessert ma maison, elle ralentit, s'engagea entre les haies et descendit en laissant le moteur tourner.

« Range la voiture à l'entrée du jardin de manière à m'éclairer avec tes phares. »

La voiture a gravi ce petit bout de chemin que je connaissais bien, qui n'a pas changé depuis mon enfance, qui risque de ne pas changer avant ma mort. J'ai reconnu les criailleries rauques de la grille que j'ai ouverte puis, au prix de deux marches arrière, j'ai réussi à placer la voiture comme le souhaitait Juliette. Celle-ci est apparue au virage du chemin et s'est arrêtée dans le flot de lumière que je projetais à son intention. Des bruits de moteur me parvenaient. Si quelque automobiliste avait le temps d'apercevoir cette nudité immobile, sans doute garderait-il le souvenir d'un songe. Les phares transformaient le paysage en une gravure où chaque feuille de la haie, chaque brin d'herbe, étaient fouillés par un burin qui enlaçait les sillons de ténèbres et de lumières. Le corps de Juliette qui avançait rapidement vers moi ne m'atteignait pas sexuellement, il me touchait comme une œuvre d'art. L'éclairage embellissait une forme dont j'aimais les imperfections. Contrairement à Juaurez qui lie le sentiment esthétique au désir, un corps ne me trouble que par les erreurs physiques qui lui donnent une présence. Juliette a des fesses trop amples mais il a fallu que j'éteigne les phares, que je descende, que je caresse la croupe pour retrouver ce défaut aimable dont mes yeux ne me rendaient plus compte.

« Je commence à avoir froid », dit-elle.

Je lui avais rendu ses vêtements mais elle les gardait sur le bras. Derrière le volet j'avais décroché la clef, j'ouvris la porte. Le couloir était humide et plus froid que la nuit.

« Donne-moi la taupe de ta mère. »

Au début de l'hiver elle avait trouvé ce vieux manteau de ma mère, s'en était épris, l'avait fait nettoyer et réparer et le mettait chaque fois que nous venions. L'employant aussi bien comme robe de chambre que pour courir la campagne. Mme Tiffauge, la femme de ménage, avait, comme elle le faisait toujours jusqu'à l'été, préparé un feu dans la cheminée. Juliette n'eut qu'à craquer une allumette et l'architecture de journaux, de copeaux, de pommes de pin et de bûches s'embrasa. Nous nous assîmes devant les flammes sur un petit tapis en peau de chèvre et Juliette, comme si elle considérait que le moment était venu de dresser un bilan, observa :

« Depuis la gare d'Austerlitz tout a été formidable. Tu es d'accord ? »

Elle revint au vouvoiement pour ajouter :

« Vous en doutiez, vous, moi je n'étais pas certaine que nous pourrions redémarrer, mais presque certaine. Demain... »

Je n'entendis pas la suite de la phrase car ce *demain* venait de m'apprendre qu'entre aujourd'hui et lui une région s'étendrait où il me faudrait dormir. Je n'avais pas vraiment peur de rêver de nouveau à ma mort, de me retrouver dans le bar en face de Tilly, mais le sommeil m'inquiétait comme un pouvoir malsain. Pour conjurer le péril confus qui rôdait autour de moi comme un assassin je me hâtai de parler et je racontai à Juliette la décision que j'avais prise, l'entrevue avec mes patrons qui s'en était suivie. J'attendais qu'elle réagisse comme Juaurez et qu'elle me reproche d'avoir détruit ma sécurité pour un caprice. Si Juliette m'avait crié : « Tu es fou ! », sans doute aurais-je téléphoné le lendemain au domicile de M. Deul pour annoncer que toute réflexion faite je renonçais à mon projet. Et j'imaginai sa voix quand il me répondrait : « Mon cher Paul Bâche, j'attendais votre appel, j'étais certain que le bon sens l'emporterait. » Mais Juliette déclara avec autorité :

« Tu as eu raison. Je suis sûre que tu feras un grand film. »

L'hostilité que j'éprouvai pour elle me sembla d'abord déconcertante comme une nasse que l'on retire de l'eau. Puis, le regard attaché aux mouvements irréguliers et répétitifs des flammes, je parvins à dégager de la nasse les origines de mon humeur. Je reprochai à Juliette d'avoir cru en la toute-puissance d'une réunion de fantasmes alors qu'additionnés les uns aux autres ils formaient une somme dérisoire et même franchement ridicule. Je lui reprochai de nouveau Évariste. De ce visage qui m'avait menti en invoquant des séminaires, des projections de films médicaux, une voix sortait qui m'annonçait que mon film serait un chef-d'œuvre. C'était peut-être une autre manière de mentir, celle qui consiste à se débarrasser d'un sujet qui ne vous intéresse guère en donnant raison, sans examen, à l'interlocuteur. La troisième faute que j'arrachai à la nasse m'enveloppait de son humidité : Juliette avait eu tort, quand elle avait méticuleusement établi son programme, de lui fixer comme terme cette maison. Tout imprégnée de nuit frileuse qu'elle fût, cette maison m'était présente, je la savais par cœur comme les phrases que j'avais récitées à Tilly. Vaguement j'entendais gronder les voitures sur la route, je n'entendais pas la Loire mais je la sentais toute proche. Pour Juliette cette maison était un peu crasseuse ; elle regrettait que j'aie laissé à l'abandon l'ancienne salle à manger, l'ancien salon, l'ancien bureau de mon père pour n'occuper que ma chambre d'enfant, celle de mes parents, la cuisine légèrement modernisée et la salle de bain où une baignoire de cuivre s'appuyait encore sur des pattes griffues. Quand je suis né on naissait et on mourait encore chez soi. Mon père est mort dans la salle à manger, couché dans le lit où j'étais né. Ce lit je l'ai donné à Mme Tiffauge. Parfois mon père allait dormir dans la salle à manger, sans doute pour échapper à ma mère et lorsqu'il sut, comme le laboureur de La Fontaine, que ses derniers jours étaient venus, il fit de cette salle à manger une forteresse où il s'enferma. Ayant facilement obtenu de M. Deul un congé, j'avais le droit de pénétrer dans la forteresse où mon père me répétait : « Je n'en ai plus que pour quelques heures, je les souhaite tranquilles donc sans ta mère. » Il fallait que je repousse celle-ci, munie de tasses de tisane et de boîtes de cachous qu'elle brandissait avec des doigts tremblants. Elle mourut un an plus tard, à l'hôpital, elle, mais son corps revint s'allonger sur le lit de noyer que le flamboiement des bûches était en train d'illuminer. Pour un documentaire je me suis rendu il y a une bonne quinzaine d'années, sans que ma présence fût nécessaire, par simple goût du voyage, chez les Moïs et je les ai enviés. Chaque année ils sèment le riz sur un nouveau territoire, ils construisent une nouvelle maison de bambou et la récolte faite vont s'installer ailleurs. Si je les enviais c'est que je pensais à cette maison où j'étais passé de l'enfance à l'adolescence, prisonnier des mêmes meubles, des mêmes règles, devenant un petit adulte capable de faire des enfants alors que mes parents, dans ce décor immuable, continuaient de me traiter en enfant.

« Juliette, j'ai envie de vendre cette maison et d'en acheter une autre, n'importe laquelle, ailleurs. »

Elle n'était pas tentée de subir mes humeurs, elle prenait la situation en main.

« Tu la vendras plus tard si tu veux, pour le moment tu vas t'y installer puisque ta présence n'est plus nécessaire à la C.T.R. Tu vas rédiger ton scénario. Il te faut une secrétaire, j'en ai une qui s'appelle Lise. C'est la petite amie de Philibert. Tu te le rappelles ?

— Je ne l'ai jamais vu.

— Je t'ai raconté comment il m'avait déflorée. Il a également défloré Lise, du coup j'ai de la sympathie pour elle comme pour un camarade de régiment. Ils sont venus tous les deux m'exposer leurs problèmes. Ce que j'en ai retenu c'est que Lise cherchait un poste de secrétaire. Je ne pourrai pas la prendre dans mon service avant la rentrée mais elle serait très contente, en attendant, de gagner sa vie en tapant pour toi.

— Ici ?

— Oui, ici. Tu seras plus à même de t'absorber dans ton entreprise ici qu'à Paris. »

Ce n'était pas une mauvaise idée. Cette maison m'émasculait, ce que Juliette ne parvenait pas à comprendre, mais, parce qu'elle représentait le passé et incarnait beaucoup de mes remords, elle était en effet le lieu où je pouvais ébaucher le plan d'un film dont je comprenais enfin le sujet qui se résumait ainsi : traiter la manière dont le passé pesait sur moi, mon passé, celui des autres. Dans cette maison, où j'avais vu allongés les cadavres de ceux dont j'étais issu, les remords ne demandaient qu'à s'assembler et à surgir par toutes les portes, et j'étais décidé à les exploiter : un enfant a le droit et presque l'obligation d'être ingrat. Un film que j'avais supervisé montrait la naissance d'un poussin dont le bec était muni d'une dent destinée à rompre la coquille de l'œuf, elle s'appelait *ruptor ovis* et disparaissait aussitôt après l'éclosion. De même si je n'ai pas été assez attentif, assez présent pendant les agonies de mes parents, c'est que peut-être j'achevais, sans le savoir, de me libérer d'eux.

Juliette remettait deux bûches dans l'âtre ; elles craquaient, fumaient, grésillaient, me rassasiant de chaleur. Ma décision était prise de ne pas faire entrer dans la pression du passé la part qui revenait à ma famille. En revanche j'admettais mes responsabilités en ce qui concernait mes relations avec Germaine et avec Léone. Avec Juliette ? Elle était le produit d'une telle rencontre de hasard que je n'étais dans sa vie qu'un hasard de plus.

« Juliette, racontez-moi encore votre vie.

— Non, tu ne vas pas recommencer ! Tu connais le nombre de mes amants, les circonstances dans lesquelles je les ai rencontrés, tu sais tout, alors fous-moi la paix. C'est parce que j'ai prononcé le nom de Philibert que tu es repris par ta jalousie rétro ? »

Il était vrai que je croyais posséder une connaissance exhaustive de Juliette. J'avais noté méticuleusement les caractéristiques des vestiges qui s'en étaient venus échouer dans le désordre de nos conversations. Sans doute avait-elle tantôt gommé tantôt oublié certains hommes, pourtant le répertoire que j'avais édifié me satisfaisait presque en en mentionnant vingt-trois, sans me compter ni Évariste. Je ne retenais pas dans ma liste un grand amour qui n'avait pas eu de conclusion sexuelle ; Juliette, de dix-huit à vingt-trois ans, avait idolâtré un homme marié, assez âgé, très chrétien, très inquiet, prudent surtout, qui, malgré l'impatience qu'elle montrait et énonçait, avait réussi, des années durant, à ne pas la toucher. Après l'avoir quitté au début de l'année 68, alors qu'elle allait avoir vingt-trois ans, elle s'était lancée vierge et déconcentrée à travers la fête de Mai, et, à l'Odéon, dans une loge de velours et de bois doré que souillaient des bouteilles vides, des quignons de pain, des mégots et des préservatifs, elle s'était offerte à un garçon de quatorze ans, Philibert, aussi vierge qu'elle. Il portait des tennis, un jean découpé au-dessus des genoux et un maillot de corps. En baissant sa fermeture Éclair, Philibert avait écorché son sexe, de sorte que leurs sangs s'étaient mêlés.

« Je te propose Lise pour t'aider, avait poursuivi Juliette, tout ce que tu en retiens, c'est Philibert et le plaisir de savourer ton ressentiment.

— Quand je t'ai demandé de me raconter à nouveau ta vie, c'était à ton enfance que je pensais.

— Tu la sais par cœur, mon enfance. »

Il était vrai que comme celles de Germaine et de Léone, je connaissais assez bien l'enfance de Juliette parce que, ne m'intéressant guère aux enfants qui sont en train de vivre leur enfance, les souvenirs épars qu'un adulte en conserve à la suite d'un tri mystérieux me séduisent. Toute vie commence des éternités avant qu'un être apparaisse. Pour Juliette je ne pouvais remonter qu'en 1940, quatre ans avant son apparition. Louise, sa mère, avait été aspirée en juin par la route. Institutrice dans un village de la Beauce, elle avait été admise dans la voiture du boucher qui fuyait devant les Allemands avec sa femme et sa fille. A Châteauroux la voiture, une Mathis fatiguée, était tombée en panne et Louise, traînant une valise d'osier renforcée de courroies, avait repris seule la direction du sud. Un garagiste, comme il aurait dit autre chose (mais les dynasties, les liturgies, les philosophies commencent parfois ainsi), lui avait conseillé de quitter la nationale et de tenter sa chance sur une départementale moins encombrée. Elle marchait dans une odeur d'essence, de saucissons et de chèvrefeuille. Elle eut envie de faire pipi et se glissa dans un trou de haie. Cela, c'est moi qui l'invente parce que j'ai besoin d'une scène pour imager l'aléatoire où le destin de Louise se dégageait. La future existence de Juliette en cet instant commença aussi de se dessiner. J'imagine d'assez près l'aspect de Louise (dont j'ai vu quelques photos), vêtue d'un tailleur trop chaud pour ce printemps glorieux de la défaite. Un visage et un corps neutres, un peu gras, un tailleur incolore, une démarche pesante. Quand Louise sortit de la haie, une Ford passait à qui elle eut le temps d'adresser un humble appel. La Ford freina, fit marche arrière et Petre Levska, dont les papiers d'identité étaient établis provisoirement au nom de Louis Dumur, accepta Louise à son bord, se garda de lui faire la cour et la conduisit jusqu'en Dordogne où, l'armistice étant intervenu, il la déposa à Saint-Astier dans un hôtel. La passivité de Louise lui donnait le pouvoir de ne s'étonner de rien. Elle ne s'étonna pas de la proposition de Petre : celui-ci lui donnait vingt mille francs et lui demandait de rester à l'hôtel de France en feignant d'y attendre l'arrivée d'un prétendu mari dont la démobilisation était en cours. Pendant une dizaine de jours Louise mangea beaucoup et dormit encore plus. Le prétendu mari arriva sous le nom de Philippe Magne, encore qu'il s'appelât Étienne Sajka. Étienne avait le teint foncé, les yeux noirs et brillants et les pommettes hautes et saillantes. Petre était plus petit, plus trapu, son visage était assez lourd, lèvres épaisses, nez bourbonien. Étienne, contrairement à Petre, dès la première nuit déflora Louise. Celle-ci, âgée de vingt-cinq ans, pensait depuis quelque temps que cet accident finirait bien par lui arriver et n'en marqua aucune émotion. D'où était-il issu ce verre dépoli qui séparait Louise des êtres et des événements ?

C'est à travers les souvenirs de Juliette que cette cloison à demi transparente m'est apparue sans que je pusse chercher à lui donner une origine, faute d'information, car Juliette ignorait tout de la jeunesse de sa mère et des relations de celle-ci avec sa famille. Il est seulement évident que Louise, protégée par la buée solide qui la séparait aussi bien d'une étreinte sexuelle que de la France où elle vivait, d'abord partagée en deux zones, l'une occupée l'autre libre, puis unifiée par l'Occupation, éprouvait à vivre la même plénitude qu'un végétal et, pis même, si pour survivre il lui fallait accepter des contacts physiques qui ne l'enthousiasmaient pas, donner de bonnes places aux enfants de commerçants qui pouvaient, sans tickets d'alimentation, fournir d'introuvables produits, si en hiver il lui fallait avant l'aube se lever pour allumer le feu dans sa cuisine et dans la classe, si, dans son petit jardin, elle arrachait l'herbe avec des doigts dont les engelures saignaient, semblable à moi quand Tilly me persécutait dans le bar de la mort, elle acceptait avec une indolence terrifiante qui aurait pu passer pour de l'entrain les corvées qui prolongeaient son existence. Elle avait fini par comprendre que Petre et Étienne n'étaient pas affublés d'un solide accent bourguignon, sa première hypothèse, et que, tous les deux, Tchèques et communistes, anciens camarades des brigades internationales en Espagne, l'utilisaient comme boîte aux lettres. Elle recevait avec indifférence les messages qu'elle remettait de même. Petre disparut le premier, arrêté par la Gestapo, puis ce fut le tour d'Étienne.

L'inconvénient principal était celui-ci : Louise était enceinte. Le médecin du village, le docteur Aligre, lui proposa un rendez-vous avec sa femme « qui arrangerait tout ». En effet, Mme Aligre et Louise partirent ensemble au Mont-Dore, et lorsque naquit l'enfant, Juliette, il fut déclaré comme celui des Aligre. Le médecin était mort avant la naissance. Juliette passa pour une enfant posthume. Son prétendu père troublé par les fêtes de la Libération où l'on tirait trop de coups de revolver était mort d'une défaillance cardiaque. Louise décidée depuis sa naissance à tenir pour normal tout ce qui se passait sur la terre trouva normal que sa fille devînt celle d'une autre femme puis qu'Étienne qui, comme Petre, avait échappé à l'extermination des camps l'appelât en Tchécoslovaquie pour l'épouser. Mme Aligre était médecin comme son mari. Elle n'exerçait plus mais, veuve, elle reprit le poste vacant pour élever une Juliette qui ne gardait aucun souvenir de cette période. Oui je connaissais bien l'enfance de Juliette mais j'en connaissais surtout les comas, les couloirs sans couleur que jalonnent un seau rempli de boue, un coq qu'on égorge avec des ciseaux avant de le manger au vin. Je désirais accéder à une petite fille qui associerait les objets et les événements.

« Comment êtes-vous partie pour la Tchécoslovaquie, Juliette ?

— Ma mère Aligre, dit-elle, en déposant une autre bûche dans la cheminée, était une sorte de colonel Chabert livrée aux gens de lois. A cette époque les prétentions d'un résistant tchèque qui soutenait que les circonstances de l'Occupation avaient exigé un maquillage de l'état civil étaient favorablement accueillies par le ministère des Affaires étrangères. En 1912 elle avait déjà lutté pour faire admettre à sa famille qu'elle s'inscrive à la faculté de médecine au lieu de broder. Elle sut lutter, cette mère qui n'était pas du même sang que moi, contre la mère biologique qui m'avait abandonnée et qui me réclamait. Les avocats, les avoués, les notaires auvergnats l'aidèrent et sans doute auraient-ils gagné la partie si Mme Aligre n'avait pas faibli. Elle avait lu les Classiques : « Toi mon sang toi mon fils. » Sans renoncer à ses droits légaux sur moi elle accepta de me prêter à mes parents tchèques et je partis pour Prague. J'avais quelque chose comme quatre ans. »

Juliette s'offrait à la chaleur du foyer et dans l'entrebâillement de la taupe je distinguais le triangle d'un pubis crépu qui prouvait que des années s'étaient écoulées depuis lors.

« Raconte-moi votre Tchécoslovaquie.

— Je me rappelle Noël, c'est-à-dire la Saint-Nicolas. Cortèges de garçons déguisés en anges et en diables, entrant dans les maisons, offrant des pommes, des noix, des bonbons, de petits sacs de charbon. En tête un saint Nicolas barbu qui sonne une cloche. Je me rappelle surtout des plats de fête, les petits croissants aux amandes, les meringues, les gâteaux secs aux noix, le rôti de porc au chou, la noix de bœuf mijotée avec de la crème, les boulettes. Je me rappelle des noms : swickova, knedlik. Il y avait des magasins où l'on ne trouvait rien à manger, rien pour se vêtir et d'autres où mes parents avaient droit d'entrer et d'acheter, je pense que ça s'appelait des tuzex. Étienne, mon père naturel, m'y offrit une toque. Tout à coup j'eus droit à l'éducation civique : jeunesse communiste, discours sur les méfaits de l'Ancien Régime, sur la colonisation des koulaks au-dessus de cinq hectares. J'étais entrée dans les pionniers et les filles portaient une jupe bleue, une chemise bleue et un foulard rouge dont la remise était assortie d'un long discours et d'une longue cérémonie. J'apprenais le russe ; il était obligatoire à l'école primaire. Je voyais surtout des films soviétiques et chinois ou de vieux films tchèques démodés qui imitaient les comédies américaines d'avant-guerre. Il subsistait des opérettes vienoises. A l'entracte mes parents naturels m'offraient un indianek, ça veut dire un petit Indien, tu vois, léger gâteau au blanc d'œuf enrobé de chocolat. Prague ? Je me rappelle la place Wenceslas. Les vitrines, la statue du saint.

Ensuite la brasserie de l'avenue Prikopy. Mon père, je veux dire Étienne, avait une voiture de fonction mais il ne s'en servait pas le soir et nous prenions le tramway. Et puis je me suis retrouvée en Auvergne. Mon père avait été arrêté bien qu'il fût l'un des chefs de la Sécurité. Son meilleur ami Petre avait conseillé à ma mère tchéquisée de me renvoyer à ma mère française. Je la trouvai sur le bitume de la gare de l'Est. D'emblée je l'appelai mamie. Un enfant ne comprend peut-être pas qu'une révolution s'est produite mais il saisit les différences d'âge et il essaie tout naturellement de régulariser un désordre. Louise plus jeune était ma mère et Mme Aligre plus âgée était devenue ma grand-mère. A peine de retour en Auvergne je fus placée dans un pensionnat religieux sans doute parce que Mme Aligre avait pensé que je serais là protégée contre une nouvelle tentative de Louise. C'est par la suite que j'appris qu'Étienne avait été exécuté comme traître, comploteur, complice de l'impérialisme américain et de ses services secrets. Du même coup, toujours par Mme Aligre, c'est-à-dire par mamie, j'appris que Louise c'est-à-dire maman avait épousé Petre et que tous deux cessaient de me revendiquer. « Tu es tranquille », me disait mamie, ce qui m'étonnait puisque je n'avais jamais été inquiète. C'est très longtemps après, car mamie a attendu que j'aie dix-huit ans, pour m'expliquer d'un air compassé par quoi mon enfance avait été compliquée, c'est donc très longtemps après que j'ai appris que mamie n'était pas ma grand-mère, qu'il n'y avait entre elle et moi aucun lien sanguin, que ma mère était l'ombre aux lèvres mouillées que Prague m'avait permis d'entrevoir. Cette mère apparemment ne voulait plus de moi, remariée avec un Petre dont je gardais un souvenir obscur, cette sorte de souvenir qui ne procure pas d'image mais dont on croit que si les images vous parvenaient on les reconnaîtrait. A dix-huit ans aussi je découvris... Il faut que je t'explique pourquoi j'étais devenue étudiante en médecine. Je n'en avais aucune envie. Mamie avait eu tant de mal à imposer ce désir à sa famille qu'elle ne croyait mieux faire qu'en m'offrant sur un plateau ce qu'elle avait arraché. Je n'avais pas envie d'être médecin. J'aurais volontiers été vendeuse dans un magasin de confection. Je voyais bien que mamie qui était restée le médecin du village s'épuisait à la besogne pour payer mes études et, puisque tu veux savoir mon enfance, sache que je ne pouvais pas arriver à en sortir parce qu'elle était pour moi un mic-mac. « Ton enfance, me disait mamie, c'est un mic-mac. » Quand tu as réussi à me faire avouer que j'étais restée vierge jusqu'à vingt-trois ans, tu as pris un air déçu, comme si la hardiesse sexuelle n'était qu'une affaire de tempérament. Je ne voulais pas sortir de mon enfance avant de l'avoir comprise. En mourant, mamie m'avait dit : « N'essaie pas de comprendre cette époque, c'est trop compliqué. » En effet je n'y réussissais pas et c'est pour ça que je me suis fait dépuceler par un enfant au moment où l'on pouvait croire, à l'Odéon, qu'une autre époque commençait. »

Dès la rencontre de Philibert, elle avait pris la pilule. Par la suite, elle avait conservé des relations amicales avec ce garçon qui, peu soucieux de passer des examens ou de se soumettre à un travail régulier, s'était débrouillé, tout en essayant de prolonger le climat violent de Mai 68, en adhérant à divers partis politiques tous révolutionnaires.

« Est-ce que Philibert...

— Il n'a rien trouvé de mieux, coupa-t-elle, que de s'affilier à une secte mystique qui, entre autres exigences, impose la chasteté à ses adeptes. Lise en est très dépitée. Ils sont venus me voir l'autre jour pour que j'arbitre leur différend. Elle est mignonne cette fille, d'une physionomie qui paraît sournoise un peu, parce que sans doute elle cherche à dissimuler sa malice. Il faut que la semaine prochaine vous vous mettiez tous les deux au travail. Peut-être en outre pourrons-nous lui trouver place dans une I. Et ce qui m'a le plus frappée dans le cas de Philibert c'est que ce lanceur de cocktails Molotov soit devenu un enragé de la non-violence, ce qui m'embête car j'avais des vues sur lui. »

J'imaginai des vues d'ordre sensuel mais Juliette me déçut aussitôt :

« Tu te rappelles que, cet hiver, un jour que tu étais seul chez moi tu as reçu la visite de Franz Brod, un Tchèque qui avait connu mon père. Son passage à Paris étant trop bref je n'ai pas pu le voir.

— Oui, je sais.

— Il m'a écrit pour m'annoncer qu'il reviendrait dans un mois. Il fait allusion au souvenir qu'il conservait toujours de mon père. »

Fasciné par les ondulations du brasier qui, en mourant, dégageait une chaleur mordante, je n'avais pas regardé depuis un moment le visage de Juliette et quand je le retrouvai il était mouillé de larmes. Elle pleurait sur elle-même :

« Si je n'ai jamais voulu avoir d'enfant c'est à cause de cet être qui m'a fait une enfance monstrueuse, cernée par un faux père posthume, un vrai père assassiné, une vraie mère qui m'avait abandonnée et une fausse mère qui était trop vieille et trop lasse.

— Je ne vois pas en quoi ces souvenirs pouvaient te dissuader d'avoir un enfant.

— Je ne peux pas plus l'expliquer que le moindre de nos fantasmes. C'est ainsi », ajouta-t-elle, en essuyant son visage.

Je devais comprendre qu'elle se complût dans des motivations imaginaires puisque moi-même avais improvisé un lien entre mon rêve et ma démission mais j'étais déçu de découvrir cette faiblesse dans un être tout de fierté et d'entêtement. La vraie Juliette pour moi avait entrepris les études de médecine pour rassurer sa mère légale qui, malade, n'avait à lui laisser qu'un nom et un maigre héritage ; elle avait poursuivi ces études, après la mort de Mme Aligre, par honneur, car sa fierté servie par son entêtement lui aurait fait concevoir un abandon comme une lâcheté bien que son travail ne lui fût qu'un sujet de dégoût et d'ennui. J'aurais voulu qu'elle montrât le même courage à propos de sa vie sentimentale, le courage d'admettre que si elle n'avait pas été mère c'était parce qu'aucun des jules qu'elle avait choisis n'était apte à élever un enfant avec elle : son choix n'avait pas été malheureux, elle avait cherché des hommes auprès de qui elle ne pouvait s'engager que passagèrement. Si elle avait perdu cinq années de jeunesse auprès de son crétin marié et dévot c'est parce que leur chasteté la garantissait contre la durée ; à l'Odéon elle avait choisi Philibert parce qu'un petit garçon était sans conséquence — sans conséquence aussi les vingt-trois qui avaient défilé entre Philibert et moi, tous acceptés facilement, rejetés facilement. Mais ce refus de sacrifier la liberté à la durée la choquait, elle ne voulait pas le tenir pour la cause d'une stérilité volontaire qu'elle préférait relier magiquement aux drames de l'Occupation de la France par l'Allemagne et de la Tchécoslovaquie par la Russie. J'avais envie de la convaincre ou, ce qui revient au même, besoin d'avoir raison, donc j'aurais tenté de la persuader que les justifications qu'elle se cherchait étaient indignes d'elle mais elle frissonna et s'allongea en refermant sur elle l'écran de la taupe.

De la cheminée en effet ne s'exhalait plus que du froid. Les chenets de bronze représentant des lions coiffés d'une couronne surmontée par une oriflamme simulaient un portail dérisoire que l'illusion aurait planté devant ce paysage napalmisé auquel, éteint, l'âtre s'était réduit, ne vivant plus que par de grises convulsions dont les transparences étaient roses comme si une chair continuait de souffrir.

« On se couche ? » demanda-t-elle sans entrouvrir les lèvres.

Nous nous levâmes. Je passai avec plaisir un pyjama qu'elle avait déroulé devant le feu et qui était encore tiède.

« Moi, dit-elle, je garde la taupe. »

Elle éteignit les lampes qui encadraient la cheminée et m'entraîna dans le lit, le doigt prêt à appuyer sur le commutateur pour obtenir une nuit complète, ce qui me chagrina comme les manœuvres des serveurs qui, dans un café disposé à fermer, baissent les lumières, hissent les chaises sur les tables, balaient entre vos jambes. Juliette, qui avait, dans les ténèbres, comme pour les aggraver, tiré la courtepointe au-dessus de nos têtes, murmura avec la force qu'un propos prend dans l'obscurité :

« C'était réussi ce soir, hein ?

— Oui.

— Je suis heureuse.

— Oui.

— Et toi ?

— Oui. »

J'ajoutai :

« Oui, moi aussi. »

Cette réponse lui avait suffi, elle s'endormait. Pour me dégager d'elle sans l'éveiller je rusai pendant plusieurs minutes, détachant mon corps du sien, l'éloignant, le libérant en écartant le drap, l'orientant avec lenteur vers le parquet. Debout je me dirigeai à travers la pièce en tâtonnant. Tout exténué qu'il fût, l'âtre répandait encore une clarté mais celle-ci était trop obscure pour diriger mes pas dans une pièce que pourtant je connaissais bien. Je heurtai une chaise. Pour me guider il me fallut suivre, sur la cloison, la plinthe, comme enfant, pris d'un accès de somnambulisme, errant en étranger dans la maison natale, je la suivais cette plinthe en la prenant pour un tuyau de sous-marin coulé, à tel point que je finissais, paraît-il, par hurler : « Maman, maman ! »

Parvenu dans le couloir, ayant refermé la porte de la chambre, j'allumai et, parce que j'avais froid, je me hâtai de décrocher à un portemanteau qui représentait les bois d'un cerf la vieille cape militaire de mon père. Après 40, celui-ci avait pris l'habitude de porter comme costume d'intérieur ses anciennes fringues militaires, y compris le bonnet de police. Par décence, il s'était borné à détacher ses galons de capitaine. Cette maison avait été vouée au culte ou, peu importe, à la dérision de l'armée car la vieille demoiselle, à qui mes parents l'avaient achetée peu avant ma naissance, avait dès sa jeunesse pris la précaution, pour inquiéter un vaurien éventuel, de suspendre dans l'entrée un képi qui fut d'abord celui d'un lieutenant puis, à mesure qu'elle avançait en âge, s'accrut en galons. A soixante-dix ans, quand elle s'était retirée dans une maison de retraite, elle venait d'acheter à Tours un képi de colonel. Le coup de poing d'un colonel est peut-être moins inquiétant que celui d'un lieutenant mais elle avait considéré que ce grade s'accommodait mieux avec son âge et mon père ne s'était jamais résolu à mettre à la poubelle ce vestige d'une illusion que, sans doute, il appariait avec la sienne quand il se vêtait en militaire.

Sans raison, j'avais eu envie de pénétrer dans la partie de la maison que j'avais laissée tomber en désuétude. Dans ma main la poignée de la porte trébucha ; elle résistait, elle refusait de tourner, et dans le même temps je la sentais molle, prête à tomber, pareille à une dent de lait qui branle tout en restant ancrée à la gencive par une racine vacillante. Le battant finit par s'entrouvrir avec un gémissement qui me rappela le bruitage cinématographique. La vasque suspendue au plafond éclaira le salon. Elle était assiégée par un flot de toiles d'araignées que leur transparence irisée et vénéneuse rattachait à l'univers de Leonor Fini. Certains peintres, et non nécessairement les plus grands, rendent le regard sensible à des spectacles qui sans eux n'en auraient pas été ; il m'aura fallu Carzou pour être troublé par l'entrecroisement de fils télégraphiques et de câbles à haute tension.

Cette vasque, je la connaissais depuis ma naissance, elle faisait partie du donné indiscutable que mon premier regard avait rencontré, de même que les feuilles d'acanthe de noyer sculpté par mon grand-père qui ornaient la bibliothèque et sur lesquelles j'avais essayé mes yeux, mes lèvres, mes doigts, mes dents. Je me remémorai avec précision la soumission de mon regard d'enfant qui sait que tout ce qui l'entoure est antérieur à sa naissance sauf le poussin qui jaillit de l'œuf. Si un enfant pose des questions qui atteignent vite aux origines de l'univers c'est parce qu'il sait qu'il est un produit récent, insolitement neuf. Quand je me promenais à quatre pattes dans ce salon, je parcourais un monde qui s'était parfaitement bien passé de moi et que j'admettais comme souverain dans sa totalité, vouant le même respect aux objets et aux mots. Mon père m'avait dit que ces feuilles de bois étaient des feuilles d'acanthe, je l'admettais en toute ignorance de l'acanthe, comme j'admettais les pommes d'api, comme, écoutant ma mère me réciter une fable de La Fontaine, je comprenais *l'appareil* quand l'un des animaux se jurait de rendre à l'autre *la pareille* sans m'étonner une seconde que les appareils intervinssent dans les relations des animaux. Le salon était tapissé d'un damas, maintenant envahi par des archipels de moisissure, dont il était rituel que les invités admirassent la couleur. « Il est céladon », répondait ma mère avec une feinte modestie, et sans chercher à savoir s'il s'agissait d'une matière, d'une couleur, d'une origine, je tenais céladon pour équivalent de sublime.

Ma mère était bonne mais il ne suffit pas d'être bon. Encore faut-il avoir assez de caractère et d'esprit pour faire de la bonté une valeur, sinon cette qualité ennuie et même révolte. Mon père, lui, cachait sa bonté et n'avait pas de mal à y parvenir tant il était coléreux, se jetant dans des emportements injustes ou excessifs que, par excès de pudeur, il ne savait comment réparer ensuite. Depuis que j'avais pris la résolution de faire un film sur la situation d'un homme en butte à son passé, mon enfance m'attirait par un charme malsain. Pour le rompre je m'appliquai à ouvrir la fenêtre qui se débattit au point que lorsqu'elle abandonna net la lutte un des carreaux se brisa dont les éclats jonchèrent le tapis, dangereux comme des serpents pour mes pieds nus. Les volets au contraire se détachèrent mollement avec un soupir et, morts de fatigue, s'allongèrent dans l'herbe.

L'extérieur était soumis à l'empire des ténèbres et à l'envoûtement du malin. Il demeurait au sud, au-dessus du potager et de la colline, quelques lourdes étoiles pendues au ciel mais des nuages froids les effaçaient avec la lente majesté du pouvoir. On peut imaginer facilement la terre enveloppée d'un brouillard qui tout en laissant filtrer une chaleur solaire suffisant à l'entretien de la vie empêcherait les yeux des hommes de voir les étoiles. Privé d'étoiles, d'immensité donc d'éternité, privé aussi de la joie qu'éprouvaient les bergers chaldéens occupés à déchiffrer le rébus de la nuit, l'homme n'aurait accédé ni à la théologie ni aux mathématiques. Je suis resté un long moment, immobile, contemplant la lente manœuvre de l'air. Des éternuements m'ont rappelé à moi et j'ai repoussé la fenêtre. J'avais faim et envie de lire en mangeant. Dans la bibliothèque je choisis un gros volume que mon père m'avait livré quand j'étais petit, me laissant le droit de le peinturlurer et de le tacher de confiture, comme on jette un bœuf aux piranhas pour assurer le passage du troupeau. Tenant sous le bras le gros livre relié de cuir noir, j'ai fui le salon fantôme et je suis passé dans la cuisine. Le pain suédois, je l'ai trouvé tout de suite mais son enveloppe de plastique résista à mes ongles et à mes dents et de rage je recourus à la hache qui trancha le paquet en émiettant les lamelles de pain sur le carrelage. La clef dont je me servis pour tenter d'ouvrir une boîte de maquereaux au vin blanc se bloqua et ce fut de nouveau à la hache que je parvins à défoncer la haineuse carcasse de métal qui me mordit les doigts quand je les introduisis dans l'ouverture pour cueillir les morceaux de poisson. Je me suis lavé les mains dans l'évier en me regardant sans me voir dans la glace qui le surmonte, vestige d'une crise qui avait agité ma famille dans les années 50. Tous les samedis un ouvrier italien, Livio, venait « besogner le jardin ». Il avait demandé à mes parents le droit de se raser avant de s'en aller « courir en java » et avait apporté un coupe-chou, un blaireau, du savon et l'un de ces bols qui ont longtemps maintenu dans le même équipage le barbier et le chirurgien. Manquait la glace. Mon père était bon mais trop conventionnel pour supporter de donner à Livio l'accès de la salle de bain, lieu consacré à l'intimité des maîtres. Germaine qui se trouvait en vacances avec moi suggéra l'achat d'un petit miroir sur pied dont ma mère était trop économe pour admettre le projet, observant que Livio serait enclin à considérer cet objet comme sa propriété et qu'il serait difficile de lui en contester le droit. Mon père en revint aussitôt à la solution de la glace que, volontiers bricoleur, il se faisait un plaisir de fixer lui-même au-dessus de l'évier. L'instinct d'économie donna à ma mère le courage de résister et même d'oser soutenir qu'après tout si Livio se rasait dans la salle de bain le mal ne serait pas bien grand. Affrontant le courroux de mon père elle ajouta que la salle de bain s'imposait d'autant plus qu'il était sale de se raser dans une cuisine. Mon père gagna la partie en répliquant que les poils de barbe n'étaient pas plus sales que les plumes des poules qui chaque dimanche voltigeaient sous les doigts de la servante. Germaine, qui comme moi avait assisté pendant presque une semaine à cette discussion, observa d'un ton sarcastique qu'elle lui rappelait la querelle du *Lutrin,* ce qui n'améliora pas ses relations avec mes parents qui lui en voulaient d'être plus âgée que moi et qui, ne pratiquant guère Boileau, soupçonnèrent une perfidie d'autant plus déplaisante que son ressort leur échappait. Je m'aperçus dans la glace, souriant et presque riant : la passion de ma mère pour l'économie me rappelait l'affaire des pommes qui avait escorté ma jeunesse. Ces pommes étaient engrangées en octobre et chaque matin ma mère allait chercher celles qui constitueraient notre dessert ; chaque matin elle choisissait les pommes que l'humidité commençait de taveler afin d'éviter que l'état du fruit ne s'aggravât, ce qui avait pour résultat que tout l'automne, tout l'hiver et le printemps nous mangions des pommes sures.

J'éprouvai un moment de bonheur, attablé devant mon maquereau et mon livre. Doré sur tranches, craquant, celui-ci m'avait enthousiasmé d'emblée peut-être parce qu'il s'emparait de la végétation avec une précision qui faisait défaut à mon père qui disait tout bonnement : « Cet arbre se plaît ici », alors que mon livre m'apprenait qu'un arbre est tributaire du sol et du climat et que par climat il fallait entendre la chaleur, l'eau, la lumière, le vent. Dans cette maison, je croissais entouré par la croissance des arbres mais c'était dans le livre que je préférais les découvrir, soit décrits, soit dessinés. Le gros noyer qui poussait au bord du chemin me laissait assez indifférent mais sa description dans le livre m'enthousiasmait : arbre de vingt à trente mètres, au port étalé, à la cime arrondie, au tronc court d'un bois épais et dur, d'une écorce grise et gercée, aux ramies rousses et érigées, aux bourgeons noirs, aux feuilles caduques divisées en foliums ovales et odoriférantes, aux fruits enveloppés dans une gangue verte. Sur la gravure j'avait colorié ces fruits en usant d'un vert brutal alors que j'avais réussi un vert tendre et transparent pour vêtir le tronc du frêne. Je peignais les bourgeons du marronnier en rose non parce que je l'avais observé dans la nature mais parce que le texte m'y invitait. Il me semblait que l'homme en décrivant un arbre se l'appropriait et en devenait le créateur. Il m'arriva de détacher une feuille de notre figuier pour la comparer avec celle de l'illustrateur ; elles se ressemblaient, conformes toutes les deux à la description, mais la feuille de la nature était éphémère et fragile alors que celle du livre défiait le temps.

Frileusement enveloppée dans sa taupe, Juliette piqua un lambeau de maquereau dans la boîte. Elle remarqua les légères traces de sang :

« C'est le tien ?

— Oui. »

Elle réapparut très vite tenant un flacon de mercurochrome dont elle me badigeonna les doigts puis elle me prit par l'épaule pour m'obliger à me lever.

« Venez dormir. »

Je la suivis d'un pas machinal et bientôt nous fûmes de nouveau lovés l'un contre l'autre dans la tiédeur de la taupe.

« J'ai peur, si je m'endors, que mon rêve de la nuit dernière ne revienne.

— Racontez-le-moi, c'est la meilleure façon de le perdre. »

Elle m'écouta en silence puis lança d'une voix joyeuse :

« Moi, ce n'est pas pour m'empêcher de mourir que je me débite des citations. C'est pour m'endormir. J'ai pris cette habitude quand j'étais étudiante et que je voulais casser avec les somnifères. C'est un exercice qui ayant le double avantage d'être ennuyeux et fatigant m'assoupit vite. Si tu veux on va essayer, mais tous les deux, en se répondant. Je commence : *Un seul être vous manque et tout est dépeuplé.*

— *Madame se meurt, madame est morte.*

— *Aujourd'hui plus qu'hier et bien moins que demain.*

— *Rendez à César ce qui est à César et à Dieu ce qui est à Dieu.*

— *Et l'étoile du soir se lève dans l'azur...* »

II

QUAND je me suis allongé sur la table radiologique, nu, l'aine droite rasée, Corlion s'est penché sur moi, nos yeux se sont regardés, il avait de bons yeux tranquilles et amicaux. Il m'a dit :

« Depuis trois jours que tu es entré à l'hôpital je te persécute, mais cet examen est le dernier. Tu arrives au bout de tes peines. D'ailleurs tu vas voir que ce n'est pas si désagréable que ça. »

Ils portaient tous des casaques et des calots verts et bleus, lui, l'anesthésiste, les infirmières, les techniciens qui s'affairaient autour des appareils. J'ai imaginé un ballet où les danseurs seraient ainsi vêtus et évolueraient autour d'un corps dénudé et crucifié. Cette trouvaille que je n'hésitais pas à juger géniale me mit de bonne humeur. Corlion m'expliquait ce qui se passait. J'ai appris qu'on me piquait l'aine pour m'insensibiliser, avant de ponctionner l'artère fémorale, puis que la sonde commençait son ascension vers l'aorte. Pendant ce temps l'anesthésiste m'avait fait allonger le bras gauche et avait commencé une perfusion.

« Je ne vous endors pas vraiment. Vous vous sentirez peut-être un peu drôle mais laissez-vous aller. Ça n'ira pas loin. Ce n'est pas déplaisant au contraire.

— Il te fait une neurolepte, a ajouté Corlion, pour te détendre, te donner un peu de patience et t'épargner toute sensation contrariante. »

Un appareil aussi mystérieux que cylindrique fixé à un arceau s'était placé au-dessus de ma poitrine. En tournant la tête, sur l'invitation de Corlion, j'aperçus un écran et découvris facilement la sonde qui pénétrait dans mon aorte. Sur un autre écran le spectacle était plus abstrait, réduit à des courbes et à des sinusoïdes. De temps en temps Corlion décrochait un téléphone et s'adressait à une interlocutrice inconnue : « Le zéro est bon ? — Oui. » Il s'est de nouveau adressé à moi :

« Regarde : la sonde a pénétré dans le ventricule. »

C'est-à-dire dans mon cœur. J'en souris. J'apercevais de temps en temps le visage de Corlion au-dessus de mon corps. A dix ans, quand nous allions au catéchisme, Corlion était beaucoup plus grand que moi. Il s'est arrêté de grandir au début de la troisième alors qu'au contraire j'ai démarré comme une asperge. En cet instant, de nouveau, je levai les yeux pour le voir comme à l'époque où nous étions enfants de chœur et enfilions nos robes rouges à la sacristie pendant que l'abbé Plancafort nous traitait de lambins. Aujourd'hui il se promenait jusqu'à mon cœur pour regarder dedans, à l'époque il voulait être comédien.

Tantôt il m'ordonnait de gonfler la poitrine et de cesser de respirer, tantôt il m'accordait généreusement la permission de recommencer à respirer. A intervalles presque réguliers il répétait dans le téléphone : « Le zéro est bon ? » Il m'a expliqué qu'il m'injectait un produit opaque pour obtenir un contraste sur l'image, puis je l'ai entendu demander aux infirmières de lui passer la sonde de King pour essayer une biopsie. Tous ces petits diables verts et bleus se sont mis à s'agiter, à pousser d'autres appareils, ils ne m'intéressaient plus guère. On avait un peu déplacé ma table pour me « centrer ». Corlion m'annonça qu'il changeait de sonde pour passer à la coronaire. Et de nouveau : « Gonfle la poitrine, ne respire plus ! » Les caméras ronronnaient : « Tousse, tousse ! »

Quand j'ai appris qu'on m'avait délivré des sondes et que l'examen était terminé j'en ai été soulagé et surpris car le temps ne m'avait pas paru long. J'ai à peine souffert, un peu pendant qu'on me comprimait l'aine avant de me poser le pansement puis je me suis retrouvé en compagnie de deux infirmiers dans l'ascenseur. Mon lit m'a paru délicieux et je me suis étonné d'éprouver une sorte d'amitié pour cette chambre dépourvue pourtant de tout détail distinctif.

Après avoir somnolé pendant je ne sais plus combien de temps j'ai aperçu avec plaisir les mollets nus d'une infirmière.

« Comment te sens-tu ? » m'a demandé Corlion.

Il était maintenant vêtu d'un pantalon clair et d'un polo. Chez un traiteur du voisinage il avait trouvé des rognons flambés et une bouteille de vin.

« Ça te changera de la nourriture de l'hosto. Si ta cicatrice est jolie tu repars demain. Où vas-tu ?

— A Lucé. J'ai ma secrétaire qui m'attend.

— Et Juliette ?

— Je lui ai caché mon séjour chez toi, je ne voulais pas l'inquiéter.

— Se soumettre à quelques examens n'a rien d'inquiétant. »

J'ai bu un verre de vin avant de lui demander :

« Alors le résultat ?

— Tu as une artère coronaire un peu rétrécie. Cette modification explique tes malaises et tes douleurs qui sont des troubles du rythme. Je te donne quelques médicaments à prendre, un point c'est tout. Tu comptes rester à Lucé ?

— J'ai mon scénario à finir et une secrétaire qui m'attend.

— Et Juliette ?

— Elle viendra me voir, j'irai aussi la voir.

— Si elle vient, téléphone-moi, nous dînerons tous les trois. J'aimerais bien bavarder un peu avec elle.

— Dis, tout à l'heure, pendant qu'on me sortait de l'ascenseur, j'ai reconnu ta voix qui venait d'un bureau, tu parlais avec un de tes collaborateurs et tous les deux vous répétiez que c'était horrible, inimaginable même, qu'il n'y avait strictement rien à faire.

— Tu as dû rêver ! On t'avait fait une neurolepte qui produit des états de somnolence traversés de légers rêves qui se raccordent un peu à la réalité. »

Après avoir semblé chercher dans son souvenir, il a ajouté :

« Il n'est pas impossible que tu m'aies entendu parler d'un patient dont le cas est en effet désespéré... Un petit garçon qui a une malformation congénitale.

— Non, ce n'était pas ça, je crois que tu parlais d'un cancer au cœur.

— Tu as rêvé, ce qui est normal. »

J'ai acquiescé distraitement. Pendant ces jours j'avais oublié mon film, de nouveau il m'obsédait. Je me demandais si je ne pourrais pas y inclure le ballet de ces créatures vertes et bleues qui déjà me semblaient être un produit de mon imagination.

Troublé par mon silence, Corlion a lancé précipitamment :

« Tu ne vas pas t'inquiéter au moins !

— J'ai hérité de mon père le don d'écarter assez facilement de mon esprit ce qui le dérange. Non pas de l'écarter pour toujours. Mais momentanément. »

III

Cher Président et Ami,

Il serait prématuré que je vous envoie dès à présent les extraits de mon scénario. En bref le thème de Un homme traqué *reste celui-ci : un inconnu d'une cinquantaine d'années qui fuyant on ne sait quoi erre à travers les régions himalayennes de l'Inde. Aux péripéties qui se déroulent dans le présent se mêlent les souvenirs de toute une vie et les personnages qu'il rencontre ont souvent moins de consistance que ceux qui surgissent de son passé à travers de nombreux flash-back qui doivent peu à peu éclaircir les causes de son errance. Je n'emploie pas les mêmes méthodes que celles de* Citizen Kane *puisque je laisse au public le soin d'être le détective.*

J'en conviens bien volontiers, la motivation de mon héros est encore pour moi confuse. Sans doute l'est-elle aussi pour lui et à travers son voyage cherche-t-il lui-même à préciser ce qui le fait courir. Les retours en arrière pourront tous être tournés soit en studio, soit en décors naturels (France, Allemagne, Italie). Il est encore trop tôt pour que nous évoquions utilement la distribution.

Vous trouverez ci-joint le contrat que je vous renvoie signé ainsi que les pièces relatives à ma démis-

sion et à la restitution de mes parts. Comme nous en sommes convenus par téléphone, je compte passer un mois en Inde pour effectuer les repérages et terminer un premier script. Je vous fournirai les justificatifs de mes notes de frais à mon retour en utilisant autant que faire se pourra la carte de l'American Express et en évitant de dépasser la somme sur laquelle nous sommes tombés d'accord.

Sans doute aurai-je l'occasion de vous voir avant mon départ, de toute façon j'enverrai de mes nouvelles soit à vous, soit à M. Larrivée et je me manifesterai dès mon retour.

« Passez-la-moi, je mettrai la formule de politesse à la main. »

J'écrivis aussi l'adresse à la main puis je rendis le double à Lise.

« Classez-le dans le tiroir. Dossier « Affaires ». Évitons qu'elle ne s'égare dans les feuillets du scénario. »

Ces feuillets étaient répandus entre nous sur la table sous un rayon de soleil qui élargissait la distance. Son éclat était renvoyé par les feuilles de papier qui, malgré le mouchetage de la frappe dactylographique, constituait un espace réfléchissant, un lac à peine parcouru par une risée noire. Chacun de nous se tenait sur une rive, regardant l'autre sans trop lever les yeux. D'une main elle se grattait la nuque, de l'autre elle jouait avec un collier d'argent qui descendait plus bas que sa poitrine. Depuis huit jours qu'elle était arrivée dans la maison, je l'examinais sans réussir à la voir.

Je lui jetais de brefs coups d'œil puis, comme un portraitiste revient à son carton, je rentrais en moi-même pour y trouver une impression. « Elle tire sur le blond », m'avait annoncé Juliette quand elle me l'avait proposée comme secrétaire. J'avais le choix entre juger filasse la chevelure de Lise ou d'un blond retenu qui préférait la réserve à l'éclat. Elle était ramenée en arrière vers une velléité de chignon ; trop courte et trop peu fournie, elle ne pouvait malgré l'effort rigide des barrettes que former au-dessus de la nuque un petit bouquet de frêles épis. Pour le reste Juliette avait réussi une description assez juste : Lise possédait de jolis yeux gris lourdement frangés par les cils, une bouche épaisse qui donnait du charme à un petit nez aigu. Le corps était maigriot et pâlot comme les joues, mais, sur un torse de garçonnet, les seins étaient volumineux et donnaient à imaginer qu'elle-même à chaque mouvement devait en ressentir la lourdeur. Le plus difficile était d'organiser et d'harmoniser ces notions éparses.

Une ombre avait abordé la table et effleurait déjà l'un des feuillets.

« L'ombre de l'orme, dis-je, en regardant ma montre. Nous sommes dans les jours les plus longs de l'année mais il est déjà plus de sept heures. Je crois qu'il est trop tard pour reprendre le scénario. Qu'est-ce que vous en pensez ?

— C'est comme vous voudrez.

— Oui mais le scénario, qu'est-ce que vous en pensez ? »

La question troubla Lise donc me troubla. En silence nous regardâmes le ciel par l'ouverture de la fenêtre. Il éblouissait encore mais son azur se décolorait. Du rez-de-chaussée on ne pouvait pas voir le bras de Loire qui coulait au pied de la maison mais on devinait le miroir d'eau à sa réverbération, et, au-delà d'un îlot de gravier embroussaillé où se dressaient une demi-douzaine de peupliers tous semblables, on distinguait l'autre bras, fin et brillant comme une épée.

« Ce rêve que vous m'avez dicté, où vous mouriez dans un bar en récitant, vous l'avez inventé ou ça vous est arrivé ? demanda-t-elle enfin.

— Ça m'est arrivé.

— Moi aussi cette nuit j'ai rêvé. J'étais attaquée par un ours et je me battais avec lui. Plus on se battait plus il rapetissait. A la fin il avait la taille d'un chaton. J'avais peur qu'il ne devienne une souris, je me suis réveillée en criant. Pourtant je n'ai pas peur des souris. »

Je craignais que derrière ce bavardage ne se cachât le besoin d'éluder ma question. J'eus le courage de la renouveler.

« Vous aviez d'abord appelé votre film *Un homme qui a perdu la forme,* prononça-t-elle lentement. Moi j'aimais bien. Pourquoi *Un homme traqué* ? C'est un film qu'on a l'impression d'avoir vu dix fois en noir et blanc à la télé.

— Il me fallait un titre provisoire qui ne les inquiète pas. Pour les producteurs un projet n'existe que s'il a un titre qu'on change d'ailleurs en cours de route.

— D'autant qu'il n'est pas traqué », insista-t-elle.

Elle avait rosi en parlant ; elle se raidit et rejeta son buste en arrière. La gaucherie des gestes de Lise me rappelait celle des vierges peintes ou filées au Moyen Age ; elle s'immobilisait volontiers dans une position inconfortable comme si elle obéissait à un rituel.

« Excusez-moi, reprit-elle, je me mêle de ce qui ne me regarde pas.

— Allez-y, je vous en prie... »

Ce *je vous en prie* était employé au sens littéral et non par politesse. J'avais envie de m'agenouiller, enveloppé de bure ou d'or, de joindre verticalement les mains et de la supplier sur un mélange de fleurs, de feuilles, de lances, de fourches patibulaires, de licornes et de donjons. Dans les romans que j'avais lus, un homme de cinquante-deux ans est un vieillard. Le vieillard n'est pas contemporain de tous ceux qui vivent le même jour que lui, il y a entre eux une coexistence parce qu'en deux décennies le goût s'est transformé. Un écrivain peut se satisfaire de mille ou de deux mille lecteurs, et s'il vend vingt-cinq mille volumes sur Paris c'est un succès, si un film ne récolte à Paris que vingt-cinq mille entrées c'est un bide. Les jeunes formant la grande majorité du public des cinémas, il était important d'arracher son secret à Lise.

« Je n'ai pas tout compris, dit-elle, et puis vous ne m'avez dicté ou donné à taper que des pages éparses. Mais j'ai senti qu'il y avait une idée formidable. Un homme, à la suite d'un rêve, se dit qu'il est grand temps de se connaître lui-même, que ce serait trop bête de mourir en s'ignorant encore. Je suppose qu'il part en voyage pour échapper à la routine et pouvoir plus facilement découvrir son caractère en rêvant à tout ce qui lui est arrivé. Moi, vous voyez cette idée je l'ai retenue. Je me suis dit que je connaissais mieux le caractère de mon père ou de Philibert que le mien. »

Elle avait parlé sans bouger. Elle se tut brusquement et posa les mains à plat sur la table, le visage fermé, visiblement mécontente d'en avoir trop dit. J'étais étonné par ce que je venais d'entendre et content.

« Allons dîner. »

Je passai dans la salle de bain pour avaler comme tous les jours, avant les repas, deux pastilles, l'une rose, l'autre rouge. En vidant le verre d'eau je me regardai dans la glace puisque c'est mon habitude de me regarder dans les glaces sans savoir pourquoi et je me demandai comment Lise me voyait. La glace me renvoyait l'image d'un visage buriné, aux rides maussades. Chaque jour on se regarde pour se raser, mais l'habitude empêche de ressentir les modifications d'un visage. Quand je regarde une photo prise de moi récemment je me demande comment l'érosion du temps a agi pour transformer le visage lisse au nez moqueur qui survit dans les albums familiaux en un masque de Dürer. J'eus envie de chercher un de ces albums et de montrer mon visage de seize ans à Lise, envie passagère.

Nous nous retrouvâmes dans le couloir qui conduisait à la porte. A peine ouverte celle-ci libéra ce que le crépuscule gardait d'éclat. Nous nous arrêtâmes le long de la vieille balustrade de brique et regardâmes passer la Loire.

« C'est chouette, les grandes rivières », dit Lise.

Toujours j'avais été sensible à la beauté de la Loire puis des autres fleuves que je rencontrai ou j'imaginai. Alors que j'avais peiné pour admettre qu'on figurât l'Instruction, la Justice, le Crime sous des formes humaines, j'avais admis d'emblée dans un guide illustré de Rome que le Tibre, le Nil, devinssent des athlètes étendus parmi les éphèbes, des enfants jouant sur les pectoraux puissants ou frôlant une barbe neptunienne ensommeillée sur un torse musculeux.

« C'est dommage qu'on ne puisse pas s'y baigner.

— Oui on s'y baignait quand j'étais petit.

— Mais ça fait du bien de respirer. Surtout qu'on est gâté aujourd'hui. Pour une fois il fait beau.

— C'est vrai, ce printemps aura été sinistre. »

Nous ne pensions guère à ce que nous disions, un infime petit bout de nos cerveaux se chargeait de former nos phrases ; le passage régulier de l'eau nous occupait. Je me décidai à pousser Lise par l'épaule et nous traversâmes le terre-plein herbeux où flottaient les avoines folles avant d'atteindre la grille rouillée que j'écartai.

En repoussant le battant je regardai la maison. Vieille d'un peu plus de cent ans mais construite dans cette pierre de Loire qui ne fane pas, elle était blanche. Haute seulement d'un étage et surmontée par des mansardes juchées dans un toit d'ardoise. Le bâtiment ancien avait été prolongé avec prétention et parcimonie par une tour carrée en brique, coiffée de tuiles. Un appentis casqué de tôle ondulée s'appuyait sur la tour et s'allongeait en s'amenuisant jusqu'à une haie de chèvrefeuille. Derrière la maison la masse de trois acacias escortés d'un vieux noyer ornait une pente embroussaillée qui avait été naguère un verger et un potager.

« Comment la voyez-vous cette maison, Lise ?

— Quand je suis arrivée, elle m'a donné un coup de déprime, surtout l'intérieur. Je m'y suis faite parce qu'elle ressemble un peu à celle de mes grands-parents dans le Berry. »

Pour gagner la route nous avions pris un petit chemin communal qui avait été sommairement bitumé quelques années plus tôt et abandonné à lui-même. Il descendait raide. On forme des idées en marchant de long en large dans une pièce close, mais le plein air ne leur vaut rien. La marche plane conduit à l'entêtement, la régularité du pas transforme en idée fixe les moindres mouvements de l'esprit. La montée donne au travail du corps une importance envahissante et la descente, parce que les muscles freinent, retient tout élan. Après un tournant, nous parvînmes à la route où les voitures se succédaient, nous obligeant à marcher l'un derrière l'autre en bordure du talus. Ce défilé ininterrompu de masses aspirées les unes par Tours les autres par la campagne et les sons tous semblables qui les annonçaient et survivaient à chacune jusqu'à la suivante constituaient une drogue comme le flux de l'eau. Je considérais les fesses de Lise dont le jean bleu révélait d'autant mieux les formes que le mouvement de la marche tendait le tissu. Pourquoi marcher sur cette route derrière cette fille qui ne m'intéresse guère et au même pas qu'elle ? Sans s'arrêter, elle s'était retournée vers moi et, montrant quelque chose du doigt, avait prononcé une phrase que le passage emphatique d'un énorme camion diesel rendait inaudible.

« Qu'est-ce que vous dites ?

— Quoi ?

— Je vous demandais ce que vous disiez. »

Elle s'arrêta, me fit face, cria :

« Ce pêcheur m'étonnait. Tout est pollué, la Loire aussi, alors quel poisson espère-t-il dénicher ? »

Du doigt elle désignait, à proximité de la berge, une barque plate et sombre sur laquelle se découpait la silhouette d'un pêcheur à la ligne. Un clos de vigne, des vergers et quelques prairies plantées d'arbres fruitiers séparaient le fleuve de la route qui commençait de monter. Bon signe : elle allait déboucher dans le bourg.

Nous longeâmes quelques grilles derrière lesquelles, à travers des massifs fleuris, des chiens aboyaient, ayant décidé de ne plus tenir compte du passage continuel des voitures et de ne manifester leur existence par leur indignation qu'à la venue d'un piéton. Puis une succession de façades basses aboutit à une auberge intitulée la Tourangelle dont les faux croisillons et les fausses poutres se prolongeaient au bord de la rue où, ayant échappé à la route, nous nous engageâmes pour atteindre par une pente douce le restaurant. La Tourangelle n'était pratiquée que par les touristes alors que le restaurant où nous nous rendions tous les jours, le Rendez-vous des Ames, était mixte et conçu de sorte que touristes et non-touristes fussent parqués dans des aires rigoureusement délimitées. Blancherut, le patron, avait cinq ans plus tôt fait rajeunir sa façade par un de ses familiers, peintre en bâtiment espagnol qui, plus habitué à parler le français qu'à l'écrire, avait transformé *ami* en *âme.* Après colère puis réflexion, Blancherut qui avait reçu sa première éducation chez les bons pères considérait comme établi que tous ses clients étaient dotés d'une âme, même les touristes, s'était dit qu'après tout, et fût-elle le produit d'une erreur, la dénomination de son établissement ne lui déplaisait pas, au contraire. Même elle avait convenu aux habitués qui, sans s'y forcer, avaient balayé la tradition des

« amis » et en avaient forgé une nouvelle qui, aussitôt ancrée dans l'usage, leur permettait avec un naturel parfait de se fixer rendez-vous « au Ames ». Le village était composé de maisons blanches s'étageant jusqu'à une école de brique dominée par le clocher roman d'une église que dissimulait la conjonction d'un quinconce de platanes et de la nouvelle mairie, un promontoire de béton. Pour trouver « les Ames », il fallait emprunter sur la droite une ruelle où les jardinets l'emportaient sur les façades. Le restaurant lui-même était caressé par le feuillage d'un marronnier.

Le rez-de-chaussée était crépi assez sottement mais les fenêtres du premier étage s'ouvraient dans un encadrement Renaissance qui ne prouvait d'ailleurs pas l'âge de la maison puisqu'en Touraine comme en Anjou il arrive souvent qu'un style survive longuement à son époque. Au-delà de la colline feuillue qui dominait le village, se dressaient, bâties depuis peu, des tours où étaient logés les ouvriers d'usines voisines. Bien que le ciel eût gardé une vaillante ardeur, des rectangles s'allumaient déjà dans les masses géométriques qu'un mauvais sort avait plantées là. Nous entrâmes, annoncés par le timbre de la porte que l'ouverture faisait résonner comme dans les vieilles merceries. Blancherut, le patron, était un haut garçon de quarante ans dont le hâle pouvait être aussi bien attribué au soleil qu'à la nature ou au fond de teint. Les habitués l'appelaient Blanche sans qu'il y eût dans ce diminutif une intention moqueuse. Il était tenu par la diversité de sa clientèle de jouer deux rôles. Très rares en hiver mais nombreux dès le printemps les touristes, qu'ils fussent français ou étrangers, étaient parqués dans la première salle où les tables étaient couvertes de nappes à carreaux rouges et blancs éclairées à la chandelle. Il avait fait gratter le plafond pour dégager quelques-unes de ces poutres dont il savait les touristes friands.

Ceux-ci étaient assis près du comptoir que fréquentaient des ouvriers, des artisans, des paysans dont la tenue et le parler donnaient au client la certitude qu'il avait eu raison de négliger une auberge tourangelle faussement folklorique pour trouver l'authentique, au bout d'une ruelle. Dans le fond de la salle on était servi sur le marbre blafard des tables aux pieds torsadés ; c'était là le domaine des gens du pays, comme le comptoir, qu'ils fussent médecins ou charpentiers. A l'égard des touristes, Blancherut jouait le rôle du vieux Tourangeau, se voûtant un peu, roulant les *r* et mouillant les *l*, rude et presque maladroit dans ses gestes, autoritaire dans la feinte bonhomie avec laquelle il leur imposait des spécialités maison, grenouilles et escargots surgelés. L'autre partie de la salle également dallée de ces carreaux blancs qu'on fabriquait en Touraine au siècle dernier offrait à Blancherut une scène où retrouver son comportement naturel qui consistait à faire la folle. A peine au milieu des habitués il frétillait, se déhanchait, haussait et aiguisait sa voix et multipliait des boutades indispensables à la santé de son esprit qu'elles fussent ou non comprises par son public. Depuis sept ou huit ans qu'il s'était substitué à l'ancien propriétaire devenu boiteux et grincheux, il avait réussi sans trop de difficultés à se faire accepter par la population. Son homosexualité choquait d'autant moins que, toute voyante qu'elle fût, elle n'avait guère frappé la clientèle ; on avait jugé divertissante une exubérance qui s'expliquait par un passé parisien et qui peu à peu avait fait partie intégrante de la vie du village ; peu de gens avaient compris la nature des relations l'unissant aux cuisiniers qui se succédaient dans la maison et, malgré la malignité villageoise, ceux qui avaient deviné s'étaient gardés d'aiguiser leur attention sur cette singularité à laquelle ils préféraient le récit colporté par Mme Tiffauge selon laquelle Blanche avait adoré une jeune fille qui en patinant sur un lac suisse s'était engloutie, la glace ayant cédé sous elle. Sa compagne avait été sauvée grâce à une longue chevelure qu'un haut magistrat avait empoignée à temps mais la fiancée de Blanche qui portait des cheveux courts avait péri. Sur son lit de mort, la mère de Blanche qui avait vu son fils près du suicide lui avait fait jurer de ne plus retomber amoureux et de ne jamais se marier.

Mme Tiffauge était accoudée au comptoir devant une menthe verte ; sobre pendant le jour elle commençait de boire après sept heures. Quand nous passâmes à sa hauteur elle tourna la tête vers nous sans bouger les bras et le torse, avec la technique d'une mante religieuse et nous cligna des yeux avant de déclarer à Lise :

« Toujours pâlotte et gringalette, mademoiselle. »

Le matin quand elle était arrivée pour faire le ménage elle lui avait déjà adressé, comme les autres matins, cette formule qui n'appelait plus de réponse. Le coin des touristes n'était occupé que par deux couples de Belges assez âgés qui festoyaient bruyamment et trois Japonais qui avaient gardé leurs appareils photographiques en bandoulière et posé leurs caméras super-8 sur la table. En revanche le sanctuaire réservé aux gens du cru était assez achalandé. Comme chaque lundi le chanoine Plancafort jouait aux dames avec un percepteur en retraite dont la sombre chevelure trahissait la teinture ; ils s'étaient connus au régiment et avaient constaté en se retrouvant sur leurs vieux jours que leur passion pour le jeu de dames avait gardé toute sa fraîcheur. Je m'inclinai devant le chanoine — honoraire, comme celui-ci tenait à le préciser lors de chaque présentation —, saluai le percepteur puis, à la table voisine, le menuisier qui, toujours en bleu de travail, s'obstinait à porter un brassard de crêpe bien que sa femme fût morte depuis une dizaine d'années. J'adressai enfin un signe de tête au fils du garagiste qui dînait avec un copain et deux filles puis je proposai à Lise une des tables libres. Tous les jours Blanche écrivait le menu à la diable sur une ardoise qu'il détestait montrer, préférant énumérer les plats en émaillant leur énoncé de traits d'esprit qu'il parvenait à renouveler avec assez de brio certains jours, et d'autres fois si laborieusement que ses fidèles en étaient gênés. En attendant sa venue je contemplais comme à mon habitude le papier mural. Dans la région touristique les murailles présentaient leurs pierres nues en toute rusticité, mais pour les habitués Blanche avait tendu un papier qu'il avait retrouvé en rouleaux au fond du grenier et dont il affirmait que bien des musées seraient fiers de posséder un morceau. Du papier Réveillon. Ce nom ne disait rien à personne sauf au chanoine qui en avait tout de suite situé l'époque, celle de la Révolution. En toute ignorance de cause, je prenais plaisir à contempler les bordures de panneaux qui formaient un encadrement de fleurs et de feuilles dont les couleurs me rendaient exactement celles que je prêtais à la Révolution à travers les cocardes tricolores des bonnets phrygiens et les pantalons rayés des sans-culottes. Ces couleurs étaient d'une franchise joyeuse, d'une bonne conscience agressive ; les tiges des bouquets étaient liées comme les verges d'un faisceau de licteur.

« Je suis à vous, mes petits amis », s'écria Blanche en s'immobilisant devant nous avec la grâce appliquée d'un danseur.

Il baissa la voix pour ajouter :

« Les Japonais sont terribles ! Pour leur en faire accroire, il faut se lever matin. Jamais on ne se méfiera assez d'eux. Essayez donc de les persuader que, pour les vins de Loire, 74 est une année fabuleuse. Je ne sais pas où ils s'instruisent mais le fait est là : ce sont des clients terribles. »

Se penchant, il baisa Lise sur le front.

« Je sais ce qu'elle va manger, ma grosse biche ! Des concombres à la crème et du rôti de veau aux flageolets. Quant à vous, monsieur Paul Bâche, examinons un peu votre cas. »

Il avait depuis longtemps pris le parti, imitant en cela Mme Tiffauge, de ne s'adresser jamais à moi sans user d'un *monsieur* suivi du prénom et du nom de famille qu'il faisait solennellement sonner.

« Avec votre régime, vous tympanisez ma cuisine. »

Il sautait toujours sur l'occasion d'employer des mots désuets dont le sens échappait le plus souvent à son auditoire.

« Si j'étais de vous, reprit-il, je prendrais des concombres sans crème, pour suivre je ne vous propose pas mon andouillette, bien qu'elle soit tout simplement divine. »

Il feignit de jeter un regard anxieux vers le chanoine et chuchota :

« Grâce au Ciel, il ne m'a pas entendu, ce saint homme, tomber dans le crime d'idolâtrie. Donc, pas d'andouillette, pas de navarin, régime oblige. A propos de navarin je me suis fait coincer la semaine dernière par un Teuton dont je n'aurais pas attendu ça. Vous nous accusez, m'a-t-il lancé, d'aimer la guerre mais c'est vous qui l'adorez puisque vous réussissez à l'introduire jusque dans la cuisine. J'avais au menu du navarin et du poulet marengo. Deux noms de bataille, a-t-il observé doucement, me laissant coi, quinaud et pour tout dire baba. Bref, monsieur Paul Bâche, vous prendrez du veau comme mademoiselle. »

Elle demanda timidement :

« Il n'est pas trop sec ?

— Il est savoureux et moelleux comme tes lèvres purpurines, belle Lison. »

Déjà il s'esquivait avec légèreté quand je le rappelai.

« Je peux donner un coup de téléphone à Paris ?

— Oui mais ne criez pas si fort, vous savez bien que rares sont les élus dont je permets qu'ils passent des coups de fil en pays exotiques. »

Comme je me dirigeais vers l'office où, entre la salle et la cuisine, l'appareil était juché, Mme Tiffauge, s'étant détachée du comptoir avec la majesté d'un navire qui quitte le quai, se glissa entre les tables en accroissant à chaque pas sa vitesse et se laissa tomber sur une chaise à côté de Lise. Son cou puissant, tout plissé, ses vastes épaules, les avant-bras bruns et musculeux qui s'échappaient d'un chandail noir à larges manches, donnaient une impression de solidité qui s'accordait mal avec le sourire effilé qui fendait un réseau de rides dans un museau pointu comme celui d'un renard.

La sonnerie retentissait en vain dans l'appartement de Juliette. Je prolongeai sans grand espoir l'appel, ému de savoir que mon chant téléphonique traversait le salon, escaladait la loggia, se faufilait dans le couloir, et amoureux d'elle tout à coup. Je me dirigeai enfin vers ma table en marchant derrière le baron Chapuseau qui venait d'entrer. C'était un petit homme aux cheveux gris qui portait des leggins, une culotte de cheval et malgré la pureté du temps une sorte d'imperméable qui avait dû être un morceau de toile de tente percé d'un trou comme un poncho ; il avançait d'un pas sonore. La vieille Tiffauge, la main devant la bouche, chuchotait ; quand je me rassis, elle se tourna vers moi :

« Ah ! les pigeons de monsieur le baron. J'étais en train de raconter à mademoiselle qu'il en prend une couvée à peine sortie de l'œuf. Il les élève en mâchant du lait et de la mie de pain que les petits picorent dans sa bouche à la becquée. Dès qu'ils ont grossi il les plume vivants l'un après l'autre, leur tord le cou et les mange crus. C'est ainsi. Il y a des choses que pour les croire il faut les avoir vues. Permettez que je prenne congé, ajouta-t-elle en souriant de nouveau, j'étais juste venue tenir compagnie à Mademoiselle pendant que vous téléphoniez. »

Elle se souleva, posa un regard insistant sur Lise et manœuvra en direction du comptoir où son verre l'attendait.

« Excusez-moi, dis-je, mais Juliette doit théoriquement venir ce soir. Comme elle n'a pas confirmé, j'ai appelé chez elle. J'ai eu beau insister, ça ne répond pas. Peut-être vient-elle de partir. J'aurais sans doute mieux fait de l'appeler de la maison, un peu plus tôt.

— Je serai contente de la voir. C'est vrai : elle a été très chouette avec moi. Philibert m'avait menée chez elle pour qu'elle me persuade de rester avec lui. Elle a compris que j'étouffais et en attendant elle m'a trouvé un job chez vous.

— Je dois partir en voyage un mois avec Juliette mais, si vous n'avez rien trouvé, je ne demande qu'à vous reprendre en rentrant. Pendant mon absence, si ça vous arrange je vous laisse les clefs et vous gardez votre chambre. »

Lise remercia vaguement. Elle parlait toujours d'une voix si basse que ses propos exigeaient de l'auditeur une attention soutenue. Elle parlait d'ailleurs peu et je fus surpris qu'elle reprenne aussitôt :

« Vous croyez que c'est vrai les pigeons ?

— Elle m'en a tant raconté que je ne la crois plus guère. Elle me laisse perplexe car si elle invente, elle est douée d'une imagination toujours orientée vers le morbide. L'autre jour elle m'a assuré que le chanoine Plancafort était un saint homme mais que si l'on connaissait la lutte à laquelle le diable et le bon Dieu se livraient dans son âme on en aurait froid dans le dos. Tiens, je n'avais pas vu le docteur Vermot. Il a dîné dans un petit coin. »

Le médecin défiait tout signalement tant son physique était moyen et dépourvu de signification ; il était également impossible de décrire la couleur et la forme de son pantalon et de son pull à col roulé. Pour éviter de me rendre mon salut, il s'absorba, tout en marchant à petits pas, dans la contemplation du dallage. Sur le seuil de la porte, d'une voix qui semblait muer tardivement, il lança de façon à être entendu de toute la salle :

« Demain ma femme ne sera pas encore rentrée, monsieur Blancherut, vous me reverrez encore pour le dîner. »

Blanche qui avait desservi les concombres et déposé sur la table son rôti de veau dont il entreprenait de couper des tranches pour Lise et moi observa, de manière à être lui aussi entendu de tout son public :

« C'est une vraie toupie ce médicastre ! Parce qu'il déconseille à ses clients la nourriture de restaurant il se croit obligé de justifier sa présence ici.

— Moi, dis-je, il ne me salue plus parce que je n'ai pas suivi son traitement. Si je l'avais écouté, je serais à l'hôpital. Heureusement que j'avais à Tours un de mes bons copains cardiologue qui après m'avoir examiné a haussé les épaules et m'a conseillé de ne plus voir Vermot, sauf pour un rhume.

— Et encore ! Si j'avais une perruche, monsieur Paul Bâche, et s'il arrivait qu'elle s'enrhumât je n'oserais pas la lui confier. »

Comme il peinait pour découper le rôti dont la chair se dérobait sous la lame, Lise lui demanda pourquoi il ne se servait pas d'un couteau électrique.

« Les couteaux électriques, ça ne se fait plus ma choute ! Cette année, c'est les jupes fendues et les chapeaux à bord large. »

Son plateau en équilibre sur trois doigts, Blanche traversa la salle, content de lui et content des autres, leur souriant comme pour les remercier d'avoir tous goûté sa dernière boutade. Il raccompagna les Belges à la porte en leur souhaitant toutes sortes de prospérités, rendit leur monnaie aux Japonais qui après l'avoir vérifiée se retirèrent à leur tour puis, après avoir déposé un jeu d'échecs devant le baron Chapuseau que son ami Legendre avait enfin rejoint, il disparut dans les cuisines d'où il surgit porteur de deux bols de tisane destinés au chanoine Plancafort et à son partenaire. Aussitôt après il bifurqua pour nous assaillir Lise et moi.

« Vous ne mangez pas, vous languissez ! Il n'est pas bon mon veau ? »

Nous répondîmes en chœur :

« Si, si, il est très bon, très tendre, moelleux... »

Sans nous écouter il se pencha et nous confia à voix basse :

« Le baron est à cran parce que Legendre encore une fois est arrivé en retard. »

Ils tournèrent leur regard vers le couple. Les deux hommes figés dans la même pose, menton dans la main, contemplaient intensément l'échiquier auprès duquel tiédissaient deux tasses de café. Legendre était un blondinet qui au premier abord paraissait vingt ans mais, dès qu'on le regardait plus longuement, révélait, à ces signes mystérieux qui dénoncent l'âge, une trentaine déjà dépassée. Assureur, il se croyait obligé de porter un complet croisé, bleu ardoise, ne s'étant dispensé que de la cravate sans doute enfouie dans sa poche.

« Je ne sais pas si Legendre a une belle-mère comme son nom l'implique mais il a une femme et elle lui fait des scènes quand il sort, d'où ses retards. Elle a reçu, paraît-il, une lettre anonyme qui mettait en doute la pureté de ses relations avec le baron. Pure invention car si l'anguille était sous la roche, Blanche l'aurait détectée.

— C'est peut-être un coup de Mme Tiffauge, hasardai-je.

— Oh ! que non ! Elle est trop fière d'avoir trouvé l'histoire du pigeon, pour changer de version. D'ailleurs c'est une conteuse arabe cette bonne louloute, elle n'écrit pas. »

Se sentant quémandé du regard par le fils du garagiste, Blanche s'esquiva en nous enjoignant de finir notre veau.

« Au fond, dit Lise avec un soupir, je n'avais pas envie de veau ce soir et je ne sais pas pourquoi j'en ai pris.

— Et moi, j'ai horreur du rôti de veau. Peut-être que je suis fatigué et que j'ai préféré céder tout de suite à sa proposition. Pour mon confort immédiat je suis prêt à sacrifier ce qui va suivre dans un an ou dans dix minutes. Et cette connaissance de moi-même m'est inutile puisqu'elle ne m'empêche pas de retomber dans les mêmes cheminements. Elle ne me sert qu'à me dégoûter de moi, ce dont je me dispenserais. »

Nous reculâmes tous deux ensemble notre chaise, satisfaits d'avoir nettoyé nos assiettes, soulagés.

Blanche s'empressa de les enlever au vol et d'entamer un couplet sur ses desserts mais Lise l'interrompit courageusement :

« J'ai vu des framboises.

— Je ne vous les garantis pas, si peu cul-terreux que je sois. Sans doute proviennent-elles du Midi ou d'Israël ou d'Australie. C'est au marché de Tours que Claude-Henri-Bernard les a achetées. Vous en voulez quand même ? A votre bonne guise ! »

Les cuisiniers précédents n'avaient eu droit qu'à des sobriquets. Le dernier qui portait les cheveux en brosse avait été intitulé « Bouclette », mais, pour des raisons qui n'appartenaient qu'à Blanche, l'actuel était désigné sous ses trois prénoms.

Avant d'aller chercher les framboises, Blanche s'arrêta au milieu de la salle pour annoncer :

« Je sollicite l'indulgence de l'honorable société

en faveur de quatre jeunes qui ont envie de danser. Ils ont apporté des disques, je leur prête mon magnétophone. La séance aura lieu dans le jardin d'hiver dont je serai obligé de garder les portes ouvertes, le flux électrique étant momentanément interrompu. Mais les danseurs se sont engagés à mettre l'électrophone en sourdine. J'en demande pardon à messieurs les joueurs d'échecs mais leur concentration...

— En effet, s'exclama Chapuseau, jouer aux échecs en musique, ce n'est pas valable.

— Mais leur concentration est telle qu'aucune note de musique ne saurait la distraire. D'ailleurs, ajouta-t-il en singeant le ton d'un vieil érudit, il ferait beau voir qu'on empêchât les villageois de danser au bord de la Loire, Paul-Louis Courier s'en retournerait dans sa tombe. »

Lise qui, comme moi, mangeait ses framboises avec les doigts observa brusquement :

« C'est joli le mot framboise. Il y a des mots qui, indépendamment de leur sens, me font plaisir.

— Vous en voyez d'autres ?

— Je ne les ai pas en tête mais... il y a frangipane, réséda, coloquinte.

— Comme étude qu'est-ce que vous avez fait ?

— Jusqu'à quatorze ans où j'ai rencontré Philibert j'allais au lycée. Après j'ai fréquenté une école technique mais je ne fichais plus grand-chose.

— Vous avez rencontré Philibert à quatorze ans ?

— Quand ça s'est passé je venais juste de les avoir, comme maintenant mes dix-huit ans. »

J'avais sorti mon paquet de cigarettes.

« Vous ne fumez pas ?

— J'ai fumé mais pas des cigarettes de la régie.

— De l'herbe ?

— Oui et des tas d'autres trucs. Mais Philibert a cessé et moi aussi. »

Son visage s'était brusquement éclairé ; ses yeux

brillaient mais ils semblaient regarder à l'intérieur de son corps. C'était la première fois que je voyais cette physionomie d'habitude un peu figée trahir une impression forte. Elle chuchota le titre du disque qui fut inintelligible pour moi et ajouta avec une ferveur sévère :

« Ces Abba. Ils sont terribles. »

Le chant et la musique tressaillaient et voyageaient en elle, par moments elle cessait de respirer et ses poings se fermaient à demi. Je n'aurais pas osé rompre le charme en prononçant un mot. Puis je n'y tins plus, tant est parfois irrésistible le besoin d'énoncer des constatations superflues.

« Vous aimez danser ?

— Depuis que Philibert est chez les Abriques nous ne dansons plus. Il n'admet même pas qu'on aille aux concerts pop.

— Abba, ça a un rapport avec Abriques ? »

Elle rit :

« Oh non !

— C'est quoi les Abriques ?

— C'est sa secte. »

Un autre fils du garagiste, plus jeune que son frère, était entré et avait rejoint les quatre danseurs dans la pénombre du jardin d'hiver. Blanche, en l'honneur d'un palmier nain et de deux lauriers-roses en pots qui y séjournaient en hiver, avait donné ce nom à une vaste salle humide où dépérissait un billard au tapis troué qui voisinait avec un buffet Boulle qu'il avait réussi, pour la fameuse bouchée de pain, à acheter dans une ferme alors que les antiquaires avaient désespéré de l'obtenir. Depuis le temps qu'il cherchait un emplacement définitif pour cette œuvre d'art, celle-ci attendait dans son coin, sombre et luisante malgré la poussière. Les silhouettes des danseurs passaient, se déplaçant entre l'œuvre d'art et le billard, s'enfonçant dans les profondeurs obscures ou renaissant à la lumière quand elles se rapprochaient de la porte à deux battants. Dominé par la contemplation d'un spectacle qui n'était pourtant guère insolite, celui de jeunes gens dansant dans le bric-à-brac d'une auberge de village, j'éprouvais, comme lorsque je m'étais retrouvé au sortir de mon rêve debout devant la fenêtre, l'impression d'être tombé dans un de ces trous noirs que l'univers recèle en secret, où le possible et l'impossible cohabitent. De la grotte un être se détacha, inquiétant comme un personnage qui s'échappe d'un tableau, puis rassurant dès qu'il fut identifiable. J'avais reconnu le plus jeune fils du garagiste, lequel devait s'appeler Jean-Louis ou Jean-Pierre.

Jean-Pierre ou Jean-Louis salua bien poliment puis demanda à Lise si elle voulait danser. Elle se leva aussitôt et elle avait fait quelques pas à côté du jeune garçon quand elle se retourna pour me jeter un regard où je crus comprendre qu'elle regrettait de ne pas m'avoir demandé au préalable mon avis.

« Je ne danserai pas longtemps », promit-elle.

En la regardant disparaître je compris que le chanoine, qui s'était attardé après le départ de son copain, m'invitait du regard à m'attabler avec lui.

« Alors tu te remets à vivre ici, tu as embauché une secrétaire et tu prépares un film à grand spectacle ? J'ai appris cette nouvelle par notre bon François Corlion, chez lequel j'ai déjeuné dimanche. Tu avais réalisé ton premier film à quel âge ?

— A vingt-sept.

— Sauf erreur de ma part tu en as cinquante-deux. Presque le double. Et dans l'intervalle tu as dirigé une firme cinématographique en te gardant bien de faire un film toi-même. Et tout à coup ça te reprend. Comment s'appelait-il déjà ton film de jeunesse ?

— Mon péché de jeunesse s'appelait *Les Trottoirs ensoleillés*, monsieur l'abbé. »

Plancafort était le vicaire de l'église de Lucé quand j'avais fait ma première communion. Prisonnier pendant la guerre, il était devenu notre curé à son retour. Au bout de quinze ans, il avait bénéficié d'une cure beaucoup plus importante qu'il n'avait quittée que pour se retirer après avoir été élevé à la dignité de chanoine. Bien que né dans le Lot, il avait acheté une petite maison derrière l'église de Lucé en vendant celle qu'un oncle lui avait léguée près de Cahors. Il ne pouvait vivre qu'au bord de la Loire. J'avais parfois du mal à reconnaître dans ce vieil homme couperosé le vicaire fringant qui m'avait enseigné le catéchisme. Depuis que j'avais quitté la Touraine, j'entrevoyais rarement ce chanoine que je m'obstinais à appeler comme autrefois monsieur l'abbé. Tout en l'aimant bien, par habitude, je ne savais trop quoi lui dire et je m'étais demandé pourquoi Corlion le fréquentait si volontiers jusqu'au soir où, à la faveur d'un dîner qui se prolongeait, j'avais découvert que les deux hommes partageaient une égale passion pour les origines des noms de lieu ; ils se rencontraient surtout pour échanger les hypothèses toponymiques. Leur engouement s'étendait aux noms de famille, ce qui avait permis au chanoine, après une controverse avec Corlion, d'établir que *Blancherut* venait d'un *Blancherupt* lorrain qui trouvait lui-même ses sources dans le prénom de femme germanique *Blancha* et dans le latin *rivus*. Quant à Plancafort, malgré la ressemblance partielle que ce nom présentait avec celui de notre restaurateur, il était d'origine occitane.

« En somme, reprit-il, tu avais eu la foi dans la création, tu l'as perdue, tu espères la recouvrer. Ce n'est pas facile à expliquer. »

Mon attention était mobilisée par Lise dont le corps remuait à la même cadence que celui de son partenaire. A la fin d'un disque, Jean-Pierre (ou Jean-Louis) saisit Lise par la taille et tous deux tournèrent sur place embrassés. J'avais du désir pour Lise depuis qu'elle dansait. Comme le prêtre s'ingéniait à donner une explication à ma conduite, je l'interrompis :

« Et les fantasmes ? Croyez-vous que celui qui les subit peut les expliquer ? Pourtant vous avez dû en entendre de drôles au confessionnal. »

Il fut dispensé de répondre par le retour essoufflé de Lise.

« Je n'ai pas dansé trop longtemps ? Il ne faudrait surtout pas faire attendre Juliette. »

La salle s'était vidée. Il ne restait plus que Mme Tiffauge qui tenait le bord du comptoir à deux mains, immobile, muette devant son verre vide où l'alcool n'avait laissé qu'un reflet verdâtre. Escorté par Claude-Henri-Bernard, petit costaud blond et barbu qui bâillait, Blanche nous raccompagna jusqu'à la porte.

« La Tiffauge et les jeunes, je m'en vais vous les vider proprement ! proclama-t-il. Et puis cou-couche panier, je vous en souhaite autant avec une révérence, bon retour ! »

Le chanoine remontait vers la place mais avant de nous quitter il observa :

« Quand je suis arrivé ici, le nom de cette rue me révoltait.

— Moi, dit Lise, il y a une rue derrière la mairie dont j'adore le nom, la rue de la Fosse-aux-astres. Et celle-ci comment s'appelle-t-elle ? »

Je lui montrai la plaque :

« Pardonnadieu.

— Pardonner à Dieu me semblait alors monstrueux, chuchota Plancafort en nous serrant la main. Et pourtant... »

Il s'était déjà éloigné de quelques pas quand il se retourna pour me demander :

« Et la santé ? Corlion m'a dit que tu avais eu un petit embêtement au cœur ?

— Ce n'est plus qu'un mauvais souvenir, merci. »

Lise et moi laissâmes l'asphalte nous entraîner vers la Loire. Le crépuscule tardait à s'éteindre mais la lune brillait déjà d'un éclat tranchant. Le fleuve brasilla.

« Vous avez eu de la chance, Lise, qu'il ne nous ait pas fait un cours sur la Fosse-aux-astres. Il a travaillé la question pendant des années avant d'établir, multiples preuves à l'appui, que cette rue fut, de je ne sais quand à je ne sais quand, un chemin qui conduisait à un hameau qui était établi le long d'un fossé où poussaient des alisiers, ne me demandez pas comment du latin *fossa* et du gaulois *aliso* s'est constituée cette fosse aux astres, ou plutôt demandez-le-moi car je n'en sais plus rien mais n'interrogez pas Plancafort sur ce chapitre, vous en auriez pour une heure. »

De nouveau nous marchions l'un derrière l'autre au bord de la route qui bondissait et s'effaçait à la cadence des coups de phares. Le *et pourtant* de Plancafort me suivait. Une créature pardonnant à son créateur, on brûla jadis des hérétiques pour moins que ça. Lise s'arrêta, se tourna vers moi, criant pour dominer le tonnerre d'un camion :

« Plancafort, Blancherut, les premiers jours je m'embrouillais, c'est gênant les noms qui se ressemblent. »

Peut-être ces deux hommes avaient-ils une autre ressemblance, celle d'avoir dissimulé chacun sous un masque, sans mauvaise intention aucune, une inquiétude contraire à leur vocation que l'un trahissait par son *et pourtant* et l'autre, je l'avais remarqué plusieurs fois, par un soupir imprévu et inexpliqué qui était bref, profond comme celui d'un chien qui dort. J'étais resté immobile mêlant non pas tant les visages que les physionomies de ces deux hommes et Lise qui me faisait face profita d'un lambeau de silence qui s'était allongé sur la route pour ajouter :

« Mme Tiffauge prétend que chez vous les femmes disparaissent, alors la nuit je m'enferme à clef.

— Vous avez peur que je vous étrangle ?

— Pas du tout mais, c'est bête, je ne pourrais pas m'endormir si je ne m'étais pas enfermée. »

Nous reprîmes notre marche et aperçûmes au détour de la route le feu bleu et tournant d'une ambulance dont la portière arrière se referma sèchement. J'interrogeai deux gendarmes qui compulsaient les papiers à la lueur d'une lampe électrique.

« Un motocycliste. Il a donné dans le pylône. »

Je repris ma respiration les oreilles bourdonnantes. J'avais été persuadé pendant les quelques secondes où mon cœur avait cessé de battre que Juliette en coupant la route pour s'engager dans le chemin avait été détruite. Le talus herbeux était jonché de débris, un casque ensanglanté, des éclats de verre ou de plastique, une botte, des lunettes brisées, un chaos d'enjoliveurs. La sirène de l'ambulance qui démarrait effaça mes bourdonnements d'oreilles et je poussai Lise en avant. Nous nous engageâmes dans le chemin. Les débris funestes se transformaient en moi devenant vestiges que laissait sur l'herbe un combat de chevaliers.

« Mais le garçon, demanda Lise, il va mourir ?

— Non, tu n'as pas entendu... »

Je me repris :

« Vous n'avez pas entendu, l'un des gendarmes a dit qu'il avait le genou brisé. »

Elle n'avait pu entendre ce diagnostic puisque je venais de l'inventer. Nous accédions au tournant où la rumeur de la route s'estompe. J'imaginais en cinéaste ; de la chevalerie je passais à l'équinoxe par un fondu enchaîné qui transformait la brève vision encore présente dans mes rétines en une lisière de plage jonchée de boîtes de conserve éventrées, d'éclats de bouées, de tresses de casiers, de méduses mourantes, d'os de seiches, de bouteilles brisées et de ces longs varechs qu'on appelle queue de vache et qui n'atteignent la rive que pendant les tempêtes de septembre. Cette vision métaphorique qui aurait pu s'alanguir dans le charme des mélancolies automnales me toucha plus rudement que le spectacle direct du casque ensanglanté. Le procédé datait de loin dans l'histoire du cinéma mais je me promis, au cours de mon film, de l'arracher à sa désuétude.

« Encore un accident, vous avez vu ! Tous des fous ! Bonne nuit quand même ! »

J'avais reconnu la silhouette du baron Chapuseau et surtout sa manière de parler toujours trop haut, héritée peut-être de l'époque où les nobles, les riches, les notables manifestaient leur importance en parlant plus fort que les manants et en crachant plus loin.

Lise avait poussé la porte dont je retrouvais toujours avec plaisir la plainte rugueuse. Dans le jardin je distinguai la voiture de Juliette rangée auprès de l'orme. La fenêtre de ma chambre était éclairée. Nous suivîmes le couloir sans avoir à chercher le bouton de l'électricité, Juliette ayant laissé la porte ouverte. Elle était couchée le drap remonté jusqu'au menton.

« Salut ! s'écria-t-elle. J'ai entendu une grosse voix d'homme et comme je finissais juste de me déshabiller je me suis cachée. »

Elle jaillit aussitôt et nous embrassa Lise et moi avant d'ouvrir son sac de voyage d'où elle tira une robe de chambre. Je retrouvai le paysage familier, aimé : fesses serrées et rebondies, cuisses un peu trop lourdes, reins musclés. Lise avait pudiquement détourné son regard sans l'empêcher toutefois d'effleurer le corps de Juliette avant que la robe de chambre l'ensevelît. J'avais toujours apprécié le regard compétent qu'une femme pose sur une autre femme, Juliette le savait et sans doute avait-elle organisé ce jeu de scène pour me faire plaisir.

« On va boire quelque chose, proposa-t-elle. Le whisky est dans le réfrigérateur qui par miracle n'est pas en panne, vous en prenez, Lise ? »

Elle corrigea :

« J'avais oublié que Philibert exigeait que nous nous tutoyions. Lise, tu en prends ?

— Les boissons fortes je n'y tiens pas. Mais j'ai vu un fond d'alcool de cassis sur l'étagère. Ne bougez pas je vais chercher les bouteilles et les verres. »

Seuls, nous nous embrassâmes, heureux de retrouver, de reconnaître nos formes. La chevelure de Juliette était particulièrement sombre et la blancheur carnassière de ses dents éclairait sa trop grande bouche. Lise revint lentement avec un plateau, dosa l'alcool, nous nous assîmes par terre sur des coussins.

« Tu n'as pas téléphoné à Philibert, Lise ?

— Non. Il ne t'a pas donné de ses nouvelles ?

— Ce n'est pas dans ses habitudes. En outre il doit m'en vouloir d'avoir refusé de t'encourager à t'éterniser dans sa secte. Paul ne t'a pas fait trop travailler ? »

Lise secoua la tête et rit avec une expression puérile que je ne lui connaissais pas. S'il y avait eu un trou dans sa denture, pendant un instant on aurait pu croire à la chute d'une dent de lait.

« C'est une enfant travailleuse, certifiai-je. Elle tape très bien et quand elle fait une faute c'est une faute d'enfant. L'autre jour je lui ai dicté le passage de La Fontaine, *attendez-vous à la pareille*, elle a écrit *l'appareil*. Quand j'étais petit et que j'apprenais ces fables phonétiquement et près de ma mère, j'avais fait la même faute. Et j'y pensais l'autre jour à je ne sais quel propos. Dans les contes je raffolais des souliers de vair, des caparaçons, des écus, des hautbois, sans jamais les avoir vus, entendus ou même imaginés. Pendant que nous rentrions, Lise m'a confié que, Mme Tiffauge lui ayant assuré qu'autour de moi les femmes disparaissaient, elle n'en avait pas cru un mot mais n'avait pu s'empêcher, chaque soir, de fermer sa porte à clef, ce qui constitue une parfaite contradiction enfantine.

— Et alors ? Qu'est-ce que tu vois d'extraordinaire là-dedans ? demanda Juliette. Après tout elle ne te connaît pas.

— Mais je ne la critique pas du tout, ce qui m'intéresse c'est que nous gardions, adultes, des traces du déraisonnement enfantin. Si Lise avait estimé que j'étais Barbe-Bleue elle se serait taillée. Elle restait parce qu'elle me jugeait inoffensif et tout en me jugeant inoffensif elle se barricadait. J'ai lu un article sur la politique extérieure du dernier Kaiser. Il savait que l'Angleterre ne pouvait tolérer l'entrée des Allemands en Belgique et il a envahi la Belgique en espérant que néanmoins l'Angleterre ne bougerait pas. *Néanmoins* est un drôle d'adverbe. Se dire qu'il faut rompre vite avec telle fille pour éviter la catastrophe et néanmoins s'attarder auprès d'elle. »

Je m'étais animé en parlant et je devinais de la réprobation dans le regard de Juliette qui déplorait volontiers les effets que quelques gorgées d'alcool produisaient sur moi. Lise avait écouté avec étonnement mon discours ; comme un chat elle avait suivi en bougeant la tête les gestes dont je ponctuais la démonstration.

« Il est le contraire de Philibert, dit-elle en s'adressant à Juliette. Lui dès qu'il a porté un jugement, il fonce tête baissée. Quand il est communiste il n'y a pas plus communiste que lui, quand il passe au trotskisme il n'y a plus pour lui que le trotskisme sur la terre, s'il milite après pour l'indépendance de la Bretagne il n'y va pas de main morte et maintenant qu'il est abrique il donnerait sa vie pour Abra.

— Moi, tu sais, je suis assez ignorante de son caractère. Si je comptabilisais je trouverais probablement que je n'ai pas passé plus de soixante heures en sa compagnie, sommeil compris. Il a été mon premier il y a douze ans comme il a été le tien il y a quatre ans. Toi tu as commencé tôt et moi tard. »

Lise ne parut prendre ce *tôt* ni pour un éloge ni pour un grief, elle rentra en elle-même comme quelqu'un qui interrogé sur un accident auquel il a assisté fait un effort sur lui-même pour en retrouver objectivement les circonstances.

« Moi, dit-elle, j'avais eu une double otite avec complication et on m'avait envoyé quinze jours en vacances en Bretagne dans une colonie. Il m'a draguée un dimanche après-midi au cinéma et ça s'est passé ensuite dans la voiture que lui avait prêtée un copain. On s'est revus pendant les grandes vacances et au retour. Maman m'avait menée chez la doctoresse qui m'avait donnée la pilule, mon père était furieux, il ne voulait pas que je sorte avec Philibert mais il avait peur de lui et cédait aussitôt que Philibert se mettait en colère.

— A l'Odéon et à la Sorbonne, il faisait son cirque, mais jamais je ne l'ai vu en colère.

— Il était terrible. Depuis qu'il est entré dans la secte il est tout doux. Il prétend qu'Abra lui a fait découvrir sa véritable nature. »

Je fis observer que peut-être après tout...

« Possible, jeta Lise en s'animant, mais ça n'empêche pas qu'Abra est un salaud, qu'il les gruge tous. A travers le monde, ils sont quatre cent mille mecs et bonnes femmes qui se tuent au travail pour l'enrichir. Et ils méprisent les chrétiens parce que Jésus-Christ est mort alors qu'Abra est un dieu vivant. Quand je l'ai connu il disait : contester c'est créer. Maintenant il dit que créer c'est économiser de l'argent pour Abra. »

En versant une gouttelette de whisky je demandai :

« Et il vit où cet Abra ?

— Aux U.S.A. Il habite une villa-palais à Los Angeles. Il a des tas de voitures américaines et deux Rolls. L'une lui a été offerte par un P.-D.G. anglais, l'autre, à son dernier passage en France, par le caravansérail d'Aix-en-Provence. Quand on pense que les mecs travaillent seize heures par jour pour qu'Abra et sa bande se prélassent dans des Rolls, voyagent en avion particulier et descendent dans des Hilton ! Et nous n'avions droit qu'à quatre heures pour dormir.

— Mais ce qui t'a décidée à partir c'est le vœu de chasteté.

— Philibert l'a prononcé quand il est passé AZI. Ça veut Apprenti Zélé Initié. Moi je suis toujours restée PZ, Profane Zélée. Je n'avais pas de vœu à prononcer, j'avais juste à travailler du matin au soir et à prier au lieu de me reposer. Moi je n'ai pas prononcé de vœu mais Philibert lui n'a plus le droit de me toucher. On ne vit pas comme une sœur avec l'homme qu'on aime.

— Et à quoi ressemble-t-il, Abra, vous l'avez vu ?

— De loin à la Mutualité où il nous a bénis. Mais nous vivions au milieu de ses photos. Il est obèse, il est chauve, il porte une petite moustache et un nœud papillon.

— Et Philibert croit qu'il est Dieu ?

— Oui, soupira Lise en se levant, Philibert croit qu'il est Dieu. Et il n'est pas le seul. Ils sont des dizaines de milliers. »

Elle se pencha et nous tendit la main. Puis nous l'entendîmes rentrer dans sa chambre et presque aussitôt après le lit craqua de l'autre côté de la cloison. Elle avait du sommeil à rattraper.

Déjà je me dévêtais ; Juliette qui avait laissé glisser sa robe de chambre m'attendait, allongée sur le couvre-lit de velours élimé. Lors de l'entreprise gare d'Austerlitz-train-maison-de-rendez-vous-voiture, j'avais été déçu que Juliette nous transformât en bons élèves d'un cours de travaux pratiques. Les moments imprévus que nous passions sur ce velours que l'âge avait rendu rugueux parvinrent au délice. D'un commun accord, mais d'un accord tacite, nous faisions l'amour bruyamment, grossièrement aussi, et les éclats de notre plaisir durent nous étonner autant l'un que l'autre car, si leur violence était destinée aux deux petites oreilles toutes proches, elle n'était pas feinte, bien au contraire nous en vînmes à la freiner pour éviter de donner à notre voisine l'impression que nous jouions un numéro.

Pendant que je rapprochais les verres, Juliette alluma nos cigarettes en observant sur un ton volontairement hypocrite :

« Pauvre Lise, nous avons dû l'empêcher de s'endormir.

— J'ai reçu les billets, dans cinq jours nous serons en Asie. »

Un sourire étincela dans les yeux de Juliette. Ce voyage était la promesse de bien des jeux. Quinze jours au Cachemire et au Ladakh puis un peu de Thaïlande et même de Birmanie. La difficulté était de décrocher à Bangkok un visa du consulat birman. Comme toujours je m'étonnai qu'au sortir de l'ouragan nous parlions tranquillement comme deux amis du même sexe. Au bout d'un moment, je ressentis une douleur étranglée sous les côtes.

« Tu as mal ? demanda-t-elle. En as-tu parlé à Corlion ?

— Il ne m'a rien répondu de très précis.

— Je vais te donner un antispasmodique, il y en a dans la salle de bain, si ça ne te fait pas de bien ça ne te fera pas de mal. »

Pendant qu'elle cherchait dans le petit placard d'enfant qui tenait lieu de pharmacie, je contemplais les tubes, les flacons, les boîtes en concentrant ma mauvaise humeur contre un ennemi insaisissable.

« Ces noms : actastirol, diasneurine, bichloramphenicol, nasicrabine, pantalvex, hedolidon, optalnoctal ! »

Tantôt je lisais, tantôt je déformais. Une haine rendait ma voix joyeuse.

« Et les prospectus qui les escortent ! Si une drogue a été fabriquée pour vous faire dormir, elle est présentée comme un *hypnotique* pour que les trois quarts des consommateurs ne comprennent pas. Tiens ! Regarde ! La voie buccale ! L'homme a disparu, il n'a plus de bouche mais une voie buccale ou orale, il n'a plus de derrière ni d'anus, il a une voie rectale.

— Tiens, prends toujours ça. »

Elle me tendit un petit cylindre ovoïde qui avait la couleur d'une prothèse dentaire et m'offrit un verre d'eau.

« Ça s'appelle une gélule, répliquai-je après avoir avalé, je suis un gélulovore.

— Et puis ça. »

Nous étions nus dans cette salle de bain où il faisait froid. Je m'accroupis sur un linoléum losangé qui n'avait pas changé depuis ma naissance. En souriant elle introduisit en moi un suppositoire qu'elle escorta de l'index.

« Chacun son tour ! Et ne me dis pas le contraire : tu adores te faire enfiler. »

Elle absorba un somnifère, je m'en dispensai estimant que l'alcool en tiendrait lieu. Nous nous glissâmes dans le lit où nous fabriquâmes assez vite une agréable chaleur. A peine eus-je commencé de me raconter *Les Trois Mousquetaires* que le sommeil m'engloutit avant même que d'Artagnan, monté sur son cheval jaune, ait eu le temps d'arriver à Meung.

Quand j'aperçus Juliette qui, éclairée par la lampe du bureau, parcourait les feuillets de mon scénario, je crus avoir dormi longtemps.

« Non, à peine une heure. J'ai été éveillée par l'orage. »

Un roulement de tonnerre enroué, assez lointain, justifia son propos. La pluie criblait les vitres.

« Et bien sûr, tu as eu peur ?

— Bien sûr. Avoir peur de l'orage c'est normal, ça mon vieux, quand on est une fille. Les garçons en ont peur aussi mais ils le cachent parce qu'ils n'ont pas le droit d'avoir peur. »

Elle était toujours nue. L'abat-jour isolait dans un cône de lumière ses seins et les rectangles de papier. Un tableau de Georges de La Tour. Je suis trop référentiel, Larrivée a raison.

« C'est encore un texte bordélique, ne le lis pas.

— J'en suis à un passage où ma mère, ma mère naturelle j'entends, est cueillie au bord d'une route par une automobiliste pendant l'exode.

— Il est possible que le personnage principal du film soit une femme. Dans ce cas, je lui donnerai ton passé. Le rêve de la mort serait subi par elle, il me suffirait de transformer la barmaid en barman et de modifier certaines expressions.

— Tu n'arrives même pas à ouvrir les yeux. Rendors-toi. Je ne vais pas tarder à en faire autant, le tonnerre s'éloigne. »

J'enfonçai ma tête dans le traversin. J'entendis encore Juliette observer que quand elle était rentrée en France après un an de Tchécoslovaquie elle commettait quelques fautes de grammaire et qu'elle disait *la tonnerre* et *le foudre*. L'orage se rapprochait de nouveau pendant que je descendais l'échelle du sommeil, échelon par échelon. J'entrouvrais un œil à chaque éclair pour surprendre le corps de Juliette aspergé par le foudre.

De légers bruits frôlaient la porte, des grattements timides. Ils m'avaient éveillé insensiblement et il me fallut un instant pour savoir où j'étais. Aussitôt après je saisis la situation où Lise se trouvait derrière la porte, obligée de traverser la chambre pour gagner la salle de bain, n'osant pas y pénétrer carrément, n'osant pas non plus toquer fort par crainte de nous éveiller en sursaut, menacée de passer soit pour indiscrète, soit pour importune, donc embarrassée et réduite à user d'une demi-mesure qui consistait à grattouiller. J'ai passé des heures de ma vie à imaginer, quand une chatte était de mes amours, ce qui se passait dans sa tête et l'un de mes plus grands plaisirs était de tomber juste et d'avoir prévu avec exactitude un saut ou un bâillement. J'avais senti en Lise une trace de puérilité où l'esprit de décision s'entendait bien avec un fond de réserve timide et j'en concluais qu'elle était en train de se résoudre à entrer précautionneusement de sorte qu'à la fois elle atteindrait son objectif qui était d'accéder à la salle de bain et sauvegarderait la discrétion puisque ni Juliette ni moi ne serions sensibles à son passage. Doucement en effet la porte s'entrouvrait et c'était miracle que Lise réussît à retenir le grognement habituel du battant. Entre mes cils je l'aperçus flottant dans un vaste tee-shirt kaki ; elle portait ses vêtements sur son bras et progressait à pas de louve.

« Salut ! lança Juliette en se soulevant.

— Excusez-moi. »

En bâillant je lui dis bonjour et la regardai disparaître dans la salle de bain, marchant toujours sur la pointe des pieds et refermant sur elle la porte avec les mêmes ménagements, comme si elle avait encore à craindre de nous éveiller. Juliette qui s'était penchée sur la table de nuit pour consulter sa montre s'exclama qu'il était plus de neuf heures et demie et bondit du lit. J'annonçai vaguement que j'allais me lever dans cinq minutes et m'enfonçai dans les draps pour jouir encore de ma torpeur. J'avais toujours peiné pour me lever, moins par paresse que par plaisir. J'aimais prolonger ce moment intermédiaire où la tiédeur a la valeur d'un plaisir positif, où l'oreiller et le traversin vous câlinent. A ces caresses se mêlait le plus souvent une érection matinale. Celle-ci fut stimulée par un bruissement d'eau à travers lequel se distinguait l'alternance de deux voix féminines. Qu'elles fissent leur toilette ensemble convenait si bien à l'un de mes fantasmes les plus précis que mon émotion parvint très vite à ses extrémités qui me réexpédièrent dans le sommeil.

Bien éveillé tout à coup je crus que ma somnolence n'avait pas dépassé une vingtaine de minutes. Mais le poids de soleil qui écrasait la chambre me donna à craindre que la matinée fût déjà très avancée. Je courus à la salle de bain, j'eus tôt fait de me doucher et de me raser puis de m'habiller et d'ouvrir largement la fenêtre. Juliette, en jean et pataugas, s'affairait devant un buisson, armée d'une serpe et d'un sécateur. Elle dirigea vers moi un regard à la fois volontaire et égaré qui ne lui ressemblait pas. J'enjambai la barre d'appui et sautai dans l'herbe. Elle m'expliqua posément qu'elle s'était occupée à débroussailler un peu ma jungle pendant que Lise partait à la recherche de Mme Tiffauge qui avait négligé de venir travailler comme il était prévu. Son visage se détentit à peine quand elle ajouta :

« Juste après son départ je me suis ravisée et j'ai couru derrière elle pour la rattraper. Au tournant du chemin j'ai entendu un rire, je me suis penchée au-dessus de la haie, un jean était suspendu à la branche d'un noisetier et j'ai aperçu, ouvertes en compas, les cuisses très blanches de Lise. Le garçon je l'ai à peine entrevu, il était très jeune, il faisait ce qu'il pouvait et Lise riait. En m'éloignant pour redescendre ici j'ai remarqué, couché dans le fossé, un vélomoteur.

— C'était sûrement Jean-Pierre ou Jean-Louis le fils du garagiste. Tu n'es pas restée pour les regarder ?

— Si nous avions été tous les deux oui mais, seule, je n'en ai pas eu l'envie une seconde. »

J'avais saisi Juliette dans mes bras et j'essayai de déboucler son ceinturon. Elle se défendit. J'insistai :

« Ce sera intéressant qu'en rentrant elle te trouve dans la position où tu l'as vue.

— Je ne te dis pas le contraire, répondit-elle en se dégageant, mais je ne suis pas d'humeur. »

Elle s'adossa à la balustrade et resta inerte, le visage fermé, les yeux baissés. Toujours sans me regarder elle se décida à parler :

« Tu te rappelles que l'année dernière, en mon absence, tu as reçu la visite de Franz Brod, un ami de mon père. De mon père tchèque », précisa-t-elle.

Un silence s'établit. J'écoutai chanter le merle.

« Le mois dernier, reprit-elle, je t'ai dit que Franz m'avait écrit pour m'annoncer son passage à Paris. Il m'a écrit de nouveau. Le plan de son voyage est modifié. Il m'annonce qu'il ne fera escale à Paris que dans quinze jours. Comme je n'avais pas un besoin urgent de le voir et que nous partions pour l'Inde, je m'apprêtais à lui répondre que nous nous verrions une autre fois. Je ne t'en avais même pas parlé hier. Mais cette nuit en lisant les notes que tu as rédigées sur moi dans ton scénario, j'ai découvert que Franz Brod, ce que tu m'avais soigneusement caché, t'avait confié qu'il connaissait le responsable de l'arrestation, donc de la mort de mon père et qu'il voulait me voir pour me fournir les détails de vive voix. Conclusion : je ne peux pas partir dans quatre jours, il faut que nous reculions le voyage, à moins que tu ne préfères t'en aller seul. »

Je m'appuyai à mon tour à la balustrade mais de face. La Loire luisait devant moi, de gros nuages blancs manœuvraient dans le ciel.

« Juliette, criai-je, il est urgent que nous partions. Je ne saurais pas très bien t'expliquer pourquoi. Mon film en dépend. Il me semble que ma vie aussi en dépend.

— J'attendrai Franz Brod. »

Elle se redressa, ramassa la serpe et le sécateur puis s'empara du râteau qui était appuyé à l'orme et se dirigea vers l'appentis pour les ranger. Je la suivais sans même songer à l'aider. En sortant de l'appentis elle ajouta :

« Il vaut mieux que je rentre tout de suite à Paris. D'ailleurs j'avais des rendez-vous cet après-midi. »

Pour accélérer ce départ, peut-être aussi pour l'adoucir car elle devait percevoir ma consternation, elle ajouta :

« Le plus simple est que tu m'accompagnes jusqu'à Tours, nous déjeunerons et tu redeviendras ici par le car. Je vais me changer et nous attendrons le retour de Lise pour filer. Tiens la voilà... »

La grille avait grincé et Lise apparaissait tout essoufflée. Elle s'arrêta à dix pas de nous pour annoncer avec la fierté de qui apporte une nouvelle :

« Tout était fermé chez Mme Tiffauge, les volets comme les portes. Elle n'a pas répondu quand j'ai frappé et impossible d'entrer. »

Pour toute réponse, Juliette annonça qu'elle déjeunait avec moi à Tours et rentra dans la maison pour se changer et fermer son sac. Sur le chemin un vélomoteur crépita, sans doute celui de Jean-Louis (ou Jean-Pierre). Lise me regardait, se demandant visiblement ce qu'elle devait faire.

« Puisque Mme Tiffauge n'a rien préparé, allez

donc déjeuner chez Blanche, je ne serai guère de retour avant trois heures et demie. »

J'espérais convaincre Juliette et revenir avec elle, mais mon espoir était inconsistant. J'avais fait preuve de décision en démissionnant pour me lancer dans ce film, pourtant il me semblait que j'avais perdu tout moyen de gouverner ma vie. Ce voyage était mon seul recours, Juliette mon seul appui. Pour m'occuper je montai dans la voiture, exécutai une marche arrière, m'arrêtai devant la grille que Lise ouvrit et descendis en allumant une cigarette. J'avais omis de boire mon café matinal et ce manque aggravait mon hébétude. Quand Juliette apparut avec son sac je le lui pris des mains pour le déposer dans le coffre et la retrouvai assise au volant. Elle fit un signe de la main à Lise et démarra pendant que je bouclais ma ceinture de sécurité.

Sur la route nous ne parlâmes guère. Cette ceinture m'oppressait. Tout juste abordâmes-nous le cas de Lise. Ce n'était pas son infidélité qui surprenait Juliette mais qu'elle ait osé se dénuder en plein champ alors qu'elle était d'une nature foncièrement pudique et que, le matin, elle avait été très gênée de partager la salle de bain avec une femme.

A l'entrée de la ville nous choisîmes un petit restaurant niais situé près de l'école devant laquelle s'arrêtait le car qui selon Juliette devait me ramener. Pour entrer nous frôlâmes un chef en carton qui la face rouge et coiffé d'une toque présentait le menu. On nous plaça face à face entre deux tables si bruyantes que les propos échangés par les convives s'écrasaient. Une serveuse au naturel agressif nous jeta une assiette de « nos cochonnailles », comme l'annonçait le menu, et de « nos fraîcheurs du jardin ». Nous les partageâmes sans appétit.

« Juliette, il est impossible que nous ne partions pas pour l'Inde. »

La fatigue avait collaboré avec le maquillage pour cerner ses yeux ; l'éclat habituel de ses prunelles était terni par un refus de regarder l'autre et même de regarder en soi. Elle avait cessé de manger. L'énergie qu'elle avait toujours besoin d'employer l'obligeait à serrer les mâchoires ; ses lèvres rivées l'une à l'autre masquaient la brillance de ses dents. Il ne lui restait pour toute douceur que le galbe tendre de ses bras nus et la rondeur de sa poitrine sous le rose soyeux de la robe.

« Terminé ? » demanda la serveuse.

Nous acquiesçâmes en silence puis, se détendant à l'improviste, Juliette me regarda gaiement :

« Nous irons aux Indes ensemble si tu consens à retarder le départ d'une quinzaine de jours. J'ai besoin de voir Franz Brod et toi tu n'es pas à deux semaines près d'autant que tu peux les utiliser à travailler avec Lise.

— Je sais que si nous ne partons pas tout de suite mon film est foutu.

— Alors la question est réglée. Pars de ton côté. Si l'année dernière tu ne m'avais pas menti en édulcorant le message de Franz, nous n'en serions pas là. Mais nous en sommes là. Point final.

— Tes tragédies familiales n'avaient que trop tendance à t'obséder, j'ai voulu t'épargner.

— Tu vois, c'est raté ! »

Elle esquissa un sourire agressif puis se referma. Les « filets mignons » n'étaient pas mignons. Ils étaient durs. Je mangeai la moitié du mien, Juliette se borna à cueillir du bout de sa fourchette quelques morceaux de champignons égarés dans la sauce. Nous demandâmes deux cafés et Juliette ayant consulté sa montre annonça qu'il ne lui restait même plus dix minutes.

Quand le temps est mesuré à ce point il semble trop long. J'aurais préféré qu'elle partît à l'instant. Je demandai l'addition, la réglai et nous attendîmes la monnaie. La voiture était rangée à vingt mètres.

Pendant ce rapide trajet la robe de Juliette bruissait à la cadence de sa marche. Je regardais les petits pieds se hâter, dorés et enlacés par des lanières de cuir. Elle se jeta dans la voiture, claqua la portière, baissa la vitre, tendit son visage. Nos lèvres s'effleurèrent. Le moteur tournait quand je criai :

« Je te téléphone... »

Je me dirigeai vers le car où m'attendait une épaisse touffeur emprisonnée par la carrosserie. Je m'assis à l'arrière sur une banquette vide. Dès que le lourd véhicule eut démarré, l'air devint plus léger et modifia mon humeur. Je me sentis moi-même plus léger. Insensiblement les jardins devenaient la campagne. Pour descendre je suivis le couloir en évitant de regarder mes compagnons de route. J'éprouvais toujours de l'animosité pour ceux qui dans un car comme dans un avion ou dans une queue de cinéma partageaient ma situation parce que je les soupçonnais de vouloir m'identifier à eux. Étant descendu à la sortie de Lucé je marchai un petit moment le long de la route, dans le vacarme constant des voitures. Enfin je retrouvai le petit chemin et les sons se substituèrent aux bruits, le merle chantait toujours.

Allongée dans l'herbe, Lise se redressa vivement comme si elle avait été prise en faute, comme si je l'avais découverte sous Jean-Pierre (ou Jean-Louis). Le jean la moulait et je regardai avec intérêt ce ventre où vivait encore un peu de la liqueur abandonnée par le passage du garçon.

Dans le car, j'avais prévu de me remettre au travail aussitôt mais il y avait des relations secrètes entre le film et le voyage, entre le voyage et Juliette et je n'avais pas envie d'écrire ou de dicter, ni de rêver ou de dormir.

« Pas de nouvelles de Mme Tiffauge ?

— Vous voulez que je remonte chez elle ?...

— Allons-y ensemble. »

Nous gravîmes le petit chemin d'un pas flâneur. Mme Tiffauge habitait au sommet du coteau où nous accueillit une forte brise. Une mauvaise barrière blanchâtre dont les deux battants étaient assujettis par un fil de fer auquel était suspendue une clochette fermait son domaine mais les deux pilastres qui l'encadraient étaient d'une belle pierre claire attendrie par le temps qui avait érodé la guirlande de laurier qui les couronnait. Haute et trapue la maison frappait d'abord par le délabrement de ses murs et de sa toiture, l'embroussaillement de sa cour qui la rapprochaient de la masure mais l'ancienneté d'une tourelle, les vestiges d'un colombier, la fierté de quelques fenêtres bordées de granit lui prêtaient une origine noble.

« Elle a ouvert ses volets », dit Lise.

Nous tirâmes derrière nous la barrière sans que le tintement du grelot attirât Mme Tiffauge. La porte était entrouverte et nous trouvâmes la vieille assise dans un fauteuil à oreillettes, un pied posé sur l'escabeau ; ce pied était entouré d'une considérable épaisseur de chiffons, de bandes velpeau et de ceintures de flanelle. Nous crûmes qu'elle dormait mais sans bouger elle nous adressa la parole.

« Entrez et ne vous inquiétez pas ; je reviendrai travailler demain. J'ai ma crise de goutte. De la nuit je n'ai fermé l'œil, je souffrais le martyre. Ça va mieux. je me suis gavée de colchicine. D'ailleurs j'ai décidé de me la fabriquer moi-même avec des graines de colchique, c'est un poison mais ce ne serait pas la peine d'avoir passé toute sa vie à vendre des herbes si je n'avais pas la main pour accommoder les plantes. Mieux vaut que je ne me lève pas mais la cafetière est pleine et sur la cuisinière il y a un réchaud à gaz. »

Auprès de l'énorme cuisinière de fonte se dressait un bahut Louis XIII sur lequel mon regard s'attarda.

« Il vous tape dans l'œil à vous aussi ? C'est que M. Blanche a voulu me l'acheter, mais pas si bête, notez bien qu'il m'en offrait gros, pas si bête, pas si bête, parce que s'il m'en proposait un prix c'était avec la certitude d'y gagner. Peut-être qu'il y a un tiroir secret dedans est-ce que je sais. Voyez-vous j'ai toujours pensé que s'il était venu de Paris s'installer ici, M. Blanche, c'est qu'il avait trouvé des indications dans un vieux grimoire et qu'il cherche un trésor. »

Au mur, entourant un tableau ovale que l'âge et l'humidité avaient goudronné au point qu'on distinguait à peine la face écaillée d'une femme, des titres de journaux avaient été découpés et collés. Certains rappelaient le style de *Détective :* un séminariste sodomisé par trois Portoricains, des prostituées violent un aveugle, elle oblige sa fille à céder à un doberman. D'autres d'une typographie différente annonçaient la mort mystérieuse d'une voyante qui avait détecté l'assassin de Kennedy. Le sourire de Mme Tiffauge qui avait suivi mon regard s'affina, se resserra comme une cicatrice.

« Ces nouvelles-là, énonça-t-elle en baissant la voix, on nous les cache à la TV et à la radio. Ils ne veulent pas que nous apprenions la vérité. »

Sur un rayon je distinguais les titres de quelques livres, *L'Évasion de Louis XVII, Le Secret des Rose-Croix, La Vie éternelle de Cagliostro.* J'en déduisis que les autres livres devaient concerner Tout Ankh Amon, le trésor des Templiers, le Masque de fer, la grande-duchesse Anastasia.

« Ils ont réussi, poursuivit-elle, à dissimuler la vérité derrière des bavardages, les gens croient être au courant et ils ne savent rien. Et Œdipe est mort sans savoir qu'il avait un complexe. C'est Freud qui a vendu la mèche et qui a révélé que tout ce qu'on disait être des fables était vrai, les femmes transformées en génisses ou en fontaines, les fils qui tuent leur père, et ça continue en secret et ça continuera toujours. Monsieur le chanoine qui en sait beaucoup mais qui tient sa langue m'a tout de même appris que mon nom était celui du château de Gilles de Rais, celui qu'on a essayé de dissimuler sous le surnom de Barbe-Bleue. Du temps où je vendais mes herbes j'avais le loisir de fouiller dans les livres sur les quais. J'ai reconstitué la vérité. Jeanne d'Arc n'a pas été brûlée, Gilles de Rais qui l'aimait l'a retrouvée après sa prétendue mort, je suis leur descendante. Ils ont réussi à étouffer Jeanne d'Arc entre deux matelas, à supplicier Gilles de Rais mais leur fille a survécu secrètement. Oui c'est d'elle que je descends, c'est sûr mais je ne cherche pas à le prouver sinon je subirais leur sort. On a déjà cherché à m'empoisonner. A propos le gigot froid attend depuis plusieurs jours dans votre Frigidaire. C'est trop tard pour le manger, jetez-le. Le linge qui séchait a été trempé par l'orage, rentrez-le ce soir, je le repasserai demain. Mais ce soir n'oubliez pas, la tempête pourrait bien revenir cette nuit. »

Du seuil de la porte Lise, prise d'un scrupule ou traversée par un accès de politesse, demanda sur le ton de quelqu'un qui espère une réponse négative :

« Vous n'avez besoin de rien ?

— Non. De rien et de tout, comme chacun. Il est vrai qu'entre le tout et le rien il y a les détails et qu'ils finissent par faire une vie. Alors, sans vous commander, passez-moi donc le tricot que j'ai en chantier, histoire que je m'amuse un peu les doigts. »

Elle ajouta dès que Lise eut déposé sur ses genoux le pan de laine hérissé d'aiguilles et la pelote :

« En redescendant faites donc un crochet par le château pour annoncer ma goutte au baron. Il est trop fier pour venir aux nouvelles. Il préfère se morfondre. »

En sortant nous croisâmes un chat qui marchait

d'un pas rapide ; il ne nous prêta aucune attention ; il se dirigeait vers la maison en se hâtant comme s'il craignait d'être en retard à un rendez-vous important. Puis nous suivîmes le chemin qui longeait le faîte du coteau jusqu'au pavillon de gardien où le baron s'était retiré. Lui-même et tous les gens du village appelaient château ce cube de pierre coiffé d'ardoises où l'architecte avait pourtant laissé une place à deux cariatides pour soutenir un maigre balcon, car, bien que la bâtisse fût destinée à des gardiens ou à des jardiniers, il convenait qu'elle annonçât aux visiteurs la splendeur de l'édifice qui les attendait au bout du parc. Vingt ans plus tôt le baron avait vendu le parc et le château qui, construit sous Louis-Philippe dans un gothisme romantique, n'intéressait ni les arts ni l'histoire. Du parc subsistaient seulement derrière le pavillon quelques arbres de haute futaie. La fabrique d'agglomérés qui avait triomphé du château s'éboulait à son tour après faillite, déjà assaillie par la broussaille. Un promoteur y annonçait la construction d'une résidence avec piscine et garage souterrain mais dans l'immédiat quelques charmes et quelques cerisiers ensauvagés croissaient au-dessus des broussailles.

« Je n'aime pas lui parler, dis-je. Allez lui faire la commission. Je vous attends là. »

Comme elle hésitait, j'ajoutais :

« On peut aussi bien laisser tomber et redescendre.

— Non, justement on ne peut pas. Il fallait refuser mais on a accepté... J'y vais. »

Toujours seigneuriale la vaste porte de fer forgé était flanquée d'une poterne dont le battant était largement ouvert. Lise la franchit et disparut dans l'ombre d'un vernis du Japon. D'un pas désœuvré je suivis le chemin qui, ayant atteint son terme, se perdait dans l'herbe. A mes pieds s'étendaient des vignes dont la pente était ménagée avec une douceur heureuse ; des murets l'étayaient irrégulièrement. Plus bas les ardoises de Lucé pétillaient sous le soleil. Il est impossible que je demeure ici davantage. A lui seul l'après-midi qui m'attend est infranchissable. Impossible que je me réinstalle à Paris, l'appartement me fait peur. Le voyage est la seule solution qui me reste mais je ne peux pas partir sans Juliette. Il suffirait que je la voie pour la convaincre. Je m'étonnais la veille de n'avoir pas été plus joyeux alors que je possédais la quasi-certitude de la retrouver le soir. J'aurais voulu vivre vingt-quatre heures plus tôt, tout à la joie d'attendre Juliette, et assez avisé pour ranger au fond d'un tiroir le texte dont la lecture pouvait provoquer son humeur.

Revenu devant la poterne je guettai Lise avec une impatience qui me contrariait, elle ressemblait à de l'angoisse. Je me fichais de Lise mais je ne pouvais plus supporter la solitude, moi qui l'avais tant aimée. L'ai-je aimée ? Je goûtais, quand j'étais assailli de rendez-vous et qu'une ou plusieurs femmes me cramponnaient pour me voir à jet continu, le luxe de trouver un prétexte pour passer une soirée seul et me considérer comme un solitaire-né.

« Je ne pouvais plus m'en débarrasser, déclara Lise en survenant. Je l'ai trouvé dans sa cuisine où il démontait son vélo. Il m'a offert un verre de sirop d'orgeat, j'en ai la nausée. L'orgeat vous connaissez ?

— Ça doit avoir un rapport avec l'orge. Je connais le mot mais non la sauce. C'est comme l'hydromel. Dites, je pars pour Paris tout à l'heure, il faut que je voie Juliette. J'y resterai quelques jours, je ne peux pas prévoir.

— Vous me laissez des textes à taper ?

— Je n'ai rien de prêt. Mais ne vous inquiétez pas, vous irez prendre vos repas chez Blanche qui les mettra sur ma note et je vous réglerai votre semaine de toute façon.

— Vous y allez comment à Paris ?

— En voiture. Elle est dans le garage.

— Si je ne vous sers à rien ici, vous ne pourriez pas me monter avec vous ? »

J'acquiesçai et nous nous laissâmes entraîner par le chemin sans plus échanger un mot. Nous ne nous parlâmes pas davantage en préparant nos sacs. Sur la table de la cuisine je posai un mot pour Mme Tiffauge laissant à Lise le soin de boucler les volets et de fermer la porte. Derrière la maison je gravis, en posant mes pieds dans le souvenir d'un sentier que la végétation avait noyé, la pente bien exposée, protégée où j'étais le seul à me rappeler la limite d'un verger et d'un potager qu'en moins de quinze ans la nature avait effacés avec une imagination maladroite sous un déferlement de ronces, de lianes, de menus arbrisseaux enchevêtrés, de touffes d'herbes hautes où pointaient les museaux mauves de fleurs champêtres dont je ne savais pas le nom. Un prunier avait survécu, qui se rabougrissait et ne donnait plus de fruits. Quand Lise m'aperçut, assis, à l'ombre étroite du prunier, je fumais une cigarette. Je revoyais les gestes réguliers et précis de mon père, sarclant, arrosant, taillant, son sourire attentif quand, à quatre pattes, il guettait sous les feuilles rampantes la naissance des premières fraises. Sa mise à la retraite avait coïncidé avec la disparition du jardinier italien auquel il s'était substitué avec un entrain stupéfiant. En hiver, le repos de la terre lui laissait le temps de prendre seul sa voiture et de rouler avec elle dans les bois. C'était son autre passion. De celle-ci il n'attendait qu'un plaisir passager alors que, traçant au cordeau une frontière entre les radis et les fraises, il visait à l'éternel. S'il avait pu imaginer qu'aucune trace de ses efforts ne subsisterait quelques années après sa mort, il aurait peut-être baissé les bras. J'aurais pu trouver un jardinier pour venir travailler quel-

ques heures par mois mais je ne l'avais pas fait.
Lise me suivit vers une paroi crayeuse submergée par le lierre où, à peine, je manœuvrai la serrure d'une haute porte branlante.
« C'est votre garage !
— Quand mes grands-parents ont construit la maison la falaise était habitée. Il y a beaucoup de troglodytes au bord de la Loire. »
Un souffle âcre et épais nous accueillit quand nous pénétrâmes dans l'antre sombre et bossu. Après quelques sollicitations le moteur démarra. Je contournai le fouillis végétal en suivant le gazon qui bordait la falaise puis en laissant la voiture descendre à travers les avoines folles jusqu'à la grille. Lise qui avait jeté les sacs à l'arrière referma le portillon et vint s'asseoir auprès de moi. En bas du chemin la voiture guetta d'un moteur impatient l'instant où elle pourrait s'insérer dans le flux mécanique puis celui-ci l'emporta et elle devint pareille aux autres, aimantée par l'invisible lointain. Bientôt, sur l'autoroute, le régime de la machine et des autres machines, leur vitesse, leurs grondements prirent la régularité du fleuve. La campagne où l'autoroute avait découpé sa percée avec l'autorité d'une voie romaine était parvenue à lui ressembler, dépourvue de tout relief, de tous détails.
« Vous conduisez très vite, dit Lise, je n'aurais pas cru. »
Je conduisais avec agitation et le savais. Je changeais de file pour me prouver que je n'étais pas esclave du flux, doublais pour le plaisir de me croire jeune.
« Vous n'avez pas peur ? » demandai-je avec un certain retard.
Elle dormait. C'était une manière de répondre.
Le ciel se chargeait de nuages et, au-dessus d'un invisible horizon, s'épaississait comme une nuit bien que le crépuscule commençât à peine. Dans le rétroviseur décroissait une lame de clarté dont la

voiture s'éloignait d'un train imperturbable. Je me rappelais que le vendredi saint, pendant les vacances de Pâques, ma mère, appliquant un rituel familial, me traînait avec elle pour prier dans trois églises, à Lucé, à Saint-Rémy-l'Avent, à Mauge et qu'en franchissant leur porte, par la lumière de ces après-midi de printemps, j'étais toujours impressionné par l'obscurité de chaque église où les statues étaient enveloppées de housses violettes et les cierges éteints. Paris dont le courant de l'autoroute me rapprochait était couché sous une voûte aussi sombre qu'un fond d'église. Jeune j'avais eu peur de Paris, non pas de la cruauté balzacienne contenue par cette ville mais de la manière dont elle était faite, façonnée dans sa totalité par l'homme, pierres taillées, béton coulé, bitume répandu, zinc étendu sous le ciel comme une malédiction, arbres plantés géométriquement et souvent encadrés de tuteurs métalliques et même dans les rues entourés sur le sol de colliers carcéraux. Un peu plus tard j'avais savouré Paris comme une promesse et, conquis par le plaisir de la vie civilisée, je m'étais émerveillé que sur quelques kilomètres on pût rencontrer, dispersés par le hasard, des chefs-d'œuvre, des cafés, et à chaque détour la possibilité d'une découverte ou d'une aventure qui ne pouvait se produire qu'en ce lieu. Comblé tout à coup par le succès, content de moi donc des autres, fier de faire partie de cette ville avant même de l'avoir connue j'avais découvert qu'elle produisait toutes les libertés parce qu'elle avait tous les pouvoirs, celui de vous présenter une place taillée en diamant, le tombeau d'un conquérant, une colline vouée au strip-tease et aux ex-voto, un fleuve festonné de livres, de vous procurer, si vos moyens égalent votre caprice, une *Odyssée* en braille, du lait d'ânesse, la plus belle robe et le plus discret parfum du monde, le loisir de passer entre des temples indifféremment consacrés à la mystique, à la débauche ou à l'érudition. Ayant établi une fois pour toutes que la meilleure cuisine chinoise et italienne c'était à Paris qu'on la mangeait j'étais devenu, me déplaçant sur le reste de la Planète, un Parisien qui voyage. Cette exaltation avait fait place au bonheur de vivre que cette ville semblait seule pouvoir procurer. Ce bonheur était devenu une habitude qui tenait à des détails. Je l'avais perdue en perdant le travail quotidien sur lequel elle s'appuyait. Quelques semaines au bord de la Loire avaient achevé de faire de moi, aux approches du monstre tapi à l'ombre du ciel, un visiteur défiguré par la méfiance. Je ne craignais pas la vastitude de cet amoncellement d'édifices et d'êtres humains, ni les perfidies qui guettent un apprenti, je n'étais pas un apprenti, je marchais à l'ennemi en connaissance de cause, et c'était de moi que je me méfiais.

Avant d'entrer dans Paris je m'arrêtai devant l'un des derniers postes à essence, demandai le plein et courus téléphoner. Je laissai sonner mais Juliette ne répondit pas. Quand je revins Lise avait disparu.

Je déplaçai ma voiture, la rangeant hors du circuit, et m'obligeai à ne pas la chercher du regard. Qu'est-ce que j'en avais à faire de Lise ! Ce n'était pas parce que Juliette était absente que j'allais me suspendre à Lise. Je l'attendrai cinq minutes et je partirai. Je ne pouvais m'empêcher de scruter les silhouettes qui se déplaçaient sur le terre-plein du poste à essence. Un jean bleu me suffit pour broncher. Il était porté par un garçon barbu qui arborait un blouson rouge mais si l'on attend intensément quelqu'un on s'aperçoit qu'on l'a décomposé en une multitude de détails et qu'il suffit que l'un d'eux surgisse, fût-il isolé de tous les autres, ce qui était le cas de la couleur bleue, pour que le tressaillement de la reconnaissance s'esquisse.

Je ne la vis que quand elle ouvrit la portière.

« Excusez-moi, je suis allée faire pipi mais il y avait plein de gens avant moi.

— Où voulez-vous que je vous dépose ? »

J'avais démarré et attendais la réponse.

« Je ne sais pas encore bien... »

Je craignis qu'elle ne cherchât à passer la soirée avec moi. J'imaginai avec ennui un dîner en tête à tête, avec délice un dîner solitaire, moi qui le redoutais quelques instants plus tôt.

« Je suis un peu pressé par un rendez-vous, dis-je sèchement, décidez-vous pour que je sache si je prends ou non le périphérique.

— Bon, j'irai chez mes parents. Rue Violet. Si ça vous détourne vous me mettez à un métro. »

En cours de route elle marqua sur mon calepin le numéro de téléphone de ses parents. Si elle était absente il y aurait toujours quelqu'un pour me renseigner. Je disais oui, je remettais le calepin dans ma poche, elle était bien gentille mais j'avais hâte d'en être débarrassé. Me retrouvant seul dans ma voiture je me crus jeune, je conduisais avec légèreté, savourant une fugitive insouciance. Toujours j'avais éprouvé un soulagement positif comme une nudité, une fraîcheur, un envol quand je quittais quelqu'un, fût-il d'un commerce agréable, après l'avoir eu un bon bout de temps sur le dos. Le ciel était noir dans l'échancrure de maisons fraîchement ravalées d'une blancheur agressive, ce blanc et ce noir étaient aussi gais qu'un pavois. Par des crevasses vernies d'or les nuées laissaient passer des rais fugitifs de lumière crue qui électrisaient les dentelles des marronniers et enflammaient les robes qui frétillaient et même claquaient à chaque saute de vent. Dans cet état de bonheur qui, si futile qu'en ait été la cause, ressemblait bien à du bonheur car, sans préavis, je m'étais senti débarrassé des astreintes du passé, des inquiétudes de l'avenir, je me régalais d'un présent pendant lequel j'entretenais sans effort l'illusion d'être libre et les décisions se formaient en moi de leur propre mouvement, sans que j'eusse à en délibérer. En plongeant dans le boyau du parking je m'aperçus que j'avais décidé de ranger ma voiture puis de monter à la brasserie Lipp pour apaiser ma soif sous la morsure de la bière et téléphoner de nouveau à Juliette.

Au sortir du sépulcre où j'avais laissé, parmi ses pareilles, ma voiture inerte, luisant sous une faible lumière haineuse, je surgis avec un regain de joie dans les feux de la brasserie, souris à des visages amis, surtout à ceux des serveurs. Je m'attablai et savourai l'agression d'une gorgée de bière fraîche. Puis je descendis téléphoner. Juliette sortant souvent le soir je faisais un effort méthodique pour me préparer à une déception et l'amortir d'avance. En effet la sonnerie se répéta vainement. Résigné j'éloignai l'appareil de mon oreille pour le raccrocher, hésitant à achever mon geste tant je croyais que, si au dernier instant j'entendais le déclic au bout du fil, la vague d'enthousiasme qui me saisirait prendrait une valeur inoubliable. En sortant de la cabine je me rappelai qu'une nuit, quinze ans plus tôt, ayant appelé Léone au cours d'une rupture passagère et désespérant d'entendre sa voix j'avais poussé un cri de joie en l'entendant. Aussitôt je repris l'appareil et formai le numéro de Léone. Celle-ci ne répondit pas davantage que Juliette. J'essayai d'imaginer le lieu où elle se trouvait et son visage qui passait si vite de la gaieté au chagrin. En gravissant la première marche de l'escalier je me rappelai que Juaurez qui terminait son montage avait obtenu de travailler jusqu'à dix heures deux fois par semaine. Je formai le numéro de la C.T.R. après avoir employé la même pièce de monnaie qui venait d'échouer deux fois de suite. Aussitôt je reconnus la voix d'Annie, l'une des monteuses.

« Il était là, il y a vraiment une seconde, il vient juste de partir. »

La vie de Juaurez est formée de compartiments auxquels je n'ai accès qu'en partie. Si je ne le joignais pas au montage, il m'était impossible de tenter ma chance ailleurs et je me sentais mal armé pour résister à la solitude de cette soirée. Exclamation d'Annie :

« Attendez, le voilà ! Il est revenu chercher son sac. »

Autre bonne surprise : Juaurez me répondit qu'il était libre.

Je me rassis devant mon verre de bière et laissai mon regard se promener sans but sur un paysage qui m'était amical, celui de la brasserie Lipp. Comme la vie de Juaurez, ce lieu était compartimenté, matériellement mais aussi au sens figuré. Composé d'une première salle consacrée à la limonade mais d'année en année envahie davantage par les nappes de restaurant, puis d'un couloir assez large pour contenir une rangée de tables d'une part et de l'autre le haut comptoir assez semblable à un tribunal derrière lequel siégeaient des caissières sombrement vêtues, d'une bienveillance altière, et des préposés à la distribution des breuvages, tous baignés par l'éclat caressant d'une lumière de Renoir ; ce couloir s'élargissait ensuite et devenait une salle aussi grande que la première où, surtout entre midi et quatre heures, huit heures du soir et une heure du matin, un multitude bruissait dans une lumière également électrique mais proche du vernis d'un Delacroix encore que les convives formassent une faune où se succédaient des Daumier, des Toulouse-Lautrec, des Carolus Durand et des Van Dongen. Les murs de la première salle étaient revêtus de panneaux de porcelaine exécutés un siècle plus tôt par l'oncle de Léon-Paul Fargue et inspirés par les volutes et les aspérités de la végétation tropicale. La salle du fond avait été construite beaucoup plus tard lorsque Marcelin Cazes, au lendemain du traité de Versailles, succéda aux Alsaciens qui avaient fondé l'établissement après le traité de Francfort.

Lipp, comme la cour de Louis XIV, a inventé un protocole dont le code reste confidentiel. Si, dans le secteur limonade, n'importe qui se place n'importe où pour peu qu'il trouve une table libre, tout candidat à un véritable repas lui permettant de disposer d'une nappe et d'un menu qui d'année en année varie si peu qu'il défie l'éternité devra subir des épreuves initiatiques, se présenter à Roger Cazes, le fils de Marcelin, qui prendra note de sa requête et l'invitera à attendre dans l'entrée ou sur la terrasse, parfois fixera la durée de cette attente à deux heures ou même à trois. Qui a été admis à attendre sans commentaire sera appelé dans un délai qui varie de cinq à trente minutes. Sous le regard de Roger Cazes il arrive que l'impétrant soit classé comme un être sans signification singulière et envoyé aussitôt au premier étage. Pour le public du rez-de-chaussée cet exil déconsidère celui qui en est la victime ignorante — encore que, le snobisme étant un serpent qui se mord parfois la queue, certaines personnalités mettent leur coquetterie à monter au premier, salle agréable qui par des fenêtres bien proportionnées s'ouvre sur la place Saint-Germain-des-Prés et regarde l'église.

Même si le rendez-vous est dépourvu d'importance, la moindre attente me crispe, sauf chez Lipp. J'attendais Juaurez pour huit heures un quart mais c'était sans impatience que je jetais de temps en temps un regard aux deux pendules toutes proches, inexplicablement proches, qui dominent le secteur de la limonade ; je savais qu'une tradition secrète et également inexplicable voulait qu'elles avançassent de sept minutes. Un calcul rapide me permit d'établir l'heure exacte et d'en conclure que Juaurez dont la nature était ponctuelle ne tarderait plus. Il entra en effet, me fit un signe de la main sans s'arrêter et, se faufilant à travers un groupe de candidats qui assiégeaient Roger Cazes, pareils à des courtisans qui tentent de remettre un placet au roi, il réapparut très vite et en s'asseyant devant moi me transmit le message :

« Nous aurons une table dans cinq minutes. »

Il ajouta :

« Pour un campagnard tu n'as pas tellement bonne mine. »

Nos rencontres avaient été si fréquentes que ni l'un ni l'autre ne nous étions vus vieillir ; la lente modification de nos visages et de nos démarches nous avait échappé, mais nous avions acquis la connaissance précise d'une multitude de signes secrets à travers lesquels chacun décelait la fatigue de l'autre, son humeur, le passage d'une inquiétude fût-il en train de s'effacer.

« Et ton film ? reprit-il.

— Mon film, je ne le vois pas encore. Une sauce il faut qu'elle prenne, pour un film c'est pareil. Je compte beaucoup sur mon voyage en Inde.

— Et tu sais pourquoi.

— Dis-le-moi.

— C'est grâce à un voyage que tu as fait *Les Trottoirs ensoleillés.*

— Aucun rapport. Mon voyage en Afrique a servi de détonateur. Dans la première partie j'ai un peu utilisé le Sénégal mais comme toile de fond. A moins que tu ne veuilles dire que ce voyage m'a fourni les moyens matériels d'exécuter mon film. J'ai utilisé ce voyage parce que ce film de jeunesse était autobiographique et qu'en revenant du Sénégal je m'étais trouvé dans un sac de nœuds qui se prêtait à scénario : j'étais passionnément observé par Germaine qui commençait de soupçonner mes relations avec Odette alors qu'Odette comprenait déjà que j'étais tombé amoureux de sa fille Léone et que celle-ci se lançait à fond parce qu'elle ignorait les liens qui me rattachaient encore à sa mère et qu'elle considérait mon mariage avec Germaine comme un vestige de ces histoires de maquis que dix ans après elle reléguait dans la préhistoire. Là-dessus Odette a pris brusquement son parti, elle a préféré organiser les événements que les subir, elle m'a poussé vers sa fille, elle m'a donné les moyens de produire et de réaliser le scénario qu'elle m'avait demandé d'écrire et...

— Et elle a tenu son propre rôle dans ton film. Elle a voulu que Léone incarne aussi son propre rôle et que tu confies celui de Germaine à Suzanne Helmine qu'elle détestait et qui était mauvaise. Ainsi sont nés *Les Trottoirs ensoleillés.* Aujourd'hui tu te retrouves dans un sac de nœuds semblable parce que tu ne peux pas te décider à séparer ton présent de ton passé. Pour subventionner ton film tu casses ta carrière administrative et tu redeviens un metteur en scène débutant. Pour que la ressemblance soit plus précise tu as besoin d'ajouter le voyage. Tu sais qu'on ne se baigne pas deux fois dans le même fleuve mais tu t'exténues à fabriquer un fleuve à l'image du premier. »

Le serveur, un de nos vieux amis car il occupait son poste depuis plus de quinze ans, vint demander à Juaurez s'il voulait quelque chose ou s'il se bornerait à attendre de passer dans la salle de restaurant. La réponse nous fut fournie par Cazes qui d'un signe et d'un sourire nous indiquait que la voie était libre. En me rasseyant devant une table préparée je me décidai à répondre :

« Je ne suis pas en train de me confectionner un fleuve sur mesure. Je remonte sans le vouloir vers ma source. Il est apocalyptique qu'un fleuve remonte vers sa source mais que peut-il faire d'autre quand les alluvions du delta forment bouchon, lui interdisent la connaissance de la mer, le rejettent vers son origine, l'obligent à rebrousser chemin ? »

Le maître d'hôtel nous proposa une entrecôte pour deux, notre plat habituel, mais j'optai pour un gigot froid, ce qui irrita Juaurez.

« Ce que tu prends lorsque tu n'as pas faim !

— Je n'ai pas faim. Hier soir alors que je déteste le veau j'en ai mangé et jusqu'à ce matin je me suis expliqué avec lui. A midi j'ai déjeuné avec Juliette dans un restaurant déplorable. Ce soir je ne dîne que parce qu'un repas escorte une conversation.

— Juliette va bien ?

— Sous prétexte qu'elle a un rendez-vous dans quinze jours, un rendez-vous qu'elle pourrait décaler, elle refuse de m'accompagner en Inde.

— Alors ton voyage, tu le retardes de quinze jours.

— Non je pars tout seul.

— Ce n'est pas très malin. Sur place tu le regretteras si tu vois ce que je veux dire.

— J'ai besoin de ce voyage. D'ailleurs je verrai sûrement Juliette demain et je pense qu'elle cédera.

— Céder n'est guère dans sa nature. L'entêtement est le commun dénominateur de tes trois femmes. Léone est têtue par caprice, Juliette par conviction et par défi. Quant à Germaine le refus lui sert de colonne vertébrale. »

Juaurez était mon assistant au temps où je préparais *Les Trottoirs ensoleillés* et que je devenais adulte en découvrant que la tranquillité d'esprit ne fait pas partie des droits de l'homme, bref que la vie n'est pas simple. Il me fallait déchirer mes liens avec Germaine et pendant des mois, chaque jour, je bandais mes forces pour trouver le courage de prononcer le mot divorce. Chaque jour aussi je poursuivais, me comparant à Vauban assiégeant une ville, des travaux constants destinés à apaiser Odette Pale. Ce siège était plus facile et infiniment moins douloureux que celui de Germaine ; l'amour-passion de Germaine constituait un monolithe d'un poids écrasant alors que je n'étais pour Odette qu'un engouement. Tandis que Germaine menait une vie solitaire, Odette, qui venait de perdre son mari qu'elle appelait toujours monsieur Deul, n'ayant jamais pu se résoudre à le considérer autrement que comme un étranger lointain, courait les cocktails en compagnie du décorateur Romain Romain qui passait pour un homosexuel mais aussi pour un éternel amant qui aurait succédé à Delixe, à la fin de la guerre. Surtout Odette quand elle avait décidé de financer le film m'en avait suggéré la trame : un jeune homme épris d'une femme plus âgée que lui lutte contre les sentiments qu'il éprouve pour sa fille, et c'est la mère qui finalement les pousse l'un vers l'autre. Pendant un an j'avais appris à pratiquer un quotidien où je me partageais entre trois femmes. Je découvrais l'horreur des fêtes : pour le soir de Noël il fallait ou se couper en trois ou faire preuve d'une imagination épuisante qui mettait en œuvre toutes les ressources de l'esprit. Je croyais cette épreuve passagère, j'ignorais que j'étais condamné à ne jamais me délivrer du partage.

« Je n'ai pas vu Germaine depuis longtemps, poursuivait Juaurez, mais je l'ai entendue diriger à la radio une suite de colloques sur les rapports de la critique et de la linguistique. La victime était Proust. Germaine a donné le point de départ qui était le problème de savoir si toute l'entreprise de Proust ne consistait pas à sécréter une structure dont les trois parties s'assimileraient aux unités. Un des types a protesté au nom de l'approche phénoménologique, ils sont tombés tous d'accord pour discerner dans Proust une lutte contre la fonctionnalité syntagmatique qui le freinait dans la métamorphose du spatial en temporel. Germaine a exigé qu'on distingue le narratologique, le sémantique et le phonétique. Un sociologue qui était peut-être marxiste, mais je n'en sais rien, les a tous contredits en leur rappelant que le décodage de Proust exigeait une analyse préalable des développements linguistiques sous la IIIe République, pendant l'affermissement d'une société capitaliste et monopoliste de marchés. Un psychanalyste est alors intervenu mais je n'ai pas connu la suite du feuilleton parce que j'écoutais ça dans ma voiture et que celle-ci descendait au parking. Le seul point sur lequel ils étaient tous d'accord c'est que l'œuvre élémentaire, un livre de Proust ou un tableau de Cézanne, devait être considérée comme un matériau brut destiné à libérer l'invention critique et la création culturelle.

— Oui... »

Nous commandâmes du fromage pour prolonger le dîner. Étant tous les deux enclins à marcher d'un pas rapide nous ne pouvions longtemps nous offrir le plaisir de converser en déambulant autour du pâté de maisons. Nous parlions assis soit dans un restaurant ou un café, soit au bureau. Déçu par mes *Trottoirs ensoleillés*, je m'étais vite rabattu sur la production et j'avais fréquemment demandé des films à Juaurez, ce qui nous avait donné l'occasion de poursuivre régulièrement notre dialogue pendant presque un quart de siècle. Comme deux étudiants nous nous rendions compte de nos lectures, nous expérimentions ensemble les idées qui nous étaient venues. Notre première rencontre s'était produite par hasard donc facilement comme tout ce qui est important, nos premiers entretiens avaient porté sur le cinéma que Juaurez, après hésitation, avait préféré à l'architecture lorsqu'il avait admis que l'Occident avait perdu son pouvoir créateur dans le volume alors qu'il faisait merveille dans l'organisation des images mouvantes. En outre il avait été comme moi sensible, dès son enfance, au cérémonial des salles obscures où surgissaient, réduites au noir et au blanc — ce qui contribuait à les mythifier comme les ombres de la caverne platonicienne —, les idoles d'une époque dont, parfois, les visages étaient trois fois plus hauts que les corps des spectateurs ; nous avions subi l'ascendant de l'olympe hollywoodien, la naissance du cinéma italien, le va-et-vient du cinéma français, l'apparition et la disparition des écoles qui donnaient à l'histoire du cinéma une rapidité que l'on ne pouvait retrouver dans l'évolution de la peinture ou de la littérature. Pendant que nous parlions le temps passait, nous restions aussi jeunes dans le maniement des idées, ce qui nous rendait également insensibles au vieillissement et au déclin de nos deux carrières.

Depuis son arrivée Juaurez était orienté par une arrière-pensée qui se trahissait aux détours de nos propos. Il souhaitait me faire renoncer à mon film. Il avait peur de l'aventure où je me jetais, bref, parce qu'il me voulait du bien, il espérait que surmontant mon caprice je retrouverais mon ancienne sécurité. La prudence peut être tentante, je me refusai à son appel :

« Je me suis enfin aperçu que le temps n'est pas illimité et qu'une flânerie n'en est plus une quand on lui consacre son existence et qu'on lui sacrifie à la petite semaine ce qui vous tient au cœur. C'est l'histoire de ma visite au musée de Haarlem. La première fois j'étais arrivé à Amsterdam tôt le matin, j'avais donc tout mon temps, j'ai traîné au bord des canaux et devant les Van Gogh, je me suis préparé à partir du moment où le musée s'apprêtait à fermer. La deuxième fois j'étais à Bruges pour un tournage qui n'était guère absorbant, je pouvais choisir à peu près n'importe quel jour pour filer vers ce cher musée de Haarlem. J'avais tous les jours l'intention d'aller le visiter le lendemain et tous les jours je prenais un rendez-vous pour le lendemain qui m'empêchait d'y aller ce qui n'était pas grave puisque j'avais encore une semaine devant moi. Je suis reparti sans l'avoir vu et je te fais grâce de ma troisième tentative à la suite de laquelle j'ai décidé...

— C'est un délice, ce musée, tout petit au milieu d'une toute petite ville du XVIIIe. Veux-tu qu'on y fasse un saut en week-end, pas celui-ci mais l'autre ?

— Je serai en Inde. D'ailleurs j'ai décidé que le musée de Haarlem c'était trop tard. Mon second film je l'ai souvent envisagé, je l'ai toujours remis sous prétexte que je n'étais pas pressé. Si je le remets encore une fois, il deviendra le musée de Haarlem, j'y renoncerai.

— Tu ne peux pas te changer. Tes assistants et tes secrétaires ont passé leur temps à te rappeler que tu devais organiser telle projection, rédiger tel contrat, donner tel coup de téléphone ou tel rendez-vous. Moi aussi le mal que je me suis donné pour te faire voir un film, lire un livre au lieu de relire éternellement, consulter un dentiste ou profiter d'une occasion avec une fille qui justement t'intéressait. Tu le sais si bien que tu te compares toi-même aux lenteurs de l'administration austro-hongroise de la monarchie bicéphale, il a toujours fallu te pousser au cul...

— Cette fois c'est moi qui m'en charge.

— Ça ne te ressemble pas. A un petit ennui dans l'immédiat tu as préféré amonceler les matériaux d'une future catastrophe. Le raisonnement à long terme n'est pas ton fort. Je t'ai vu projeter de te séparer d'une femme et l'emmener en vacances dans le même mouvement. Tu es né comme ça. Commande les cafés pendant que je téléphone. »

Seul, je commandai les cafés en ajoutant « bien serrés, à l'italienne » pour faire sourire le garçon et me faire sourire moi-même, la tradition prohibant l'express et le fait d'en demander un trahissant une ignorance comique du savoir-vivre lippien. Puis je plissai les yeux pour ne plus recevoir du restaurant que des touches de couleurs, des éclats de lumière où se détachaient les serveurs qu'isolait la rigidité noire de leur veste et blanche de leur tablier. J'essayai d'écarter le jugement porté par Juaurez ; il était en très grande partie juste ; avec le concours des années deux amis ont, l'un de l'autre, une redoutable connaissance. Quelques mois plus tôt, comme j'amorçais un propos dont la conclusion n'était même pas prévisible, Juaurez m'avait interrompu par un « non, non... » qui m'avait donné de l'humeur. « Comment peux-tu nier ou refuser quelque chose qui n'est pas encore énoncé ? » Il avait ri. « Tu es vraiment le dernier à pouvoir me reprocher un trait de mon caractère que tu connais encore mieux que moi. » Il avait raison. Depuis plus de vingt ans je connaissais son irrésistible penchant à refuser d'emblée ; il éprouvait une difficulté à admettre toute proposition nouvelle, quitte à l'assimiler quelques secondes plus tard. Il ne s'agissait pas d'un « non » issu des profondeurs, comme celui de Germaine, mais d'un « non » à ce point de surface qu'il lui arrivait de l'employer pour approuver et de lancer tout naturellement : « Non, non vous avez raison. » Mais si je consentais que Juaurez fût le prisonnier de son caractère, je souffrais de cette incarcération quand elle me concernait et, au moment où je n'étais plus guidé que par le besoin de changer ma vie, je me heurtais avec désespoir aux limites de ma nature.

« Paul, il y a un temps fabuleux qu'on ne s'est vus ! »

Je me soulevai pour serrer la main que m'offrait une haute fille à la chevelure flamboyante qui portait une veste et un pantalon de lin clair froissé avec art. Ce visage, cette voix, cette allure m'étaient connus mais leur identification m'était impossible.

« Je viens de dîner avec des amis, poursuivit-elle, et je partais quand Vaudané, tu sais le décorateur, me dit : Il y a un de tes copains là-bas, Paul Bâche. Je hurle : C'est pas vrai. Je me retourne et c'est bien toi. Qu'est-ce que tu fabriques, à la C.T.R. ? Ça marche ? »

Un point était acquis : nous nous tutoyions. Comme elle s'attardait devant la table, je m'estimai obligé de lui offrir mollement de s'asseoir.

« Je suis horriblement pressée, pas question que je m'assoie, dit-elle en s'asseyant. Ou juste une seconde alors. »

Petit, je jouais volontiers aux portraits pendant les vacances avec des camarades en majorité filles ; les filles aimaient bien jouer aux portraits et aux proverbes. Chaque fois que je me retrouve dans l'incertitude où l'irruption de la créature flamboyante venait de me mettre, je me remets à jouer aux portraits, à poser des questions dont j'attends que l'addition me conduise à la vérité.

« Que fais-tu de beau en ce moment ? demandai-je avec espoir.

— Ça fait un an que je n'ai pas tourné.

— En effet, oui, j'avais remarqué. »

La réponse de la D.D.S. restreignait un peu le champ de l'investigation mais à peine car dans ce métier aussi bien un metteur en scène qu'un électro, un comédien qu'un caméraman, une script qu'un producteur employait *tourner* pour désigner leur participation à un film. J'avais baptisé D.D.S. toute personne que j'étais incapable d'identifier bien qu'il fût incontestable que je la connaisse. Chaque fois que j'avais scruté un visage dont ma mémoire avait gardé la trace mais perdu le pouvoir de la situer, la même phrase m'était venue en tête : du diable si je me rappelle qui ça peut bien être. J'en étais venu à me dire simplement : du diable si... Ayant isolé les initiales des trois premiers mots je trouvai le moyen de me rassurer car un mystère perd une bonne part de son despotisme dès qu'il porte un nom et la classification d'un connuinconnu dans l'ordre des D.D.S. mettait mon esprit en paix mais, parce que Juaurez avait traité mon caractère comme un objet fini, un modèle de voiture ou de caméra, je n'étais plus enclin à me satisfaire des singularités qu'il manifestait. Je me demandai s'il n'y avait pas, dans ma facilité à négliger le souvenir d'êtres qui parfois m'avaient été proches, le signe d'une carence que j'avais eu tort de prendre à la légère jusqu'ici. Dans le même moment je m'inquiétai de cette rage, analogue à celle de se ronger les ongles, qui m'entraînait depuis quelques semaines à arracher des lambeaux de moi-même pour les examiner sévèrement et je tentai de m'amuser, comme avant, de la situation intermédiaire entre l'imposture et la gentillesse où me mettait toute rencontre avec un D.D.S.

J'avais le pouvoir, pendant cette incertitude, de juger le D.D.S. en dehors des conventions formées par l'habitude et gouvernées par la rancune, l'admiration ou l'indulgence. Entendais-je dans un groupe une voix dont je ne pouvais nommer le propriétaire, je pouvais apprendre immédiatement que je tenais ce locuteur encore mystérieux pour un tartufe talentueux dont je ne souffrais que malaisément la présence puis, m'étant informé du regard, je découvrais que l'homme que je reconnaissais enfin était de ceux que j'avais cru apprécier et dont je m'étais persuadé que la rencontre m'était toujours agréable ; le premier jugement venait du fond de moi-même et exprimait ce que je n'avais jamais admis de penser en toute connaissance de cause. De la créature flamboyante, je recevais un ensemble d'impressions dont il ressortait que je la considérais comme une de ces bonnes filles sur lesquelles il ne faut pas trop compter, ni amicalement, ni professionnellement.

« Le naufrage tu te rappelles ? Et Guy, à propos, tu l'as vu ces jours-ci ?

— Bien sûr je le rencontre de temps à autre »,

répliquai-je très vite en me demandant de quel Guy il s'agissait.

L'usage entre amis et même entre relations assez lointaines de désigner quelqu'un par son prénom, après avoir débuté chez les aristocrates et les gens du milieu, s'était répandu, porté par les homosexuels, et avait gagné tous les étages de la société.

Comme Juaurez approchait de la table, elle bondit, déploya les bras en s'écriant :

« Mais justement c'est lui !

— Qui ça ?

— Guy. »

Ayant toujours appelé Juaurez Juaurez, comme il m'appelait Bâche, je n'avais pas imaginé que ce prénom pût s'appliquer à mon ami. Soulagé, dispensé des présentations, je les regardai avec bonne humeur. Elle refusa la place que Juaurez lui offrait sur la banquette en répétant qu'elle restait perchée sur une fesse parce qu'il fallait qu'elle se sauve et ajouta avec une petite bouche souriante et du vague dans les yeux vastes :

« Avec Paul on était en train de remuer le passé. On en était au naufrage. »

Je crus d'abord que Juaurez ne se souvenait pas ; il eût été intéressant que ce naufrage elle l'eût inventé comme Mme Tiffauge les pigeons plumés vivants. Mais Juaurez se tourna vers moi avec un sourire :

« Le naufrage c'était bien mais au montage ! Le mal qu'on a eu ! »

Naufrage associé à *montage* provoqua une averse de souvenirs. Je me retrouvais dans l'obscurité, devant la *Moritone,* en compagnie de Juaurez et d'Amélie la monteuse. Ce fut à travers l'enchaînement encore cahotique des prises de vues que je retrouvai la disparition dans les flots du petit yacht blanc. Il s'agissait grâce à une ellipse élégante de l'enchaîner à un gros plan de Nadine ruisselante.

C'est ça, elle s'appelle Nadine. Il m'avait fallu l'obscurité du studio pour retrouver dans ma mémoire l'ensoleillement du vrai naufrage que nous avions organisé dans la mer Égée. Le petit yacht pourri acheté à bas prix et soigneusement repeint pour mourir avait été saboté pour couler comme le prévoyait le scénario mais il s'était enfoncé une heure trop tôt et Nadine Foliac — Nadine Foliac c'est ça ! — qui se changeait dans la cabine n'avait eu que le temps de jaillir nue sur le pont, de plonger et de nager éperdue, non vers le vapeur de la production où se trouvaient les caméras et nous-mêmes mais vers un chalutier qui, sous réserve d'être défrayé, stationnait à cinquante brasses pour contribuer au décor. Pendant que la maquilleuse et l'assistant, plus paisibles, nous rejoignaient à bord d'un canot, elle avait été hissée par les pêcheurs qui nous l'avaient réexpédiée affublée d'un tricot de marin qui lui descendait aux genoux ; elle l'avait enlevé et rendu aux pêcheurs puis s'était enfuie vers sa cabine où sans réfléchir je l'avais suivie. Nous avions fait l'amour longtemps et le crépuscule était avancé quand nous remontâmes sur le pont. Les pêcheurs que nous avions invités à bord du vapeur jetaient des langoustes vivantes dans une bassine d'eau en ébullition où leurs convulsions provoquaient un tourbillon d'herbes aromatiques. Pendant la nuit j'avais fait l'amour avec Nadine, blottis dans un rouleau de cordage. Le lendemain le temps était beau et chaud mais le ciel voilé et le décalage de la lumière ne permettaient pas de tourner les raccords prévus. Nous nous fîmes déposer Nadine et moi sur une île produite par l'émersion d'un volcan vers le milieu de ce siècle. L'île était parfaitement déserte, aucun arbre n'y poussait, nous grimpâmes à travers d'énormes blocs de lave puis nous gravîmes un éboulis au bout duquel nous parvînmes à un cône herbeux. Cette herbe était courte, sèche, pâle. Plus nous montions plus le sol devenait chaud ; des fumées s'exhalaient dans un léger mais tenace parfum de soufre. Nous dominions la mer et les îles voisines. Nous nous étions dévêtus précipitamment comme s'il nous restait à peine le temps de nous enlacer avant que le volcan n'explose. La nuit précédente les câbles rugueux avaient meurtri les reins de Nadine, elle s'en était plainte comme elle se plaignait d'être brûlée par le sol. Ces plaintes, dans les deux cas, étaient justifiées, elle les poussait avec sincérité mais aussi avec plaisir. Pendant une semaine nous trouvâmes l'occasion de passer souvent d'agréables heures dans les bras l'un de l'autre. A moins de supposer que Nadine est bien meilleure comédienne sous un homme que devant une caméra elle a partagé mon plaisir complètement. Je suis rentré à Paris, elle a continué de tourner avec Juaurez qui me succéda aussitôt dans son intimité, bientôt suivi par l'ingénieur du son. Au festival de Cannes où nous nous rencontrâmes par hasard quelques années plus tard, nous fîmes de nouveau l'amour ensemble assez joyeusement. Notre chance avait été de ne pas nous installer dans la durée. Je n'ai rendu malheureux et je ne me suis rendu malheureux que lorsque j'ai laissé une liaison amoureuse se prolonger au-delà de ses limites.

« Et le plus fort, s'écria Nadine en interrompant la conversation qu'elle menait avec Juaurez, c'est que cet animal (elle me désignait), quand je lui ai demandé de tes nouvelles (elle se tournait vers Juaurez), au lieu de me répondre que vous étiez en train de dîner ensemble a marmonné que vous vous voyiez de loin en loin.

— Sans doute me suis-je mal exprimé », répondis-je d'un air sérieux qui les fit rire tous les deux.

Non seulement quand elle avait prononcé *Guy* je n'avais pas songé un instant à Juaurez mais encore j'étais certain que ce prénom ne lui convenait pas. Il implique une grâce frivole et élancée, une joliesse prétentieuse et superficiellement spirituelle, une désinvolture de joueur de poker qui peut d'ailleurs se combiner avec l'entêtement courageux d'un play-boy traversant seul l'Atlantique sur un petit voilier, autant de traits qui sont étrangers à Juaurez. Tout enfant j'étais déjà sensible aux désaccords qu'il m'arrivait de remarquer entre une personne et son prénom. Un soir, après le dîner, j'avais toqué à la porte du bureau de mon père, audace que je ne me permettais que rarement ; un livre était ouvert devant lui, il tenait un crayon à la main car dès qu'une lecture l'intéressait il éprouvait le besoin de cocher, son visage était éclairé par la petite lampe de bureau dont le cône atteignait le vase de cuivre où veillait l'éternelle branche de mimosa. Répondant à son regard interrogateur je lui déclarai que son prénom ne convenait pas du tout à mon oncle Lucien et que celui-ci aurait dû s'appeler René. « René, tu crois ? me répondit-il. Cela peut se soutenir mais c'est une matière à discussion. Pour ma part je préférerais l'appeler Anatole. » Aujourd'hui j'aurais été assez enclin à attribuer Anatole à Larrivée pour rendre le côté paisible et comique de son aspect et de son comportement, mais Yves aurait reflété son allure et ses couleurs de vieux pêcheur et Johnny aurait traduit son entêtement irlandais, son habitude du whisky ; de plus par sa gentillesse malicieuse il incitait au diminutif. Je ne remettais pas en cause mon prénom parce que dès l'enfance je m'étais identifié à lui, de même qu'un chat en peu de jours apprend sans étonnement que moune ou minet c'est lui, mais Germaine supportait mal son prénom que j'évitais toujours d'employer et il est vrai qu'Olympe lui aurait mieux convenu. Juliette avait une prédilection pour les prénoms qui orthographiquement ou phonétiquement ressortissent aux deux sexes, tels Claude,

Dominique ou Frédérique, elle aurait même été tentée de porter un prénom d'homme mais je ne pouvais tout de même pas l'appeler Jules car les prénoms ont à travers l'histoire de la mode des aventures imprévisibles et Jules après avoir désigné des hommes d'État romains et une bonne part de ministres au début de la IIIe République en était venu, sous le diminutif de Julot, à s'appliquer aux voyous de la barrière pour en arriver de nos jours à être synonyme d'amant. Comme Charlotte, d'une sonorité entraînante à la fois énergique et sensuelle. La première fois que j'avais vu Juliette, j'avais espéré qu'elle s'appelât ainsi, il m'arrivait, au lit, de la baptiser Charly ce qui l'incitait à me baptiser Pauline et nous entraînait à une séance amoureuse où les rôles étaient inversés.

J'en revins à ma méditation sur les noms qui n'était pas entièrement gratuite puisque je savais que, dans les mois qui suivaient, j'aurais à choisir les noms des personnages de mon film. Je songeais à Léone qui adhérait à son prénom comme à la couleur de ses yeux ; elle n'aurait pas pu s'imaginer nantie d'un autre prénom et d'iris noirs. Même elle savourait ce prénom, tournait souvent la tête dans un salon ou dans un restaurant en croyant l'avoir entendu prononcer, s'estimait concernée si l'on évoquait une lionne ou une liane, à ce point qu'au début de nos relations je l'avais baptisée lionne-lianne et que ce surnom avait subsisté entre nous. Du coup je découvrais que si certains êtres pouvaient porter indifféremment n'importe quel prénom, d'autres étaient indissolublement liés à leurs noms. Je n'aurais pas admis que Léone ne s'appelât pas Léone et je ne pourrais pas plus imaginer un Napoléon qui se serait prénommé Joseph ou Louis. Sans doute le fait acquis nous en impose mais avec plus ou moins de force car, en faisant un certain effort sur moi-même, je pouvais concevoir un Louis XIV qui se serait appelé Henri V et Voltaire écrivant le siècle d'Henri V. Après réflexion je parvins à supporter Alexandre Hugo et Victor Dumas. Mais Baudelaire me résista aussi fortement que Napoléon.

« Crois-tu, demandai-je à Juaurez, que Baudelaire aurait pu s'appeler Poulet-Malassis comme son éditeur ?

— Non, répondit-il sans hésiter, ça ne passe pas. Pas plus que Michelet portant le nom de son collègue Crétineau-Joly.

— Ou Arthur Rimbaud s'appelant comme son beau-frère Paterne Berrichon.

— Oui, mais le vrai problème... »

Dans le plaisir que nous prenions à nos conversations il entrait la facilité avec laquelle Juaurez acceptait l'irruption d'un propos imprévu et parfois déconcertant et renvoyait aussitôt la balle ; je lui rendais la pareille. Mais souvent aimanté par un détail Juaurez détournait notre discours vers une voie qui le séduisait particulièrement. Et c'était ce qu'il était en train de faire sous le regard vague de Nadine dépaysée qui essayait de donner le change en approuvant de la tête. Pour Juaurez le « vrai problème » était de se demander si certains noms d'écrivains ou d'hommes politiques ne les privaient pas de descendance pour des raisons phonétiques.

« Il y a des noms qui se prêtent à la postérité et d'autres qui l'interdisent. On peut être carliste, marxiste, maurrassien, barrésien ou cartésien...

— Ou balzacien.

— Oui, alors qu'on ne saurait être zolaien, tocquevilliste, montherlantien. Sartrien oui, merleau-pontyen, non. »

Nous discutâmes pendant un moment des mobiles qui entraînaient la langue, entre les deux suffixes, à choisir *ien* ou *iste* et nous convînmes que la phonétique y entrait pour beaucoup.

« Le coup de maître, s'exclama Juaurez en jubilant, c'est Stendhal qui l'a réussi. Il a incité la postérité à exploiter son nom et son pseudonyme en établissant une distinction entre le stendhalien, celui qui adore l'œuvre et s'en inspire, et le beyliste qui a reconstitué l'homme dans ses moindres détails. »

Nous avions demandé l'addition, nous la réglâmes en nous égarant à travers des cas particuliers qui allaient de dantesque à hugolâtre. Nous nous levâmes, saluâmes au passage Roger Cazes qui, continuant de sonder les reins et les cœurs, expédiait les impétrants au paradis, au purgatoire ou aux enfers des ténèbres extérieures.

Chimique et végétal, friteux, l'air du boulevard Saint-Germain nous accueillit mollement.

« Pas de taxi, merde ! clama Nadine en usant de sa voix de comédienne.

— Je te dépose », proposa Juaurez.

Elle m'embrassa et, comme on s'abandonne à une confidence, m'avoua que Juaurez lui avait dit que j'allais tourner un film et qu'il lui plairait beaucoup d'y participer.

« Même un petit rôle. Du moment que c'est avec toi ! »

Je promis bien sûr et m'éloignai. La clarté bruyante du carrefour s'effaça vite. Pendant un moment je pus croire que laissant ma voiture au parking je regagnais mon domicile rue du Cherche-Midi. Puis mon trajet s'infléchit vers la gauche et je sus que j'allais prendre un dernier verre au bar de l'Épave. Il n'était pas tard et ce détour n'était en rien déraisonnable. A la réflexion il l'était pourtant un peu car je retardais le moment de presque bonheur que j'éprouverais, allongé dans mon lit en compagnie d'un livre. Et je ne reculais pas par besoin d'avaler un whisky (du whisky, j'en avais chez moi) mais parce que je subissais l'attirance d'un lieu où une petite société vous entoure sans vous intégrer, où l'on reste soi en s'intéressant impartialement aux autres. Je me trouvai une raison de continuer à me diriger par un dédale de ruelles vers l'Épave : il convenait que je réapparaisse en un lieu où j'avais affronté toute l'injustice de la mort et que, depuis le rêve, je n'avais pas revu. Au coin de la rue des Quatre-Vents un jeune homme, banalement vêtu, s'arrêta devant moi pour me dire :

« Je ne plaisante pas. »

Il n'avait pas l'air féroce mais décidé et son propos me déconcerta.

« Je veux cent francs, reprit-il.

— Anciens ou nouveaux ?

— Anciens. Ce n'est pas grand-chose.

— Non. Pas grand-chose.

— Alors ce sera mille.

— Anciens ou nouveaux ?

— Anciens toujours. »

Il ajouta :

« Sinon ce sera vite fait. »

Je lui ai tendu un billet parce que j'avais peur, il s'est détourné pour s'éloigner sans hâte. J'eus le temps d'avoir honte d'avoir eu peur.

« Rends-moi le billet. »

En même temps je le frappai avant qu'il m'eût fait face. Autrefois, parce que Léone pratiquait l'escrime dans un gymnase où enseignait un maître de karaté, j'avais appris les rudiments de cet art paradoxal où il s'agit à la fois de frapper au-delà de sa force et de ne pas toucher l'adversaire. Théoriquement si on l'atteignait par maladresse on risquait de tuer. Mon coup porta de travers et l'ennemi tomba mais bien vivant, agité comme un poisson sorti de l'eau. Il tenta de se relever et je lui allongeai un coup de pied au menton qui l'étourdit pendant un bref laps de temps au bout duquel, assis et adossé à une façade, il me reprocha ma violence de facho. De quoi avait-il eu envie ? De manger un sandwich, de boire une bière. Et plutôt que de voler il s'abaissait à demander l'aumône et moi je le frappais, misère ! Il me convainquit.

« Relève-toi et viens prendre une bière à l'Épave. Et tu demanderas un sandwich. »

Il se remit sur ses jambes, nous marchâmes côte à côte comme deux amis. J'étais satisfait de moi mais étonné qu'un caractère (je supposais qu'il en était de même pour les autres) qui devait être stabilisé par les années demeurât imprévisible car je savais que j'aurais pu aussi facilement lui donner tout de suite l'argent qu'il me demandait que le repousser, puis que lui ayant donné cet argent j'aurais pu tout aussi bien battre en retraite en essayant de travestir en gentillesse cette lâcheté que réagir comme je l'avais fait, et, l'ayant envoyé au tapis, je me voyais aussi bien m'éloignant l'air glorieux que lui offrant à boire.

Je poussai la porte de bois, descendis l'escalier au bas duquel je lui désignai impérativement un tabouret libre. Puis j'embrassai Tilly qui avait contourné le bar pour m'accueillir.

« Vous n'êtes pas venu depuis un siècle, monsieur Paul !

— La dernière fois que je vous ai vue... »

J'avais failli lui raconter le rêve. Je m'arrêtai à temps, échappant ainsi aux questions d'une Tilly qui bien sûr n'aurait pas manqué d'être désorientée par ce récit. Je lui demandai un jeton de téléphone, je courus vers la cabine, j'appelai Juliette sans succès et je revins au bar où je trouvai un tabouret auprès de l'éternel colonel. Les personnages du spectacle qui se donnait chaque soir en ce lieu étaient réunis et, ayant bu une gorgée d'alcool, je commençai à regretter d'avoir cédé à la tentation de prolonger ma nuit.

L'escalier craqua. Hurlu surgit avec son visage éternellement brutal et résigné. A l'hôpital, à travers un de mes accès de culpabilité, je m'étais reproché d'avoir, en abandonnant mon poste, privé

Hurlu de ses deux ou trois petites chances annuelles de toucher un cachet de cascadeur et surtout de se retrouver joyeusement en action sous le regard d'une caméra.

« Prends un tabouret et viens là ! »

J'exigeai du colonel qu'il se poussât pour faire place à Hurlu. Le vieil homme s'exécuta avec humeur, s'éloigna un peu tout en maintenant sous ses fesses son tabouret qu'il faisait sauter par hoquets successifs, ce qui le transformait en un mammifère doté de deux pseudopodes incapables d'atteindre le sol et de quatre jambes rigides qu'il déplaçait par bonds brefs et maladroits. S'il avait regimbé, je me serais fâché. C'était sûr ; j'ai plus de confiance dans le pouvoir de ma colère que de ma charité ; regretter de laisser tomber Hurlu, Juaurez, Mlle Beaunon, tous mes vassaux, ne m'avait pas retenu alors que j'étais disposé à me fâcher sur une scène où se débattaient les personnages d'une de ces comédies d'Anouilh qui, du rose, risque de virer au noir grâce aux éclats d'un vieux militaire, d'un collabo amnésique, d'un jacobin fatigué, d'un adolescent trop docile à son adolescence. J'allumai une nouvelle cigarette en me rappelant que François Corlion m'avait dit : « De toute façon on finit toujours par finir. » Déjà le colonel et Hurlu qui s'accrochaient chaque fois qu'ils s'entrevoyaient au bar de l'Épave s'étaient accrochés.

« Alors on trahit toujours, mon petit ? » demandait le colonel à Hurlu dont les oreilles rosirent aussitôt et se dilatèrent.

Ce colonel était bandé dans la conviction d'avoir eu toute sa vie raison ; elle lui donnait du courage et il en fallait pour affronter le corps déglingué mais blindé d'Hurlu qui avait reçu une balle dans l'épaule sur le front de l'Est, une balle de mitrailleuse à travers la paume dans le maquis, un éclat d'obus près du foie en Indochine et qui, devenu cascadeur, avait réussi à se casser un tibia au volant d'une voiture en flammes, à se tasser deux vertèbres en parachute, à se briser le bassin en sautant en costume d'une fenêtre Renaissance, bref il ne tenait au complet que grâce à des prouesses chirurgicales, mais tenait ferme et, tout comme le colonel, était d'autant plus persuadé d'avoir raison qu'il estimait évident que la société avait toujours tort.

« Que faisiez-vous sous l'Occupation ? demanda-t-il au colonel sur le ton de la fourmi interrogeant la cigale. Des V tremblés à la craie au fond des pissotières ? Ces pissotières dont vous déplorez la disparition en vieux pédé que vous êtes.

— Engagé volontaire, j'ai reçu le baptême du feu au Chemin des Dames, au vrai, celui de 17.

— Au chemin des demoiselles, chouchoute !

— Monsieur, je vous interdis de...

— Moi je n'appellerais pas monsieur quelqu'un qui m'insulterait.

— Vous êtes trop bas pour réussir à m'insulter.

— J'ai un frère qui est général. Et pas général de brigadouille. Divisionnaire. Le général Hurlu. »

Il haïssait ce frère mais s'abritait derrière lui en cas de besoin. Il avait trouvé moyen de faire savoir à Deul qu'il était le frère du général Hurlu. Quand Deul l'entrevoyait il lui lançait : « Mes respects à monsieur votre frère. » Hurlu attendait soigneusement que Deul eût disparu pour proclamer que son frère était une étoile de merde.

Un soir où il s'abandonnait à des confidences sur son caractère, le colonel m'avait confié qu'arrivé à l'âge de quatre-vingt-un ans, il avait appris à doser et à varier ses plaisirs. Il le prouva en substituant à son entrain agressif une douceur solennelle.

« Je connais de nom le général, dit-il, et je suis persuadé qu'il déplorerait la familiarité avec laquelle vous vous adressez à moi, mon cher camarade.

— Je ne suis pas votre cher camarade mais un

ancien sous-off et, poursuivit-il, en haussant la voix pour être entendu de tout le bar, un sous-off de la Wehrmacht. »

Des scissions s'étaient produites dans notre groupe de rétros. Les uns avaient trahi en faveur du hard-rock, d'autres avaient trouvé leur bonheur dans la nostalgie de l'Occupation. Le rétro de service se pencha vers Hurlu en lui criant :

« Bravo ! »

D'un sac au label d'une épicerie de luxe il avait tiré une casquette de la *Kriegsmarine* dont il se coiffa pour demander :

« Connaissez-vous le prénom de Hitler ? »

Il se chargea de répondre :

« Heil ! »

D'un air absent le colonel bredouilla : « Petit misérable ! » Hurlu au contraire s'emporta ; son vocabulaire riche en insultes servait sa fureur. Il s'était déjà levé pour massacrer le rétro quand celui-ci, qui dans son premier avatar avait été punk, se décoiffa, gonfla une joue, retroussa le nez et amorça son répertoire de grimaces. Hurlu qui ne décolérait pas clamait :

« Je suis un ancien commandant, dans la Résistance F.T.P. »

Telle était la situation d'Hurlu. Fâché de n'avoir pas fait la guerre (classe 40), il était parti volontairement la faire aux Russes en compagnie des Allemands puis, au cours d'une permission, s'était retrouvé dans son village auvergnat et l'avait poursuivie, contre les Allemands, dans le maquis où Germaine et moi l'avions trouvé, intrépide par nature et par habitude. Devenu para il fut gavé de décorations et de citations jusqu'à la fin de la guerre où on l'arrêta. Germaine et moi nous témoignâmes à son procès. Il fut légèrement condamné puis on passa l'éponge à condition qu'il s'engage à aller jouer en Indochine de sorte que, tantôt mitraillé, tantôt emprisonné, tantôt félicité, tantôt vilipendé, toujours entraîné aux extrêmes, il était composé d'une étoffe faite pour réunir contre lui l'unanimité. Quant Tilly, glissant le long du bar, se hissa vers moi, je crus qu'elle s'apprêtait à me demander d'éloigner Hurlu-le-perturbateur. Non. Elle chuchota :

« Dites donc, le client qui est au bout, il dit que sa bière et son sandwich on les mette sur votre compte. »

Je me rappelai la présence du gitan et j'acquiesçai.

« Il veut une autre bière et un autre sandwich.

— Il veut une autre bière et un autre sandwich, observai-je, c'est un alexandrin.

— Oui mais toujours sur votre compte, l'alexandrin. Je l'envoie paître ?

— Donne-lui quand même à boire.

— Et un sandwich aussi sur votre note encore ? »

Un autre alexandrin. J'étais comblé. En riant je priai Tilly de le servir et de lui annoncer en même temps que mes libéralités s'arrêteraient là. L'architecte stalinien se querellait avec le colonel et Hurlu tentait de trancher le débat :

« Aujourd'hui, cria-t-il, qui menace la paix du monde ? Ce n'est pas la pensée marxiste c'est l'armée russe. Vous, précisa-t-il en s'adressant au colonel, on vous fichera la paix, vous n'êtes plus rééducable. Mais, poursuivit-il en se penchant pour fixer l'architecte stalinien, vous aurez peut-être droit à la clinique psychiatrique, vous vous y retrouverez avec Marchais, vous jouerez à la bataille ensemble et il retournera le roi à tous les coups. Quant à toi, ajouta-t-il à l'intention du rétro, tu seras obligé de travailler mais je ne m'inquiète pas, tu pourras toujours décrocher une chronique de mots croisés dans la *Pravda parisiana*.

— Ah ! permettez ! répliqua le rétro avec indignation. Je ne suis plus au chômage. J'ai trouvé un job.

Dans les pompes funèbres. Et à temps complet. Je suis H.E.C. »

Surpris le colonel retira ses lunettes, avant de constater :

« J'ai un de mes petits-neveux qui est élève à H.E.C. et je ne vous imagine guère dans cette école.

— Moi non plus, les hautes études commerciales et moi je ne nous vois pas ensemble. H.E.C., dans mon métier de croque-mort, ça signifie qu'on effectue le parcours complètement. Hôpital, église, cimetière. »

Je m'aperçus qu'Hurlu s'était laissé glisser de son tabouret et que du regard il m'invitait à l'imiter. A la longue, à force de vivre dans les excès, Hurlu avait appris à les limiter. Son regard me demandait d'admettre que j'avais déjà trop bu. En tendant des billets à Tilly il précisa :

« J'ai tout réglé, mon con de frère m'a donné du blé en pagaille.

— Attends-moi ! »

Il a l'habitude de quitter un bar, un appartement, un studio au pas de charge, comme s'il montait à l'assaut et je ne voulais pas me retrouver seul devant le bar sous la menace du gitan. Celui-ci avait déjà avalé sa bière et finissait d'engloutir son sandwich en me regardant avec une haine concentrée. Je n'éprouvais aucune honte à le craindre en un moment où je me savais trop ivre pour me battre. Quand je l'avais tabassé j'étais déjà un peu ivre mais je me situais encore à cet étage où l'alcool donne confiance dans la justesse de sa cause et de ses muscles, alors que mon ivresse en s'élevant par degrés m'avait fait assez languide pour désirer la présence d'Hurlu.

« Sortons ensemble, lui dis-je à voix basse, et si ce mec (je lui montrai le gitan) nous suit et s'approche, tu le massacres. »

Il bruinait. Au bout de quelques pas le courage

me vint d'annoncer à Hurlu que j'avais abandonné mes fonctions et que je ne pourrais plus l'embaucher régulièrement dans des films.

« En revanche je vais en tourner un moi-même et je te trouverai un rôle.

— Ne t'inquiète pas, mon frère casque. »

J'aurais pu me contenter de cette réponse mais j'enchéris en assurant que le rôle serait important. De même j'avais offert un rôle à Nadine Foliac sans être sûr de tenir ma promesse. Pourtant je savais depuis que j'avais lu Balthasar Gracian qu'offrir est souvent moins profitable que refuser. Ma rêverie s'attarda autour de Gracian, de son influence sur La Rochefoucauld, Maine de Biran, Schopenhauer. Je me tournai vers Hurlu pour lui confier :

« Surtout ne parle pas à Larrivée de Gracian, de La Rochefoucauld, de Schopenhauer, de Giraudoux, il redoute l'érudition.

— Lui en parlerai pas. »

Il était d'autant plus sincère qu'il entendait ces noms pour la première fois : j'avais cru m'adresser à Juaurez. Erreur sur la personne. Mais en me tournant j'aperçus le gitan qui traversait la chaussée avec décision.

« Fais attention ! »

Le choc entre les deux hommes fut très bref. J'entendis craquer de la peau ou du cartilage. Déjà le gitan était allongé sur le trottoir.

« Il est H.S. »

La ville déserte luisait sous une faible lumière électrique du zinc de ses toits au granit de ses trottoirs. Le ciel était épais comme un tapis de haute laine. La pluie s'accentuait.

« Il doit prendre froid.

— Qui ? demanda Hurlu.

— Le gitan.

— D'abord il n'est pas gitan. Mais je me demande ce qu'il te voulait.

— Il m'a abordé tout à l'heure pour me demander cent francs.

— Anciens ou nouveaux ?

— Anciens, puis mille francs, anciens aussi. Je les lui ai donnés. Et puis j'ai changé d'avis et je lui ai fait sa fête. Et puis j'ai encore changé d'avis et je lui ai offert des bières et des sandwiches à l'Épave.

— Pourquoi ?

— Je supporte mal la tristesse des autres. Si j'avais carrément admis la tristesse de Germaine, celle de Léone, elles seraient guéries et faraudes. Mais j'ai agi avec elles comme avec le gitan...

— Tu as ta voiture ?

— Il faudrait retourner au parking.

— Alors je te ramène chez toi mais tu me couches.

— Tu feras ton lit.

— Au carré. Et demain...

— Demain je dors.

— Pas du tout. J'ai l'impression que tu es en train de décrocher ; demain matin je largue à Croichartrain, tu sauteras.

— En parachute ?

— Tu en as envie depuis toujours. C'est l'occasion. »

Je n'étais pas bien sûr d'en avoir envie mais j'acquiesçai, comme toujours pour ne pas chagriner quelqu'un qui croit me vouloir du bien. Et puis demain c'était loin et je suis enclin à accepter tout projet dont l'application n'est pas immédiate.

« Je largue une fois par semaine. J'aime ça et puis c'est un petit appoint. D'autant que mon frère me donne de l'argent, mais sais-tu pourquoi ? »

Il se hâta de me l'expliquer, il en brûlait d'envie :

« Il habite quai Voltaire, un immeuble dont je connais le gérant. C'est vraiment un copain. On a même fait du deltaplane ensemble. Voilà que j'apprends qu'il cherche un concierge précisément pour l'immeuble de mon frère. Si tu l'avais vu mon frère quand je suis venu lui annoncer que j'avais posé ma candidature, qu'elle était acceptée et que d'ici un mois quand un visiteur viendrait me demander son étage je lui répondrais : mon frère habite au troisième gauche, embrassez-le pour moi... Ah ! si tu avais vu sa tête ! Bref, il a casqué. Et je ne suis pas concierge. »

Ma main, trahie par un cerveau alcoolisé, trembla quand j'introduisis la clef dans la serrure.

« Vraiment tu es bien bourré. Demain matin tu seras en parfait état pour sauter. Quand on saute on n'a pas besoin de réfléchir. A propos... »

Depuis l'époque du maquis je savais qu'il disait *à propos* quand il avait décidé de bondir d'un sujet à un autre.

« A propos j'ai raconté une farce tout à l'heure, mon frère n'est pas divisionnaire, il est toujours brigadier, c'est pourquoi il est sensible à mon chantage. Il ne pense qu'à son étoile supplémentaire. Il a peur d'être mis à la retraite avant. »

Il s'était mis à chanter *Étoile des neiges...* et j'en déduisis qu'il était assez bourré lui aussi.

Je le poussai dans la chambre du fond, j'ouvris une armoire, je lui montrai des draps et des couvertures et je l'invitai à faire son lit, non sans lui avoir indiqué où se trouvait ce qu'il appelait les chiottes. Il exigea que je lui confie le réveil car il tenait à ce que nous nous levions à sept heures et demie pour arriver à neuf heures au terrain de Croichartrain.

Je revins dans l'antichambre de cet appartement qui est une absence. Quand je m'étais séparé de Léone j'avais échoué entre ces murs, rassemblé quelques meubles de hasard, ne cherchant pas à satisfaire mon regard ni à parfaire mon confort. Devant la porte je trouvai la pile des imprimés que, selon notre accord, la concierge n'avait pas fait suivre à Lucé.

Je passai dans mon bureau, déchirai les enveloppes, répandis devant moi les étendards de l'agression publicitaire. L'harmonie à deux, grâce à la charcuterie allemande. Un siècle au service des vins de Bordeaux. Dans la jungle de Bornéo tout est suspect et sans doute vénéneux ou venimeux, la moindre feuille, la moindre brindille. Évidemment il s'agit d'un album aux poisons innocents. Voici une organisation de voyages : quinze jours de rêve à Bornéo. Van Gogh et son temps, chez moi. Pour un examen gratuit de dix jours et sans aucun engagement de ma part. Pour le champagne Henriot brut cuvée « rose noire », je peux régler à la réception de la facture. *Eurocolo* m'annonce que son prochain numéro sera consacré aux animaux en voie de disparition et qu'il importe de sauver de l'invasion industrielle et touristique, notamment, la vipère d'Orsini qui a disparu du massif du Ventoux et qui est très menacée dans la montagne de Lure, son extinction serait d'autant plus scandaleuse que cette espèce appartient à un groupe résiduel qui aurait connu son âge d'or au temps de la dernière glaciation et que sa morsure est particulièrement dangereuse. Premier volume de la collection *Les Grandes Étendues sauvages.* En découvrant *L'Usine nouvelle* je comprendrai à quel point j'ai moi-même changé. *Géo* me montrera le monde comme je ne l'avais jamais vu.

La dernière enveloppe était plus inquiétante, grise et émanant du ministère des Finances. L'intérieur me rassura d'abord. J'entrouvris un catalogue pimpant, composé en plusieurs couleurs ; les paragraphes étaient disposés avec grâce, bien aérés, l'intention de me plaire était évidente. Je mis un certain temps à comprendre qu'on avait l'honneur de m'annoncer que j'étais élevé à la dignité de « contribuable vérifié ». Vérifié sur quatre années. La liste de mes devoirs, mais aussi de mes droits, était longue et je n'en poursuivis pas la lec-

ture jusqu'à la fin, préférant aller me coucher.
Toujours, j'entends par là depuis mon enfance la plus tendre, je m'étais fait du sommeil une notion de béatitude mais aussi d'absence à laquelle je tenais à parvenir à travers des plaisirs, le principal étant la lecture. Peu à peu, me couchant, des doutes m'avaient assailli ; il m'était venu à l'esprit que telle lecture qui s'était révélée heureuse un lundi soir pouvait manquer de grâce un mardi soir. D'où une inquiétude qui me poussait souvent à me munir de plusieurs livres en me couchant. J'avais choisi, le hasard aidant, *Vingt ans après* d'Alexandre Dumas, *Du côté de chez Swann* de Proust, *Les Cinq Sous de Lavarède* de Paul d'Ivoi et *Lamiel* de Stendhal. En général je commençais de lire puis tantôt je poursuivais cette lecture tantôt, usant des ressources que je m'étais ménagées, je sautais sur un autre bouquin. Mais en me laissant tomber dans mon lit je remarquai que les livres s'étaient entrouverts et sans en avoir conçu le projet ce fut dans une symphonie que j'accédai au sommeil en remuant la tête comme un chat pour, passant d'un volume à un autre, poursuivant néanmoins ma lecture, concilier en un seul texte ceux de mes amis nocturnes. *— A quoi songez-vous d'Artagnan, dit-il, et quelle pensée vous fait sourire ? — Je songe, mon cher, que lorsque vous étiez mousquetaire, vous tourniez sans cesse à l'abbé, et qu'aujourd'hui que vous êtes abbé, vous me paraissez tourner au mousquetaire. — C'est vrai, dit Aramis en riant. L'homme, vous le savez, mon cher d'Artagnan, est un étrange animal, tout composé de contrastes. Depuis que je suis abbé, je ne rêve plus que batailles. — Cela se voit à votre ameublement : vous avez là des rapières de toutes les formes et pour les goûts les plus difficiles. Est-ce que vous tirez toujours bien ? — Moi, je tire comme vous tiriez autrefois, mieux encore peut-être. Je ne fais que cela toute la journée. — Et avec qui ? — Oh ! pas avant midi, répondait ma tante d'un ton résigné, tout*

en jetant sur la pendule un coup d'œil inquiet, mais furtif pour ne pas laisser voir qu'elle, qui avait renoncé à tout, trouvait pourtant, à apprendre qui Mme Goupil avait à déjeuner, un plaisir aussi vif, et qui se ferait malheureusement attendre encore un peu plus d'une heure. « Et encore cela tombera pendant mon déjeuner ! » ajouta-t-elle à mi-voix pour elle-même. Son déjeuner lui était une distraction suffisante pour qu'elle n'en souhaitât pas une autre en même temps. « Vous n'oublierez pas au moins de me donner mes œufs à la crème dans une assiette plate ? » C'étaient les seules qui fussent ornées de sujets, et ma tante s'amusait à chaque repas à lire la légende de celle qu'on lui servait ce jour-là. Elle mettait ses lunettes, déchiffrait : Ali Baba et les quarante voleurs, Aladin ou la Lampe merveilleuse, et disait en souriant : Très bien, très bien. — Maintenant, deux solutions s'offrent à nous. Si le vent se maintient, nous arriverons dans la nuit à Shanghaï, ville maritime très européanisée et alors nous sommes tirés d'affaire. Sinon, nous flotterons au-dessus de contrées inabordables. — Bah ! répliqua légèrement Aurett, cet aérostat est construit de telle sorte qu'il peut demeurer plusieurs jours dans l'atmosphère. M. Grebwiss me l'a dit, du moins. — Soit ! mais nous n'y pourrons pas demeurer. — Pourquoi cela ? — Parce que la caisse dont j'ai dû me débarrasser au départ contenait des vivres, et que nous n'avons pas un atome de nourriture. » Sans parler, l'Anglais montra sa gourde, remplie la veille à l'hôtel. Cela pouvait soutenir pour un jour, mais pas nourrir. Les visages s'assombrirent. — Quoi ! l'amour ce n'est que ça ? se disait Lamiel étonnée ; il vaut bien la peine de le tant défendre. Mais je trompe ce pauvre Jean : pour être à même de se retrouver ici, il refusera peut-être du bon ouvrage. — Elle le rappela et lui donna encore cinq francs. Il lui fit des remerciements passionnés. Lamiel s'assit et le regarda s'en aller (elle essuya le sang et songea à peine à la douleur). Puis elle éclata de rire en se répétant : — Comment, ce fameux amour, ce n'est que ça !

« Maintenant secoue-toi un peu. Sinon nous serons en retard. »

J'entrouvris les yeux et je fus ébloui péniblement par la lumière du jour. Hurlu, rasé de frais, les cheveux encore mouillés, me tendait une tasse de café. Je me rappelai avoir été troublé par le ruissellement de la douche qui m'avait obligé à passer du sommeil à un état intermédiaire durant lequel, tout en percevant les bruits extérieurs et en particulier les sifflotements qu'Hurlu émettait en se rasant, j'avais eu la molle vision d'un manège de chevaux sans cavalier autour duquel des spectateurs étaient assis armés de jumelles de théâtre, ce qui me rappelait que, quand j'étais enfant, ma mère, bien que sa vue fût excellente, ne serait jamais allée au théâtre sans ses jumelles. Ce fut en avalant ma deuxième gorgée de café que la certitude me revint d'avoir la veille donné mon accord à Hurlu pour sauter en parachute. Par la fenêtre je considérai un échantillon de ciel gris qui s'étendait au-dessus d'un toit gris lui aussi.

« C'est bien nuageux, tu ne trouves pas ? Le plafond est bas.

— Mais non il est à mille mètres au moins. Si ça ne se brouille pas, aucun problème. »

Avec la docilité d'un somnambule je réussis à faire ma toilette et à m'habiller. Puis j'appelai Juliette. Occupé. J'attendis deux minutes et je renouvelai l'appel. Occupé.

« Allez, ouste brouste ! Tu rappelleras du parking. »

Un quart d'heure plus tard, pendant qu'Hurlu allait chercher ma voiture dans les entrailles du parking je téléphonai de nouveau et j'en vins à penser que Juliette, comme elle en avait l'habitude, avait composé son propre numéro et laissé le téléphone décroché pour être tranquille. Hurlu garda le volant et je lui en sus gré car, mal éveillé, je recevais de l'autoroute une impression hallucinante d'agitation non motivée. Le voyage fut beaucoup plus court que je le croyais. Nous quittâmes l'autoroute et parvînmes à un carrefour où l'un des poteaux indicateurs annonçait « Croichartrain 12 km ».

« Le terrain est encore plus près, me confia Hurlu d'un air heureux. Tu vois je prends sur la gauche et on y est. »

La campagne était plate ; je distinguai des champs de blé, des champs de colza et surtout quelques hangars devant lesquels brillait un petit avion blanc. Une dizaine de voitures étaient alignées parmi lesquelles Hurlu glissa la mienne.

« C'est un stick de cinq, les quatre autres sont déjà arrivés, attends-moi dans la voiture, je vais t'apporter un blouson bien chaud et des baskets. Retire ta veste et tes souliers. »

Nous fûmes bientôt tous réunis, Hurlu nous aidant à passer nos harnais. Je les trouvai assez lourds, un peu oppressants. Le casque ressemblait à ceux que portent les motocyclistes. Parmi mes « camarades » il y avait une fille qui sautait pour la huitième fois, deux frères d'une quarantaine d'années qui en étaient à leur cinquième saut et un tout jeune homme au visage parsemé de taches de rousseur qui comme moi débutait. Hurlu nous fit un petit cours. Il fallait compter jusqu'à six et si le parachute dorsal ne s'était pas encore ouvert, tirer la poignée du ventral. Il poursuivit son exposé et nous apprîmes à toute vitesse comment nous pouvions manœuvrer les suspentes, comment nous devions toucher le sol, comment nous devions ensuite replier notre « pépin ». Le pilote et lui nous aidèrent à nous hisser dans l'avion. Celui-ci, un Pilatus (un nom que je trouvais fâcheux dans un sport où se « piler » est l'expression consacrée pour désigner une chute mortelle) présentait la particularité d'être nanti d'une portière latérale longue de deux mètres qui ne fut pas refermée au décollage. Je compris bientôt pourquoi. Nous étions assis sur une longue et étroite banquette. Le moteur était très bruyant. Au bout de quelques minutes, Hurlu ordonna à la jeune fille de s'allonger le long de l'ouverture béante qui laissait entrevoir tantôt le ciel, tantôt des prairies. Puis il lui fit signe de s'asseoir les jambes pendantes dans le vide. Il assujettit la sangle kaki d'ouverture automatique qui reliait le dorsal à une tringle fixée au-dessus de nous. Puis il lui toucha l'épaule en lui criant :

« Allez-y ! »

Elle disparut les mains en avant, comme si elle se lançait à l'eau. La cérémonie se renouvela pour chacun des deux frères. Je regardai le jeune homme blond qui était mon voisin. La peur avait foncé ses taches de rousseur ; elles devenaient violettes. J'avais peur moi aussi mais le spectacle de ce garçon me rendit courage sans que je pusse savoir pourquoi. Il hésita avant de sauter et Hurlu dut le pousser.

C'était mon tour. Les quelques instants que je passai allongé le long du vide me déplurent à ce point que je fus ravi d'être invité à m'asseoir, les jambes ballottant au-dessus de la campagne. Mais à peine assis je jugeai cette situation insupportable et lorsque Hurlu me cria : « Vas-y ! », je ne me le fis pas dire deux fois, je me lançai, aussitôt happé par une tornade.

Je plongeai, délivré, en toute gaieté de cœur. Pendant quelques secondes j'appartins à un courant d'air qui me dispensait de sentir et de raisonner. Cette chute, un choc la bloqua, qui me remit la tête au-dessus des épaules. J'avais omis de contenir de mes deux mains l'étui du parachute ventral qui me frappa la bouche. Je savourais la mince douleur cuisante qui s'insinuait au bord de ma lèvre inférieure en contribuant à me prouver que le parachute s'était ouvert. Je n'éprouvai pas le besoin de lever les yeux pour le regarder ; l'amicale coupole de tissu révélait l'assistance qu'elle m'allouait par la douceur soudaine de la descente qui contrastait avec la vitesse de bolide que j'avais subie pendant quelques secondes. J'avais le sentiment de flotter en complicité avec l'air et l'illusion d'avoir été libéré de la pesanteur. Sous mes chaussures je contemplais une ferme lointaine dont les bâtiments encadraient une cour rectangulaire, puis un chemin sur lequel stationnait un tracteur dont le jaune se distinguait de celui que répandait jusqu'à un boqueteau un vaste champ de colza rayonnant. Je découvrais le silence avec émerveillement. Il y a toutes sortes de silence. J'étais déjà monté en montgolfière à l'occasion du *Jules Verne* que tournait Juaurez mais le souffle furieux du brûleur rompait souvent la sérénité de la course, altérant le prodige, de même que sur un voilier la toile claque, la mer bruisse. Le parachute n'a pas besoin du concours du feu ni du vent. Celui-ci, je finis par m'en apercevoir, bornait son action à infléchir ma descente et à me diriger vers le terrain qui longeait un pré où paissaient des vaches. En me rapprochant du sol j'en perçus une rumeur avec regret ; quelques bruits se détachaient de la campagne, un beuglement, le chant d'un coq, la trépidation haineuse et patiente du tracteur qui contrairement à ma première impression progressait le long du chemin. Alors je me décidai à lever les yeux vers la section circulaire de la coupole et à donner un regard au ciel où le gris jouait avec le bleu comme sur un plafond peint, me permettant de croire que j'habitais le bulbe d'un palais oriental. La biroute se balançait au bord du terrain et, emporté par une ferveur orientale, j'en faisais une robe bouffant et s'alanguissant dans une miniature persane. Par réaction je me glorifiai d'appartenir à une civilisation qui, ne se satisfaisant pas du tapis volant, transformait ses rêves en projets et ses projets en actes. Il se mêlait à ma béatitude un peu de vanité, j'étais bêtement fier d'avoir vaincu ma peur en agissant, et surtout étonné par la récompense que je recevais. Le sol m'éveilla en sursaut ; il fut tout à coup proche. La mémoire me revint. Pendant près de deux minutes, j'avais oublié mon passé aussi bien que mon avenir, j'avais ignoré que la faim et la soif, le désir sexuel, le malheur, le plaisir de lire, existaient. Une hirondelle me frôla, c'était l'adieu du paradis, je n'avais plus qu'à évoquer la grosse voix d'Hurlu m'expliquant dans quelle position je devrais toucher la terre, les jambes tendues, jointes, mais les genoux non verrouillés. J'exécutai ponctuellement ses instructions et dès que mes semelles eurent touché le sol je laissai mes fesses se poser sur mes talons.

Mon esquif gisait dans l'herbe, métamorphosé en bouse de vache. M'étant relevé je parvins à me délivrer du harnais mais, plus intéressé par le saut que par l'après-saut, j'avais négligé d'écouter le cours qui concernait le pliage du parachute et, agenouillé au bord de ce qui avait été mon auréole, je m'efforçais vainement de régler le déferlement du tissu quand Hurlu accourut, issu du Pilatus dont le moteur tournait encore au milieu du terrain. Il ne me resta qu'à le regarder maîtriser le tissu pour le rengainer dans l'étui avec des gestes parfaitement sûrs qui me donnaient du plaisir, celui que j'éprouve devant l'exactitude d'un boucher découpant une côte dans le thorax d'un mouton, d'un trancheur débitant un saumon fumé en lamelles, d'un Chinois accroupi traçant un idéogramme. Un clairon enroué répétait une sonnerie dont j'avais déjà perçu la plainte pendant ma descente. Elle m'avait été indifférente, étrangère, alors que revenu à terre comme on revient à soi je reconnaissais la sonnerie de l'extinction des feux écoutée à Rastadt, sous un ciel d'été. Pendant des semaines, chaque soir, la même clameur, issue des fenêtres de la caserne, avait submergé les cours : « en fantoche ! » ; la tentation, pour l'exécutant, était presque irrésistible de céder à ce défi exaltant et d'improviser autour du thème réglementaire un feston de variations coupables. Il y céda la veille du 15 août, sachant que mille hommes acclameraient sa prouesse pendant dix minutes et qu'il paierait cette brève gloire de huit jours de prison.

« C'est Maurice, m'expliqua Hurlu qui avait jeté les harnais sur son épaule, il a douze ans, il est trop petit pour sauter mais il vient au terrain avec son père qui lui apprend à jouer du clairon. »

Selon l'usage le clairon avait été puni de huit jours de prison mais il y a aussi dans l'armée une tradition de la responsabilité collective et, de même qu'on récompense d'une fourragère un régiment qui continuera de la porter lors même que son personnel se sera entièrement renouvelé, on peut tenir une compagnie pour coupable de la faute commise par l'un de ses membres, de sorte que la compagnie du clairon qui était aussi la mienne fut privée pour une semaine de toute permission. Quand j'entends par hasard une sonnerie militaire d'infanterie, c'est de ma jeunesse qu'elle remonte. Le petit Maurice m'était caché par un hangar dont le toit de tôle était brillanté par un coup de soleil cru. Il restaurait le désespoir où m'avait jeté l'annonce que les permissions étaient supprimées au moment où j'attendais l'arrivée de Germaine venue passer vingt-quatre heures avec moi à Rastadt. Déjà furieux d'avoir été astreint au service militaire malgré mes trois mois de maquis, pour écouter siffler de fausses balles huit ans après en avoir entendu de vraies, j'imaginais le chagrin et la solitude de Germaine avec des larmes intérieures. Peu importe qu'en invoquant auprès de mon capitaine l'importance des actes notariés que ma cousine était venue me faire signer j'aie réussi à retrouver Germaine dans la petite chambre d'hôtel. L'important c'était la douleur que les accents trébuchants de Maurice avaient ressuscitée. Elle était une preuve.

« Est-ce qu'on peut téléphoner ? »

De sa main libre Hurlu me montra une petite maison de brique.

« Va au bureau. Moi je dépose ton pépin et je te rejoins. »

Dans une petite pièce aux cloisons de bois blanc je trouvai une fille qui tapait à la machine avec deux doigts. Je lui dis bonjour, lui demandai la permission de téléphoner et sans s'interrompre elle me désigna l'appareil qui était suspendu au mur. Je formai le 16 puis le 1, une panique m'envahit, très différente de la peur toute simple qui avait contracté l'intérieur de mon corps avant de sauter. Mon corps, au contraire, se dilatait et une vague de sueur colla ma chemise à mes reins. Quelques années plus tôt l'indicatif téléphonique de Germaine avait changé, j'avais fait un effort pour l'intégrer et brusquement j'étais incapable de le retrouver. Je m'agenouillai devant une pile d'annuaires posés sur le plancher ; les doigts tremblants je cherchais Germaine. Mon émotion était insensée puisque j'étais sûr de tomber sur son numéro. Avant même que, maladroit parce que tremblant, j'eusse atteint la bonne page, il me revint en mémoire à l'improviste.

Germaine me dit : « Allô » sans savoir à qui elle parlait. Parmi les monstruosités qui diabolisent le téléphone, celle-ci est remarquable : l'usage exige que ce soit l'individu qui est chez lui et ne demande rien à personne qui offre le premier sa voix à l'interpellateur encore inconnu alors que la courtoisie et la logique devraient obliger celui qui appelle à se présenter d'abord. Le *Allô* de Germaine était d'une intonation fondamentale puisqu'il ne s'adressait pas à moi mais au monde extérieur en général. Elle était grave et révélait à la fois une profondeur de tristesse désabusée et un élan retenu vers autrui.

« Belami bonjour, me dit-elle en détachant bien les syllabes comme à Oxford où elle avait étudié un an, j'étais en train de terminer quelque chose, ne bouge pas, je reviens dans une seconde. »

Sous l'Occupation *Bel-Ami* avait été une chanson à la mode, même dans le maquis, et parmi les nombreux surnoms dont Germaine m'avait gratifié celui-ci avait survécu. Il était également inclus dans le règlement que Germaine dès qu'elle avait reconnu ma voix, et je suppose qu'elle agissait de même avec d'autres, disparût un instant pour terminer une tâche importante dont elle ne révélait jamais l'objet. Voulait-elle marquer par là qu'elle était très occupée, que la brusquerie d'un coup de téléphone la dérangeait ou, au contraire, heureuse d'être appelée, tenait-elle à se recueillir un instant avant de poursuivre la conversation ? Pendant que j'attendais que Germaine eût terminé son « quelque chose », Hurlu déboucha. Me voyant au téléphone cet homme dont le tact parfois égale la grossièreté esquissa un mouvement de retraite.

« Reste. Je téléphone à Germaine.

— N'oublie pas de l'embrasser de ma part. Il y a un mois, nous avons dîné ensemble à l'Amicale. »

De combien d'Amicales pouvait bien faire partie Hurlu le solitaire ! Celle du maquis de la Sioule, celle, plus discrète, des anciens S.S., qui présentaient la particularité de s'être trouvés ensemble dans je ne sais quel coin de Russie et de vivre encore, celle d'un ancien commando O.A.S. car, en 60, il s'était laissé embaucher par les barbouzes qu'il avait quittées à Alger pour la clandestinité de sorte qu'il fréquentait peut-être aussi une Amicale d'anciennes barbouzes, sans compter des Amicales sportives et, au cas où elle existerait, celle des

A.C.H. (anciens cascadeurs handicapés) dont j'étais en train d'inventer le nom. En tout cas il n'avait pu rencontrer Germaine qu'à l'Amicale de la Sioule où depuis longtemps je me gardais d'apparaître, par peur de retrouver en compagnie de Germaine les reflets d'une Sioule amoureuse, aussi parce que les survivants traînaient à ces bruyants banquets enfants, petits-enfants, femmes, celles-ci quelquefois renouvelées à travers le divorce ou le veuvage et qu'ils ne se réunissaient que pour ensevelir sous un bavardage sénile et tapageur les vivacités de nos jeunesses.

« Belami tu es toujours là, quelle patience, reprit Germaine. Et au bureau, ça s'entend ! Dis à ta secrétaire qu'elle tape comme un porc.

— Je suis avec Hurlu.

— Mémaine, je t'embrasse, cria Hurlu.

— Il t'embrasse.

— Moi de même, mais que fais-tu avec cet inoubliable débile ? »

Je jetai un regard inquiet vers Hurlu. Le téléphone réserve parfois des surprises et quand on est menteur comme moi on en sait quelque chose. Heureusement Hurlu n'avait pas entendu.

« Elle t'embrasse aussi, lui dis-je.

— Quoi ! jeta-t-elle avec une indulgence amusée. Tu lui demandes du saucisson ?

— Non.

— J'ai entendu.

— Erreur phonétique : j'ai dit elle t'embrasse aussi. Écoute, me hâtai-je d'ajouter. Pour un film je pars loin...

— J'y suis habituée, monoiseau. »

Monoiseau fait partie du rituel comme *Belami* et d'impatience je recourus au vocabulaire traditionnel en répondant :

« Écoute, Champi, je suis pressé et... »

Quand l'avais-je baptisée Champi ? Les mots de passe prennent un pouvoir triste en vieillissant. Un roman policier nous l'appelions Germaine et moi un *polissard,* Léone et moi un *polak,* Juliette et moi avons trouvé *romepol,* et je passe des liaisons plus brèves mais assez longues pour produire le besoin d'un code où ce genre littéraire a été baptisé un *polka,* un *romanoff,* un *romevite,* un *morapoil.* Avant d'aller m'isoler dans ce lieu que mes parents appelaient les cabinets j'usais avec Germaine d'une formule profanatoire : « Encore un peu de temps et tu ne me verras plus, encore un peu de temps et tu me reverras. » A Léone j'annonçais : « Lhomond m'appelle », parce qu'elle conservait, posé sur la boîte de papier hygiénique, un *De viris illustribus urbis Romae* destiné à rafraîchir notre latin. Juliette et moi employions *Sardanapale* en toute ignorance de cause. Et mon sexe ! Germaine lui avait appliqué le nom de Bussy-Rabutin parce qu'un après-midi nous avions agréablement fait l'amour après avoir lu ensemble quelques pages de cet auteur, puis B-R avait suffi pour que nous nous comprenions. Léone le désignait seulement par *Il,* « Il était en forme ce soir ! » Juliette l'appelle *Xérès* en prononçant *Kérès* mais elle parle souvent anglais et dans cette langue cet apéritif se prononce Sherry, ce qui donnerait à supposer une affection tendre pour cet envahisseur encore que pour les Français *Kérès* soit fait à la fois de syllabes dures dont la brutalité n'est adoucie que par la parenté du mot avec caresse. Et Nadine, la veille quand je l'avais reconnue, je m'étais rappelé que pour lancer mon sexe en action elle criait « moteur ! » sur le ton d'un metteur en scène. Mais intitulé *Tintin* par je ne sais qui il y a vingt ans de ça, mon sexe s'était dérobé.

« Allô ! Tu es parti ou tu es toujours là ?

— Écoute, je pars à...

— Pour.

— Quoi ?

— On ne part pas à, mais pour.

— Pourquoi n'irait-on pas à Mépour ? »

Ce terme peut offrir une certaine consonance indienne, Hurlu intervint :

« Tu pars à Mépour ? »

Je lui passai l'appareil de justesse, je tombais. La dactylographe me cueillit au vol, m'assit à sa place, me plongea la tête entre les genoux et bientôt me rassura :

« J'ai été assistante d'un dentiste, c'est la meilleure méthode, soulevez-vous maintenant. Très bien vous avez repris des couleurs. Est-ce que vous m'entendez ?

— Oui. Êtes-vous libre ce soir ? »

Dans un polissard, un romepol, un polak ou un romevite ma question aurait provoqué un chahut immédiat. La môme blonde m'aurait jeté sa chevelure dans le nez en prenant à témoin le barman borgne, quelques bouteilles auraient été cassées puis nous nous serions retrouvés elle et moi dans ma Cadillac. Mon infirmière se borna à répliquer :

« Non je suis prise.

— Par qui ? »

Elle hésita puis daigna rire, ce qui m'inquiéta bientôt car, ayant recouvré la précision de mon regard, je l'avais regardée en constatant qu'elle ressemblait à une chouette blonde, nantie d'yeux de chat presque superbes mais prisonniers d'un masque crochu. En me rembarrant elle me rassura. Je l'en remerciais quand Hurlu qui avait pris ma suite au téléphone brusqua mon retour à la vie :

« On s'est expliqués Mémaine et moi. Elle a bien compris que tu allais à Mépour et voudrais savoir ce que tu lui veux.

— Déjeuner avec elle avant mon départ. Aujourd'hui si c'est possible.

— Il faut que demain il soit à Mépour, il aimerait déjeuner avec toi, Mémaine. On n'est pas loin, il peut s'amener en une heure à peine. »

Après avoir raccroché il leva le pouce pour m'annoncer que c'était gagné.

J'adressai de courtois remerciements à ma chouette et je regagnai ma voiture escorté d'Hurlu qui s'inquiétait :

« Ça t'arrive souvent de glisser comme ça dans le cirage ? Tu devrais voir un toubib. J'aurais bien voulu te ramener mais j'ai encore cinq sticks à larguer. Conduis en douceur. »

Trente minutes plus tard j'entrais à Paris, du moins le croyais-je car m'étant trompé de sortie je fus détourné sur quelques kilomètres et je débouchai dans la ville par la porte de Châtillon à travers un quartier que je connaissais mal. Après m'être égaré je réussis à franchir la Seine à l'Alma. En cours de route je m'étais décidé à penser à mon saut. J'essayais de retrouver le silence qui m'avait troublé et, malgré la rumeur constante des moteurs, de le comparer à un silence de désert ou à un silence de glacier. Je ne parvenais qu'à évoquer des paysages et des émotions mais je sentais vivement les différences qui distinguaient toutes ces qualités de silence. Parvenu à la Madeleine je m'aperçus que j'avais pris machinalement le chemin de mon bureau. Décidant que j'en avais assez de traîner cette voiture je gardai le cap et me rangeai bientôt dans le parking de la société. Au rez-de-chaussée je trouvai la standardiste de service occupée à manger du yaourt, elle m'appela un taxi et, pressé de fuir cette lumière carcérale, je sortis aussitôt pour attendre sur le trottoir. Quelques minutes plus tard un taxi apparut et ralentit à ma hauteur, je lui fis signe et montai. Après avoir dit bonjour au conducteur qui ne me répondit pas, je lui indiquai un numéro de la rue Fontaine qui correspondait à peu près à celui d'un fleuriste proche de la cité Thiers où habite Germaine.

« C'est un fleuriste, ajoutai-je, je reconnaîtrai la boutique. »

Il ne me répondit pas davantage et j'étais décidé à ne plus lui adresser la parole lorsque je m'aperçus que sa voiture ne comportait pas d'appareil radio. Je ne pus m'empêcher d'en faire la remarque.

« Et alors ? gronda-t-il. C'est-il que vous prétendriez me faire la loi ? Les taxis radio, c'est des esclaves. Très peu pour moi et si ça ne vous plaît pas c'est le même prix.

— Là n'est pas la question, répondis-je avec patience, mais comme j'avais appelé un taxi par téléphone je m'aperçois que je me suis trompé de voiture.

— Ça c'est le plus beau ! Alors un de mes collègues va se casser le nez et il en sera pour ses frais et ça vous amuse ? Il n'y a pourtant pas de quoi se vanter parce que moi, vous savez comment j'appelle ça : de la malhonnêteté, ni plus ni moins. »

J'ai fait un effort sur moi-même c'est-à-dire contre moi-même et, à cet individu que j'aurais aimé voir crever la gueule ouverte, j'ai répondu doucement que le collègue en question n'y perdrait rien, que la société où je travaillais était abonnée à la compagnie où il travaillait lui, qu'au bout d'un certain temps il entrerait dans le hall, le cas déjà souvent s'était produit et l'hôtesse ou la standardiste rembourserait les frais.

« Donc, ajoutai-je, calmez-vous, ça ne vous regarde pas. »

Il éclata, sa voiture fit un écart comme un cheval au moment où nous abordions la place de la Trinité.

« Ça serait quand même gros, grasseya-t-il, que vous décidiez ce qui me regarde et ce qui me regarde pas, vous vous prendriez pas des fois pour l'ayatollah ? »

Je savais depuis longtemps qu'il faut se méfier des méfiants mais je découvrais qu'un ennemi de la violence aveugle pouvait être un violent manqué et qu'à certains adversaires de l'ayatollah il manquait seulement le moyen d'en être un. Il portait, mon ayatollah, une chemise à carreaux verts et bleus sous laquelle ses épaules peuplées de muscles ou d'adiposités suaient généreusement. La voiture puait la bière en cours de digestion. Il avait dû en absorber une bonne dose. Je ne lui avais pas répondu parce qu'à certains raisonnements qui défient la raison il est vain d'opposer un obstacle. J'allumai une cigarette pour affaiblir le remugle qui imprégnait cette tanière.

« Vous êtes prié de ne pas fumer.

— Si vous ne voulez pas qu'on fume mettez une pancarte.

— C'est par hygiène que je ne veux pas qu'on fume. »

Le principal inconvénient d'un âne bâté est de rendre âne et aussi lourdement bâté l'interlocuteur.

« Votre hygiène, répondis-je, devrait limiter votre consommation de bière.

— Je n'ai pas bu de bière. Juste trois demis panachés.

— Dans un demi panaché il y a...

— De la limonade.

— Oui, et de la bière.

— Ce n'est pas de la bière puisqu'elle est mêlée à de la limonade, j'ai vu tout de suite que vous n'étiez pas doué mais en mettant vos méninges en prise vous pourriez essayer de comprendre ça. »

Un feu rouge nous avait immobilisés face à l'église de la Trinité, insecte issu de la vase aux épaules droites et au long cou. Mon ayatollah ayant profité de cette pause pour se retourner vers moi, son visage m'apparut, que je soupçonnais rubicond ; il était aussi blême que la façade de l'église. Je réagissais en cinéaste : il me semblait maladroit de juxtaposer sur le même plan deux abominations. Il réagit, lui, selon sa nature :

« Et vous continuez de fumer ! Vous êtes vraiment bouché à l'émeri. Si vous n'avez pas compris que c'était défendu, vous êtes ce qu'on appelle un irrécupérable. Ça a les moyens de grenouiller en taxi et ça ne peut même pas assimiler une notion élémentaire. »

Un discret coup de klaxon l'interrompit pour lui rappeler que le feu était passé au vert. En maugréant il se retourna vers son volant. Aux joues flasques suspendues sur des mâchoires trapues se substitua un crâne.

Les arbres du square de la Trinité défilaient en panoramique sur un premier plan constitué par le crâne hideux de mon conducteur. J'étais enclin à considérer cette église comme une poubelle débordante d'où seraient tombés des morceaux de feuillage. Je pouvais aussi considérer ces arbres prisonniers comme des vaincus, ceux qui paraient le triomphe d'un général romain ; sur cette place écrasée par une ville et, directement, par un quartier qui n'était plus guère habité, fait de banques, de compagnies d'assurances, de sociétés aux vocations variées, cette place que j'avais tellement hâte de quitter, je tentai d'entrer en accord avec moi-même ; j'admirais l'homme donc l'existence des villes, mais dans les villes, certains lieux, tel celui-ci, m'incitaient à maudire la ville comme une fleur du sale. Je croyais échapper enfin à ce carrefour simiesque quand un nouveau feu rouge nous arrêta et du coup réveilla l'ardeur de mon ennemi. Il ne me regarda que du coin de l'œil, il renifla, il s'exclama :

« Mais c'est pas vrai ! Vous avez pas encore enregistré ! Je vous ai dit d'éteindre votre cigarette, et pas sur la banquette, dans le cendrier, il est fait pour ça.

— Je l'éteindrai bientôt, pour en allumer une autre. Si vous ne vouliez pas qu'on fume vous n'aviez, comme je vous l'ai déjà dit, qu'à mettre un écriteau. L'ayatollah met des écriteaux. Il se donne au moins cette peine. »

De la boîte à gants il tira un calepin vert-de-gris, aussi suant que son propriétaire, en détacha une page et, prenant pour appui un guide des rues de Paris, commença d'écrire : « Défense de... ».

« Le feu est au vert ! hurlai-je. Le compteur tourne et je ne vous paie pas pour écrire votre journal intime. Démarrez immédiatement ou je descends. »

Il démarra, renonçant à mener son injonction à bonne fin. J'en profitai pour tuer avec soin mon mégot dans le cendrier et allumer une nouvelle cigarette dont je répandis aussitôt les bouffées avec l'élan des locomotives à vapeur de ma jeunesse. Mon visage lui faisant probablement horreur il s'abstint de se retourner pour proférer :

« Des gens comme vous, c'est à la naissance qu'on devrait leur crever la paillasse. »

La tentation de lui répondre ne me vint pas. Au contraire : j'essayai de m'imaginer que cette brute était une façade abritant un tendre qui ramassait les petits chats perdus dans les poubelles et pansait la patte blessée d'un lézard. En même temps je m'insurgeai contre cette habitude de l'esprit qui veut qu'à tout hasard on considère qui vous bouscule devant une porte comme un timide qui tente de surmonter son cas et, à la limite, Hitler comme un ingénu, craintif à ce point qu'il avait cédé à l'ascendant des réflexes défensifs d'un lapin qui se retourne pour charger le chien. Le siècle dans lequel j'avais passé une partie de ma vie s'était annoncé comme celui de la liberté des peuples à disposer d'eux-mêmes, à se gouverner eux-mêmes, à confronter pacifiquement les opinions. Or ce siècle dès qu'il avait commencé, car les siècles commencent souvent avec une vingtaine d'années de retard (le XIXe, pour la France, ne commençait littérairement et politiquement que plusieurs années après Waterloo qui avait mis un point final à cet enlacement du délire et de la perfection qu'avait été le XVIIIe) et le mien avait commencé avec la guerre de 14, avait institué l'ère des chefs, Clemenceau, Mussolini, Hitler, Salazar, Horthy, Lénine, Staline, Churchill, Pétain, de Gaulle, Franco, Tito, Mao, etc. Souvent le hasard les avait faits. Il aurait pu, ce hasard, mettre un peuple dans la dépendance de ce conducteur de taxi dont l'irritabilité égalait la déraison. J'imaginai le peuple soumis à ses lois, et je commençais à lui inventer une histoire, à détailler les affres de son calvaire quand la voiture s'arrêta rue Fontaine devant le magasin que j'avais indiqué. Mes poches sont toujours encombrées de papiers et de menus objets le plus souvent inutiles, je grattai à travers ces épaves pour trouver exactement, pièce à pièce, le prix de la course, je lui tendis ma cueillette en observant que, le pourboire étant facultatif, je ne jugeais pas opportun de l'inciter par mes libéralités à chercher dans un nouveau demi panaché de quoi nourrir la fureur qui lui était naturelle. En même temps je descendis. Il descendit aussi, contourna son capot et s'avança vers moi en s'écriant avec une fougue de tragédien :

« C'est ce qu'on va voir !

— C'est tout vu ! »

Si j'avais pu imaginer que ce butor occupait peut-être ses loisirs à soigner des lézards c'est parce qu'on n'est pas du tout d'une pièce et je le savais pour moi-même ; il m'est arrivé, provoqué, de laisser courir et, pour un prétexte frivole, de me comporter en agresseur. Il se trouvait que cette fois j'étais mû par une détermination qui fit reculer mon adversaire. Il trouva pourtant le mot de la fin car avant de rentrer dans sa voiture il me montra la façade du fleuriste en s'exclamant :

« Pour ce qui est des roses, vous êtes marron. »

Fumant toujours ma cigarette je regardai disparaître ce véhicule sur lequel mon chauffeur se vengeait, passant trois vitesses en moins de deux secondes, puis je considérai le magasin et lus avec chagrin : « Fermé pour cause de décès. » J'avais connu le propriétaire à l'époque où j'habitais le quartier, à l'époque où je vivais avec Germaine. Ce doux ami des fleurs avait récolté plusieurs citations, la croix de guerre, la médaille militaire en 40 et, je crois, en 44. Il m'avait confié, un soir où je m'attardais chez lui parce qu'il pleuvait, que s'il n'avait pas obtenu la Légion d'honneur c'était à cause de son nom ; il s'appelait monsieur Cocu. Je lui citais le cas de ma secrétaire qui avait obtenu du Conseil d'État de s'appeler Beaunon. Il me répondit qu'il avait déjà envisagé ce remède et consulté un avocat mais que les complications et les frais que cette procédure entraînait l'avaient découragé. Il avait préféré modifier l'enseigne de sa boutique qui, après avoir porté en gothique « Cocu fleuriste », porta « Au crocus ». Le quartier en avait été soulagé. On aime bien qu'un nom se prête à un calembour mais quand celui-ci est tout fait on est dépassé, on en est gêné. Bref, le quartier souffrait mal que ce fleuriste estimé continuât de s'appeler monsieur Cocu et les clients et les voisins, au lieu de faire assaut de railleries, rivalisant de pudeur, l'appelant monsieur Coque, monsieur Coquet, etc. Du coup on put l'appeler monsieur Crocus. Il n'eut rien à payer aux avocats, aux magistrats, à l'administration pour être débaptisé et c'était tout naturellement qu'entrant chez lui je m'écriais : « Ah ! je vois, monsieur Crocus, qu'est venue la saison des pivoines. » Était-il mort ou enterrait-il un parent ou un ami ? Cette incertitude s'additionna à la hargne que m'avait inspirée mon chauffeur. Je descendis la rue d'un pas lent et mauvais. J'avais d'autres raisons pour considérer ma survie avec horreur ou aigreur mais les deux plus faibles l'emportaient, l'attitude de ce conducteur et le doute qui pesait sur le sort d'un Crocus que je ne connaissais guère. Bref j'étais morose quand j'atteignis le passage clouté qui, au milieu de la rue Fontaine, faisait face à l'ouverture de la cité Thiers. Un jeune aveugle tâtait le bord du trottoir du bout d'une canne blanche qui me permettait d'apprendre qu'il était aveugle car à vue de nez il était surtout albinos. En Afrique j'avais croisé un vieillard de race noire qui était albinos et ce souvenir m'était revenu quand Léone, peu après notre éloignement, m'avait raconté que, voyageant en Scandinavie où elle donnait des concerts, elle avait entrevu un élan blanc, parce qu'albinos, se mirant dans un étang blanc parce que gelé.

« Puis-je vous aider à traverser ? »

Mon aveugle accepta. Je le guidai par le coude et lui annonçai l'approche du trottoir adverse qu'il enjamba. Avant de s'éloigner en longeant le trottoir dont il s'assurait par de fréquents coups de canne, il me remercia courtoisement et je ne sus que lui répondre tant je savais que c'était à moi de le remercier. Les aveugles, les infirmes se doutent-ils du plaisir qu'ils fournissent aux autres en leur donnant l'occasion de les aider ? Ce qui me contrariait, me freinait ou me révoltait, en un instant avait été balayé. Heureux et d'un pas allègre j'abordai le goulot étroit et tout enguirlandé de fer forgé qui donnait accès à la rue Thiers. Aussitôt après, il s'évasait, débouchant parmi des jardinets secrets ; j'apercevais, au travers du lierre et du liseron, des glaces qui, au-delà des fenêtres entrouvertes, reflétaient à la fois les sinuosités de la végétation extérieure et celles des tapisseries et des vitraux encombrant des chambres comblées de velours et de pendules sur lesquelles des Chronos dorés, juchés sur des pieds de porphyre, fauchaient une éternelle éternité.

Je frôlai une rose, un chien aboya. Il avait été un temps où je longeais joyeusement cette allée, apportant des fleurs, des provisions, un livre, pressé de retrouver Germaine. Cette époque s'était située en transition entre deux autres. La première, celle de la Sioule, où Germaine m'était apparue plus expérimentée, plus savante que moi, détentrice de secrets qui concernaient aussi bien le savoir-vivre que le savoir-penser. La puissance de Germaine venait, pour une bonne part, de l'imprécision de ses déclarations. Le jour où j'avais eu la naïveté de lui dire tout bonnement que je l'aimais, elle m'avait répondu : « Je ne veux pas », me laissant à mes réflexions ; j'essayais de savoir si elle refusait mon amour ou son énoncé. J'optai pour la seconde hypothèse et j'en déduisis que la pudeur tenait dans son système une place si importante qu'elle ne voulait même pas que le nom de cet arcane fût prononcé. Puis vint la période intermédiaire, celle où je frôlais les roses en portant un poulet froid ou un gâteau. Sans l'avoir cherché c'était moi qui la titillais par des problèmes qu'elle essayait de scruter alors que j'avais cessé, moi, de m'interroger sur ce rébus vivant. Troisième période, celle qui suivit ; ayant épousé un sphynx apprivoisé, et acceptant tout juste de l'intéresser par les excès de ma discrétion, je cessai de chercher à résoudre les énigmes que par nature elle continuait de sécréter. Agrégée, elle enseignait dans un lycée où elle disait se plaire, puis l'avait quitté pour donner des cours intermittents. Je lui avais demandé pourquoi. Après notre rupture, elle avait travaillé pour l'Unesco puis avait quitté l'Unesco à l'improviste, ce qui m'avait entraîné à l'interroger et elle occupait son temps en participant à des revues et à des colloques de sémantique. A chaque question elle avait répondu : « Tu le sais très bien Belami, aussi bien et même mieux que moi. » Je n'en savais rien, mais, Œdipe nonchalant, je ne cherchais plus à en savoir davantage.

Arrivé au premier étage, sans chercher le bouton,

comme si ce mouvement qui avait d'âge plus d'un quart de siècle était resté inscrit définitivement en moi malgré le peu d'occasions qui m'était donné de rendre visite à Germaine, je sonnai, sur ma gauche, en me gardant de toucher à un heurtoir du XVIIe siècle qui, sur la droite de la porte, s'offrait à moi, tout juste bon à tromper un néophyte car sa présence n'était qu'ornementale. Elle m'ouvrit, vêtue d'un pantalon et d'une veste de tissu noir qui se boutonnait autour du cou, façon viet-cong. En trois mois ses cheveux avaient fini de blanchir et leur argent brillait avec une force intéressante autour d'un visage dépourvu de fard avec rigueur, où toutes les rides étaient exposées triomphalement, ce qui ne pouvait me surprendre puisque Germaine se plaisait à cultiver des principes et que parmi ceux-ci figurait en bonne place un postulat : tous les âges sont également intéressants et doivent être assumés dans leur totalité. De même toutes les saisons étaient également intéressantes et ceux qui se plaignaient ou se félicitaient d'un excès de chaleur ou de froid la choquaient, l'un et l'autre méritant d'être accueillis aussi favorablement.

« Je voulais t'apporter des fleurs mais le magasin de M. Crocus est fermé.

— M. Crocus est mort. Ce sont des choses qui arrivent. »

Elle émit ce rire qui lui est propre et ne signifie pas la joie, il s'en faut, avant d'ajouter :

« Tu sais que je ne hais rien tant que les rencontres improvisées, ne t'étonne donc pas de me trouver en plein travail avec ces messieurs. Tu aurais pu, ajouta-t-elle en haussant le ton, me prévenir à temps de ton départ pour Mépour, car enfin Mépour ce n'est pas la porte à côté, et ta société a certainement prévu ce voyage depuis un certain laps de temps.

— L'université est plus prévoyante que la télé. »

Les visiteurs, l'un moustachu, l'autre glabre, tous les deux en col roulé, étaient assis autour d'un magnétophone. Ils se levèrent pour me saluer. Le premier ressemblait à Brassens, l'autre, sans motif précis, me fit penser à Sherlock Holmes.

« En vieillissant, proclama Germaine, j'ai pris les présentations en horreur. Alors débrouillez-vous tous les trois. J'étais d'ailleurs pareille à vingt ans. »

L'intelligence redoutablement logique de Germaine présente des failles inattendues et cette farouche logicienne qui pour faire de la linguistique s'était lancée dans les mathématiques me rassure de temps en temps en énonçant une proposition, du genre de celle qui venait de lui échapper, où elle se contredit en toute sérénité. Sur son invitation nous nous étions présentés, sans que j'entendisse leurs noms, comme il arrive en pareil cas.

« Rassurez-vous, me dit Sherlock Holmes, nous ne nous attarderons pas, nous avons presque fini de vérifier l'enregistrement de notre débat. »

Me rappelant à temps la précieuse information que m'avait fournie Juaurez je pus répondre avec gentillesse que j'avais en effet beaucoup entendu parler de cette série, *Le Signe et le Signal*, que diffusait France-Culture.

« Cette fois nous tentons un bilan de l'apport lacanien et surtout post et para-lacanien à la linguistique. Nous n'en avons plus à entendre que quatre ou cinq minutes. »

Ils s'assirent, je les imitai, placé face aux deux fenêtres ogivales qui donnaient non sur l'allée mais sur un jardin intérieur. Certains quartiers, la colline de Montmartre, le faubourg Saint-Germain contiennent une multitude de jardins secrets, indéchiffrables par les passants. Dans celui-ci régnait l'orgueilleuse frondaison d'un cèdre. L'appareil s'était remis à tourner. La voix de Germaine est si grave que, compte tenu de la déformation qu'implique tout enregistrement, j'avais parfois du mal à la distinguer des deux autres voix. J'écoutais s'allonger un discours.

« Il est certain qu'en maintenant le principe du laisser parler, Lacan conserve intact le respect du trou...

— Un des principes majeurs du nœud borroméen.

— Ce qui implique donc une renonciation à l'idée de faire du trou un tout.

— Ce serait combler le trou, l'occulter derrière une signification donc...

— Donc le transformer en *meaningful.* »

Des gouttes de pluie coulaient sur les vitres mais certains nuages étaient illuminés par le soleil et les gouttes étincelaient, les unes descendant parallèlement, les autres se cherchant, s'associant et, parfois détruites par leur propre poids, se dissolvant.

« Pour ma part, si je recours à une comparaison qui est plus chargée d'existentiel qu'une comparaison j'assimilerai la présence du trou dans l'émergence du discours à une sphère...

— Permettez, car pour Lacan la sphère serait d'abord l'exclusion du trou. Cassez la sphère, vous ne récupérerez pas un trou.

— Ce qui n'implique pas que pour le linguiste comme pour le psychanalyste le trou constitue une interpellation hystérique.

— Non, dans la mesure où la sphère telle que nous l'avons définie est un discours narcissique.

— Je préférerais : un discours qui s'autoréfère, ou qui le souhaite, qui tend à s'auto-analyser. »

L'appartement de Germaine n'avait pas changé, compartimenté comme il l'avait été toujours par des règles non écrites qui n'étaient précises que pour elle. Pourtant le rapprochement de certains meubles s'expliquait parce qu'elle les avait hérités de son père et regroupés dans le fond de la vaste pièce. Une commode, dont Germaine, au temps où elle essayait de me civiliser, m'avait appris qu'elle était dite « mouvementée » et due à un travail provincial du XVIIIe, était surmontée d'une gouache de Francesco Guardi, une vue de Venise appendue entre un portrait de Germaine adolescente peint par Van Dongen et une photographie de Laurent Seremaër, son père. Laurent Seremaër avait commencé avant la guerre de 14 une assez brillante carrière de journaliste dont le champ s'étendait de la politique étrangère aux mondanités. Jusqu'à la guerre le gibier ne lui avait pas manqué, il interviewait les rois, les premiers ministres, les altesses sérénissimes, les présidents du Jockey, il avait été le dernier Français à interviewer le Kaiser avant la déclaration de guerre, le tsar avant son emprisonnement, Lord Asquith avant que la *season* cesse d'être la *season* puis, passant aux têtes découronnées, l'empereur Charles Ier quand il quittait la Suisse pour tenter de disputer son trône à Horthy. Dépensant beaucoup, n'économisant jamais, ce paresseux avait été contraint de continuer à travailler pour *Le Matin,* réduit à interviewer des dictateurs, Horthy par exemple qui, lui, était fréquentable parce que de grande famille, Salazar convenablement élevé certes mais pédant comme un professeur et d'autres, les Mussolini, les Hitler dont la vulgarité donnait à Seremaër l'impression de s'encanailler sur ses vieux jours. Il se consolait parfois avec un champion de bridge ou un champion de tennis rompus aux usages du monde, se consolant vraiment avec le roi de Suède, le duc de Guise, Alphonse XIII qui, découronné à son tour, le reçut à l'hôtel Continental, les bras ouverts pour une accolade et auquel, parodiant Louis XIV, il confia : « On n'est plus heureux à notre âge. » Il lui était arrivé après la guerre de rencontrer des gens intéressants, Hemingway, Fitzgerald, mais uniquement au Select car ce n'étaient tout de même pas des gens qu'on reçoit chez soi. Pour Seremaër le plus grand mot de siècle avait été prononcé par un président du Jockey qui, après avoir démoli la candidature de Paul Bourget, avait ajouté : « Il faut que ce monsieur apprenne qu'il y a encore des lieux où le talent ne compte pas. » Il ne manquait pas d'ajouter : « Phrase d'autant plus sublime que Bourget n'avait aucun talent. » Le snobisme de ce journaliste mélancolique lui avait fait trouver exquis que la gouvernante anglaise de Germaine l'appelât Mémaine, ce qu'il aurait trouvé déplorable ou comique dans la bouche d'un petit-bourgeois, s'entendant fort bien sur ce point avec sa vieille amie, la comtesse de Martel qui signait Gyp des romans où les fillettes, toutes d'excellente famille, étaient baptisées Bichette, Totoche ou Chiffon. Au début de l'Occupation, il avait obtenu de Buneau-Varilla de devenir le correspondant particulier du *Matin* à Berne où il était mort en émettant le vœu d'être dispensé d'une vie éternelle car il craignait que le paradis fût un milieu aussi « mélangé » que celui où il avait terminé ses jours. Il n'avait laissé, à sa femme qui mourut quelques années plus tard et dont Germaine ne parlait jamais, que le bénéfice d'une assurance sur la vie d'autant plus modeste que le franc s'était copieusement dévalué dans l'intervalle. Finalement Germaine n'avait hérité que de meubles, de tableaux, de livres.

L'enregistrement avait duré plus longtemps que prévu, une dizaine de minutes pendant lesquelles tous trois avaient scruté un rapport lacanien qui leur semblait évident entre *La Lettre volée* d'Edgar Poe et *Booz endormi*. Je crus comprendre qu'il s'agissait d'un passage du trou à la gerbe. Ils partirent enfin après m'avoir souhaité un agréable séjour à Mépour où Sherlock Holmes croyait se rappeler que se trouvait un ashram qu'avait fréquenté l'une de ses élèves.

« Je te préviens, me dit-elle, que le déjeuner sera

froid. Déjeuner n'est pas dans mes habitudes, comme tu le sais. Tu aurais eu intérêt à apporter une baguette, tu mangeras du pain de mie. Ne fais surtout pas semblant de venir m'aider dans la cuisine, assieds-toi dans ton fauteuil. »

De même que les chats ont souvent une préférence pour un siège, j'étais enclin, au temps où j'habitais ici, à lire dans un fauteuil à oreillettes. Très vite Germaine avait décidé que ce fauteuil était mien et que je ne pouvais me sentir à l'aise que dans ses bras vêtus de velours vert. Je n'avais pas un goût particulier pour ce siège, c'était par hasard qu'il m'était arrivé de le choisir plusieurs fois de suite mais, Germaine paraissant satisfaite d'avoir décelé chez moi une prédilection, je m'étais soumis à son décret. Il m'était souvent arrivé de me soumettre pareillement dès que quelqu'un s'était donné le mal de prêter attention à mes goûts même en se trompant. Une fois par mois je fréquente un restaurant chinois où le patron, parce qu'il m'était arrivé à plusieurs reprises de prendre des ravioli, avait cru comprendre que ce plat était une passion pour moi et au moment de prendre ma commande me lançait un sourire de connivence en proclamant que pour commencer il ne me posait même pas la question, ce serait des ravioli ; j'étais condamné à les subir même si j'avais envie d'un potage et obligé, par surcroît, de le féliciter de sa mémoire en prenant un air de connivence. J'étais d'ailleurs bien installé dans ce fauteuil à oreillettes, je me reposais. Il me semblait même que depuis longtemps je ne m'étais pas reposé. J'avais envie de fumer une cigarette mais j'étais si paresseusement adossé et accoudé que je ne me décidais pas à accomplir les quelques gestes nécessaires. Au lieu de fumer je regardais à travers les vitres l'ondée s'effacer ne laissant plus qu'un lustre moiré sur le verre. Le ciel était instable et si je profitais d'un morceau de ciel bleu et franc, des nuages noirs se rassemblaient autour de l'échancrure radieuse, porteurs de pluie et peut-être d'éclairs. Le cèdre et les façades irrégulièrement articulées, chargées de lourds balcons de fonte forgée, m'offraient un spectacle qui avait été si familier à ma jeunesse qu'en regardant devant moi j'avais l'impression de regarder à l'intérieur de moi. Comme autrefois, Germaine surgit en imitant le petit trot d'un poney, poussant devant elle une table roulante. Nous nous assîmes. Notre repas se composait de salade, de jambon et de roquefort. Comme toujours Germaine avait porté son effort sur le décor, la fourchette d'argent était Louis XV et elle avait versé le vin dans une carafe de cristal taillé que je savais contemporaine de la place Vendôme et qui survivait par une chance inouïe car Germaine professait, parmi ses multiples principes, que les objets précieux ne devaient pas être conservés à l'abri d'une vitrine mais utilisés dans la vie courante. Dans nos serviettes brodées qu'elle avait roulées en cône étaient fichées des branches de lilas qu'elle ôta pour les introduire dans le goulot étroit d'un petit vase d'argent. Assis en face d'elle je voyais sa silhouette, obscure parce que placée à contre-jour, se découper sur le ciel, et dans le ciel je voyais se déployer l'arc multicolore.

Vingt-cinq ans plus tôt nous avions passé des vacances en Bretagne et aux environs de Saint-Brieuc, alors que nous roulions à bicyclette, nous nous étions arrêtés pour contempler un arc-en-ciel triomphant au-dessus d'un aqueduc que suivait une petite locomotive à vapeur entraînant quelques wagons de bois comme il y en avait encore sur les réseaux d'intérêt local. Peu après, aux Puces, Germaine avait trouvé une huile d'un peintre naïf qui représentait un train à vapeur passant sous un arc-en-ciel ; nous partagions alors des jours heureux et d'emblée nous fîmes de cette coïncidence un prodige. Le prodige orna longtemps la cuisine et je n'avais découvert que quelques mois plus tôt sa disparition. Peut-être datait-elle de plusieurs années. Dans une assez vaste pièce située au-delà de la salle de bain Germaine entreposait des objets tombés en disgrâce. Quand la disgrâce était totale, elle les jetait carrément, mais sans doute quand elle estimait que peut-être un jour le réprouvé rentrerait en faveur, elle l'exilait en ce lieu qu'elle entretenait avec soin. Les prisonniers de cette bastille étaient bien soignés et toujours en état de réapparaître à la cour. Je n'aurais pas osé évoquer directement notre souvenir breton car, par un accord tacite, nous évitions d'aborder avec précision tout détail de notre ancienne vie, mais je lui montrai la fenêtre en observant :

« Un arc-en-ciel. »

Elle se retourna, jeta son bref rire puis :

« Oui, l'arc-en-ciel. »

Pendant le déjeuner je fus bien obligé de lui avouer que j'avais quitté mon poste pour écrire et mettre en scène un film. Elle eut tôt fait de mesurer le risque que je courais et me demanda d'une voix qui me sembla haletante comment je m'acquitterais de ma pension au cas où ce film ayant échoué je me retrouverais sans situation.

« Tu sais bien que je ne peux pas vivre avec ce que je gagne. Cette année j'ai eu la chance de faire des conférences dans des universités américaines, théoriquement je dois les reprendre en janvier mais pratiquement rien n'est sûr. Ce que je fais dans les revues et à la radio est irrégulier, bref... »

Puisqu'elle menait sa vie selon son humeur j'avais envie de lui demander le droit d'en faire autant. Je préférai remplir un chèque qui était inférieur à ce que j'aurais dû lui verser ; elle émit encore ce fameux rire dont je m'avisais qu'en une époque indéterminée il s'était substitué aux soupirs courts et profonds qui avaient jalonné ses discours juste après notre séparation. Comme je craignais qu'elle ne cherchât à me faire revenir sur ma décision, je pris les devants en affirmant :

« En tout cas ce qui est fait est fait.

— Tu remarqueras que l'on ne recourt à cette formule qu'après avoir fait une bêtise, une erreur ou une mauvaise action. »

L'observation était juste. En silence je finis de manger mon bout de roquefort.

« Je suis certaine, reprit-elle, que c'est encore Juaurez qui t'aura mis cette idée de film dans la tête. »

Elle aimait bien Juaurez qu'elle avait connu pendant les dernières années de notre union mais elle le rendait responsable de l'orientation cinématographique de ma vie. C'était inexact puisque, après avoir passé quelques années à la Sorbonne où j'avais, en débutant ma licence, comme mentor Germaine qui présentait l'agrégation, je m'étais empressé de plaquer les études de lettres pour entrer à l'I.D.H.E.C. et n'avais rencontré Juaurez qu'un peu plus tard. Certes j'aurais pu plaquer le cinéma comme j'avais plaqué la Sorbonne mais ma constance n'avait pas été due à Juaurez mais à Odette Pale qui avait subventionné mon film et fondé la maison de production qu'elle m'avait donnée à diriger. Il est vrai que Germaine avait ignoré ma liaison avec Odette ; de même elle ne savait pas que mes relations avec Léone avaient changé et ignorait Juliette.

« Ce sont des profs comme toi, tes maîtres, tes petits copains, qui m'ont dégoûté de la linguistique. »

Elle sourit.

« Je sens que tu vas reprendre une de tes philippiques contre Saussure. »

La querelle que je soutenais contre le plus fameux linguiste du siècle avait tourné entre nous à la routine. Je reprochais à Saussure d'avoir considéré les signes comme arbitraires alors que cet adjectif ne s'applique qu'à ce qui dépend de la volonté ou du caprice de quelqu'un, ce qui reviendrait à supposer que les langues ont été inventées par des despotes fantaisistes. De même quand il qualifiait les caractères de conventionnels je demandais où il avait trouvé trace du pacte qui les avait engendrés. Il y a certainement une différence entre deux signifiants mais pourquoi Saussure tient-il à faire de cette différence une opposition ? En général quand j'en arrivais là de ma diatribe je haussais la voix et traitais Saussure de sinistre manichéen. Germaine, comme à l'accoutumée, conservait son calme, un calme frémissant. Elle attendait pour se fâcher que mon assaut accède à la véhémence et touche à l'essentiel. Ce moment vint.

« Saussure, cette fripouille, a détruit le diachronisme au profit du synchronisme qui consiste à étudier une langue, abstraction faite de l'action que le temps, c'est-à-dire l'histoire, a exercé sur elle. Comme si la langue existerait sans le temps qui l'a faite. Il y a des degrés où la connerie et la saloperie se confondent !

— Beloiseau c'est ton cas. Tu ne pourras jamais comprendre que l'aspect synchronique prime l'autre puisque pour la masse parlante il est la seule réalité. »

J'explosai, elle explosa. Les fenêtres étant entrouvertes les voisins pouvaient nous écouter et se demander si diachronie et synchronie étaient des termes qui s'appliquaient à la politique, à la médecine, à la musique. Germaine et moi savions fort bien de quoi nous parlions, contrairement à la masse parlante qu'elle venait d'évoquer et d'invoquer. La synchronie consiste à considérer la langue sur l'espace d'un instant et la diachronie, au contraire, sur les millénaires de son histoire.

« Une langue sans passé, hurlai-je, serait un balbutiement de primates. Est-ce que tu serais toi si tout à coup ton passé n'existait plus ? Le saussurisme à injecté son venin synchronique dans nos veines et dans nos artères pour la satisfaction de tous les pouvoirs : les technocrates, comme les communistes, ont besoin de nous amputer de notre passé et de nous transformer en amnésiques béats. »

Cette querelle était métaphorique. A travers elle nous accédions à nos dissensions personnelles. Comme d'habitude Germaine observa :

« Je ne sais qui de nous deux est le moins sensible au passé. Ou plutôt je le sais très bien. »

Comme prévu je répondis :

« La diachronie n'exclut pas la connaissance du présent, elle ne demande au passé que de l'éclairer. Ce passé que la synchronie rejette avec ton entière approbation, toi tu t'obstines à y vivre.

— Toi tu t'obstines à le nier. »

L'intérêt de ce débat si souvent renouvelé tenait à ce que nous le terminions par une bataille à front renversé. D'habitude je soutenais assez bien mon rôle : je vivais au présent, mais je ne me comprenais que grâce à la connaissance de mon passé et celui des autres, alors que Germaine, en dépit de son synchronisme, ne foulait que les neiges d'antan. Cette tirade, jusqu'alors, je l'avais récitée avec bonne foi. Mais, devenu un fleuve qui non seulement remonte vers sa source mais prétend, en profitant d'une ligne de partage des eaux, faire son avenir le long d'un autre versant, je manquais de courage pour soutenir que le passé m'importait ; il ne m'importait que dans la mesure où je peinais pour tenter de l'abolir. Aussi me hâtai-je de bifurquer.

« Vous m'avez tous dégoûté de la linguistique parce que vous méprisez ce qui me ravissait. Tes copains et toi vous me considériez comme un gamin rêveur quand je m'émerveillais devant l'aventure des racines indo-européennes. Alors que vous vous passionniez tristement sur l'état présent de la langue dont votre souhait était de la réduire à un système algébrique, je revivais les grandes équipées du vocabulaire à travers l'Asie et l'Europe, et les siècles. Que du sanscrit *ajati* qui signifie pousser soient sortis à travers le grec et le latin l'antagoniste, le pédagogue, l'axiome, la statégie, l'action, l'agent, le prodige et le prodigue, l'exactitude et l'exaction, l'examen et le cachot ; que de la même racine qui s'applique en grec à une courbure et à une articulation soient issus aussi bien camarade que chambellan, jambe que caméra et en anglais accrocher et en allemand injurier ; que la racine *ar* qui exprime une idée de jointure ait signifié bras en sanscrit, qu'en grec elle ait désigné aussi bien une jointure qu'un attelage, en latin le gros bétail, en français armoire ou orteil et que, chaque peuple trahissant l'existence d'inexplicables prédilections, la même notion ait fini par donner arme en français et *arm*, le bras, en anglais, la vie aventureuse de ces racines excitait mon imagination comme un roman : elle excitait aussi votre dédain apitoyé et voilà pourquoi j'ai fui les mots pour m'orienter vers les images.

— Tu n'étais pas fait pour le cinéma, pour la sémantique non plus, tu aurais dû écrire des romans. Mais, évidemment, tu n'aurais pas eu le bonheur de fréquenter des artistes. »

L'allusion à Léone était claire. Germaine ignorait que je ne voyais plus Léone qu'irrégulièrement et la considérait toujours comme l'obstacle à notre entente. Elle s'absenta un moment pour revenir bientôt portant une cafetière d'argent tripode, ciselée au XVIIIe par Jacob Wilhelm Kolb, qui avait été offerte à son père, vers 1910, par je ne sais plus quel prince allemand. Elle n'aurait jamais admis de servir le café dans un autre récipient, entretenant celui-ci avec une attention particulière, au point que pour le polir elle se servait d'une peau et d'une crème qui lui étaient strictement réservées.

« Si j'ai bien compris, reprit-elle, ton film se tournera en Inde. »

Sa main effleura la mienne et elle ajouta impulsivement, sans réussir à cacher son émotion :

« Quand te reverrai-je ? »

Ma réponse fut dans la ligne de mon caractère ; alors que je comptais m'absenter un mois je lui assurai que je ne serais absent que quinze jours. En nous quittant nous échangeâmes un regard qui venait d'un passé lointain, du fond des âges. Avant de refermer la porte sur moi, elle me cria avec une gentillesse à peine mélancolique :

« Heureux Mépour, Belami. »

Sous un ciel lourd je débouchai dans la rue Fontaine où, à la tristesse qui me poursuivait toujours après une rencontre avec Germaine, se mêla un accablement dû à la rue qui n'engendrait que des passants tous semblables ; un instant je crus même, et pour de bon, qu'ils avaient le même visage. Puis, apercevant le magasin du fleuriste, je me rappelai que M. Crocus était mort, et à travers le chagrin que j'en éprouvai perçait une hargne dont je ne décelai la cause qu'en évoquant la face bovine de mon chauffeur de taxi ricanant devant la boutique fermée. Mes poings se serraient, j'aurais aimé le piler, je lui souhaitais toutes les misères possibles. Encore agité par cette impuissante colère j'entrai dans un tabac et descendis téléphoner. Je savais que Juliette détestait qu'on l'appelât à son bureau mais je bravai l'interdiction ; j'avais besoin d'entendre sa voix et surtout je me sentais assez d'élan pour la persuader de partir en voyage avec moi. Sa secrétaire me répondit qu'elle était « absente pour la journée ». J'avais pris la précaution de demander deux pièces et j'utilisai la seconde pour appeler Juliette chez elle. Les efforts répétés de la sonnerie demeurèrent sans effet. En sortant du tabac je tombai sur un taxi qui déposait un client. J'y montai précipitamment et j'indiquai l'adresse de Juliette. Il lui arrivait de ne pas répondre et, comme son fil était branché sur une prise, il lui arrivait aussi de le couper et même d'oublier qu'elle l'avait coupé. Le chauffeur était accompagné d'un chien, une manière d'épagneul qui posa la tête sur le dossier de son siège et me regarda avec intérêt. Je me disposais à lui gratter le front quand je découvris une pancarte qui priait les clients de bien vouloir s'abstenir de caresser le chien.

« Il est méchant ? demandai-je.

— Il est trop affectueux. Si vous le caressiez, il sauterait par-dessus le dossier, grimperait sur vos genoux ou gigoterait sur la banquette, il aboierait comme un perdu, ce serait le cirque. »

Comme je descendais du taxi, le chien, échappant à son maître, se jeta dans mes bras, nous nous fîmes, alors que nous ne nous connaissions pas, des adieux déchirants et, passant devant la loge, sautant d'un chien à un autre, je jetai un regard qui cherchait à savoir si Grognard n'était pas assis à son poste favori, devant la télévision. Je ne le vis pas davantage dans la cour, or Juliette avait l'habitude, encore que Grognard pût supporter la solitude pendant quelques heures, de le confier à la concierge qui, selon son humeur et peut-être selon celle de Grognard, le confinait dans la loge ou le laissait vagabonder sous la voûte et dans la cour. Son absence signifiait peut-être que Juliette le gardait auprès d'elle, donc que j'allais la trouver. Je ne la trouvai pas. Après avoir sonné pour le principe, je m'étais servi de la clef et j'avais pénétré dans un appartement désert. Ni Juliette ni chien. Sur un coussin, je déposai bien en évidence un bout de papier sur lequel j'avais écrit : « Je suis venu, je ne t'ai pas vue, donc pas convaincue. Mais je suis sûr que nous partons après-demain pour l'Inde. » J'en étais tellement sûr que je téléphonai aussitôt à Léone. J'allais raccrocher quand j'entendis enfin une voix, celle d'une Léone ensommeillée.

« Je t'avais déjà appelée mais ça ne répondait pas. Comment vas-tu ?

— Tant bien que mal. C'est normal ça, mon vieux. »

Cette expression était un de nos mots de passe. J'en avais oublié l'origine, elle aussi sans doute.

« Pour un film il faut que j'aille en Inde.

— Dans quel coin ?

— A Mépour.

— Comment ça s'écrit ? »

Pris d'inspiration, je décidai :

« Ça s'écrit *M e p u r.* Mais ça se prononce *Mépour.* C'est à cause d'un film.

— Tu l'as déjà dit. »

Un silence.

« Alors tu me laisses ?

— Pas pour longtemps. Deux semaines ou trois. Il faut qu'on se voie. Veux-tu ce soir ou demain soir ? »

Comme elle hésitait j'employai à mon tour une de nos formules favorites :

« Comme tu veux tu choisis.

— Ce soir, décida-t-elle. Mais je n'ai pas envie de sortir, on dînera ici. Mon réfrigérateur est plutôt vide, tu ferais bien d'apporter quelque chose. Un truc léger, je n'ai pas faim. »

Je lançais :

« Un peu de caviar et de la vodka ? »

C'est un trait du caractère de Léone : une petite surprise gaie, la moindre attention, un coup de soleil imprévu sur les liserons enlacés de son balcon, suffisent pour lui procurer un mouvement de bonheur total, de même la plus mince contrariété peut la mettre au désespoir.

« Tu es merveilleux ! cria-t-elle dans l'appareil.

Oh ! quelle bonne idée ! Vraiment quelle bonne idée ! Viens le plus tôt que tu pourras. »

On aurait eu du mal à admettre que la même voix avait soupiré : « Alors tu me laisses » et jeté avec l'entrain d'une fanfare : « Tu es merveilleux, oh ! quelle bonne idée ! »

Après avoir raccroché, j'allumai une cigarette et j'errai un peu dans cet appartement qui avait été fait par Juliette et qui n'avait guère changé depuis que je le connaissais. L'habitude m'avait imposé des mécanismes ; les yeux fermés j'aurais pu monter les quelques marches qui séparaient la salle de la loggia, j'en savais intuitivement le nombre et la hauteur exacte, ma main se dirigeait d'elle-même vers les boutons électriques, les atteignant avec certitude, happait sans hésitation la tirette de la chasse d'eau. Il est vrai que cet automatisme dérapait quelquefois et qu'il m'arrivait de lever la main pour saisir la chaîne de la chasse d'eau comme si j'étais chez Léone et, à la hauteur du petit secrétaire d'acajou, je m'étais surpris à enjamber un fil électrique qui, chez Germaine, desservait une petite lampe juchée auprès de l'écritoire. Il m'arrivait aussi de m'extraire précautionneusement du lit pour éviter d'éveiller Juliette alors que je dormais seul chez moi, à Paris ou à Lucé. Je n'étais pas tenté de chercher le sens de ces erreurs qui ne me semblaient pas refléter un regret ou un désir, étant surtout étonné qu'elles ne se produisent pas plus souvent et que notre cerveau garde un contrôle aussi efficace de données qui s'impriment en nous à notre insu.

Je m'étais allongé sur les coussins. Quand je m'éveillai je fus enveloppé par la certitude que Juliette était rentrée. J'écoutai sans rien entendre. Il était probable que, pour protéger mon sommeil, elle évitait de faire le moindre bruit. Je criai :

« Léone ! »

Aussitôt je fus épouvanté par cette substitution

de prénom. Je me mordis les lèvres en découvrant tout à coup l'exactitude de cette expression. De même à bord d'un monomoteur qui devenu tout à coup silencieux descendait lentement mais sûrement vers le moutonnement vert sombre de la jungle, j'avais senti mes cheveux non pas se dresser comme le veut l'expression et, comme dans ses dessins, Caran d'Ache se plaît à les représenter, dressés comme des dards, dans mon cas leur racine s'était seulement hérissée comme si mon crâne avait eu la chair de poule. Belle expression, aussi, chair de poule, encore qu'il conviendrait de préciser qu'il s'agit d'une poule plumée. Je ne m'étais d'ailleurs pas mordu les lèvres, je n'en avais mordu qu'une, l'inférieure, ce qui m'avait fait mal parce qu'elle était meurtrie par le choc du ventral à l'instant où le dorsal s'était ouvert. Je hurlai :

« Juliette ! »

Au cas où elle aurait été là et où elle aurait entendu le prénom que j'avais d'abord lancé par méprise, j'improvisai précipitamment un mensonge, me sentant capable de soutenir que j'avais crié « é—ho », ce que je n'aurais pas considéré d'ailleurs comme un mensonge mais comme un raccourci qui m'aurait dispensé de démontrer, sans beaucoup de chance d'être entendu, que ce lapsus n'était, comme beaucoup d'autres, révélateur de rien du tout. Un tour rapide à travers l'appartement me convainquit que Juliette était toujours absente et un regard jeté à ma montre m'invita à me hâter. J'avais décidé de passer rue de Provence faire mes adieux à Mlle Beaumon et à Larrivée, voulant garder ma liberté pour la journée du lendemain pendant laquelle je comptais bien remettre la main sur Juliette. J'avais prévu de m'y rendre en métro ou en autobus mais le temps pressait et, à peine dans la rue, je courus vers la station de taxis. Vite essoufflé je dus bientôt me contenter du pas gymnastique que j'accélérai en apercevant un seul taxi en arrêt. Un prêtre en soutane me le faucha sous le nez. Je connus un instant de rage qui devint un moment de bonheur quand une autre voiture apparut pour se ranger à la station.

En vert et jaune il interdisait de fumer, il n'interdisait pas de parler mais ne parlait pas, ce qui tombait bien puisque je n'avais envie ni de fumer ni de parler. Arrivé rue de Provence je pris l'ascenseur et me dirigeai d'abord vers le bureau de Larrivée. Sa secrétaire me donna aussitôt le feu vert ; il m'accueillit avec chaleur me serrant la main dans les siennes. Ses yeux pétillaient. Je n'avais jamais voulu l'imaginer en Bretonne mais souvent je le métamorphosais en chien, un chien d'une dizaine d'années resté un peu folâtre et enclin à cabrioler autour des personnes qu'il aimait bien en leur donnant de grands coups de langue et en agitant la queue comme une pale de ventilateur.

« Alors vous partez ! s'écria-t-il. M. Deul sera navré de vous avoir manqué, il est à Bruxelles. Pour le moment vous conservez votre bureau, vous en aurez besoin pendant la préparation du film. »

A ces mots je me rappelai l'inquiétude avec laquelle il m'avait signalé la présence de livres de Giraudoux dans ma petite bibliothèque. Giraudoux c'était la littérature et pendant le déjeuner Germaine avait énoncé comme une certitude que j'avais été créé pour écrire et non pour manier des images en mouvement. Cette remarque me laissa soucieux. Était-il possible que je me sois à ce point trompé sur moi-même et que je m'en aperçoive trop tard ? Il fouillait parmi les dossiers rangés sur un bureau perpendiculaire au sien. D'un naturel méticuleux, comme mon père, il tenait à ordonner lui-même toute sa paperasse, mais il se bornait à obtenir les apparences de l'ordre. De même certaines écritures offrent au premier regard les apparences de la régularité, de la clarté, les lettres semblent moulées nettement mais à peine a-t-on commencé de lire que l'on se demande si l'on parviendra à déchiffrer le message. Au contraire mon père retrouvait immédiatement tout ce qu'il cherchait parce qu'il répartissait les objets dans des compartiments qui correspondaient à ceux de son cerveau. Je représentais, moi, une troisième variété parce que, désordonné, je m'arrangeais assez bien de mon désordre, et ma mère une quatrième parce que, désordonnée elle aussi, elle était incapable de retrouver quoi que ce soit, fût-ce ses lunettes ou, du moins, consacrait à cette quête une part importante du temps qui lui avait été dévolu sur cette terre. En fouillant, Larrivée tomba sur un dossier qu'il ouvrit en s'exclamant :

« A propos j'aimerais connaître votre avis. Nous allons renouveler le mobilier de la plupart des bureaux, nous avons reçu une offre à des prix intéressants... »

Il déploya un catalogue où étaient représentés des sièges de formes diverses qu'escortaient des légendes : chaise huissier, chaise dactylo, chaise secrétaire, fauteuil cadre, fauteuil direction, chaise visiteur, fauteuil visiteur cadre, fauteuil visiteur direction. Je découvrais avec intérêt que si dans l'armée la hiérarchie est signifiée par des galons, dans le commerce et l'industrie leur rôle est tenu par les sièges.

« Mais comment ferez-vous pour empêcher un visiteur cadre de s'asseoir dans un fauteuil direction ? Comptez-vous le prendre par le bras et, s'il a commis une bévue, le prier de se lever et de se rasseoir sur un autre siège ? Il y a évidemment une autre méthode c'est de disposer un seul siège dans votre bureau en le changeant entre chaque rendez-vous pour qu'il corresponde au grade du visiteur. Le mercredi (c'était le jour où il recevait sur rendez-vous vingt à trente visiteurs) vous vous livrerez à une sacrée gymnastique !

— Vous êtes un taquin, me répondit-il affectueusement. Je n'y avais pas pensé mais je trouverai la solution. Ou bien Marinette la trouvera. »

Marinette était le prénom de sa secrétaire et lui convenait à ravir.

« Mais qu'est-ce que je cherchais ?

— Vous ne me l'avez pas dit.

— Vous aviez demandé des dollars en billets et des traveller's, c'est elle qui doit les avoir. »

Il appuya sur un timbre et Marinette entra, portant d'une main une enveloppe et de l'autre un reçu que je signai.

« Ne ferez-vous pas vos adieux à l'ami Chomel ? »

Je lui répondis que je n'avais aucune envie de déranger l'ami Chomel et nous nous séparâmes non sans qu'il m'eût gratifié d'une sorte d'accolade qui me donna l'impression de partir pour les croisades. Puis je suivis le couloir qui conduisait à ce qui avait été mon petit empire, je traversai le bureau des secrétaires auxquelles j'adressai un bonjour collectif et pénétrai dans celui de Mlle Beaunon. J'avais peur, sinon qu'elle me reprochât carrément de l'abandonner, du moins de le lire, ce reproche, sur sa physionomie. Je me hâtai de lui rappeler que pendant la préparation du film elle resterait ma secrétaire, rien ne serait changé.

« Je sais, me répondit-elle avec une douceur triste. Aussi ai-je avancé la date de mes vacances, je pars au début de la semaine prochaine et je serai de retour à peu près en même temps que vous. »

Il ne me restait plus qu'à lui souhaiter de bonnes vacances mais je craignis de ne pas m'en tirer aussi facilement quand je l'entendis murmurer :

« J'aurai quelque chose à vous demander.

— Oui ?

— Depuis longtemps je collectionne de petits animaux en bois, en pierre, en n'importe quoi, des petits animaux de tous les pays. Si vous pouviez m'en rapporter un ça me ferait plaisir, quelque chose de pas cher, d'ailleurs je le rembourserai.

— Mais pourquoi me dites-vous ça si tard, vous m'avez vu partir trente-six fois en voyage ?

— Je n'avais pas osé. Mais je l'avais dit à M. Juaurez, même il m'a rapporté une grenouille en terre cuite du Sénégal et une petite tortue en porcelaine du Cambodge. Vous comprenez, moi je ne voyage jamais loin, tous les ans je vais en Suisse chez ma sœur qui s'est mariée là-bas mais les Suisses ce n'est pas varié, toujours des marmottes et des chamois. »

Jamais elle ne s'était abandonnée à d'aussi longues confidences. Je m'éloignai, inquiet. Tout me poussait à regretter de quitter cette maison. Dans le couloir qui dessert les salles de montage je trouvai Juaurez qui venait d'interrompre un mixage pour des raisons qu'il m'expliqua et que je n'écoutai pas. Je lui annonçai que j'avais sauté en parachute, rencontrant son indifférence et même son irritation dès qu'il apprit mon exploit sur l'instigation d'Hurlu. Celui-ci lui apparaît comme un monstre de vulgarité, d'inintelligence et d'ignorance. Il est évident que je n'attends ni ne reçois d'Hurlu ce que j'ai l'habitude d'attendre et de recevoir de Juaurez. Mon ami Bernard qui était mort quelques années plus tôt n'avait pu s'entendre ni avec Hurlu ni avec Juaurez alors que mon accord avec les trois ne s'était jamais démenti. Germaine appréciait l'esprit de Juaurez, aimait Hurlu comme on aime un gros chien, n'avait jamais pu sentir Bernard. Mais Germaine soupçonnait Juaurez de me donner de fâcheux conseils alors que Léone au contraire s'amusait de notre amitié et que Juliette était persuadée que la fréquentation de Juaurez était nécessaire à mon équilibre. S'il abhorrait les gens bêtes c'est qu'au fond de lui il croyait qu'ils le faisaient exprès, tout comme on a tendance à croire que celui qui est affligé d'une voix rauque ou criarde pourrait, s'il s'en donnait seulement la peine, accéder à une tonalité agréable.

J'avais décidé de laisser, pendant mon absence, ma voiture dans le garage de la société, Juaurez me proposa de me raccompagner, et accepta de me conduire rue du Bac où j'achéterais le caviar et la vodka destinés à Léone.

« Et Juliette ?

— Je n'arrive pas à la joindre.

— Mais vous partez ensemble ou pas ?

— J'espère, mais comment veux-tu que je sache...

— S'il le faut retarde ton voyage. Si tu pars seul tu risques que tout se termine entre vous, ce serait dommage. »

Chez Hédiard j'achetai le petit pot de caviar, la demi-bouteille de vodka polonaise, des limons et des cerises, puis je rejoignis Juaurez à la terrasse d'un tabac d'où il pouvait surveiller sa voiture rangée à une place interdite. Il commanda deux whiskies, en se hâtant d'ajouter que nous avions tort et qu'il était inepte de boire. J'avais peur qu'il ne me reparlât de Juliette et j'embarquai la conversation sur mon film. J'avais décidé qu'il comporterait trois parties. Pendant la première on ne verrait pas le personnage principal, on ne verrait que ce qu'il voit, ses mains, ses jambes, les autres, les paysages, on entendrait ce qu'il entend mais aussi sa pensée qui s'exprimerait en off et à la première personne. Dans la deuxième partie il apparaîtrait enfin et une autre voix off interviendrait, celle de l'auteur commentant à l'occasion les pensées de la partenaire principale, en employant la troisième personne ; dans la troisième partie plus de voix off, uniquement le dialogue et les comportements.

« C'est un procédé qui en vaut un autre, répondit-il avec une certaine impatience. Tu as trouvé un récipient mais le plus important c'est ce que tu vas mettre dedans. »

Bientôt notre conversation languit, ce qui pour nous est exceptionnel. D'habitude elle court, se développe, bifurque. Nous pouvons partir d'un voyage du pape pour aboutir à la courbure d'esprit d'Oscar Wilde en passant par l'histoire du faux dans les Beaux-Arts, l'examen du problème kurde, des avantages de la cuisine chinoise, du caractère de Deul et des causes de la guerre de 14. Pourtant il faisait beau tout à coup, des échancrures de ciel bleu s'élargissaient, le soleil frappait les feuillages du square que domine le Bon Marché, la circulation s'apaisait.

Il me déposa au coin de la rue de Poitiers en me priant d'embrasser Léone de sa part ; il démarra mais s'arrêta aussitôt pour me crier :

« Et téléphone à Juliette. »

Quand le vétuste ascenseur m'eut hissé au cinquième étage je trouvai sur le palier Léone en robe de chambre qui embrassait Mathilde en pleurs. Celle-ci, confuse d'avoir été surprise par moi dans cet état, s'engouffra dans l'ascenseur pendant que Léone lui criait :

« Tu verras que ça va s'arranger. »

Léone est un peu plus grande que Germaine et un peu plus petite que Juliette ; elle a une bouche ronde, un nez retroussé, un teint très clair, des cheveux blonds et bouclés, des yeux bleu pâle. Depuis la lycéenne dont j'avais été amoureux à quinze ans j'étais resté fixé sur un type féminin ; sauf à l'occasion d'aventures brèves (Nadine, par exemple), j'avais toujours été retenu par des brunes. Cet attachement était global : sans motif connu de moi c'était le raisin noir que j'aimais, le vin rouge donc un vin sombre, des fromages, ceux de Bresse ou de Roquefort où s'enlacent des branches d'un bleu ténébreux. Bref, c'était contre mon goût fondamental que j'avais aimé Léone. En l'aimant je contrariais une tendance tout aussi fondamentale qui m'avait généralement entraîné à n'aimer que des filles où la fille et le garçon se mélangent, filles plus que garçons, mais garçons presque à demi, et pourtant très féminines dans leur vêture et même leurs fantasmes, bien qu'assez mecs pour le reste. Il est vrai que Léone, dans le moment où je la connus, avait pu me donner à croire non qu'elle était brune, car, blond clair, elle l'était alors comme aujourd'hui, mais il y avait en elle, malgré une voix, un aspect, un comportement profondément féminins, un jeune garçon prêt à agir, hardi, travailleur, exact ; ce garçon prit la fuite et sans doute avais-je contribué à cet avatar en l'entraînant vers des excès de boisson et de luxure, et aussi en lui donnant l'illusion d'avoir trouvé en moi un tuteur aux soins duquel, tout simplement, elle n'avait plus qu'à se fier. Mais elle était prédisposée à devenir ce qu'elle est devenue par un caractère excessif qui, selon son humeur, la poussait toujours vers des extrêmes, de plus sa tendance à la femellité sociale préexistait ; se sachant fille d'une mère qu'elle n'avait guère entrevue, d'un père qui n'était pas le mari de sa mère, elle avait, sans doute dès son adolescence, aspiré aux cérémonies officielles, aux coups de tampon, à la confirmation de son statut par le maire et le curé, elle avait besoin qu'un homme la revendiquât et l'imposât à la société. Elle me pressa de divorcer, s'irritant de mes atermoiements, ne cherchant pas à imaginer la douleur de Germaine et les remords que j'en éprouvais. Enfin elle put dire « mon mari » en parlant de moi. Je l'avais prévenue que le mariage exerçait sur moi un pouvoir désexualisant, elle savait que Germaine en avait fait l'expérience. Alors que pendant plusieurs années nous nous étions abandonnés à une passion qui lui avait permis d'accepter et de comprendre une partie de mes fantasmes, Léone tomba vite dans un état de neutralité que je partageai bientôt, état qui ne l'empêchait pas de s'intéresser aux autres, ce qui aurait pu, la jalousie étant mon fort, me permettre de tirer parti de ses incartades et de ranimer nos relations aux feux d'un beau délire sexuel, mais elle le rejeta, choquée par les mots et les gestes brutaux qui sont nécessaires à l'accomplissement d'une scène réussie, ne pouvant tolérer qu'on s'adressât ainsi à une femme mariée. Après quelques années de reproches continuels que l'alcool entretenait en nous donnant la faculté de répéter les mêmes propos pendant des nuits entières, nous avions divorcé avec l'espoir que, délivrés du lien légal qui nous avait été néfaste, nous retrouverions l'élan des premiers jours, ce qui ne s'était pas produit.

Elle s'empara avec enthousiasme du sac Hédiard et passa dans la cuisine où je la suivis.

« Qu'est-ce qu'elle a, Mathilde ?

— Figure-toi qu'elle devait partir en vacances avec Arthur comme d'habitude, la veille du départ il est venu lui dire qu'il partait avec une autre fille. Dès qu'elle a été certaine qu'ils avaient quitté Paris, comme elle avait encore la clef elle a couru chez lui, a appelé l'horloge parlante de New York et a filé en laissant le téléphone décroché.

— Et quand il est rentré ça lui a coûté des millions. Cette histoire je l'ai déjà entendu raconter cent fois. J'ai l'impression que Mathilde se vante pour se rendre intéressante.

— Peut-être que Mathilde l'a entendu elle aussi raconter mais en tout cas elle l'a mise à exécution. Je l'ai su non seulement par elle mais par Arthur qui fait le tour des amis pour leur emprunter de l'argent.

— C'est pour ça qu'elle pleurait ?

— Il s'est vengé bassement. Dans les toilettes des cafés, des gares, enfin partout où il en avait l'occasion il a laissé des graffiti où Mathilde était censée chercher des inconnus pour se faire sodomiser. Avec bien sûr son numéro de téléphone à l'appui. Ça fait deux semaines qu'elle est réveillée toutes les nuits et qu'elle entend des horreurs. Elle a demandé que son numéro soit changé mais l'administration ne se presse pas et d'autre part Arthur réussira certainement à connaître son nouveau numéro et la persécution continuera. Tu me diras qu'elle peut résilier sa ligne, mais elle vit seule comme moi, elle a besoin d'entendre des amis, de les appeler et puis, comme elle est restauratrice de tableaux, c'est par téléphone qu'un client peut la joindre. Donc elle est condamnée à subir cet enfer. Par moments, elle essaie de le prendre gaiement mais tout à l'heure elle a craqué. »

En parlant elle avait ouvert la boîte et déversé le caviar dans une coupe d'opaline qui était censée avoir appartenu à Mata-Hari. Le petit appartement de Léone était surchargé de meubles, de tableaux, de bibelots qui s'entendaient mal entre eux, n'ayant pour point commun que d'avoir appartenu à des vedettes. Quand Odette Pale était morte elle avait si bien dilapidé la fortune que lui avait laissée M. Deul le père qu'il n'était guère resté à Léone qu'un vaste appartement hypothéqué dont elle s'était débarrassé et un mobilier dont elle avait conservé une partie. Or, pendant sa période fastueuse, Odette, à qui son mari béant d'admiration laissait la bride sur le cou, s'était acharnée à assembler des objets qu'elle choisissait non parce qu'ils lui plaisaient mais parce qu'ils avaient appartenu à des comédiens, des musiciens, des danseurs, à la rigueur des écrivains. Mata-Hari figurait dans le lot comme danseuse et non comme espionne. La table sur laquelle nous allions dîner aurait été offerte par Alexandre Dumas à Marie Dorval et les tasses où nous boirions le café offertes par Napoléon à Talma. Dans la chambre que j'avais autrefois partagée avec Léone, la coiffeuse et le lit étaient faits de verre et d'acier, association dangereuse car quand nous avions trop bu ou que nous nous querellions il nous arrivait de nous meurtrir à quelque angle féroce. Il y avait, je m'en avisai pour la première fois, un point qui était commun à Germaine, à Léone, à Juliette, toutes trois étaient prisonnières d'un passé, Juliette d'un passé tchèque, Germaine des souvenirs mondains de son père, Léone de ce musée maternel.

« Tu n'as pas apporté de pain ? »

Je proposai de courir chez le boulanger mais elle m'assura qu'il avait déjà fermé. Restait le drugstore Saint-Germain. Ce n'était pas très loin, ce n'était pas tout près.

« Et je n'ai pas ma voiture, ajoutai-je.

— Moi, tu sais que je n'en ai plus. »

Ce n'était pas un reproche mais une constatation dont elle corrigea aussitôt la mélancolie en ajoutant :

« J'en suis d'ailleurs ravie, à Paris une voiture c'est empoisonnant. Il me reste une boîte de petits-beurre, mais des petits-beurre avec du caviar...

— Ah ! non.

— Attends, hier soir j'ai jeté une demi-baguette de pain dans la poubelle. »

Elle se pencha, fouilla et exhuma la demi-baguette à laquelle s'étaient agglomérés des mégots et des rognures de carottes. Elle était si molle qu'on aurait pu sans effort lui donner la forme d'un pneu.

« Que je suis bête ! J'ai des biscottes. »

Nous dînâmes presque gaiement, presque tragiquement. Elle portait en guise de robe de chambre une robe thaïlandaise que nous avions achetée à Bangkok dix ans plus tôt lorsqu'elle m'avait accompagné à l'occasion d'un film.

« Je l'ai retrouvée à la cave où je l'avais rangée je ne sais plus quand.

— Tu te rappelles notre voyage en chemin de fer vers la rivière Kwaï ? »

A cette époque nos relations se déchiraient déjà

et ce voyage avait ressemblé à une parenthèse de bonheur. Un souvenir appelle un autre souvenir, un fleuve un autre fleuve.

« Et le Sénégal. »

Son visage restait ébloui par l'éclat du fleuve, même lorsqu'elle ajouta :

« Il aurait mieux valu que tu ne remontes pas le Sénégal avec ma mère. Je te revois l'aidant à sautiller sur la passerelle. Nous ne nous doutions de rien. Il est vrai, poursuivit-elle, que nous avons accumulé des jours de bonheur dans des mois de bonheur et que la seule question qui se pose est de savoir si la note que nous payons est ou non trop chère. »

Elle s'était levée, le regard fixé sur la coupe d'opaline qui était vide, ne conservant de son précieux contenu qu'une trace sombre analogue à ces lisérés de rimmel que la mer en se retirant laisse sur la vase ondulée de ports de pêche.

« Le caviar, observa-t-elle, est, paraît-il, calorique mais il ne tient pas l'estomac. Je meurs de faim.

— Il reste des cerises.

— Les cerises ce n'est pas une nourriture, sauf avec une tartine de beurre sous l'arbre où on s'est donné le mal de les cueillir.

— Tu m'avais demandé un repas léger.

— J'ai envie de spaghetti. J'en meurs d'envie. Et toi ? »

Non je n'en mourais pas d'envie. Je ne suis pas contrariant, c'est sans doute un de mes défauts car mes excès de complaisance induisent mon partenaire en erreur et de ce malentendu, parfois, sourd une catastrophe. Mais un malentendu fondé sur des spaghetti ne pouvait être bien grave, en outre je m'habituais à ce projet.

« Comment les préfères-tu ce soir ? Parmesan ou ketchup ?

— Parmesan.

— Je te préviens que c'est du parmesan râpé en boîte. Livio ne serait pas content. »

Livio, un puriste en ce qui concerne les pâtes et le fromage, était mort quelques années plus tôt. Nous avions déjà en commun, Léone et moi, bien des morts. Pendant qu'elle s'affairait dans la cuisine je la revoyais donnant des ordres à ses boys, régnant, depuis la mort de son père, sur la vaste maison que celui-ci avait fait construire assez loin du fleuve pour la préserver des crues. C'était une vaste bâtisse, haute d'un seul étage, qui tenait du mas provençal construit à l'usage d'un touriste et de la vieille maison coloniale aux balcons de bois ajouré. Léone affirmait qu'elle avait dix-sept ans mais il s'en fallait encore de quelques mois. Elle portait presque toujours un pantalon et une blouse de coton, marchait pieds nus ou passait des bottes pour infatigablement parcourir la campagne, si tant est qu'on peut appeler campagne ces lieux indécis où d'ingrates cultures alternaient avec d'inexplicables bouquets de grands arbres, des marécages, des amorces de brousse où quelques oiseaux lançaient des cris inconnus. Léone était née en 1941, fruits des amours coupables d'Odette, tout juste sortie du Sacré-Cœur de Bourges, et d'un Hector Martin qui ayant hérité d'un oncle une plantation au Sénégal s'y était transporté avec la petite fille qu'il avait reconnue et que sa mère ne tenait pas à suivre, appelée par le théâtre, croyait-elle, et tout entière soumise à cette vocation. Ancien officier d'aviation, homme d'idées tranchantes, Hector Martin avait élevé son enfant selon des caprices qu'il croyait assez justes pour en faire des principes ; il aurait préféré qu'elle fût un garçon, la traita comme tel, au point qu'elle crut en être un. Elle vivait en pleine nature, voyait s'accoupler des animaux, assistait à des baignades où les gamins étaient nus et pourtant elle avait réussi pendant des années à rester insensible à une évidence morphologique.

Elle n'avait pas douze ans quand les premières règles lui étaient venues ; son père affolé l'avait emmenée non pas à Saint-Louis, la ville la plus proche (dont il redoutait l'humeur cancanière) mais à Dakar pour consulter une gynécologue. On l'avait convaincu qu'il ne pouvait pas laisser Léone grandir dans la sauvagerie de cette rive perdue, en compagnie de petits Noirs et de petits Maures (le fleuve séparant le Sénégal et la Mauritanie, territoire qu'à cette époque la France gérait tous les deux) et qu'il convenait de la mettre en pension dans un grand collège de Dakar. Il n'avait capitulé qu'à demi, décidant que Léone passerait six mois au collège et six mois chez lui, solution insolite qui se révéla heureuse. Les études de Léone furent faciles, on lui permit de passer son premier bachot à quinze ans, il arriva même à son professeur de grec de lui demander un avis sur la construction d'une phrase, de plus la société locale qui la recevait le dimanche lui découvrit un génie pour le violon. Après avoir franchi Mathelem elle était rentrée à la Léonade, tel était le nom qu'Hector Martin avait donné à son domaine non seulement à cause de Léone mais parce qu'au début du siècle il y aurait eu encore quelques lions pour rôder, efflanqués, dans les parages. Souvent avec son père elle passait sur l'autre rive et montait vers les confins du Sahara qui sont tout proches ; il leur arrivait de tirer un chacal, une hyène et Léone réussit même à loger une balle dans la tête d'un python. Les approches du désert l'avaient enchantée, elle en parlait encore. Son père ayant hérité un petit quelque chose d'un autre oncle en avait profité pour payer une partie de ses dettes et s'était acheté un avion, un biplace sur lequel Léone avait appris à piloter aussi facilement qu'elle avait appris le grec. Elle n'en avait pas oublié pour autant le violon et deux fois par mois elle allait passer quarante-huit heures à Saint-Louis pour y recevoir les leçons d'un vieux professeur très méchant parce que très amer, persuadé qu'il était un virtuose brisé, ce qui n'était peut-être pas faux car, après d'étincelants débuts, il avait accepté, sur les instances du lieutenant Heller, un voyage en Allemagne sous l'Occupation ; impatienté par les reproches qu'on lui en fit ensuite il s'était exilé pour remâcher de la hargne tout à son aise. Tels étaient les outils dont jouait Léone, quand, après avoir descendu la passerelle, je la connus : le fusil, le cheval, l'avion et le violon.

« Tu veux des œufs durs avec les pâtes ? demanda-t-elle en surgissant de la cuisine, ça remplacera le pain. J'en fais cuire quatre ? Excuse-moi mais je reste devant la cuisinière pour surveiller. »

Elle disparut comme elle était apparue c'est-à-dire assez vivement mais avec une démarche pesante qui me terrifia parce que je me rappelais que, lorsque je l'avais connue au bord du Sénégal et que j'étais tombé amoureux d'elle, j'hésitais, pour la comparer, entre deux animaux aussi légers l'un que l'autre, que l'on rencontrait en chevauchant vers le nord : la gazelle et le fennec.

De la cuisine elle lança :

« Je peux te demander une chose ? »

Elle recourait volontiers à ce préambule avant de poser une question sans importance mais cette formule me faisait toujours peur parce qu'il était arrivé qu'elle annonçât un moment grave, notamment trois fois, la troisième elle m'avait demandé : « Veux-tu qu'on divorce ? », la deuxième : « Veux-tu m'épouser ? » la première : « Tu as envie de me faire l'amour ? » Nous étions encore au Sénégal quand elle m'avait posé cette question, ignorant que j'étais l'amant de sa mère, ce qu'elle n'apprit que beaucoup plus tard, Odette s'étant effacée sans me cacher le malin plaisir qu'elle prenait à céder la place à sa fille.

Elle passa la tête par l'entrebâillement de la

porte pour, après m'avoir fait languir, poser sa question :

« Les œufs durs tu les aimes bien cuits ou mollets ?

— Mollets. »

Son étourderie était pour elle un sujet d'admiration. Elle s'extasia :

« Je devrais quand même le savoir ! Nous nous connaissons depuis... au fait nous nous connaissons depuis combien de temps ? C'est facile à calculer : j'ai trente-neuf ans, j'en avais seize, trente-neuf moins seize ça fait vingt-quatre.

— Vingt-trois.

— Comme tu voudras. »

Nos premières années auraient été du bonheur à l'état pur sans la souffrance que me causait la souffrance de Germaine. A peine arrivée à Paris, Léone avait passé avec succès le concours du Conservatoire. Je juxtaposais agréablement deux vies, celle d'un étudiant car Léone et moi fréquentions ses camarades du Conservatoire et une vie de cinéaste puisque je préparais *Les Trottoirs ensoleillés* que finançait Odette Pale. Ce film provoqua à sa sortie l'enthousiasme de quelques critiques, notamment dans *Les Cahiers du cinéma* et *Arts Spectacles* où je fus présenté comme un leader de la Nouvelle Vague. Mais les recettes furent maigres et Odette Pale poursuivit sa carrière en prenant pour amant et pour metteur en scène un Bulgare qui mit deux ans à terminer un film dont aucun distributeur ne voulut. Ce fut pendant cette période que cessant provisoirement de mettre en scène j'ai pris la direction de la maison de production fondée à l'initiative d'Odette. En même temps Léone et moi nous nous étions mariés et installés ici avec un mobilier de fortune. Elle avait obtenu facilement un premier prix au Conservatoire mais, négligeant ses chances dans les concours internationaux, elle ne trouvait guère d'engagements. Le matin je partais « au bureau » la laissant dormir jusqu'à midi où je lui téléphonais pour l'éveiller. Odette Pale était morte, victime volontaire ou accidentelle d'un mélange d'alcool et de barbituriques. Une partie de son mobilier avait échoué ici et je ne peux pas m'empêcher de penser qu'il était contagieux et nous apportait les germes d'une morbidité qui avait été le levain du talent d'Odette Pale. Dans ce nouveau décor nous avions inauguré Léone et moi l'ère des scènes. Il nous arriva de passer des nuits entières à nous injurier. Elle m'était infidèle, ce qui aurait dû me plaire mais m'irritait parce qu'elle s'arrangeait soit pour dissimuler ses trahisons soit pour les déguiser en vengeance, m'interdisant d'en tirer le moindre plaisir. Quant à mes infidélités elle les apprenait avec une telle violence qu'elle me donnait moins l'impression d'être jalouse qu'envieuse. Parfois nous reprenions ensemble notre élan et croyions en même temps que nous remontions à l'assaut du bonheur perdu. Même, à Lisbonne où remplaçant une amie malade elle avait participé en soliste à un concert, nous crûmes, au bord du Tage, que nous retrouvions les divines promesses du Sénégal. Ce rêve se renouvela sans que jamais nous puissions le saisir. Et c'était sur la rivière Kwaï que pour la dernière fois la tentation d'être heureux ensemble nous avait unis. Depuis six ans nous étions entrés dans une troisième ère où l'atonie s'était substituée à la fureur. Nous nous étions séparés, je m'étais sommairement installé rue du Cherche-Midi, nous ne nous injuriions plus, nous essayions avec résignation de nous comprendre, la courtoisie de nos rencontres était, en dépit de quelques moments de gaieté sincère, d'une mélancolie qui me déchirait parce que je croyais sentir qu'au fond de Léone l'espoir veillait et qu'elle attendait de moi un effort que j'étais impuissant à fournir.

Elle arriva apportant le plat de spaghetti fumants

autour duquel elle disposa les quatre œufs durs. Un bloc de beurre fondait au milieu des pâtes.

« Je n'avais plus de parmesan, voilà du ketchup.

— Tu sais bien que...

— Oui je sais très bien que tu as horreur du ketchup et du Coca-Cola, ce n'est pas assez original pour me le répéter encore une fois. Je t'ai trouvé un vieux bout de roquefort très dur que tu pourras émietter dans les spaghetti puisque je sais aussi que tu adores ce mélange. Je n'ai plus de vin, nous n'avons qu'à continuer à la vodka. »

Manger des pâtes en buvant de la vodka c'était très Odette Pale.

« Et puis tu sais, ajouta-t-elle, je ne te garantis pas que les œufs soient mollets, je les ai faits au pif. »

Au pif était une expression qu'elle tenait de son père. Elle avait hérité de lui quelques formules démodées auxquelles par habitude elle restait fidèle et des dispositions aux exercices violents qui, elles, s'étaient progressivement atténuées. Cette fille qui était quasiment née sur un cheval avait cessé l'équitation à la suite d'une chute. Quand elle était au Conservatoire elle continuait à piloter et à passer des examens pour s'élever dans la hiérarchie aéronautique puis, ayant tenu à participer à un rallye qui se disputait dans les Alpes, elle avait renoncé à l'avion à la suite d'un atterrissage forcé sur un glacier. Elle avait lâché aussi facilement le judo et l'escrime, bref ce qui lui demandait un effort. Si à une époque elle avait réussi aussi bien dans les sports durs qu'en musique c'est parce que, douée, elle l'avait emporté d'emblée. Puis, rencontrant des obstacles, elle avait aussitôt abdiqué. En cela elle me ressemblait fraternellement, s'abandonner à la facilité ayant toujours été ma règle involontaire de conduite. Nous étions les contraires de Germaine pour qui toute difficulté était un prétexte à persévérer et de Juliette qui n'aimait rien tant que s'imposer des épreuves, s'interdisant de fumer pendant un mois, s'acharnant à nager alors que la fraîcheur de l'eau la révoltait, toujours heureuse de saisir une occasion de vérifier son empire sur soi.

Mon œuf était archicuit, ce qui n'était pas pour me surprendre car, Léone s'entêtant depuis toujours à se fier à son pif plutôt qu'à une montre, j'étais accoutumé à cette sorte de déboire qui concernait uniquement les œufs car elle avait le sens de la viande comme celui de la musique et, à la poêle comme au gril, obtenait infailliblement d'un steak qu'il fût presque bleu et presque chaud. Quand elle était arrivée à Paris elle n'appréciait d'ailleurs pas ce degré de cuisson, élevée par un père qui, sans doute parce que dans la brousse les viandes, à l'époque, n'étaient pas toujours sûres, l'avait habituée aux semelles carbonisées ; mais sous mon influence et sous celle d'Odette elle s'était convertie aux chairs rouges, de même que cessant de boire le lait et le soda qui avaient été ses seules boissons elle s'était lancée dans l'alcool et dans le vin, devenant même, toujours brillante dès qu'un objectif lui plaisait, un amateur de bordeaux capable de distinguer deux châteaux ou deux années presque semblables.

« Ils sont trop cuits d'accord, observa-t-elle avec enjouement, mais, tout revers ayant sa médaille, on les écale plus facilement. »

Ce verbe qui s'applique à l'action d'enlever la coquille d'un œuf ou d'un fruit est d'un usage rare et Léone l'employait pour se moquer de moi. A l'époque où nous nous étions connus elle m'avait baptisé Paul Pédant parce que, l'ambiance cinématographique ne m'ayant pas tout à fait soustrait à l'empire universitaire, je me croyais tenu de préserver la langue et notamment de sauver des mots efficaces en danger de mort, tel *écaler*. La Léone d'alors, disposée à exercer sa souplesse d'esprit sur le premier trapèze venu, n'avait pas demandé mieux que de s'intéresser à la langue tout en me soupçonnant, avec une légère jalousie, de ne m'y intéresser, moi, que parce que le souvenir de Germaine me restait présent. J'en eus la confirmation par la question qu'elle me jeta entre deux bouchées :

« Et Germaine, tu as de ses nouvelles ?

— J'ai déjeuné avec elle aujourd'hui.

— Tu fais ta tournée. »

Avaler des pâtes au roquefort avec un œuf dur en guise de pain étouffe son homme même s'il recourt à des lampées de vodka, fraîche et brûlante, pour tenter de retrouver son souffle.

« Est-ce qu'elle est heureuse ? »

Je laissai à une bouchée le temps de dégager ma gorge, avant de répondre :

« Je ne saurais l'affirmer.

— Elle a un amant ?

— Mystère.

— Moi je n'en ai plus et ça m'agace. Mange tes pâtes pendant qu'elles sont chaudes. »

Elle comprit que je souhaitais de l'eau et fila à la cuisine. Je savais qu'elle reviendrait en tenant précautionneusement par l'anse une aiguière de Gallé d'un vert mauve analogue à celui des lanternes de Venise. Elle avait fait partie de la panoplie d'Odette Pale non parce qu'elle était fascinante, cette aiguière qui ressemblait à une épave sous-marine autour de laquelle se seraient enlacés des tentacules transparents, mais parce qu'elle avait appartenu à la comtesse de Noailles. Je savais aussi que Léone ne manquerait pas de proclamer une fois de plus :

« Cette manie des eaux minérales qu'on apporte sur la table dans la bouteille, avec l'étiquette pharmaceutique, c'est d'une vulgarité ! L'eau du robinet si on la fait couler un peu est un délice dans certains quartiers, notamment dans le mien où elle provient, paraît-il, d'une source. Elle est bien meilleure que la Volvic qui est pourtant la seule eau minérale qu'à la rigueur je supporterais. »

Odette Pale, éprise de tout détail qui pût la distinguer « des gens », n'aurait pas manqué de s'exprimer en ces termes. Il y avait des moments où par la bouche de Léone j'entendais parler sa mère et d'autres où je devinais un père que je n'avais pas connu. A ce mélange héréditaire Léone avait ajouté une vivacité et une profondeur d'esprit qui la distinguaient de l'un et de l'autre mais, depuis quelques années, il me semblait retrouver beaucoup plus souvent la mère que le père dans l'inspiration de ses propos.

« J'ai vu, reprit-elle, que Germaine avait participé à un livre collectif et à des colloques qui passent à France-Culture. Moi aussi je me serais bien lancée dans la linguistique. Ma perte c'est de m'être intéressée à trop de choses. Tu te souviens de quoi nous bavardions sur ce canot en descendant la rivière Kwaï ? Tu m'avais fait remarquer que *rivière* était une mauvaise traduction, que *fleuve* aurait seul convenu. Tu reprochais aux traducteurs d'avoir négligé le fait qu'en anglais il n'existe que *river* pour désigner le fleuve et le ruisseau et que l'indifférence de la langue anglaise sur ce point témoignait sans doute d'une mentalité différente de la nôtre.

— Et tu m'avais répondu en me posant la question de savoir si une langue plus abstraite est inférieure ou supérieure. J'avais observé que l'on tient pour inférieure l'impuissance des langues primitives qui n'étant pas parvenues à abstraire une notion commune de la queue employaient une multiplicité de mots pour désigner la queue du chien, du cheval, du rat, du chat, bref de tous les animaux.

— Alors je m'étais aperçue que si nous avions

abstrait la notion de queue, nous n'avions pas abstrait la notion de voix et que nous utilisions pour désigner les cris des animaux autant de termes qu'il y a d'animaux. Le miaulement du chat, l'aboiement du chien, le beuglement du bœuf, le barrissement de l'éléphant, le feulement du tigre, etc. Ce qui est tout à fait niais puisque dire le chat miaule c'est dire le chat pousse le cri du chat. Et là-dessus tu avais fait une réserve : une langue qui se contracte par abstraction excessive perd des nuances. Tu m'avais dit qu'au XIXe il y avait encore un verbe, je ne sais plus lequel, pour regarder le nez en l'air, sans raison particulière, en flânant...

— Bader.

— C'est ça ! Et on avait conclu que sauf intuitivement on ne pouvait pas déterminer à quel degré exact le mouvement d'abstraction d'une langue devait s'arrêter si on ne voulait pas courir le risque de l'appauvrir. Ce qu'il faisait beau sur le fleuve Kwaï, tu te rappelles ? A propos de chat, il faut que je te dise quelque chose.

— Pourquoi à propos... ?

— Parce que j'ai parlé du chat qui miaule mais attends un peu, je vais desservir d'abord. Nous mangerons les cerises auprès de la fenêtre, il fait si doux ce soir.

— D'accord je te retrouve tout de suite, je vais chez Lhomond qui m'appelle. »

Je trouvai le *De viris* à sa place, juché sur la boîte qui délivre le papier hygiénique. Mais les murs avaient changé depuis ma dernière visite. De tout temps trois photographies les avaient ornés. L'une représentait le petit avion sur lequel elle avait appris à piloter, l'autre la jeep qu'elle conduisait sans permis, la troisième le *Faidherbe* tout blanc, fendant les eaux épaisses et jaunes du Sénégal. Pourquoi les avait-elle enlevées ? Craignant que la réponse ne fît mal je décidai de ne pas poser la question.

Quand je revins je trouvai Léone assise auprès d'une assiettée de cerises qu'elle avait posée sur une petite table ronde à peine plus large que l'assiette. A propos de chat je croyais savoir qu'elle allait m'annoncer : « J'ai encore rêvé à Ange. » Quand nous avions baptisé Ange ce petit chat blanc taché de noir, ou noir taché de blanc (comme on voudra, encore que la première formule fût plus juste car sur un volume blanc c'étaient les taches noires qui apparaissaient comme sur une carte les continents), il était gros comme les deux poings et nous ignorions son sexe. Le vétérinaire nous apprit que nous avions affaire à une chattonne, mais je soutins que, la prise de Constantinople ayant interrompu avant ses conclusions le débat sur le sexe des anges, le nom pouvait être maintenu sans dommage. Léone accepta mais avec réserve et il lui arrivait d'appeler notre chatte Angèle et moi-même, dans des moments de grande tendresse, alors que sa bouche fraîche avait baisé la mienne, de l'appeler Angeline ou même Angine ce qui déplaisait à Léone qui craignait que ce diminutif n'attirât des maux de gorge à notre bien-aimée. Crainte vaine, Angine mourut mais ne mourut pas d'une angine.

« A propos de chat, Lianelion, il faut que je te dise... »

Au début de notre ère première je l'avais baptisée Lionliane et en réponse elle avait fait de moi Lianelion. Je crois que la survivance de ces deux sobriquets nous fendait l'âme mais ceux-ci ne se décidaient pas à dépérir et nous échappaient souvent.

« Figure-toi, reprit-elle, hier je suis allée chez Pauline. Sa chatte a fait une portée de trois bébés. Elle en a casé deux, elle m'a proposé le troisième... »

Pauline Belamain était sortie du Conservatoire avec un deuxième accessit de piano ; elle s'était mariée vite, avait divorcé de même et vivait présentement avec un avocat qui plaidait peu. Convertie à l'orgue elle faisait partie d'un groupe bien vu par le clergé qui jouait dans les églises à l'occasion de cérémonies variées et souvent elle faisait appel à Léone qui, son violon à la main, partait en bougonnant vers une *Marche nuptiale* de Mendelssohn ou un *Requiem* de Fauré.

« En fait, reprit-elle, Pauline ne me l'a pas vraiment proposé. Elle savait très bien qu'après la mort d'Ange j'ai décidé de ne plus jamais avoir aucun chat dans ma vie. Mais je l'ai vue, cette petite boule de fourrure qui se carapatait en dérapant sur le dallage de la cuisine et j'ai fondu. Si elle avait ressemblé à Ange, cette boule, je n'aurais pas marché. Tu sais très bien que ça me fait mal quand j'entrevois un chat qui a la plus vague ressemblance avec Ange, mais celui-ci est gris-bleu. Pauline aurait bien aimé le garder mais son jules est intraitable, il trouve qu'un seul chat c'est déjà trop. Et elle ne peut pas le contrarier, tu te rappelles qu'il a failli la larguer cet hiver et qu'elle a été à deux doigts d'y passer. »

A deux doigts d'y passer ou *à deux doigts de changer son fusil d'épaule* provenaient de l'héritage paternel mais la prédilection de Léone pour des amis drogués, marginaux ou suicidaires était un trait caractéristique d'Odette Pale qui n'avait jamais montré de prudence que pour se marier, épousant, en M. Deul le père, l'homme le plus rassis du monde.

« J'ai eu pitié, tu comprends. Si je ne le prends pas, Pauline le donnera à la boulangère qui laisse ses chats successifs courir sur le trottoir de sorte qu'en un mois ils se font écraser. Ou bien ils crèvent parce qu'elle ne les nourrit que de panade. Alors il est entendu que j'irai le chercher demain. »

Le téléphone tinta, Léone bondit. Sa mélancolie n'est pas totale ; reçoit-elle une lettre ou un appel téléphonique elle se précipite impatiente d'apprendre une bonne nouvelle.

« Ce n'est pas vrai... »

Cette formule a pris plusieurs sens selon l'inflexion de la voix ; elle peut signifier qu'on refuse d'admettre une assertion, qu'un événement est tellement horrible ou inattendu que l'on éprouve une souffrance à l'assimiler ou si fabuleusement drôle qu'on s'apprête à « hurler » de rire. Le ton de Léone m'inclina à opter pour la première acception. Très vite elle raccrocha, revint vers moi avec les deux verres de vodka qu'elle avait remplis à ras bord.

« Dire que je l'avais vue avant-hier ! Elle était un peu fatiguée, mais comme elle est toujours un peu fatiguée, je...

— Qui ça ? coupai-je avec brusquerie, sachant que si Léone veut qu'on aille droit au fait, elle ne se prive pas de préfacer interminablement toute nouvelle qu'elle juge importante. »

Elle resta un moment plongée dans ses pensées avant de répondre :

« La duchesse d'Albassoudun. Tous mes amis meurent ou s'en vont vivre ailleurs.

— Elle avait dans les quatre-vingt-dix, tu pouvais t'y attendre.

— Tu manques totalement de cœur. Tu n'as jamais pensé qu'à toi. »

Pour se remettre elle avala d'un trait la moitié de son verre. Je n'étais pas insensible à la mort de cette vieille dame que je n'avais rencontrée que de loin en loin mais qui tenait son rôle d'antique aristocrate autoritaire qui a tout vu, tout compris, tout retenu et n'en fera jamais qu'à sa tête, aussi bien que Marguerite Moreno. J'avais même souhaité qu'elle apparût dans *Les Trottoirs ensoleillés* mais elle avait mis comme condition l'accord de son directeur de conscience ; celui-ci avait consenti, ce qui l'avait obligée à refuser pour prouver qu'elle n'était pas esclave de cet abbé. Depuis vingt ans sa fortune s'éteignait lentement et la duchesse ne se décida à tirer vanité de son opulence que lorsque celle-ci eut disparu. « En 18, le jour de l'armistice, j'appelai mon majordome et je le priai de dire au maître d'hôtel d'envoyer le valet de chambre chercher le chauffeur, etc. » Nouvelle pauvre, elle s'était conduite comme une nouvelle riche. Elle s'était engouée d'Odette Pale pour des raisons qui m'ont toujours échappé et, après sa mort, elle avait porté à Léone une affection superficielle mais solide.

« Je me demande où je vais bien pouvoir les mettre », prononça Léone qui promenait autour d'elle un regard anxieux.

Fatigué, j'attendais qu'elle s'expliquât.

« Les deux fauteuils, murmura-t-il enfin. Vingt fois elle me l'a répété : elle me lègue une paire de fauteuils Régence. Peut-être que je les vendrai. Il y a des gens dont le chagrin est adouci par la présence de souvenirs matériels. Ça les aide à penser sereinement au disparu. Mais moi non. Tu te rappelles ? »

J'avais cru qu'elle évoquait le mobilier qu'elle tenait de sa mère mais elle poursuivit :

« Après la mort d'Ange tu te rappelles que nous avions les larmes aux yeux devant ce qui nous restait d'elle. Je ne parle pas seulement de sa dernière petite crotte quand il a fallu la jeter dans la poubelle avec son sable, mais nous n'osions pas regarder son bac, son bol bleu, la petite tasse où elle buvait, son petit panier d'osier où elle miaulait quand nous l'emmenions chez le vétérinaire ou en voyage. C'est toi qui t'es chargé de donner tous ces objets à des voisins, ses jouets, sa petite balle, sa souris en peluche, cette petite poupée indonésienne qu'elle adorait, je les ai cachés pour ne plus les voir. Et ne crois surtout pas que je vais les chercher pour les donner à l'autre ! Ce qui me terrifie justement c'est qu'il faudra que j'achète et que je remette dans la cuisine bac, panier, tasse, soucoupe, râteau.

— Ce nouveau chat, il n'est pas encore ici et déjà tu lui en veux. Et tu lui en voudras sinon toujours du moins longtemps, tu lui en voudras de ne pas être Ange.

— Oui, comme j'en veux à chacun de mes amants de ne pas être toi. »

Je savais que mon souvenir n'avait jamais cessé de freiner Léone dans ses relations avec des hommes, de même que le souvenir d'Ange l'entraînait très vite à se détourner d'un chat que dans un premier mouvement elle avait eu envie de caresser. Je me demandai si Léone n'était pas en train de se libérer de son passé, ou du moins de le vouloir obscurément, en commençant par éloigner la présence d'Ange pour réussir ensuite à éloigner la mienne. Pendant deux ans, chez un psychanalyste, elle avait parlé pour essayer de le liquider, ce passé, de le conjurer, sans résultat apparent. Mais peut-être qu'une nouvelle modulation s'amorçait du fond d'elle-même. J'en doutais car dans son regard je rencontrais Ange plus précise que jamais. A moi aussi Ange s'imposa, de nouveau ma main voulut couler sur elle, s'arrêtant pour taquiner la base des oreilles, se creusant avec une tendre force sur ses flancs, s'évasant avec douceur au bas des reins ; ma bouche cherchait le petit museau inépuisable de fraîcheur et rose comme les oreilles quand je les regardais de face, transparentes dans un rayon de soleil. Nous nous lisions l'un l'autre à livre ouvert. Il est vrai que certaines des pages étaient obscures pour elle comme pour moi. Je savais prévoir l'instant où elle se gratterait l'oreille, l'instant où elle entreprendrait sa toilette, celui où elle l'interromprait pour un immense bâillement au bout duquel elle plongerait son regard dans le mien et sauterait sur mes genoux. Mais si je sentais naître ses projets je n'en perçais pas la cause, pareil à elle qui, sans doute, ne comprenait pas qu'ayant un rendez-vous je partisse en courant sans même lui gratter la nuque. Il lui arrivait, à mon retour, de me marquer son dépit ; au lieu de se couler entre mes jambes en miaulant et ronronnant de plaisir tout à la fois, elle m'attendait, feignant de ne pas me voir, dans la posture impériale d'un chat égyptien. Alors je me mettais à quatre pattes. Elle essayait de résister à l'enthousiasme de sa tendresse puis se jetait à mon cou, me faisait un collier de ses pattes. Ensuite elle sautait sur mon dos et, comme le jeu l'exigeait, je courais chevauché par un jockey qui me mordillait dès que je ralentissais l'allure. Pendant ces courses je l'appelais « mon jockey » et elle savait qu'à la différence d'« Ange », « Angèle », « Angine » ces sons ne la désignaient que lorsqu'elle était juchée sur moi, mais il va de soi que d'obligatoires mystères demeuraient entre nous, jamais elle ne comprendrait pourquoi je la comparais à un jockey, ni moi pourquoi, certaines fois, au lieu de rester sur mon dos elle courait à ma hauteur, nous transformant en deux chevaux de compétition, compétition qu'elle se gardait de gagner alors que d'un bond elle aurait pu me distancer. Après la course, nous nous félicitions mutuellement. Mais jamais nous ne nous félicitâmes avec un abandon éperdu sauf en ce jour de joie qui me demeure toujours présent comme une fanfare : de l'étroit toiton fortement incliné qui court sous les fenêtres et qu'elle hantait volontiers, elle était tombée sur les pavés de la cour cinq étages plus bas, son corps était apparemment intact mais le vétérinaire craignait des hémorragies internes et depuis une semaine elle gisait sur le lit entre deux coussins, avalant à grand-peine quelques rares gorgées de bouillon, puis vint le dimanche anniversaire de sa chute où Léone ayant été obligée de s'absenter pour participer à un concert donné à

Versailles je sortis une heure à peine à cause d'un tournage, ce dimanche fut un jour de gloire parce qu'en rentrant je trouvai à la place de l'épave douloureuse une petite Ange assise sur son derrière, bien droite, la queue enroulée autour des pattes, les yeux brillants non plus de fièvre mais de gaieté, de malice. Jamais je ne l'avais entendue ronronner avec un élan aussi sonore. Il exprimait le plaisir qu'elle savourait d'avoir été délivrée du mal et de se retrouver à l'aise dans sa peau, mais aussi, surtout, le bonheur de me faire une surprise merveilleuse. Ce ronronnement signifiait : je suis follement heureuse de te rendre follement heureux par ma guérison.

« Tu penses à sa mort ? »

Elle ne se trompait pas. Chaque fois que je m'offre le délice de me remémorer cet après-midi de liesse, je le paie aussitôt par le déferlement de la nuit d'horreur au cours de laquelle, six mois plus tard, Ange tomba de nouveau et pendant plusieurs heures mourut. Quand, muni d'un coussin, j'avais débouché dans la cour où elle gémissait, sa plainte, à peine me vit-elle, s'était nuancée : puisque j'étais là elle allait cesser de souffrir, sortir de l'incompréhensible, réintégrer les douceurs de sa vie quotidienne. Quand je l'eus remontée dans l'appartement et que le vétérinaire l'eut entourée de linges chauds elle fit un dernier effort pour atteindre les genoux de Léone sur lesquels, croyait-elle intensément, elle retrouverait la sécurité. Cette confiance qui s'adressait à des dieux tutélaires que nous n'étions pas nous désespérait. Devant son cadavre nous nous retrouvâmes les doigts ensanglantés et les yeux en larmes.

Ces anciennes larmes remontèrent ensemble et Léone renversant la petite table se jeta dans mes bras ; les joues mouillées, nous nous étreignîmes, debout, oscillant, écrasant quelques-unes des cerises qui jonchaient le tapis.

Nous avons fini par nous agenouiller et ramasser les cerises.

« Selon toi, demanda-t-elle, la tête penchée vers l'assiette, à propos de quoi, à quel moment exact ça a craqué entre nous ? »

Je poussai un soupir que je justifiai en observant :

« Nous nous sommes posé la question cent fois, nous ne sommes jamais tombés d'accord et d'ailleurs ni l'un ni l'autre n'en savons rien. »

A l'époque où nous passions de la deuxième à la troisième ère nous cherchions encore à rejeter furieusement l'un sur l'autre les responsabilités du déchirement. Puis nous nous étions mis à rechercher les causes avec un certain calme où la tristesse avait pris la place de la colère et il est plus triste d'être triste que d'être méchant. Il arrivait encore, mais rarement, qu'explosent de nouveau nos anciens éclats. « Tu m'as détruite après avoir détruit ma mère ! » Elle disait « papa » en évoquant son père, mais elle n'avait jamais pu dire « maman » même en s'adressant à Odette qu'elle avait connue trop tard. « Tu m'as détruite en me faisant boire, en me dégoûtant du violon, en m'empêchant de dormir par tes cirques, la veille d'un concert. Et tu as massacré *Les Trottoirs ensoleillés* en effaçant le rôle de ma mère pour donner trop de place à ses partenaires (parfois se trompant elle disait : ses adversaires). Et quand elle a fait un autre film sans toi, par envie, tu ne lui as donné que de mauvais conseils. Quand elle a voulu l'appeler *Le Cadavre exquis* tu l'as intimidée en prétendant que ce titre était la propriété des surréalistes. Mais les surréalistes l'avaient trouvé par hasard. Ma mère avait donc autant de droits qu'eux pour le trouver par hasard elle aussi. Et quand Cocteau l'a encouragée en lui assurant que le hasard était la mécanique la plus précise du monde tu as prétendu qu'il s'agissait d'une boutade qu'elle devait se garder de prendre à la lettre. Résultat : le film s'est appelé *Fort avant dans la nuit,* c'était le bide, elle a été ruinée, moi avec, et tu me reproches en plus de ne pas gagner assez d'argent alors que tu as trouvé indigne de moi que j'accepte d'être harpiste à bord des bateaux-mouches, et j'adore la harpe ce que tu savais très bien. » Il arrivait aussi pendant ces éternels débats, mais ce mouvement était plus récent, que l'un s'étant reconnu coupable l'autre aussitôt s'accusât. C'était même ainsi que se terminaient maintenant la plupart de nos controverses. Il était passé le temps où nous nous jetions des verres à la figure, où Léone agitait un browning à crosse nacrée, acheté par sa mère à une antiquaire qui lui avait assuré que cette arme avait été utilisée par Mme Caillaux pour assassiner Calmette le directeur du *Figaro.*

La table relevée, l'assiette remplie, nous éprouvâmes ensemble le besoin d'un entracte.

« Veux-tu un peu de musique ? »

Elle se dirigea vers l'électrophone. Jadis elle aurait pris l'un de ses violons et se serait lancée dans un allégro de Mozart, ou encore elle aurait improvisé. Après le montage des *Trottoirs ensoleillés* elle avait même réussi l'exploit d'improviser devant l'image, tantôt s'inspirant de morceaux qu'elle connaissait, tantôt s'abandonnant à son émotion. Depuis des années ses instruments étaient enfermés dans l'ombre d'un petit cabinet qu'elle appelait le cagibi et le seul violon apparent était, appendu au-dessus du lit, un Stradivarius qui était censé avoir appartenu au grand-père de Cocteau et avoir été offert par celui-ci à Erik Satie. Comme je le redoutais elle choisit *La Leçon de ténèbres* chantée par Alfred Deller. Le plus souvent Couperin me plaît tout bonnement, mais ce morceau a le pouvoir de me faire perdre l'espoir et la tête. J'ai lu qu'il avait pour origine un chant grégorien lié aux trois journées sombres qui précèdent

Pâques et que son nom signifiait l'extinction progressive des lumières symbolisant l'abandon de Jésus par ses disciples, et encore que l'on pouvait soutenir que l'expression remontait à l'époque où la cérémonie avait lieu à l'aube et même, selon certains, à ces années qui précédèrent l'an mille où dans des tours percées de meurtrières des fidèles passaient la nuit à attendre le retour d'une lumière qui peut-être ne pointerait jamais. Mais le pire c'était la voix de Deller qui n'était ni masculine ni féminine, ce que j'ai apprécié chez beaucoup de contre-ténors, beaucoup plus féminine que masculine, beaucoup plus infernale que féminine, d'une beauté suprêmement malsaine qui charmait la part malsaine de Léone, cet héritage maternel que j'avais involontairement contribué à développer. Pour désarmer les funestes accents de Deller, je décidai de parler :

« Tu sais, ce matin, j'ai sauté en parachute.

— Moi aussi, répondit-elle paisiblement. Avec des copains de mon père qui étaient officiers à Dakar. C'était contraire à tous les règlements. Je n'avais même pas seize ans. Ça s'est fait à l'improviste et il se trouvait que pour une fois j'étais en jupe de sorte que je me suis glacé les jambes.

— Tu as eu peur avant de sauter ?

— Si j'avais eu peur je n'aurais pas sauté. Sauf si j'avais tenu à éblouir quelqu'un parce que, c'est vrai, on ne veut pas ce qu'on fait mais ce à cause de quoi on le fait. En tout cas la descente m'a ennuyée. J'étais passive. Ça me plaît souvent d'être passive au lit mais dans un sport c'est fastidieux. Je préférais bien piloter. Tiens, tu sais ce que j'ai retrouvé ? Ça n'a aucun rapport mais ça t'amusera. J'ai retrouvé un petit poème de toi entre deux livres dans la bibliothèque.

— Tu me montres ? »

Elle se leva. Tout ce que j'attendais du poème

c'est qu'il m'épargnât les effets lancinants de la voix qui continuait de me traquer.

« Je te le lis ?

— Oui, oui ! »

Elle lut :

Causaient gaiement la sentinelle et le trottin
Quand déboucha l'ordonnance du capitaine
Chargé d'un billet doux pour un beau mannequin,
Pour Valentine Roux le grand metteur en scène
Et d'un champagne sec pour le modèle Arlette
Car il était, ce capitaine, une girouette
Dont la femme passait pour un parfait souillon,
Le fils pour une basse appréciée des salons.

Elle avait appuyé sur certains mots sans que je comprisse pourquoi. Je l'avais écoutée avec stupeur. Je croyais avoir écrit mon dernier poème à quatorze ou quinze ans quand j'étais amoureux de ma lycéenne. Que l'émotion poétique, sur le tard, m'eût troublé une nouvelle fois passe encore mais je n'encaissais pas qu'elle m'eût inspiré ces « vers de mirliton » comme aurait dit mon père. Pourtant, sur le feuillet que brandissait Léone je reconnaissais mon écriture.

« Tu trouves cela idiot ?

— Oui...

— C'est fameux ! Tu as échoué à ton propre test. Rappelle-toi qu'il y a quinze ans, après avoir écrit ce poème, tu le montrais à tes amis qui ouvraient des yeux ronds comme toi en ce moment. J'ai été la première à découvrir le sens de ce poème et pourquoi tu l'avais intitulé *Les Travestis.*

— Les travestis ! »

Et je me rappelais : c'était en avion que pour me désennuyer j'avais composé ces vers dont le thème consistait à enchaîner des mots féminins représentant des sujets masculins et l'inverse. Tous mes interlocuteurs avaient échoué sauf Léone et je n'en regrettais que plus qu'elle laissât maintenant couler son intelligence à la dérive.

« En même temps j'ai retrouvé ça. »

Sur une feuille de papier quadrillé je reconnus un bouquet où j'avais tracé avec des crayons de couleur des fleurs imaginaires qui ne parvenaient d'ailleurs pas à s'évader entièrement de la réalité, ne tirant leur nouveauté que d'un mélange de formes existantes, celle d'une rose et d'un anthurium, d'une marguerite et d'un lilas. En marge de chaque fleur j'avais écrit en anglaise les noms de mes inventions, asprée, starille, ipsodèle, aguette.

« Tu te rappelles pourquoi tu avais dessiné ces fleurs ? C'était ma fête, tu n'avais pas trouvé de fleurs alors tu les as imaginées. »

Associé à celui du chauffeur innommable, le souvenir de M. Crocus m'atteignit et je demandai bêtement :

« Il était mort le fleuriste ?

— Non, fermé. Pourquoi mort ?

— Parce que celui de Germaine est mort.

— Je n'aurais jamais imaginé un fleuriste mort. Un boucher, un boulanger d'accord mais les fleuristes non.

— Tu les crois immortels ?

— Comme leurs fleurs.

— Elles meurent aussi les fleurs !

— Pas vraiment. Une rose fait semblant de mourir, on la jette et puis on la retrouve dans un magasin ou un jardin. Avec le poème et le bouquet j'avais épinglé un texte de mon écriture que j'avais copié dans un livre. C'est un passage d'une lettre écrite par l'une des maîtresses de Musset. Leur couple m'avait fait penser au nôtre. Je te le lis : « *Comme il le dit lui-même dans les jours de bon sens et de franchise, c'est un labeur de se laisser aimer par lui. Je suis aimée et même adorée, plus encore maintenant qu'au commencement mais il est des points par lesquels nous nous touchons si rudement qu'il y a douleur pour tous deux et si insupportable que dans ces moments ni l'un ni l'autre n'en peuvent plus. Nous nous aimons mais nous aimons à la folie nous tourmenter. Nous délirons à deux. Nous nous caressons et nous nous déchirons. Souvent aussi nous nous offrons des pauses de tranquille bonheur pendant lesquelles nous prenons la résolution de ne plus tomber dans nos excès. Nous sommes faits l'un pour l'autre et faits pour nous faire du mal. Tantôt je maudis le jour où je l'ai connu, tantôt je ne me rappelle plus que nos ivresses, nos joies, notre difficulté à nous quitter fût-ce pour deux heures, notre enthousiasme en nous retrouvant. Comment cela finira-t-il ?* » Tu vois, commenta-t-elle, tu vois... »

Elle prit la bouteille, sans la regarder, les yeux fixés sur moi.

« Tu ne crois pas qu'on pourrait encore essayer d'être heureux ? »

Puis elle s'aperçut que la bouteille qu'elle avait penchée au-dessus de mon verre était vide. Il ne s'échappa qu'une goutte du goulot. Ce refus semblait une réponse à sa question.

« On va continuer à la framboise, dit-elle, c'est aussi un alcool blanc, il m'en reste un fond. »

Quand elle revint de la cuisine ses yeux étaient humides.

« Je pense à ma pauvre duchesse. Par hasard, elle avait connu papa avant la guerre. Elle était la dernière personne, à Paris, avec qui je pouvais parler de lui. Les obsèques auront lieu à Sainte-Clotilde, tu viendras me chercher, nous irons ensemble.

— Impossible. Je te l'ai dit : après-demain je serai en Inde.

— Qu'est-ce que tu vas faire là-bas ?

— Tu me l'as déjà demandé. Je pars faire mes repérages à Mépour. »

Je ne me rappelais plus très bien si je lui avais

fourni ces explications ou si je confondais avec Germaine. J'étais fatigué. La morsure parfumée de la framboise m'avait achevé. Un instant je faillis lui apprendre que j'avais démissionné et que je jouais ma dernière carte sur un film. Puis je craignis de l'inquiéter. Pendant un an je gagnerais largement ma vie. Dans un an on verrait bien. Hâtivement je lui fis un chèque que je lui tendis.

« Merci. J'en avais sacrément besoin. J'ai deux élèves qui m'ont claqué dans les pattes, il ne m'en reste plus qu'une, Isabelle, la petite du Conservatoire, mais elle est fauchée, je ne la fais pas payer, elle m'apporte des fleurs qu'elle pique dans le jardin de ses parents à Chatou. Alors tu pars encore une fois ? Tu passes ton temps à t'en aller.

— Et je vais même me sauver tout de suite. D'ici demain soir c'est fou ce que j'ai comme préparatifs à terminer. »

J'eus du mal à partir. Elle me proposa une dernière cigarette, un dernier verre, selon une méthode éprouvée à laquelle nous devions bien des nuits blanches. Enfin je parvins sur le palier. Elle m'envoya un baiser du bout des doigts et sourit :

« Quand tu reviendras il y aura un petit chat. Je me demande comment je vais l'appeler. »

La rue était chaude et humide. Je marchai vite, n'osant pas regarder l'heure à ma montre. Au carrefour Bac-Saint-Germain il y a une horloge, je baissai pudiquement les yeux pour éviter de la voir. J'avais peur qu'il fût trop tard pour appeler Juliette.

Il était trop tard, presque deux heures et demie comme je m'en aperçus avant de décrocher le téléphone. Si j'éveillais Juliette après qu'elle avait absorbé son somnifère, son humeur s'en ressentirait et je ne la ferais pas revenir sur son refus de partir avec moi. Je manœuvrai la petite aiguille du réveil, je remontai la sonnerie, de la sorte je pourrais joindre Juliette avant son départ pour le bureau. Je portai le réveil dans ma chambre et je le déposai sur la table de nuit en le couchant sur le dos, l'animal ne consentant à sonner que dans cette position. J'allumai une cigarette et je me mis à marcher de long en large pour retarder le moment de me coucher, étant de ceux qui n'arrivent pas à se lever le matin ni à se coucher le soir ; je peine, je me contrains à un effort contre moi pour me décider à quitter l'état dans lequel je suis, veille ou sommeil n'importe ; allongé sur une plage je mets longtemps pour me décider à reprendre la position verticale et à entrer dans l'eau, une fois que j'y suis, sauf si elle est vraiment froide, je ne peux plus me résoudre à en sortir ; partir en voyage m'est pénible, et pénible aussi d'en revenir. Je me tins un discours pour me persuader que si je voulais au matin trouver chaleur et éloquence pour m'adresser à Juliette je devais profiter du nombre d'heures de sommeil qui me restaient. J'entrepris donc de me déshabiller. Une fois le processus enclenché je savais qu'il ne s'interromprait plus, je me glisserais entre les draps, j'avalerais mon somnifère, je lirais jusqu'au premier bâillement qui m'ordonnerait d'éteindre. Tout se passa comme prévu jusqu'au moment où, m'étant allongé dans le lit et ayant pris mon somnifère, j'entendis la sonnerie du téléphone.

C'était Léone, elle voulait savoir si j'étais bien rentré. Elle voulait aussi s'épancher sur la mort d'Aurore d'Albassoudun dont on lui avait téléphoné quelques détails touchants que je n'écoutai pas ; j'écoutais seulement la voix de Léone, cette voix qui avait changé depuis que pour la première fois je l'avais entendue rire au bord du Sénégal et que je retrouvais par instants intacte quand elle s'abandonnait à un accès de gaieté. Nous finîmes par nous souhaiter bonne nuit, je réintégrai mon lit que je dus quitter sur l'ordre du téléphone qui récidivait. J'avais cru que Léone qui est une bavarde nocturne éprouvait le besoin de prolonger son discours mais je reconnus la voix d'Hurlu. Il s'en voulait d'avoir omis de me demander de mes nouvelles. Après ce malaise n'avais-je pas trop peiné sur la route ? Je le remerciai, je me recouchai en hâte redoutant que ces deux appels n'eussent troublé les effets du somnifère. Au lit j'ai tendance à relire des textes que je connais à fond, or j'avais commis l'imprudence de choisir une histoire d'Hannibal qui traînait depuis longtemps dans ma bibliothèque et que je n'avais jamais lue. Dès les premières pages j'avais été frappé par une analyse de l'auteur tendant à démontrer que l'échec d'Hannibal était surtout dû à l'absence de toute carte qui lui permît de se diriger sûrement à travers l'Italie. Je n'avais jamais pensé que d'importantes guerres mobilisant des dizaines de milliers d'hommes commandés par de grands stratèges avaient pu se dérouler en toute ignorance des lieux et que sans doute cette brume avait noyé le front des généraux jusqu'au XVIe siècle. Mon étonnement présentait l'inconvénient de me ramener à moi. Je m'agitais dans mon lit. Le tic-tac du réveil emplissait ma chambre. Le réveil se mettait à me parler, il ne me disait pas tic-tac, il répétait des mots inutiles : ca-va-lier, veux-tu-bien, veux-tu-bien, mar-ron-nier, etc. J'empoignai le réveil et je le déposai dans l'entrée de sorte que son murmure en fut affaibli et qu'il restait néanmoins assez proche pour qu'au matin sa sonnerie qui était d'une hargneuse stridence me parvînt. Puis je fis acte d'autorité en éteignant. D'abord je plongeai dans l'agréable. Mais je ne pouvais m'empêcher de penser donc je pensais que ce moment était léger et agréable et que je n'en avais pas rencontré beaucoup d'autres dans ma journée — sauf peut-être la descente en parachute. Je considérais avec soulagement les ténèbres qui effaçaient les limites de ma chambre. Je me rappelais que j'étais fatigué et qu'enfin je me reposais. Le contact des draps et de mon corps m'émut. Je favorisai la naissance d'un certain état qui se prêtait à la masturbation parce que j'attendais de celle-ci qu'elle me préparât au sommeil. Il fallait que je me trouve, auxiliaire de mon geste, un thème, c'est-à-dire une héroïne et une circonstance. Pas question de recourir à Germaine, à Léone, ni même à Juliette parce que j'associais aussitôt celle-ci au souvenir d'Évariste et qu'une indéniable rancune affluait vite, qui compromettait mon entreprise. Je trouvai d'abord le lieu, une cabine de wagon-lit, celle-ci étant, dans la tradition érotique, autant une circonstance qu'un lieu. Mon héroïne était jeune mais je ne me précisais pas encore son âge ; l'homme je lui donnais une quarantaine d'années, complet anthracite, cravate stricte, il m'était plutôt antipathique. Tout à coup Lise incarna l'héroïne, en jean comme à son habitude. J'entendais rouler le train. Il m'aidait à oublier le rabâchage du réveil. Ce fut assez réussi ; la scène se déroula à ma convenance. Dans l'obscurité je courus me laver dans la salle de bain puis je revins persuadé que le sommeil était à ma disposition.

Une heureuse fatigue m'incitait à me lover en chien de fusil et à savourer un bien-être câlin et douillet à travers lequel je croyais m'endormir. Mais je fus attaqué par des mots. Je croyais me rappeler le début du poème que Léone m'avait lu : « *Sur un trottoir la sentinelle et le trottin...* » Malgré le masque noir que je passe toujours en me couchant et malgré des paupières closes je voyais des mots se former en lettres blanches. Toute la journée j'avais été soumis à l'empire des mots ce qui prouvait à quel point je leur étais sensible. Germaine avait raison, je m'étais trompé, vingt ans plus tôt, en m'engageant dans les images et je venais de me tromper, encore une fois, en me lançant dans ce film. Une formule usée se ranima pour briller, toute blanche, sinon devant mes prunelles du moins dans mon cerveau : « Tu as creusé toi-même le gouffre où tu t'enfonces. » Les lettres sautillaient en moi au rythme du sang qui battait mes oreilles comme la mer les parois d'une grotte au creux d'une falaise. Parfois le mot *gouffre* faisait place à un autre cliché, *abîme*. Je rallumai, ce qui ne m'avança pas. Je contemplai stupidement le verre d'eau sur la table de nuit, la fresque bigarrée des livres sur les rayonnages, mon pantalon qui traînait sur le tapis, mes souliers qui lorsqu'ils ne contenaient plus mes pieds se ridaient, vieillissaient d'un an. Pour me réconforter il fallait que j'agisse : je m'offris un demi-comprimé supplémentaire puis j'éteignis vaillamment. Je me couchai sur le côté droit et il me sembla que mon cœur cognait moins fort dans ma poitrine et que la trépidation de mes tympans s'apaisait. Encouragé, je fis usage d'une méthode qui me réussit souvent : je choisis parmi les livres que je relisais depuis l'âge de six ans *Les Cinq Sous de Lavarède* et j'entrepris pour la millième fois de me raconter l'histoire de ce jeune journaliste criblé de dettes qui, pour hériter d'un cousin milliardaire, doit, selon les clauses du testament, faire le tour du monde en ne dépensant pas plus de cinq sous. Sinon la fortune reviendra à un Anglais qui est chargé de contrôler le voyage de son rival et qui a tout intérêt à se montrer vigilant. D'habitude, lassé par des péripéties que je savais par cœur je m'endormais au moment où, tout en faisant la cour à Miss Aurett, Lavarède s'apprêtait à traverser l'Amérique centrale qu'il avait réussi à atteindre grâce à des ruses variées ; il arrivait que je fusse entraîné à poursuivre plus loin le récit et que le sommeil ne me vainquît qu'à San Francisco lorsque Lavarède après avoir jeté le cadavre à la mer se glisse dans le cercueil vide qu'un navire emporte vers la Chine. J'éprouvai un début de panique quand je m'aperçus que le navire commençait sa traversée, que Lavarède souffrant de la faim faisait une expédition dans les cuisines qui avait pour résultat de faire croire à l'équipage qu'un fantôme était à bord. Miss Aurett se faisait enfermer dans la chambre des morts pour ravitailler Lavarède qui lui devenait de plus en plus sympathique, je ne dormais toujours pas. Le journaliste trouvait le temps de se faire incarcérer en Chine, d'être condamné à mort, de s'évader du plateau des supplices grâce à un ballon apporté par la Providence. Il survolait l'Himalaya en compagnie de Miss Aurett et de son père, il descendait un fleuve glacé sur un radeau, il atteignait une gare à la frontière russe, frauduleusement il parvenait à Trieste, en sous-marin il touchait Messine. Quand je le vis reprendre pied sur la terre française je sus que pour la première fois j'arriverais au bout de son tour du monde et j'y arrivais en effet, il fit son entrée dans Paris à bicyclette et grimpa quatre à quatre les escaliers du notaire pour toucher son héritage et serrer Miss Aurett sur son cœur. Désarmé, je ne rencontrai plus que le vide. Je déclarai à haute voix :

« Il va refaire son tour du monde à l'envers. »

Parler tout seul dans la nuit me fait peur depuis mon enfance, j'imagine qu'un ennemi me cherche et que par ma voix je lui ai permis de localiser ma présence. Pour effacer cette impression irritante je fis redescendre à Lavarède l'escalier du notaire ; il remonta sur sa bicyclette et repartit vers le Midi. Cet exercice me rappelait les salles de montage où l'on « remonte » souvent, la fumée rentrant dans la cigarette ou la locomotive, le coureur revenant à ses marques, le champignon d'Hiroshima se dégonflant jusqu'au néant. Il était dangereux, au moment où je guettais le sommeil, d'évoquer tout sujet se rapportant à mon travail, je l'avais appris par expérience. Aussi renonçai-je à poursuivre ce voyage à reculons et en recommençai-je un autre avec *Le Tour du monde en quatre-vingts jours,* livre qui m'inquiétait parce que je le connaissais beaucoup moins bien que *Les Cinq Sous de Lavarède,* que je n'en avais retenu que peu d'épisodes, qu'il n'en comporte pas beaucoup, les moments romanesques étant posés sur un discours à la gloire du progrès comme des assiettes sur une table. Je partais battu d'avance, prévoyant qu'il ne me faudrait que quelques minutes pour boucler le globe en compagnie de Philéas Fogg et de Passepartout. L'arrivée de Passepartout, valet de chambre qui rêve de quiétude chez son nouveau maître Philéas Fogg fameux pour la ponctualité et la régularité de son emploi du temps, la discussion qui s'amorce au club à propos du progrès de la vitesse, le pari, la déception de Passepartout, son effroi quand il se rappelle qu'il a laissé le gaz allumé dans sa chambre, l'apparition du détective en Égypte, le parcours des Indes en chemin de fer et éléphant conjugués, la délivrance d'une belle et ennuyeuse Hindoue qu'on s'apprêtait à brûler avec la dépouille de son mari, la traversée du Pacifique dont je ne me rappelle aucun détail, de l'Amérique qui comporte un duel, un combat avec les Indiens, le passage d'un train sur un pont qui s'écroule derrière lui ; dans l'Atlantique, faute de combustible, on brûle une partie du bateau, enfin la trouvaille : Philéas croit qu'il a perdu et que, par la faute du détective qui le prend pour un escroc en fuite, il était rentré à Londres un jour trop tard, mais non car, s'étant dirigé vers l'est, il a gagné un jour. Pour perdre du temps, puisque mon entreprise était contraire à celle du héros de Jules Verne et que je cherchais à m'attarder avec l'espoir de donner prise au sommeil, je méditai sur la controverse des membres du club, elle tournait autour d'une apologie de la vapeur, donc de la pollution et, à ce titre, elle serait aujourd'hui un objet de scandale, encore que les ennemis du pétrole et de l'atome qui sont souvent des régionalistes patoisant avec effort confondent dans une même tendresse le rouet et la locomotive à vapeur en dépit de la fumée qui encrasse les prairies et les feuillages. Ce thème ne me menant pas plus loin je m'essayai à imaginer un club anglais ; cette institution ne m'était connue que par les romans mais j'en ressentais la sérénité rigide parfumée par les cigares, j'en écoutais les longs silences que le pas feutré et digne des domestiques ne troublait pas et je m'aventurais dans une comparaison avec les cafés les plus traditionalistes de Vienne, celui de l'hôtel Sacher, le Landtmann, le Demel, comparaison qui tourna court et m'abandonna en face de mon insomnie. Pendant la journée, quand j'entends sonner l'horloge d'une église, je reçois ses coups avec effroi, leur son me rappelle celui des insomnies durant lesquelles l'écoulement trop rapide du temps est dénoncé par les clochers voisins.

Il y a trois espèces d'insomnies, celle que j'étais en train d'affronter, celle qui vous surprend en pleine nuit, celle la plus agaçante qui intervient une heure ou deux avant le lever et qui se prolonge assez longtemps pour qu'on ne retombe dans le sommeil que pour quelques minutes au bout desquelles le réveil est d'une nauséabonde cruauté. Je savais pourquoi je ne dormais pas : je voulais m'empêcher de penser à mes responsabilités envers Germaine, Léone et même Juliette. Ma volonté de respecter cet interdit ne me permettait pas de m'abandonner, de me laisser aller, de faire la planche. Cette dernière image prit de la force, je me vis flottant dans une eau glacée et aussitôt je me pelotonnai, rassemblant contre mon corps drap et couvertures, devenant chat donc amoureux de la chaleur. Quand je m'éveillai le jour frappait verticalement la cour. Je courus vers le réveil. Il était midi. D'abord je crus que la fatigue m'avait empêché d'entendre la sonnerie puis je remarquai qu'il était debout ; quand je l'avais déplacé, j'avais oublié de le remettre sur le dos, il s'était tu.

Juliette détestant qu'on l'appelle au bureau, il était maladroit de s'y hasarder mais je n'avais pas le choix, demain, à cette heure-ci, mon avion finirait de survoler la Grèce.

Il me fallut chercher dans mon carnet le numéro du bureau tant j'étais peu habitué à l'appeler. La standardiste me passa une secrétaire et, après un silence qui me parut très long, je reconnus la voix de Juliette. Je n'avais pas eu le temps de préparer ni un argument ni un charme. Je ne sus que lancer sur un ton de reproche :

« Tu sais que c'est demain le départ ! Je t'ai appelée trente-six fois sans pouvoir te joindre.

— Je vous ai dit une fois pour toutes que si vous ne vouliez pas retarder votre voyage de quinze jours, vous partiriez seul. »

J'insistai, elle ne m'écoutait pas.

« Je vous souhaite un bon voyage, dit-elle, pour terminer la conversation. D'ailleurs vous n'êtes pas obligé de partir seul, vous pouvez embarquer une autre fille, Lise par exemple. Je vous embrasse. »

Je fis un café et me mis à me promener de long en large à travers l'appartement. Je fumais. De temps en temps je m'arrêtais devant une fenêtre donnant soit sur la rue, soit sur la cour et je regardais sans voir. Je ne pensais à rien pour éviter de penser à quelque chose. J'appelle ne penser à rien laisser son imagination se promener soit sur des chemins déjà connus qui ne mènent nulle part, soit à travers champs vers des horizons fermés. Je suis Grouchy, je débouche en plein milieu de la bataille de Waterloo, alors, étant devenu Napoléon, je la gagne, je couche à Bruxelles puis, comme j'ai détruit la cavalerie prussienne, j'entre à Berlin. Je suis un groupe de biologistes qui s'empare de Hitler et grâce à une piqûre dans le cerveau le transforme en un homme d'une bonté parfaite, il évacue la Hollande, la Belgique, la zone occupée, reconstitue la Pologne en exigeant de Staline le retrait de ses troupes, bien sûr il a déjà ouvert les camps de concentration, supprimé les lois raciales ; son attitude devrait décourager une intervention américaine ; mais que va faire Churchill ? La paix n'est pas dans son caractère mais il est mis en minorité aux Communes, Chamberlain le remplace, Hitler lui dit : « Je me creuse la tête, je cherche ce qui pourrait vous faire plaisir. — Ce qui me fait plaisir, lui répond Chamberlain, c'est que vous soyez content. » L'histoire est devenue bonne et vide, je reste bouche bée devant son absence. Les parents de Napoléon, de Hugo, de Stendhal, de Flaubert, de Balzac, de Zola ont oublié de copuler et j'entreprends d'imaginer la France politique et littéraire du XIXe, en partant de la certitude que la France était portée par une vague et que si ces héros lui avaient manqué, celle-ci en aurait soulevé d'autres. Puis je constate qu'il est trois heures et demie. Je me permets une dernière cigarette en regardant au-dessus des toits le ciel tout gris. Elle s'éteint, j'ai envie d'en allumer une autre encore mais je me donne l'ordre de passer dans la salle de bain. Dès lors le mécanisme habituel enchaîne le mouvement : se laver les dents, se raser, se doucher, se sécher, s'habiller. Ces gestes ne portent guère de pensée ni de sensation ; dans le silence qui suit l'arrêt de la douche je remarque seulement avec émotion le cri des hirondelles au-dessus de la cour, puis quand je passe du linge propre et frais j'éprouve le plaisir de rajeunir. Quels vêtements emporterai-je en Inde ? De la penderie j'extrais mon sac à dos où j'empile mes souliers de montagne, des chandails, des chemises en nylon faciles à laver, des jeans. Il faut que je choisisse entre deux caméras, super-8 ou 16. Je finis par opter pour ma caméra 16 Bell and Howell. C'est un vieux modèle, cette caméra de 16, dédaignée par les amateurs et toujours appréciée par les professionnels. Inconvénient : elle est lourde, la pellicule est lourde aussi et chère et n'est pas nécessaire si je me borne à faire du repérage mais peut-être le hasard me permettra-t-il de tourner un incident qui pourra, après gonflage, prendre place dans mon film. On oublie toujours quelque chose mais à cette réserve près je n'ai plus qu'à considérer mon sac comme terminé. De nouveau je suis vacant. Sous l'empire de l'alcool, de la drogue, d'une extrême fatigue on admet cette vacance, on en souhaite le prolongement, ou encore si l'on flotte entre deux moments de sommeil, mais debout, bien éveillé, disponible, on est obligé d'agir. On peut se donner le change en allumant une cigarette mais le leurre de cette action n'est pas durable, il faut ensuite se résoudre à s'élancer. Je m'élançai vers le téléphone et trouvai le courage de rappeler Juliette à son bureau. La voix d'une secrétaire me posa la question fameuse :

« C'est de la part de qui ? »

Au bout d'un silence assez long la voix me répondit que Mlle Juliette Aligre était partie pour Londres en début d'après-midi.

J'avais raccroché persuadé qu'on m'avait menti et que Juliette n'était absente que pour moi. Sans réfléchir davantage je rappelai Juliette et lorsqu'au bout du fil je me heurtai à la même voix je changeai la mienne, lui donnant une inflexion étrangère qui, selon moi, la rendait méconnaissable et qui ne prétendait se rapporter à aucun pays particulier, l'accent dont j'avais usé, au sortir de mon rêve, à l'intention du serveur sur la terrasse du petit café.

« C'est de la part de qui ?

— Les laboratoires Walter. »

Ce nom avait surgi tout seul et je le jugeai parfait ; il pouvait aussi bien passer pour anglo-saxon ou suisse, pour français ou pour allemand, on pouvait aussi se tromper, entendre Voltaire et pourquoi n'y aurait-il pas eu des laboratoires Voltaire comme des fauteuils puisque j'avais jadis connu une fille qui utilisait des produits de beauté Stendhal. J'étais si content de moi que je m'attendais avec certitude à retrouver une Juliette qui éclaterait de rire en découvrant ma supercherie et, ayant recouvré sa bonne humeur, accepterait de partir le lendemain matin. Mais la même secrétaire me répondit que Mlle Aligre était à l'étranger, que la date de son retour n'était pas fixée.

Je m'étais mis à fouiller frénétiquement dans mes poches. Je cherchai et je trouvai le numéro de téléphone de Lise. Étant passé du clair au sombre je m'attendais à ce que la sonnerie restât sans réponse. Le déclic me prit de court. Je m'expliquai laborieusement avec une dame inconnue qui se révéla comme je supposais la mère de Lise. Celle-ci était « chez Abra » mais elle avait laissé une commission pour moi, un numéro auquel je pouvais l'appeler ce que, sans réfléchir davantage, je fis en enchaînant le geste de celui qui raccroche au geste de celui qui décroche. J'obtins un accent vaguement étranger qui ressemblait à celui que j'avais emprunté pour incarner les laboratoires Walter. J'appris que Lise était sortie et qu'elle ne tarderait pas à rentrer. Je notai l'adresse et mon interlocuteur voulut bien me préciser que la rue Mandar donnait dans la rue Montorgueil. Cinq minutes plus tard j'attendais l'autobus numéro 70, rue de Sèvres, sous un soleil malade. Des brumes dérivaient au-dessus de Paris, il faisait frais et humide. C'était un automne parfaitement bien imité ; le vert des frondaisons du square Boucicaut était vif mais il arrive après un été pluvieux que les feuilles gardent leur couleur et leur fraîcheur jusqu'aux premiers jours de novembre. Le seul démenti était donné par le chant d'un merle, cet oiseau renonçant à moduler des trilles en juillet et ne poussant guère en automne que des cris brefs quand, exalté, il picore la vigne vierge. J'en avais oublié Paris et je faillis laisser passer mon autobus. Mon intention était de descendre à Châtelet et de traverser les Halles à pied pour donner à Lise le temps de revenir. Je m'étais assise en face d'une fille qui lisait un livre. Dans un lieu public je ne peux pas m'empêcher de chercher à savoir dans quel chemin creux, sur quel canal, sous quel ciel verbal, au fond de quelle alcôve, le lecteur mène une vie secrète qui le retranche des autres. En me penchant sous prétexte de renouer le lacet de ma chaussure je distinguai la couverture du livre, *Chéri*, de Colette, les lendemains de la Première Guerre, hantés par des garçons trop jeunes et des femmes trop expertes et, comme aujourd'hui, un mélange de printemps et d'automne. La jeune liseuse qui était ronde et fraîche avait été sensible à l'intérêt que je lui portais et, de sa main libre, elle tirait à intervalles presque réguliers sur sa jupe pour la ramener sur son genou gauche, gardant les jambes croisées assez haut, lisant toujours mais l'esprit partagé entre les saveurs où l'enveloppait Colette et le souci de donner une certaine idée d'elle-même à celui dont il lui fallait, telle est la règle des transports en commun, subir la proximité, pendant un certain laps de temps. L'avantage de l'autobus et du métro sur le taxi est que l'on peut faire face à l'autre et que si le véhicule est peu achalandé, on a le loisir en y pénétrant de choisir son vis-à-vis. Ses cheveux châtains séparés par une raie brillaient comme la fourrure d'un animal en bonne santé ; les yeux baissés sur le livre elle semblait non pas lire mais se recueillir, ses joues étaient gaies mais l'effort de concentration sur la page imprimée se traduisait par de la tristesse sur ses lèvres. Je l'isolai du paysage que nous parcourions qui, fait de feuillage, de palais, de devantures de café et d'église, devenait un fond semblable aux ondulations de la campagne toscane. Comme dans un musée un visiteur, après une longue station, se décide à échapper à un tableau pour reprendre sa marche, je me levai quand l'autobus fut parvenu au Châtelet, descendis vivement et me lançai vers les Halles avec bonne humeur. Autrefois je ne remarquais pas mes moments de bonne humeur, maintenant j'étais tenté de les répertorier.

La fontaine des Innocents toute blanche semblait aussi jeune que les arbres récemment plantés qui l'encadraient. La température s'était brusquement élevée et le ciel purifié. Tout se passait comme si les gens que je croisais avaient prévu ce changement, tous en bras de chemise et robe légère. Les terrasses de café étaient combles, vieux touristes, jeunes oisifs, certains jouant de la guitare, les autres les écoutant. Je sentais la proximité de Beaubourg, où un flot cosmopolite se laissait attirer par les instruments de la culture, et des porches de la rue Saint-Denis grouillants de filles. Sur ma gauche je ne voulais ni me rappeler ce que les Halles avaient été, temple de métal voué à la sève et au sang, ni m'attarder à juger les édifices bariolés qui étaient passagèrement plantés là. Je me glissai dans la rue Montorgueil qui était inchangée tout comme l'église Saint-Eustache. Je reconnaissais les boutiques et les cafés. Quelques minutes plus tôt ceux dont j'avais regardé les terrasses donnaient l'illusion d'être allongés au bord de la mer alors que rue Montorgueil je me retrouvais dans Paris, dans la capitale sans âge où les siècles cohabitaient.

Rue Mandar je trouvai facilement l'immeuble dont la façade XVIIIe peu décorée et pleine de grâce encouragea ma bonne humeur. Sous la voûte un escalier s'offrait à ma gauche et je m'y engageai selon les prescriptions que j'avais reçues. La rampe polie par des siècles de mains donnait au toucher et au regard l'illusion de l'ambre et les volutes de fer forgé qui la soutenaient semblaient non la soutenir mais se suspendre à elle pour exécuter un ballet. Les marches étaient crevassées de fatigue mais les fissures du bois, qui avait « travaillé » sous l'effet de l'humidité, de la chaleur, du poids des hommes, exhibaient des fresques d'inspiration guerrière, des guirlandes figurant le triomphe de l'été, des nez, beaucoup de nez dont les uns se tournaient les ailes, les autres se heurtaient nez à nez, des nez de Tiepolo, de Dürer, de Gavarni ; des paraphes de notaire balzacien, des fesses dont l'une rappelait *Le Printemps* de Botticelli. Ces marches n'avaient pas été encaustiquées depuis un temps immémorable et c'était dommage. Si le bois au lieu d'apparaître terreux avait brillé, il aurait été un miroir châtain déchiré par des chefs-d'œuvre qui auraient rendu mon pas léger.

J'avais lu, ou vu dans des tableaux, que le pied-de-biche avait été utilisé comme bouton de sonnette mais celui-ci était le premier que je surprenais dans cette fonction ; un vrai pied-de-biche avec fourrure et sabot qui, quand je l'eus tiré, actionna un cordon qui provoqua aussitôt le tintement d'un grelot. Il était imprévu que les abristes (ou plutôt les abriques, je crois bien que Lise prononçait abrique quand elle évoquait la secte dont son jules faisait partie), que les abriques utilisassent un signal suranné et j'en venais à penser qu'occupés à créer une tradition, du moins à le croire, ils faisaient appel à des usages abandonnés, lorsque la porte s'ouvrit. En face de moi se tenait un gros vieil homme vêtu d'un tricot de laine brune et d'un pantalon de pyjama tricolore. Il s'écarta pour me laisser entrer dans une assez grande pièce dont le parquet était astiqué avec éclat et orné d'une douzaine de petits bouts de tapis que je pris pour des tapis de prières. Les cinq ou six fauteuils étaient vêtus de housses, même celui où se tenait assise la maîtresse des lieux, aussi vieille et aussi épaisse que son mari, boudinée dans une robe noire à pois blancs comme en portaient autrefois les villageoises de Lucé. Le doute n'était pas permis, je m'étais trompé de porte. Le loisir ne me fut pas laissé de m'expliquer, je me retrouvai poussé dans un fauteuil par mon hôte qui lui-même, avec une agilité belliqueuse, s'était assis à califourchon sur l'unique chaise.

« Nous ne nous laisserons pas gruger. Vous vous lasserez avant nous, mettez-vous ça dans la tête.

— Laisse parler le monsieur. S'il a une nouvelle proposition à nous faire nous l'écouterons. Il va de soi que sauf si elle nous agrée complètement nous la transmettrons à notre avocat.

— Avant de vous écouter, je tiens à récapituler les faits et à vous rappeler nos droits. »

Ils récapitulèrent en se coupant la parole les phases du litige qui les opposait à la société, non pas la société en général qui rend l'homme méchant mais une société particulière vouée à l'immobilier ; tout ce que je pus saisir fut que l'immeuble qu'ils habitaient était destiné à être abattu à l'exception de la façade qui serait conservée et restaurée ; il me semblait que le vieux couple qui, ayant atteint l'âge de la retraite et souhaitant se retirer à la campagne, n'acceptait pas d'être relogé à Paris, était en désaccord avec les promoteurs sur l'indemnité. M'étant levé je leur présentai mes excuses pour m'être trompé d'étage.

« On m'avait pourtant dit au deuxième.

— Vous alliez chez les abriques ? C'est au-dessus. Mais vous n'êtes pas le seul à faire erreur, on dit le deuxième bien sûr, mais c'est le deuxième au-dessus de l'entresol. »

Ils se levèrent pour me racompagner. Je faillis marcher sur une tortue qui sommeillait au milieu d'un petit tapis.

« Ce sont de gentils jeunes gens, vous n'allez pas leur faire des ennuis au moins ? »

J'étais entré avec le visage de l'ennemi et ils ne pouvaient se défaire immédiatement de cette impression. J'appris que l'appartement du dessus avait déjà été évacué par ses locataires et que les abriques avaient obtenu de l'occuper plus ou moins gratuitement jusqu'à la démolition.

« Ils sont juste un peu embêtants quand ils chantent mais, faut en convenir, ils chantent à des heures raisonnables. »

Ils s'étaient mis à m'aimer bien et peut-être redoutaient-ils surtout de se retrouver de nouveau seuls après quarante-cinq ans de vie commune. Cette vie, tout en m'offrant un petit verre de cassis, ils me la montraient répandue en photographies sur les cloisons de la pièce. N'étant pas observateur, je n'avais vu que ce qui s'était imposé accidentellement à mon regard, les fauteuils déguisés en fantômes, les bouts de tapis, la tortue, et m'avaient échappé de petites tables nappées de cretonne sur lesquelles étaient accumulés des pendules inertes, de gros coquillages qui étouffaient le bruit de tous les océans, des blocs d'améthyste, des oasis d'agate et sur les murs des photographies presque toutes encadrées de bois doré où la vie de ces deux êtres et celle de la France se confondaient ; alors que vieux cet homme ressemblait à Michel Simon vieux, jeune il ressemblait à Jean Gabin jeune et, coiffé d'une casquette gouailleuse, il fêtait le Front populaire en jouant de l'accordéon auprès de sa future femme qui maintenant ne ressemble plus à personne et qui, la joue posée sur l'épaule de son coquin, avait quelque chose d'Arletty. Bien que communiste à l'époque, comme il me le rapporta sur un ton d'objectivité légèrement sceptique qui le rattachait à une haute civilisation, il s'était marié à l'église, d'où une photo où au bras de son époux elle adressait, vêtue d'une robe blanche, le clin d'œil aux copains. Lui en soldat pendant son service militaire, lui de nouveau en soldat mais il lève un bras pour montrer ses galons de caporal pendant la drôle de guerre, lui rentrant du stalag débarquant à la gare de l'Est avec quelques camarades. Une photo antérieure de quelques années les montrait tous les deux sur un tandem. Pour la première fois ils avaient pris des vacances et vu la mer. La croissance du fils se mêlait à leur vieillissement. Lui aussi finissait par être soldat, coiffé d'un béret enrubanné il servait au 5e chasseurs pendant la guerre d'Algérie. Il se mariait lui aussi, il avait un fils lui aussi et, terrifié, je me rappelais que le lendemain matin je partais pour Mépour. Dans l'escalier j'eus le remords de les avoir quittés trop brusquement, mais à l'étage supérieur, dès que j'eus obéi à une pancarte qui m'invitait à entrer sans frapper et à conserver mon âme joyeuse, je fus entraîné dans un nouveau spectacle. Pendant le sommeil peut-être passe-t-on ainsi d'un rêve dans un autre. L'appartement était vaste et, à première vue, meublé seulement par des outils. Il y avait une ronéo qui fonctionnait bruyamment, un silencieux métier à tisser, des rectangles de soie sur lesquels couraient des pinceaux également silencieux. Une douzaine de garçons et de filles besognaient docilement, tous en jean encore que, par-dessus le jean, certains portassent une robe noire, très échancrée sur le dos. Le plus âgé portait cette robe noire ; il s'avança vers moi et baissa le tête pour me saluer selon un rituel que j'ignorais mais que par politesse j'imitai.

« Tu viens voir Lise ? Je suis Philibert. »

Je me trouvais en face du dévirginisateur de Juliette et de Lise. Je lui avais imaginé un aspect auquel il ne correspondait pas. Il était petit, trapu, déjà un peu gras et son visage carré était écrasé et flou comme celui d'un gangster qui avant d'attaquer une banque a passé un bas de soie sur sa tête.

En outre il portait une moustache alors que Juliette, dans ses confidences, m'avait décrit, encore imberbe, son jouvenceau de mai 68 et que Lise en me retraçant les étapes de son aventure pileuse m'avait décrit un Philibert barbu comme Marx et Che Guevara puis rasé comme Mao mais avait omis de me signaler qu'en se faisant abrique il s'était emmoustaché. En le regardant de plus près je m'aperçus qu'il avait de beaux yeux à l'iris pailleté, ce que ni l'une ni l'autre ne m'avaient signalé. Son crâne était parfaitement poli et je découvris que ceux et celles qui portaient des robes noires exhibaient aussi des crânes rasés alors que les autres arboraient des chevelures variées, indifféremment courtes ou longues. Je me souvins du cours que Lise m'avait fait et j'en conclus que les enrobés appartenaient à l'élite initiée et les autres aux profanes. Comme j'avais oublié leur dénomination je me permis de demander à Philibert, en le tutoyant puisque c'était la règle en ce lieu, de me rappeler les noms des diverses catégories de fidèles. Avec une bienveillance où entrait une certaine pitié pour mon inculture il voulut bien m'exposer que les AZI, ceux qui portaient la robe noire par-dessus leur jean, étaient les apprentis zélés initiés et les autres les profanes zélés, les PZ. Lise était une PZ, il était lui un AZI.

« J'ai atteint, me dit-il avec une douceur qui excluait toute vanité, une dignité apostolique qui est la plus modeste de notre hiérarchie sacerdotale. J'ai été initié aux simples secrets, plus tard j'accéderai aux secrets fondamentaux et peut-être si je le mérite aux secrets cardinaux.

— Tandis que Lise, demandai-je, n'a eu droit à aucun secret ?

— Non. J'ai prononcé des vœux qu'elle n'est pas encore en état de tenir. J'ai juré d'être chaste, travailleur, sobre et pauvre. En outre les AZI vivent en communautés continuellement, nous les appelons des chapelles, il y a vingt-trois chapelles à Paris au-dessus desquelles siège le caravansérail dont les bureaux, ajouta-t-il fièrement, se trouvent rue de Presbourg. Et lorsque le dieu Abra vient à Paris il descend au Crillon. Lise est encore libre de loger ici ou ailleurs et de ne travailler pour nous que par intermittence. Aujourd'hui elle est allée vendre notre bulletin dans les rues. »

Il me montra une pile sur le plancher, se pencha et prit quelques feuillets où la photographie du dieu Abra, toujours escorté d'un nœud papillon, figurait à chaque page. Dans des encadrés en gros caractères s'étalaient des pensées du dieu qui s'inspiraient de l'évangile maoïste : « Quand Abra prononce une parole elle vaut mieux que toutes les paroles qui sont prononcées au même moment sur la terre... Quand Abra apparaît, plus lumineux que le soleil, les ténèbres s'évanouissent... Tout effort mérite récompense, donner le fruit de son travail à Abra est la plus belle récompense de l'effort fourni. »

Sur les murs je remarquai des photos d'Abra identiques à celles qui rayonnaient dans le bulletin et même un portrait d'Abra stylisé où le nœud papillon devenait le heurt de deux triangles et les touffes de cheveux qui assiégeaient le crâne chauve se métamorphosaient en ailes. Philibert qui avait suivi mon regard observa :

« Ce portrait donne lieu à une controverse qui ne pourra être tranchée qu'aux plus hauts degrés de la hiérarchie. Certains frères — par frères j'entends aussi bien les filles que les garçons car ici la différenciation sexuelle est niée et nous parlons tous au masculin, genre qui a été choisi parce qu'il s'apparente au neutre — certains frères soutiennent qu'il est coupable d'oser représenter le visage d'Abra car le dessinateur ne peut échapper à une subjectivité profanatoire. Ce portrait restera ici, ainsi en ai-je décidé puisque je suis provisoirement le guide de cette chapelle, jusqu'à ce que le grand maître du caravansérail me transmette son ordre. »

Dans la pièce voisine une vieille machine à coudre fonctionnait bruyamment et, en me penchant, j'aperçus par l'entrebâillement de la porte un autre moustachu qui ourlait des foulards de soie peinte.

« Demain, pour changer, Lise ira vendre les foulards dans des boutiques et chez des particuliers du voisinage. Elle est libre d'ailleurs de ne pas y aller. Je prie Abra, avant chacune de mes méditations, de la faire bénéficier de la grâce éclairante. Ce qui est fâcheux c'est qu'elle est encore très attachée aux plaisirs et aux faiblesses du quotidien. Elle arrive mal à parler d'elle au masculin. Ce soir elle préférera peut-être rentrer coucher chez ses parents parce qu'ici le sommeil est limité à quatre heures, pour deux raisons : d'abord en dormant peu nous disposons d'un plus long temps pour travailler pour Abra, ensuite le sommeil est impur car nous ne contrôlons pas nos rêves et nous ne pouvons empêcher l'intrusion d'impulsions coupables. Lise tenait à te voir, reprit-il de la même voix moelleuse et monotone, je ne sais si de votre rencontre sortira le bien ou le mal, que la volonté d'Abra soit faite. »

Nous étions toujours debout au milieu de la pièce, j'avais l'air d'interviewer Philibert, notre situation me paraissait gênante mais elle ne le gênait pas. Il retroussa la manche de sa robe pour consulter une grosse montre nickelée dont le bracelet brillait autour de son poignet velu, presque aussi noir que sa moustache.

« L'heure est venue. »

Avec la prompte virtuosité d'un prestidigitateur il fit naître au bout de ses doigts une clochette dorée qu'il agita en souriant avec entrain. Aussitôt la ruche s'immobilisa puis chacun déposa ses outils et tous se dirigèrent vers un corridor.

« Je vous considère comme un VA, visiteur agréé, donc votre présence ne troublera pas notre fête. Elle va avoir lieu sur le plateau des cérémonies. »

Il appelait ainsi une pièce aux vitres sales qui donnait sur la cour. Par terre étaient allongées des nattes et dans un coin des couvertures s'amoncelaient. A l'autre bout de la pièce des manches de bois étaient appuyés au mur, que je pris d'abord pour des béquilles. Quand j'étais petit, en Bretagne, pendant les vacances ma mère m'avait mené dans une église où les flammes mourantes de quelques cierges éclairaient une statue de bois derrière laquelle le granit était submergé par des ex-voto où des artisans au zèle maladroit et convaincu avaient accolé des diligences aux chevaux emballés, des enfants tombant d'une fenêtre ou disparaissant dans un puits, des jeunes filles courant sur le toit d'une maison en flammes et surtout des bateaux à voile assaillis par la tempête et menacés par les écueils ; sous les ex-voto quelques béquilles formées en faisceau témoignaient de la gratitude de boiteux ou de paralytiques miraculés. Je me posais brusquement la question : Abra faisait-il aussi des miracles ? Quand ils se furent emparés des objets que j'avais pris pour des béquilles je constatai que ceux-ci étaient comparables à des balais-brosses dont on aurait raccourci le manche et supprimé le crin. Les AZI se rassemblèrent en un cercle autour duquel les PZ se refermèrent en carré ; ils s'étaient tous agenouillés en dressant leurs balais verticalement devant eux de sorte qu'ils purent poser leurs mentons et le bout des doigts sur la barre horizontale, ayant réussi à transformer un ustensile ménager en un prie-Dieu remarquable par son inconfort, inconfort voulu sans doute car l'attention que les fidèles devaient apporter à veiller sur l'équilibre de leurs balais faisait le vide dans leurs cerveaux. Philibert debout se tenait au centre. Il leva les mains et le chant commença ; il consistait en une modulation qui n'était pas désagréable, à peine un peu fastidieuse. Deux des filles étaient plutôt jolies, dont l'une le crâne rasé, portait la robe noire de l'initiée, brune, les yeux fatigués par le travail et la veille comme ils l'auraient été par l'amour physique. Toutes les lèvres bougeaient, à peine entrouvertes. Sur un signe de Philibert je m'étais assis sur une pile de couvertures et je me reposais. Le chant fit place à la prière ; au hasard du murmure qui s'écoulait je saisissais quelques mots latins, un Dominus, un Gaudeamus, des consonances arabes ou hébreuses, je reconnus le Mani Padmé houm des Tibétains, amour fut prononcé en français et consommation des siècles en anglais. Ce mélange syncrétique de religions et de langues devait fournir un socle solide à la pensée abrique. Philibert, qui, avec la même virtuosité que la clochette, avait fait apparaître un pipeau dans ses doigts, émettait de temps en temps quelques notes semblables à du morse. Lise entra sans bruit, s'empara d'un balai et s'agenouilla sans que la prière en fût troublée.

« La méditation ! » annonça Philibert.

Toutes les paupières se baissèrent, me rappelant celles de la jeune lectrice dans l'autobus. Je n'osai pas allumer une cigarette. De la cour et des appartements dont les fenêtres étaient entrouvertes montaient des bruits qui prouvaient que le monde extérieur s'agitait, que Paris était là et même Paris le confirma par une lointaine sirène de police. Peut-être les églises se trompent-elles, vaisseaux fermés sur leur propre sonorité qui répercute l'orgue, une toux, un pas, le grincement d'une chaise et suppriment les bruits environnants issus de l'activité d'êtres humains accomplissant des tâches terrestres.

« Et maintenant prions pour ceux qui ne connaissent pas Abra. »

La prière finie, Lise s'avança vers moi un peu intimidée mais apparemment contente de me voir.

« Vous partez toujours demain ?

— Oui.

— Juliette est contente ?

— Elle ne pourra sans doute pas partir.

— Combien as-tu vendu de bulletins ? demanda Philibert.

— Trente-cinq.

— C'est un peu léger. Combien rapportes-tu d'argent ?

— Je n'ai pas compté. »

Elle lui tendit un sac de toile kaki où des pièces de monnaie tintèrent entre des billets de banque. Il le saisit et nous le suivîmes jusqu'à la pièce où se trouvait la machine à coudre. Dans un coin s'ouvrait une vasque de cuivre sur les flancs de laquelle serpentaient des dragons. Je connaissais ces chinoiseries qui, fabriquées en Angleterre sous la reine Victoria, avaient fini par prendre, tant l'art et l'âge sont confondus par notre époque, un certain prix. Il vida le sac ; pièces et billets rejoignirent les pièces et les billets qui l'emplissaient.

« Tu aurais pu compter, protesta Lise. Je n'ai vendu que trente-cinq bulletins mais les gens m'ont largement payée parce qu'ils me trouvaient gentille.

— Gentil. Habitue-toi à parler de toi au neutre. Tu serais un sot si tu t'entêtais à cultiver ce préjugé de la langue française.

— D'accord je suis un sot et te contrarier me rend malheureux mais je te rappelle que si les AZI sont soumis à cette règle, une tolérance subsiste pour les PZ. Or je ne suis qu'un PZ. »

Elle se tourna vers moi et poursuivit à voix très basse :

« Et je ne serai jamais un AZI. »

Entendit-il ? En tout cas il ne laissa rien paraître et se tourna vers moi pour me demander si j'accepterais de partager la « collation rituelle ». Du regard je consultai Lise, elle haussa les épaules et, ne sachant comment interpréter cette réponse, j'acceptai, non sans réussir à m'empêcher de demander si cet argent était destiné à... Abra. J'avais hésité à prononcer le nom sacré me demandant si un infidèle en avait le droit.

« Nous prélevons seulement une petite part pour la subsistance de la chapelle. De la communauté », traduisit-il, craignant de s'être mal fait comprendre.

Je voyais Lise, Philibert ne la voyait pas, elle en profita pour lever les yeux au ciel, puis nous le suivîmes et nous nous retrouvâmes sur le plateau des cérémonies qui ne servait pas seulement de dortoir mais aussi de réfectoire. Une vieille nappe brodée, belle malgré ses trous, était étendue sur les nattes. Les convives étaient accroupis, les jambes croisées en fleur de lotus. Je retins Philibert par le bras.

« Il me déplairait que mon repas amputât d'un denier la part due à Abra.

— Vous avez vu l'urne ? »

Il se corrigea et revint au tutoiement :

« Tu as vu l'urne ? Si tu le désires tu peux y verser ta participation. »

Je repris le corridor et, fouillant dans mes poches, je m'arrêtai devant l'urne qui luisait dans une lumière qui était encore chaleureuse parce que la pièce donnait sur la rue qui était plus claire que la cour. Était-ce trop, était-ce trop peu ? Je me décidai à laisser couler dans le trésor un billet de cinquante nouveaux francs. Sur la nappe j'avais entrevu, en guise de dîner, des tranches de concombre et de tomate, une soupière de lait caillé, des tranches de pain beurré. Ma participation dépassait le coût de tout le festin. D'abord j'eus honte de ma mesquinerie puis, emporté par un élan adverse, je songeai non seulement à reprendre mon billet mais à prélever, pour le plaisir, quelques pièces. A l'église de Lucé quand j'étais petit une dame patronnesse faisait la quête, armée d'une aumônière de velours violet. En recevant chaque aumône la dame disait merci mais, fatiguée par la répétition de ce mot, elle n'en prononçait que le dernier son de sorte qu'à neuf ans je croyais qu'elle chuchotait « si ! » pour exiger un don qu'on aurait hésité à lui accorder. Un peu plus âgé, le projet, que j'exécutai aussitôt, me vint de faire tinter la piécette que ma mère m'avait remise au préalable et de la reprendre entre le pouce et l'index. Devenu plus adroit je parvins non seulement à rester propriétaire de mon bien mais à cueillir une autre pièce au passage. Il est vrai que je m'en confessais à l'abbé Plancafort en m'accusant de « menus larcins » dont il ne me demandait pas le détail, se bornant à murmurer d'un air complice : « De la confiture et des bonbons, oui, je vois ça d'ici. Et tu as tort c'est mauvais pour les dents. » J'abandonnai mon billet et ne touchai pas aux autres ; pour voler je n'étais plus assez naïf et pas assez gidien. Et puis à qui m'en confesserais-je ? A qui même le raconter ? Je n'aurais même pas pu caser cette scène dans mon film car elle aurait entraîné le spectateur sur une fausse piste ou alors il aurait fallu que je transforme les « menus larcins » en un thème d'importance qui aurait ravagé mon scénario.

Quand je rentrai dans le réfectoire, Philibert se leva pour me chuchoter à l'oreille que les repas étaient pris dans un silence absolu. Je m'accroupis là où je trouvai place devant une assiette et un verre en plastique. Silencieusement, sans me regarder mes voisins me firent passer une tartine et de l'eau. Les plats tournaient à la ronde, on se servait avec les doigts, sauf le lait caillé pour lequel de petites cuillères de plastique avaient été prévues. Par les fenêtres des bruits indifférents continuaient de parvenir, des bruits de printemps et d'été que liait le grésillement presque continuel d'une mouche. J'entendis un lointain miaulement et j'imaginai Ange au milieu de nous. Elle se serait promenée sur la natte à pas précautionneux, s'immobilisant parfois dans un mouvement, une patte à demi fléchie ; elle aurait humé les odeurs des légumes crus avant de s'en détourner, sans hâte, poliment ; peut-être aurait-elle trempé sa langue dans le lait caillé. Tant de fois j'avais revu Ange comme si elle avait été là, assise sur ma table ou sautant sur un fauteuil, tant de fois en m'éveillant j'avais senti le poids de son corps sur mes pieds, mais jamais l'illusion n'avait été aussi réelle. Elle était accompagnée d'une certitude sans fondement : en ce lieu Ange aurait été en sécurité. Pourtant les fenêtres n'étaient pas moins tentantes ni traîtresses que celles de Léone et, durement pavée, la cour présentait la même aptitude à devenir une chambre des supplices. Tout en laissant craquer sous mes dents une tranche de concombre je tentais de m'expliquer l'immortalité dont Ange aurait bénéficié si elle avait vécu dans ces murs et j'en vins à me demander si moi-même en participant à ce repas, après avoir assisté aux prières, je n'étais pas impressionné par la présence presque matérielle d'une sécurité triste et durable. Ici rien ne pouvait arriver. Leurs regards étaient également doux et également absents. J'étais entouré de bienheureux dont le silence me reposait comme un bain tiède.

Sans hâte, avec des gestes précis comme ceux d'une liturgie ils avaient tous commencé à desservir. Philibert qui jouait avec application son rôle de guide m'apprit que pendant une demi-heure les frères auraient droit à une récréation studieuse au cours de laquelle ils pourraient se laver, laver ou repriser leurs vêtements et, s'il leur plaisait, adresser une lettre à Abra.

« Je vais te laisser, lui répondis-je, demain matin je pars en voyage mais auparavant j'aurais aimé m'entretenir un peu avec Lise. »

Celle-ci intervint :

« Nous pouvons descendre au petit café. »

Philibert poussa un soupir. Il me regarda avec insistance mais sa sainteté lui interdisait la réprobation. Il conclut d'un ton égal :

« Allez-y. Mais sois de retour dans une demi-heure. Ce soir je te confierai la machine à coudre, ça te changera. Et toi, reprit-il en s'adressant à moi après une hésitation, bon voyage. Garde l'âme joyeuse. »

A peine dans l'escalier Lise se lança, dévalant les marches, comme un jeune animal libéré. Quelques minutes plus tard nous nous trouvâmes dans un café où nous commandâmes deux demis et deux sandwiches au jambon.

« Ras le bol, me dit Lise. Je savais que ce n'était pas possible. Mais j'avais tellement envie de revoir Philibert ! A chaque fois c'est la même chose. Je l'aime quand je ne le vois pas et dès que je le retrouve je suis à bout de nerfs. Je n'ai pas l'intention de remonter. Je vais rentrer chez mes parents et puis j'irai passer une quinzaine de jours chez une de mes sœurs à Dieppe. Demain je téléphonerai à Philibert. Autrefois j'aurais eu peur de le contrarier mais maintenant qu'il est devenu doux...

— Elle a du bon cette secte, vous voyez.

— Oh ! je sais bien. Là-haut vous avez dû remarquer une brune avec des yeux bleus, elle était alcoolique au dernier degré, même il lui était arrivé des choses affreuses, dans cet état-là elle avait couché avec un type qu'elle trouvait très séduisant et le lendemain elle s'est aperçue que c'était un monstre et un vrai monstre, pas du tout comme on dit un monstre pour parler de quelqu'un de moche, entre autres choses il avait un bec-de-lièvre et un pied bot, elle allait chez n'importe qui, elle s'était fait violer par cinq hommes à la fois. Maintenant elle ne boit plus et elle a l'air heureuse. Philibert et la plupart des autres se droguaient, et pas seulement au H., maintenant ils ne fument même plus de tabac et ils sont en forme. En forme pour travailler comme des forçats.

— Mais ça leur plaît.

— Moi ça ne me plaît pas de travailler pour enrichir Abra et ses complices. Je ne peux pas être heureuse à la secte puisque je ne pense qu'à ça : on nous escroque. Ce qui me révolte ce n'est pas que des gens croient qu'il existe aujourd'hui sur la terre un dieu vivant, les catholiques ont bien le droit de croire que le fils de Dieu, il n'y a pas si longtemps, se baladait dans Jérusalem, mais Jésus, lui, ne faisait pas trimer ses disciples pour s'acheter des palais.

— Oui. Et cette idée-là suffit pour vous gâcher le plaisir d'être heureuse.

— Je n'ai pas envie d'être heureuse n'importe comment. En plus je ne serais pas heureuse auprès d'un Philibert qui s'interdirait de faire l'amour avec moi pour satisfaire les caprices d'Abra. Quand vous reviendrez, si vous avez encore besoin de moi, appelez-moi chez mes parents. On pourrait travailler ensemble jusqu'à ce que Juliette m'ait trouvé le job dont elle m'a parlé. Alors, vous partez sans elle, tout seul ?

— Je pars tout seul. »

En m'entendant prononcer cette phrase je frémis. Je regardais stupidement la cloison de stuc qui dominait le comptoir de formica. Ce café occupait sans doute l'entrée d'un ancien hôtel particulier et les stucs s'épanouissaient, aux confins du plafond, en une végétation d'un blanc sale qui enveloppait des oves fleuronnés que je fixais avec épouvante. Je me voyais seul, parcourant une Asie muette et me couchant chaque soir en un lieu différent sans avoir avancé plus loin dans mon film.

« Vous permettez, Lise ? J'en ai pour une seconde. »

On me donna un jeton à la caisse, je descendis au sous-sol, j'appelai Juliette et, à ma surprise, j'entendis sa voix. Elle avait aussitôt reconnu la mienne, elle éclatait de rire :

« Paul, tu es assommant car je suppose que c'est à toi que j'ai l'honneur de parler ? Ce n'est plus aux laboratoires Walter. »

Elle rit de nouveau puis conclut avec bonne humeur :

« Laisse-moi un peu d'air ! Fais ton voyage, tu me le raconteras en rentrant, moi je te raconterai ce que j'aurai appris sur mon père, pendant quinze jours nous aurons envie de nous retrouver, ce sera excellent pour ce que nous avons. »

En remontant l'escalier j'éprouvai un soulagement difficile à expliquer : en donnant sa bénédiction à mon voyage solitaire Juliette avait apaisé les remords que j'aurais pu me trouver à son égard, mais elle n'avait nullement conjuré ma peur d'être seul. Et revoyant Lise, je compris ce que certains circuits de mon cerveau avaient compris avant moi. Je pouvais lui demander de m'accompagner. J'énonçai ma demande, à peine assis. Lise ne montra aucun étonnement.

« Je n'ai pas de machine à écrire, observa-t-elle seulement. Vous pouvez en trouver une ?

— Nous serons déjà assez chargés comme ça. Vous prendrez à la main sous ma dictée mais avez-vous un passeport ?

— Tout neuf oui, il n'a jamais servi.

— Vous avez un sac à dos ?

— Il est un peu fatigué mais...

— Le mieux, dis-je, après avoir regardé l'heure à

la pendule, serait que vous alliez maintenant chez vos parents faire votre sac. Prenez des chandails, nous irons dans le nord de l'Inde où les nuits sont froides. Vous avez de grosses chaussures, un K-way, un duvet, de grosses chaussettes ? Bon c'est merveilleux. »

Je me levai sans écouter les précisions qu'elle me donnait sur le duvet qui appartenait à son père et les chaussures à sa sœur, je l'entraînai, j'étais pressé. J'aurais voulu que l'avion décollât tout de suite.

Faute d'avion nous trouvâmes un taxi. Il avait été décidé que Lise me déposerait et qu'après avoir fait son sac et embrassé ses parents elle viendrait me retrouver chez moi d'où, au matin, nous partirions pour Roissy. En entrant dans la voiture je m'étais trompé, j'avais dit bonjour monsieur avant de découvrir que j'avais affaire à une dame. Aussitôt je corrigeai mon erreur, mais la conductrice interrompit mes excuses, étant elle-même si distraite, nous confia-t-elle, que le mois précédent elle avait appelé mademoiselle un contractuel moustachu.

« Il n'y a que deux cas où je ne suis pas distraite, quand je conduis et quand je joue au scrabble. »

C'était une femme toute ronde et toute bouclée à laquelle la cinquantaine laissait une peau dodue et fraîche.

« Vous aimez le scrabble ?

— Vous êtes au-dessous de la vérité, c'est ma passion. »

Comme au début d'une tragédie la conductrice exposa son cas :

« Mon mari est taxi comme moi et, puisque je ne vous connais pas ni la demoiselle, je peux sans dommage vous en faire la confidence, mon petit ami aussi est taxi, mon petit ami je dis ça parce qu'on dit ça mais il est presque aussi vieux que moi et plus gros que mon mari, bref pour en finir nous sommes tous les trois taxis, et si je peux vous raconter ça c'est que mon mari est au courant et qu'il n'y voit pas ombre, donc les dimanches nous ne tournons ni l'un ni l'autre et même il y a un couple pour nous prêter renfort, instituteurs tous les deux, elle et lui, calés sur le vocabulaire, nous jouons dix heures d'affilée.

— Au scrabble ?

— Au scrabble.

— Vous jouez de l'argent ?

— Pensez-vous ! On est déjà assez bouleversé en jouant pour l'honneur. Le scrabble, si on y mord à fond j'entends, à côté la drogue, le loto, c'est de la blague comme dit la chanson. Et n'allez pas croire qu'il s'agit seulement de gagner. Les gougnafiers, eux, jouent pour gagner. Nous, nous apprenons des mots. »

Elle nous montra sous la boîte à gants une case où étaient superposés un dictionnaire de scrabble Hachette, un Larousse et un Robert.

« Après de longues querelles nous avons admis, dit-elle, que le Larousse et le Robert jouissent, si vous me permettez l'expression, de la même autorité pour décider de nos litiges. »

Elle triompha :

« Durant ces quinze derniers jours j'ai appris six nouveaux mots, *kapok, kapokier, karakul, isomérie, tipule, protistes.*

— Qu'est-ce qu'ils veulent dire ces mots ? demanda Lise.

— Ça, je n'en sais plus rien. Au scrabble on n'est pas tenu de connaître le sens d'un mot, il suffit qu'il figure dans l'un de nos dictionnaires. En un an j'ai acquis une centaine de mots.

— Dont vous ignorez le sens ? » insista Lise, inquiète.

Cette inquiétude me touchait. J'aimais que Lise fût assez droite pour attendre d'un mot un sens.

Son entêtement irrita la conductrice qui répliqua :

« Le scrabble est un agent de culture sélectif. Il importe de retenir des mots, il n'importe pas de savoir à quoi ils servent. Point à la ligne. »

Lise se le tint pour dit. Le taxi enjamba les longues soies de la Seine qui se perdait dans le crépuscule. Le silence qui s'était instauré dans la voiture me convenait. Je me délectais de la notion de langage pur à laquelle avait accédé notre scrabblophile. Une langue dont les termes seraient des signifiants sans signifier n'était-ce pas le rêve secret de mon époque ? J'aurais voulu m'en émerveiller tranquillement mais la dame qui, c'était certain, était d'un naturel profondément gentil, fut fâchée d'avoir déçu Lise et peut-être de l'avoir peinée.

« Remarquez tout de même, mademoiselle, qu'il y a certains de ces mots dont je me rappelle à quoi ils s'appliquent. »

Cette opulente créature qui aimait la vie et qui était bonne m'avait mis de belle humeur. Quand peu avant la guerre mon père avait été atteint de la fièvre typhoïde, maladie qui à l'époque était grave et longue à soigner, on ne l'avait pas transporté à l'hôpital, ma mère avait recouru à l'aide d'une garde, de plusieurs gardes plutôt car, les unes paresseuses les autres acariâtres, elles s'étaient succédé jusqu'à l'arrivée d'une petite boulotte aux cheveux également bouclés, très gaie et très myope ; quand elle cassait la glace pour remplir la vessie qu'on posait ensuite sur le ventre ou sur la tête de mon père, elle se donnait des coups de marteau sur les doigts qui la faisaient éclater de rire. Dès que cette gaillarde fut arrivée, la température de mon père baissa et une semaine plus tard il se levait.

Quelques jours suffirent à ce gisant barbu pour se raser, se vêtir comme auparavant et, n'étant plus contagieux, me saisir sous les aisselles et me soulever vers le ciel. Ce moment de bonheur et d'étonnement, l'un multipliant l'autre, je devais le retrouver devant Ange ronronnante quelques jours après sa première chute et dans les deux cas le futur s'était chargé d'altérer le passé puisque ensuite, vingt-cinq ans après pour mon père, six mois après pour Ange, je les avais vus mourir. Encore n'avais-je pas vu mon père à l'instant exact où il mourait. Des hauteurs de son coma il avait parlé pour demander du yaourt à l'estragon. Parce que je ne supportais pas d'assister à sa mort, j'avais lâchement sauté dans ma voiture sous prétexte de trouver cette sorte de yaourt à Tours. Au bout d'une heure de recherche j'avais fini par obtenir un yaourt aux quatre herbes dont l'épicier m'avait assuré qu'il pouvait passer pour du yaourt à l'estragon. Quand je rentrai j'appris que mon père était mort et que je m'étais composé un remords qui ne s'effacerait jamais.

Ainsi, ayant poussé gaiement la porte cochère, je parvenais la mine sombre dans mon appartement. Une association imprévisible et pourtant logique de pensée m'avait conduit d'une humeur à une autre qui était son contraire et je me heurtais, provisoirement libéré de mon remords par une bouffée d'égoïsme professionnel, à l'impossibilité de rendre dans un film un enchaînement de variations aussi ténues. Comme aimait le rappeler Juaurez le film est un spectacle. Un soir ici même pour le démontrer, il avait empoigné presque au hasard dans ma bibliothèque *La Vie de Marianne*, l'avait feuilletée, s'était arrêté en haut d'une page et m'avait offert de mesurer avec lui le nombre de nuances qui disparaîtraient si l'on tentait de traduire en mouvements, en images, en paroles la prose de Marivaux. Le lendemain j'avais fait taper le résultat de cette expérience. Il était ici, je le savais, dans un dossier rouge.

Je me mis à le chercher avec des gestes précipités comme si ma vie avait été en jeu et à ma surprise je le trouvai facilement. Pour le lire je m'assis.

MARIVAUX

La vie de Marianne

La foule à la fin m'enveloppa et m'entraîna avec elle ; je me trouvai dans la rue, et je pris tristement le chemin de la maison.

Je ne pensais plus à mon ajustement en m'en retournant : je négligeais ma figure, et ne me souciais plus de la faire valoir.

J'étais si rêveuse, que je n'entendis pas le bruit d'un carrosse qui venait derrière moi, et qui allait me renverser, et dont le cocher s'enrouait à me crier : Gare !

Son dernier cri me tira de ma rêverie ; mais le danger où je me vis m'étourdit si fort que je tombai en voulant fuir, et me blessai le pied en tombant.

Les chevaux n'avaient plus qu'un pas à faire pour marcher sur moi : cela alarma tout le monde ; on se mit à crier ; mais celui qui cria le plus fort fut le maître de cet équipage qui en sortit aussitôt, et qui vint à moi : j'étais encore à terre, d'où malgré mes efforts je n'avais pu me relever.

On me releva pourtant, ou plutôt on m'enleva, car on vit bien qu'il m'était impossible de me

PAUL BÂCHE, GUY JUAUREZ

Amour en dentelles
d'après Marivaux
(Titre provisoire)

(Extrait du découpage technique)

Extérieur. Sortie de l'église. Jour.	
113 La foule se disperse en sortant de l'église.	*Cloches.*
Marianne, rêveuse, s'avance vers l'appareil en traversant la rue.	*Bruit de carrosse roulant sur les pavés crescendo (off).*
114 P.M. Flash du carrosse vu en contre-plongée qui se dirige vers l'appareil.	
Le cocher tire désespérément sur les rênes.	COCHER : Gare ! Gare !
115 Flash : Marianne en G.P., horrifiée, se cache le visage dans les mains.	*Cri de Marianne.*
116 P.D.E. Le carrosse s'est arrêté. La foule s'attroupe autour des chevaux. La porte du carrosse s'ouvre, Valville sort précipitamment, écarte les badauds et voit...	*Clameur de la foule couvrant le bruit des cloches.*
117 ... le corps de Marianne évanouie sur les pavés.	*Les cloches s'arrêtent.*

soutenir. Mais jugez de mon étonnement quand, parmi ceux qui s'empressaient à me secourir, je reconnus le jeune homme que j'avais laissé à l'église ! C'était lui à qui appartenait le carrosse, sa maison n'était qu'à deux pas plus loin ; et ce fut où il voulut qu'on me transportât.

Je ne vous dis point avec quel air d'inquiétude il s'y prit, ni combien il parut touché de mon accident. A travers le chagrin qu'il en marqua, je démêlai pourtant que le sort ne l'avait pas tant désobligé en m'arrêtant. Prenez bien garde à Mademoiselle, disait-il à ceux qui me tenaient ; portez-la doucement, ne vous pressez point ; car dans ce moment ce ne fut point à moi qu'il parla. Il me semble qu'il s'en abstenait à cause de mon état et des circonstances, et qu'il ne se permettait d'être tendre que dans ses soins.

De mon côté, je parlai aux autres, et ne lui dis rien non plus : je n'osais même le regarder, ce qui faisait que j'en mourais d'envie ; aussi le regardai-je toujours en n'osant, et je ne sais ce que mes yeux lui dirent ; mais les siens me firent une réponse si tendre qu'il fallait que les miens l'eussent méritée. Cela me fit rougir, et me remua le cœur à un point qu'à peine m'aperçus-je de ce que je devenais.

Je n'ai de ma vie été si agitée. Je ne saurais vous définir ce que je sentais.

C'était un mélange de trouble, de plaisir et de peur ; oui, de peur, car une jeune fille qui est là-dessus à son apprentissage ne sait point où tout cela la mène ; ce sont des mouvements inconnus qui l'enveloppent, qui disposent d'elle, qu'elle ne possède point, qui la possèdent ; et la nouveauté de cet état l'alarme. Il est vrai qu'elle y trouve du plaisir ; mais c'est un plaisir fait comme un danger, sa pudeur même en est effrayée ; il y a quelque chose qui la menace, qui l'étourdit, et qui prend déjà sur elle.

On se demanderait volontiers, dans ces instants-

118 P.A. de Valville qui soulève doucement Marianne et l'emporte dans ses bras vers le carrosse. Nous le suivons en panoramique.
Le cocher, en livrée, s'empresse pour l'aider.

VALVILLE *(furieux)* : Prends garde, animal !

Intérieur du carrosse.

119 P.A. de Valville qui a installé Marianne sur les coussins. Il sort la tête par une fenêtre.

VALVILLE : A la maison, en vitesse. *(Il se reprend.)* Allez doucement...

La voiture démarre. Son mouvement oscillant fait tomber la tête de Marianne sur l'épaule de Valville.

Bruit du carrosse démarrant.

ENCHAINÉ

120 Le carrosse entre par la grille d'un somptueux hôtel particulier. Derrière le carrosse, le portier, en livrée, referme la grille.

FONDU

Le salon de Valville. Intérieur. Jour.

121 Une vaste pièce éclairée par de grandes fenêtres. Glaces. Cristaux. Mobilier Louis XV.

OUVERTURE. FONDU SUR UN G.P. de Marianne ouvrant les yeux. Elle aperçoit...

là : que vais-je devenir ? Car, en vérité, l'amour ne nous trompe point dès qu'il se montre, il nous dit ce qu'il est, et de quoi il sera question : l'âme, avec lui, sent la présence d'un maître qui la flatte, mais avec une autorité déclarée qui ne la consulte pas, et qui lui laisse hardiment les soupçons de son esclavage futur.

Voilà ce qui m'a semblé de l'état où j'étais, et je pense aussi que c'est l'histoire de toutes les jeunes personnes de mon âge en pareil cas.

Enfin, on me porta chez Valville, c'était le nom du jeune homme en question, qui fit ouvrir une salle où l'on me mit sur un lit de repos.

J'avais besoin de secours, je sentais beaucoup de douleur à mon pied, et Valville envoya sur-le-champ chercher un chirurgien, qui ne tarda pas à venir. Je passe quelques petites excuses que je lui fis dans l'intervalle sur l'embarras que je lui causais : excuses communes que tout le monde sait faire, et auxquelles il répondit à la manière ordinaire.

Ce qu'il y eut pourtant de particulier entre nous deux, c'est que je lui parlai de l'air d'une personne qui sent qu'il y a bien autre chose sur le tapis que des excuses ; et qu'il me répondit d'un ton qui me préparait à voir entamer la matière.

Nos regards même l'entamaient déjà ; il n'en jetait pas un sur moi qui ne signifiât : *je vous aime* ; et moi, je ne savais que faire des miens, parce qu'ils lui en auraient dit autant.

Nous en étions, lui et moi, à ce muet entretien de nos cœurs, quand nous vîmes entrer le chirurgien, qui, sur le récit que lui fit Valville de mon accident, débuta par dire qu'il fallait voir mon pied.

A cette proposition, je rougis d'abord par un sentiment de pudeur ; et puis, en rougissant, pourtant je songeai que j'avais le plus joli petit pied du monde ; que Valville allait le voir, que ce ne serait point de ma faute, puisque la nécessité voulait que

122 G.P. ... Le visage de Valville.	*Musique (le même thème déjà entendu dans l'église lorsque leurs regards se sont croisés la première fois.)*
122 bis (suite du 121) G.P. de Marianne refermant les yeux.	
123 P.M. Valville, inquiet, se tourne vers un gros personnage vêtu de noir, voûté, agité de tics. Le médecin s'approche avec un flacon de sels que Valville lui arrache des mains. Il l'approche du visage de Marianne.	VALVILLE : Monsieur le médecin, vite, les sels !
Elle ouvre les yeux.	VALVILLE : Vous souffrez ? MARIANNE *(d'une voix plaintive)* : Je crois... que c'est ma cheville. DOCTEUR *(sentencieux)* : Cheville ! autrement dit clavicula, claviculata luxata est... volo videre corpus delicti de visu... de visu... de visu...

je le montrasse avant lui ; ce qui était une bonne fortune pour moi, bonne fortune honnête et faite à souhait ; car on croyait qu'elle me faisait de la peine ; on tâchait à m'y résoudre, et j'allais en avoir le profit immodeste, en conservant tout le mérite de la modestie, puisqu'il me venait d'une aventure dont j'étais innocente : c'était ma chute qui avait tort.

Combien dans le monde y a-t-il d'honnêtes gens qui me ressemblent et qui, pour pouvoir garder une chose qu'ils aiment, ne fondent pas mieux leur droit d'en jouir que je faisais le mien dans cette occasion-là !

On croit souvent avoir la conscience délicate, non pas à cause des sacrifices qu'on lui fait, mais à cause de la peine qu'on prend avec elle pour s'exempter de lui en faire.

Ce que je dis là peint surtout beaucoup de bigots qui voudraient bien gagner le ciel, sans rien perdre à la terre, et qui croient avoir de la piété, moyennant les cérémonies pieuses qu'ils font toujours avec eux-mêmes, et dont ils bercent leur conscience. Mais n'admirez-vous pas, au reste, cette morale que mon pied amène ?

Je fis quelque difficulté de le montrer, et je ne voulais ôter que le soulier ; mais ce n'était pas assez. Il faut absolument que je voie le mal, disait le chirurgien, qui y allait tout uniment ; je ne saurais rien dire sans cela ; et là-dessus une femme de charge, que Valville avait chez lui, fut sur-le-champ appelée pour me déchausser ; ce qu'elle fit pendant que Valville et le chirurgien se retirèrent un peu à l'écart.

Quand mon pied fut en état, voilà le chirurgien qui l'examine et qui le tâte. Le bon homme, pour mieux juger du mal, se baissait beaucoup parce qu'il était vieux ; et Valville, en conformité de geste, prenait sensiblement la même attitude, et se baissait beaucoup aussi, parce qu'il était jeune ; car il

Valville, inquiet et interrogatif, se tourne vers le médecin qui poursuit :

DOCTEUR : Ça veut dire que mademoiselle doit se déchausser. Il faut que je voie ça de plus près.

Valville, empressé, aide Marianne à s'asseoir sur le canapé Louis XV. Elle le fait d'un petit air dolent et tend son pied au médecin. Valville pousse vivement un coussin sous son pied.

124 P.A. du docteur penché sur Marianne.
Marianne rougit en regardant Valville.

DOCTEUR : Il me faut voir le mal... à nu.

125 P.D.E. Valville se détourne discrètement.
Marianne enlève sa chaussure.

126 P.A. Valville, de dos, en amorce, voit Marianne dans la glace d'une coiffeuse ovale. Ayant retroussé sa jupe, elle est en train de détacher sa jarretière pour baisser son bas. (Nous ne voyons pas l'expression de Valville.)

127 P.A. Raccord avec la scène vue dans le miroir.
Le docteur, ajustant ses besicles, se penche et tâte le pied.

MARIANNE : Aïe !
VALVILLE : Vous souffrez !

ne connaissait rien à mon mal, mais il se connaissait à mon pied, et m'en apparaissait aussi content que je l'avais espéré.

Pour moi, je ne disais mot et ne donnais aucun signe des observations clandestines que je faisais sur lui ; il n'aurait pas été modeste de paraître soupçonner l'attrait qui l'attirait et d'ailleurs j'aurais tout gâté si je lui avais laissé apercevoir que je comprenais ces petites façons ; cela m'aurait obligée moi-même d'en faire davantage, et peut-être aurait-il rougi des siennes ; car le cœur est bizarre : il y a des moments où il est confus et choqué d'être pris sur le fait quand il se cache ; cela l'humilie : et ce que je dis là, je le sentais par instinct.

J'agissais donc en conséquence ; de sorte qu'on pouvait bien croire que la présence de Valville m'embarrassait un peu, mais simplement à cause qu'il me voyait, et non pas à cause qu'il aimait à me voir.

Dans quel endroit sentez-vous le mal ? me disait le chirurgien en me tâtant. Est-ce là ? Oui, lui répondis-je, en cet endroit même. Aussi est-il un peu enflé, ajoutait Valville en y mettant le doigt d'un air de bonne foi. Allons, ce n'est rien que cela, dit le chirurgien ; il n'y a qu'à ne pas marcher aujourd'hui ; un linge trempé dans de l'eau-de-vie et un peu de repos vous guériront. Aussitôt le linge fut apporté avec le reste, la compresse fut mise, on me chaussa, le chirurgien sortit, et je restai seule avec Valville, à l'exception de quelques domestiques qui allaient et venaient.

Je me doutais bien que je serais là quelque temps, et qu'il voulait me retenir à dîner ; mais je ne devais pas paraître m'en douter.

Après toutes les obligations que je vous ai, lui dis-je, oserais-je encore vous prier, monsieur, de m'envoyer chercher une chaise, ou quelque autre voiture qui me mène chez moi ? Non, mademoiselle, me répondit-il, vous n'irez pas de sitôt chez vous,

Valville entre dans le champ.	DOCTEUR : Il est un peu enflé.
Le médecin, maladroitement, panse le pied de Marianne. Le linge échappe à ses mains tremblantes. Valville s'approche vivement et se penche sur le pied gracieux de Marianne.	DOCTEUR *(à Valville)* : Monsieur aurait-il l'obligeance de me porter secours ?
L'APPAREIL LE SUIT EN TRAVELLING Pour cadrer Valville en P.R., le pied de Marianne sur un fond de dentelle d'Alençon, et, en amorce, les mains tremblantes du docteur que Valville, ému, aide.	*Musique.*
La main de Valville se pose timidement sur le pied de Marianne.	VALVILLE *(troublé)* : Il est un peu enflé.
128 P.R. de Marianne qui regarde, en retenant un sourire, les deux hommes à genoux s'affairant autour de son pied.	
129 P.A. Valville et le docteur ont terminé le pansement. Le docteur se relève.	
130 P.M. Le docteur salue cérémonieusement Marianne, puis Valville.	DOCTEUR *(avec bonhomie)* : Un peu de repos et cela ne sera rien. Il vous suffira de garder la chambre quelques jours.

on ne vous y reconduira que dans quelques heures ; votre chute est toute récente, on vous a recommandé de vous tenir en repos, et vous dînerez ici. Tout ce qu'il faut faire, c'est d'envoyer dire où vous êtes, afin qu'on ne soit point en peine de vous.

Il sort par la porte du fond. Valville reste seul avec Marianne. Il s'approche d'elle.	*Un temps.* MARIANNE : Je vais encore abuser de votre gentillesse et vous prier, monsieur, de me faire chercher un fiacre.
131 P.A. Valville, de dos, en amorce regardant Marianne.	
132 Contre-champ du précédent.	VALVILLE : Un fiacre ? Mais pour quoi faire ? MARIANNE : Pour rentrer chez moi.
Le visage de Valville s'assombrit.	
133 P.A. Valville de profil, Marianne de trois quarts face. Avantage à Marianne.	VALVILLE : Impossible, le médecin a été formel... MARIANNE *(l'interrompant)* : Je me sens beaucoup mieux... Et d'ailleurs j'habite à deux pas.
Valville s'agenouille et, d'un geste rapide et passionné, lui prend la main qu'il baise.	VALVILLE *(voix contenue)* : Ne partez pas si vite...
En gardant sa main, il lève les yeux vers elle.	MARIANNE *(les yeux baissés, avec un peu de tristesse)* : Il le faut bien.

Ayant lu, m'étant bien convaincu que je devais jeter par-dessus bord la plupart des détails qui encombraient mon projet pour dégager une ligne qui se prêtât à l'exercice des pouvoirs cinématographiques, je pris l'un des trois cahiers que j'avais glissés dans mon sac et, armé d'un bic, l'air d'autant plus agressif que je m'entrevoyais dans une glace, je crus que j'allais jeter sur le papier les piles du film, en noter les arcs-boutants, en illustrer les arches. Le sujet était beau et simple : un homme part en voyage pour se délivrer de son passé. Aucune phrase ne me tenta, je n'écrivis même pas un mot. Je repoussai la table et m'enfuis sous prétexte de terminer mes préparatifs. Il faut savoir être dupe de soi-même et je me convainquis vite que ma stérilité n'était pas inquiétante puisque le voyage n'était pas encore commencé et que c'était du voyage que naîtrait mon œuvre. Ayant soupesé mon sac je décidai de renoncer à la caméra de 16. Un vers de La Fontaine avait bondi dans ma mémoire : « Légère et court vêtue... » Je devais partir en leste équipage. Même le super-8 me parut trop lourd. J'avais un petit appareil photographique, une provision de rouleaux, c'était suffisant pour le repérage. Le sac fini j'étendis sur mon lit les vêtements du lendemain, le jean, la chemise, le slip, le chandail puis, pris d'une faim panique, j'ouvris une boîte de sardines et, sans pain, avec les doigts, j'en dévorai le contenu. La bouche et les mains huileuses je passai dans la salle de bain où je finis par prendre une douche. En robe de chambre je revins m'asseoir devant ma table, un verre de whisky à la main. Je n'avais pas noté l'heure à laquelle je m'étais séparé de Lise, je ne pouvais donc pas savoir si elle était en retard mais déjà je le craignais, redoutant surtout qu'elle ne vînt pas du tout. Assis dans mon fauteuil, les jambes croisées, fumant une cigarette, buvant de temps à autre une gorgée d'alcool, j'essayais de me persuader que l'homme que j'apercevais dans la glace était sûr de lui et heureux, mais je savais que je m'étais laissé acculer à une situation telle que si Lise, me manquant de parole, renonçait comme Juliette à partir, ou bien je ne partirais pas ou je partirais sans espoir.

Je fus vite certain que Lise ne viendrait pas. Dès lors je changeai de rôle. La glace me renvoya l'image d'un homme d'esprit à qui les circonstances ont manqué. Il fume, il verse encore du whisky dans son verre, il néglige son propre malheur. Et c'était vrai que je n'avais aucune envie de m'attendrir sur moi et que je préférais être malheureux plutôt que craindre qu'à cause de moi un autre fût malheureux. Ma charité ne s'étendait pas jusqu'aux agneaux de Karakoul mais elle embrassait tous ceux que j'avais aimés. Charité mal ordonnée qui ne commençait pas par moi-même : c'était sans doute parce que je ne m'étais pas assez aimé que j'avais fait souffrir les autres. Grâce au Ciel, Juliette m'avait largué, elle ne risquait plus de se métamorphoser en remords et Lise ne venait pas, elle ne risquait rien. La sonnette tinta et j'ouvris à Lise qui déposa dans le couloir un sac qui n'était empli qu'à moitié.

« C'est tout ce que vous emportez ?

— J'ai pris ce que vous m'aviez dit. Et j'ai été rapide, hein ? C'est que j'avais hâte de filer. Mes parents et même ma sœur, mais surtout mon père, me reprenaient à propos de tout. Ils avaient été furieux que j'aille retrouver Philibert mais ils étaient encore plus horrifiés que je parte au bout du monde avec vous. »

J'eus à peine le temps de faire observer que les parents de Lise ne me connaissaient pas et qu'après tout ils étaient dans leur rôle en s'inquiétant, déjà elle m'interrompait :

« Ils me contrariaient sur n'importe quoi... Pour détourner la conversation, je leur ai raconté l'histoire de notre chauffeuse de taxi qui, pour jouer au scrabble, apprenait des mots sans s'occuper d'en connaître le sens.

— Ah ! ça vous avait frappée aussi ?

— Et comment ! Là-dessus mon père qui m'avait mal comprise et qui croyait que j'admirais cette bonne femme m'a reproché de ne m'être pas assez intéressée aux mots croisés qui sont sa passion quotidienne ; si je m'y étais intéressée, paraît-il, j'aurais su qu'il fallait retenir des mots, des mots de deux lettres, par exemple, dont on n'avait besoin que de connaître très vaguement le sens, il suffit de savoir que Râ est un dieu égyptien et le Pô un fleuve, etc. ; enfin nous avons réussi à nous disputer même à propos des mots croisés. »

Elle était entrée avec moi dans le bureau ; sur ma table l'adaptation de Marivaux était dispersée devant le cendrier où une cigarette finissait de se consumer.

« Je vous ai interrompu ? Vous travailliez ?

— Pas exactement, répondis-je en rangeant les feuillets, j'étais en train de me convaincre qu'un texte littéraire et un film appartenaient chacun à un monde étranger. Depuis que j'ai commencé à penser à mon film je me suis laissé enfermer dans la littérature, au fond Larrivée a raison, et il est temps que j'en sorte. »

Dans l'entrée je regardai les deux sacs posés l'un à côté de l'autre. L'année précédente, dans l'Himalaya, j'avais souvent vu nos deux sacs, à Juliette et à moi, voisiner devant la tente au moment où nous la démontions. Pendant quelques instants mon regard devint cinématographique. Je nous vis, Juliette et moi, penchés sur nos sacs, les bouclant, puis nous les soulevions, nous passions les courroies sur nos épaules, la caméra suivait notre mouvement et quand on nous retrouvait sac à dos et debout le visage de Lise s'était substitué à celui de Juliette. Cette ellipse rendait compte de ce qui s'était insensiblement passé pendant ces derniers jours. Je devais partir avec Juliette et je partais avec Lise. Comme si elle avait lu dans mon cœur, Lise demanda :

« Vous êtes sûr que Juliette n'est pas fâchée que je parte avec vous ?

— Mais oui.

— Quand le lui avez-vous dit ?

— Tout à l'heure au téléphone. »

J'aurais pu dire la vérité, à savoir que d'elle-même Juliette m'avait conseillé d'emmener Lise et que, si je ne le lui avais pas confirmé, c'est que notre décision était toute récente. Je suis toujours bouleversé par le mensonge des autres qui les dénature à mes yeux alors que, venant de moi, le mensonge me semble un acte bénin et dépourvu de conséquences.

« En Inde nous irons où ?

— A Mépour.

— C'est plus loin que quel endroit ?

— Plus loin que des endroits lointains. Il y a des chèvres qui ont des poils très longs et des yacks.

— C'est quoi déjà les yacks ?

— Un bœuf bossu qui a un long pelage qui tombe en frange, il tire les chariots comme un cheval et la dame du taxi doit s'en servir souvent.

— A Paris elle se servirait d'un yack ?

— Au scrabble pour caser un *y* et un *k* en fin de partie. »

Comme elle continuait de me questionner j'ouvris un atlas que je posai sur le tapis et je lui montrai au nord de l'Inde le Cachemire et le Ladakh. Agenouillée, muette, elle se perdait avec patience dans la contemplation des enlacements de lianes et d'algues jaunes, bistre, vieux rose, bleues qui lui rendaient compte du relief terrestre. Elle trouva une carte plus générale où elle put évaluer par rapport à la mappemonde la longueur du vol qui nous mènerait le lendemain de Paris à Delhi. Je posai ma lampe de bureau auprès de l'atlas et je contemplai Lise contemplant le monde. Je faillis lui dire : « Tu es contente de partir loin ? » et ne retins ce tutoiement que de justesse. Mais la phrase non prononcée avait retenti en moi sur un certain ton et je sentis que j'aurais tutoyé Lise comme on tutoie un enfant. Par l'âge elle aurait pu en effet être ma fille mais jamais il ne m'arrivait d'éprouver l'amorce d'un sentiment paternel et celle-ci fut d'ailleurs fugace. Juliette, quand son chien était tout jeune, l'appelait mon bébé et elle était même consciente d'avoir reporté sur lui une certaine forme d'affection qui était sans emploi. Je n'avais jamais considéré Ange comme ma fille, elle était ma maîtresse, je l'embrassais sur la bouche, nous nous caressions éperdument et lorsqu'elle était en chaleur je regrettais la disproportion de nos corps. Quant à Léone, elle considérait Ange comme son âme.

Quand Lise se fut redressée je lui montrai les billets d'avion que je déposai sur le sommet de mon sac pour éviter de les oublier.

« Le vôtre est au nom de Juliette, vous êtes une Aligre. Ça passera inaperçu. Si jamais on vous posait une question vous direz que vous vous êtes mariée dans l'intervalle à un monsieur Aligre mais que vous n'avez pas eu le temps de faire modifier votre passeport. »

Elle rougit. J'avais oublié qu'elle possédait ce don.

« J'ai l'impression de prendre sa place. »

Sans lui répondre, je la conduisis dans la chambre où Hurlu avait dormi l'avant-veille. Je remis le réveil à l'heure et remontai la sonnerie sur six heures et demie.

« Je vous le confie. Demain matin n'hésitez pas à me secouer pour me faire lever. Et mettez le réveil sur le dos, sinon il ne sonnera pas ! »

Je soulevai la fourrure qui recouvrait le divan. Les draps étaient bien tirés ; Hurlu avait soigneusement refait son lit comme s'il avait dû le retrouver le soir.

« Dans l'armoire de ma chambre vous trouverez des draps, ceux-ci ont déjà servi une nuit à un de mes amis.

— Il est comment, votre ami ?

— C'est un costaud, un casse-cou qui plaît aux femmes parce qu'il est cascadeur et qu'il passe à travers l'eau et à travers le feu.

— Je dormirai dans ses draps », décida-t-elle.

Après lui avoir indiqué la porte des w.-c. je lui souhaitai une bonne nuit, refermai sur moi la porte de ma chambre et me déshabillai. A Lucé, pendant des semaines, mon lit n'avait été séparé de celui de Lise que par une cloison, la situation n'était donc pas nouvelle, pourtant elle me troubla. Ayant cherché une cause avec application je la trouvai : à Lucé c'était pour des raisons professionnelles que Lise dormait si près de moi alors qu'à partir de ce soir, elle était une compagne de voyage. Mon somnifère absorbé, j'ouvris pour appâter le sommeil un livre bleu aux ors fanés, gros comme un annuaire du téléphone. Les *Contes* d'Andersen. J'avais savouré pendant mon enfance le venin toujours actif qu'Andersen m'inoculait chaque fois que je le relisais. Ouvre-t-il une boîte de jouets, ceux-ci s'ingénient patiemment à s'enliser dans l'ombre d'un après-midi de fièvre. Les sorcières d'Andersen ne m'effrayaient pas mais j'étais sans défense devant la petite sœur enveloppée de brouillard qui tisse indéfiniment des vêtements d'ortie, ou face au vieil homme triste qui dans un salon crépusculaire s'efforce d'amuser un garçon malade avec d'antiques cartes dorées. Andersen avait exercé sur moi ses pouvoirs maléfiques alors que j'avais cinq ou six ans mais il les avait conservés, pareils à eux-mêmes, alors que je traversais une période de la vie où l'être se modifie rapidement. A quinze ans je rattachai le trouble nouveau où me mettait Baudelaire à celui que m'avait appris Andersen. Je ne cessai de pratiquer Andersen qu'au moment de partir pour le maquis. Au retour, pour me faire un peu d'argent, je vendis tous mes « livres d'enfant » à un brocanteur de Tours. Il m'avait fallu dix ou douze ans pour réussir à m'avouer que je regrettais mes *Contes* et faire l'effort de les racheter dans une édition plus récente de petit format qui me décevait parce qu'il lui manquait la carrure de l'autre, cette majesté de cathédrale satanique où l'emplacement des vitraux était occupé par les insinuantes gravures d'un artiste scandinave qui se délectait dans la représentation de ciels éteints, de mains noueuses, de racines reptiliennes, de corridors inquiétants comme des pièges reliant des salons et des cuisines autour desquels le vent hurle en chassant la neige et les trolls. Quelques années plus tôt j'avais tenté d'ébaucher avec Juaurez une adaptation d'Andersen pour la télévision ; notre projet avait vite déplu, bientôt nous y avions renoncé, opposés à des gens qui jugeant à la légère des goûts de l'enfant et de l'adulte condamnaient Andersen pour être, disaient-ils, trop enfantin dans ce qu'il avait d'adulte, trop adulte dans ce qu'il avait d'enfantin. Quelque temps plus tard Juaurez trouva chez un bouquiniste l'édition des *Contes* qui avait accaparé quelques milliers d'heures de ma jeunesse ; à la description que je lui en avais faite il reconnut le volume d'emblée, me l'offrit et je pus même croire que c'était le livre dont je m'étais séparé. Il n'avait perdu aucun de ses sortilèges mais il avait acquis un nouveau pouvoir, celui de me dédoubler : je me voyais, revenu à un âge incertain, situé à un confluent de l'enfance et de l'adolescence, lisant, assis, un coude sur la table ou sur l'oreiller.

Sa taille rendait le livre difficile à lire au lit et à

peine eus-je attaqué, au hasard, l'un des récits, qu'il me fallut changer de position, puis en trouver une nouvelle à mesure que le cauchemar se déroulait, raconté avec l'allégresse d'un conte de La Fontaine. Jean, l'orphelin, sort du cimetière pour tomber sur un cadavre que des voleurs refusent d'inhumer. Le seul compagnon qu'il trouve arrache les ailes d'un cygne noir puis tous deux pénètrent dans une cour d'auberge où un bouledogue est en train de dévorer le roi et la reine des marionnettes. Le montreur hurle de chagrin, de vieilles femmes boivent des breuvages bleu marine en manière de deuil. La princesse du pays pose des énigmes à ses soupirants qui, faute de deviner à quoi elle pense, périssent. Le roi montre à Jean les ossements des soupirants qui grincent parmi les fleurs du jardin, mais Jean persiste à demander la main de la princesse, il mange de la confiture de macaron tandis que son compagnon nanti des ailes du cygne noir vole pendant la nuit derrière la princesse. Celle-ci rend visite à un sorcier assisté d'araignées en flammes, de manches à balais vivants et pourvus au lieu de crin d'un feuillage de chou. Le lendemain Jean renseigné par son compagnon qui a entendu les ordres du sorcier gagnera la partie en répondant à la princesse que les trois objets auxquels elle pense sont un gant, un soulier, une tête de monstre. Il poursuit cette analyse en plongeant la jeune fille dans un bain ; elle se tord sous sa poigne avant de devenir un cygne sombre puis une claire jeune personne dont je me suis toujours méfié. J'éteignis et je me demandai pourquoi j'avais repris ce soir Andersen. Peut-être avais-je espéré substituer à mon malaise actuel un malaise ancien et presque ancestral, peut-être m'étais-je précipité sur le premier livre que je croyais capable d'effacer la hantise du voyage avec Lise. Pour m'endormir je recourus aux bourrasques et à la neige danoises, me construisant un abri précaire où me blottir et résister au froid. Mais des images me poursuivaient, des visages apparaissaient autour de moi, non pas ceux des sorcières qui étaient faciles à conjurer, les visages proches. J'étais blotti non plus dans mon refuge de bois neigeux mais dans un trou rond percé au milieu d'une table également ronde autour de laquelle Germaine, Léone, Juliette tournaient en s'arrêtant à intervalles irréguliers pour me faire face et me regarder. Leurs visages changeaient, sauf celui de Juliette que je connaissais depuis peu d'années. C'étaient Germaine et Léone qui m'apparaissaient à des époques différentes, je réussis même à revoir brièvement les traits de Germaine au bord de la Sioule, ceux de Léone au bord du Sénégal. Il m'arrivait de faire surface et de me demander si, poursuivi par cette ronde, je parviendrais jamais à m'endormir et je m'endormis en me le demandant.

« Vous m'avez dit de vous secouer alors je vous secoue ! »

Lise n'osait pas me toucher et c'était l'oreiller qu'elle secouait.

« Et retirez ce masque ! vous me faites peur avec. »

Je soulevai mon masque comme son heaume, un chevalier. Lise était habillée, toute fraîche, quelques gouttes d'eau brillaient dans ses cheveux. Elle s'éloigna de quelques pas.

« Je sais que je vous fais peur depuis que Mme Tiffauge vous a révélé que j'étais Dracula.

— Oh ! qu'il est bête ! Dépêchez-vous ! Il y a plus d'un quart d'heure que le réveil a sonné. »

Je trouvai le courage d'écarter les draps, Lise aussitôt s'enfuit. Je me douchai et je m'habillai comme la veille pour m'embarquer avec Hurlu. Non ce n'était pas la veille c'était l'avant-veille. La veille j'avais copieusement dormi. Je me serais recouché avec délice était exclu puisque j'étais entraîné comme la chaîne d'une usine et que les décisions que j'avais prises librement s'imposaient maintenant à moi comme à un esclave. Habillé je retrouvai Lise devant les sacs. Avant de boucler le mien j'y glissai deux cahiers destinés aux nombreuses notes d'où sortirait le film et, au petit bonheur, cinq ou six boîtes contenant les médicaments que m'avait ordonnés Corlion. Au sommet je plaçai précieusement ma provision de somnifères tout en priant Lise d'appeler un taxi. Je lui indiquai un numéro d'appel. Je dus lui en indiquer d'autres mais les suivants, après avoir répandu leur musique, tantôt un slow, tantôt une valse, demeurèrent également infructueux. Mes parents, quand nous partions en vacances, fermaient à clef les tiroirs, coupaient l'eau, le gaz, l'électricité, roulaient les tapis et la maison que nous quittions embaumait la naphtaline. Je me bornai à claquer la porte derrière nous comme si je devais revenir le soir. Une pluie froide nous accueillit dans la rue. Nous marchions vite, sac au dos, comme ces jeunes touristes qui remontent les Champs-Élysées, équipés par la Jungfrau. Le souvenir me revint du garçon de café qui m'avait pris pour un touriste et dans le même mouvement je me rappelai le rêve qui avait précédé cette scène. Quand Lise m'avait éveillé, mon cœur battait à tout rompre ; sa frénésie retardait parfois mon sommeil ou m'éveillait en pleine nuit mais c'était la première fois que je la surprenais le matin. Peut-être que le même rêve où je débitais à Tilly les mêmes citations me revenait régulièrement mais qu'avant mon éveil je l'avais déjà oublié. Peut-être chaque nuit suivais-je le même calvaire. Nous avions débouché boulevard Raspail et j'aperçus à la station un seul taxi vers lequel nous courûmes. La tiédeur confortable de la banquette me rassura. Je fermai les yeux comme si j'étais encore protégé par les draps et les couvertures. L'essuie-glace chuintait, poussant de temps à autre une note plus tendre, presque plaintive. Quand j'entrouvrais les yeux c'était pour rencontrer, chaque fois, un paysage inchangé fait de gouttes d'eau qui ruisselaient sur les vitres en lavant Paris qui défilait confus comme une « transparence » cinématographique.

« Quel temps ! » soupira Lise.

Je murmurai machinalement que ce printemps pourri semblait devoir se prolonger en un été pourri. Nous étions arrêtés à un feu rouge et le chauffeur se retourna vers nous. Parce que le sommet de son crâne était chauve je lui avais donné un certain âge mais de face il me présenta un visage relativement jeune ; son front était vaste, mais peut-être la calvitie contribuait-elle à l'étendre, ses yeux gris étaient profondément enfoncés sous les orbites, le nez était droit et aquilin, le menton long et creusé par une fossette en forme de nombril.

« Si vous comptez sur moi pour vous répondre que décidément il n'y a plus de saison vous vous trompez d'adresse », déclara-t-il.

Le feu étant passé au vert, il nous présenta de nouveau sa nuque. En entendant sa voix un chien que je n'avais pas vu se dressa auprès de lui. C'était un boxer sans doute assez jeune dont les yeux brillant dans une eau convulsée par les rides me rappelaient ceux de Larrivée, encore qu'à y bien réfléchir ce dernier ressemblât plutôt à un épagneul d'eau ou à un braque.

« Ne me demandez surtout pas l'âge de mon chien et épargnez-moi toutes considérations sur le boxer, animal qui a l'air méchant alors qu'il a un cœur d'or, et cætera. »

Rue du Bac, à cent mètres des quais un bouchon nous immobilisa. Quelques voitures poussèrent l'impatience jusqu'à klaxonner.

« Oui d'accord, il y a des encombrements à Paris. Ça se voit, il n'est pas nécessaire d'en parler. Et ne prétendons pas que Paris est de plus en plus encombré et qu'on se demande comment ça va finir ; depuis douze ans que je fais le taxi, Paris est pareil, ni plus ni moins, mais on dirait que les gens en font chaque jour la découverte.

— Vous ne les aimez pas, les gens ?

— Je ne les déteste pas, répondit-il après s'être donné un moment de réflexion, mais je leur en veux, ils m'ont fait perdre trop de temps à répéter la même chose sur les mêmes sujets. Quand le 1er janvier dernier j'ai décidé de ne plus me prêter à leur jeu j'ai calculé que, tant dans ma vie professionnelle que dans ma vie privée, j'avais consacré quinze minutes par jour à participer lâchement à leur rebâchage, ce qui représente en dix ans cinquante-quatre mille sept cent cinquante minutes, donc neuf cent douze heures, soit trente-huit jours. Un homme n'ayant qu'un nombre de jours limité à vivre j'ai décidé d'arrêter l'hémorragie et désormais je me refuse à partager ce ronronnement. »

La rue du Bac s'étant miraculeusement dégagée, nous filâmes le long des quais et bientôt franchîmes la Seine ; la tour Eiffel, sous un ciel gris et sur une ville grise, se dressait rouquine et gaillarde. Tout à coup Lise avait interpellé le chauffeur :

« Si je comprends bien, dès qu'un de vos clients veut parler avec vous de la pluie et du beau temps, vous lui répondez ce que vous nous avez répondu.

— Bien sûr, chaque fois je réponds par la même musique, je ne vous ai pas fait bénéficier d'une chanson particulière.

— Je m'en doutais un peu, répliqua Lise avec une détermination que je ne lui connaissais pas, et le résultat c'est que vous passez autant de temps à réciter les raisons pour lesquelles vous ne voulez pas parler de la pluie et du beau temps qu'à en parler. »

Ce brutal accès de bon sens réduisit le chauffeur au silence et m'amusa en me rappelant que lorsque j'étais à la Sorbonne je m'étais demandé pourquoi Heidegger se délectait à accumuler des pages pour définir la Vie comme Néant. Si elle n'était que Néant, il en attendrait silencieusement la fin ou encore se suiciderait au lieu de se régaler à jouer avec des concepts. J'avais deviné le plaisir jovial que Heidegger prenait à mener à bien sa sinistre démonstration, plaisir semblable à celui du conducteur et que ni l'un ni l'autre ne pouvaient s'avouer. Heidegger n'aurait pas admis qu'il jouissait en anéantissant la vie, ni notre conducteur, en pulvérisant les lieux communs de la conversation. Nous débouchâmes sur l'autoroute conduits par un Heidegger rageur.

« J'espère qu'à Mépour il fera beau. »

J'exposai à Lise que l'Inde était soumise au régime des moussons. A Delhi nous pouvions trouver un grand soleil ou de la pluie. Souvent aussi la mousson s'insinue dans les vallées de l'Himalaya et nous risquions des averses et à la limite une chute de neige minuscule. Je lui garantissais qu'elle aurait chaud, sauf dans les montagnes la nuit. Les doigts de Heidegger se crispaient sur le volant.

« C'est encore loin Roissy ? demanda Lise.

— Quand vous verrez deux grands cèdres qui sont à une centaine de mètres l'un de l'autre, vous saurez que le champignon de béton est proche. »

Bientôt je les aperçus, tous deux plus hauts que le cèdre de Germaine, dressés sur cette plaine des grandes invasions qui se poursuit jusqu'à l'Oural. Les cèdres sous nos climats ne poussent point par hasard, leur présence avait été voulue par les hommes. Il était tentant d'imaginer qu'avant le nettoyage du terrain ces arbres avaient été la parure d'un grand parc entourant un petit château non classé qui avait été abattu ; un filateur ou un notaire l'avait construit, pour y prendre sa retraite, à la fin du XIXe siècle. Il était également possible d'imaginer deux propriétés de moindre importance, des maisons de pierre de taille coiffées d'ardoise, entourées d'un beau jardin ; rivaux, les maîtres des lieux se surveillaient et quand l'un avait orgueilleusement planté un cèdre l'autre l'avait imité.

« Je ne les vois toujours pas.

— Nous les avons déjà dépassés. »

Elle se retourna pendant que je cherchais un billet de cent francs dans mon blouson. Heidegger s'arrêta le long du béton sans nous laisser le temps de choisir notre porte. Le prix de la course se montait à soixante-deux francs, je lui tendis un billet de cent francs en le priant de me rendre sur soixante-dix.

« Je vous rendrai sur soixante-deux. »

Il me tendit la monnaie à l'aveuglette, sans se retourner. Je comprenais : désormais la joie sombre qu'il éprouvait à se lancer dans un numéro qui le distinguait du commun des mortels serait altérée par la crainte de rencontrer un interlocuteur aussi sensé que Lise. Nous descendîmes et, avant que la voiture n'eût démarré, j'eus le temps d'entrevoir les yeux du chien qui, par solidarité, me regardaient de travers. Puis les portes de verre s'ouvrirent devant nous, mon cœur commença de cogner, mes mains tremblaient, toujours les aéroports me donnent sur les nerfs à cause des épreuves dont il faut triompher avant d'embarquer, trouver le comptoir où « chéquer », y faire la queue, refaire la queue pour la police, la douane, le contrôle antipirate. Roissy en rajoutait, nous obligeant par sa rondeur à exécuter un tour presque complet avant de parvenir au comptoir de la compagnie Thaï, convaincus que la courbe n'est pas le plus court chemin pour aller d'un point à un autre. Nous avions des billets de charter mais nous participions à un vol régulier ce qui nous évita une trop longue attente. Les autres formalités se déroulèrent plus vite et plus facilement que je ne l'avais imaginé. Nous étions en avance, je donnai de l'argent à Lise pour qu'elle achète des romans policiers et des magazines et j'entrai dans une cabine téléphonique d'où j'appelai d'abord Léone. La sonnerie se prolongea et j'allais raccrocher quand j'entendis une voix ensommeillée qui me demanda l'heure. Ayant consulté l'horloge qui me faisait face, je répondis :

« Neuf heures dix-sept, Lionliane.

— Tu es à Mépour ?

— A Roissy. Je pars.

— Pourquoi ne m'emmènes-tu pas avec toi ? »

Cette question me déchira. Je me justifiai facilement, mon voyage était fatigant, ingrat, consacré au travail. Mais je regrettais de n'avoir pas choisi la compagnie de Léone plutôt que celle de Lise tout en sachant que si j'avais préféré Lise, c'est parce que je savais que Juliette ne m'aurait pas pardonné d'emmener Léone. Je promis d'écrire, de revenir vite, elle raccrocha pressée de retomber dans le sommeil, je craignis qu'en s'éveillant vers midi elle n'eût oublié le signe d'affection que je lui avais adressé en l'appelant. Ce fut le tour de Germaine, elle avait un rendez-vous à Nanterre, elle était en retard, elle me souhaitait un Mépour fructueux. Peut-être Juaurez était-il déjà au mixage ? Albert, l'ingénieur du son, dont je reconnus la voix sourde, m'annonça que Juaurez ne viendrait pas avant dix heures, il me repassa le standard, je demandai Larrivée que je savais matinal, on me le passa en effet. Je n'avais rien à lui dire sinon que j'étais à Roissy et que je lui faisais encore une fois mes adieux. La conversation traîna, pénible. J'avais compris que Larrivée, se refusant à supposer que mon appel fût sans objet précis, attendait que je me décide à formuler une demande et je ne pouvais pas lui avouer que j'avais tout simplement envie de lui lancer un dernier bonjour. Quand je raccrochai, je sentis que je laissais Larrivée persuadé que je n'avais pas osé énoncer ma requête, et perplexe. A quelques pas de la cabine Lise m'attendait. Elle serrait contre son cœur une pile de policiers et de magazines ; gênée elle me tendit un livre mince sur la couverture duquel triomphaient des yeux noirs et des palmiers.

« Celui-là, je l'ai pris pour moi, vous ne m'en voudrez pas ? »

Au dos du livre je lus que la collection « Comète d'azur » offrait à ses lectrices des héros durs et tendres qui feraient palpiter leur cœur et vibrer leur corps à travers des aventures exotiques assez passionnantes pour effacer l'ennui familier de la vie quotidienne. Je lui souris et nous prîmes pied sur le tapis roulant qui après une promenade ondulante entre les globes publicitaires nous conduisit à une grande salle vitrée d'où Lise put contempler une trentaine d'avions qui attendaient, épars, sur le terrain. Baissant la voix, elle se décida à me révéler qu'elle n'était jamais « montée dans les airs ». Cette nouvelle je la considérais comme bonne, tout glorieux de lui procurer un souvenir qu'elle n'oublierait sans doute pas. Je me revoyais montant en avion pour la première fois avec Odette Pale pour aller chercher une Léone encore abstraite au Sénégal.

Elle avait fermé sans coup férir sa ceinture. Elle écouta religieusement le discours de l'hôtesse diffusé dans le haut-parleur et suivit avec application les démonstrations du personnel de bord manipulant les gilets de sauvetage. L'avion s'était ébranlé et j'imaginais les sentiments de Lise en suivant les mouvements de sa physionomie qui, neutre d'habitude, était devenue expressive. Elle avait la bouche entrouverte et ses yeux, très agités, allaient çà et là. Cet avion roulait comme un car alors que Lise, dès que l'appareil eut brui et bougé, s'était attendue à être enlevée. Après avoir roulé lentement et longuement, il vira sur lui-même comme un navire qui manœuvre dans un port. Puis les moteurs rugirent mais l'avion qui s'était immobilisé restait sur place, tout tremblant.

« Il est trop chargé ? Il n'arrive pas à se soulever ? » demanda Lise d'une voix ferme.

Elle avait peur, elle se maîtrisait.

« Il vérifie le pouvoir de ses moteurs. Il se ramasse sur lui-même, c'est un chat. Il va se détendre, courir puis bondir comme un chat.

— Comme un vrai chat ?

— Presque comme un vrai chat. »

L'avion courut entre des pelouses jalonnées de bricoles métalliques. Lise avait enlacé ses doigts, elle regardait ses mains.

« Il ne bondit toujours pas...

— Il a bondi.

— Mais nous sommes toujours au sol !

— Mais non. Cette petite secousse c'est la rentrée de son train. Regardez par le hublot, Lise. »

J'avais eu du plaisir à prononcer son prénom, à le lécher comme l'intérieur d'un bonbon au miel. Après avoir prudemment regardé le hublot, elle s'enhardit et colla son nez au verre. Elle voyait un paysage facile à reconstituer, des toits lointains, des rectangles de verdure, des fumées, une route parcourue par des véhicules infimes. Puis elle ne vit plus rien que l'épaisseur homogène des nuées que nous gravissions.

« Le pilote n'y voit plus !

— Il voit à travers la traduction du radar, il voit en braille. Et de terre on voit pour lui.

— Mais on va rester dans le sale pendant neuf heures ?

— Bientôt il fera beau. Le ciel sera bleu.

— Ce n'est pas vrai ! s'écria-t-elle en riant. Notre taxi vous dirait que vous parlez pour ne rien dire. »

En prononçant *notre,* Lise avait instauré une communauté entre nous. Ainsi commencent les amours. Mais je ne suis pas amoureux d'elle ! J'examinais sans indulgence ses cheveux maigres, sa nuque jaune, ses épaules à la fois tombantes et pointues. Pourquoi m'étais-je égaré dans les cieux en sa compagnie ? Je me connaissais trop, je me connaissais par cœur, je me connaissais au point d'en mourir d'ennui, pourtant je retombais toujours dans les mêmes erreurs. C'était toujours après que je découvrais les pièges, des pièges que je m'étais tendus moi-même. Juliette ne devait pas comprendre pourquoi j'étais parti sans elle puisque je ne le comprenais pas. J'avais failli tomber amoureux de Lise, je faillis la haïr, j'avais besoin d'une chèvre émissaire et avec ses os saillants sous la chair elle tenait bien l'emploi. J'étais accablé. Elle battit des mains.

« Mais c'est vrai, le ciel est bleu ! Comment saviez-vous que là-haut il faisait beau temps ? Les nuages ont disparu.

— Ils sont toujours en dessous. »

Elle se courba pour voir et je m'appuyai sur elle pour voir ce qu'elle voyait. Un vaste névé s'étalait, cotonneux entre des glaciers d'une blancheur plus éblouissante dont seules les moraines étaient sombres. Quelques géantes statues d'albâtre s'élevaient qui se terminaient en chapiteaux ou en plumets, nous en effleurâmes une puis nous rencontrâmes des cirrus dont les vagues clairsemées nous heurtaient au passage pour se dissoudre aussitôt sous l'éclat du ciel.

« Dans les tableaux les nuages sont toujours vus d'en dessous, pourquoi n'y a-t-il pas de peintres de nuages vus d'en haut ?

— J'ai connu un vieux monsieur qui avait été, en tant que fonctionnaire au ministère de l'Air, peintre de nuages pendant quinze ans.

— Vous avez vu ses tableaux ?

— Non, c'était son titre qui m'amusait.

— Quel dommage ! »

Elle s'était détachée du spectacle pour me faire

face. L'appareil ayant viré, un rai de soleil traversa le hublot et enflamma la chevelure de Lise qui prit une opulence inattendue. A contre-jour son visage était fragile et doux. Son buste était noyé dans une grosse chemise à carreaux sur laquelle elle avait jeté son pull dont elle avait noué les manches autour de son cou. Au contraire le jean la moulait hermétiquement. Quand ses jambes étaient croisées il dessinait les plis des aines qui se rencontraient en angle droit autour d'un pubis bombé. Il était une peau collée sur une peau, pareille à celle de la pêche qui épouse scrupuleusement le galbe de la chair. Quand Lise décroisa les jambes, le jean modela avec exactitude la fente de la vulve et quelques minutes plus tard, Lise m'ayant enjambé pour gagner les toilettes, je vis ses fesses tendre à ce point le tissu que celui-ci devint pareil à une teinture bleue qui aurait coloré la nudité sans la vêtir.

Je n'ai jamais admis qu'on établît une hiérarchie entre les objets sur lesquels la pensée s'applique. Une méditation sur le jean engage les ressources de l'esprit tout autant qu'une méditation sur les rapports de l'existence et de l'essence auxquels les philosophes ont consacré tant d'attention. Le jean, qu'on le considère comme un ustensile qui peut-être parce qu'il était pratique a conquis toutes les terres habitées et toutes les classes sociales — encore que les pays communistes ne subissent son assaut qu'à leur corps défendant —, ou qu'on le tienne pour un ornement destiné à proposer une certaine vision de soi aux autres et à soi et notamment à insinuer une notion qui laisse à entendre que, quel que soit son âge, on est jeune et dans le coup, contient, comme tout ce qui est important, une contradiction foncière : d'une part il est unisexe, donc asexué, d'autre part l'exactitude de son étreinte dénonce la disparité du corps masculin et du corps féminin. Qu'on la croise dans la rue et l'on en apprend plus sur une femme en jean, pour ce qui concerne son ventre et ses fesses, que si elle porte une robe et une jupe et ma réserve, car du fond de mon propos une réserve ne demande qu'à émerger, ne tient pas seulement au fait que le jean me cache l'élan du mollet et comment il se rattache au fût de la cuisse, car une jupe longue serait aussi dissimulatrice, elle vise, cette réserve, le frein que le jean impose à ma vieille imagination qui est celle d'une société où le geste masculin consiste à trousser. Le système ouvert de la robe, vulnérable, écartable, pénétrable est la métaphore exacte du corps de la femme alors que celui-ci est hermétiquement fermé par la pellicule du jean qui, s'il révèle les contours et les brèches, s'oppose à toute effraction réelle ou rêvée, à toute irruption des mains ou du vent.

Pendant que Lise me réenjambait, le commandant de bord nous annonça que nous nous apprêtions à survoler le massif du Mont-Blanc. Nous nous penchâmes et rencontrâmes d'abord la pâleur des nuages où Lise, qui s'exaltait, découvrait des banquises et des icebergs puis nous distinguâmes des crevasses vertes et brunes qui révélaient la terre obscurcie par la pluie ; une déchirure s'élargit et l'éclat aveuglant de la neige nous frappa. La nuée et la montagne ne se distinguaient pas seulement par l'éclat mais aussi par la matière, la première cotonneuse ou effilochée comme de la charpie, l'autre, selon les pentes, poudreuse ou acérée.

« Le mont Blanc a quatre mille huit cent dix mètres, récita Lise, et nous le dominons !

— Dans l'Himalaya nous monterons beaucoup plus haut que le mont Blanc, nous aborderons des glaciers à six mille mètres, nous franchirons des cols à cinq mille. »

Pour la première fois Lise m'interrogea sur les détails de notre expédition. Son visage était animé. Quand j'avais répondu à une question, elle en posait aussitôt une autre. Pour lui répondre j'étais obligé de ranimer mes souvenirs. Je retrouvai la mollesse fade du lac de Srinagar où l'on habite dans des bateaux, où l'on circule en pirogue parmi les lotus. La laideur, la vermine, la méchanceté faisaient partie de ce parcours qui, comme un courant de conscience, charriait indistinctement les charmes et les malédictions. A Kargil, petit bourg fait d'une rue unique le long de laquelle se pressent des échoppes de bois sales où se débitent des casseroles craquelées, des tissus sans couleur, où rôdent les punaises, Kargil, confins du Cachemire et du Ladakh, dernier îlot musulman où la tristesse haineuse de l'islam semble s'être incarnée dans ces fanatiques de la secte chiite qui errent coiffés de turbans endeuillés, perdus dans leur longue robe, mâchonnant des graines de tournesol et des prières, les doigts crispés à de longs chapelets, le regard hostile et fuyant. Puis de nouveau l'air pur, le roc pur, l'eau pure qui descend des glaciers et court parmi les touffes de lavande. A perte de vue, des pics, les parois déchirées qui s'enchevêtrent, neigeuses ou arides comme du métal jusqu'à la Chine et au Pakistan, hautes convulsions orchestrales de l'Asie centrale. Parfois tout au fond d'une vallée ou sur la pente d'un col une oasis, quelques saules, des prairies où broutent des yacks, des champs de seigle, une foule d'abricotiers croulant sous les fruits qui semblent avoir été soigneusement peints comme sur une miniature persane. Les sourires des premiers Ladakhis font oublier les regards de Kargil. Paysans et paysannes, yeux bridés, joues rondes et roses, ne demandent qu'à sourire, moqueusement, affectueusement, à tout propos. Les enfants tiennent des fleurs dans leurs mains, hommes et femmes portent des boucles d'oreille alourdies par les turquoises ; autour de leur cou frissonne la roseur des colliers de coraux, sur leur tête se dressent posés sur leur chignon, tenant mystérieusement en équilibre, de hauts tubes de velours noir évasés au sommet, rehaussés de broderies dorées, flanqués à la base de cornes retroussées de couleurs crues. Leur religion ne leur défend ni de boire du tchang ni d'être infidèle en amour. Après les voiles noirs qui ensevelissent les musulmanes du Cachemire, les visages nus et narquois de ces gentilles bouddhistes, hardies dans tous leurs gestes, sont la preuve que les spectres de l'austère Kargil peuvent être conjurés.

« Bouddha, c'est un dieu ?

— Un sage qui vécut avant le Christ. Il professait que la souffrance est universelle, exister c'est souffrir et que l'on ne peut attendre la suppression de la souffrance que de la suppression de l'existence. Abra est un dieu mais le Bouddha est si peu divin que la tradition du petit véhicule, celle qui semble le plus conforme à la parole du maître, est athée. Ce qui n'empêche pas qu'au Ladakh, qui est une marche du Tibet, les anciennes croyances païennes se sont mêlées à la nouvelle sagesse pour préserver les démons, les dragons, les croyances miraculeuses. Nous entrerons dans des temples bouddhistes aux peintures ravagées par les interminables hivers, vous verrez flotter les rubans de prières, vous entendrez grincer les moulins à prières, vous assisterez aussi aux repas des prêtres auxquels les bonzillons apportent dans des bassines aussi grosses qu'eux les galettes de seigle et le thé salé. Nous irons jusqu'à Leh qui est l'ancienne capitale de ce petit Tibet. »

J'étais lancé. Je poursuivis mon récit en décrivant Leh. De croulantes maisons de bois et de boue serrées sous un palais royal haut de quatre ou cinq étages où, paraît-il, on peut rencontrer parfois la reine découronnée du Ladakh. Pendant des siècles Leh avait été le carrefour central de l'Asie. Les ambassadeurs romains et chinois s'y étaient croisés ; on y avait écrit en grec et en persan, la sculpture hellénistique y avait pénétré. Il y a cent ans encore des caravanes venaient étaler leurs trésors dans cette corne d'abondance, parties de l'Inde, du Turkestan, du Tibet, de la Sibérie, de la Chine ; des Tartares y rencontraient des Méditerranéens. Pierres et métaux précieux, feutres et fourrures, thé noir ou vert, toutes sortes de cuirs tannés, des herbes médicinales, des tapis, du musc et du tabac, des raisins et des pistaches, du haschisch et de l'opium, des épices et du miel, des cotonnades et de la soie, se rencontraient, s'accumulaient et se volatilisaient dans cette ville étroite enveloppée de vergers contenus par le désert qui, après avoir été une des plus hautes escales de la route de la soie, restait encore un prodigieux bazar. Mais l'agonie était commencée, la guerre et la fermeture de la frontière chinoise l'achevèrent. Leh s'endormit, accrochée à un lambeau de plaine qui descend vers l'Indus encore torrentueux, et s'éveilla au rugissement des camions. Une partie de l'armée indienne campe autour de Leh, face à la Chine, les militaires fournissent du travail aux jeunes et fréquentent les boutiques. Les touristes les fréquentent encore plus ; depuis quatre ans les cars déversent Européens et Américains et, sous le signe conjugué du tourisme et de la guerre, Leh vend de nouveau des châles, des robes, des bijoux, de l'alcool, des galettes et du thé au beurre. Des lamas qui ont réussi à fuir à temps le Tibet enchinoisé sont venus rejoindre leurs frères. On a le temps de méditer en ce pays où durant sept mois la neige écrase les maisons.

« Et c'est vrai, vous allez l'emmener dans cette ville ? »

L'exaltation de Lise me touchait comme si j'étais l'auteur de Leh. Je me penchai sur elle pour regarder à travers le hublot, ayant senti une modification de la lumière. Seuls quelques groupes de nuages lointains et dorés par le soleil subsistaient pareils à un troupeau de dunes. Le rivage disparaissait, assombri par la toison crépue des pins maritimes. La mer étalait son bleu sous celui du ciel.

« Et à Paris ! s'exclama Lise. A Paris vous croyez qu'il pleut ?

— Sûrement. Les essuie-glaces de notre chauffeur de taxi continuent de fonctionner. »

A cette assurance, Lise ne se sentit plus d'aise. Transportée elle battit des mains. Dans cet état elle était très jolie. Par moments elle regardait brasiller la Méditerranée puis, comme si ses yeux avaient fait provision de lumière, elle les tournait vers moi pour me l'offrir. J'avais remarqué les hôtesses thaïlandaises en longue jupe et en chemisier de soie, je l'imaginai vêtue comme elles.

« Lise je ne vous ai jamais vue qu'en jean. »

Après un moment de silence produit par l'étonnement, Lise retrouva sa bonne humeur pour me répondre que toute sa vie elle avait porté des jeans. Dans l'album de photos familial elle s'était découverte âgée de trois ans et vêtue d'une robe de dentelle mais cette robe ne lui avait laissé aucun souvenir. Elle avait passé sa vie consciente en jean ou en short.

« Vous avez fait votre première communion ?

— Oui. Je portais une aube, comme les garçons, avec un short dessous. Ma sœur met quelquefois des robes mais l'envie ne m'en est jamais venue. »

Encore lointain le chariot par saccades se rapprochait régulièrement de nous. Lise penchait sa tête sur mon épaule pour suivre avec l'attention d'un chat les gestes des hôtesses.

« A Delhi il fera une chaleur très lourde, vous serez plus heureuse dans une robe légère.

— J'y serais très malheureuse au contraire, je ne saurais pas comment me tenir. Je me sentirais inconvenante. »

J'accueillis avec gratitude un nouveau fantasme.

Avec Juliette j'avais rencontré un être dont la mythologie était parfaitement semblable à la mienne mais, d'autres fois, j'avais été obligé de convaincre ma partenaire, de l'entraîner souvent insensiblement à partager mes goûts. Jamais je ne m'étais donné pour objectif de contraindre l'autre à accomplir un acte contre sa volonté et son plaisir. Or je me complaisais à voir Lise éperdue lutter contre les remous d'une vaste robe. Il ne m'était pas arrivé depuis plusieurs mois d'envisager le futur avec enthousiasme ; j'en avais perdu l'habitude et je ne demandais qu'à la reprendre. En cet instant j'étais comblé. Du coup j'eus faim, ce qui m'arrivait rarement et tombait bien puisque le chariot parvenait à notre hauteur.

DEUXIÈME PARTIE

I

QUAND Juliette parvint à quelques pas de la loge, elle s'arrêta pour consulter le carnet sur lequel, avant de quitter son bureau, elle avait noté les corvées qui lui incombaient. Déposer la voiture au garage pour la révision. Acheter trois yaourts, une boîte de six œufs, deux cents grammes de viande pour Grognard. Du pain de mie. Passer chez le teinturier. Elle posa sur les pavés le sac de week-end Hermès qui lui avait été offert par Alain et tira de son sac à main un feutre pour barrer successivement, avec application, les corvées qu'elle avait exécutées, y compris le passage chez le teinturier qui comme tous les lundis était fermé. Son objectif n'était pas atteint mais elle avait le droit de biffer puisqu'elle avait fait ce qui dépendait d'elle pour remplir la mission qu'elle s'était donnée. Elle se demanda si, en écrasant du bout de son feutre la liste des obligations qu'elle avait remplies, elle célébrait un plaisir, celui d'être soulagée d'un poids, ou si elle s'accordait strictement un certificat de bonne conduite. Il lui restait à accomplir, auprès de Mlle Isadora, la concierge, une dernière corvée, habituelle donc non écrite celle-ci. Elle poussa un soupir, essaya de se sourire dans la vitre de la loge qui avait presque le pouvoir réfléchissant d'une glace. Elle ne sourit pas, en vain luttait-elle contre son humeur.

Mlle Isadora souriait à tout bout de champ — au soleil, à la pluie, à une naissance dans le voisinage ou à un décès, à l'élection d'un pape ou à une cheville qu'elle s'était foulée. Souriait-elle toute seule ? telle était la question. Cette petite blonde solitaire âgée d'une cinquantaine d'années qui, vue de loin, semblait une toute jeune fille, elle n'était connue des locataires que par son prénom mais nul n'aurait demandé si elle se l'était attribué par passion de la mythologie moderne ou si elle l'avait hérité car malgré sa gaieté perpétuelle, ou à cause de celle-ci, elle en imposait. Elle refusait d'être considérée comme une gardienne, contrairement à ses collègues, elle était concierge et s'en targuait sans qu'on sût davantage si elle savourait un terme dépassé par le temps comme son prénom ou si elle se plaisait à cultiver ce terme comme une offense, dans un jardin secret voué à l'amertume. C'était Paul qui avait poussé Juliette à découvrir les singularités de Mlle Isadora. Il les avait observées l'une après l'autre en leur accordant un intérêt qui les rendait intéressantes. Paul lui avait appris à remarquer chez les autres de légers traits de caractère qui n'appelaient ni approbation ni condamnation et que d'elle-même elle aurait laissé passer sans les distinguer, classant les gens qu'elle connaissait en amis, en ennemis, en indifférents, aussi en gentils ou en déplaisants et ne s'étant jamais souciée de s'attarder aux détails par lesquels un être se révèle différent et inclassable. Alors qu'elle avait décidé de chasser une fois pour toutes Paul de sa pensée elle était fâchée qu'il réussît, par maints détours, à déboucher à l'improviste et à s'imposer encore. Et il s'imposa de nouveau. Mlle Isadora brandissait un télégramme.

« Il y a deux jours qu'il est là ! Vous ne m'aviez

pas dit où vous passiez le week-end, j'espère que ce n'est pas grave. »

Juliette posa les sacs, déchira l'enveloppe du télégramme, commença de le lire et s'arrêta. « Srinagar » l'avait arrêtée. Paul encore.

« Ce n'est pas grave », dit-elle.

Mlle Isadora ne réussit pas à dissimuler une légère déception mais retrouva son sourire pour considérer avec attendrissement les assauts de Grognard qui montait à la charge, relevait la jupe de Juliette, s'épanchait en abois brefs et comme sanglotants. Juliette en vint à conclure que Grognard l'agaçait autant que Paul mais que si l'occasion lui était donnée de se débarrasser de celui-ci elle était tenue de conserver l'autre jusqu'à ce qu'il consente à mourir dans une dizaine ou une douzaine d'années.

« Qu'elle est belle ! » s'exclamait Mlle Isadora.

D'abord Juliette crut qu'il s'agissait d'elle car la concierge lui adressait parfois et comme par accès des louanges excessives, surtout si elle était allée chez le coiffeur. Puis elle se rappela qu'elle tenait fichée sous l'aisselle une rose dont l'achat ne faisait pas partie de son programme. En passant devant la vitrine du fleuriste elle avait vu cette fleur isolée dans un vase, ses sœurs venant sans doute d'être vendues. Prise de pitié elle avait acheté cette rose trop rose et trop ouverte, promise à une mort indolente.

« C'est plus qu'une fleur, dit Mlle Isadora, c'est le portrait d'une fleur. On sent le pinceau. Elle vous donnera de l'agrément. »

Impatiente elle parvint à obtenir de Mlle Isadora que celle-ci abrégeât le récit de la chute d'un pot de géranium qui avait écrasé un pigeon. Il avait fallu qu'elle transporte dans la poubelle un mélange ensanglanté, emplumé, auréolé de pétales, où la terre cuite, l'animal et le végétal s'enchevêtraient dans une poussière gluante.

Dans l'ascenseur Juliette aurait souhaité respirer un bon coup mais Grognard était infatigable, il s'agita d'abord pour se glisser à gauche parce que sa place était à gauche. Le jugement de Paul fit de nouveau autorité : il avait noté que Grognard en devenant adulte devenait maniaque, ce qui ne l'empêchait pas de rester puéril dans son comportement. Il reniflait et jappait en sautant et Juliette devait le contenir pour l'empêcher de frôler de son museau ou d'une de ses pattes la paroi non isolée de la cage d'ascenseur. Enfin, ayant réussi à ouvrir sa porte, elle parvint dans le salon, laissa tomber ses sacs et courir Grognard, jeta sur la moquette le télégramme et les lettres, allongea la fleur auprès d'elle et ferma les yeux. Elle commença de se bercer : tu n'as plus qu'à couper en morceaux la viande de Grognard et à bâcler deux œufs sur le plat, ensuite tu écouteras France-Musique ou, si le programme est mauvais, tu te mettras des disques. En outre un plaisir t'attend, celui de glisser cette rose dans un vase au long col où elle aura le loisir de boire gaiement comme une étourdie. La sonnerie du téléphone éclata. Juliette hésita avant de décrocher puis céda au pouvoir occulte de cette institution. Aussitôt elle reconnut la voix de François Corlion et commença de se défendre contre une envie de le voir qu'elle condamnait. Il n'était pas à Tours mais à Paris, il venait d'arriver et c'était pour la voir qu'il s'était déplacé. Depuis quinze jours il essayait vainement de la joindre au téléphone. Paul avait disparu, où était-il passé ?

« Il voyage pour un film.

— Tout seul !

— Il m'a écrit qu'il avait emmené la fille qui tapait son scénario.

— Il faut que nous dînions ensemble ce soir.

— Je suis morte. Je viens de rentrer, j'avais l'intention de me coucher.

— Il le faut.

— Alors venez si vous êtes prêt à vous contenter d'un œuf sur le plat. »

Fidèle à sa nature Juliette entra en action pour dissiper ses états d'âme et se dispenser de chercher une réponse aux questions qu'elle avait envie de se poser. Elle fila dans la cuisine, coupa la viande de Grognard, la passa rapidement à la poêle et la versa dans la gamelle autour de laquelle Grognard qui pendant les préparatifs avait conservé une mine soucieuse, le front tout ridé, se mit à sauter en aboyant. Puisque Corlion s'était imposé tant pis pour lui, il dînerait à la cuisine. Elle découvrit une tranche de roquefort encore comestible, sortit les œufs du sac, découvrit un saucisson qu'elle entama et mit le couvert sur la toile cirée. Elle était restée attachée aux toiles cirées de son enfance auvergnate. Elle ne se lassait pas encore de l'émerveillement que, petite, elle avait éprouvé devant cette surface qui ne demandait qu'à être maculée parce qu'un geste suffisait pour effacer la souillure. Quand elle regrettait que Paul fût impuissant à se délivrer de son passé, elle lui reprochait de ne pas disposer du même pouvoir réparateur que la toile cirée sur laquelle un coup de torchon suffit pour effacer à jamais la tache de graisse ou les auréoles de vin rouge. Du réfrigérateur elle sortit trois tomates qu'elle coupa en tranches. Pour composer sa vinaigrette elle chercha un fond de bouteille d'huile, une huile de noix, la préférée de François Corlion. Elle s'en voulait autant de le recevoir mal que de le gâter par certains détails qu'il n'apercevait même pas. Elle avait décidé de ne pas se changer, de ne pas même se recoiffer. Elle passa un quart d'heure dans sa salle de bain à se maquiller et enfila la robe rose fendue qu'elle avait achetée à Londres la semaine précédente. C'était trahir Paul que porter pour la première fois cette robe devant Corlion et en son honneur. En la choisissant, en l'essayant elle n'avait pensé qu'à Paul qui était capable de disserter pendant une heure sur la fente d'une robe ou d'une jupe puis elle s'était reproché de s'attarder aux fantasmes de Paul alors qu'elle avait décidé que son départ pour l'Inde signifiait leur rupture définitive. Et maintenant elle se reprochait d'attendre avec fièvre l'arrivée de Corlion et de se préparer pour son regard.

Elle se rappela tout à coup qu'elle avait abandonné la rose, elle emplit un vase et courut vers elle. La pluie coulait doucement sur les vitres du salon. Juliette glissa la tige dans le col du vase puis elle céda au plaisir d'ouvrir la fenêtre et d'offrir à cette fleur solitaire la caresse d'une averse qui lui rappellerait peut-être celles qu'elle avait reçues à la campagne. Le jugement porté par Mlle Isadora sur la rose n'était pas un vain propos. Cette fleur semblait peinte et, sous les gouttes qui en intensifiaient l'éclat en rassemblant sur la crête des pétales les parcelles d'une lumière qui sourdait d'un ciel noirci par les nuages et de toits livides, Juliette craignit qu'elle ne se décolorât et que son incarnat fondît comme un fard. La pluie devenait brutale, elle mit le vase à l'abri, referma la fenêtre et s'exerça à imaginer le délice qu'elle aurait savouré à passer sa soirée seule en écoutant de la musique. Elle savait très bien que si François Corlion téléphonait pour se décommander elle serait déçue au point de courir dans un cinéma pour éviter un face-à-face avec elle-même qui aurait mené à la crise de larmes. En même temps elle se défiait de l'émotion que lui procurait la vue de François Corlion, n'ayant jamais admis l'attirance qu'il exerçait sur elle. Si en poursuivant ses jeux avec Évariste elle s'était jugée, malgré ses mensonges, innocente, elle n'avait pas cessé de se croire coupable à l'égard de Paul depuis qu'il lui avait présenté Corlion. Elle n'avait pas péché par action mais par pensée. Cet homme-là ne la préoccupait guère, elle pensait rarement à lui mais dès qu'elle se trouvait en sa présence le désir qu'il lui inspirait était à ce point brutal qu'elle le croyait perceptible de tous. Pourtant lui-même ne semblait pas s'en être avisé et Paul non plus. Cette cécité la soulageait en l'irritant. Paul manquait de perspicacité parce qu'il se préoccupait trop de lui pour la deviner ; quant à François, pour se faire plaisir, elle essayait de croire qu'il feignait l'indifférence parce que la notion qu'il se faisait de l'amitié lui interdisait toute aventure avec Juliette. Elle n'excluait pas que cette indifférence fût sincère et il lui arrivait de souhaiter qu'une conversation intervînt entre eux grâce à laquelle le doute serait balayé, fût-ce au prix d'une découverte cruelle. S'il m'assenait qu'il est épris d'une autre femme, se disait-elle, ou tout simplement que je lui suis indifférente, je souffrirais un bon coup et puis je serais guérie. D'autres fois elle était certaine qu'il lui suffirait de passer une nuit avec lui pour échapper définitivement à une emprise qu'elle ne considérait pas comme une passion mais comme une idée fixe. Mais elle ne pouvait tenir pour certaine l'efficacité de ce remède et redoutait de se laisser entraîner beaucoup plus loin, ce qu'elle ne voulait pas ayant obscurément décidé de vivre avec Paul et peut-être pour toujours. Que celui-ci fût parti en voyage sans elle et avec Lise l'impatientait et la meurtrissait même, mais elle ne voulait pas prendre cette fugue au sérieux ni se considérer comme libre de chercher une vengeance auprès de Corlion. Si François se décidait à marquer enfin de l'intérêt pour Juliette, et l'acharnement avec lequel il avait essayé de la joindre au téléphone puis insisté pour obtenir de lui rendre visite sur-le-champ pouvait le lui donner à penser, elle aurait le courage de résister. Elle ne devait plus placer son espoir, comme elle s'y était entêtée pendant trop longtemps, dans un élan de François pour elle mais dans sa propre victoire sur le sentiment aberrant qui la poussait vers lui.

Néanmoins, se rappelant qu'il aimait le bourgogne elle courut à la cuisine pour retrouver et déboucher une bouteille d'hospices-de-Beaune. Quand la sonnette tinta elle ne se hâta pas d'aller ouvrir.

« Ça ne vous ennuie pas que nous dînions à la cuisine ?

— Au contraire j'adore. »

Le ton ne confirmait pas la phrase. Le visage de François Corlion était morne. Il se laissa tomber sur une chaise d'un air abattu. Le repas commença dans un silence qu'interrompaient seulement quelques propos peu convaincus qu'ils échangèrent sur leur travail et sur le mauvais temps. La pluie frappait les vitres de verre dépoli. Enfin François planta son regard dans celui de Juliette avant de lui demander brutalement :

« Où est Paul ?

— Il est parti en voyage.

— Sans vous ?

— Apparemment.

— Loin ?

— En Inde. »

Ne se contrôlant plus, François repoussa son assiette. Il restait pétrifié, les yeux fixes. Juliette se demandait par quel mélange d'attraits indiscernables cet homme parvenait à lui faire si forte impression. Il avait le front élevé et carré, des yeux étroits mais brillants, un nez court, de grosses lèvres et d'énormes oreilles, une pomme d'Adam très saillante. De cet homme trapu et de petite taille voilà tout ce qu'on pouvait distinguer objectivement et Juliette en avait le loisir puisque François Corlion se tenait immobile comme un modèle devant un peintre.

« Recevez-vous de ses nouvelles ? demanda-t-il enfin.

— Tout à l'heure j'ai trouvé un télégramme de lui qui m'attendait depuis deux jours. Il venait de Srinagar, dans l'Himalaya.

— Dans l'Himalaya ! Et sans vous...

— Il est parti avec Lise, une secrétaire que je lui avais présentée. Voulez-vous du café ?

— Non merci. J'aimerais que nous allions au salon. Vous y serez mieux pour écouter ce que j'ai à vous apprendre. »

Ils entrèrent dans le salon, escortés par les gambades bruyantes de Grognard.

« Pour une fois, reprit Corlion, je boirais bien une goutte d'alcool. Je vous conseille d'en faire autant. »

Elle servit du cognac et tous deux s'allongèrent sur les coussins. Involontairement Juliette se trouva dans une position où la fente de sa robe s'allongeait haut sur la cuisse. Elle feignit de n'y pas prendre garde. Son cœur battait fort. Les événements lui semblaient s'enchaîner avec clarté. François ayant appris que Paul était parti en voyage avec une femme considérait que Juliette était libre et il s'apprêtait à se déclarer. Elle tentait de se persuader qu'elle refuserait de faire l'amour avec lui. Tout au moins ce soir, se disait-elle, en sachant que cette restriction était déjà un abandon. Elle était plus émue que joyeuse : la solennité presque protocolaire de son interlocuteur donnait à penser qu'il n'envisageait pas une brève aventure fondée sur le désir mais un engagement beaucoup plus solide, donc inquiétant.

« Pourquoi vous a-t-il envoyé un télégramme ?

— Je n'ai pas encore eu le temps de le lire. »

Elle se souleva et allongea la main jusqu'à la table basse où elle saisit le papier encore plié. Elle prolongea cette position un instant, sachant qu'elle donnait ses jambes en spectacle puis s'assit en tirant sur sa robe, lut et résuma :

« C'est en anglais. Il m'annonce qu'il revient à Delhi, qu'il descendra mardi, c'est-à-dire demain, à l'hôtel Oberoï, il me demande... »

Elle hésita, craignant de décourager François par

cette précision mais elle prit le parti de dire la vérité :

« Il me demande d'aller le retrouver à Delhi. Lise rentre. Il voudrait poursuivre son voyage avec moi.

— Et sa santé ?

— Il n'en parle pas.

— Prenez l'avion pour Delhi.

— Il a agi à sa guise, j'agirai à la mienne. J'ai un mois de vacances et je compte le passer à Tahiti.

— Il faut que vous partiez pour Delhi et que vous le convainquiez de rentrer en France.

— Il n'en a aucune envie. Pour son film il veut revoir les régions où il a séjourné, le Sud-Est asiatique, l'Indonésie, il compte essayer d'obtenir un visa pour la Birmanie. C'était d'ailleurs notre ancien projet.

— S'il tient à continuer son voyage, de Delhi emmenez-le à Tahiti. Après un petit séjour vous repartirez pour la France en passant par l'Amérique. A Tahiti j'ai justement un ami, Surrugues, qui est médecin. »

Juliette était aux prises avec une déception qui la blessait d'autant plus vivement qu'elle était obligée de la dissimuler avec un soin épuisant. Elle chercha à la canaliser dans un accès d'humeur que l'insistance de Corlion justifiait apparemment.

« Je voudrais bien savoir de quel droit vous disposez de mes vacances.

— Vous allez le savoir. Le plus difficile me reste à faire. Je suppose que Paul vous a mise au courant de ses troubles cardiaques.

— Une syncope oui, il y a quelques mois. Il s'essouffle assez facilement. J'ai constaté moi-même une tendance à l'arythmie. »

Corlion grattait distraitement la tête de Grognard qui sommeillait auprès de lui. Il avait commencé de parler, tantôt contemplant le chien, tantôt la rose solitaire, mais en évitant de croiser le regard de

Juliette. Il s'exprimait d'une voix monotone. Quand Paul avait été pris d'un malaise dans un faubourg de Tours, il avait ressenti une douleur thoracique. Il n'avait pas perdu totalement connaissance. D'abord il avait réussi à arrêter sa voiture. Au début il avait seulement l'impression que son cœur battait avec force puis se décrochait. Il avait déjà eu des impressions semblables à Paris et son médecin traitant avait constaté des extrasystoles. Ce qui lui était arrivé en voiture avait assez frappé Paul pour qu'il téléphonât aussitôt à François Corlion.

« J'étais chez moi, je suis allé le chercher. Il était apparemment en bonne forme mais je l'ai convaincu de déposer sa voiture chez une amie à lui dont le garage était à deux pas. Je l'ai ramené chez moi...

— La voiture, nous sommes allés la rechercher ensemble chez la copine quinze jours ou trois semaines plus tard, mais Paul ne m'avait pas dit qu'il était allé chez vous.

— Je l'ai interrogé et ausculté. A l'auscultation rien de particulier. Je lui ai fait un électro avec massage carotidien pour mettre en évidence, le cas échéant, un ralentissement excessif du cœur qui aurait pu être à l'origine de sa syncope. Rien trouvé. Sur le tracé de l'électro quelques signes discrets d'ischémie. Sa tension était normale. Le lendemain matin il voulait reprendre sa voiture, je l'ai convaincu de revenir par le train en faisant un crochet par l'hôpital où je l'ai passé à la radio. Le ventricule gauche avait nettement augmenté de volume. Je lui ai seulement expliqué qu'il souffrait d'une insuffisance coronarienne, que ses douleurs avaient une allure angineuse, que cela ne me paraissait pas bien grave mais que je ne pouvais pas me prononcer avant qu'il ait subi quelques examens plus approfondis. Je lui ai fait remarquer qu'il serait plus pratique de l'hospitaliser pour deux ou trois jours pendant la durée des examens. Il a refusé avec indignation mais m'a promis de revenir à la fin du mois.

— Finissons-en. Si je comprends bien, Paul est atteint d'une lésion sérieuse du cœur.

— Oh ! oui. Il ne s'était plus manifesté. A Paris je n'ai pu le joindre ni chez lui ni à son bureau. Par le chanoine Plancafort j'ai appris qu'il était embusqué dans sa maison de Lucé où il dictait un scénario à sa secrétaire. Je l'ai joint. Il m'a avoué qu'il venait d'avoir une syncope plus douloureuse que la précédente à la suite d'un effort qui n'était pourtant pas excessif. Il a accepté d'être hospitalisé pour subir des examens.

— Ça il me l'a caché.

— C'était son intention, il ne voulait pas vous inquiéter et il a raconté à Lise qu'il était convoqué à Paris. Je l'ai gardé quatre jours à l'hôpital. »

Juliette se leva. En entrant dans le salon elle n'avait allumé qu'une lampe, jugeant qu'une pénombre à peine dorée convenait à l'entretien qu'elle espérait. Elle fit donner toutes les ampoules. Elle ressentait le besoin d'une lumière crue. Si elle avait disposé d'un projecteur elle l'aurait branché.

« Et alors, le résultat des examens ? »

Elle se tenait debout devant Corlion toujours allongé.

« Définitif. »

Il se leva à son tour pour ajouter :

« Pour parler simplement, Paul a un cancer du cœur.

— Mais ça n'existe pas !

— C'est très rare.

— J'ai entendu parler de tumeurs bénignes, surtout de myxomes. En ce moment vous ne faites pas de la médecine, vous faites de la littérature. Dans la réalité ça n'existe pas.

— Exceptionnellement si.

— Je le saurais tout de même ! J'aurais au moins

entendu l'expression. Vous vous mettez à inventer des maladies maintenant ?

— Il a un sarcome tout ce qu'il y a de malin, localisé dans le septum, la paroi qui sépare les deux ventricules. Il n'est plus opérable et les traitements chimiques ou radiothérapiques ne serviraient qu'à le prolonger de quelques mois et l'inquiéteraient parce qu'il serait bien obligé de comprendre.

— Mais qu'est-ce que vous lui avez fait comme examen ? Une échocardiographie ?

— Bien sûr, mais pas seulement. J'ai tout fait parce que d'abord je cherchais et qu'ensuite je ne voulais pas me rendre à l'évidence. L'échographie du cœur, l'angiographie du ventricule gauche ne me permettaient toujours pas de décider. Le holter m'a encore laissé dans le doute. L'épreuve d'effort à l'essoufflement, j'ai dû l'interrompre vite car à partir de quatre-vingt-dix watts les extrasystoles conduisaient à la syncope. Ensuite j'ai recouru aux isotropes. La scintigraphie du myocarde m'a imposé une évidence. La carte des cellules détruites ou en voie de destruction, je l'avais sous le nez. Pourtant je me suis résolu à lui imposer une coronaro au cours de laquelle j'ai pratiqué un prélèvement dans l'endocarde. En quelques heures nous avons obtenu les premiers résultats de l'histologie. Mes internes étaient hébétés. J'ai appelé le grand patron qui lui-même a fait une drôle de gueule. Pour la première fois dans notre carrière nous étions en présence d'une tumeur cardiaque maligne et primitive et déjà très évoluée, bien qu'une péricardite ne se soit pas produite. Le grand patron m'a suggéré le cobalt en baissant les yeux ; il n'y croyait pas. Je ne lui ai même pas répondu. Il n'y avait plus qu'à trouver de bonnes paroles pour rassurer Paul et lui ordonner un traitement angineux pour lui épargner la douleur et de la dyoxine pour diminuer sa dyspnée.

— Et pas d'anti-arythmique ?

— Si je lui en avais prescrit, j'aurais pris le risque de lui éviter la chance d'une mort subite qui lui épargnera le pire : le syndrome mediastinal ou péricardite récidivant, et autres métastases à droite ou à gauche.

— Et un anticoagulant ?

— Pour lui empoisonner l'existence ? Quand on porte sur son plus vieil ami un pronostic ultra-mauvais et à brève échéance, on ne peut que lui souhaiter d'ignorer son sort, de mourir vite et de passer le mieux du monde les derniers jours qui lui restent. J'ai agi ainsi.

— Vous n'avez pas été tenté de le lui dire ? De lui dire la vérité ? »

Juliette s'assit sur le divan et alluma une cigarette.

« Je croyais, dit Corlion, que vous ne vouliez plus fumer.

— Ce soir je m'y remets. »

Corlion marcha au hasard à travers le salon, trébuchant sur les coussins. Il se retourna vers Juliette et, ayant enfoncé ses mains dans ses poches pendant que Grognard, éveillé en sursaut, grondait, lui lança :

« J'ai été tenté de me débarrasser du fardeau en le lui balançant sur les reins. Oui j'ai failli lui dire : mon petit vieux voilà... J'ai su résister.

— Mais vous me le dites à moi. C'est une façon encore plus lâche de vous soulager.

— Plus lâche peut-être mais moins cruelle. Et si je vous le dis c'est que Paul a besoin de vous. S'il atterrit dans un hôpital indien je ne veux pas imaginer ce qui va lui arriver. Comprenez qu'il est capital de ne pas le soigner. Si son mal a le temps d'évoluer ce sera horrible.

— Vous m'embauchez pour que je le conduise à la syncope mortelle ?

— Exactement. Je ne saurais mieux dire. Pour une fois, ajouta-t-il, buvons un peu. »

Il emplit les verres. Juliette ne toucha pas le sien. Elle aurait voulu être vêtue d'une combinaison de travail hermétique, elle refusait son corps et la part désirable d'elle-même.

Quand Corlion avait lancé le « cancer du cœur », elle avait cru à une métaphore reflétant en le concentrant le partage qui déchirait le cœur de Paul voué à entretenir avec Germaine et Léone des relations névrotiques d'interdépendance. C'était au long d'un effort qui la conduisait du sens figuré au sens littéral qu'elle s'était approchée de l'épouvante et encore avait-elle été freinée et presque rassurée par la difficulté d'admettre la réalité d'un mal dont elle n'avait nulle par rencontré la mention.

Elle avait subi une lente imprégnation qui avait fini par s'imposer mais le choc elle ne l'avait pas reçu et elle l'attendait. Encore en était-elle protégée par de successives obsessions qui s'empressaient pour la distraire : elle se demandait si elle aurait été plus affectée par le diagnostic s'il avait été porté non sur Paul mais sur elle, autrement dit si elle supportait mieux l'annonce de la mort de Paul qu'elle ne supporterait celle de sa mort à elle. Elle se mordit l'intérieur des joues pour s'épargner la recherche d'une réponse et accepta une autre échappatoire. Une haine de Corlion, une répulsion pour celui qui s'était transformé en « cet homme » lui étaient venues qui lui donnaient à penser (comme on donne à manger à un ulcère), car elle ne se croyait pas assez sotte pour confondre la mauvaise nouvelle avec son messager et se demandait si, en subissant l'attrait de « cet homme », en admettant d'y céder, donc de tromper Paul en complicité avec Corlion, elle n'avait pas préparé la situation où elle se trouvait, prête à partir sur l'injonction de Corlion pour escorter Paul en lui mentant.

Grognard avait posé sa balle devant Juliette qui ne l'avait pas regardée. Il la reprit dans sa gueule pour la déposer auprès de Corlion qui, assis sur les coussins, consultait un horaire d'aviation.

« Et ce con de chien ! Ma concierge part en vacances, qu'est-ce que je vais en faire ?

— Je m'en charge. »

« Cet homme » avait répondu comme le parfait complice du crime. Tous les deux voulaient la mort de Paul et rapide, ils étaient des assassins.

II

En descendant la passerelle de l'avion Juliette avait retrouvé la chaleur des tropiques, humide et épaisse, qu'elle connaissait bien, qu'elle aimait et qui la lançait chaque fois vers un nouvel épisode et l'étonnait toujours parce que, malgré la force du souvenir, on ne peut pas conserver aussi dense, dans son imagination, la pression d'une touffeur. La danse d'une brise molle qui ne soulevait même pas sa robe lui avait adressé quelques indices odoriférants où elle avait cru identifier l'alliance indienne de la merde, du santal, de la poussière, des épices. Le flic avait soupesé le passeport d'un air méfiant, l'avait entrouvert avec précaution comme si un insecte dangereux pût en jaillir, l'avait parcouru avec dédain, ne concentrant son attention que pour, un coup d'œil sur Juliette, un coup d'œil sur la photographie, comparer le visage triste et la représentation de ce visage plus jeune de cinq ans et souriant. Eh oui, monsieur le flic, se dit-elle, j'ai cinq-ans-de-plus-et-du-chagrin.

« Pourquoi n'avez-vous pas de visa ?

— Parce que ce n'est plus nécessaire. »

Depuis des années à la question rituelle elle opposait la même réponse. Le douanier l'inquiétait davantage à cause de la seringue et des ampoules qu'elle transportait. Il ne parvint pas au fond du sac, fasciné par l'étui de carton qui contenait, tout neufs, les tampons super-absorbants. Il l'ouvrit, il sortit les tampons l'un après l'autre, les examina en jetant de temps en temps un regard sur le corps de Juliette comme pour vérifier la compatibilité de cet attirail et de ce corps. Sur le parvis de l'aéroport Juliette se permit un plaisir. Elle avait franchi les barrières légales, elle respirait l'air écrasant qu'elle aimait. Le ciel crépitait d'étoiles. Avant de revoir Paul elle avait bien le droit de poser son sac à terre, de tirer quelques bouffées de cigarette et d'oublier que Paul existait, donc qu'il devait mourir.

J'ai toujours été contente de débarquer en Inde, se répétait-elle en fumant, je suis contente ce soir. Un lambeau de journal qui gisait sur le bitume fut enlevé par un coup de vent et prit de l'altitude en tournoyant. La fumée de la cigarette, elle aussi, était entraînée par le vent et se diluait tantôt dans la lumière brutale des lampadaires, tantôt parmi les mollesses de la nuit. Juliette suivait le vol du morceau de papier imprimé qui, vu de loin, ressembla à du papier blanc et bientôt à un châle de soie, couleur de lune. Elle avait décidé de prolonger sa récréation jusqu'à l'instant où ce signe disparaîtrait. Il disparut derrière un écran d'arbres efflanqués.

Le conducteur du taxi portait un turban bleu. Le taxi, une très vieille Chevrolet, ne disposait que d'amortisseurs mourants et avançait en se balançant comme si une houle agitait l'avenue. Celle-ci était uniformément bordée de petites boutiques assez misérables, hautes de deux ou trois mètres, coiffées de tôle ondulée. La nuit veloutait leur crasse bien que certaines fussent encore éclairées, une épicerie qui vendait des fruits sales, un magasin d'accessoires automobiles, un infime bistrot où l'on ne devait servir que du thé et du Coca-Cola. Il était impossible de deviner comment vivaient les commerçants et comment vivaient leurs clients. Ces particules sociales, ces grumeaux du négoce, Juliette connaissait l'étendue de leur empire qui couvrait le sud et le sud-est de l'Asie, régnait sur l'Afrique musulmane, s'étendait en Malaisie, prospérait avec le même tragique durable au Pérou et au Venezuela et frappait déjà le regard de l'Européen dans les banlieues de certaines villes italiennes et dans celle d'Athènes, sans parler de la foire aux puces qui après avoir été une avant-garde septentrionale de la maladie tropicale et méditerranéenne devint un rendez-vous mondain. Le regard de Juliette ne se voulait pas celui d'un touriste, encore moins d'un sociologue ; elle tentait de se croire participante tant sa conviction était profonde qu'elle préférait à la vie d'un jeune cadre astiquant sa voiture le vendredi soir celle qu'elle se sentait capable de mener en vendant dans ces baraques des pneus crevés ou des jerricanes de bière, propriétaire d'un gravat pouilleux et d'une couverture pour la protéger de la pluie. Car elle entrait aussi dans l'empire de la couverture-vêtement qui protège de la pluie, du froid et de la chaleur sur une étendue qui va de l'océan Pacifique au Maroc.

D'assez loin elle aperçut l'inerte illumination de l'hôtel Oberoï. Ce bloc aux cellules étincelantes contenait un condamné à mort dont elle s'était engagée à suivre fidèlement l'agonie. L'avait-elle aimé ? L'aimait-elle ? Elle se garda de répondre à ces deux questions. Elle eût été bien vaine si elle avait formulé des questions pour leur trouver des réponses alors qu'elle refusait la seule certitude qu'elle détînt : si elle faisait connaissance aujourd'hui de Grognard adulte, docile, maniaque, elle ne le prendrait pas pour chien, puisqu'elle s'était laissée attendrir cinq ans plus tôt par une pataudérie dérapante, claudicante, bavante, jappante et joyeuse que le temps s'était chargé d'éteindre ; de même, rencontrant aujourd'hui Paul Bâche, elle ne songerait pas un instant à le prendre pour amant. L'important, oui ce qui importait uniquement, était qu'elle ne mettait pas en doute son devoir envers un homme que la conjonction de son caractère et des circonstances l'obligeait à accompagner pendant une dernière étape. Elle traversa le hall de l'Oberoï, traînant son sac qui crissait sur les dalles. Les boutiques étaient éteintes, le bar aussi, et déserts les fauteuils de plastique fauve. Les yeux sombres du sikh qui guettait, embusqué derrière le comptoir de la réception, s'assombrirent. Ils émettaient un fluide destiné à chasser Juliette, à l'expédier en marche arrière vers les chaudes ténèbres extérieures. Elle percevait la force de ce barrage, sachant que dans les hôtels de « luxe » on n'apprécie pas l'arrivée d'un sac à dos. Pendant un instant, tout en marchant et en continuant de traîner son sac, elle fut tentée de céder à l'injonction du sikh et de glisser vers la fournaise nocturne qui la délivrerait d'un air conditionné aussi difficile à avaler qu'un sabre et d'une rencontre épouvantable avec Paul. Mais elle s'accoucha au comptoir, sortit son passeport, en tira une carte de l'*American Express* dont l'apparition changea le visage du sikh qui aussitôt sourit. Il ne souriait pas à Juliette, il adressait à cette carte rassurante un sourire qui se reflétait sur lui-même. Les Anglais avaient vraiment perdu les Indes, l'accent du sikh était américain. Il ne savait pas s'il pourrait trouver une chambre libre, l'hôtel était comble. Un congrès. Juliette précisa qu'elle venait retrouver un M. Paul Bâche qui devait habiter l'hôtel, ce que confirma le sikh après avoir compulsé des feuillets martelés de bleu qu'un ordinateur avait vomis.

« C'est l'appartement 728, voulez-vous que je l'appelle ? »

Juliette calculait 7 + 2 + 8 = 17 = 1 + 7 = 8. Pour Juliette seul l'impair était bénéfique. Elle s'étonna de sa surprise. Courant à la rencontre d'une mort elle aurait pu s'attendre à rencontrer d'emblée un signe funeste. Avec retard elle acquiesça. Elle entendit résonner une sonnerie qui cherchait les oreilles de Paul. Le sikh lui passa l'appareil.

« C'est moi, dit-elle.

— Où es-tu ?

— Ici. En bas.

— Monte. »

Elle jeta au sikh :

« Je monte. »

Elle appuya sur tous les boutons fléchés des ascenseurs. L'un d'eux, au bout d'un moment, s'entrouvrit et l'emporta. Au cinquième il s'arrêta pour un motif inconnu, ses portières s'écartèrent, il béa sur un couloir vide, respecta un certain laps de temps, se referma et se hissa jusqu'au septième où Juliette descendit. Elle se trompa à peine dans le labyrinthe du corridor et parvint devant le numéro qu'elle avait vainement trituré pour l'empêcher d'être pair. Elle toqua. Ce fut Lise qui ouvrit la porte. Ses cheveux avaient poussé, bientôt ils atteindraient ses épaules. Elle portait une chemise de nuit.

« Juliette, bonjour... »

Elles s'embrassèrent. Vêtu d'une veste de pyjama, Paul s'avança vers Juliette et l'embrassa aussi. Elle parcourut la chambre du regard, murs et moquette jaune d'or, vaste baie vitrée derrière laquelle Delhi luisait ; un tableau peint à l'huile représentant des lotus qui ressemblaient à des soufflés à la fraise posés sur une sauce verte. Elle n'avait pas osé regarder Paul en face mais sournoisement elle prenait connaissance de son visage que le soleil des sommets avait hâlé sans l'imprégner ; sous ce fard une fatigue blanche dominait. Mais le regard était clair et le sourire détendu. Il y avait tant de mois qu'elle ne lui avait pas connu cette sorte de sourire qu'elle l'avait oublié.

« Je savais que tu viendrais, dit-il, et pourtant, comme je ne parvenais pas à imaginer notre rencontre, j'en doutais.

— Si je n'étais pas venue, tu serais rentré à Paris ? »

Elle mesurait la distance infime mais réelle qui sépare l'énoncé d'une phrase de sa conception. Au moment d'ouvrir la bouche, elle avait eu le temps de corriger le voussoiement. Paul était l'être dont elle avait souhaité le plus se rapprocher, tout en le redoutant car intégrer un autre à soi ou s'intégrer à lui c'était accepter l'invasion de son for intérieur par de l'inconnu, d'où ce voussoiement auquel elle avait souvent recouru comme à une protection. Cette protection était maintenant superflue.

« Non, de toute façon j'aurais continué mon voyage pour terminer le plan de mon film.

— Et moi je rentre, dit Lise. Je ne resterai pas à Paris. J'irai chez ma sœur à Dieppe. Quand Paul reviendra, il me téléphonera s'il a besoin de moi, et toi aussi, ajouta-t-elle en s'adressant à Juliette, si tu me trouves un emploi dans ta boîte. »

Lasse, Juliette s'assit sur le bord de l'un des lits.

« As-tu dîné ? demanda Paul.

— Oui, dans l'avion.

— Veux-tu boire quelque chose ? proposa Lise avec l'affabilité d'une maîtresse de maison. Il n'y a que du whisky, je te préviens et ces abrutis en faisant la chambre ont enlevé des verres, il n'en reste qu'un. Va le chercher, Paul, il est dans la salle de bain. »

Ainsi Lise buvait du whisky et tutoyait Paul. Juliette notait ces changements comme ceux qui la frappaient quand, de retour dans une ville, elle découvrait l'apparition d'un building ou la suppression d'un kiosque. L'eau bruissant dans la salle de bain, Juliette demanda :

« Comment va-t-il ?

— Très bien, répondit Lise machinalement. Il a eu trois syncopes, corrigea-t-elle, quelquefois il étouffe, souvent il est mal foutu et puis il redémarre, tout frais. »

Paul était revenu avec le verre, la bouteille et un bol de glaçons. Tous trois burent une gorgée l'un après l'autre. Cela ressemblait à une fête enfantine.

« Je vous ai réveillés ?

— Non, Paul lisait et moi je commençais juste à m'endormir. Il faut que tu saches que nous avons fait l'amour ensemble au début, Paul m'avait dit que tu serais d'accord, en tout cas c'est fini.

— Exact, dit Paul qui parut soulagé.

— Bien sûr », dit Juliette.

Elle ajouta maladroitement :

« A la réception ils ont commencé par me raconter qu'ils n'avaient pas de chambre mais si j'insiste je suis sûre que...

— Dans ce cas-là c'est moi qui la prends, cette chambre. Je vous laisse tous les deux. Mais le moins compliqué pour cette nuit ce serait peut-être que vous dormiez Paul et toi dans le même lit, moi dans l'autre et demain on verra. »

L'air averti, elle faisait preuve de décision ; tous deux cédèrent. Juliette se donnait pour règle d'agir comme si elle ignorait le verdict prononcé par Corlion. Elle se dévêtit lentement et complètement, dénoua ses cheveux devant la glace, s'attardant pour prolonger le plaisir que normalement son complice devait tirer de cette exhibition. Puis, ayant éteint les lumières sauf celle de l'entrée, elle rejoignit Paul dans le lit où il venait de s'introduire. Lise, qui de son côté avait enfoui son visage dans l'oreiller, leur lança un bonsoir étouffé auquel ils répondirent ensemble. La pénombre était assez foncée pour qu'ils pussent faire semblant de croire qu'ils échappaient au regard de leur voisine. Juliette envoya une main et un genou à la recherche du corps qui respirait à côté d'elle et ne le trouva pas car il était blotti aux extrêmes du lit. Elle pouvait tenir cette attitude pour décourageante et se dispenser de poursuivre plus avant. Comme elle s'interrogeait, il se leva et elle le regarda marcher jusqu'à la baie. Sans doute était-ce lui qui avait relevé les stores après que les domestiques les avaient baissés. Il avait besoin d'espace pour alléger son oppression. Dans le verre de la baie il se reflétait en noir et blanc, pareil à un cliché radiologique. Elle croyait distinguer l'organe proliférant qui battait lourdement des ailes au fond de la cage thoracique. Lise s'était mise à ronflonner. Juliette accentua le souffle de la respiration. Du coup elle pensa que peut-être Lise simulait aussi le sommeil.

Avec Alain, le prédécesseur de Paul, une étreinte consistait en un échange de mouvements caressants et tendres, au mélange de deux plaisirs dont chaque donateur remerciait l'autre. Entre Paul et elle il s'agissait de porter les contraires à leur extrême, elle jouant à la victime soumise, lui au maître excessif. Juliette était décidée à tenir son rôle mais, mise à l'épreuve la première nuit, elle craignait de mal le tenir. Elle risquait au moment où il la frapperait de tout son corps victorieux et tyrannique d'éclater en sanglots ou, pis, de donner l'impression de s'appliquer laborieusement, mensonge dont, rompu qu'il était à leur joute, il s'apercevrait aussitôt. Sans doute pourrait-il interpréter cette marque d'indifférence comme le ressac d'une rancune facile à comprendre par un homme qui avait fui avec Lise et avait couché avec elle, mais Juliette aurait craint, en accréditant cette humeur, d'altérer les derniers jours qui leur restaient. Quand elle le vit revenir vers le lit elle ferma soigneusement les yeux pour le dispenser de montrer ses forces. Elle comprit qu'il n'en avait pas l'intention aux ménagements qu'il prit pour réintégrer le lit. Il chercha une position, sembla l'avoir trouvée, s'immobilisa et elle se demanda à travers quelle ruses il menait sa chasse au sommeil. Quand elle comprit qu'il dormait elle se sentit seule.

Lise, dans un anglais assez lent, expliquait au serveur qu'il fallait apporter un troisième café mais simple, sans rien avec. Voyant que Juliette avait ouvert les yeux, Lise qui était assise devant la table montra les toasts et les brioches.

« Il y en a déjà trop. D'autant que Paul ne mange rien le matin. J'ai juste demandé un autre café pour toi. »

D'un coup de reins, Juliette se leva, prompte comme toujours à entrer en action à peine éveillée. Il était huit heures à sa montre et le ciel, d'un blanc tropical, trahissait déjà la densité de la chaleur. Dans le jardin qui était encore à l'ombre, des rampes d'arrosage tournaient parmi le ruissellement des palmes. Un building semblable à l'hôtel Oberoï bouchait la moitié de l'horizon où moutonnaient des arbres d'un vert hésitant qui entouraient les terrasses blanches.

« Il faudrait le décider à se lever, reprit Lise, il a un rendez-vous à neuf heures. »

Juliette alla faire un tour dans la salle de bain puis revint s'asseoir en face de Lise qui lui offrit un toast qu'elle avait enduit de miel.

« Tu aimes le miel ?

— Avec qui a-t-il rendez-vous ?

— Avec un Italien. Romano Ardani, ajouta-t-elle. Nous l'avons rencontré au Cachemire, moi je crois qu'il fait de l'espionnage, mais Paul dit qu'il ne fait rien, qu'il est pareil à son père. Parce que Paul l'a connu, le père. »

En s'éveillant, Juliette n'avait pas été éprouvée, comme la veille, par la nécessité de chercher pendant quelques secondes en quoi consistait la mauvaise nouvelle. En ce qui concernait Paul elle savait tout, sans avoir besoin de le réapprendre.

« Hier nous avons retrouvé ce type dans la rue et Paul a pris rendez-vous avec lui pour neuf heures alors qu'il a toujours un mal fou à se lever. Ça va être drôle de le secouer jusqu'à ce qu'il mette un pied devant l'autre ! »

Il était allongé sur le dos, son masque noir lui écrasant les yeux, un bras replié au-dessus de la tête. Toutes deux parlaient de lui comme s'il n'était pas là, comme s'il était mort. Juliette, frappée par cette comparaison, se précipita vers lui, s'agenouilla et, de la main, chercha l'emplacement du cœur qui battait tranquillement.

« Profites-en pour le remuer un peu, conseilla Lise, retire-lui son masque.

— Je lui laisse encore cinq minutes.

— Oui mais dans cinq minutes, il lui en faudra encore dix avant de bouger.

— Je sais », coupa Juliette, en remontant doucement le masque sur le front.

Sous les paupières les yeux assaillis par la brutalité du jour bougèrent mollement comme des mollusques dans leur coquille.

« Lève-toi, Paul, lève-toi, *voici venir l'huissier du roi.* »

Cette chanson qu'elle employait autrefois pour l'éveiller lui était revenue en tête sans prévenir. Comme on toquait à la porte, Lise courut ouvrir pendant que Juliette se glissait sous les draps ; se penchant sur Paul elle eut le temps de l'embrasser sur la bouche. Il se souleva en battant des cils. Déjà Lise apportait le café.

Toujours Juliette avait été éblouie par l'ouverture de deux yeux issus du sommeil. Elle suivit les efforts des cils encore humides pour se détacher les uns des autres, s'écarter en une frange inférieure et supérieure entre lesquelles l'iris apparut comme un fruit que l'on délivre de sa gangue, un litchi par exemple. Les paupières se relâchaient et se rétractaient pour doser l'irruption de la lumière et continuaient d'hésiter entre le sommeil et le regard. Avant de s'ouvrir elles étaient lisses comme un œuf dur dont le jaune dans la transparence du blanc apparaît bleu. A mesure que l'iris se dégageait il prenait la profondeur d'une vasque où remuait, agitée par le mouvement d'un liquide multicolore, une verroterie gaie qui entraînait dans sa giration des cristaux de neige vus à la loupe, des étoiles suspendues à des sapins de Noël, des cerceaux enflammés dans lesquels sautent les tigres du cirque. Car il y avait aussi une fourrure tigrée dans les yeux de Paul qui n'avaient pas une couleur propre et constituaient une mosaïque changeante où prévalaient tantôt le marron tantôt le bleu. D'emblée elle avait été frappée par l'intelligence qui, à l'état de veille, dominait et même stérilisait le regard de Paul mais, à l'instant où il sortait de la nuit, ce regard ne pensait pas encore, il n'existait que par lui-même, incapable de voir et de juger. Elle se demanda combien de fois encore elle verrait passer ce visage de l'absence à la lucidité.

« Tu as rendez-vous avec ton copain italien. Allez ouste ! Debout ! »

Juliette qui s'était relevée le tirait par une main, Lise s'empara de l'autre. Il s'assit et décida de poser un pied sur la moquette.

« Si j'avais choisi dix heures, je pourrais encore dormir un bon moment.

— Je te l'avais dit !

— Oui mais dans la journée quand je suis bien éveillé je ne peux pas imaginer combien j'aime dormir. Se lever tôt me semble naturel et souhaitable. »

Il avait posé l'autre pied par terre pendant que Lise approchait une troisième chaise de la table.

« Viens t'asseoir. »

Il vint s'asseoir, refusa la tartine que Lise lui

offrait sans conviction et but une gorgée de café. En allumant sa première cigarette, il crut devoir se chercher des excuses auprès de Juliette.

« Ici les plus faibles c'est les Peter bleues. J'essaie d'en fumer moins. »

Il était impossible de lui répondre qu'il s'encombrait de précautions inutiles mais il était impossible de ne pas le penser.

« Alors tu comptes poursuivre le voyage ? demanda Juliette.

— Lise aura probablement une place pour Paris demain soir. Où as-tu envie qu'on aille, Juliette ?

— A Tahiti.

— J'avais pensé à la Thaïlande, à l'Indochine, à la Malaisie. J'y suis allé autrefois et mon personnage ne doit parcourir que des lieux qu'il connaît, où des souvenirs viendront l'assaillir. Des lieux où il sera venu avec des femmes différentes. Naturellement j'inventerai, il ne s'agit pas que je raconte ma vie.

— Mais Tahiti, tu y es déjà allé, aussi.

— Tu as envie de Tahiti ?

— Oui. »

Fumant il les regardait manger.

« Je compte déjeuner avec Ardani, reprit-il. Vous devriez aller à la piscine de l'hôtel. Vous grignoterez quelques chose sous les parasols, je vous retrouverai vers deux heures et demie. »

Elles acquiescèrent, indifférentes. Le silence dura au bout duquel il décida de se mettre sur ses jambes pour gagner la salle de bain. Sur le seuil, il se retourna pour déclarer :

« Au fait Tahiti ce n'est pas une si mauvaise idée. On pourra rentrer par l'Amérique en faisant une escale à Los Angeles. Pour le film une scène à Los Angeles ne me déplairait pas. »

Bientôt elles entendirent gicler la douche et Juliette sut qu'elle allait commettre une première lâcheté.

« Il ne voudra sûrement pas rentrer tout de suite

à Paris, je vais quand même essayer. Mais si j'échoue, pourquoi ne continuerais-je pas avec nous ? Ce serait ton premier tour du monde.

— Réellement je crois qu'il m'a assez vue. Sans ça, moi, personnellement, je ne cracherais pas sur Tahiti, excusez du peu ! Mais c'est impossible, ça coûterait trop gros.

— Il passera ton voyage sur les frais du film.

— Et puis je vous gênerais...

— Au contraire. »

Au contraire, pour veiller Paul de continent en continent, Juliette, effrayée par la charge qui lui revenait, pensait qu'être deux ne serait pas trop. Elle ne se croyait pas de force à rester seule avec Paul. Deuxième lâcheté : elle se surprit à regretter qu'il lui eût télégraphié : si elle avait ignoré où il se trouvait elle aurait vécu dans l'inquiétude, elle aurait attendu désespérément. Ce désespoir lui semblait plus facile à supporter que le spectacle quotidien du mourant.

« Qu'est-ce que tu as ? »

Si Lise s'aperçoit que j'ai quelque chose, se dit Juliette, elle qui ne me connaît pas, il me devinera ; lui me connaît. C'était la première fois qu'elle admettait cette connaissance d'elle par un autre et c'était pour s'en inquiéter. Elle entreprit de se rassurer en se rappelant que, tout en la connaissant, il n'avait pas deviné qu'elle poursuivait ses séances avec Évariste et que jamais il n'avait soupçonné l'élan qui l'avait jetée vers François Corlion. Même un soir où Corlion qui devait venir à Paris s'était décommandé à la dernière minute elle n'avait pu retenir ses larmes. Or, ramenant comme toujours aux siennes les épreuves des autres, Paul avait seulement observé : tu es comme moi, en hiver le vent te fait pleurer. Bref, il était trompable. Pour y réussir il ne fallait que courage et patience. Elle tressaillit parce qu'on frappait à la porte.

« Il vient récupérer son plateau.
— Comment est-il ?
— Affreux. »

De nouveau Juliette se réfugia dans les draps, n'accordant qu'un regard lointain au petit homme au nez crochu qui empila les tasses, cueillit avec affectation quelques miettes sur la table et s'en fut.

« S'il avait été mignon, tu ne l'aurais tout de même pas attendu toute nue ?

— Non, j'aurais commencé par prévenir Paul pour qu'il en profite et je me serais ensuite arrangée pour pénétrer dans le lit avec un temps de retard, ou bien j'aurais tenu ma robe devant moi, il y a des variantes. Paul t'a fait jouer à ça ?

— Justement, dit Lise.
— Avec un mignon ?
— Oui.
— Mais y étais-tu disposée ?
— Non. J'ai eu du mal.
— Tu l'as fait ?
— Oui, je l'ai fait. »

Elle ajouta :

« Tu as un corps très beau. »

Juliette, sous le regard appuyé de Lise, se sentait plus nue que sous le regard d'un homme. Elle croisa hermétiquement les jambes, le triangle de fourrure rétrécit ; cet accès de pudeur où il entrait plus de coquetterie que de pudeur n'était pas feint. Juliette, même si le mal de Paul ne l'avait pas obligée à accepter ce partage, l'aurait sans doute savouré. Il importait de convaincre Paul du plaisir qu'elle prenait en participant à cette I. bien réussie, sinon il risquerait de trouver louche son indulgente compréhension et se poserait des questions.

« Retire donc ta chemise. Ça l'amusera de retrouver son harem dévoilé.

— Mais non... »

Juliette se heurta aussitôt à un signe. Si Lise s'entêtait, il était certain qu'un malheur en découlerait. Par « malheur » elle n'entendait pas la mort de Paul, mais qu'il souffrît, qu'il perdît courage, qu'il sût. Aussi empoigna-t-elle la chemise et la fit-elle passer par-dessus la tête de Lise. Celle-ci n'eut pas le temps de protester, Paul revenait, enveloppé dans un peignoir de bain, le visage bien rasé, la peau encore humide. Il les regarda avec intérêt, laissa tomber son peignoir et commença de s'habiller. Pendant un instant ils avaient été nus tous les trois. Juliette comprit que la situation lui avait plu et lui-même crut devoir se justifier de la hâte avec laquelle il y mettait fin.

« Il est plus de neuf heures, Ardani m'attend.

— Pourquoi t'es-tu entiché de lui ? demanda Juliette.

— Quand je l'ai vu et que j'ai cru le reconnaître j'ai été ramené trente-cinq ans plus tôt à l'époque où j'avais rencontré son père. J'ai beau savoir que les trente-cinq ans se sont écoulés, j'aime le voir. En sa compagnie j'évite soigneusement de passer devant une glace parce que son visage me permet de croire que je suis pareil à ce que j'étais dans le maquis. Ma fatigue disparaît. J'ai vraiment dix-sept ans. Proust que vous n'avez lu ni l'une ni l'autre bien entendu n'avait pas songé à ce moyen de remonter le temps perdu. »

Il se dirigeait vers la porte, Juliette poussa Lise devant elle et toutes deux le suivirent. Arrivé dans le corridor il marqua un temps avant de refermer la porte sur lui.

« Vous êtes intéressantes. »

Juliette sauta sur l'occasion de proposer sa version :

« Ton I. est très bonne.

— Au fait oui, dit-il. Oui. »

Dès qu'elles furent seules elles entrèrent sans s'être concertées dans la salle de bain où leur couple se détacha sur une grande glace murale. Je joue facilement au mec mais j'ai un corps de femme tel qu'on ne pourrait pas en imaginer un plus femme, songeait Juliette en regardant ses épaules larges mais plus étroites que le bassin, ses cuisses et ses bras musclés mais ronds, son ventre à peine bombé mais bombé, ses seins élancés mais assez lourds, moins lourds pourtant que ceux de Lise qui pesaient sur le reste du corps. Contrairement aux filles de sa génération qui à quinze ans semblent en avoir vingt, Lise aurait pu, malgré cette encombrante poitrine, prétendre, à dix-huit ans, n'en avoir que quatorze ; ses hanches étaient menues, ses jambes grêles, ses épaules pointues et son visage, celui d'une adolescente, encore retenu par un reste d'enfance auquel le regard mêlait un peu d'âge, pareil à celui de certaines belles vieilles femmes dont les yeux ont été atténués par le temps comme si leur peau, enfin reposée, s'était décantée et débarrassée d'une poudre originelle.

« Où veux-tu en venir ? demanda Lise.

— Nous allons faire le tour du monde. C'est gai, non ? »

Elle ajouta :

« Depuis Lucé, tu t'es dégourdie. Tu étais l'incarnation plus que de la pudeur, de la pudicité si le mot existe.

— Je n'ai pas tellement changé. C'est Paul qui, en mettant le paquet, a réussi à me faire admettre certaines choses.

— Admettre ou aimer ?

— Et toi, tu veux m'en faire admettre ou aimer encore d'autres. »

Juliette lui donna sur les fesses une légère claque que la sonorité de la salle de bain amplifia.

« On se douche ! Et après on descend à la piscine pour y attendre Paul comme deux filles obéissantes. »

Elles enjambèrent ensemble la baignoire, l'eau ruissela, elles rirent parce qu'elles ne parvenaient pas à régler la température et qu'alternativement elles étaient glacées ou ébouillantées. Elles rirent encore en se coiffant côte à côte. Lise dont l'humeur avait tourné à la gaieté trouvait même moyen de s'amuser du petit robinet supplémentaire qui débitait ce liquide précieux en Inde, l'eau potable dont elles s'étaient servies pour se laver les dents. Revenues dans la chambre elles passèrent, Juliette un slip de bain et un soutien-gorge ocre, Lise un maillot noir d'une seule pièce qui comprimait sa poitrine et découvrait sa croupe. Elles pouvaient descendre en peignoir mais Lise suggéra qu'elles missent leur robe.

« Si on s'embête à la piscine on pourra faire un tour.

— Parce que tu mets des robes maintenant ! »

Lise après avoir hésité un instant devant la penderie ouverte choisit une robe de soie lilas et l'enfila avant de répondre :

« Oui, Paul est parvenu à ça aussi. Pourtant ce n'était pas évident. Il faut convenir qu'il a eu de la chance. »

Elle commença de raconter l'histoire dans le corridor, l'interrompit pendant le trajet en ascenseur et la reprit au bord de la piscine où, avec l'aide d'un plagiste indien au pantalon bouffant, elles s'allongèrent sur des matelas, leur tête à l'ombre d'un parasol. Cette histoire, Lisa la racontait comme elle l'avait sentie et Juliette la complétait en imaginant ce qui s'était passé dans la tête de Paul. Se mettre à la place l'un de l'autre était un exercice auquel ils étaient rompus, le pratiquant spontanément depuis quatre ans. Elle avait même remarqué que les seuls mauvais coups qu'ils avaient subis étaient toujours dus à ce que l'un des deux croyait pouvoir — l'affaire Évariste par exemple — s'offrir un compartiment réservé. En écoutant le discours de Lise elle suivait la naissance du projet auquel Paul s'était intéressé sans éprouver le besoin de le réaliser, s'en remettant à l'occasion. L'occasion avait été produite par la déchirure du jean de Lise brusquement béant. Ils étaient à proximité de l'hôtel, Paul l'avait poussée dans un magasin de nouveautés tenu par une Grecque fiévreuse d'une quarantaine d'années qu'assistait une jeune et indolente Indienne. A voix basse Lise avait insisté, supplié mais Paul impitoyable exploitait la chance qui lui était donnée d'offrir une robe à une fille qui n'en avait jamais porté de sa vie. Il lui en offrit même plusieurs, deux jupes et deux chemisiers. Nue dans la cabine, hébétée, Lise s'était laissée faire, livrée aux doigts, aux appréciations, aux conseils des deux femmes qui s'affairaient autour d'elle. Paul raffolait des estampes du XVIIIe où une femme recevait les soins d'une ou plusieurs femmes occupées à la laver, à la coiffer, à l'habiller ou à la déshabiller, à la pousser dans son lit le soir de ses noces, voire à lui administrer un lavement avec un clystère d'apothicaire. Pour lui, la confusion de Lise avait contribué à faire de cette scène un chef-d'œuvre et dès qu'ils étaient sortis du magasin, il avait suivi avec une attention passionnée les gestes de Lise s'avançant avec embarras, à courtes enjambées, les mains toujours prêtes à contrôler le mouvement de la robe trop ample et trop légère. Il avait hélé un motor-rickshaw, cette nacelle aux banquettes défoncées que tire un scooter monté par un sikh moustachu de noir, enturbanné de rose, une grappe de fleurettes autour des oreilles. Juliette imaginait Lise les jambes serrées et serrant sa robe contre ses genoux, cherchant à préserver son équilibre, bousculée à chaque seconde par cet engin inconnu d'elle qui crépitait avec fureur, se déplaçait par embardées successives, rasait les camions, trébuchait sur le bord des trottoirs, menaçait de verser à chaque mouvement du guidon et fonçait à coups de klaxon sur les passants et les chiens. Le défilé des façades de marbre parafé, des tours cantonnant les palais, des péristyles victoriens en brique rose, des bulbes étincelant au sommet des mosquées concourait à faire de Lise un être vidé de soi qui, sous un peu de tissu mouvant, était emporté par un rêve. Devant le palais rouge une poussière rouge tourbillonnait, le vent s'engouffra sous la robe. Elle n'avait retrouvé un peu ses esprits que dans Silver Market où des artisans attentifs, sages, ciselaient et martelaient l'argent parmi une foule où se mêlaient les saris éclatants, les guenilles, les costumes européens. Le frêle collier, le pesant bracelet qu'il avait offerts à Lise lui avaient rendu sa gaieté et pour le retour il avait consenti à prendre un taxi. Quand elle en était descendue sur le perron de l'hôtel elle avait découvert que des gestes tout naturels lui étaient venus pour gouverner sa robe et elle avait traversé le hall avec assurance mais la cabine de l'ascenseur étant déserte Paul en avait profité pour trousser la soie et Lise, découverte jusqu'à la taille par un seul geste, s'était demandé comment sa mère, personne prude et pieuse, pouvait consentir à porter des robes. En entrant dans la chambre elle s'était sentie à la merci de Paul.

« Je lui ai dit que je ne voulais pas, parce que je l'avais connu par toi. Il m'a répondu que tu étais d'accord et que si tu nous voyais tu t'amuserais beaucoup.

— Si les caprices de Paul te déplaisaient pourquoi les as-tu subis au lieu de t'acheter un jean ?

— Parce que je n'ai pas d'argent. A bord de l'avion il m'a laissé dépenser mon dernier billet pour du parfum et des cigarettes. Il ne me paie pas mon salaire sous prétexte de me conserver la somme intacte pour mon retour. Quand j'ai besoin de quelque chose, ne serait-ce qu'un paquet de kleenex il faut que je lui demande. Il paraît que ça fait partie de son fantasme. Il m'a obligée à porter des robes, il m'a obligée à faire l'amour avec lui, il m'oblige à lui demander une piécette si j'ai besoin d'aller aux toilettes. Il prétend que c'est la première fois qu'il agit contre la volonté de l'autre.

— C'est vrai, Paul aime séduire. »

Elle parlait plus pour elle que pour Lise. Il lui fallait admettre que Paul, loin d'elle, s'était inventé un nouveau rêve et l'avait exécuté. Elle aurait dû considérer comme un bien qu'il se soit donné ce dernier plaisir ; n'y parvenait pas, s'en étonnait. Des surfaces ensoleillées s'étendaient sur les bords de la piscine qui, trop bleue pour accepter de bon cœur la lumière, la dissolvait dans une ombre interne que crevaient les plongeurs égrenant de brillants globes de cristal lents à remonter jusqu'à la surface. Plantés près de l'eau, de petits arbres moelleux flottaient, habités par un remous ombreux. Les couleurs tranchantes des matelas, des parasols, des serviettes, des maillots étaient agressives si on les jugeait une à une, de même les peaux obscures des Indiens, celles cuivrées et huileuses des fanatiques du soleil, celles rose prothèse des Anglo-Saxons et des Scandinaves n'étaient guère appétissantes mais, si l'on clignait des yeux, ce que faisait Juliette, l'ensemble s'imposait avec une ardeur gaie. Les piaillements des enfants qui faisaient la queue devant le plongeoir, les éclats des conversations américaines étaient déplaisants en soi mais, réunis en une seule rumeur, ils donnaient l'illusion d'une fête continue. Juliette se demandait si cette manière de recevoir le monde extérieur à travers le tamis d'une buée n'était pas de sa part un effort pour ressembler à Paul qui, depuis quelques mois, elle le concevait maintenant, avait décroché et ne recevait plus les messages que noyés dans son tumulte intérieur. Elle décida de se bousculer et pour y réussir plus vite d'appliquer son énergie à d'abord bousculer Lise. Elle se dressa en entraînant Lise par la main.

« On se baigne ! »

Plutôt renfrognée, Lise, après avoir considéré frileusement la surface de l'eau, annonça qu'elle descendrait par l'escalier qui était à l'autre bout.

« Mais tu sais nager ? »

Elle n'eut que le temps d'acquiescer, déjà Juliette l'avait soulevée dans ses bras et adoptant le rôle du garçon qui taquine la fille la tenait suspendue au-dessus de l'eau et Lise criait « non », en se débattant comme il est dans la tradition des filles. L'ayant laissée tomber dans une gerbe éblouissante, Juliette piqua tout près d'elle et, lorsque la tête de sa victime réapparut, l'enfonça de nouveau. Lise criait, buvait, buvait d'autant plus qu'elle criait. Elle n'est pas jolie, elle n'est pas bien faite, elle plaît à Paul parce qu'elle est une gamine, se disait Juliette, c'est aussi bête que ça, et je le comprends.

Après avoir rouspété, Lise qui nageotait reprit pied et, rassurée, gravit l'escalier salvateur. Allongée sur le ventre, elle continua à se moucher pour expulser l'eau de la piscine. Elle se retourna et trop gros par rapport à l'exiguïté de la cage thoracique les seins proclamèrent leur existence, la fente aussi, haute et profonde, trahie d'autant mieux par le tissu mouillé que, comme Juliette l'avait remarqué, la toison était trop légère et clairsemée pour la masquer.

Lise leva le doigt comme un écolier qui sollicite la parole ou un maître qui ponctue son discours.

« Tu es plus subtile que moi, je sais, annonça-t-elle. Moi, je serais plutôt un peu bêtasse. Par exemple, jusqu'à ce que je voie Paul, un mec qui bandait ça me donnait toujours envie de rire et souvent je ne pouvais pas me retenir. Ça m'est passé. Et vos fameux fantasmes à toi et à lui, je ne sais toujours pas bien ce que c'est mais je me demande si je n'en ai pas moi aussi. Par exemple quand je prends un bain dans une baignoire, une piscine ou dans la mer, j'adore y faire pipi. A Paris, la dernière nuit je l'ai passée dans l'appartement de

Paul et je me suis couchée dans les draps qui avaient servi la veille à un de ses copains, un casse-cou adoré des femmes, paraît-il, et ces draps m'ont excitée, mais excitée jusqu'au bout, tu vois. Et puis quand nous sommes partis à cheval dans l'Himalaya, Paul était le premier à admettre que je devais porter un jean, c'est moi qui ai préféré la robe, je sentais le cuir de la selle entre mes cuisses.

— Paul devait être enchanté.

— Je pense qu'il a eu l'impression que je lui échappais. Il s'était mis dans la tête que je couche avec Romano Ardani sous prétexte qu'il aurait l'impression que je couche avec lui quand il était jeune. J'ai accepté et aussitôt il a dit non, il aurait voulu que je résiste. A partir de ce moment-là il ne m'a plus guère touchée. Dans la caravane l'un des hommes-chevaux avait seize ans et des yeux merveilleux. Il m'a vue nue sous la tente comme Paul le désirait mais, parce que j'y ai pris plaisir, j'ai gâché celui de Paul. Il en avait marre de moi. Je lui avais plu uniquement en tant qu'idiote. Et par là-dessus il y a eu l'histoire du cheval. Là-haut à certains moments on suit les précipices...

— Je sais ! Je suis allée au Cachemire et au Ladakh avant toi et même avant Paul. Alors résume-la, ton histoire de cheval. »

Sous un névé qui fondait, la boue était épaisse, gluante, le cheval de Paul, un vieux petit cheval, avait commencé de glisser, ses jambes avaient ployé, il essayait de reprendre pied, il n'y parvenait pas. A la dernière seconde, Paul avait sauté et s'était plaqué dans la boue pendant que le cheval dégringolait en rebondissant de rocher en rocher pour aller finir de s'écraser dans le torrent. Le soir, malgré les remontrances du guide, Paul avait donné une liasse de roupics au garçon aux yeux merveilleux pour l'indemniser de la perte du cheval. Mais comme le garçon redescendait dans la vallée, il lui avait demandé de porter à la poste de Srinagar un télégramme et deux lettres.

« Le télégramme était pour moi, coupa Juliette, une lettre pour Germaine, une autre pour Léone. Ça fait le compte.

— J'avais hâte que tu arrives. Il faisait tout le temps des calculs sur le temps que mettrait le télégramme, le temps qu'il te faudrait pour venir, il s'embrouillait dans les fuseaux horaires, si tu n'avais pas débarqué cette nuit il t'aurait téléphoné aujourd'hui. »

L'inclinaison du soleil ayant changé, le bleu de la piscine virait au noir et les dalles prenaient une blancheur aveuglante. Juliette trouvait un certain plaisir à s'apitoyer sur Lise : Paul avait tenté de tomber jaloux d'elle, puisque c'était sa manière de tomber amoureux, et n'y avait pas réussi. S'il n'avait plus voulu qu'elle couchât avec l'Italien, c'était parce qu'il avait été obligé d'admettre que ce projet, qu'il avait ourdi par système, lui était indifférent. Cette victoire sur Lise ne comblait pas Juliette qui par compassion pour Paul lui aurait souhaité d'être plus heureux dans ses entreprises, cette compassion elle-même lui était amère. Rien n'est plus desséchant que d'être contraint à la générosité. Juliette en avait déjà assez d'une entreprise où elle devait être le témoin, le confident, l'arbitre, le compagnon sans espoir. Si j'avais tant soit peu de sens pratique je croirais en Dieu, se disait-elle. Du coup réconfortée, rassurée, j'obtiendrais le relax de la prière ; ce serait agréable de prier pour que Paul ait une belle vie éternelle. Naguère encore il entrait beaucoup de mystique dans son goût pour l'Asie bouddhique et surtout lamassique pénétrée de ses pratiques tantristes qui associaient le surnaturel à la vie quotidienne. Sous l'influence de Paul, elle s'était écartée du dieu confus dont elle avait honte, n'étant que trop disposée par sa formation universitaire à préférer la clarté des énoncés et des enchaînements à l'illusion des croyances. Pourtant ces idées qui ne sont pas des idées mais des fumées ont souvent plus de force que les idées parce que celles-ci restent extérieures à soi, on les regarde, on les juge, on les pèse alors que les idées fumeuses forment une évidence qui s'intériorise, se sacralise et que, dans la mesure où on ne peut pas la démontrer, on est entraîné à la défendre et à l'imposer jusqu'à la mort qui d'ailleurs n'est plus la mort. Juliette s'était prise au jeu ; elle ne rêvait pas seulement d'offrir l'éternité à Paul, elle était sur le point d'accepter le miracle qui le guérirait. D'un coup de reins elle se redressa puis plongea, décidée à ne plus croire pendant un moment qu'en ses muscles.

Elle remonta ruisselante, enjamba le corps de Lise dont elle serra la taille entre ses chevilles avant de s'ébrouer. Sous l'averse Lise s'agitait et protestait. Juliette s'accroupit et considéra avec gourmandise le petit visage grognon.

« Lise, je vais te faire pleurer pour quelque chose... »

Elle était sur le point de lui dire toute la vérité sur le cas de Paul. Elle y renonça, désarmée par le regard chagrin de sa victime qui était prête à tout.

« Lise, je m'en vais te pincer avec la méthode de ma mère, de ma mère tchèque, enfin de cette mère tchèque qui était d'origine française. Ses pinçons, c'est un souvenir de Prague qui m'était sorti de la tête. Il faut saisir délicatement un petit peu de peau puis tourner.

— Non, je t'en prie ! »

Ayant choisi une cuisse, Juliette hésita entre la zone pâle et la zone ambrée, choisit celle-ci, avança le pouce et l'index. En tournant elle suivait les mouvements de physionomie de sa proie qui fit la lippe comme un bébé puis jeta un cri au moment où la torsion devint circulaire.

« Tu es une douillette, s'exclama Juliette en lâchant prise.
— Non, je ne suis pas douillette, cria Lise d'une voix que l'approche des larmes avait voilée. Ni faiseuse d'embarras, ni peureuse. »

Elle évoquait un petit animal qui, injustement traité, et sûr de son bon droit, s'agiterait avec énergie pour défendre la place qui lui revenait sur la terre. Charmée de l'avoir poussée à bout et d'en être attendrie, Juliette souriait déjà quand Lise reprit :

« Même Paul en a convenu. Il n'en revenait pas. Au début j'avais un peu peur des chevaux, ce qui est normal après tout, je n'avais jamais fait d'équitation, mais en quelques heures je m'y suis mise. C'est vrai, faut bien dire, que j'avais moins de mérite parce que c'étaient de tout petits chevaux, bien minces et dressés à se débrouiller tout seuls. Mais enfin les étapes étaient longues, certains passages étaient dangereux...
— Je sais ma belle », coupa Juliette.

L'impatience lui était revenue mais Lise ne s'en avisait pas, toute à son sujet pour une fois que, sortant de sa réserve, elle se décidait à dire du bien d'elle.

« Au début, pour me ménager, Paul m'avait donné le vieux cheval, celui qui était le plus tranquille. Le sien était nerveux et fringant, alors le guide et moi, quand nous avons vu que Paul peinait, nous avons décidé d'intervertir les chevaux en prenant le prétexte, surtout il ne fallait pas le vexer, que pour moi c'était intéressant de faire des progrès. Le jour où nous pataugions sur ce petit rebord de boue au-dessus du précipice, j'avançais la première, nous avons dérapé des quatre fers, le shirpa criait au cheval : « Chavache, chavache... », ce qui doit vouloir dire : « Calme-toi, tout se passe très bien », moi j'ai laissé aller les brides en serrant bien la selle et quand nous sommes arrivés sur du rocher dur, je me suis retournée et j'ai vu Paul arc-bouté à son cheval dont l'arrière-train s'affaissait. Paul tirait sur les brides, il avait l'air de retenir le cheval, de le paralyser, il était tout blanc et il regardait fixement droit devant lui. Une seconde j'ai cru qu'il allait se laisser débouler avec le cheval. Le soir avant de m'endormir j'ai revu la chute du cheval en m'imaginant que c'était le corps de Paul qui allait s'écraser sur les rochers du torrent. Il aurait été tué net.

— Ç'aurait probablement mieux valu. »

D'un coup de reins Lise s'était redressée. Sur ce visage où les impressions ne passaient jamais que nuageuses et comme délavées une onde de colère se répandit ; les yeux étincelèrent.

« Même pour plaisanter, tu n'as pas le droit de dire une horreur pareille. Tu en veux à Paul d'être parti sans toi, c'est ça la vérité, tu le détestes, notre voyage.

— Il est instructif pour toi, piquant pour moi, il pourrait être bien ce voyage, si Paul n'était pas atteint d'un cancer au cœur dont il risque de mourir d'un moment à l'autre.

— Ça n'existe pas. Pourquoi inventes-tu ? Tu es odieuse.

— Pas odieuse, mais assez lâche pour partager le fardeau avec toi.

— Ça existe ? Et Paul...

— Oui... »

Juliette était soulagée de ne plus porter seule le secret mais elle se savait indigne de l'estime qu'elle s'accordait. Elle était aussi scandalisée par le plaisir qu'elle avait éprouvé à déniaiser cruellement Lise. Celle-ci réfléchissait.

« C'est pour ça qu'il était allé à l'hôpital de Tours se faire examiner. Pourtant il ne m'en a pas touché un mot. Comment a-t-il pu encaisser la nouvelle sans broncher ?

— Il ne le sait pas. »

Lise sortit de sa stupeur, ferma un poing qu'elle agita tout près de Juliette comme si elle voulait la frapper.

« C'est monstrueux ! De quel droit le lui caches-tu ?

— Ce qui est monstrueux c'est son état. Tout ce que nous pouvons faire pour lui maintenant c'est de veiller à ce qu'il l'ignore.

— Mais comment peux-tu... comment peux-tu... » murmura Lise sans parvenir à achever sa phrase.

Pendant un moment, elle joua avec le bouchon du flacon d'huile solaire, le secouant jusqu'à ce qu'il s'immobilise au centre de la paume puis le versant vivement dans l'autre paume et recommençant. A l'improviste Juliette lui arracha le bouchon qu'elle jeta bruyamment sur les dalles, entre leurs deux matelas.

« Il faut le prévenir tout de suite, dit Lise qui avait suivi les entrechats du bouchon et le regardait fixement.

— Paul est inopérable. Il ne peut survivre que peu de temps. Aucun traitement n'améliorerait son état. Il ne dépend pas de nous de le sauver. Il dépend de nous qu'il vive le plus agréablement possible ce qu'il lui reste à vivre. S'il souffre, je lui ferai les piqûres. A Tahiti, un médecin ami m'aidera. D'ailleurs il faut faire en sorte qu'il reparte très vite pour Paris, ou plutôt pour Lucé. Si nous avons de la chance il subira peut-être deux ou trois crises désagréables qui ne l'alarmeront pas. L'une d'elles l'emportera. »

Tout en parlant elle sentait que ce qu'il y avait d'affreusement raisonnable dans son propos glissait sur Lise, lui demeurait extérieur, comme ces gouttes d'eau qui s'éparpillent sur une toile sans l'imprégner, sans se répandre en formant des hémisphères qui semblent ne pas même mouiller le tissu.

« C'est horrible ! s'écria Lise en sortant de son abattement et en posant son regard sur Juliette. On ne peut pas empêcher un homme de savoir qu'il va mourir et de s'y préparer. On n'en a pas le droit, poursuivit-elle avec une colère croissante, ce serait un crime. On n'en a pas le droit parce que c'est Paul qui a le droit, lui, de savoir s'il veut s'intéresser à sa mort ou l'ignorer. »

A la pensée que d'un instant à l'autre Paul pouvait apparaître pendant que Lise parlait, Juliette prit peur. Ses viscères manifestaient leur existence en menant chacun une vie propre, les uns se contractant, les autres se dilatant ; elle était tout à coup sensible aux battements de son cœur qui avaient ralenti. Attaquée une nuit à Singapour par deux matelots elle avait subi cet assaut conjugué de la peur et de la rage.

« Idiote, balbutia-t-elle d'une voix qu'elle entendait à peine, à quel droit te réfères-tu, idiote ignare, pour condamner Paul au désespoir ? Le droit civil, les droits de l'homme et du citoyen, le droit des peuples à disposer d'eux-mêmes ? Moi, je t'accorde le droit d'être une conne et même de le savoir, parce que tu le sais, j'en suis sûre, comme je suis sûre que tu ne tires pas de cette connaissance un plaisir particulier. »

Peu à peu la voix de Juliette s'était affermie et Lise avait détourné les yeux.

« Je suis peut-être conne, chuchota-t-elle, que tu sois plus instruite que moi c'est sûr, mais ça n'empêche pas..

— Ça n'empêche pas quoi ? »

Lise faiblit et Juliette crut qu'elle allait se soumettre, mais le contraire se produisit.

« Ça n'empêche pas que moi personnellement si le destin voulait que je meure dans les mois qui viennent, j'aimerais m'y préparer, avoir le temps d'en rêver. Vivre c'est bien, mais mourir c'est beau. »

Juliette savait qu'il ne lui restait qu'une faible réserve de patience à jeter dans la bataille. La piscine et ses habitants n'existaient plus.

« Lise, écoute-moi, prononça-t-elle lentement, les muscles contractés, la voix étranglée et calme, écoute-moi et essaie de réfléchir... J'aurais beaucoup de choses à te dire mais je te demande d'imaginer simplement que Paul et toi vous n'êtes pas pareils, parce que vous n'avez pas le même âge. Pour toi la mort est une étrangère, une inconnue, tu en rêves comme tu rêverais d'un grand amour. Pour lui qui est vieux elle est trop proche, trop familière pour réussir à lui faire du charme. Elle lui fera peur. Une peur atroce qui l'empêchera de s'endormir et sous laquelle il sera écrasé quand il se réveillera. C'est ça que tu veux ? »

Lise articula d'un air important, comme si la suite de la conversation n'avait pas eu lieu :

« Il a le droit de savoir.

— Il a surtout le droit que tu lui foutes la paix. »

De nouveau la piscine existait pour Juliette qui en guettait les issues, craignant de reconnaître dans chaque silhouette celle de Paul. Dans sa hantise elle avait même pris pour lui un petit Japonais bedonnant.

« Si tu lui dis un mot, je t'égorge. Non je t'étrangle. D'abord je te dépiaute, en Auvergne j'ai vu un maréchal-ferrant qui s'amusait à dépiauter un lapin vivant. Donc je te dépiaute de ce ridicule maillot noir, je te jette toute nue dans la piscine, je plonge derrière toi et sous l'eau je t'étrangle. »

Lise avait cru que Juliette cherchait en plaisantant un terrain de conciliation mais elle tressaillit en entendant la suite :

« Non je ne ferai pas ça. On me verrait, on en témoignerait. Il faut que je me prive du plaisir de te dépiauter. Je jouerai avec toi ma chérie, je te ferai tomber dans la piscine, sous l'eau je t'étranglerai et je prétendrai ensuite qu'en voulant te remonter à la surface j'ai eu un faux mouvement.

— C'est pas pour du beurre, tu parles sérieusement ?

— Pour du beurre ? Ça se dit encore ?

— Ça se disait encore chez nous quand j'étais petite.

— En fait, reprit Juliette d'un ton plus tranquille, je ne te ferai rien en public. Libre à toi de trahir le secret. »

Volontairement elle avait employé une expression emphatique qu'elle jugeait propre à toucher l'imagination simple de Lise.

« Paul saura, continua-t-elle, je te tuerai un peu plus tard, ce soir peut-être ou cette nuit ou si tu t'enfuis encore plus tard. Mais je te tuerai et plus je te tuerai tard plus j'y prendrai plaisir, plus tu en baveras, mon vieux.

— Tu pourrais me tuer ? »

Lise avait frémi en posant la question.

« Si la piscine était déserte je l'aurais déjà fait.

— Écoute, Juliette, je ne suis pas aussi butée que tu le crois. Tu m'as dit tout à l'heure que tu pourrais me donner des tas de raisons pour cacher... les choses à Paul. Donne-les-moi.

— Pendant votre expédition a-t-il eu des syncopes ?

— Il en a eu plusieurs mais justement il ne faut surtout pas les appeler des syncopes. Il ne veut pas. Il en a eu une, deux heures après la chute du cheval, quand nous avons dressé le camp, et dès qu'il est revenu à lui, il ne savait plus bien où il était, je lui ai expliqué que nous traversions l'Himalaya et qu'il avait eu une syncope, il s'est fâché. Selon lui c'était un malaise.

— Et ça ne te suffit pas pour comprendre qu'il ne veut pas savoir ? Il ne se doute pas de ce qu'il a, c'est une affaire entendue, mais cette succession de syncopes, sa fatigue, devraient l'entraîner à chercher à voir plus clair dans son cas. Il cherche le contraire. C'est lui-même, poursuivit Juliette avec une patience dont elle s'admira, qui nous indique la marche à suivre. Si contre l'évidence il refuse une maladie de cœur qui pourrait être bénigne, ce n'est pas pour accepter avec enthousiasme la nouvelle d'une tumeur...

— Maligne ? C'est le mot qu'on a employé pour mon grand-père. Il est mort tout de suite.

— Paul aussi va mourir tout de suite. Tiens, le voilà qui arrive. Alors ? »

Lise jeta un regard triste autour d'elle avant de répondre :

« D'accord. »

Il avait pris soin de repasser par la chambre et s'avançait cambré dans un peignoir blanc. Ne les ayant pas aperçues tout de suite il s'était engagé sur l'autre rive de la piscine dont il dut faire tout le tour. Juliette se rappelait qu'il lui avait cité deux ou trois ans plus tôt un passage du prince de Ligne où celui-ci affirmait qu'en amour seuls les débuts étaient beaux ; elle lui avait répondu que les débuts se ressemblaient souvent, qu'ils n'étaient guère significatifs et que les amours se distinguaient surtout par leur déclin, par le style de leur agonie qui était imprévisible. En employant le mot « agonie » elle ne se doutait pas qu'au sens littéral elle assisterait à celle de Paul et qu'en participant au déroulement d'une mort physique elle assisterait à la métamorphose inattendue de son amour. Paul était toujours vivant, elle pourrait même pendant une partie de la journée sentir comme si elle n'avait pas appris la nouvelle capitale, mais les décisions qu'elle prenait, la censure qu'elle exerçait sur elle-même étaient dictées par le statut de Paul, celui d'un vivant qui était déjà mort. Autrefois quand elle s'était demandé comment se termineraient leurs relations elle avait imaginé des défaillances d'ordre sensuel, étant disposée à considérer comme un dogme que l'habitude après avoir dans un premier temps aidé la volupté finit par la desservir. Or elle souffrait du contraire ; si ce corps que Paul était en train de découvrir en laissant tomber son peignoir la repoussait au lieu de l'attirer comme naguère, c'était parce qu'elle en avait l'habitude et que justement elle ne pouvait pas supporter la certitude que cette habitude allait se rompre. Paul ne disparaîtrait pas ; il demeurerait comme sujet de méditation ou de conversation, il resterait associé à des lieux comme à des manières de raisonner mais, à court terme, s'évanouiraient ces hanches sur lesquelles elle passait le bout des doigts, la paume des mains, qu'elle griffait parfois. Quand Lise avait évoqué la chute du cheval, Juliette avait violemment regretté qu'elle n'eût pas été escortée par la chute de Paul, ne pensant qu'à lui à cet instant et à la sombre corvée funeste dont il aurait été préservé. Maintenant, souhaitant qu'il s'allongeât sur les dalles abattu comme une masse, elle savait que l'égoïsme aussi la guidait et que c'était aussi son propre tourment qu'elle espérait abréger. L'excès de compassion conduit ainsi à la cruauté.

En s'asseyant, Paul les avait priées d'excuser son retard ; sa montre s'était arrêtée, il n'avait pas vu le temps passer. La gorge nouée, Juliette décida que, si elle voulait retrouver sa respiration, il lui fallait se lancer, utiliser les ressources du discours automatique qui sont toujours à notre disposition. Elle s'entendit éclater de rire :

« Je suis sûre, s'écria-t-elle, que ta montre est toujours arrêtée. Tu t'es gardé de la remonter ?

— Je n'en ai pas eu l'occasion mais...

— Figure-toi, poursuivit Juliette en s'adressant à Lise, que sa secrétaire m'a raconté qu'il lui arrive de surveiller sa pendulette pour attendre que les aiguilles atteignent l'heure à laquelle sa montre s'est arrêtée et n'avoir à prendre la peine que de la remonter. Il évite la peine de déplacer les aiguilles mais il s'en donne une plus grande en épiant la pendulette. C'est tout lui.

— Ça ne m'est pas arrivé souvent et elle l'a remarqué ! Et c'est elle qui te l'a raconté ?

— Un jour que tu m'avais donné rendez-vous dans ton bureau, tu étais en retard, Mlle Beaunon m'a offert une tasse de thé et nous avons papoté.

— C'est drôle mais ce matin j'ai rêvé de montres, et Mlle Beaunon intervenait vaguement dans ce rêve qui n'en était pas vraiment un. Il faisait jour. Le petit déjeuner était arrivé, vous parliez toutes les deux, le sommeil essayait de me récupérer, je flottais entre deux eaux. Et je me voyais entrant dans mon bureau, en compagnie je crois de Mlle Beaunon et m'apercevant que je n'ai qu'une seule montre à mon poignet gauche. Le poignet droit est nu. J'ai donc perdu une de mes montres. Non je ne l'ai pas perdue, on a deux yeux et donc besoin de deux verres de lunettes, on a deux pieds donc besoin d'une paire de souliers, deux bras donc de deux manches, en revanche on n'a pas deux poignets donc on n'a besoin que d'une montre. Mais si, on a deux poignets justement ! Donc on a deux montres et j'en ai perdu une.

— Elle est idiote, ton histoire », dit Lise.

Juliette fut rassurée. Elle avait craint que Lise ne manquât de forces pour dissimuler l'émotion que lui causait l'état de Paul et qu'elle ne se trahît par un excès de ménagement. Le ton vif sur lequel elle venait de se moquer prouvait le contraire et pour l'encourager Juliette enchérit et accusa Paul de gâtisme.

« Non pas, répliqua-t-il avec autorité, je rencontre pendant ces moments de demi-sommeil des formes de raisonnements qui n'ont cours ni quand on dort ni quand on est éveillé et qui sont plus ou moins construits sur le schéma de cette histoire qui faisait rire aux larmes George Sand : heureusement que je n'aime pas les épinards car si je les aimais j'en mangerais, or je déteste ça. J'ai lu un livre sur la nouvelle logique où sont mentionnées plusieurs raisonnements ou constatations de ce type, par exemple : il y a deux sortes de gens sur la terre, ceux qui croient qu'il y a deux sortes de gens sur la terre et ceux qui ne le croient pas. »

Elles répétèrent ensemble que c'était idiot.

« Vous vous trompez, dit-il avec une sévérité songeuse, car ces nouveaux sophismes, beaucoup moins vulnérables que les anciens, montrent que notre pensée ne demande qu'à s'entortiller sur elle-même pour sécréter un absurde qui est peut-être proche, malgré les apparences, de ce qu'on appelle réalité.

— Qu'est-ce qui te prend ? Tu deviens professoral...

— Quand il a bavardé avec Ardani, il est toujours comme ça. Il prend Ardani pour un philosophe alors que c'est un espion, j'en suis certaine.

— Il se passionne pour l'histoire du zen et les transformations qu'il a subies en passant de l'Inde au Japon par le Tibet, la Chine et la Corée.

— C'est quoi le zen déjà ? Je l'ai vaguement su mais...

— Moi ce que j'ai compris c'est que le zen permettait à l'homme de vivre avec la majesté d'un dieu mais Ardani t'expliquerait ça mieux que moi. Il part pour l'Inde du Sud, en ce moment il est sur le chemin de l'aéroport, c'est dommage. Mais l'année prochaine il viendra à Paris, nous le verrons. »

Les derniers mots avaient frappé Juliette. Elle n'avait pas prévu une épreuve qui sans doute se renouvellerait souvent ; il lui faudrait écouter Paul échafauder des projets dont elle saurait qu'ils n'auraient pas lieu. Jamais elle ne verrait Ardani. Elle n'avait éprouvé aucune envie particulière de faire sa connaissance mais il lui était terrible de concevoir qu'un absolu la séparait de ce personnage et que cet absolu était la prochaine disparition du corps de Paul. Superstitieusement, du bout de l'index, elle dessina un rapide triangle dans l'air, sans savoir ce qu'elle cherchait à conjurer puisque le seul événement contre lequel ses pratiques cabalistiques auraient pu être mises en œuvre était inévitable. Pour libérer sa colère elle jeta :

« Tu sais ce type moi je m'en fous !

— Moi aussi. Mon estime pour lui va jusqu'à l'indifférence.

— On ne le dirait pas ! cria Lise.

— Je t'ai déjà expliqué que Romano Ardani ressemblait à son père. Son père me ressemblait bien qu'il eût quatre ou cinq ans de plus que moi. Dans le maquis on nous prenait souvent l'un pour l'autre. Je ne vais pas passer mon temps à te répéter que quand je suis auprès d'Ardani je me sens tout neuf. J'en ai assez d'être vieux. Je n'y arrive pas. La vieillesse s'apprend comme une langue étrangère à un âge où le cerveau se prête mal à l'acquisition de notions nouvelles. Parce que je ne suis pas en train de mourir, j'admets comme incontestable et même harmonieux qu'on soit né pour mourir, non pas pour vieillir. »

Juliette gardait les yeux fixés sur Lise avec l'espoir de l'intimider, de la contraindre au silence. Elle devinait la question sur la bouche de Lise, Lise la prononça :

« Paul, tu préfères la mort à la vieillesse ?

— Je suis malheureux parce que j'ai laissé passer trop d'années sans me décider à trouver pour quoi j'étais fait. J'ai laissé les mêmes situations se reproduire jusqu'à ce qu'elles forment une nasse. Je ne réussirai pas mon film si je ne suis pas fait pour le cinéma. Je déprime mais...

— A ton retour prends un analyste, proposa Juliette en essayant de sourire, et paie-le pour t'écouter.

— Ce n'est pas ce que tu crois, laisse-moi finir, je

déprime c'est-à-dire que je vois les choses comme elles sont mais ce serait trop facile, sous prétexte qu'on est malheureux, d'être pessimiste et l'on peut vivre très bien sans aimer ce qu'on traverse. Vivre sans aimer la vie n'en fait pas désirer la fin et même ne diminue pas la crainte de la perdre. D'autant qu'il y a des tas de plaisirs annexes. Ce matin les façades étaient enduites de lumière et, sauf ici, la lumière était très belle ce qui est rare à Delhi, la poussière en était devenue blonde, le ciel réfléchissait la ville, il se prenait pour la mer, notre conversation était souple. Nous avons très bien déjeuné derrière le Chawri Bazar, et vous ?

— On n'y a même pas pensé, et maintenant c'est trop tard, répondit Juliette avec un calme dont elle s'étonna. Mais on s'est baignées, qu'est-ce que tu attends pour en faire autant ?

— Vous venez ?

— Vas-y ! »

Du regard Juliette avait obligé Lise à rester auprès d'elle. Paul montra une certaine élasticité pour se soulever, gagna le bord de la piscine, plongea.

« Tu l'as eue ta réponse ! articula Juliette la mâchoire crispée, faisant un véritable effort pour parler. Il te l'a dit qu'il n'admettait la mort que lorsqu'il pensait ne pas la risquer. Il te l'a dit qu'il préférait vivre pas content plutôt que de ne pas vivre du tout.

— Ne te fâche pas ! On est d'accord. »

L'étirement de l'après-midi avait à demi dépeuplé la piscine et la nage de Paul n'était guère gênée ; son crawl traçait un sillage rectiligne que Lise suivait d'un regard soucieux.

« Il veut nous éblouir, dit Juliette, il y réussit.

— Mais dans son cas, ça doit être mauvais pour lui ?

— Bien sûr. Et l'altitude dans l'Himalaya tu crois que c'était bon, et le cheval et la marche ! Mais en ce qui le concerne c'est le mauvais qui est bon et le bon qui est mauvais. Qu'il crève en forçant sur le crawl, je dirai bravo !

— Non !

— L'horrible serait qu'il souffre pendant des mois en se creusant la tête. Surtout si les métastases s'en mêlent !

— Qu'est-ce que c'est ?

— Ça ne te regarde pas. Notre principe doit être de l'embarquer le plus vite possible pour Tahiti où le médecin que connaît Corlion nous aidera. De Tahiti il faudra le ramener le plus vite possible aussi au bord de la Loire, le rendre à Corlion. S'il le faut Corlion fera appel à un ami chirurgien qui s'engagera à ne pas le rater.

— A le tuer ?

— Ouais. Mais l'idéal ce serait un bon arrêt du cœur à la suite d'un effort. Si son crawl ne le tue pas, s'il remonte, trouve un prétexte pour aller vadrouiller, j'ai besoin de passer deux ou trois heures avec lui tête à tête.

— Je vous accompagne toujours ?

— Justement il faut que je l'amène à admettre que je ne suis pas jalouse et que c'est plus drôle de continuer tous les trois. Mais tu me jures de ne pas flancher.

— On ne peut jamais être sûre.

— Tu ne lui diras jamais la vérité, je te permets tout le reste. »

Elle regardait les larmes qui coulaient sur les joues de Lise.

« D'accord pour les crises de nerfs. Il croira que tu es malheureuse, que tu penses à Philibert ou que j'ai été méchante avec toi. Paul est un égoïste fondamental. Il ne dispose guère d'imagination pour saisir les sentiments des autres. Tout ce que je te demande c'est de te taire sur l'essentiel.

— D'accord, sanglota Lise. Je tiendrai le coup. Mais toi, poursuivit-elle avec une haine tremblante, je t'admire ! C'est beau l'énergie... On dirait que rien ne t'atteint. »

Les yeux de Juliette étaient embués et un liséré de larmes minuscules brillait retenu par la frange des cils.

« Excuse-moi, murmura Lise.

— De quoi t'excuserais-je ? Tu n'es pas la première, vous êtes tous pareils, parce que je lutte contre moi-même et que je ne miaule pas pour être plainte, vous me prenez pour une brute. Mais je ne suis pas en acier. Ce qui t'arrive à toi ce n'est rien. Tandis que moi... »

Elle s'interrompit et regarda Paul sortir de l'eau... Brusquement elle se leva et, d'un signe impératif, ordonna à Lise de l'imiter.

« Nos gueules sont mouillées. Le mieux est de les tremper une seconde. »

Lise n'osa pas résister. Une main prisonnière de celle de Juliette elle se laissa tomber dans l'eau en jetant un faible cri. Elles nagèrent côte à côte.

« Je vais lui dire que tu as envie d'aller au cinéma. Je tenterai encore une fois de le ramener à Paris mais c'est sans espoir. En revanche je n'aurai pas grand mal à lui faire accepter ta compagnie. Quand tu reviendras tout sera réglé. »

Le souffle court, Lise ne répondit qu'après avoir repris pied au bord de la piscine.

« Il voudra peut-être aller au cinéma lui aussi ?

— Le cinéma ? Il déteste ça.

— Mais c'est son métier ! »

C'était son métier en effet et Juliette s'étonna de n'avoir jamais été sensible à une contradiction qui était pourtant évidente. Paul avait passé sa vie devant des scénarios, des caméras et des tables de montage mais il renâclait dès qu'on prétendait l'entraîner dans une salle de cinéma. Peut-être à une certaine profondeur de lui-même savait-il qu'il s'était trompé de carrière ou encore cette indifférence était-elle due à l'usure que Juliette avait remarquée chez certains vieux médecins dont l'un avait même laissé échapper que, si l'on aime sa profession, arrive le moment où elle n'apporte plus rien.

« Nous n'avons pas pu y tenir, dit-elle, tu étais si heureux dans l'eau que nous avons voulu la goûter.

— Tu nages très bien, Paul ! »

Il sourit modestement et grogna qu'il n'avait pas cherché la performance. Il finissait de se sécher et astiquait ses doigts de pied avec conscience. Il était très fier de ses pieds qui étaient incontestablement beaux, ce qui est rare, et Juliette avait souvent remarqué qu'il passait plus de temps à les essuyer que le reste de son corps.

« Lise crève d'envie d'aller au cinéma.

— Allez-y, il y en a un tout près.

— Moi je n'y tiens pas, elle est assez grande pour y aller toute seule.

— Tu veux y aller toute seule ?

— Bien sûr, répliqua Lise avec humeur, je suis assez grande pour aller au cinéma toute seule.

— Vas-y alors, qu'est-ce que tu attends ? »

Il était difficile pour Juliette de savoir si Lise avait été agacée d'être traitée en petite fille ou si elle en avait donné la comédie, ce qui aurait été une habileté qui facilitait son départ. Que Paul eût répondu sur un ton impatient prêtait aussi à l'interprétation. Il avait pu être irrité soit par le caprice de Lise ou par l'accent revendicatif avec lequel hargneusement elle affirmait ses droits, soit d'être obligé de feindre le mécontentement pour se débarrasser d'une présence importune. Aucune de ces solutions n'était satisfaisante car Juliette avait besoin d'une bonne entente entre Paul et Lise et surtout de voir immédiatement clair dans leur jeu si, comme il était nécessaire à la réussite de l'A.E., elle voulait en rester le maître. Par A.E., elle entendait l'affreuse entreprise, c'était l'abréviation qu'elle venait de trouver à l'expédition dans laquelle elle s'était engagée, une abréviation dont elle ne pouvait pas partager le code avec Paul comme du temps de l'I. Elle se demanda pourquoi elle n'avait pas été plus heureuse à l'époque où l'I. régnait sur eux comme sur deux immortels.

Lise gauchement, mais il y avait une permanente grâce dans sa maladresse, avait essuyé son cou, ses bras et ses jambes comme s'ils eussent appartenu à quelqu'un d'autre. L'air boudeur, elle demanda, sans s'adresser particulièrement à l'un ou à l'autre, si elle pouvait passer sa robe sur place ou si elle devait chercher une cabine.

« La conjonction du cant britannique et de la tristesse indienne a prohibé ici jusqu'aux seins nus, observa Paul, mais la nudité des seins provoque involontairement, alors que ce rhabillage peut sembler naturel, du moins je le crois, sans d'ailleurs en être sûr.

— Mon maillot est trempé, dit Lise, il faut que je me décide. »

Ils attendent que je prenne la décision, on attend toujours que j'assume les risques même les plus infimes, se disait Juliette, sans consentir à se demander si elle n'exigeait pas des autres qu'ils l'obligeassent à assumer ce rôle. Une fois de plus elle l'assuma spontanément :

« Tu as fait assez d'embarras, Lise ! »

Elle se doutait un peu qu'ils pouvaient soupçonner un mouvement de jalousie dans l'accès de brutalité auquel elle s'abandonnait mais peu lui importait, ce soupçon était sans conséquence. Elle avait saisi le maillot de Lise par les épaulettes qu'elle avait rabattues, elle acheva de la dévêtir tout en l'enveloppant dans la serviette, puis elle l'aida à s'introduire dans la robe mauve qu'elle laissa descendre en même temps qu'elle entraînait la serviette. Aussitôt Lise, sans même le lui avoir proposé, lui rendit le même service. Juliette demeura un instant les seins nus, elle s'attardait heureuse du plaisir qu'elle prêtait à Paul. Il avait allumé une cigarette et les regardait avec une satisfaction de propriétaire qui aurait pu paraître odieuse à qui n'aurait pas pénétré la gravité de ses obsessions. Enfin ils se levèrent tous les trois.

« Salut, dit Lise.

— Comment s'appelle-t-il ton film ? demanda Paul.

— *Grease.*

— Ah ! oui, avec John Travolta. Je l'ai vu il y a deux ans.

— D'accord, concéda Lise, c'est un peu vieux mais j'aime. »

Paul debout, altier même, une cigarette songeuse au bout de ses longs doigts, immobile et drapé, beau en tout cas pour Juliette qui, le considérant en plein visage, comparant ses rides aux vagues de la mer, demanda avec une affectation de négligence :

« Du pop bien sûr ?

— Du disco voyons. »

Déconcerté, il ressembla à un vieillard.

« D'accord, reprit Lise, je préfère le hard rock au disco mais ce film-là je l'aime bien. J'avais un tee-shirt avec Travolta écrit dessus et même sa tête. Philibert me l'a déchiré.

— Parce qu'il était resté pop ? demanda Paul avec espoir.

— Non, parce qu'il était devenu abriste.

— Heil pop ! Heil disco ! Heil hard rock ! Heil Abra ! lança Paul avec l'entrain difficile de qui ne veut pas avoir perdu la partie.

— Heil zen ? proposa Juliette.

— Non, répondit Paul, heil Aristote ! »

Lise les quitta dans le hall de l'hôtel et, en attendant l'ascenseur, Paul la regarda s'éloigner, flottant dans une robe trop ample pour elle, ce qui n'était pas un défaut. Puis il reporta son regard sur Juliette qui sut aussitôt qu'il allait lui parler de sa robe à elle, ce qu'il fit.

« Je ne te la connaissais pas, elle te va très bien.

— Je l'ai achetée à Londres. Tu aimes les robes fendues j'ai pensé à toi. »

Elle continuait de savoir ce qui se passait dans l'esprit de Paul et s'en inquiétait parce qu'elle avait peur que la réciproque pût être vraie. Aussi s'efforçait-elle de ne rien penser qui pût l'alarmer. Elle se concentrait sur l'envie bien réelle qu'elle avait de faire l'amour avec lui et, comme elle l'avait prévu, il profita de la solitude de la cabine pour trousser une robe qui invitait à ce geste. Il ne pouvait pas ne pas se rappeler que dans ce même ascenseur il avait agi de même envers Lise et le goût qu'il avait pour l'une et pour l'autre se conjuguait en un seul désir. De son côté Juliette découvrait un plaisir dont elle ne se serait pas crue capable, celui de faire partie du petit harem. Dans le couloir ils coururent. A peine dans la chambre, il la jeta sur le lit comme elle l'avait prévu.

« Est-ce que tu la bats aussi ?

— Moins fort que toi parce qu'elle est fragile.

— Moi aussi je suis fragile.

— Oui, chérichérie, tu es fragile », souffla-t-il en redoublant de violence.

Il haletait et, pendant un instant, elle se rappela qu'il pouvait mourir et essaya de s'imaginer serrant un cadavre entre ses cuisses. Mais la jouissance qui montait l'enferma dans un ordre où la mort n'existait pas. Elle jouissait la première et du fond du plaisir qui l'emprisonnait elle tentait de l'inciter à la rejoindre en répétant :

« Viens... »

Il vint. La volupté les séparait. Réduits à eux-mêmes, inertes, en sueur ils furent deux gisants. Paul se reprit le premier. Il se souleva et elle cessa de sentir battre contre elle ce cœur qui de nouveau lui faisait peur.

« Je vais prendre une douche, et toi ?

— Moi, je veux garder ton odeur. »

Seule elle retira sa robe, la posa sur une chaise et remarqua sur la table une lettre que Paul avait sans doute trouvée quand il était monté passer un peignoir. Elle reconnut l'écriture de Léone. Elle lut : « Mon petit lion, tu veux que je t'écrive, je t'écris mais pourquoi ? Je n'ai aucune idée à te donner pour ton film, d'ailleurs je n'ai été frappée que par deux races de films, les westerns où le piano résonne parce qu'on a tiré sur le pianiste, les surréalistes où le piano remorque des mulets. Je ne sais pas pourquoi, depuis ton départ, je suis obsédée par les pianos. J'ai même rêvé que je possédais un piano automobile et que tu m'obligeais à le vendre, ce qui te ressemble tout à fait puisque tu as toujours cherché à me dégoûter de ce qui me tentait, la harpe par exemple. Tu disais : Il n'y a rien de plus con qu'une harpe sinon une harpiste. Pourtant quand j'ai voulu vendre ma harpe tu t'es indigné, j'ai fini par la donner. Résultat : tu voulais m'en offrir une autre. Tu donnes d'une main, tu retires de l'autre. Ou bien tu fais traîner tes décisions, tu laisses l'autre dans l'incertitude. Je crois que tu es un maître dans l'art de rendre l'autre fou. Et pour expliquer tes atermoiements tu invoques toujours la même excuse : tu te compares à la lenteur de la monarchie bicéphale d'Autriche-Hongrie. Depuis que tu as lu Musil. Et c'est moi qui t'ai fait lire Musil. Voilà où nous en sommes : je te déteste parce que je suis devenue faible et que c'est ta faute, je t'impose ma propre faiblesse et du coup je te méprise de la subir. A Paris il pleut toujours, j'espère que tu auras eu beau temps à Mépour. Je t'embrasse. » Glissant la lettre dans l'enveloppe, en mettant celle-ci à la même place sur la table, Juliette mesurait les limites que la situation imposait à ses sentiments envers Paul. Qu'à peine arrivé en Inde il eût écrit à Léone, qu'il eût donné une adresse où répondre, qu'il eût probablement sollicité une réponse l'aurait exaspérée quelques jours plus tôt. Maintenant elle ne se reconnaissait plus le droit à la colère. On ne demande plus qu'à comprendre un mourant. Mais ce mourant venait de faire l'amour avec une belle énergie et chantait sous la douche. Juliette était tenue à lui montrer autant d'indulgence que s'il était allongé dans un lit, le visage émacié, or il était debout, vif et brutal. Elle aurait souhaité pouvoir hurler. Elle fit appel à sa raison et à sa vaillance : elle décida de vivre chaque jour comme une totalité, chacun des jours qu'il leur restait à passer ensemble. Elle décida aussi de se comporter comme si elle ignorait qu'un terme avait été fixé à l'existence de Paul. Quand il revint, les épaules encore humides, elle lui jeta :

« J'ai lu la lettre de Léone.

— J'aurais pu la déchirer, cette lettre, ou la cacher mais ça m'amusait que tu la lises parce qu'à sa manière, dans son style, elle me fait les mêmes reproches que toi.

— Je ne te fais jamais de reproches. Tu m'as empoisonnée avec Évariste, est-ce que je te reproche Lise ? Au contraire je veux qu'elle vienne à Tahiti avec nous.

— Pourquoi tiens-tu tellement à Tahiti ?

— Pendant que tu te baladais dans l'Himalaya, je suis allée à Londres. J'avais rendez-vous avec Franz Brod. Par lui j'ai appris le nom de celui qui avait fait arrêter mon père.

— Avec tous tes pères je m'embrouille. Ton père tchèque ?

— Évidemment. Et le responsable, ça je n'aurais pas pu me l'imaginer, c'est son meilleur ami, celui qui après son exécution a épousé ma mère. Je précise qu'il s'agit de ma mère tchèque au cas où tu ne le saurais pas. J'ai compris pourquoi, quand il y a dix ans il a choisi la liberté, il s'était gardé de me rendre visite. Mais moi j'ai envie de le voir. C'est un homme qui a changé ma vie. Je l'ai aperçu quand j'avais cinq ans mais j'ai oublié. J'ai vu des photos de lui dans les journaux quand il a commencé à publier ses livres sur l'oppression bolchevique à Prague. Mais il ne m'intéressait guère, moi je pensais que c'était un brave homme qui avait eu le courage d'épouser ma mère pour lui rendre un statut social et la blanchir politiquement. Maintenant il m'intéresse. J'ai besoin de voir sa bouche, son nez, ses mains. Tu ne me comprends pas du tout ? Ça ne me surprend pas. Nous avons déjà établi qu'on ne peut pas comprendre un fantasme qu'on ne partage pas. Il n'y a pas que des fantasmes sexuels. Je ne sais pas pourquoi j'ai besoin de regarder cet homme mais j'en ai besoin. Alors ou bien on rentre à Paris et je remets mon projet à plus tard ou bien, si on continue à tourner, arrêtons-nous à Tahiti. D'autant que François Corlion a un ami à Tahiti qui selon lui pourra nous loger.

— Tu as vu Corlion ?

— L'autre soir il est venu à Paris et il m'a appelée pour me demander de tes nouvelles. »

Aussitôt elle eut peur d'avoir pu éveiller l'inquiétude de Paul par cette phrase maladroite. Il ne suffisait pas de mentir, encore fallait-il mentir à bon escient. Elle s'était crue adroite parce qu'elle cachait à Paul que Corlion n'était pas venu porteur d'une information précise. Mais Paul risquait de demander pourquoi Corlion se préoccupait de son cas. Elle ajouta précipitamment :

« Il voulait savoir où tu en étais de ton film. Nous avons dîné ensemble. Je lui ai dit que j'allais te retrouver en Inde et que nous irions peut-être à Tahiti et il m'a promis de téléphoner à un médecin de là-bas qui a été étudiant avec lui, Surrugues.

— Je le connais Surrugues, je l'ai vu à Papeete, il

n'est pas désagréable ; bref tu veux qu'on aille à Tahiti, on y va. Mais pourquoi avec Lise ?

— J'ai l'impression qu'elle nous fait du bien. Pour coucher avec elle tu ne m'as pas demandé la permission, j'aurais pu être furieuse, j'ai failli l'être, je ne le suis pas. Tout est pour le mieux. Si tu veux nous partagerons les frais de voyage de Lise.

— Je n'ai plus tellement envie de faire l'amour avec elle mais pour entrer dans ton jeu...

— J'aime, dit-elle, que tu sois un sultan qui tourne autour du monde avec ses deux favorites.

— Et de retour à Paris, on largue Lise ?

— Sans doute. »

Il parut réfléchir. C'était drôle de voir un homme nu réfléchir. Juliette se demanda, nue elle aussi, pourquoi elle liait la pensée aux vêtements. Les premiers hommes ne portaient pas de vêtements et pourtant ils pensaient, mais, lui semblait-il, leur intellect était rudimentaire. Aussi fut-elle amusée que son homme nu portât sa conversation sur le savoir-vivre :

« Lise a beaucoup de qualités et elle n'est pas bête, elle est juste un peu agaçante par sa passion des orchestres à la mode, son culte des chansons mais, après tout, cette génération qui ne lit pas cultive peut-être sa sensibilité grâce à cette musique ; ce que je lui reproche ce n'est pas ça, c'est une vulgarité un peu désuète qu'elle doit tenir de ses parents ; elle se révolte contre eux, ça n'empêche pas qu'ils l'influencent toujours dans le choix de ses expressions.

— Quelles expressions ?

— Elle dit : « messieudames », « ce midi », « au plaisir », « ce n'est pas pour dire ». A Srinagar elle a trouvé moyen en jouant aux cartes avec des Français qui étaient sur le même bateau que nous d'appeler la dame de carreau « femme de carreau » puis, après la partie, de crier à l'un des joueurs : « Votre dame a oublié son châle. »

— Tu m'as reproché de dire « mince », selon toi il était plus décent de dire « merde ». Pourquoi ?

— C'est évident, donc ça ne s'explique pas. Pas plus qu'une gnose ou un postulat. En ce qui te concerne la faute en revient sans aucun doute aux religieuses qui t'ont élevée.

— N'exagérons pas, j'ai passé à peine cinq ans chez elles.

— Quand on est jeune c'est long cinq ans. Je suis sûr que ce n'est pas ta mère qui t'avait appris à dire « mince ». Ni ta mère de Tchécoslovaquie, ni ta mère auvergnate. Les bonnes sœurs, je ne les connais pas mais je les imagine : elles sont toujours disposées à faire la part du diable, elles ont même besoin que le diable existe, ne demandant qu'à lui tailler un morceau du gâteau pour manger le reste avec assurance. Elles ont donc inventé « mince » face à « merde » qui appartenait au diable à qui elles n'ont concédé que le « m » et le « e ». De même face à « zut » qui était satanique parce que les jeunes filles du siècle, celles de Gyp ou de Marcel Prévost, l'employaient, elles avaient lancé « flûte », sans se douter une seconde, ces pauvres chères sœurs, qu'elles auraient ravi Racine qui n'est passé pour un musicien de notre langue que parce qu'il a inlassablement joué de la flûte avec ses « Vous mourûtes aux bords où vous fûtes laissée. »

— Tu déconnes.

— Les bonnes sœurs doivent avoir un mot qui se substitue angéliquement à ce « déconner » dont la racine est charnelle, dont coupable. « Débloquer » me paraît convenir parce que plus innocent, j'entends par là plus bête et aussi peu significatif.

— D'accord, coupa Lise avec hargne, Lise a été marquée par ses parents, moi par les bonnes sœurs, toi seul es issu d'une génération spontanée, où veux-tu en venir ?

— S'il fallait en venir à quelque chose pour

parler, on ne parlerait guère, tu me rappelles ce chauffeur de taxi qui voulait que le moindre propos ait un but. Ce qui n'empêche pas que les bonnes sœurs t'ont surtout marquée parce que, soit par vice soit par avarice, l'un n'empêchant pas l'autre, elles t'ont habituée à prendre un bain hebdomadaire dans une baignoire avec une compagne, toutes deux gardant vos chemises de nuit et vous savonnant mutuellement à travers le tissu. Ces bains ont souvent servi de thème à mes rêveries onanistes.

— Je sais très bien ce dont tu rêves, c'est un fantasme si banal chez les hommes que je le juge indéfendable. Ce n'est même pas un fantasme, c'est une vulgarité, renonce à tes illusions : je ne ferai pas l'amour avec Lise.

— Je regrette mais j'accepte, tout ce que je demande c'est qu'avant Tahiti où je connais des gens, tu lui aies appris à ne plus dire "bonjour messieudames" ».

Ainsi cet homme nu qui allait passer du règne animé au règne minéral était toujours soumis au code puéril grâce auquel la moyenne bourgeoisie tient à se distinguer de la petite et du peuple. Juliette se demandait si derrière ce grief un peu niais qui ne ressemblait guère à Paul ne se cachait pas une ruse. Peut-être souhaitait-il que Lise les accompagnât, désir qu'il n'avait pas osé manifester et, comblé par la proposition de Juliette, émettait-il des réserves pour éviter de dévoiler une adhésion trop enthousiaste. Il était dans son caractère de se ménager des justifications. Si dans quelques jours il échappait à Juliette un mouvement d'impatience concernant Lise, il aurait la ressource de rappeler qu'il n'avait pas souhaité sa présence, qu'il en avait signalé les inconvénients, qu'il n'en était pas le responsable. Elle fut confirmée dans cette hypothèse par la mine perplexe qu'il prit, celle d'un homme qui finit par se laisser convaincre, en observant que, tout compte fait, Lise, si on veillait à ne pas l'avoir trop souvent sur le dos, pourrait rendre des services et notamment taper le manuscrit.

« Car, ajouta-t-il, je ne veux pas rentrer à Paris les mains vides. Il faut que je revienne avec un plan et une délimitation précise des lieux de tournage. »

Il avait sans doute bifurqué sur le film pour mettre fin aux à-peu-près qui entouraient la participation de Lise au voyage. Mais au bout d'un instant son visage trahit un effroi que Juliette attribua, heureuse et épouvantée, à un trouble cardiaque décisif.

« Qu'est-ce que tu as ? hurla-t-elle.

— J'ai que ce film me rend malade. Je n'avance pas. Je suis bloqué. Mon écran est vide.

— Pourtant ton sujet, tu n'as qu'à te regarder et regarder autour de toi pour le trouver. Ton héros fait le tour du monde avec ses deux maîtresses. Apparemment elles s'entendent bien. Il éprouve des sentiments et des désirs différents pour chacune d'elles. Chacune est également attachée à lui à sa manière. Son passé le poursuit. Il reçoit une lettre de Léone, il en reçoit une autre de Germaine. Il leur téléphone car je suis sûre que de Tahiti tu leur téléphoneras. Chaque lettre et chaque coup de téléphone permettent de faire un retour en arrière sur la vie passée du personnage. Tu peux même utiliser le passé de Lise et le mien, mes histoires tchèques par exemple ou Évariste si tu préfères. Tu as plutôt trop de matière que pas assez. »

Le penseur de Rodin marchait de long en large.

« Tu as raison, dit-il enfin, encore faudrait-il que je trouve un motif à ce tour du monde. Mon personnage fuit. C'est un peu artificiel de lui faire fuir son passé.

— Il fuit la mort, jeta spontanément Juliette qui devint très pâle.

— J'y ai pensé mais qui le menace ?

— On trouvera ça à Tahiti. »

Elle rassembla ses forces pour ajouter :
« Ce voyage m'enchante. »

Elle se laissa convaincre par la phrase qu'elle venait de lancer. Pourquoi ce voyage ne serait-il pas enchanteur ? Il suffisait de réussir à ignorer ce qui s'ensuivrait.

« Cette nuit tu coucheras dans le lit de Lise, dit-elle sur le ton d'une maîtresse de maison qui règle l'ordonnance d'un dîner. Tiens, justement ce doit être elle. Il n'y a qu'elle pour gratter à une porte comme un petit rongeur. »

Elle ouvrit et Lise apparut l'air penaud. Leur nudité acheva de la déconcerter. Les yeux baissés elle proposa d'aller faire un petit tour et de revenir plus tard.

« De toute façon, sache que tu ne nous aurais pas troublés. Mais rassure-toi nos jeux sont finis, il était bien le film ?

— Je ne pouvais pas aller au cinéma, j'avais oublié de demander de l'argent à Paul. Quand je m'en suis aperçue j'ai eu peur de vous déranger, alors j'ai commencé un tour aux environs de l'hôtel mais il faisait très chaud, je n'avais pas envie de marcher et puis plusieurs hommes ont essayé de me parler ; alors je suis rentrée et je me suis reposée dans le hall au fond d'un fauteuil. Romano m'a aperçue et...

— Romano Ardani ? Mais il est dans son avion !

— Non. »

La nouvelle bouleversa Juliette. Elle ne saisissait qu'imparfaitement par quel mécanisme sa pensée avait associé le départ d'Ardani, la certitude qu'un absolu le séparait d'elle avec la mort de Paul. Si Ardani était resté, elle aurait sans doute l'occasion de le voir, si elle le voyait la condamnation de Paul cessait d'être valable, il avait une chance de survivre. A un certain étage d'elle-même elle se doutait bien que ce raisonnement était absurde mais il s'imposait momentanément avec l'éclat d'une évidence.

« On lui a téléphoné, expliqua Lise, que son avion décollerait avec deux heures de retard. Il a attendu à l'hôtel et quand je l'ai vu il partait seulement.

— Il partait ! Il est parti ? cria Juliette.

— Oui bien sûr », murmura Lise étonnée par la violence désespérée de la question.

Un instant Juliette songea à leur proposer d'aller lui dire adieu à l'aéroport. Elle renonça non pas seulement parce que cette demande qu'elle ne pouvait étayer par le moindre motif risquait d'être repoussée sans discussion mais surtout parce que, dans la logique qui par instants l'emprisonnait, la rencontre d'Ardani pour être fructueuse aurait dû être provoquée par l'enchaînement des événements, par le destin pur. Voulant leur cacher son émotion elle alla s'appuyer à la vitre de la baie et regarda le ciel qui était ceinturé, le coucher du soleil approchant, par une sauce safranée. Pour la première fois elle quitterait l'Inde sans l'avoir vue et s'étonnait de n'en éprouver aucun regret. Dans la couleur de cette sauce céleste elle ne retrouvait pas seulement celle de la cuisine indienne mais, au-delà des poussières en suspension issues des tuyaux d'échappement, des usines, des feux d'ordure, les particules d'humidité que répandait la grande plaine, en cette saison, en partie inondée. Au nord de la plaine, quand la route commençait timidement de monter, c'était pour entamer une progression qui se poursuivrait jusqu'à l'Himalaya. Une Inde concentrée se répartissait autour d'elle en souvenirs précis qui lui suffisaient. Elle avait connu un chasseur acharné qui avait passé une partie de sa vie à tirer l'éléphant et le tigre dans le Sud-Est asiatique et qui ne quittait guère la rue de la Gaîté, aimant montrer les photos, raconter les souvenirs, dépourvu de toute envie de partir. Puisque enfin elle le comprenait, c'est qu'elle avait vieilli. Paul allait mourir, elle allait vieillir. Elle se donna l'ordre de balayer cet accès de mélancolie et se tourna vers eux en souriant :

« Alors, Lise, tu sais que nous partons tous les trois pour Tahiti ? »

Elle empêcha Lise d'émettre quelques petites protestations de principe et poursuivit :

« Nous demanderons les billets au concierge. Peut-être trouverons-nous des places pour demain, ce soir faisons une fête. Il y a quatre ou cinq restaurants dans cette baraque, nous allons choisir le super-chic, tu te le rappelles, Paul, nous y étions allés une fois, leur poulet *tandoori* est une merveille. Mais d'abord nous allons nous faire beaux. Paul, as-tu une chemise de rêve ?

PAUL. — Oui, c'est toi qui me l'as offerte. Tu m'as dit qu'elle était couleur perle.

JULIETTE. — Elle est propre, elle est bien repassée ?

PAUL *(montrant la chemise).* — Ça te va ?

JULIETTE. — Tu as des foulards ? Oh ! non, pas ceux-là je vais t'en passer un à moi, il est aubergine avec des taches d'or qui sont superbes. N'aie pas peur de faire folle, aie confiance, je te veux macho. Et toi, Lise ?

LISE *(inquiète).* — Si tu veux que je me déguise, j'ai la robe thaïlandaise que Paul m'a achetée, jusqu'ici je n'ai pas osé la mettre.

JULIETTE. — Montre.

LISE. — Regarde, elle est un peu froissée.

JULIETTE. — Ça ne fait rien. Ce soir tout nous est permis. Nous formons un trio de milliardaires en vadrouille, de saltimbanques, de vedettes tellement connues qu'on ne peut plus les reconnaître, ou de leaders des Brigades rouges. Passe-la cette robe et viens t'asseoir sur le tabouret, je vais te maquiller avec l'aide de ce qui reste de jour.

PAUL. — Ce reste de jour dont s'éclaire la dernière heure du travail.

Lise, boudeuse ou plutôt honteuse, retire sa robe et passe la nouvelle, puis elle s'assied sur le tabouret en face de Juliette.

LISE. — Ce n'est pas pour dire mais je me suis maquillée avant de te connaître. Il y a des fois où tu crois que je suis née la semaine dernière. C'est Philibert qui a voulu que je ne me maquille plus. Mais à quinze ans si tu m'avais vue !

JULIETTE. — Sois gentil, Paul, va chercher ma trousse de maquillage dans la salle de bain.

Dès que Paul a quitté la pièce, Lise se soulève pour parler à l'oreille de Juliette.

LISE. — Tu crois vraiment, tu en es vraiment sûre que Paul va pourrir *(elle se laisse retomber sur le tabouret, effrayée)*, quelle horreur qu'est-ce que j'ai dit ! Je voulais dire...

JULIETTE. — Oui je suis certaine qu'il va mourir, et le plus vite serait le mieux. Assieds-toi à cru sur le tabouret, rejette ta robe à l'extérieur, il aimera. Nous lui offrons un régal.

Paul revient, il a passé un peignoir et brandit à bout de bras la trousse de maquillage.

PAUL. — C'est ça ?

JULIETTE *(inventoriant la trousse)*. — Du fond de teint d'abord. Ça effacera tes taches de rousseur mais je t'en ferai des fausses après. De la poudre de riz ensuite comme si tu étais un clown. Tu es un petit clown, Lise ? Je vais te blusher les pommettes en ocre. Voilà du khôl gris foncé et de l'ombre à paupières, j'en ai plusieurs, j'ai choisi le mauve. Du mascara pour tes cils. Attends que je le trouve, le voilà, du rouge à lèvres sombre, presque noir, comme le vernis à ongles, c'est ce qu'il te faut, tu auras l'air d'une pute de treize ans.

PAUL. — Tu es plus faite pour ce maquillage que Lise.

JULIETTE. — Moi, je me bornerai à un cerne autour des yeux, à un cerne qui pourra sembler naturel, dû à tes œuvres.

PAUL. — Ne penses-tu pas que c'est Lise qui est faite pour être naturelle et toi...

JULIETTE. — Ne donnons pas trop d'importance à la vérité ni à la nature.

Il se détourne brusquement comme si ce geste naissait de pensées affluant en lui à son insu. La clarté soufrée qui imprégnait la pièce était balayée par l'éclat des lampes.

PAUL. — J'ai allumé l'électricité, il faisait déjà trop sombre.

III

Les autobus tahitiens sont petits et à claire-voie ; l'air y circule ; les voyageurs, dont certains laissent pendre leurs jambes à l'arrière de la plate-forme, voient bien le paysage et les passants, qui eux aussi les voient bien.

Elles s'étaient assises sur la banquette de bois, calant entre elles un couffin où était entassé le produit de leur marché, un énorme poisson dont la queue azurée, palmée comme un végétal, dépassait des tresses d'osier.

C'était la mauvaise heure ; la route était encombrée, les véhicules immobiles.

« Tu vas me répéter, observa Juliette, qu'on se croirait boulevard Haussmann ou rue des Saints-Pères à six heures et demie du soir. Ne nous querellons pas, ajouta-t-elle, en tendant son bras nu pour toucher la main de Lise par-dessus la queue du poisson, nous sommes déjà assez ridicules comme ça.

— C'est toi qui as cédé, dit Lise, moi j'aurais refusé. Paul a voulu que nous soyons ridicules, c'est toi qui l'as approuvé. »

Des sandales identiques, les sandales encore ça aurait pu passer, mais deux robes du même rouge, un rouge grenat peu emballant, sourd, pareil aux couvertures qui pendant un siècle ont enveloppé la Bibliothèque Rose. Ce rouge, qui avait drapé la comtesse de Ségur et qui fanait si facilement au soleil, au point qu'au bout d'un certain nombre d'années le dos des livres, plus exposé, prenait un ton propre, vieux rose, ce rouge des *Petites Filles modèles* était escorté par une tranche et des arabesques dorées, alors que sur les robes identiques portées par Lise et Juliette l'or n'était représenté que par des taches d'un jaune à peine orangé. Pour qu'elles fussent absurdement semblables, Paul avait exigé qu'elles nouassent, en gavroche, autour de leur cou deux foulards maigres et noirs.

A l'avant du car, près du conducteur qui s'associait au chœur, les jeunes chantaient, des garçons surtout mais aussi des filles, ils chantaient un refrain américain. De temps en temps le car s'arrêtait à une halte et un mouvement de descente et de montée s'effectuait avec des sourires auxquels Juliette et Lise participaient, serrant leurs genoux et rentrant leurs jambes pour faciliter le passage.

« Ici, reprit Juliette, les femmes ne cherchent pas à se distinguer par leur vêtement. Ça ne les dérange pas de se balader ensemble portant les mêmes paréos ou les mêmes minis.

— Oui, mais Maritia est un produit d'Australien, de Tahitienne, de Chinoise et de Français, elle lit *Vogue*, elle sait très bien que nous sommes ridicules et c'est pour nous humilier devant elle qu'il nous a mises en uniforme.

— C'est plutôt pour se glorifier de son pouvoir en complicité avec nous. Paul serait le dernier à se faire des illusions sur elle, ajouta Juliette avec une certaine agitation, puisqu'il a été le premier à nous faire remarquer que, s'appelant Marie-Thérèse, elle était sotte de se faire appeler Maritia par couleur locale, de s'exhiber éternellement en paréo pour jouer la fille des îles, de trimbaler toujours avec elle un livre de classe pour exploiter l'attrait qu'exerce la collégienne sur les vieilles générations. »

Sur la droite de la route l'horizon s'était découvert. Au-delà du lagon laqué d'un vert acide et sucré, l'écume ourlait le long récif corallien et au-delà de cette frange d'une remuante et éblouissante blancheur l'océan étendait l'obscurité de son bleu jusqu'à l'île de Moréa dont la lumière, verticalement reçue, décomposait les compartiments montagneux aux sommets encombrés par des nuages immobiles, eux-mêmes cernés par un ciel éclatant. Toutes deux, après un séjour de deux semaines, s'étaient habituées à considérer comme un bloc ce paysage qu'elles avaient d'abord découvert morceau par morceau. Il arrive que l'habitude n'érode pas l'admiration mais qu'elle donne l'audace de la juger et elles avaient fini par s'en faire mutuellement la confidence : toute cette beauté les agaçait. Elles la jugeaient fausse sans pouvoir étayer leur condamnation autrement que par un attachement au ciel saisonnier sous lequel elles étaient nées. Dans cette partie décisive de soi qui est dangereuse parce qu'elle est confuse, elles portaient le souvenir et le besoin d'un air frais et bleu où un faible soleil chatoie gaiement pendant que les feuilles tombent dans un murmure sec à peine interrompu. Sans doute auraient-elles pu prendre facilement leur parti de cette île sauvage où la modernité régnait avec assurance, de ces tropiques apprivoisés par la joyeuseté des vents et des marées, d'une prospérité qui reposait fragile sur quelques vanités atomiques et coloniales, tout comme l'essor d'une danseuse au talent incertain sur l'opiniâtreté d'un vieillard, elles auraient pu s'abandonner au plaisir de regarder et de vivre qui n'était pas tout à fait de mauvaise qualité si l'une et l'autre, sans se le dire vraiment, chacune découvrant sa propre pensée dans la pensée de l'autre, n'en étaient pas venues à établir une analogie entre la facticité de ce lieu et celle de la situation où, par hasard ou prédestination, elles s'étaient mises en escortant les jours derniers d'un homme sous les ramages des cocotiers. La route pénétrait entre le rideau de bananiers et de frangipaniers qui la séparait du lagon et la falaise végétale, contrefort de la montagne où, comme sur une tapisserie, se révélaient la nudité des troncs de cocotiers et la dentelle des palmes.

Elles descendirent et se dirigèrent vers une épicerie-buvette-self-service qui comportait même une pompe à essence et une laverie. Ces lieux étaient très habités mais les maisons qui se répartissaient de chaque côté de la route étaient le plus souvent masquées par l'épaisseur des frondaisons. Sur la droite, côté lagon, les villas riches se succédaient le long de la plage, sur la gauche, côté montagne, des maisons souvent plus modestes, presque pauvres parfois, couvertes de tôle ondulée mais envoûtées par la verdure et quelques-unes égayées par une légère cascade où des enfants faisaient leur toilette. Après avoir acheté des steaks australiens congelés, des tomates, des mangues et des pamplemousses, une boîte de foie gras garanti périgourdin, une boîte de beurre néo-zélandais, elles s'attardèrent, se demandant ce qu'elles auraient bien pu oublier et commentant avec impatience l'embarras où les mettait Paul qui, parce qu'il avait accepté l'hospitalité du Dr Surrugues, l'ami de Corlion, se croyait tenu soit d'inviter tout le monde au restaurant soit de remplir perpétuellement le réfrigérateur. Toutes deux éprouvaient une aversion imprécise pour Surrugues et aimaient tomber d'accord sur ce point mais Lise ne manquait jamais l'occasion de reprocher à Juliette d'avoir insisté pour que l'hospitalité du médecin fût acceptée, à quoi Juliette rétorquait que dans l'état où était Paul la présence d'un médecin était rassurante.

« Toi aussi, tu es médecin, hier quand Surrugues n'était pas là, tu as bien su t'occuper de Paul. »

La veille, en bande car on se lie facilement à Tahiti, ils étaient montés à flanc de volcan jusqu'à un lac noir qui devait sa renommée à des anguilles agrémentées d'oreilles et, pendant la descente qu'il fallait exécuter à travers une pente de boue rouge en prenant appui sur des racines ou des lianes, Paul à la suite d'un faux mouvement s'était évanoui. Vite revenu à lui il avait pu regagner la voiture mais la douleur avait persisté et Juliette lui avait fait une piqûre intraveineuse qui l'avait calmé en quelques minutes. Ce souvenir les avait assombries, Juliette réagit, elle jeta un cri joyeux en montrant un caisson garni de quatre bouteilles de champagne. Le nom de ce champagne, Perrichon, ne leur disait rien mais il se proclamait d'Épernay sur une pancarte qui vantait également son prix « promotionnel ».

« On va se le planquer dans le frigo du petit faré et on sera bien contentes de l'avoir un soir où on n'aura plus que le choix entre la déprime et la fête. »

La petite fille qui rendait la monnaie à la caisse, très noire de peau et toute bouclée, leur promit gravement que le champagne serait livré dans l'après-midi.

Le vent avait cessé et le soleil pesait dur quand elles se retrouvèrent sur la route chargées du couffin et des sacs en plastique. Il leur restait deux cents mètres à franchir, elles marchaient languissamment en traînant les pieds.

« J'aime mieux, disait Lise, les heures où cette petite est en classe au lieu de rendre la monnaie, elle ne ressemble pas à l'autre qui était tellement belle et plus jeune de deux ou trois ans mais chaque fois elle me fait penser à elle.

— A qui te fait penser, sauf qu'elle est plus cela et moins ceci, la petite fille de l'épicerie ?

— Je te l'ai déjà raconté. Au Cachemire, pendant que nous attendions les chevaux et qu'il pleuvait, nous avons vu un jeune père descendre du car, il était très beau ; vêtu d'une couverture, les pieds nus, il tenait précieusement dans ses bras un petit corps également enveloppé dans une couverture ; celle-ci s'est entrebâillée, nous avons aperçu un petit visage ovale où tout était beau ; elle ne devait pas être morte depuis longtemps, j'imaginais une peau tiède puisque le corps était encore souple.

— C'est peut-être tout le contraire. Au bout d'un certain délai cesse la rigidité cadavérique.

— Tout ce que tu trouves à me répondre !

— J'y ai déjà eu droit cinq ou six fois à ton histoire ! Tu étais tellement touchée que tu as demandé à Paul de faire une photo, il t'a traitée de salope, il t'a juré que, s'il connaissait un touriste assez infect pour sauter sur l'occasion en prenant la photo de ce couple, il serait prêt à l'étrangler gaiement, et, ne m'interromps pas, je sais aussi que tu donnes raison à Paul mais que l'idéal aurait été l'existence d'un photographe invisible grâce auquel tu aurais pu conserver l'image qui serait plus merveilleuse que tous les tableaux dont tu n'as jamais vu la reproduction. »

Elles marchaient sur le côté gauche de la route pour voir arriver les voitures et se ranger à temps, avançant tantôt l'une derrière l'autre quand un capot s'annonçait, tantôt côte à côte, séparées seulement par leurs sacs qui se frôlaient ou parfois se heurtaient.

« Tu as raison, je suis une conne puisque je te parle de ces souvenirs-là alors que, je le sais bien, ils t'agacent. Mais sur le moment j'ai été tellement éberluée par le pays, par les gens, je n'ai pas eu le temps de ressentir quoi que ce soit et maintenant les moindres détails me reviennent en tête. Peut-être que sur le moment je n'étais pas heureuse mais c'est des souvenirs heureux. Tu ne te figures tout de même pas que depuis Delhi j'ai pu me faire un seul souvenir heureux !

— Parce que je suis là !

— A cause de ce que tu m'as appris. Avant je ne m'en faisais pas, je croyais Paul immortel comme tout le monde sauf les vieux. Tu es une sacrée donneuse de leçons, mais après tout j'ai bien le droit de l'aimer Paul. Tu as plus d'ancienneté que moi c'est d'accord, mais nous ne sommes pas dans l'administration. Et puis moi, et tu en penseras ce que tu voudras, ça m'est égal, je crois que Paul ne mourra pas. »

De colère Juliette posa bruyamment ses sacs sur le bord de la route à la limite où l'herbe et le goudron s'enchevêtrent, semblable à une banlieue.

« Tu crois qu'il suffit de croire ! On fait un acte de foi et Paul est sauvé ! Téléphone à Philibert pour qu'il demande à Abra de faire grâce à Paul et tout est arrangé !

— Je suis moins bête que tu le crois et tu es peut-être moins savante que tu ne le supposes. Et ton vénéré Corlion aussi ! Hier soir j'ai parlé avec Surrugues. Le cancer du cœur il n'en a jamais entendu parler. Votre Corlion lui a envoyé l'une des radios, Surrugues pense que Paul a simplement le cœur un peu trop gros et que ses troubles peuvent s'expliquer sans qu'on dramatise.

— Et il ne m'en a pas parlé ?

— Il te croit butée et je le pense aussi. Tu es béate d'admiration devant les décrets de Corlion, alors Surrugues n'ose pas te contredire. Je le comprends. Il y a des moments où je me demande si tu ne souhaites pas que Paul crève pour donner raison à ton cher Corlion. »

Juliette avait giflé Lise qui posa à son tour ses sacs par terre.

« Je hais Corlion, souffla Juliette, et... Et je te demande pardon, je n'aurais pas dû, mais toi non plus tu n'aurais pas dû. »

En s'embrassant elles s'aperçurent qu'elles ruisselaient de larmes. Chacune fut déconcertée par l'émotion de l'autre. Elles demeurèrent face à face, incertaines, et ne retrouvèrent leur détermination qu'en entendant la voix d'un automobiliste qui s'était arrêté en laissant tourner son moteur et les hélait. Elles lui répondirent « merde » et, ensemble, alors qu'il avait démarré elles observèrent qu'après tout c'était peut-être par un bon mouvement qu'il leur avait proposé son aide. Elles soulevèrent leurs sacs et se remirent en marche.

Juliette, la tête basse, se perdit dans la contemplation de ses genoux et des sacs qui se mouvaient régulièrement, entraînés par un balancement semblable au-dessus de la surface étale et neutre de l'asphalte. Entre les multiples factions de son cerveau, son paléo, son néo, son côté gauche, son côté droit, tant de petites capitales qui rivalisaient pour détenir le pouvoir, une guerre civile se déroulait à la cadence de la marche. Un morceau du cerveau considérait, preuves à l'appui, Corlion comme un excellent cardiologue et Surrugues comme un touche-à-tout volontiers paradoxal qui, en dehors de sa spécialité, l'acupuncture, n'était guère crédible : par conséquent le diagnostic de Corlion comptait seul. Certes les meilleurs spécialistes ont tous commis des erreurs de jugement mais d'année en année elles deviennent plus exceptionnelles quand il s'agit d'un verdict grave et qu'il est étayé par un appareil technique d'analyses et de radios. Néanmoins il aurait été excessif d'affirmer l'infaillibilité de Corlion. Admettre une faille c'est du même coup douter de tout l'édifice. Juliette, pour la première fois depuis son départ de Paris, osait imaginer la survie de Paul et n'en éprouvait aucune joie parce qu'elle craignait en même temps de se laisser duper par une illusion. Juste à l'instant où elle l'avait criée à Lise elle avait découvert une haine pour Corlion dont elle s'avisait enfin. Elle le haïssait parce qu'en le désirant, soumise à un empire absurde, elle avait altéré son amour pour Paul. Si la preuve était apportée que Corlion s'était trompé Juliette se saurait absoute. Pendant la douzaine de pas qui suivit elle reçut comme une évidence la certitude que si Paul cessait d'être la victime désignée dont il avait eu les apparences il fallait qu'une autre victime lui fût substituée et elle n'en vit qu'un : Petre Levska. Elle avait accepté l'hospitalité de Surrugues parce que l'assistance d'un médecin la rassurait mais surtout parce que après les avoir accueillis à l'aéroport il s'était vanté d'avoir pour patient Petre Levska dont, avait-il ajouté, le faré était voisin du sien.

Alors que Surrugues habitait en bordure de mer, Levska avait fait édifier son faré — semblable aux autres, une construction de bois en partie à claire-voie — du côté de la montagne, du côté pauvre, par démagogie avait-elle pensé. Tout en évitant soigneusement les occasions de le rencontrer, elle s'était glissée dès le lendemain de son arrivée entre les massifs de bougainvillées pour l'apercevoir tapant à la machine ou déjeunant sur sa terrasse. C'était un petit homme trapu, invariablement vêtu d'un pantalon de toile jaune foncé et d'une chemise jaune aussi mais claire, au-dessus de laquelle un visage carré, pâle, dont les pommettes étaient aussi marquées que si un maquillage et un éclairage de cinéma avaient voulu les souligner avec insistance, mangeait ou réfléchissait. En le regardant à peu près tous les deux jours, Juliette s'était répété : voici l'homme qui a tué mon père et qui a changé ma vie. Ces minutes avaient constitué pour elle un inexplicable régal qui récompensait l'acharnement qu'elle avait montré pour connaître l'assassin de son père. Parfois il lui arrivait de modifier le refrain qu'elle psalmodiait tout en regardant et de lui adjoindre un acte supplémentaire d'accusation : c'est à cause de toi que je n'ai pas eu d'enfant. Mais ce qu'elle se répétait était de peu d'importance, comparé à la récolte du regard, si fructueuse qu'elle tentait de ne pas battre des yeux pour ne rien en perdre.

Elles étaient arrivées à la hauteur du jardin qui les séparait du grand faré et du petit faré, ainsi appelait-on ces deux maisons, habitées la première par le docteur Surrugues et sa femme, la seconde par leurs enfants. Femme et enfants étant partis passer les vacances en France, Surrugues avait offert le petit faré à Paul et à ses deux égéries mais le repas avait rituellement lieu au grand faré.

« Tiens, Lise, prends mes sacs, j'ai à faire.

— Comment veux-tu que je les porte je suis assez encombrée comme ça, tu ne vois pas ?

— Tu te débrouilles, répondit Juliette qui avait posé ses sacs dans l'herbe. Donne tout de suite le poisson à Ticha qu'elle le fasse au court-bouillon. Et puis nous retrouverons Paul sur la plage.

— Et où vas-tu ?

— Ça ne te regarde pas.

— Tu es fâchée ?

— Mais non », répondit Juliette en l'embrassant.

Elle la regarda disparaître entre les arbres sur un fond de mer puis, quand elle se jugea hors de vue, s'enfonça entre les troncs de cocotiers et grimpa jusqu'à un socle de terre rouge égayé de fleurs où elle se jucha, relevant sa robe pour ne pas la tacher. Alors une fois de plus elle regarda ; et elle découvrit aussitôt, c'est-à-dire dès qu'elle eut vu l'homme qu'elle s'était habituée à appeler la bête jaune, qu'elle était obligée d'alimenter sa pensée par un nouveau refrain. Elle le trouva : la victime ce sera toi. Pour fonder ce châtiment, elle récapitula les crimes de cet homme qui mangeait assis devant une table basse et lisait en même temps un livre épais dont la blancheur rayonnait : il avait été l'ami d'Étienne Sajka, ils s'étaient connus à vingt ans, ils avaient été compagnons de lutte pendant la guerre d'Espagne et l'occupation allemande de la France. Ensemble ils s'étaient dévoués à la formation de la république socialiste de Tchécoslovaquie ; un beau jour, il avait dénoncé ce frère en inventant, pour le perdre, le conduire vers la prison et vers la mort, des calomnies méticuleuses dont chacune était en soi une bête jaune de sorte qu'elle était certaine d'assister non pas au déjeuner d'un homme qui mâchait des tranches de tomates tenant d'une main une fourchette, de l'autre un crayon dont il se servait assez souvent pour cocher une page du livre, mais à un festin de bêtes jaunes, mandibulaires, griffues, qui enchevêtraient leurs antennes en s'arc-boutant à la charogne qu'elles dévoraient. Un arbuste, peut-être un laurier, dissimulait la présence de Juliette qui en remuant régulièrement la tête décomposait le lecteur mangeur en une multitude de fragments jaunes sertis par les feuilles et les branches, fragments qui semblaient tous doués d'une mobilité propre. Ses connaissances d'anatomie et de pathologie ne lui étaient d'aucun secours et elle assimilait sans scrupule les monstres jaunes et actifs aux ennemis du cœur de Paul. Pourtant elle se sentait surveillée par le bastion rationnel qui, tout investi qu'il fût, veillait toujours et lui rappelait qu'il n'y avait aucune relation entre la maladie de Paul et l'existence du vieux Tchèque. Il était juste de condamner cet homme pour ses dénonciations et insensé d'établir un rapport entre son sort et celui de Paul, mais elle avait besoin de cet amalgame pour s'abandonner au vertige du projet, un projet dont elle savait par ailleurs qu'elle ne l'exécuterait pas, contradiction qui ne la dérangeait qu'à peine. Elle se laissa glisser sans bruit vers la route qu'elle traversa. Juliette lisait peu mais il lui arrivait de s'attarder sur les quais voisins de sa maison devant les boîtes de bouquinistes et d'acheter un livre au petit bonheur. Ainsi avait-elle acquis pour quelques francs un volume dépareillé du *Journal* de Léautaud où celui-ci écrivait que les romans de Dostoïevski se déroulaient dans un asile d'aliénés. Chaque fois qu'elle avait passé un moment à épier Levska et qu'elle se retrouvait ensuite dans la solidité du monde extérieur elle goûtait l'émotion de s'arracher à une page de Dostoïevski. Entre les cocotiers l'étincellement de la mer, que hachuraient les palmes, avait suffi pour modifier l'humeur de Juliette. A longues foulées elle avançait à travers les hautes herbes en s'amusant du spectacle que lui offrait Lise qui venait de sortir du grand faré et suivait le bord de la plage, les pouces levés, les coudes collés au corps, les jambes animées par des souvenirs de danse. Plusieurs fois elle avait obtenu qu'ils poursuivent leurs soirées dans les boîtes de nuit de Papeete où elle avait retrouvé, directement importée de Los Angeles, la musique qui lui avait tant manqué ; toujours il avait fallu que Paul s'impatientât pour l'arracher à la piste où elle était disposée à danser éternellement, toujours seule, se gardant de voir les autres, ignorant apparemment leur existence, prisonnière de soi-même ou plutôt d'un soi captivé et même capturé par des rythmes.

Quand Juliette la rejoignit, Lise réagit comme éveillée en sursaut et transforma aussitôt sa danse en marche. Elle eut ce regard d'enfant pris en faute qui troublait souvent Juliette. Celle-ci demanda :

« Tu pensais à quelque chose ?

— Je ne pensais à rien mais en même temps je pensais aux anguilles du lac Vaihiria. Elles ont des oreilles qui sont fausses qui ne leur servent pas à entendre et que nous appelons oreilles parce qu'en effet elles ressemblent à des oreilles. Mais elles n'en sont pas, alors qu'est-ce qu'elles sont ?

— Pose la question à un spécialiste. De nombreux poissons, surtout parmi les petits de l'océan Pacifique, sont alourdis de guirlandes de chair quelquefois cartilagineuse qui frissonnent dans l'eau avec eux, ne leur servant pas à grand-chose apparemment.

— Une anguille peut-elle être atteinte d'un cancer?

— Certainement.

— Alors ces anguilles à fausses oreilles peuvent être atteintes d'un cancer de la fausse oreille? Donc une anguille à oreilles, tu me suis, a plus de chance d'attraper un cancer qu'une anguille normale, hein ?

— Si Paul n'avait pas un cœur il ne risquerait pas un cancer du cœur et si ton raisonnement ne te mène pas plus loin, tu peux l'abandonner sans trop de regret. »

Elles étaient arrivées à proximité du petit faré, celui qui leur était dévolu, semblable à l'autre, construit dans le même bois clair, coiffé du même chaume. De la plage située à quelques mètres en contrebas la voix de Paul leur parvint mêlée à celle de Maritia. Lise s'était arrêtée. Chuchotant comme une écolière elle approcha sa bouche de l'oreille de Juliette.

« Ticha m'a dit que, vers onze heures ce matin, Paul avait donné deux coups de téléphone à Paris. A deux femmes.

— Germaine et Léone, tu n'as pas besoin de chercher.

— Il leur a dit que son film avançait, qu'il avait beaucoup de travail, qu'il ne tarderait pas à rentrer. Ticha a été étonnée, parce qu'il leur a raconté que la réputation du climat de Tahiti était surfaite et que, depuis son arrivée, il ne cessait pas de pleuvoir, alors qu'il n'a pas plu depuis avant-hier et encore, tu te rappelles, il n'avait plu qu'une heure ou deux.

— Ça prouve qu'il fait mauvais temps à Paris, Paul est gentil, il ne veut pas les rendre envieuses. Viens...

— Ça m'agace de voir Maritia.

— Moi aussi, un peu mais... »

Lise la retint par le poignet.

« Écoute-moi juste une seconde. A Delhi, la dernière nuit, il a fait l'amour avec moi, tu le sais puisque ça s'est passé dans la chambre. A Tahiti, le lendemain de notre arrivée, il a fait l'amour avec toi sur la plage, je le sais puisque vous m'avez demandé de faire le guet. Mais depuis, donc depuis deux semaines, il ne nous a plus touchées ni l'une ni l'autre. Est-ce que je me trompe ?

— En ce qui me concerne non.

— Pour moi idem. Et pourquoi ? Parce que Maritia et lui, je sais ce qu'ils font ensemble. Je n'oserais pas te le dire parce que c'est monstrueux.

— Si tu ne veux pas me le dire, tais-toi mais viens. »

Pour atteindre la plage elles descendirent en s'aidant des mains un talus fait de grosses pierres et de rochers que vêtait une rencontre d'herbe, de lichen, d'algues. Atteignant le sable elles retirèrent leurs sandales. C'était un sable gris, capable, selon les heures de la journée, d'accéder à l'éclat vif de l'argent ou sourd et gras de l'étain ; comme d'immenses baisers s'entrelaçant auraient laissé l'empreinte de leur fard, le corail pulvérisé par les mouvements de la mer rosissait les abords de l'eau. Paul qui aimait l'assaut du soleil le craignait depuis quelques jours, il avait recouru à un parasol destiné à ombrager l'une des tables du jardin, l'avait planté sur la plage et s'abritait sous sa corolle rouge, vêtu d'un slip noir et d'une pâle chemise entrouverte. Près de lui gisait un cahier béant, il jouait d'un bic entre ses doigts ; il écoutait les soupirs de la mer comme l'auditeur un concert.

« La salope, tu vois ! » chuchota Lise.

Juliette remarqua enfin le ventre de Maritia qui était allongée sur son paréo et que ce ventre était rasé. La veille Maritia, qui s'était décidée à se mettre nue, montrait encore un pubis touffu. Lise s'était avancée vers Maritia et, après l'avoir contemplée, précisait son regard. Dégagé par les coups de rasoir le sexe d'une femme acquiert la même présence qu'un sexe masculin, il lui suffit d'être délivré de sa végétation pileuse. Mais il était évident pour Juliette autant que pour Lise que ce déboisement avait été décidé et peut-être exécuté par Paul.

« Paul, demanda Maritia, faites-moi réciter les règles de *ut*.

— C'est bien simple, coupa Juliette, tu n'as qu'à mélanger les règles de *que* et les règles de αν.

— Anne. Anne Coquet ? »

Le seul point commun à toutes les trois se situait dans une commune animosité pour un vieil homme de soixante-sept ans (il précisait assez souvent son âge pour qu'on le sût exactement), qui devait être las au bout d'une longue vie de répéter à qui faisait sa connaissance le même cours sur l'histoire de son prénom ; considéré comme féminin en ce siècle il avait été masculin en d'autres, ce qui entraînait invariablement le vieil homme à citer le cas d'Anne de Joyeuse, amiral de France, duc, tué à la bataille de Coutras en 1587. Il ajoutait non moins invariablement : « Et encore celui-ci me surpassait-il puisque le sort l'avait frappé non seulement dans son prénom mais dans son nom alors qu'il m'a permis à moi de ne pas m'appeler Coquette, merci mon Dieu. » Chaque fois que ce sujet était abordé Paul assurait à Anne Coquet qu'en ce cas, il aurait facilement obtenu un changement de nom et racontait à l'appui l'histoire de Mlle Beaucon sa secrétaire. Car dans cette île plus encore provinciale qu'exotique on rabâchait volontiers.

« Pour une fois que nous ne l'avons pas sur le dos, laisse Anne Coquet tranquille, Maritia, et regarde. »

Du bout de son pied nu Juliette dessina dans le sable les deux caractères grecs, l'*alpha* et le *nu* dont elle précisa les noms, moqueusement, à l'usage de

Maritia qui fit la moue avant de répliquer avec entrain :

« Moi je n'ai pas fait de grec. Je connais des filles qui en ont fait et je leur souhaite beaucoup de plaisir, mais moi je n'en ai pas fait et je n'ai jamais souhaité en faire. »

Il était dans le caractère de Maritia de se vanter de tout ce qui la singularisait selon elle, fût-ce un détail, fût-ce même un trait qui eût pu passer pour un défaut. Elle annonçait avec la même satisfaction qu'elle était la seule fille à grimper facilement au sommet d'un cocotier et qu'elle nageait aussi mal qu'un « cul de plomb », qu'elle pouvait marcher dix heures par jour quand elle traversait l'île en grimpant jusqu'au sommet du volcan et que toute absorption excessive de crustacés lui donnait de l'urticaire, qu'elle était médium, qu'elle n'avait aucune mémoire, qu'elle était forte en latin et en maths et nulle en physique, que personne n'avait la peau plus douce qu'elle ni la plante des pieds plus calleuse, qu'elle avait le sommeil si épais qu'un boulet de canon ne l'aurait pas éveillée, que si une insomnie la prenait autant dire qu'elle ne se rendormirait pas, qu'en deux jours elle avait appris à conduire une voiture et qu'elle n'arriverait jamais à se débrouiller d'une bicyclette, qu'elle adorait ses parents et que pour un empire elle ne voudrait pas leur ressembler, qu'elle avait peur dans l'obscurité, qu'elle ne supportait pas la solitude sauf à bord de son *vaa* (pirogue), qu'elle méprisait les collectionneurs et les gens riches et qu'elle adorerait posséder une quantité de perles noires capable de la revêtir entièrement du cou aux chevilles.

« Paul, vous ne voulez pas me faire réviser l'emploi de *ut* ? »

Les premiers jours, Maritia avait tâtonné pour trouver une manière de prononcer « Paul » qui lui fût personnelle ; elle était parvenue à faire vibrer les voyelles en les attirant vers un « ao » qui n'était ni latin ni italien ni anglais, à peine indiqué, suggéré comme une hésitation, bref maritien.

« Dites, Paul ?

— Avec Ardani, répondit Paul qui, immobile sous son parasol, jouait les gourous, nous avons beaucoup commenté la distinction bouddhique du *nin*, la paix, la tranquillité quotidienne, et du *ten*, déferlement passionné d'une émotion. Un jour de nin vaut une année de satisfactions et de contrariétés mélangées mais un jour de ten correspond à dix mille années. Bien sûr, et Ardani en était tombé d'accord, la vie se prête à d'autres décompositions. Il y a les périodes neutres, les périodes extrêmes, qu'elles soient délicieuses ou douloureuses, les périodes facilement acceptables parce qu'elles sont dénuées de désagréments d'importance. Je me demande si pour mon film je ne devrais pas compartimenter une vie ou une journée, ça revient au même, de façon à rendre compte d'une existence à travers les ciels qui l'ont enveloppée qui sont aussi variables que ceux dont nous entretient la météo. Regardez : Moréa qui était dans les nuages se profile sur un ciel pur. Tout à l'heure il pleuvra comme à Paris.

— Pourquoi, demanda Juliette, il pleut à Paris ?

— Oui... Je l'ai entendu à la radio. »

Maritia, qui supportait difficilement que l'attention se détournât d'elle, déboucha un flacon d'huile de monoï où des fleurs de tiaré avaient longtemps macéré et commença de s'enduire le corps et les cheveux. La chaleur exaspérait le parfum de la fleur qui, naturellement entêtant, acquérait, en composant avec l'odeur de la peau brûlante qu'il pénétrait, une force envahissante sous laquelle étouffa la plage. Avec une savante lenteur que Juliette essayait de juger ridicule, Maritia oignit, après sa chevelure d'un noir de jais qui brasilla aussitôt, ses épaules et ses seins sur lesquels elle s'attarda. Elle avait obtenu un silence parfait. Ses seins étaient beaux, plantés très haut et serrés l'un contre l'autre, sa taille était assez étroite mais ses jambes étaient courtes par rapport au buste, ses cuisses et ses mollets épais. De son ascendance chinoise elle avait hérité des yeux bridés dont elle jouait avec insistance ; contrairement aux seins ils étaient à ce point écartés l'un de l'autre que Lise et Juliette prétendaient qu'ils avaient été faits pour regarder sur les côtés.

« On se baigne ? » proposa Juliette, décidée à rompre le charme de cette onction.

Elles retirèrent leur robe, dénouèrent leur foulard et obtinrent le regard de Paul. Pour lui faire plaisir Juliette ne portait aucun dessous et pour lui faire plaisir également Lise était affublée d'un soutien-gorge transparent et d'une culotte rose festonnée de dentelle, style pute. Elle s'en débarrassa sans hâte, imitant la lenteur de Maritia qui prit aussitôt l'offensive pour retrouver la vedette.

« Lise, sois gentille, demanda-t-elle, passe-moi de l'huile sur le dos, s'il te plaît. »

Après une hésitation qui fut perceptible à tous, Lise s'exécuta. Elle massa avec une certaine brutalité les reins qui lui étaient offerts. Paul regardait entre ses cils, les paupières à demi fermées, semblant moins suivre le spectacle qui lui était donné que l'image abstraite qu'il en formait dans sa tête. Juliette était certaine que cette scène était voulue par lui et qu'il n'avait pas eu grand mal à persuader Maritia. Sans doute était-elle incapable de participer à l'érotisme de Paul mais pour obtenir un rôle dans son film elle se montrait disposée à le satisfaire jusque dans ses caprices les plus obscurs.

« Tu es content, demanda Juliette, tu te sens en état de ten ?

— Pas exactement. Il faut que je trouve un terme, d'ailleurs ça serait utilisable dans mon film qui désignerait ces moments de la vie que l'on sait superficiels et passagers et qui pourtant donnent l'impression que le temps s'est arrêté. »

Toutes les trois se dirigèrent vers l'eau, courbées car elles n'étaient plus protégées par l'écran des rochers et risquaient d'être vues ; dans cette île la nudité totale était généralement désapprouvée, peut-être parce qu'elle évoquait l'état de sauvagerie qui avait précédé l'arrivée des missionnaires. Ticha, la semaine précédente, les ayant ainsi surprises sur la plage, ne leur avait pas caché que leur tenue était honteuse, qu'elle se sentait même coupable d'avoir été leur complice par son regard et qu'elle se plaindrait au pasteur car Ticha comme la grande majorité des Tahitiens était protestante. Par vindicte, le lendemain Ticha n'était pas venue, invoquant à son retour le *fiu,* cet accès irrésistible de nonchalance qui frappe les Tahitiens pour une durée variable et justifie leur absence aussi sûrement qu'une grippe assortie d'un certificat médical.

Elles entrèrent dans l'eau et ne se redressèrent que lorsqu'elles furent immergées jusqu'à la taille. Juliette n'avait aucune envie de se baigner mais elle tenait à continuer de faire plaisir à Paul en considérant que rien n'est plus ennuyeux que d'être condamnée par des circonstances précises à faire sans cesse plaisir à quelqu'un.

« Regardez où vous mettez les pieds », cria Paul avec une autorité de père de famille.

Il arrivait qu'on mît le pied (c'était rare) sur un poisson-pierre, coquillage qui ressemble en effet à une pierre et frappe d'un dard si violent que la victime parfois en meurt de douleur. Les premiers jours Juliette avait même espéré cette mort stridente pour Paul mais lui qui avait toujours été amoureux de l'eau n'avait plus envie de se baigner.

« Avoue que tu serais ravi, cria Juliette, qu'une de tes trois grâces tombe foudroyée devant toi. »

Lise et Maritia tournaient en rond, aussi maladroite l'une que l'autre mais Maritia essayait de produire un effet en nageant sur le dos. Heureuse de faire fonctionner son corps Juliette s'éloignait avec une rapidité régulière, immergeant son visage dans l'eau pour surveiller la prolifération des coraux qui parfois frôlaient la surface, capables de tracer une balafre qui même légère pouvait permettre à un fragment de corail de pénétrer dans la peau puis d'y poursuivre sa vie en prolongeant des rameaux à travers le corps. Le mouvement de l'eau, sous le regard de Juliette, donnait une vie impulsive à ces crêtes, ces masses, ces tentacules, ces branches bourgeonnantes dont la roseur battait comme un cœur, le cœur malade de Paul. Elle nageait au-dessus d'un cancer mais à chaque brasse elle le révoquait en doute et cédait davantage à la tentation de transformer le décret de Corlion en une hypothèse peu fondée. Elle demandait à ses muscles, ses muscles lui donnaient, son effort était exactement équilibré par son plaisir et l'énergie qu'elle employait, par la franchise des caresses qu'une eau fraîche à point lui prodiguait. Quand elle revint vers la plage elle croyait Paul sauvé et, reprenant pied sur le sable, elle en fut certaine dès qu'elle le vit. Qu'il souffrît d'une affection cardiaque était sûr mais elle lui permettrait peut-être de vivre vingt ans. Lise et Maritia s'étaient déjà séchées, Juliette s'allongea auprès d'elles, s'enfonçant dans la chaleur du sable.

Le sable, la mer, le ciel, les proches feuillages, les chairs diverses des trois femmes (dont Juliette faisait partie, mais elle se voyait parmi elles comme si son regard était celui de Paul) étaient écrasés par les reflets innombrables qu'obtenait le milieu du jour grâce à sa force brute, de sorte que Juliette, envahie par une calme illusion d'éternité et confondant les deux mots, croyait vraiment en l'immortalité de Paul, s'étonnant de ne plus trouver à la vie de celui-ci qu'un obstacle, la vie de Levska dont, par conséquent, le sacrifice s'imposait. Elle se rappela la tapisserie que Paul avait voulu acheter à Drouot — longue de dix mètres, incasable — où était représenté un mariage païen ; les deux fiancés debout au milieu d'une forêt contemplaient le prêtre qui tenait la hache suspendue près du taureau ployant le cou. Sécrétée par plusieurs siècles, la crasse avait donné une unité pénombreuse aux frondaisons, à la clairière et même aux robes des personnages dont les couleurs vives étaient enlisées. Ainsi en était-il de la chemise jaune de Levska et du massif de fleurs qui l'entourait quand Juliette se mettait à l'affût juste après le coucher du soleil.

Lointaine, une cloche scanda son appel.

« C'est-i toi qui t'appelles Maritia ? chantonna Lise. Si c'est toi ta mère elle dit que tu reviennes. »

Ce tintement rappelait toujours à Juliette son enfance française où sans doute par souvenir d'une époque où la maison auvergnate était peuplée par une nombreuse famille la cloche annonçait chaque repas alors qu'elle n'avait plus à rassembler que Juliette et sa Française de mère.

« J'ai le temps, répondit Maritia. Aujourd'hui je suis au régime. Je ne mangerai que des légumes. Il faut que je perde mes cuisses. Je vous promets, Paul, que d'ici quelques mois quand vous serez prêt à tourner je serai, moi, tout simplement parfaite. Vous n'aurez qu'à me téléphoner ou me télégraphier, je plaquerai là ma terminale et je débarquerai dans la semaine.

— Il est possible que tu aies le temps, répliqua Lise, mais j'ai entendu le bruit du moteur, Surrugues est rentré, quant au poisson il doit être cuit. Reste toute seule si tu veux, nous on s'en va. »

Maritia secoua la tête, se leva et passa son paréo sous lequel elle glissa son slip de bain en parlant pour retenir l'attention sur elle.

« Lise, tu ne veux pas que je fasse un crochet et que je te dépose devant le grand faré à bord de mon vaa ? Si tu veux, tu pagayeras.

— Tu sais très bien que je déteste ton engin, on veut aller à gauche il part à droite. »

Le vaa, pirogue taillée dans du bois, est nanti sur la gauche d'un balancier attaché par deux petites traverses ; il glisse sur le lagon mais si on sait le conduire bondit à merveille sur l'océan. Maritia qui avait poussé le vaa dans l'eau le suivit en retroussant son paréo, se hissa enfin dans la pirogue.

« Chérie, je te ramène, viens vite, insista-t-elle d'un ton câlin qui devint aussitôt persifleur, mon vaa n'a pas l'heur de te plaire parce que tu rêves toujours du shikara — c'est bien comme ça que tu prononces ? — qui sur le lac de Srinagar vous emportait lentement, Paul et toi, conduits par un batelier aux nobles guenilles. Bon, bon, je te laisse à tes souvenirs. »

Cessant de donner de petits coups de pagaie pour maintenir l'esquif au bord du rivage dans le clapotis des vaguelettes, Maritia déploya sa vigueur et le vaa prit sa course en travers du lagon. Les yeux de Lise et ceux de Juliette se fuyaient. Ce n'était pas la première fois que Maritia faisait usage d'une évocation du lac de Srinagar à laquelle Lise s'était abandonnée avec un peu trop d'élan. Juliette savait bien que le but de Maritia était de la braquer contre Lise, de diviser par plaisir et par intérêt ce bloc adverse qui s'interposait entre Paul et elle, mais le procédé n'en était pas moins efficace. A travers ses propres souvenirs, Juliette, substituant à sa présence celle de Lise, retrouvait l'oscillation du shikara ; allongée, la joue posée sur le bras de Paul, elle voyait glisser à sa hauteur les glorieux lotus roses, les îlots mobiles de plantes aquatiques, ou surgir au-dessus d'elle les voûtes obscures des ponts reliant de hautes maisons de bois pourrissant sur les balcons desquelles des artisans qui vivaient au Moyen Age brodaient.

Tous trois se dirigeaient sans hâte vers le grand faré. Juliette s'évertuait à dépouiller de toute amertume cet accès de jalousie et supposait que de leurs côtés Lise et Paul cherchaient sans le trouver un propos dépourvu de risque qui en relançant la conversation eût estompé la gêne où Maritia avait su les enfermer.

Devant le grand faré, ils trouvèrent le docteur Surrugues vêtu comme à son habitude de noir, pantalon très serré, chemise de soie fermée à la Mao autour du cou ; son crâne chauve et long, pareil à un genou, brillait, escorté, au-dessus d'oreilles aux lobes lourds, par une épaisse couronne de cheveux gris qui ressemblaient à un nid. Son front haut et étroit dont les tempes semblaient avoir été compressées attirait d'abord l'attention puis on était frappé par son regard ; ses yeux très enfoncés sous les orbites vivaient comme deux poissons embusqués dans deux trous de rochers. Son nez acéré, décharné, que le visage brandissait en avant comme une arme, concourait à donner à sa physionomie une singularité agressive à laquelle nul ne pouvait être indifférent, d'autant qu'il surmontait une belle bouche, régulièrement sculptée, qui prenait une expression de dégoût lorsqu'il mangeait, comme si elle n'était destinée qu'à des emplois supérieurs, et le reste du temps elle n'exprimait en effet que le sarcasme ou le plus souvent l'indifférence soit amusée soit excédée. Affecter l'indifférence, avait observé Paul lors d'une des nombreuses conversations que Juliette, Lise et lui avaient consacrées à leur hôte, est le moyen le plus économique de se donner l'apparence de la supériorité. Tous trois étaient également tombés d'accord sur la ressemblance que son menton effilé et fuyant présentait, vu de profil, avec celui de Mme Tiffauge. Car le nom de Mme Tiffauge revenait assez régulièrement dans leurs propos ; il arrivait à Paul d'annoncer que le lendemain il lui enverrait une carte postale mais il ne mettait jamais ce projet à exécution ; parfois aussi il revenait sur la disparition de son *Laocoon* et accusait la Tiffauge de le lui avoir dérobé.

« Vous m'avez l'air tout à fait requinqué, ami Paul, je suis sûr que vous ne vous ressentez plus de vos petits ennuis d'hier. »

Il avait tendu à chacun le bout de ses doigts. Il les appelait tous les trois par leur prénom mais aucun n'était parvenu à lui rendre la pareille en l'appelant Léon. Si Paul et Lise s'en tiraient en lui donnant du « docteur », Juliette, médecin elle-même, ne pouvait utiliser ce titre et en avait été réduite à lui emprunter ce mot « ami » dont il faisait sans cesse usage mais elle ne parvenait pas à le prononcer avec naturel quand, à un « bonjour Juliette », elle répondait « bonjour ami ».

« Je pensais, reprit Surrugues, que nous mangerions sous les arbres mais Ticha en a décidé autrement et le couvert est mis à l'intérieur. »

Un faré étant ouvert à tous les vents, il régnait à l'intérieur une tiédeur fraîche que Juliette reçut avec plaisir. La vaste pièce que la pelouse et les massifs de bougainvillées prolongeaient était surmontée par un plafond sculpté en caissons où alternaient l'or et le rouge, œuvre d'un ébéniste chinois de Papeete. Aux murs, des armes exotiques étaient accrochées, trophée de flèches mongoles, épée d'un mandarin guerrier, arc moï, très vieux pistolet siamois d'origine vénitienne, etc. Chaque fois que le regard de Surrugues s'arrêtait sur ces armes, il ne manquait pas de maugréer contre le salaud qui deux mois plus tôt lui avait dérobé un kriss malais dont les rainures prévues pour l'écoulement du sang comportaient des dentelures dressées à l'inverse de la lame et destinées à arracher les chairs lorsque le meurtrier ramenait le poignard vers lui. Surrugues baissait ensuite la voix pour suggérer que le voleur était peut-être une voleuse, ses soupçons se portant sur Ticha qui selon lui aurait commis ce larcin non par intérêt mais pour punir son maître qui s'était irrité d'une crise de fiu trop prolongée.

Juliette pensait qu'au départ Surrugues s'était lancé dans une collection d'armes pour se donner aux yeux des autres une singularité puis qu'à force de simuler la passion, la passion lui était venue. Elle lui prêtait un esprit naturellement médiocre qui avait feint d'être ouvert à tout, qui avait vagabondé à la sauvette et qui tentait maintenant de réussir à unifier son incohérence. De ce qu'elle savait de lui il résultait que brillant interne, capable de devenir chef de clinique mais incapable d'en être sûr, cet ancien élève de Corlion avait tenté pendant des années de conquérir une manière de sainteté au Vietnam, où, tantôt à l'hôpital Graal tantôt dans les plantations d'hévéas, tantôt dans les hospices catholiques, il s'était dépensé généreusement, se donnant de préférence aux pestiférés et aux lépreux, mais que dans le même temps il passait chaque année un mois de vacances à Formose où il apprenait l'acupuncture qu'il pratiquait maintenant à Tahiti, île privilégiée où la fiscalité n'existait pas. Fortune faite (et belle fortune car dans son cabinet de Papeete découpé en petites cellules il lui arrivait de fumer une cigarette devant un verre de whisky pendant que quinze patients riches étaient étendus sur quinze couchettes, le corps hérissé d'aiguilles), il comptait rentrer à Tours sa ville natale, y marier ses enfants, acheter un de ces vieux hôtels particuliers qui subsistent encore et, ne se rappelant plus de son existence que la période vietnamienne, survivre agréablement comme un vieux saint qui écrirait ses souvenirs sur la lèpre et le choléra en toute modestie et reverserait les droits d'auteur aux Missions étrangères, financerait une fondation destinée à l'étude des phénomènes parapsychologiques, vendrait sa collection d'armes au profit d'une entreprise visant à sauver les Biafrais ou les Cambodgiens du moment, et, de surcroît, écraserait son vieux maître Corlion en lui offrant, suprême victoire, quelques appareils de recherche que la lésinerie de l'administration répugnait à acquérir.

Ainsi Juliette voyait-elle Surrugues tout en sachant que Paul le considérait d'un tout autre œil ; au cours de son premier séjour à Tahiti il avait campé avec Surrugues près du sommet du volcan et il l'avait entendu, haletant au bord du cratère, s'extasier avec haine sur les merveilles de la vulcanologie, exhalant sa rage de ne pas occuper la place d'Haroun Tazieff. D'où Paul concluait que Surrugues et lui se ressemblaient dans la mesure où ils jugeaient tous les deux qu'ils s'étaient trompés dans la conduite de leur carrière et que la morgue dédaigneuse que le médecin montrait à tout propos était l'armure d'un chagrin qu'il voulait se dissimuler.

Lise, elle, n'y allait pas de main morte : Surrugues était le diable, détail qui expliquait son amour pour le volcan, ses pompes et ses œuvres, ses flammes, ses cendres, ses fumées funestes. Quand Surrugues évoquait avec une bonhomie narquoise les solides qualités et les petits travers de sa femme et de ses enfants, elle levait les yeux au ciel, non pas seulement parce que Surrugues passait pour un époux volage et pour un père tyrannique, mais parce que, petite, elle avait appris que le diable est maître dans l'art du déguisement, qu'il joue mieux que personne les ermites ou les pères de famille, et que plus récemment, à l'époque où Philibert, juste avant de se révéler abriste, avait esquissé une crise de mysticisme chrétien, il lui avait confié que la ruse suprême du diable était de réussir à persuader les hommes qu'il n'existait pas. Juliette se serait gardée de caricaturer la pensée de Lise. Alors qu'elle-même, depuis que le sort de Paul était en jeu, se sentait partagée également entre la raison et la déraison, de quel droit aurait-elle pu comparer le cerveau de Lise à de la bouillie ? Certainement Lise ne croyait pas que Surrugues était pour de bon le diable comme une réalité peut éprouver, après avoir croisé le regard ou le sillage d'un serpent, la certitude d'avoir été frôlé par une existence qui, toute simple qu'elle fût, ressortissait à un autre univers dont l'essence strictement morbide aurait pu admettre pour souverain le diable. Quand Lise déclarait qu'elle aimerait mieux crever sur place que de se laisser baiser par Surrugues (qui avait d'ailleurs tenté ses chances auprès d'elle, sans oser s'attaquer à Juliette), elle exagérait sans doute à peine ; et quand elle ajoutait pour justifier sa révolte que le sperme de Surrugues était obligatoirement sulfureux, elle ne recourait pas à l'une de ces métaphores lâches où la pensée est comparée à un oiseau, mais exprimait une terreur et une répulsion qui étaient réelles, bien qu'elles ne l'empêchassent pas de bavarder parfois tranquillement avec celui qu'elle s'était plu à transformer en monstre.

« Après le café, déclara le monstre, je dois passer voir Levska. Il souffre d'insomnie. Il m'a appelé ce matin. Nous pourrions y monter tous les quatre, je ne comprends pas pourquoi vous ne voulez pas faire sa connaissance. Il n'y a qu'un petit nombre de gens intéressants sur la terre et il en fait partie. Cet homme a été un communiste sincère, puis un communiste savant ; sous l'Occupation il a été un communiste actif, héroïque même, dont les nazis ont failli avoir la peau, ensuite, poursuivit Surrugues qui baissait les yeux avec recueillement comme pour mieux s'entendre parler (il s'enchantait, selon Juliette, de jouer à la fois le rôle du grand prêtre et de l'acolyte), ensuite, revenu en Tchécoslovaquie, il s'est dévoué à la socialisation du pays, enfin homme juste et enfiévré de justice... »

Il était impossible de savoir si Surrugues provoquait plaisamment son public ou célébrait pour de bon le culte de son plus illustre client. Se répétait-il à la manière des gens simples qui croient de bonne foi que plus on répète une affirmation plus on en augmente le poids, ou comme un pervers qui provoque en espérant faire sortir autrui de soi ? En tout cas il répéta :

« Homme juste et enfiévré de justice... »

Juliette n'avait pu retenir une interjection qui pouvait être aussi bien un *oh !* qu'un *ho !* parce qu'elle exprime aussi bien l'admiration, la surprise, la douleur, l'étonnement et même l'indignation au sens de *ho ! c'est quand même un peu fort !* Sans doute fut-ce dans ce dernier sens que ce cri fut interprété par Paul car il intervint d'une voix enrouée par la colère :

« Un juste, ou une ordure ? Staline vit, Staline survit, Levska stalinise et expédie ses meilleurs copains à la mort, puis voyant venir le printemps de Prague il se met en bras de chemise pour s'apercevoir aussitôt après qu'il s'est découvert un peu tôt, alors il essaie de remettre sa pelisse sur ses épaules, elle tient mal, il « choisit sa liberté », et, en Occident, gagne encore plus à dénoncer les crimes bolcheviques qu'il n'avait gagné à les commettre ou à les approuver. »

Surrugues baissa les yeux, cela entrait dans ses manières. Il baissait les yeux pour faire croire à autrui qu'il ignorait un propos ou qu'il le réprouvait. Vraiment, se répétait Juliette, ce démon est trop facile à percer. Elle aima Paul d'avoir feint la colère pour lui éviter une rencontre avec Levska, attention qui signifiait aussi que Paul n'avait pas oublié qu'elle avait voulu venir à Tahiti poussée par le sombre besoin de voir cet homme ; sans doute avait-il été surpris que, tout en acceptant d'habiter à deux pas de lui, elle avait fui toute occasion de le rencontrer, surpris et soulagé car il devait craindre un éclat. Même quand Juliette lui avait demandé de cacher à tous ses origines tchèques, il s'y était engagé aussitôt avec satisfaction, croyant trouver dans cette demande la preuve qu'elle avait renoncé à son idée fixe.

« Levska, observait Surrugues, ne constitue pas un cas particulier. Ce quart de siècle aura été celui de transfuges et de renégats qui acquièrent la notoriété voire la célébrité en racontant comment ils se sont trompés, comment ils ont été trompés et en s'étonnant inlassablement de s'être conduits comme des imbéciles, des fanatiques, des salauds. Bref c'est une période intéressante. Autrefois les retournements de vestes s'effectuaient en douceur, aujourd'hui ils constituent un spectacle. Vous ne mangez pas ? demanda-t-il en considérant la tranche de poisson qui refroidissait dans l'assiette de Paul.

— J'ai oublié mes lunettes sur la plage.

— Que tu t'en serves pour lire ou écrire d'accord, s'écria Juliette, mais si tu en as besoin pour manger un poisson dont les arêtes se voient à cent mètres, c'est que tu deviens maniaque, ça ne te ressemble pas.

— Je vais te les chercher, dit Lise en se levant.

— Mais ça t'embête ! protesta Juliette qui manquait de courage pour effectuer en plein soleil, au milieu du déjeuner, un fastidieux aller et retour.

— Tu sais bien que j'aime faire les choses qui m'ennuient.

— Moi, dit Surrugues, je ne retire jamais les miennes, ce qui m'évite de les égarer. J'aurais déplu à Goethe, il avait horreur des porteurs de lunettes parce qu'il les soupçonnait de s'en servir pour dissimuler leurs regards et pour scruter plus facilement les secrets de leur interlocuteur.

— Ça prouve que Goethe avait une bonne vue,

dit Paul. Ça prouve aussi que, comme en témoignent ses romans, il manquait d'imagination et qu'il était incapable de se mettre à la place d'un myope ou d'un presbyte, ça prouve enfin, ajouta-t-il, qu'il était soupçonneux de nature et qu'il avait des secrets à cacher...

— Chacun a des secrets à cacher, coupa Juliette, et chacun croit qu'il est le seul dans son cas. »

A travers ce propos c'était elle que Juliette visait. Si, depuis son arrivée à Papeete, elle avait veillé à ne pas rencontrer Levska et à laisser ignorer son origine tchèque, c'était sans doute parce que le projet de tuer cet homme ne l'avait jamais quittée tout à fait. Après en avoir joué comme d'un divertissement imaginaire grâce auquel elle rassasiait son besoin de vengeance elle avait voulu croire que le spectacle de cet homme traqué lui suffisait. Par Surrugues elle avait appris avec ravissement que les lettres anonymes qu'elle avait envoyées à Levska de Londres et Paris avaient obtenu un résultat qu'elle n'avait pas osé espérer : depuis des semaines il gardait un revolver à portée de sa main et, inquiet d'habiter un faré ouvert à toutes les visites, il avait fait poser aux fenêtres de sa chambre des volets métalliques qu'il cadenassait chaque soir et même des barres d'acier que chaque nuit il assujettissait en travers des portes. Si cette vengeance m'avait suffi, se disait Juliette, je n'aurais pas pris des précautions que justifiait seule mon intention de tuer. Pourtant elle se rappelait que la veille, alors qu'elle poussait Paul au départ, son plan concernant Levska se bornait à poursuivre, après son retour en France, l'envoi des lettres de menaces. C'était seulement une heure plus tôt, en apprenant par Lise que le diagnostic de Corlion était sujet à caution, qu'elle avait considéré la mort de son ennemi comme un sacrifice humain dont elle attendait qu'il rachetât au destin la vie de Paul. Pour un juge d'instruction qui aurait disposé de toutes ces données, la préméditation aurait été évidente mais, juge d'instruction elle-même, Juliette préférait renoncer à se comprendre.

« Dans la bibliothèque de vos enfants, dit-elle à Surrugues, j'ai parcouru un livre où l'on traite des sacrifices humains dans le Tahiti d'avant la colonisation. Parfois c'étaient des ennemis qui étaient sacrifiés, parfois aussi un jeune pêcheur ou une jolie fille.

— Le sacrifice, même si on le réduit à celui d'une brebis ou d'une fleur, se retrouve à l'origine de toutes les sociétés, pontifia Surrugues. Et pourquoi s'en étonner ? Nous avons inventé la raison mais nous sommes soumis au hasard donc à la déraison ; du coup nous sommes enclins à nous soumettre à l'empire des superstitions qui, parce qu'elles sont étrangères à la raison, nous semblent compatibles avec les puissances inexplicables dont nous sommes les jouets. Je vais vous lire un texte écrit par mon grand-père maternel qui tenait son journal pendant la guerre de 14. »

Il s'était levé et, au-dessus du tourne-disques, parmi des albums il avait cueilli un petit carnet de cuir noir qu'il rapporta et feuilleta avec dextérité.

« Tiens, les voilà, tes lunettes, dit Lise en se rasseyant.

— J'ai trouvé la page, poursuivit Surrugues avec une satisfaction évidente. Sachez d'abord que mon grand-père était professeur de physique, grand admirateur du siècle des Lumières, positiviste enragé, socialiste, hermétiquement fermé à tout au-delà d'où qu'il vînt et où qu'il allât. Voici ce qu'il écrivait en 1917 dans les parages du Chemin des Dames. Et observez bien que par la suite il n'eut pas honte de ses aveux, puisqu'il transmit son journal à mon père qui lui-même me le confia. Et, rassurez-vous, je n'ai que quelques lignes à vous lire : *« 2 février. Ma mère m'a envoyé une revue où je tombe sur une citation de Louis Bertrand qui soutient que la guerre porte à leur comble les vertus de l'homme. Mon expérience me permet d'affirmer qu'au contraire la guerre impose aux combattants une notion d'eux-mêmes à ce point aléatoire qu'ils en viennent à considérer, les circonstances étant les mêmes pour l'ensemble d'une section, que si l'un est conservé alors que l'autre périt, cet effet, apparemment sans cause, devait en trouver une que la raison était impuissante à fournir. Du coup, si l'un mourait, c'est qu'il en avait eu le pressentiment la veille — et l'on se répétait le propos angoissé qu'il avait tenu. Un autre, au contraire, s'était attiré la même fin en défiant le sort par d'insolents projets d'avenir, complaisamment exposés le matin même de sa mort. Un troisième, avant de partir pour l'attaque où il devait rester, avait montré à un camarade sa petite glace mystérieusement brisée. De plus, chacun était devenu sensible, non seulement aux signes admis par la superstition traditionnelle, mais plus encore à un code intime où des superstitions spontanées prenaient force de loi. Par exemple, vous écrivez à votre père avec un crayon à encre la nuit qui précède une patrouille ; vous rajoutez un post-scriptum avec un crayon ordinaire. La patrouille commence mal, continue plus mal encore, tourne au drame, vous vous croyez perdu mais, en fin de course, par miracle, il n'y a pas d'autre mot, vous vous en sortez et vous êtes le seul survivant. Il est évident que la partie catastrophique de l'expédition correspond au passage de la lettre écrit au crayon à encre, et le salut, aux quelques lignes finales. Désormais, dans un premier mouvement, vous n'emploierez plus, s'il s'agit d'écrire à votre père, qu'un crayon à mine, encore que le crayon à encre reste inoffensif si vous l'employez à l'intention d'autres correspondants. Puis le code se complique. D'une part le crayon à encre finit par être réputé dangereux si vous en usez à l'égard de parents avec qui vous êtes lié par le sang ; d'autre part, exiger du destin une complaisance excessive en ne se servant, dans certains cas, que du crayon à mine atteint à la provocation. Il faut mettre de l'eau dans son vin, admettre à l'avance quelques mauvais moments. Le résultat, c'est que votre père reçoit une lettre où, bizarrement, trois ou quatre mots ont été repassés au crayon à encre. Qu'une fois vous oubliiez ce rite protecteur et que la lettre, déjà remise au vaguemestre, soit irrécupérable, alors apparaît la pratique de conjurations. Le risque que vous avez provoqué par votre oubli peut être annulé si vous sucez trois fois de suite la pointe de votre crayon à encre et si vous avalez d'un seul trait une salive rendue âcre par cette cérémonie.* »

— Et vous, docteur, vous êtes superstitieux ? demanda Lise.

— Il m'arrive d'accomplir quelques gestes propitiatoires. Étant le partisan et même le pionnier d'une acupuncture liée à la psychanalyse, je parle beaucoup avec mes patients et il m'est arrivé de constater des pressentiments que l'avenir a justifiés. La télépathie est devenue maintenant un objet d'étude pour les sciences expérimentales. Ces bizarreries ne sont pas seulement de l'ordre biologique puisque Einstein est mort en nous laissant en face d'un paradoxe dont la seule solution consisterait à admettre que la télépathie existe au niveau des protons. La pensée a changé de cap, la fin de ce siècle sera bigrement intéressante si la guerre ne nous mange pas tous avant. J'ai hâte de prendre ma retraite pour jouir en spectateur de ce qui va suivre. Le retour de Dieu va faire du bruit. »

Lise rougit avant d'oser demander :

« C'est parce que vous êtes le diable que vous avez besoin de Dieu ? »

Surrugues, qui avait prononcé son exposé d'une voix nonchalante pour retenir plus sûrement l'attention de ses auditeurs, tressaillit et répliqua sur le ton de la colère :

« Tout le monde le sait : la matière a besoin de

l'antimatière, Dieu et le diable ont besoin l'un de l'autre, Jésus et Judas aussi, sans parler d'Abel et de Caïn. »

Lise ne s'était pas encore remise de l'audace avec laquelle elle avait interrogé Surrugues, elle fut troublée par la réponse à laquelle visiblement elle ne comprit rien et, pour retrouver une contenance, elle interrogea Paul.

« Toi, tu ne dois pas être superstitieux ?

— Ça dépend. Faudrait d'abord s'entendre sur le mot. Il y a dix ans, par curiosité, j'ai pris une consultation auprès d'une voyante. Elle a parfaitement lu en moi et avec un luxe de précisions qui m'a soufflé. Mais ce genre de relations n'est pas plus extraordinaire que celui qu'établissent les ondes hertziennes. En revanche je pourrais être taxé de crédulité parce que j'attache une certaine importance à mes rêves. Je crains même de leur accorder une vertu divinatoire. Il est vrai aussi que je suis à la merci de certaines impressions très fortes. L'autre jour en Inde, quand mon cheval a perdu pied, j'ai su que l'un de nous deux devait mourir ; il n'était pas question que nous mourions ou que nous survivions tous les deux. Cette certitude ne reposait évidemment sur rien, j'ai donc passé quelques secondes dans un autre monde.

— Moi, dit Lise, mes parents sont superstitieux mais gentiment, comme tout le monde, les vendredi 13, ne pas passer sous une échelle, vous voyez le genre ? Et je ne suis pas du tout superstitieuse parce que j'aurais peur que ça me porte malheur, mais enfin sur la terre il y a des choses qui me gênent. Ce chien, il me rend malade. Il était sur la plage à côté des lunettes de Paul, il m'a suivie, il a la manie de me suivre, je ne peux pas l'écarter parce que pour un empire je n'accepterais pas de le toucher et je ne veux pas lui jeter une pierre puisque après tout il ne m'a jamais fait de mal. »

Leurs regards se dirigèrent vers un chien jaune

pâle au long museau pointu, aux oreilles courtes et dressées, à la queue mince et longue, haut sur pattes, qui courait l'amble, parcourant la pelouse et s'offrant après chaque circuit une incursion dans le faré.

« Mais c'est Zanzan, le chien d'Anne Coquet, dit Paul. Il est bien brave.

— Tu ne le caresserais pas comme tu caresses Grognard, observa Juliette.

— Il me dégoûte un peu c'est vrai parce qu'il est asexué. Anne m'a raconté que les pêcheurs d'un atoll voulaient le noyer à cause de cette monstruosité. Ils ne consentaient même pas à le manger. Ils l'avaient déjà mis dans une barque quand Anne s'est apitoyé...

— Il n'est pas seulement asexué, il présente une autre particularité.

— Laquelle ? »

Surrugues haussa les épaules, il ne tenait pas à répondre et il en fut dispensé par l'arrivée de Ticha qui changea les couverts et posa un plateau de fruits sur la table. Après avoir disposé la cafetière, les tasses et les soucoupes sur un guéridon, elle s'éloigna en annonçant qu'elle reviendrait desservir dans l'après-midi, attendu que pour le moment elle recevait la visite d'une copine marrante avec laquelle elle avait l'intention de faire un tour. Son pas lourd ébranla le couloir qui menait à la cuisine où aussitôt des rires se mêlèrent.

« Vous ne trouvez pas qu'elle ressemble un peu à Maritia, en plus âgée ? » proposa Lise.

Paul protesta :

« Ticha est bâtie comme un portefaix. Elle a un gros corps court, de gros membres, une mâchoire de boxeur. D'accord, ajouta-t-il, il y a un air de famille entre Maritia et Ticha, mais l'une est plutôt jolie, plutôt féminine, elle s'entend bien avec son corps alors que Ticha transporte le sien comme des haltères. »

Un regard de Juliette invita Lise à ne pas poursuivre la discussion ; elle revint sur le dégoût que lui inspirait le chien et fut interrompue par Paul.

« Laisse cet animal tranquille, lança-t-il avec impatience, cette conversation ne mène à rien.

— Oh ! que si ! » s'exclama Surrugues.

Il n'était pas de jour où Juliette ne remarquât que Surrugues employait des expressions qui avaient cessé d'avoir cours même sous la plume d'écrivains résolument conventionnels. Il multipliait les *oh ! que si !*, les *ah bah !*, les *vous m'en direz tant !*, les *mais diable je n'y pensais point !*, les *l'un de mes camarades d'internat Grosselin, pour ne pas le nommer*, les *avant qu'il ne soit l'âge d'un cochon de lait*. Parce que Surrugues, d'autre part, prétendait vivre à la pointe de son époque, on pouvait être tenté de croire qu'il recourait à ces formules entre guillemets pour divertir son public. Juliette n'en était pas convaincue parce que c'était sur le même ton qu'il utilisait les tics de l'éloquence politique à laquelle la télévision l'avait habitué, prononçant avec autorité *et pourquoi cette carence ? Parce que, etc.*, ou *je suis heureux que vous me posiez cette question*.

« Oh ! que si ! cette conversation nous mène à l'arrivée d'Anne Coquet que son chien est parti chercher. J'ai invité Anne à prendre le café avec nous, lui ayant promis de le conduire ensuite à Papeete. Zanzan est forcément au courant.

— Je me demande, observa Paul, pourquoi Anne Coquet qui est un précieux a donné un nom si bête à son chien.

— Baste ! vous ignorez les ressources de la préciosité. Anne Coquet s'est référé à un texte de P.-J. Toulet où celui-ci raconte comment après avoir entendu dire : « Les ans en sont la cause », il avait compris, à cause de la liaison, que la cause originelle et définitive était les zanzans. Anne a baptisé son chien Zanzan parce que se sachant atteint d'un cancer, ne pouvant obtenir d'aucun médecin qu'il lui en précisât la cause, ne trouvant pas de cause non plus aux méandres discontinus de sa vie, il a décidé par plaisanterie de fonder sa philosophie sur les zanzans et qu'ayant trouvé ce chien mystérieux, il l'a appelé ainsi.

— Je savais qu'il avait un cancer, avança Juliette avec gêne, mais je me demande...

— Tout Tahiti sait qu'Anne Coquet a un cancer puisque...

— Il y a des verbes, déclara solennellement Paul, qui défient à ce point la réalité que l'homme semble la survoler comme un dieu. On sort de Polytechnique, d'une grave maladie, d'en prendre, on fait du droit, de la fièvre à cinq heures, des fautes d'orthographe, l'amour, on a bonne mine, une maison de campagne, un petit garçon ou un cancer.

— Tout Tahiti sait qu'il a un cancer, reprit Surrugues imperturbable, parce qu'il a voulu qu'on le sache. Pour se réconforter. D'autant plus qu'il a un cancer à long terme qui lui permet de se savoir menacé, condamné même mais d'avoir du temps devant lui pour respirer. Il lui aurait été insupportable de détenir seul la certitude de sa condamnation. Il l'a proclamée et il utilise le délai imprécis qui lui est imparti pour le supporter le plus heureusement possible. Ce rationaliste a découvert une âme en la matière et pour peu que l'imprévu pathologique lui prête vie encore un bon moment, il aura le loisir non seulement de s'inventer un Dieu pendant une première étape mais pendant la seconde, pour plus de sûreté, de se rallier à un Dieu bien établi.

— Il n'est pas malheureux, observa Lise. Ça l'occupe. Et puis ce n'est pas si mal que ça de croire en Dieu.

— D'accord, mais est-ce suffisant ? dit Paul à voix basse. Attention, ajouta-t-il, le voilà. »

Anne Coquet s'arrêta sur le seuil du faré. Sa haute silhouette se découpait à contre-jour sur les verts crus, les rouges et les violets que la végétation tendait derrière lui. Il portait une culotte de golf décolorée, des socquettes d'une blancheur éblouissante, des mocassins noirs si parfaitement cirés qu'on pouvait les prendre pour des souliers vernis, une chemisette à carreaux blancs et rouges percée aux coudes et il était coiffé d'un béret dont la forme molle et épanchée constituait un intermédiaire entre le béret basque et la faluche. Il avait adopté cet uniforme deux ans plus tôt, quand, ayant découvert sa maladie, il avait vendu son bureau d'import-export et pris sa retraite. Depuis lors jamais on ne l'avait rencontré dans une autre tenue ; il se bornait le soir ou par grand vent à enfiler une marinière bleue qu'il avait fait venir de Bretagne. S'il pleuvait, il se protégeait avec un parapluie au manche d'ivoire. Selon Surrugues il avait décidé de se faire un personnage. Il n'est guère de sous-préfecture qui ne possède un « original » à qui la population accorde un intérêt mi-admiratif, mi-narquois. Anne Coquet s'était situé en tête des originaux de Papeete non seulement grâce à sa tenue (elle était d'autant plus déconcertante que le couturier chinois qui n'avait jamais vu de culotte de golf l'avait fait bouffer à l'orientale et que les socquettes étaient des socquettes de collégienne, fantaisie qu'il pouvait se permettre, ayant malgré sa haute taille de très petits pieds), mais aussi grâce à des trouvailles qu'il renouvelait constamment : une collection de ces crabes de cocotier bleu et orange, dont la pince destinée à briser les noix de coco est aussi grosse que le reste du corps, des affiches qu'il faisait placarder de temps à autre pour vilipender le gouverneur, des échasses landaises sur lesquelles il se juchait pour flâner le long du port ou pour se rendre aux réunions du conseil municipal dont il faisait partie ou à celles des anciens combattants (du bataillon du Pacifique) qu'il vice-présidait.

Il se découvrit, s'inclina et s'assit à califourchon près du guéridon après avoir d'un geste du doigt invité Zanzan qui l'avait suivi à se retirer. Tout s'était passé comme si en s'asseyant Anne Coquet avait déclenché un mouvement ascensionnel chez Surrugues qui se leva en les priant de boire le café sans lui.

« Ce bon Levska, ajouta-t-il, m'en offrira une tasse que je ne pourrai pas refuser. J'en ai pour dix minutes avec lui et je viendrai te prendre aussitôt, Anne, tu ne seras pas en retard à ton rendez-vous.

— Ne te presse pas ! Je prends ma leçon à quatre heures et ensuite je n'ai qu'à passer à la librairie voir si l'avion a apporté les livres que j'ai commandés. »

Après le départ de Surrugues le vol bruyant d'une mouche qui se heurtait aux lustres occupa le silence de la salle de sorte que Juliette sentit que tous écoutaient et suivaient avec attention les divagations de l'insecte. Si la conversation avait été animée ou si Maritia était apparue les seins nus ou si seulement Lise s'était décidée à servir le café, la mouche n'aurait eu aucun succès : le cerveau comporte un filtre qui choisit entre de trop nombreuses sollicitations, et que celles-ci viennent à se raréfier il choisit les ébats d'une mouche.

« En France, dit Lise, ce n'est pas la première hirondelle qui me prouve le printemps, c'est la première mouche.

— A Tahiti, nous ne connaissons pas le printemps, cria Coquet, nous restons suspendus entre les saisons comme entre la vie et la mort. Mais, surtout, ne m'en parlez plus de ce printemps qui nous a fait tant de mal avec ses funestes promesses, je le hais ! »

Il était difficile de savoir si Coquet feignait ou

non la colère, mais, à tout hasard, Juliette détourna la conversation.

« Vous prenez des leçons de quoi à Papeete ?

— De mathématiques et de physique. Dans mon faré, poursuivit-il en se tournant vers Paul, vous avez vu ce panneau de laque sur lequel est inscrite la phrase d'Oppenheimer...

— Tu veux un sucre ou deux, Paul ? demanda Lise qui servait enfin le café.

— Un seul. Oui je l'ai lue, cette phrase, mais je serais incapable de...

— Je la sais, bien sûr, par cœur : « Que l'on « demande si la position de l'électron reste la « même, il faut répondre non ; si cette position « change avec le temps, il faut répondre non ; « l'électron est-il immobile ? Il faut répondre non. « Est-ce qu'il bouge ? Il faut répondre non. »

Lise qui se rasseyait, sa tasse de café à la main, voulut faire observer qu'« avec ça on était bien avancé », mais Juliette lui coupa la parole. Si injuste que fût son animosité pour un homme qui cherchait dans les leurres un remède à son angoisse, Juliette, se sachant délibérément injuste et se voulant telle, enviait Coquet, ne lui pardonnant pas, humiliée, de réussir à apprivoiser un mal au moment où elle était obligée de faire du même mal un secret à Paul.

« Vous voulez espérer, lança-t-elle, que rien n'est définitif même le pire.

— Mais oui.

— Et Surrugues ? demanda Paul. Que pense-t-il de vos... études ?

— Il en profite. Il m'emprunte des livres, il me fait parler et il ne retient que ce qui lui est utile pour discourir devant ses malades. Dans le Pacifique, la réputation des médecins sorciers des Philippines est telle que des malades se ruinent pour aller comparaître devant ces escrocs. Surrugues a vite compris qu'avec quelques discours inspirés de physique quantique il pouvait orner d'un peu de sorcellerie rationnelle ses thérapeutiques. Il se sert de tout, c'est un omnivore. Il se sert même de la célébrité de Levska auquel il fait une cour quotidienne afin de passer pour son médecin officiel et de donner des interviews à des journalistes américains. Vous allez voir qu'il va s'attarder auprès de son cher vieil écrivain et que... »

Cette assertion fut démentie et interrompue par le retour de Surrugues guilleret et prêt au départ.

« Levska a écouté la radio et m'a annoncé qu'il pleuvrait cet après-midi.

— En ce cas, déclara Anne Coquet en se soulevant, je m'en vais chercher mon parapluie.

— Prends-en un ici !

— Non, non je cours chercher le mien, j'en ai pour une seconde. »

Dès qu'il eut disparu, Surrugues sourit :

« Sans doute croirait-il provoquer d'inappréciables malheurs en modifiant un uniforme dont le parapluie fait partie puisque dans sa théorie le moindre incident de la matière retentit jusqu'à l'autre bout de l'univers.

— Toujours est-il, corrigea Lise, qu'il sait ce qu'il a et qu'il réussit à être heureux.

— Oh ! que non ! par moments peut-être mais la nuit... Savez-vous pourquoi il a adopté ce chien ? Parmi ses nombreuses particularités, cet animal possède celle d'être muet. Personne ne connaît l'accent de son aboiement, sauf de son aboiement nocturne. Depuis que vous êtes ici vous l'avez entendu presque chaque nuit, ce hurlement qui monte, s'interrompt et se répète. C'est Coquet qui hurle et le chien a bon dos. »

Paul après s'être levé et étiré s'éloigna en annonçant d'un air nonchalant que le moment de sa sieste était venu. Juliette le regarda disparaître puis observa d'un ton neutre et presque discret :

« Ainsi, la nuit, c'est par les aboiements d'Anne Coquet que nous sommes réveillés. Tu vois, Lise, que j'ai eu raison de cacher la vérité à Paul.

— D'autant plus raison, renchérit Surrugues, que le diagnostic de l'ami Corlion est sujet à caution, c'est le moins qu'on puisse avancer. J'ai interrogé plusieurs confrères, dont un cardiologue qui a même téléphoné à son correspondant de Los Angeles, personne n'a jamais entendu parler du cancer primitif du cœur. Personne. »

Juliette en frémit mais elle lutta contre elle. Elle redoutait de s'abandonner à une illusion.

« Comment expliqueriez-vous que Corlion ait imaginé de toute pièce une affection qui n'existerait pas ?

— C'est le travers des grands patrons. Tous des paranos, plus ou moins mais tous. Ils règnent, cela ne leur suffit pas, ils ont besoin d'un pouvoir absolu et durable. Les explorateurs laissent leurs noms à des détroits ou à des îles, les grands patrons rêvent de laisser les leurs à des maladies à l'instar de Basedow, de Parkinson, de Dupuytren, de Cushing, quitte même à s'associer comme Flessinger-Leroy-Reiter. Même un syndrome leur suffit, comme celui de Korsakov. Corlion rêve de trouver une affection grâce à laquelle les patients et les étudiants perpétueraient son nom. Le seul parti à prendre est de ramener Paul à Paris et de l'expédier dans un bon service de cardiologie. D'ailleurs, de lui-même, il m'a annoncé hier soir qu'il comptait repartir et je l'ai encouragé dans son projet de rentrer par la ligne de Los Angeles avec escale à Toronto, c'est le trajet le plus simple et le plus rapide. »

Juliette ne prêta aucune attention au retour de Coquet et de son parapluie, au départ précipité des deux hommes vers la voiture, aux propos de Lise. Toutes deux se dirigèrent machinalement vers le petit faré et descendirent sur la plage. Ni l'éclat de l'eau ni la chaleur du sable épais n'atteignaient la conscience de Juliette. Elle vivait le moment présent comme un passé qu'elle essayait en tâtonnant de projeter dans le futur. S'il fallait croire Surrugues, l'espoir dont elle avait aboli même la notion reprenait tout naturellement la place qu'il occupe dans toute existence normale. Mais il la reprenait comme un revenant un peu louche, analogue au photon d'Oppenheimer. Après avoir été certaine de la mort prochaine de Paul, elle se mettait à en douter sans oser croire en sa survie.

« Pourquoi fais-tu des grimaces comme ça ? Ce que tu es laide... Arrête ! »

Juliette rassembla son visage, découvrant que, sans s'en être aperçue, elle avait imité la physionomie de Surrugues pendant qu'il menait le procès de Corlion et dans le même mouvement rendait un avenir à Paul ; son visage avait été déformé par une sinuosité qui tordait ensemble les lèvres, les narines et les sourcils.

« Tu sais, reprit Lise, qu'au bord de la mer, c'est très dangereux de faire des grimaces, si le vent tourne on reste comme on est pour toujours.

— J'en ai marre de la mer. »

Elle précisa :

« J'en ai marre de l'eau. »

Elle associait dans une même peur mêlée de répugnance la réverbération de la Loire, de la piscine de Delhi, de l'océan Pacifique. C'était au bord de la Loire qu'elle avait commencé de sentir que les choses tournaient mal.

Elles se passaient machinalement de l'huile sur le corps. Depuis leur arrivée, sans s'être donné pour objectif de bronzer, elles n'avaient rien négligé pour y parvenir, variant leurs expositions et se cramponnant à cette plage qui les ennuyait. La pratique d'une nudité complète avait créé en Juliette le besoin d'égaliser le hâle sur tout son corps. Celui de Lise restait plus pâle sur les nombreuses régions que le soleil de l'Himalaya n'avait pas touchées, mais la peau avait entièrement perdu cette blancheur de chair de poisson qui était évidente à Delhi. Juliette se demanda si toutes deux ne cherchaient pas à rivaliser avec le sombre rayonnement du corps de Maritia. Depuis que les assertions de Surrugues l'avaient conduite à l'incertitude, Juliette, ayant perdu une partie de son indulgence pour les caprices de Paul, ne freinait plus sa jalousie et haïssait Maritia complètement. Comme si le même remous agitait l'humeur de Lise, celle-ci soupira :

« Ah ! si seulement cette emmerdeuse pouvait se dispenser de venir cet après-midi ! On a notre chance, il est déjà cinq heures moins le quart, elle n'est pas là. »

Du sac de plage qu'elles laissaient traîner toute la journée sur le sable, et même parfois la nuit, Juliette tira un livre qu'elle avait acheté l'avant-veille à Papeete tandis que Lise extrayait avec précaution sa pelote de laine grège, ses aiguilles et son tricot en cours, future écharpe qu'elle avait l'intention d'offrir à elle ne savait pas qui. C'était *Le Côté de Guermantes* que Juliette avait choisi sur le rayon des « poche » bien que seul le tome II restât disponible. Elle détestait commencer un livre par le milieu mais Paul l'avait assurée que l'œuvre de Proust se prêtait à cette méthode, n'en était même que plus comestible et savoureuse (et « fructifillante », mot qu'il avait feint d'inventer, oubliant qu'il lui avait un jour raconté que Léone se complaisait à reformer des mots à son usage personnel, tels *fructifillant* ou *crastouilleux*). Bref, après se l'être souvent promis, Juliette se décidait à se lancer dans Proust. Elle découvrit avec plaisir que le corps de chaque chapitre était précédé d'une succession de quelques phrases brèves annonçant les principales péripéties du récit. Dans *Le Tour du monde en 80 jours, Robinson suisse*, dans la plupart des livres que sa mère (française) lui avait offerts, les auteurs procédaient ainsi et c'était pour Juliette enfant un régal de lire ce menu souvent plus délicieux encore que le festin qu'il faisait prévoir. « Comment la saison des pluies prit fin au cours d'un voyage imprévu », « De la présence d'un boa et des dangers de l'insouciance », « Où c'est le voleur qui se retrouve volé », « L'ouragan », « A quoi l'on peut reconnaître la nuit un cheval pie et un cheval bai ». Sous la lumière d'un soleil encore très brutal les caractères italiques dansaient un peu sur le papier éclatant de blancheur et frissonnant mais Juliette put lire, à la place des promesses appétissantes qu'elle attendait, celles-ci : *Maladie de ma grand-mère — Maladie de Bergotte — Le duc et le médecin — Déclin de ma grand-mère — Sa mort.* Découragée par cette rencontre qu'elle jugeait de mauvais augure, elle se rappela qu'elle était courageuse, elle continua de lire et elle lut : *Nous retraversâmes l'avenue Gabriel, au milieu de la foule des promeneurs. Je fis asseoir ma grand-mère sur un banc et j'allai chercher un fiacre. Elle, au cœur de qui je me plaçais toujours pour juger la personne la plus insignifiante, elle m'était maintenant fermée, elle était devenue une partie du monde extérieur, et plus qu'à de simples passants, j'étais forcé de lui taire ce que je pensais de son état, de lui taire mon inquiétude. Je n'aurais pu lui en parler avec plus de confiance qu'à une étrangère.*

Ce texte exigeait d'être conjuré. Le projet qu'il y avait en elle reprit corps. Elle ne prêta aucune attention au débarquement de Maritia qui annonça qu'elle allait retrouver Paul dans le faré et, malgré les protestations de Lise, gravit le remblai. Elle n'écouta pas davantage les récriminations de Lise qui, debout, les mains sur les hanches, s'indignait comme sur une scène de théâtre. Lise, après avoir reproché à Juliette ce qu'elle appelait sa complaisance, avait enfilé sa robe et était montée vers le faré. Elle en revint très vite.

« Viens ! Il faut que tu voies. Rhabille-toi ! »

Juliette était occupée par une de ces réflexions que l'on ne peut pas résumer ni développer raisonnablement et qui font corps avec l'être qu'elles envahissent. Elle ne se défendit donc pas quand Lise l'obligea à se vêtir et, pieds nus, elle la suivit jusqu'au bord du faré, s'accroupit comme elle et vit ce dont elle se doutait depuis la première fois où Paul et Maritia s'étaient permis de discrètes rencontres. La lecture de Proust et ce qu'elle en avait déduit l'avaient dépouillée de toute ardeur jalouse. Elle regarda presque avec indifférence le corps de Maritia dénudé jusqu'aux hanches. Paul était assis sur un pouf, le menton posé sur les mains, les coudes posés sur les genoux. Maritia était allongée sur le lit et jouait de doigts qu'elle avait beaux, semblant pincer, entre ses cuisses, les cordes d'une lyre.

« Ça ne m'intéresse plus, vraiment non, avait chuchoté Juliette. Je fais un tour et je reviens. »

A quelques pas du faré elle se redressa. Pieds nus, elle s'engagea sous les arbres. La terre conservait sa chaleur mais les herbes sécrétaient déjà une humidité presque fraîche et la hupe, cette brise qui annonce le crépuscule, se levait. Sans l'avoir décidé, Juliette s'approcha d'un arbre, en embrassa le tronc et se hissa sur une branche. Elle trouva une situation confortable, assise à califourchon, adossée au tronc et caressée par des feuilles qui parfois la chatouillaient et même l'égratignaient. Elle enveloppa ses jambes dans sa robe pour être mieux à son aise et, quand elle se sut bien installée, elle se décida à pleurer. Elle pleurait avec application et satisfaction, tout comme Lise tricotait, et elle aurait pleuré longtemps, ayant pris ses quartiers dans un état uniforme et stagnant comme un étang épais à peine troublé par les voltes des anguilles à oreilles, si une brusque averse n'avait bruyamment agité les feuilles brunes de l'arbre. Les gouttes d'eau ne relayaient pas les larmes car le visage de Juliette était protégé par l'épaisseur bruissante des frondaisons ; ses joues séchèrent. La pluie avait abattu le vent et les feuilles la recevaient maintenant sans révolte, résonnant régulièrement sous un réseau de coups fluides et rythmés qui semblaient devoir durer toujours. Pourtant, par les crevasses du feuillage, Juliette voyait déjà béer des étages largement allongés de ciel bleu qui cohabitaient avec de nombreux nuages grondant pour simuler un orage. Elle s'aperçut que, depuis un moment, elle avait glissé sa main droite sous sa robe et qu'elle était devenue le plaisir qu'éprouvait Paul à regarder Maritia commettre ce geste. A peine fut-elle parvenue aux extrémités d'une extase peu motivée qu'elle la motiva : ni elle ni Lise ni Paul n'avaient envie de faire l'amour, ils étaient prisonniers d'une nasse mais l'on dénoue les rets du destin, bien sûr qu'on les dénoue. Un chœur emplit ses oreilles, celui des scouts tchèques, des enfants de Marie, des Tahitiennes allongeant nonchalamment d'ondoyants psaumes dans de faux temples gothiques ajourés et à claire-voie, roses comme des gâteaux. Si Paul s'en sort, se répétait-elle, je lui ferai payer, il me paiera ce que j'ai souffert et ce que je lui ai donné, il me le paiera si cher que nous romprons. Elle était certaine d'avoir trouvé le moyen de dénouer les rets, elle était contente. Il ne pleuvait plus. Les feuilles s'égouttaient les unes sur les autres jusqu'à l'herbe. Une cascade plus continue attira l'attention de Juliette. A ses pieds elle découvrit Zanzan qui urinait sur le tronc de l'arbre, n'étant même pas capable de lever correctement sa patte et la repliant comme un lapin qui veut sauter. Il renifla son urine puis s'éloigna en fouinant ; son museau allongé avait été comparé par Paul à celui d'un tapir, Lise même s'était effrayée parce qu'elle avait confondu avec vampire, en tout cas ce museau se comportait comme un groin et Zanzan, fouillant les herbes, semblait chercher des truffes alors qu'il était sans doute en quête de son maître. Cet animal manquait de flair ; il avait la vue basse et, perpétuellement en quête d'Anne Coquet, il s'épuisait parfois en recherches alors qu'il n'était qu'à quelques pas de son idole. Juliette imita le long aboiement nocturne de Coquet et le chien cambra ses oreilles puis s'enfuit. De la route parvenaient plus nombreux des ronflements de moteur qui annonçaient la fin de l'après-midi. Juliette sauta de son perchoir et repartit vers la plage à travers les herbes encore ruisselantes. Le ciel avait retrouvé son bleu limpide et le soleil, bien qu'il s'abaissât vers l'horizon, était de nouveau brûlant.

Elle posait ses pieds avec précaution, craignant la piqûre d'un de ces mille-pattes tahitiens dont on lui parlait souvent et qu'elle n'avait jamais vus. Elle s'arrêta net à la vue d'une flamme tordue dans les herbes. D'abord elle recula, croyant à un serpent, puis elle se pencha et osa toucher le long poignard étincelant. Il correspondait à la description donnée par Surrugues du kriss malais qui avait été volé dans la panoplie. Elle serra le manche dans sa main droite et simula le geste de frapper. Cette trouvaille était un ordre mais il lui semblait qu'elle avait encore besoin d'un autre signe avant de passer à l'exécution. Elle choisit un arbre isolé qui, situé à égale distance des deux farés, était facile à reconnaître et elle dissimula l'arme sur la fourche du tronc puis elle s'éloigna en surveillant les alentours d'un regard inquiet, comme une criminelle.

Sur la plage elle retrouva Lise qui s'était rhabillée et tricotait et Paul en conversation avec Anne Coquet. Elle comprit qu'Anne Coquet était revenu par le car, Surrugues ayant décidé d'aller passer la soirée et la nuit à Moréa. Toute l'année il recrutait une partie de sa clientèle au club Méditerranée et chaque été il profitait de l'absence de sa femme pour s'offrir quelques aventures avec des Américaines en vacance.

« Ça ne l'amuse pas, précisa Coquet. C'est par devoir qu'il donjuanise pendant deux mois. Il a besoin de se donner une certaine idée de lui-même où la séduction a sa part. Dès que sa femme revient il retrouve avec soulagement sa sagesse habituelle.

— Et les vahinés ne l'intéressent pas ?

— Chaque vahiné présente le même inconvénient : dès qu'elle a couché avec un homme elle court en informer ses copines avec détails à l'appui. Son appréciation des talents du partenaire est impitoyable et en deux jours toute l'île est au courant. C'est la discrétion que Surrugues va chercher auprès des Américaines. Justement il compte sur vous autres pour répondre ce soir au téléphone. Sa fille doit l'appeler dans la nuit, il ne sait pas très bien à quelle heure, alors il demande que l'un de vous couche dans le grand faré et réponde à sa fille qu'il est allé donner des soins à un malade de Moréa et qu'il ne rentrera sans doute qu'au matin.

— C'est facile, dit Paul, je coucherai au grand faré.

— C'est moi qui y coucherai, décréta Juliette.

— En tout cas, assura Lise, ce ne sera pas moi. Toute seule là-bas je mourrais de peur. »

Paul insista :

« Mais moi je ne demande pas mieux que de coucher au grand faré !

— Non, la question est réglée, ça m'amuse de coucher dans l'antre de Surrugues. Maritia est enfin partie ? »

D'un ton hargneux Lise expliqua que Maritia, invitée à un grand dîner, était rentrée se faire belle. Juliette n'écoutait pas. Elle analysait le nouveau signe qu'elle venait de recevoir : grâce aux ébats de

Surrugues elle serait seule et libre d'accomplir le crime dont elle possédait déjà l'arme. Chaque soir Levska travaillait jusqu'à onze heures et demie soit sur sa terrasse soit dans son bureau, son revolver à portée de la main, puis il rentrait dans sa chambre où il se barricadait. Il fallait y pénétrer avant lui, s'y cacher et l'attendre.

« Je parie que vous avez envie d'éternuer », observa Anne Coquet.

Juliette lui jeta un regard hostile.

« Non, pourquoi ?

— Parce que vous faites la tête de quelqu'un qui sent un éternuement monter.

— Je fais peut-être une drôle de tête mais je n'ai aucune envie d'éternuer. »

Décidément Juliette était boudeuse, Lise, à tout hasard, l'imitait. Plus elles boudaient, plus les deux autres s'égayaient. Deux groupes s'étaient formés, l'un féminin, l'autre masculin. Juliette ne suivait que d'une oreille la conversation des deux hommes qui en étaient arrivés à jeter les fondements théoriques du rire. Ils semblaient prendre un plaisir à se créer des problèmes pour finir par les déclarer insolubles : pourquoi la répétition est-elle comique chez Molière et pathétique chez Bossuet ou Clemenceau ? Ils réussirent à distinguer le gros comique du comique, la drôlerie du burlesque, l'ironie de l'humour. Ils crurent même avoir décelé le ressort de l'humour qui consiste à créer des êtres totalement dépourvus de sentiments affectifs et doués seulement de jugement et à les placer dans des circonstances où les émotions devraient dominer. Puis la question les préoccupa de savoir si toutes les histoires belges utilisaient le même ressort secret. Ils s'étaient mis à échanger des histoires belges, ils riaient et Juliette se leva. Elle réintégrait précipitamment le faré, comme si elle n'avait pas une seconde à perdre. Elle s'arrêta, tremblante, à l'entrée de la cuisine.

« Ne plus les entendre ! »

Elle avait martelé cette exclamation comme si des traits d'union s'intercalaient entre chaque son tout en la murmurant assez bas, bien que son contenu d'exaspération impliquât une explosion vocale. De même elle avait refermé la porte d'un élan brutal mais à la dernière seconde l'avait freinée pour l'empêcher de claquer. Ses traits étaient tirés par une fatigue due au chagrin et à l'agacement — « tirés » étant, pensait-elle le mot juste car elle sentait sa peau rétrécir, ce qui effaçait ses rides sans la rajeunir, bien au contraire, les muscles et le squelette en devenaient plus apparents. Toutes deux étaient serrées dans l'étroite cuisine des enfants Surrugues qui ne s'en servaient guère que lorsqu'ils recevaient des copains à l'écart des adultes. Lise avait suivi Juliette, parce que pendant le débat de ces deux hommes, ceux-ci lui étaient presque apparus comme des vieillards qui se complaisent à jouer ensemble une partie d'érudition ; elle s'était demandé ce qu'elle faisait en leur compagnie, mais, bloquée dans la cuisine par Juliette, elle se demandait également ce qu'elle faisait dans ce réduit éclairé au néon où parvenait le chœur étouffé des oiseaux. Son étonnement arrondissait ses sourcils en accentuant sa ressemblance avec Bécassine.

« Quand ils ont livré le champagne, tu l'as mis au réfrigérateur ? Prends une bouteille. »

Lise obéit avec empressement ; elle était visiblement soulagée de connaître la cause de leur présence dans cette cuisine.

« On va la boire ? » demanda-t-elle en brandissant la bouteille.

Juliette frôla la rotondité du verre sombre qui enfermait la future écume comme dans une grotte marine.

« Il n'est pas froid froid, mais ça peut aller.

— On s'envoie en l'air au champagne ?

— Oui, oui ! On les a assez entendus, on les oublie, on s'envoie en l'air au champagne comme tu dis ! Prends deux verres, non je les prends, va mettre un de tes disques préférés et retrouve-moi dans la salle de bain. File-moi la bouteille, et dépêche-toi ! »

Chacune communiquait à l'autre une allégresse d'autant plus effervescente qu'elle était plus fragile, prête à se rompre au premier choc. Juliette bondit dans la salle de bain, ouvrit les robinets au moment où Lise branchait l'électrophone. La double trombe d'eau sonore étouffa les premiers spasmes de *Walking in the moon.* Quand Lise arriva, Juliette avait déjà accroché sa robe à un cintre, et, la bouteille serrée entre ses cuisses, elle délivrait le bouchon de sa gangue de métal, et le taquinait pour l'aider à se libérer du goulot, ce qu'il fit avec une légère détonation, à la joie de Lise qui, après avoir poussé un cri, applaudit comme une petite fille dans une fête.

Juliette emplit les verres qu'elle posa ainsi que la bouteille sur le rebord de la baignoire où elle pénétra laissant encore couler l'eau.

« Viens !

— Moi aussi ? Mais elle va déborder.

— Tu as raison. »

Pendant que Juliette coupait le flux, Lise se dévêtait. Elle se glissa à son tour dans l'eau, toutes deux cherchèrent une position confortable et la trouvèrent dans un agréable agencement de leurs jambes. Elles trinquèrent et burent le champagne d'une rasade.

« Être deux filles qui ne pensent plus à rien, s'écria Juliette en remplissant les verres, et qui boivent du champagne frais dans un bain brûlant, c'est le nirvana !

— C'est vrai qu'on est bien ! Et c'est vrai qu'on ne pense à rien, ni à personne, ni à Paul, ni à Maritia...

— Ni à Surrugues, ni à Levska...

— Pourquoi parles-tu de Levska ?

— Ne parlons d'aucun d'eux, ça va les faire revenir.

— Revenir ici ?

— Comme des revenants ! »

Elles burent encore mais plus prudemment, à petites gorgées, puis Lise observa :

« Si on entrait, on nous prendrait pour des lesbiennes, tu crois ?

— Un homme pourrait le croire, mais une femme ça m'étonnerait. Nous sommes enclines entre nous à des contacts physiques. Paul m'a raconté que, quand il faisait son service en Allemagne, ils étaient partis en manœuvres, ils avaient couché chez l'habitant ; il lui avait fallu partager un lit avec un de ses copains, chacun s'était blotti à une extrémité ; dans la nuit le pied de l'un avait rencontré le mollet de l'autre et tous les deux avaient tressailli (elle commença de pouffer) comme sous une décharge électrique et la nuit suivante, ils ont couché l'un sur le sommier l'autre sur le matelas. Depuis notre arrivée il couche dans le lit du fils Surrugues, nous dans le lit de la fille ; tu nous imagines couchant chacune dans notre coin comme des pestiférées. C'est vrai que les femmes s'embrassent facilement, se prennent la taille, font des essayages l'une devant l'autre. L'autre jour, j'avais dans mon bureau mon assistante et ma secrétaire, quand une de nos visiteuses médicales qui avait passé une semaine en clinique pour se faire remonter les seins est entrée pour nous annoncer son retour. Nous avons toutes voulu voir et elle ne demandait qu'à montrer le résultats dont elle était très fière. Elle a soulevé son pull, elle a défait son soutien-gorge, nous nous sommes récriées d'admiration, c'était très réussi en effet. Quand notre maquettiste s'est fait opérer pour une réduction du scrotum, je l'ai su parce qu'il m'a demandé de lui conseiller un chirurgien esthétique, il a été lui aussi très satisfait des résultats mais il n'a pas fait le tour de ses petits copains pour leur donner à contempler ses nouvelles couilles. Entre femmes nous sommes plus impudiques, parce que corporellement nous sommes plus proches les unes des autres que les hommes.

— A l'aube, quand un peu de froid entre dans le faré, moi j'aime bien me réchauffer dans tes bras.

— Moi aussi. Mais je ne vois pas Paul et son ami Juaurez en faire autant, sauf s'ils devenaient homosexuels. Il y a des tas de différences entre l'homme et la femme qu'on ne mentionne jamais. Une femme aime tâter une étoffe, elle savoure la caresse d'un chemisier de soie, presque toujours elle dit *maman* en parlant de sa mère, alors qu'un garçon dit *ma mère*... Ma secrétaire a un mètre soixante-seize, reprit Juliette qui redoutait le silence, ça ne l'empêche pas d'annoncer qu'elle a trouvé en solde une « petite » jupe ou un « petit » ensemble, alors que Corlion par exemple qui mesure à peine un mètre soixante-cinq n'annoncerait jamais qu'il s'est acheté un « petit » pantalon. »

A cette supposition elles rirent ensemble et éclaboussèrent le dallage en s'agitant. Elles burent encore une gorgée, Juliette s'étira et répéta qu'elle était heureuse ; elles avaient bien le droit d'être heureuses un « petit » quart d'heure. Le bonheur a besoin d'être entretenu, nourri comme un feu, Juliette se souleva :

« Il me manque une cigarette... »

Lise l'avait devancée et, ruisselante, elle enjambait la baignoire.

« Tu es ma boyesse ? demanda Juliette.

— Oui. Et puis j'en profiterai pour mettre un autre disque. »

Pour raviver l'ardeur du bain, Juliette ouvrit le robinet d'eau chaude et en même temps appuya sur la manette d'évacuation de sorte que le niveau de l'eau restât stable. Elle avait hâte que Lise revînt pour la distraire des agressions qu'elle devinait autour de la baignoire, prêtes à assaillir son cerveau. Un instant elle craignit que Lise, les doigts mouillés, n'eût été foudroyée par le contact de l'électrophone mais *Message in the bottle* surgit avec une violence rassurante et Lise réapparut, le paquet de cigarettes dans une main, le briquet dans l'autre, dansant. Elle se regarda danser dans la vaste glace qui occupait entièrement un panneau de la salle de bain. La glace reflétait le rebord de la baignoire, les épaules et le visage de Juliette, et le corps de Lise qui se détachait sur les lames blanches du store, entre lesquelles la végétation extérieure, imprégnée à la fois par la persistance pourpre du rayonnement solaire et par l'éclat électrique du faré, tendait des bandes d'un vert puissant fouillé par la nuit. Juliette se laissait enchanter par ce spectacle comme par une dose excessive d'euphorisants.

« Allume-moi une cigarette et rentre dans l'eau qui est bien chaude. »

La cigarette entre les lèvres, Juliette murmura :

« Merci ma belle. »

Pendant que Lise s'enfonçait dans l'eau, Juliette reprit :

« "Ma belle" aussi, c'est une tournure féminine. Un homme n'appellerait pas un autre "mon beau".

— Et puis, observa Lise, une femme si elle est un peu attachée demande à l'homme : « Dis-moi que tu m'aimes », « Est-ce que je t'ai manqué ? », « Tu es content de me retrouver ? », alors qu'un homme c'est plutôt rare. Du moins, il me semble, ajouta-t-elle d'un ton hésitant, car c'est vrai je n'ai pas beaucoup d'expérience, ma seule liaison c'était Philibert. Aujourd'hui je me demande comment j'ai pu être amoureuse de lui.

— Tu te le demandes depuis quand ?
— Je ne sais pas.
— Tu te le demandes depuis que tu es amoureuse de Paul.
— Je suis amoureuse de Paul ?
— Heureusement que nous avons Maritia à nous mettre sous la dent. Heureusement ! Sinon nous serions mesquines. »

Juliette versa de nouveau du champagne dans les verres, cria « vive Maritia ! » et obligea Lise à trinquer. Elles regardaient en même temps leur image dans la glace dont le vernis poli anoblissait l'effervescence des bulles dans les verres.

« Vive Maritia, d'accord ! jeta Lise en prenant sa voix de fausset. C'est vrai qu'elle nous est utile. Elle nous protège drôlement contre nous-mêmes. Ça n'empêche pas que je la déteste. J'ai vu un film interdit aux moins de dix-huit ans, mais la caissière ne m'avait même pas regardée, la fille était attachée à des barreaux et fouettée jusqu'au sang. Il y a des moments où j'ai eu envie de te proposer qu'on se réunisse toutes les deux pour attraper Maritia et lui flanquer une correction. Tu ne peux pas savoir ce que ça me plaisait d'imaginer ça !
— Le pire, c'est que Paul serait ravi d'assister à la scène. Tout ce qu'il aime ! »

Juliette souleva la bouteille et l'examina en transparence ; elles en avaient déjà bu la moitié. Elle remplit encore une fois les verres avant d'ajouter :

« Jusqu'ici j'étais contente que Paul se donne l'illusion plaisante d'avoir séduit cette fille. Mais maintenant je la supporte moins facilement, Maritia. Maintenant que Surrugues m'a mis dans la tête que Corlion s'était peut-être trompé.
— Si Corlion s'est trompé, moi non plus, tu ne pourras plus me supporter.
— Pour le moment nous devons toutes les deux manœuvrer ensemble pour la ramener en France

dans la semaine. A Paris il se fera examiner de fond en comble et on y verra plus clair. »

Après avoir rempli les verres bord à bord, Juliette reprit avec un élan forcé, pareil à celui d'un coureur fatigué qui mobilise ses dernières ressources :

« Parlons d'autre chose, je voulais que ce vin soit une fête.

— De quoi pourrions-nous parler ? »

Juliette lui fit signe de se taire, elles reconnurent le pas de Paul.

« Il nous cherche, chuchota Lise. Veux-tu que j'aille pousser le verrou ? S'il nous voit il va croire...

— ... ce qu'il a envie de croire. On peut lui faire ce cadeau.

— Bon, mais si Anne Coquet est avec lui, je ne veux pas qu'il entre. »

Paul s'arrêta sur le seuil de la salle de bain. Il était seul, il fumait une cigarette. Il fit quelques pas jusqu'à la baignoire pour les contempler en vue aérienne.

« Justement, dit Lise, on allait sortir du bain.

— Restez-y encore un peu. Moi je me rase. »

Il avait acheté un de ces rasoirs désuets composé d'un manche et d'une longue lame effilée qu'on appelait autrefois des coupe-choux. Juliette, qui n'avait pas cessé de se demander si Paul ne savait pas, en un recoin de lui-même, la gravité de son mal, craignait qu'il n'eût fait cette acquisition avec l'intention de se couper les veines. Mais non. C'était dans le maquis qu'il avait commencé de se raser avec un engin de ce type et il se complaisait à retrouver, la tête rejetée en arrière, la lame effaçant la mousse sur sa gorge, les gestes de son adolescence.

« Vous n'aviez pas remarqué que je ne m'étais pas rasé ce matin ? »

Tout en lançant la lame à l'assaut de sa joue

gauche, il les regardait dans la glace, et elles lui rendaient son regard, Lise avec l'attention grave d'un chat qui suit un mouvement sans lui demander une autre signification que celle d'une mobilité pure, Juliette d'un air distrait. Elle était sollicitée au même moment par plusieurs questions et chacune évinçait les autres puis se laissait évincer à son tour. Elle se demandait maintenant si le rasoir avec lequel Paul accomplissait la tâche virile et quotidienne de l'homme glabre ne lui avait pas servi pour tondre le ventre de Maritia. Pourquoi l'adjectif *glabre* lui inspirait-il, comme *glauque*, et depuis son enfance, un dégoût peureux ? Fallait-il ou renoncer au principe de causalité ou admettre que depuis l'origine du monde un enchaînement rigoureux de causes et d'effets avait momentanément abouti à la présence dans cette salle de bain de trois êtres, un mâle malade qui aspergeait maintenant son visage, son cou et ses épaules, et deux vigoureuses femelles blotties dans leur niche d'eau sous un store clair dont les lattes sertissaient une végétation nocturne ? Paul après avoir essuyé soigneusement la lame la poussa vers le manche où elle se glissa comme dans un terrier. Juliette avait-elle raison de préférer le kriss au rasoir ? Elle décida qu'elle avait raison, se dressa avec brusquerie, sortit de la baignoire, imitée aussitôt par Lise, et rit au nez de Paul qui, éclaboussé, prenait la fuite.

Elles se séchèrent, passèrent dans la chambre de la fille de Surrugues qui était devenue leur chambre et se rhabillèrent. Juliette avait décidé de se vêtir d'un chemisier noir et d'une jupe également noire sous laquelle elle enfila un jupon. Elle voulait être un assassin en jupon. Elle se rappelait que, dans sa jeunesse, les journaux du Massif Central qui traînaient chez sa mère (française) relataient parfois les exploits d'un « escroc en jupon » ou d'un « pick-pocket en jupon ». Elle se munit d'un pull d'un violet très sombre et sut qu'elle était prête. Lise passait un jean que Juliette lui avait offert (sans que Paul protestât, bien au contraire, car il appréciait les contrastes) et un tee-shirt de coton rose autour duquel elle noua un châle de laine blanche. Paul alluma la lampe électrique et prit la tête de la procession. Marchant l'un derrière l'autre, tous trois suivirent le sentier qui longeait la plage jusqu'au grand faré. La nuit était tombée, l'air était calme, le lagon immobile et silencieux. La lumière du grand faré les guidait.

Ticha les attendait, allongée sur un divan face à la télévision. Un reporter debout devant la façade d'une mosquée annonçait que l'espoir d'une libération partielle ou totale des otages se précisait sans qu'il fût néanmoins possible d'en prévoir les modalités. Ticha mêla sa voix à celle du journaliste pour les informer qu'elle avait préparé un dîner froid et qu'elle rentrait chez elle. D'une voix neutre Paule la pria d'ajouter un quatrième couvert.

« J'ai invité Anne Coquet à dîner. »

Lise éclata. Anne Coquet on l'avait eu sur le dos toute la journée. Ça ne suffisait pas ?

Avec une apparente douceur Juliette observa :

« Et tel que je te connais tu dois éprouver des remords. Tu as l'impression de tromper Juaurez avec lui.

— C'est vrai que j'aime sa tournure d'esprit, comme j'aime celle de Juaurez. Mais j'ai un peu pitié de lui aussi quand je l'imagine seul avec son chien et ses inquiétudes. »

Juliette assista avec indifférence à l'arrivée d'Anne Coquet dont la présence avait l'avantage de nourrir la conversation. Elle n'avait pas envie de parler. Elle ne prêtait aucune attention à ce qu'elle mangeait ni aux propos animés qu'échangeaient Paul et Anne. Lise boudait par principe. A la fin du dîner, Juliette décida de faire un effort de politesse en intervenant fugitivement dans la conversation qu'elle entreprit de suivre. Anne Coquet exposait qu'il passait ses soirées à corriger les grands écrivains. Il n'avait jamais rien trouvé à reprendre dans Stendhal mais en modifiant certaines phrases de Balzac, de Dumas, de Chateaubriand il leur avait apporté la perfection qui leur manquait.

« Vous aimez la littérature, dit Juliette, mais avez-vous jamais eu l'envie d'écrire ?

— Non. Quand j'étais jeune j'ai amorcé quelques pastiches qui m'ont aussitôt lassé. Je n'étais fait pour aucun métier. Journaliste je me donnais l'impression de jouer le rôle d'un journaliste, négociant de jouer le rôle d'un négociant. La guerre ne me déplaisait pas mais en Afrique j'ai attrapé des amibes et on m'a réformé. Et même soldat, j'entretenais l'illusion de tourner dans un film. Maintenant j'incarne le personnage d'un condamné à mort qui flâne. Si la mort consiste à passer dans d'autres dimensions, peut-être alors me jugerai-je concerné.

— Vous n'avez jamais été amoureux ? » demanda Lise.

Le ton était assez sec pour décourager toute réponse. Juliette consulta sa montre qui indiquait dix heures et réprima un bâillement volontaire. Lise s'agita, elle avait visiblement hâte d'en finir avec cette soirée. Paul laissait la conversation s'éteindre, sans doute souhaitait-il se retrouver dans son lit en compagnie d'un livre des enfants Surrugues. Depuis la veille, il relisait *Sans famille* avec délectation. On aurait pu croire qu'Anne était de ces invités qui voudraient bien prendre congé mais ne savent pas comment procéder et hésitent, mais Juliette était sûre qu'au contraire il cherchait à prolonger la soirée sans arriver à trouver un prétexte qui lui fournît un nouveau ressort. Tous les quatre étaient des solitaires attablés ensemble. Juliette n'y tint plus :

« Moi, je me couche ! Fernande Surrugues va

m'appeler à je ne sais quelle heure, j'aime autant dormir. »

Déjà Lise s'était levée, bientôt imitée par les deux hommes. Juliette les raccompagna jusqu'au seuil du faré, elle avait envie de les pousser.

Elle regarda avec soulagement leurs ombres s'éloigner sur le sentier ; Lise, revenant tout à coup sur ses pas, bondit vers elle et lui prit la main :

« Tu n'auras pas peur toute seule ? Tu es sûre ? Tu ne veux pas que je reste ?

— Oh ! non. Surtout ne quitte pas Paul ! »

Lise lui adressa un geste de la main avant de rejoindre en courant les deux longues silhouettes qui suivaient le cône lumineux de la lampe. Le lagon était toujours aussi calme. A intervalles irréguliers une vaguelette poussait un soupir soyeux.

A peine rentrée, elle mit en marche l'électrophone en lui donnant tout son volume. Ce n'étaient plus des sons mais des clameurs qui emplissaient avec fureur ses oreilles. Elle marchait de long en large. Pour occuper ses mains, elle pela une de ces oranges sauvages que les enfants vont cueillir sur le plateau et vendent au bord de la route. Elle avait envie de se parler à haute voix mais ne savait pas quoi se dire. Après avoir de nouveau regardé sa montre elle se laissa tomber dans un fauteuil de rotin. Elle venait de prendre une décision, celle de laisser la direction aux événements. Si Fernande appelait avant onze heures, elle monterait à l'assaut de la bête jaune. Il n'était pas dans sa nature de laisser les circonstances se substituer à sa volonté, mais elle se trouva deux motifs. D'abord, si Fernande appelait vainement, la preuve pourrait être établie que Juliette avait quitté le faré à l'heure du crime. De plus qu'elle n'appelât pas à temps constituerait un signe négatif qui ordonnait de renoncer à l'expédition. Elle s'étonna de ressentir brusquement la crainte que le téléphone ne sonnât. Quand il sonna, elle crut rêver. Elle se précipita vers l'appareil avec l'espoir d'entendre la voix d'un ami de Surrugues mais ce fut la voix exquise d'une très jeune fille qui lui parvint des antipodes. Fernande, de l'autre bout du monde, demandait son père et s'étonnait. En quelques phrases brèves Juliette la rassura puis elle lui posa des questions pour le plaisir d'écouter encore ce chant de sirène qui provenait d'un Marseille matinal et ensoleillé où le mistral soufflait. Fernande, après avoir convenu d'un nouveau rendez-vous avec son père, remercia, raccrocha, brisant le charme. Rendue au silence, Juliette tenta d'imaginer les accents de Fernande et de prolonger cette musique intérieure. Au bout d'une minute, elle découvrit, avec un effroi qui accéléra et dérégla les battements de son cœur, qu'il ne lui restait plus le moindre prétexte pour ajourner son expédition. Quand elle pénétrait dans une mer un peu froide, elle avait l'habitude de compter jusqu'à dix puis de se lancer. Elle compta donc jusqu'à dix.

« Je procède par ordre », annonça-t-elle.

Elle gagna la chambre de Mme Surrugues avec l'intention de changer les draps mais ceux-ci étaient apparemment nets et elle se borna à écarter les couvertures et à donner quelques coups de poing dans l'oreiller de sorte que si, par un hasard improbable, Lise ou Paul revenaient on pût croire qu'après s'être recouchée, elle était allée se promener au bord de la mer pour vaincre une insomnie. Pour sortir elle traversa de nouveau la salle de séjour et remarqua qu'Anne avait oublié *Typhon* sur la table. Il était à peu près certain qu'il ne viendrait pas le rechercher à cette heure. Par précaution Juliette éteignit toutes les lumières avant de s'engager sous les arbres. Elle avait chaussé des espadrilles qui feutraient sa marche. Elle regretta d'avoir négligé de passer des socquettes car l'herbe était froide. Quelques étoiles brillaient, peu nombreuses, le ciel ayant dû de nouveau s'encombrer de nuages, mais suffisantes pour modeler le paysage d'un éclat discret. Elle retrouva l'arbre isolé et se haussa sur la pointe des pieds pour récupérer le kriss dans la fourche des branches. Elle avança des doigts prudents, craignant de rencontrer le tranchant de la lame. Elle le happa par le manche, effrayée par son geste ; il lui semblait s'emparer d'un animal venimeux. Mais, l'arme à la main, elle prit une assurance qui l'étonna. De même qu'Anne prétendait avoir joué des rôles, elle jouait à ses propres yeux le rôle d'un assassin. Avant de traverser la route, elle s'embusqua au bord du fossé. Les phares d'une voiture étaient apparus. Juliette la laissa passer, puis en quelques bonds franchit la route et s'engagea dans la végétation, écartant à l'aveuglette des branches et des palmes qui bruissèrent à peine. Elle se retrouva sur le tertre où elle avait l'habitude de se placer pour épier Levska. Elle l'aperçut dans le rayonnement du faré. Il tapait à la machine. Le plan de Juliette était précis. Il consistait à contourner le faré et à pénétrer dans la chambre encore obscure par une porte latérale qui échappait au regard de Levska. Elle exécuta ce mouvement tournant sans penser à ce qui allait suivre. Elle évoquait la voix de Fernande. Quand le déclic du téléphone l'avait abolie, Juliette se rappela avoir éprouvé la même révolte que lorsque Grognard en jouant avait culbuté une coupe d'opaline qu'elle adorait, et qu'elle avait longuement regardée brisée.

TROISIÈME PARTIE

I

PETRE LEVSKA soupesa les feuillets qu'il venait de taper, les glissa dans un dossier, posa une housse sur la machine, se leva, ouvrit la porte de sa chambre, alluma l'électricité, revint éteindre sa lampe de bureau et reprendre son revolver qui servait de presse-papiers à ses notes manuscrites ; il lui substitua un lourd coquillage nacré puis rentra dans sa chambre où il se hâta de fermer les volets blindés qu'il avait fait poser autour de la baie vitrée. Successivement il assujettit une barre d'acier devant la porte qui donnait sur l'intérieur et devant celle qui donnait sur le jardin. Pour libérer ses gestes il avait glissé le revolver dans la poche de son blouson jaune, il l'en retira et le déposa dans le tiroir de la table de nuit. Ce vieux meuble au plateau de marbre et aux pieds torsadés devait être arrivé dans l'île avec Segalen ou même Gauguin. Il en tira le battant et s'empara d'un pot de chambre blanc devant lequel il s'accroupit pour pisser. Ayant remis le pot à sa place il referma le battant, se redressa et commença de se déshabiller.

Il passa un maillot de corps qui lui descendait jusqu'aux cuisses, ingurgita un cachet et la moitié de l'eau que contenait un verre trapu muni d'une anse analogue à ceux dans lesquels on boit la bière. Il se pencha sur le lit, écarta les draps, jeta un cri bref, de douleur et de surprise, et tomba en avant. L'épaisseur du matelas amortit sa chute. L'effort qu'il fit pour se mettre aussitôt sur le dos lui arracha un long gémissement. Il contemplait une jeune femme sombrement vêtue qui se tenait debout à quelques pas du lit, un poignard dans la main. Il balbutia quelques mots en tchèque puis revint au français :

« Mais vous êtes folle ! » souffla-t-il.

Dans un accès de pudeur il tira le maillot sur son ventre. Il ne put retenir une nouvelle plainte et laissa aller son bras sur le lit. Ses bras comme ses cuisses étaient gras et musclés ; ses yeux s'agitaient dans un visage que la souffrance figeait. Il réussit à articuler :

« C'est vous qui m'avez envoyé des lettres ?

— Oui.

— Qui êtes-vous ?

— Nous nous connaissons. A Prague, quand j'étais petite vous me donniez des bonbons. J'étais trop petite, je ne me rappelle de vous que ces bonbons qui étaient au miel et aussi que vous vous mettiez à quatre pattes pour me servir de cheval. Mais je ne vous reconnais pas. »

Levska avait un large visage plat dont l'âge avait usé la peau sans y creuser de rides ; ce nez courbe, ces yeux brillants, ces lèvres entrouvertes mais figées, lui donnaient les apparences d'un portrait et même, tant il était pâle et sombre, d'une gravure.

« Tu es la fille d'Étienne et de Louise Sajka.

— Donc vous savez pourquoi j'ai voulu vous tuer. »

Sans remuer son torse il tendit un bras vers le haut du lit en direction de la table de nuit que Juliette souleva et écarta :

« Je ne cherche pas mon revolver », dit-il.

Il exécuta en grognant une demi-rotation qui le mit sur le côté.

« Est-ce que je saigne beaucoup ? »

Juliette, qui se tenait à deux mètres de lui, s'approcha après avoir hésité et souleva le maillot de corps. Quelques gouttes de sang perlaient au seuil de la blessure dont le sillon se prolongeait, bleu dans la transparence de la peau.

« Non, vous ne saignez à peu près pas. Ce qui ne prouve rien d'ailleurs. Vos pieds et vos mains ne sont pas glacés ? »

Il réfléchit avant de répondre :

« Non, je ne sens pas.

— D'ailleurs je ne vois pas pourquoi vous auriez une hémorragie interne. La lame a dérapé sur vos côtes sans les traverser. Vous pouvez vous remettre sur le dos.

— Je souffre beaucoup moins dans cette position. »

Il ajouta :

« Je crois qu'en effet je ne suis pas gravement blessé.

— Qu'est-ce que nous allons faire ? demanda Juliette.

— Tu n'as sûrement pas l'intention de m'achever. »

Elle poussa un soupir, il répéta :

« Tu n'as pas l'intention de m'achever ?

— Non...

— Alors le mieux est que tu t'en ailles. Nous nous reverrons. Pour ce qui est de ton père je t'expliquerai. Enfin j'espère arriver à t'expliquer. Tu es entrée par quelle porte ? Celle du jardin ?

— Oui, bien sûr, sans ça vous m'auriez vue. »

Il réussit à s'asseoir puis à se redresser et à faire un pas. Juliette tenait toujours à la main le kriss qui était à peine bruni par le sang. Elle restait sur la défensive pendant qu'il se dirigeait d'un pas raide vers la porte.

« As-tu laissé des empreintes sur la poignée ?
— Sans doute.
— Essuie-les. Quand tu seras sortie n'oublie pas d'essuyer la poignée extérieure. »
Les mâchoires crispées, il souleva la barre d'acier et ouvrit la porte.
« Je remettrai la barre derrière toi. Dans cinq minutes je sonnerai mon domestique. Tu as juste le temps de filer. Je ne te dénoncerai pas, sois tranquille.
— Je vous comprends. Dénoncer la fille après avoir dénoncé le père ce serait trop volumineux. »
Elle referma la porte en ajoutant :
« Et ça pourrait nuire au succès de votre œuvre. »
Le vent du sud s'était levé, froid, qui brassait bruyamment les feuillages. Pourtant elle entendit les hoquets grinçants de la barre d'acier que Levska glissait maladroitement dans le clenche. Elle dévala précipitamment la pente jusqu'à la route. Le vent avait éclairci la nuit. Elle s'arrêta un instant pour observer puis traversa la route en quelques bonds et se retrouva dans les herbages du grand faré. Elle essuya le manche du kriss dont elle nettoya la lame en l'enfonçant à plusieurs reprises dans la terre puis elle abandonna l'arme là où elle l'avait trouvée. Lointains et véhéments les aboiements d'Anne Coquet éclatèrent. Juliette se hâtait, le dos courbé. Elle courut en reconnaissant la voix de Lise. Le faré était de nouveau éclairé.
« Juliette ! Juliette !
— Oui, me voilà ! Qu'est-ce que tu lui veux à Juliette ? Tu n'as pas fini de crier comme ça...
— J'ai trouvé le faré éteint, je t'ai cherchée partout.
— J'aime mieux faire pipi dans la nature que dans la lunette des cabinets, c'est mon côté écolo.
— Paul est très mal.

— Qu'est-ce qu'il a ?

— Il criait. Je suis venue. Il étouffait. Il souffrait. Il demandait de l'air. Après je crois qu'il s'est évanoui. Alors j'ai couru. »

Elles se précipitèrent ensemble vers le sentier. Le lagon secoué par le vent renvoyait la lumière des étoiles. Juliette entra la première dans le petit faré et trouva Paul allongé sur le lit, immobile, la bouche entrouverte. Elle déboutonna la veste de pyjama et du bout des doigts surveilla le cœur. Puis elle chercha le pouls sur le poignet. En se relevant elle poussa un soupir de soulagement.

« Tout va bien. Il s'est seulement endormi. »

Elle entraîna Lise dans leur chambre, se déshabilla, avala sans eau deux comprimés de somnifère, se dévêtit avec précipitation et s'enfonça dans le lit où Lise la rejoignit.

« Pourquoi avais-tu éteint dans le grand faré ? demanda Lise.

— A cause des moustiques. Laisse-moi dormir. »

Une minute plus tard la respiration de Juliette était devenue régulière. Lise entendit la modulation d'une sirène qui progressa le long de la route et s'arrêta net, bientôt suivie d'une seconde.

Quand elle s'éveilla, le vent du sud fourrageait toujours les arbres, le ciel était pur, le soleil soudain brutal. Juliette s'était déjà levée et Lise la trouva dans la chambre de Paul.

« Je ne me rappelle pas avoir crié, expliquait Paul, je me rappelle avoir rêvé. J'étais accroché au rebord d'un toit, au-dessus du vide. Ange se promenait sur les ardoises en m'appelant sans paraître voir ma tête.

— Quel Ange ?

— C'est une chatte qu'il a aimée, expliqua rapidement Juliette, elle est morte.

— Au prix d'un effort exténuant je me suis hissé sur le bord du toit qui était d'une très forte pente. Dès que je m'approchais d'Ange, au moment où j'allais la toucher elle s'éloignait de quelques foulées puis se retournait pour m'appeler de nouveau. Je ne suis pas sûr mais je crois qu'elle m'appelait par mon prénom. C'était épuisant et vertigineux de la suivre sur ce toit sans jamais la rejoindre. Je me suis couché sur le dos, assailli par les remords : il fallait que je la rattrape pour l'empêcher de tomber, pour la serrer sur mon cœur. Pour toujours. Je me disais que je la garderais ensuite serrée contre ma poitrine, que je ne me détacherais plus jamais d'elle. Mais j'étais tellement fatigué que je n'arrivais pas à me relever, je ne retrouvais pas ma respiration et Ange m'appelait. En même temps j'ai entendu ta voix, Lise.

— Naturellement, coupa Juliette si impatiente de parler qu'elle parlait la bouche pleine, tu meurs d'envie de téléphoner à Léone pour lui raconter ta nuit. Tu m'as dit qu'elle aussi rêvait à Ange. C'est émouvant d'échanger des songes. »

Le plateau du petit déjeuner était posé sur le lit. Paul assis dans le désordre des draps buvait son café en fumant une cigarette. Juliette était assise au bout du lit, elle mangeait une tartine de confiture, Lise aussi tout en buvant du café dans la tasse de Juliette.

« J'ai déjà téléphoné à Léone. Hier.

— Figure-toi que je le savais. A Léone et à Germaine aussi.

— J'ai le droit, non ? »

Sa tartine à la main, Lise se leva et s'avança jusqu'au seuil du faré. L'air était d'une transparence acide. De courtes vagues anguleuses remuaient le lagon. Les escarpements du récif que battait lourdement la houle de l'océan étaient délinéés par l'écume. L'île de Moréa semblait toute proche. Lise, en chemise de nuit, les pieds nus, brusquée par le vent, enveloppée par le soleil, s'attarda en mâchonnant puis rentra dans le faré où Juliette exposa :

« Avec Paul nous venons de décider qu'il était temps de prévoir le retour. Aujourd'hui nous réserverons les places. D'ailleurs, poursuivit-elle en s'adressant à Paul, tu as annoncé notre départ à Surrugues, du moins c'est ce qu'il a compris.

— D'accord mais, rentrer à Paris sans scénario...

— Je t'ai déjà dit que tu tenais ton scénario. Imagine un Anne Coquet qui fuit autour du monde un mal qui est à l'intérieur de lui-même, qu'il connaît. Des souvenirs l'escortent, le tourmentent, partageant sa fuite. Il vit entre un passé qui remonte comme de l'eau dans un syphon et un futur qui lui est interdit. Il faut seulement que tu l'écrives. Ce n'est pas sur la plage que tu y réussiras. Cette île répugne au travail. J'ai encore quelques semaines de liberté, nous nous installerons à Lucé, tu dicteras quatre heures par jour...

— C'est vrai. Pour travailler je m'imagine mieux à Lucé qu'ici.

— Tu ne vas tout de même pas sacrifier ton film à Maritia.

— Je compte me servir un peu d'elle dans le scénario, c'est tout.

— Alors il faut prévenir Surrugues qui connaît les gens d'Air France, nous aurons des places très vite.

— Justement ! Surrugues, il arrive ! » jeta Lise.

Aussitôt Juliette passa une robe de chambre en batiste grise qu'elle avait dénichée, la veille, toute froissée au fond de son sac. Paul ralluma une cigarette, Juliette s'assit, tous trois regardèrent entrer Surrugues.

« Vous connaissez la nouvelle ? demanda-t-il sans préliminaires. Cette nuit Petre Levska a été la victime d'une tentative de meurtre.

— Il est mort ? demanda Paul.

— Non. On l'a mené à l'hôpital, il a été opéré par

mon ami Plantin. La blessure est embêtante parce que le poignard a lésé les nerfs et éraflé plusieurs côtes. Il a un peu de fièvre mais c'est sans gravité. L'affaire de huit jours.

— C'est un crime politique ? demanda Juliette.

— Un crime insoluble. Il avait fait de sa chambre un bastion. Portes et fenêtres étaient hermétiquement closes. Il a fallu découper une des portes pour entrer. Or il n'a pas pu se donner lui-même un coup de poignard dans le dos. De toute façon on n'a pas retrouvé l'arme. Il était évanoui quand les flics sont entrés. A l'hôpital il a retrouvé tous ses esprits. Il a déclaré qu'il avait été frappé à l'improviste et qu'il n'avait pas vu son agresseur. Ce qui est rageant, poursuivit Surrugues, c'est qu'on parlera dans le monde entier de cette histoire parce que Levska est connu mais le plus intéressant ne touchera personne.

— Le plus intéressant ?

— Si c'était à Paris, à New York ou même dans le Puy-de-Dôme qu'un homme était frappé dans une pièce hermétiquement close, que cet homme s'appelât Dupont ou Brown, on en ferait tout un plat. On évoquerait les annales du crime, les énigmes de la littérature policière, mais puisque ça s'est pasé à Tahiti on pensera tout simplement que la police a laissé échapper l'assassin ou n'a pas trouvé le poignard parce qu'elle est négligente. J'ai fait l'année dernière une conférence sur les rapports de l'acupuncture et de la physique quantique à laquelle l'univers entier est resté indifférent, alors que si je l'avais faite à Los Angeles ou à Strasbourg elle aurait troublé le monde savant. Est-ce que ma fille a téléphoné ?

— Oui, répondit Juliette avec empressement. Je lui ai expliqué que vous aviez été retenu à Moréa par un malade. Elle va très bien. Vous ne nous aviez pas dit qu'elle avait une voix divine.

— Je ne l'avais jamais remarqué, murmura Surrugues en retirant ses lunettes comme pour retrouver plus nettement en lui la résonance de cette voix. Personne n'en a été frappé, ajouta-t-il, d'autant qu'elle chante faux. Et comme tous les gens qui chantent faux, elle aime chanter. »

Il escorta cette remarque d'un lent sourire aigu qui fendit entièrement l'étroite partie inférieure de son visage. Il avait remis ses lunettes. On pouvait aussi bien croire qu'il s'exprimait entièrement dans ce mouvement de physionomie ou qu'il cherchait à se dissimuler derrière une apparence de cynisme.

« Paul a un service à vous demander, jeta Lise avec autorité, vous avez des amis à Air France, il est temps que nous songions au départ, pourriez-vous les joindre ?

— Je m'en occupe. Mais c'est quand même déconcertant : cette tentative de meurtre n'étonne personne. On a l'air de la trouver naturelle.

— Naturelle ! »

Juliette qui était assise au bord du lit s'était soulevée, elle se laissa retomber en ajoutant :

« Vous avez dit "naturelle" ? »

Maritia apparut à l'entrée du faré ; elle n'était vêtue que d'une paire de lunettes vertes très claires qui dilataient son regard, d'un collier de fleurs et d'un chapeau en paille de latanier.

« Redescends sur la plage ! s'écria Surrugues. Si Ticha te voit, elle va encore en parler au pasteur et on n'en aura pas fini. Va-t'en !

— Va-t'en ! » répéta Lise.

Surrugues fut étonné d'être obéi et après le départ de Maritia demeura muet, le regard incertain. Enfin il se décida à annoncer qu'il lui fallait partir pour Papeete, qu'il reviendrait déjeuner et rapporterait des coquillages qu'une cliente lui avait promis. Juliette assura qu'elles se chargeraient du reste et Surrugues qui était embarrassé et, visiblement, ne savait pas pourquoi sortit en lançant un geste d'adieu disproportionné. Il ressemblait à un tribun saluant une dernière fois une foule en délire.

« Tu vois, Juliette, dit Paul d'une voix retenue, tu rêvais de la mort de Levska. Il est blessé. Le sort s'en est chargé.

— Je m'en fiche bien de Levska, répondit tranquillement Juliette. Vivant, mort ou blessé, il ne m'intéresse pas. Tout ce que j'espère c'est que Surrugues ne va pas oublier de retenir nos billets. »

En parlant elle avait franchi le seuil du faré. Elle se retourna :

« Le vent du sud est tombé. La brise est molle. »

Lise l'avait suivie. Toutes deux firent quelques pas. Bientôt elles aperçurent Maritia allongée sur la plage.

« On la vire ? » demanda Lise.

Elles dévalèrent le talus rocheux et saisirent Maritia l'une par les épaules l'autre par les pieds. Elles la soulevèrent, entrèrent dans l'eau et l'y jetèrent.

« Remonte dans ton vaa et fous-nous le camp ! » ordonna Lise.

Juliette ajouta :

« Tu peux revenir cet après-midi si tu y tiens mais te voir toute la journée ce n'est plus possible. »

Maritia s'était juchée à bord du vaa. Elle ne protestait que faiblement :

« Rendez-moi mon paréo et mon Sénèque. »

Lise, la chemise de nuit alourdie par l'eau de mer, remonta sur la plage et en revint pour tendre à Maritia le livre enveloppé dans la robe.

« Et mes cigarettes !

— Tu les retrouveras cet après-midi, on ne te les volera pas. »

Seules, Lise et Juliette ne regardèrent pas leur

ennemie s'éloigner sur le vaa, elles se regardèrent.

« Cette nuit, quand Paul était malade et que je suis venue te chercher...

— Oui ?

— Je t'ai appelée sur tous les tons, j'ai fouillé le grand faré, j'en ai fait le tour et j'ai repéré ta silhouette sous les arbres. Tu venais de la route.

— Lise, méfie-toi de tes excès de lucidité.

— Tes histoires avec Levska ne m'intéressent pas, mais je trouve moche, alors qu'à tort ou à raison tu croyais Paul à la dernière extrémité, que tu l'aies traîné jusqu'au milieu du Pacifique au lieu de le ramener en France.

— Tu sais que je lui ai proposé de rentrer à Paris.

— Tu lui as proposé sans insister. Tu étais obsédée par Tahiti. Tout à l'heure si tu t'es décidée à demander à Surrugues qu'il nous retienne des places d'avion, c'est tout simplement parce que tu avais trouvé, cette nuit, l'occasion de faire enfin ton coup.

— Lise, ta puissante intelligence t'égare. Comment aurais-je fait après avoir frappé Levska pour m'évader d'une chambre hermétiquement close ?

— Je n'en sais rien et ça m'est égal. Ce qui compte c'est que Paul est malade, aucun doute là-dessus, et que toi tu le tiens pour quantité négligeable, tu le sacrifies à tes fantasmes. Ce mot dont tu raffoles c'est bien celui qui convient ?

— Je n'ai pas sacrifié Paul à Levska, c'est l'inverse. J'ai cru que si je tuais Levska le mauvais sort serait conjuré. Quand tu m'as annoncé que Paul étouffait, je me suis dit : c'est parce que j'ai raté Levska. »

Sous l'effet de l'étonnement Lise ressembla de nouveau à Bécassine. Elle se laissa tomber sur le sable, s'assit, balbutia :

« Alors, c'est bien toi, vraiment toi ?
— Je te dis que j'ai voulu sauver Paul mais c'est impossible à expliquer. »

Deux képis étaient apparus au-dessus du talus, suivis de deux visages bronzés puis de deux corps. Les gendarmes dévalèrent lestement la pente de rochers et, derrière eux, Paul, toujours en veste de pyjama, qui descendait avec plus de précaution. Les deux gendarmes portèrent la main à la visière de leur képi et exposèrent leur requête. Ils cherchaient quelques éclaircissements chez les voisins de la victime.

« Moi, dit Paul, je n'ai entendu que les sirènes.
— Moi aussi », murmura Lise les yeux baissés.

Juliette prit une cigarette dans le paquet de Maritia et l'alluma tout en feignant d'interroger sa mémoire.

« Moi, dit-elle enfin, je n'ai rien entendu du tout. Je dormais.

— Le docteur Surrugues était à Moréa cette nuit. Tous les trois vous habitez le petit faré ? Au moment de la tentative criminelle il y avait de la lumière dans le grand faré.

— Oui, j'ai attendu un appel téléphonique de la fille du docteur Surrugues. Ensuite je suis revenue ici et je me suis endormie.

— Aucun de vous n'a entendu une voiture s'arrêter le long de la route puis repartir un peu plus tard ? »

Tous trois hochèrent négativement la tête. Il n'y avait plus un souffle de vent, le ciel était pâle, le soleil brûlait.

« Bref, vous n'en savez pas plus ? Et nous non plus... Il nous faut relever vos identités. Vous pouvez nous présenter vos passeports ?

— Alors, remontons », dit Paul avec une certaine impatience.

Devant la porte du faré les deux gendarmes s'arrêtèrent, ils hésitaient à entrer, il fallut que Paul les en priât expressément. En sortant son passeport de sa valise Lise observa :

« Ça me fait un drôle d'effet de revoir ça. On dirait la fin des vacances.

— Vous comptez repartir bientôt ? demanda le plus gros et le plus bavard des gendarmes. Malgré ce beau temps ? En France, c'est comme toujours, il pleut.

— Nous avons déjà prolongé notre séjour, répondit Juliette en souriant, Tahiti est une île ensorcelante, on n'arrive pas à s'en détacher.

— Vous ne croyez pas si bien dire. Il y a des particuliers qui ont débarqué ici pour passer une semaine et vingt ans après sont toujours là. Tenez, sur le port il y a une speakerine de la radio, elle avait économisé pour venir passer ses vacances dans les îles, elle n'est pas repartie, elle fait du gardiennage de bateaux. Et ce pauvre M. Levska c'est un peu du pareil au même, il était aux U.S.A. Il est venu faire un tour en Polynésie, il s'est acheté son faré, celui-là non plus n'est pas prêt de repartir. »

Pendant que le gendarme discourait, son collègue, les sourcils froncés, s'était assis et copiait sur son carnet les noms et les adresses. Il releva enfin la tête :

« Vous connaissiez un peu la victime ?

— Non, dit Paul, il restait toujours chez lui.

— C'est un homme qui travaille d'arrache-pied. Il écrit l'histoire de sa vie, même qu'il m'a conseillé d'en faire autant quand je me serai retiré dans ma petite Puisaye. Le gendarme de Tahiti ça ferait un titre. Mais je préfère les prises de vue, vous qui êtes dans le cinéma, monsieur Bâche, vous devez me comprendre. Au téléobjectif j'essaierai de prendre des lièvres et des martins-pêcheurs. Ils sont tellement rapides que personne n'arrive à les saisir au téléobjectif, vu la vitesse angulaire. Mais j'aurai tout mon temps devant moi. »

Après le départ des gendarmes, Paul fit observer qu'ils auraient peut-être été contents de prendre un verre, puis il sortit, jeta un regard sur la plage et revint l'air distrait.

« Si c'est Maritia que tu cherches, lança Lise, je te préviens qu'elle reviendra cet après-midi. Pour une fois nous allons passer une matinée tranquille. »

La matinée s'écoula en effet doucement et insensiblement. Un peu avant midi, elles allèrent faire leur marché à l'épicerie-buvette. Dans le chemin qui menait au faré de Levska, elles remarquèrent une voiture de la gendarmerie et une camionnette qui stationnait à l'ombre. Sur la route elles ne parvinrent pas à se parler. Elles voulaient éviter d'aborder le sujet qui les occupait. Au retour, Lise laissa échapper :

« Après que tu l'as frappé il s'est évanoui ou quoi ?

— Non, nous avons bavardé.

— Bavardé ! »

Dans la cuisine, elles retrouvèrent Ticha à qui elles confièrent leurs acquisitions. Ticha tira les steaks de leur cellophane, puis, ayant regardé sa montre, sortit précipitamment de la cuisine en leur criant qu'il y avait une édition spéciale à la télévision sur l'assassinat du voisin. Dès que l'écran se fut éclairé, elles reconnurent en effet le faré de Levska. L'opérateur avait effectué un zoom sur la porte du faré qu'il avait fallu découper pour pénétrer dans la chambre de Levska. Dans la pénombre, ils distinguèrent l'intérieur de la chambre où un gendarme et deux civils « procédaient à un examen approfondi des lieux ». Dans la lumière de nouveau violente du jardin, un commissaire principal en manches de chemise, tout souriant, regretta de ne pouvoir fournir d'autres détails, « l'enquête n'étant pas encore assez avancée ». Surgit l'hôpital de Papeete, un bloc blanc écrasé par le soleil. Puis un lit où Levska le drap remonté jusqu'au menton essayait de sourire. « Je ne comprends rien, dit-il seulement, je ne me rappelle pas, l'essentiel c'est que ma blessure soit légère. » Défilèrent ensuite des bandes d'actualité : Levska donnant une conférence de presse, Levska dédicaçant ses livres. Le reporter rappelait que, né en 1914, Levska était entré très jeune au parti communiste tchèque et qu'il avait été arrêté à deux reprises avant de rejoindre les brigades internationales en Espagne puis de participer à la Résistance en France. Haut fonctionnaire de la Sécurité, il était passé dans la diplomatie après le printemps de Prague, en avait profité pour choisir la liberté. Installé à Tahiti depuis deux ans, il se consacrait à son œuvre. Son œuvre dérangeait-elle certains ? L'émission se terminait par deux gros plans, celui de son revolver posé sur la table de nuit, celui de sa machine à écrire.

Paul était apparu pendant les dernières images.

« Ils ne sont toujours pas plus avancés ?

— Non », dit Juliette.

Lise ajouta :

« Le journaliste a trouvé une formule : le crime impossible.

— Il faudrait relire *Le Mystère de la chambre jaune.*

— Jaune, murmura Juliette, jaune c'est curieux.

— Cette affaire est curieuse en effet ! s'exclama Surrugues qui entrait portant deux couffins humides, remplis de coquillages. J'ai donné deux interviews ce matin, une à *La Dépêche,* une autre aux *Nouvelles.* Et demain quelle journée m'attend quand les journalistes américains et australiens auront débarqué ! Levska n'était pas seulement pour moi un de mes patients, il était et il est un ami, poursuivit-il en enflant la voix comme s'il prononçait un discours, et je le défendrai contre toutes les insinuations d'où qu'elles viennent. On va jusqu'à dire qu'il s'est éraflé le dos lui-même pour qu'on parle de lui ! D'autres mettent en doute sa santé mentale. Il a contre lui les anticommunistes systématiques et viscéraux qui lui reprochent son passé et les cryptos qui ne lui pardonnent pas son présent. Je me suis retranché derrière le secret professionnel et j'ai bien précisé que c'était seulement en tant qu'ami que je m'exprimais. Lise, soyez assez gentille pour donner des coquillages à Ticha afin qu'elle les farcisse. Nous les mangerons ce soir avec le général Hurlu. Pour ce matin, qu'elle improvise des hors-d'œuvre. Il faut vous dire, poursuivit-il sans reprendre haleine, que j'avais invité à dîner le général Hurlu qui désirait connaître Levska qui refuse tous les dîners, sauf chez moi. J'ai prévenu le général pour lui donner la possibilité de se décommander, mais il m'a assuré, peut-être par pure politesse, qu'il serait ravi de dîner ici en petit comité. Nous sommes deux vieux copains, le général et moi, je l'ai connu colonel.

— Le contraire aurait été plus étonnant », observa Paul.

Après réflexion, Surrugues voulut bien rire.

« Il est en inspection dans les D.O.M.-T.O.M. Je ne sais pas trop ce qu'il inspecte, lui non plus probablement, mais c'est un homme beaucoup plus fin qu'il n'y paraît d'abord, précisa-t-il en prenant lui-même un air fin. Si vous n'y voyez pas d'inconvénient, nous dînerons donc tous les cinq et j'ose espérer que, les dieux aidant, nous passerons une heureuse soirée. »

Ils s'attablèrent devant la salade de tomates que Lise venait d'apporter.

« Je ne savais pas qu'il y avait encore des généraux, dit Lise. Pour moi le dernier c'était de Gaulle. Je pensais qu'après il n'était plus resté que des maréchaux, Amin Dada, Tito et les autres.

— Ce genre de naïveté, serait-il étudié, n'en est pas moins délicieux, proclama Surrugues dont le sourire se fendit de nouveau. L'ami Levska, poursuivit-il avec le même enjouement, m'a fait demander. Je lui manque. Il a seulement confiance en moi, ce qui est un tort parce que je ne suis pas plus infaillible qu'un autre. Mais sa requête me touche. Après le déjeuner je passerai à l'hôpital. Il y aura probablement des photographes de presse. Je ne pourrai pas m'empêcher d'embrasser Levska. Ce genre de photo peut faire le tour du monde, mais je n'ai pas besoin de préciser que je m'en fiche. On me dit que je ne soigne pas assez ma réputation ; qu'ai-je à faire de la publicité ! Je ne suis pas une starlette. J'en ai malheureusement passé l'âge. »

Il était décidément de bonne humeur, il voulait la faire partager et tentait, sans succès, d'éveiller l'entrain des autres. Pour retrouver leur attention, il lança une nouvelle :

« La plaie n'a posé de problème à Plantin que parce que le derme est étrangement déchiqueté. Si la blessure avait été due au kriss malais qu'on m'a volé... »

Ticha qui déposait des grillades sur la table l'avait interrompu :

« Tu veux dire ce couteau qui était accroché sur le mur et auquel tu tenais tant ?

— Exactement, répliqua Surrugues avec une soudaine brutalité, et tu sais qui l'a volé ?

— Comment je le saurais ? »

Le déjeuner se poursuivait en silence ; tout à coup, Surrugues sursauta.

« J'oubliais complètement de vous dire que vos places étaient retenues dans l'avion de demain. En fin de matinée. Vous n'avez pas à confirmer, je l'ai fait moi-même. Vous réglerez votre passage à l'aéroport. Il va de soi que je vous accompagne. »

Cette nouvelle les avait séparés ; ils partaient, lui restait. Il le sentit ainsi et proposa :

« Je peux m'en occuper cet après-midi et retarder votre départ de deux ou trois jours.

— Non, assura Juliette, c'est très bien. »

Ils en étaient aux fruits quand le téléphone se réveilla. Surrugues bondit, à peine eut-il décroché qu'il posa la main sur l'appareil et leur confia avec enthousiasme qu'il s'agissait d'un journaliste suédois. Il prit rendez-vous avec lui dans les couloirs de l'hôpital.

« Maintenant, il faut que je parte, je ne veux pas faire attendre Levska.

— Pouvez-vous me déposer à Papeete ? » demanda Juliette.

Paul et Lise, silencieux, la regardèrent partir derrière Surrugues.

La route trop connue commença de défiler. Juliette ferma les yeux pour demander :

« Voulez-vous m'emmener avec vous à l'hôpital ?

— Les photographes vous intéressent ?

— Je veux voir Levska.

— Sa blessure est légère d'accord, mais il a besoin de repos. Je vous ai proposé trente-six fois de le rencontrer, vous avez refusé. Qu'est-ce qui vous prend ?

— Il s'attend à me voir. Vous me laisserez sur le seuil de la pièce, vous l'embrasserez autant que vous voudrez, après vous lui direz que je suis là. »

Surrugues poussa un soupir d'acquiescement. Cette demande imprévue constituait la première contrariété de sa journée.

« S'il n'a aucune envie de vous voir, reprit-il, je vous saurais gré de ne pas insister.

— Rassurez-vous. »

Quand elle découvrit le bloc de béton blanc, elle poussa un cri qui attira le regard de Surrugues.

« Excusez-moi, dit-elle, j'ai cru avoir vu ce lieu dans une autre vie, alors que c'est la télévision qui me l'a montré tout à l'heure. »

Ils entrèrent facilement dans l'hôpital, mais arrivés à l'étage où Levska était soigné, ils durent traverser un rassemblement de journalistes, de photographes, de policiers en civil et de gendarmes. L'infirmière-chef, une Tahitienne épaisse de taille mais brave de mine et souriante de visage, reconnut Surrugues et les laissa entrer tous les deux. La chambre de Levska était basse, et très claire bien que les stores fussent baissés.

« Mon cher Petre, vous pouvez vous vanter de m'avoir fait une de ces peurs ! Heureusement que j'ai été tout de suite rassuré. Dans huit jours cet incident ne sera plus qu'un mauvais souvenir. Vous souffrez ?

— Un peu oui, malgré les sédatifs.

— Plantin m'a permis de me promener sur ses plates-bandes ; je vais vous placer une seule aiguille, vous ne la garderez pas longtemps, je vous demanderai seulement de ne pas parler. »

De sa trousse, Surrugues avait tiré un assortiment d'aiguilles, il choisit l'une des plus longues, écarta la veste de pyjama, planta l'aiguille dans l'épaule d'un geste rapide dirigé par la certitude. Le silence s'était instauré. Du dehors montaient des roulements de voitures et des chants d'oiseaux. Levska restait immobile mais son regard se promenait et rencontra tout à coup la silhouette sombre de Juliette. Le visage était resté impassible, cependant Surrugues avait deviné que Levska avait découvert la présence de Juliette ; il dégagea l'aiguille et entama les présentations.

« Votre présence me fait beaucoup de plaisir, déclara Levska. Je vous ai souvent aperçue avec vos deux amis au bord de la route, sous les arbres ou dans la voiture du docteur à qui j'avais même confié qu'il me plairait de faire votre connaissance. »

L'accent roulant avec lequel il prononçait le français aurait pu le faire passer pour bourguignon.

« Nous savions que vous travaillez et nous avions peur de vous déranger, mais aujourd'hui...

— Aujourd'hui que je suis grabataire vous ne craignez plus de me distraire et vous avez bien raison. Vous agissez en bonne voisine. Dans une île on est toujours heureux de voir un nouveau visage. Du coup on a moins l'impression d'être prisonnier.

— Douce prison, observa Juliette.

— Voluptueuse même si on la compare à certaines autres auxquelles vous pensez. Une prison embaumée que j'ai le droit de quitter pour peu que l'envie m'en prenne, où l'on ne me menace ni ne me torture. Il est vrai que depuis ce matin on m'a un peu interrogé mais j'ai répondu que je ne me rappelais rien et on s'en est satisfait avec juste une petite déception que je ne partage pas. Le roman policier n'est pas un genre qui se pratique en Tchécoslovaquie ou en Russie, et je reste indifférent aux solutions de ces sortes d'énigmes. En revanche, je serais enchanté, si vous avez le temps, que nous bavardions tous les deux un moment. »

Surrugues referma bruyamment sa trousse et fit quelques pas à reculons.

« En ce cas je vais vous laisser.

— Je ne voudrais pas que vous négligiez vos patients pour moi. Mais revenez, vous reprendrez Juliette au passage. Six heures et demie, ça vous va ?

— Vous savez qu'il est à peine seize heures trente ?

— Aura-t-elle jamais envie de revoir un vieux monsieur aussi ennuyeux que moi ? Pendant que je la tiens, je la garde.

Dès qu'il fut sorti, sans un mot d'adieu, Juliette prit une chaise, la tira près du lit et s'assit de sorte que son visage était placé au-dessus du visage de Levska. Leurs yeux se fixaient à quelques centimètres.

« D'accord je suis responsable de l'arrestation donc de l'exécution de ton père, déclara-t-il sans ciller. Mais c'était lui ou moi. Nous étions l'un et l'autre de hauts fonctionnaires de la Sécurité. Nous faisions en outre partie d'une commission qui comportait des Tchèques et trois Russes. Elle rendait des arrêts secrets, immédiatement exécutés. Ce métier, ton père le faisait comme moi. Nous ne nous en prenions qu'à des membres du Parti, parfois de vieux militants qui avaient été des héros. Tu vas te demander pourquoi ton père et moi qui dans une certaine mesure avions été aussi des héros en Espagne, en France, en Allemagne, pourquoi nous avions accepté même sollicité cette besogne. Nous étions victimes de deux modèles. Celui de la Révolution française et celui de la Révolution soviétique. Déjà Trotski et Lénine se référaient constamment au modèle français. Ils étaient favorables à Robespierre, à Saint-Just, à Fouquier-Tinville, envoyant à la guillotine les girondins bien que ceux-ci fussent des révolutionnaires convaincus. Sous Lénine et plus encore sous Staline, les bolcheviques n'ont pas cessé d'expédier à la mort d'autres bolcheviques. Même Staline avait édifié en principe que plus la révolution était forte, plus la situation semblait stable, plus l'ancienne classe dirigeante redoublait d'efforts pour contaminer notre parti. Je crois qu'au début j'ai admis de bonne foi et ton père aussi, que nos ennemis les plus redoutables étaient à l'intérieur du Parti. Nous croyions participer à une entreprise salubre. En général, c'étaient les Russes qui, grâce à leur puissant réseau d'informations, nous désignaient les proies qu'aussitôt nos services surveillaient puis arrêtaient, nous laissant le soin de trouver de prétendus témoins qu'ils transformaient en accusateurs. J'ai compris le danger quand j'ai lu dans plusieurs journaux tchèques les éditoriaux qui se ressemblaient, tous inspirés par le thème suivant :

certains de nos camarades sont des cosmopolites qui, pendant la guerre, après avoir lutté sincèrement pour le communisme, ont été amenés pour sauver leur vie à entrer en contact avec des services secrets français, anglais, américains, allemands ; ils ont eu la vie sauve mais se sont laissé engager dans un engrenage qui fait d'eux aujourd'hui les pires ennemis de la classe ouvrière, les plus dangereux étant les juifs qui ont été plus sensibles à la haute finance internationale et servent dans nos rangs les intérêts de la City et de Wall Street. Je suis juif, ton père est demi-juif.

— Je sais.

— Écoute-moi encore : à partir de ce moment-là ma bonne foi a été remplacée par la peur. J'ai eu peur pour ma liberté et ma vie parce que je rentrais trop bien dans les traits de ce portrait-robot, de même que ton père. Nous avions franchi les Pyrénées ensemble, en Espagne nous avions plus lutté contre les socialistes et les anarchistes que contre les franquistes. Nous avions opéré ensuite sur le territoire français, ton père avait été mis dans un camp de concentration, j'avais mené à bien son évasion et c'est ainsi qu'il avait connu ta mère, puis pendant les années suivantes dans le Massif Central et à Paris nous avons appartenu au même réseau, nous avons été arrêtés par les Allemands à quelques mois d'intervalle, expédiés tous les deux à Mauthausen où nous avons réussi à survivre. Que d'occasions en effet pour nous d'entrer en contact avec des services secrets capitalistes ! Le fait de siéger dans cette toute-puissante commission, loin de nous garantir, aggravait notre cas. Une vieille tradition bolchevique voulait qu'on cherchât les traîtres dans les plus hautes instances du régime. Il était fatal que notre commission procédât à une auto-épuration. Ton père et moi étions les deux victimes possibles. C'est allé très vite. Un après-midi en nous réunissant autour de la longue table de délibération nous avons remarqué que la place d'Étienne Sajka était vide. En feuilletant le dossier de la commission dont j'étais le rapporteur, j'avais constaté que, par suite d'une erreur, la lettre de convocation ne lui avait pas été envoyée. Au lieu de fournir cette explication j'ai répondu que la commission n'avait pas jugé opportun de le convoquer. Pour tous les participants il fut évident que ton père était devenu un suspect, sa filature lourde fut ordonnée ; par filature lourde nous entendions celle qui est volontairement voyante et suffit en quelques jours à affoler le gibier. Ton père s'est débattu, il a fait le tour de tous ses anciens camarades pendant la semaine qui a précédé son arrestation. Celle-ci m'a soulagé, j'espérais avec raison qu'elle suffirait à satisfaire le zèle de la commission et que je passerais au travers de la purge. Étienne s'il avait été à ma place en aurait fait probablement autant. A l'Ouest vous ne pouvez pas imaginer ces régimes où la terreur s'impose comme une donnée naturelle, tout comme la chaleur aux tropiques.

— Pendant l'instruction vous avez témoigné contre lui.

— Oui, j'ai prétendu que quand j'avais collaboré à son évasion j'avais été surpris de la facilité avec laquelle notre plan s'était exécuté, qu'à Paris l'intimité de ses relations avec les résistants travaillant pour l'impérialisme m'avait inquiété, qu'à Mauthausen il était bénéficiaire d'un traitement de faveur, qu'après notre retour à Prague, il avait cherché à me faire rencontrer des journalistes étrangers au service de l'impérialisme américain.

— Et vous n'en croyiez pas un mot ?

— Bien sûr, mais si j'avais cherché à défendre Étienne Sajka je ne l'aurais nullement aidé et je me serais perdu. Après qu'il a été condamné, j'ai tenté d'obtenir une commutation de peine sans le défendre ouvertement mais en mettant en avant les services que sa femme nous avait rendus comme boîte aux lettres et les égards que nous lui devions. Quand j'ai appris son exécution j'ai rendu visite à ta mère. Elle était dénuée de tout. A peine trouvait-elle une embauche qu'on la licenciait. J'ai eu le courage de l'épouser. Tu connais la suite : ta mère est morte, je me suis compromis dans le printemps de Prague, on m'a mis sur la touche, je n'avais plus qu'un petit poste dans l'administration du cinéma, j'ai profité du festival de Cannes pour m'abriter à l'Ouest. Je n'ai pas de remords : je n'aurais pas pu agir autrement. Si l'on court sous la pluie, quoi qu'on fasse on est mouillé. Ta mère me comprenait parce qu'elle menait la même vie que nous. Toi, je n'ose pas espérer que tu comprennes. Nous vivions dans un monde qui est intraduisible en français. »

Juliette bondit, comme éveillée en sursaut. Elle se retourna et regarda les blouses blanches envahir la pièce qu'elle quitta aussitôt, poursuivie par l'appel de Levska :

« Après, tu reviens, Juliette, tu reviens ! »

Sa voix était devenue celle d'une vieille paysanne.

Juliette fit quelques pas dans le couloir, d'abord flâneuse et hésitante, puis, déterminée tout à coup, elle se dirigea vers l'ascenseur. Elle eut à peine le temps d'appuyer sur le bouton, déjà la porte s'ouvrait et, manœuvré par deux infirmiers, un chariot surgit portant un vieillard nappé de blanc et hébété par l'anesthésie. La porte s'était refermée derrière le chariot. Au lieu de l'ouvrir Juliette, après une nouvelle hésitation, alluma une cigarette et remonta le couloir d'un pas irrésolu. Elle s'arrêta devant les stores et se perdit dans la contemplation des palmes dont les profils se balançaient d'un mouvement régulier. La cohorte blanche défilait de nouveau devant elle. Le médecin qui la dirigeait, portant sur sa poitrine un stéthoscope tout pareil à un collier de sorcier, le docteur Plantin sans doute, pointa un index agressif vers Juliette.

« Essayez de vous abstenir de fumer. »

Le ton était autoritaire, contenait les plaisirs de l'autorité, il était indulgent aussi, l'autorité s'offrant le luxe de se montrer bienveillante et de permettre de faciles dérogations. A la limite ce médecin était prêt à laisser Juliette allumer une autre cigarette, voire même, si elle en manquait, à lui en offrir une. Mais Juliette obéissante écrasa son mégot sous la semelle d'une de ses chaussures, retenant un instant le regard du médecin qui s'attachait à la cheville qui avait surgi de la jupe longue.

« J'ai eu tellement peur que tu sois partie. »

A la vue de Juliette, Levska avait soulevé la tête, il grimaçait un peu mais joyeusement.

« J'ai failli partir.

— Je ne voudrais pas que tu croies un seul instant que je me cherche des excuses, j'essaie de te faire comprendre...

— Quoi ?

— Nous étions les esclaves tyranniques [illegible] Néron abstrait. Mais nous étions restés des [illegible] humains. En Espagne je lui ai sauvé la vie, à [illegible] me l'a sauvée, tous les deux agissant par [illegible]siasme fraternel. Ce qui est remarquable dans ce monde que moi-même, à force de vivre en Occident, je ne saisis plus qu'imparfaitement c'est qu'il préserve des élans de tendresse à travers les déserts du calcul. Quand je t'ai connue à Prague, je t'ai aimée tout de suite. Tu m'appelais « oncle », je te prenais pour ma fille. Une fille dont j'aurais été amoureux. La preuve c'est que je t'ai donné une fouettée.

— Qu'est-ce que vous dites !

— J'étais né en Bohême dans un village où mon père était menuisier. J'ai roulé mon enfance sur un lit de copeaux. Ma famille était juive mais nous mêlions nos usages à ceux des villageois. Ton père était fils d'un dentiste, donc beaucoup moins proche du peuple mais il se rappelait schématiquement certaines traditions. Pour tes quatre ans ou tes cinq ans, je ne sais plus, j'ai composé des verges selon le rituel du village, avec des branches de saule tressées et liées par des rubans de toutes les couleurs, j'ai fait semblant de te donner le fouet et le lendemain tu m'en as remercié en m'offrant des œufs évidés dont les coquilles avaient été décorées de marqueterie, de petits personnages peints et ceinturés par des fils de laine de toutes les couleurs eux aussi. C'est ainsi que les jeunes filles, dans nos villages, remerciaient les garçons dont elles avaient savouré les verges. Le plus beau c'est que cet échange ait eu lieu, pour notre bonheur à tous, à tes parents, à toi et à moi, la semaine même où ton père commençait à être filé par la Sécurité. J'aurais dû savoir que je le précipitais dans les ténèbres et néanmoins je riais avec lui, j'étais heureux. Bien sûr, je ne peux pas te demander...

— Non, vous ne pouvez pas me demander. »

Une infirmière était entrée avec autorité, brandissant un attirail qui tintait.

« On va être bien sage, dit-elle. On va se laisser retourner sur le côté. Je sais que ce n'est pas agréable. Mais la piqûre vous soulagera. »

Juliette s'était détournée. Bientôt l'infirmière passa de nouveau devant elle rapportant ses armes et ses munitions.

« J'ai compris ce que vous vouliez me faire comprendre, déclara Juliette, et je n'en suis pas plus avancée. »

Elle demanda :

« Pourquoi habitez-vous Tahiti ?

— J'ai peur de l'Armée Rouge. J'admire la nonchalance des Occidentaux mais je ne la partage pas. Ici je peux jouer tous azimuts, vers le Japon, l'Amérique ou l'Australie. En Europe, je ne pourrais pas dormir. »

Deux femmes de chambre entrèrent, poussant une table métallique sur laquelle était posé un récipient également métallique dont l'une d'elles ôta le couvercle. Quatre compartiments apparurent garnis d'une viande grise, de petits légumes également gris, d'une tranche de fromage (qui ressemblait à du hollande) et d'une pomme sans couleur. Une demi-bouteille d'eau minérale et un carafon de vin rouge tenaient tout juste avec le verre, à l'extrémité du plateau. L'une des deux Tahitiennes déclara à Juliette, avec un sourire élancé :

« Le monsieur a mal quand il se soulève, ça tire sur sa cicatrice, il faut que je l'aide à manger. »

Au lieu de se lever pour laisser la place, Juliette, en rendant le sourire, assura qu'elle se chargerait de cet office.

Les deux filles acquiescèrent avec bonne humeur et s'éloignèrent sans se presser. Elles s'arrêtèrent devant la fenêtre, jetèrent un regard nonchalant à travers les lames du store, puis se décidèrent à pousser la porte. Celle qui s'était adressée à Juliette se retourna en entendant chanter une sirène d'ambulance.

« Cette nuit, dit-elle à Levska, on est arrivé avec cette petite musique, mais on a dû oublier ?

— Non. »

Quand elles furent sorties, Juliette demanda :

« Vous n'étiez pas évanoui ?

— J'avais trop mal. Ça me tenait éveillé. Je n'ai été soulagé que par l'anesthésie locale. Pendant qu'on visitait ma plaie je me croyais même complètement guéri.

— On ne vous a même pas fait une anesthésie complète !

— Ça te vexe ?

— Oui plutôt.

— Tu regrettes de ne pas avoir réussi à me tuer ?

— Par moments oui, par d'autres non. Ça m'aurait privée du plaisir de vous faire manger comme un bébé. »

Elle lui avait soulevé la tête et avançait une cuillerée de petits légumes. Il ouvrit docilement la bouche. Une demi-douzaine de cuillerées se succédèrent.

« D'après le médecin, dit-il essoufflé, demain je pourrai bouger. Dans deux ou trois jours on me retirera les points de suture.

— Tant mieux, tant mieux. Vous pourrez retourner écrire l'histoire de votre vie et continuer de vous dépeindre comme une victime. Encore une cuillerée, il faut retrouver vos forces.

— Tu m'as ouvert des horizons. Je n'ai jamais caché dans mes livres que j'avais occupé des fonctions importantes notamment au ministère de l'Intérieur. Mais j'ai glissé, j'ai gommé. Dans mon prochain livre, après avoir décrit mon enfance dans un village de Bohême, ma rencontre avec le parti communiste, je ferai un saut et je montrerai l'adolescent enthousiaste qui, après des années de combat, est entraîné par le mouvement de la machine à devenir un persécuteur.

— L'idée est bonne. Le public saura l'apprécier. Voulez-vous de la viande ? Non. Vous avez raison car elle n'est pas d'un aspect enthousiasmant. Le fromage semble très correct. Vous pouvez le manger tout seul. »

Elle lui glissa la tranche de fromage entre les doigts et il en vint à bout en quelques bouchées.

« La pomme ?

— Merci.

— Dans vos prisons quelle fête aurait été ce dîner pour mon père !

— A Mauthausen, quand il a été si malade, je me suis privé de tout pour lui donner ma part.

— J'ai eu tort de venir vous voir. Vous avez embrouillé mes idées claires.

— C'est une certitude occidentale qu'on puisse traduire la confusion en idée claire. »

Elle se leva et déambula dans la pièce à grandes enjambées.

« Non, reprit-elle, j'ai eu raison. Vous n'avez pas trouvé que les petits légumes avaient un drôle de goût. Je vous ai empoisonné. »

De saisissement il se dressa sur son lit. Le mouvement lui fit mal, son visage se tordit. Du regard il chercha un bouton d'appel. Juliette se décida à rire.

« Si c'était vrai je ne vous aurais pas prévenu. Je suis contente d'avoir vu votre tête. »

Surrugues entrait.

« On est assis maintenant ! s'écria-t-il avec une grimace d'enthousiasme. J'ai l'impression que mon traitement a fait de l'effet.

— Je ne pensais même plus à ma souffrance, observa Levska qui avait retrouvé son calme et souriait. C'est drôle comme on se déshabitue vite de souffrir. »

Dans cette large face molle sous laquelle se devinait une armure coriace le sourire persista, enfantin, démenti par l'éclat incisif des yeux ; le sourire était celui de l'innocence mais les yeux avaient beaucoup vu.

« Il y a derrière la porte, reprit Surrugues avec un embarras qui le contraignait à sourire lui aussi mais à sa manière, comme une mégère qui se fait tout miel, un reporter australien, Bob Huston, il en a pour une seconde, il voudrait prendre une photo, juste une seule. »

Sans attendre la réponse du blessé, Surrugues courait vers la porte qu'il ouvrit pour donner passage à un jeune homme rose et trapu qui braqua aussitôt son appareil sur Levska que Surrugues affectait de soutenir d'une main posée derrière sa nuque. Plusieurs flashes éclatèrent qui furent interrompus par l'entrée du chirurgien et de sa suite de blouses blanches. Le photographe s'esquiva, Surrugues feignit de l'imiter mais Plantin lui assura qu'il pouvait rester pendant la visite.

« Je descends vous attendre en bas ? demanda Juliette.

— Oui, je vous retrouve tout de suite après. »

Levska fit un effort pour crier :

« Juliette, tu reviens demain !

— Peut-être.

— Sûrement pas, coupa Surrugues. C'est demain matin qu'elle décolle. »

Demain la chaleur était épaisse, passagèrement rafraîchie par de brusques coups de vent qui soulevaient les palmes pour aussitôt les abandonner. Elle marcha lentement jusqu'à la voiture de Surrugues reconnaissable à sa couleur jaune canari. Elle s'appuya au capot, alluma une cigarette. Elle se perdait dans la contemplation de tout ce qui s'offrait à sa vue et, sans avoir besoin d'explication, se constituait en spectacle : deux longs oiseaux gris se poursuivaient sur le gazon, un lézard montait à l'assaut d'un tronc, un prospectus que chaque saute de vent promenait pendant quelques mètres s'immobilisait ensuite, à peine tremblant, pour attendre un nouveau bond, un chien inspectait les lieux avec bonne humeur, agitant cordialement la queue. Juliette le héla en se donnant de petites tapes sur les genoux, signe d'intérêt affectueux auquel aucun chien, même tahitien, ne se trompe. Le chien se précipita et enfonça sa grosse tête beige dans la jupe de Juliette qui aussitôt lui gratta le crâne, lui tirailla la peau du dos, lui administra de bonnes bourrades sur les reins, le combla.

« Oui, oui, répétait-elle, tu es un beau Grognard, oui, tu es un beau Grognard. »

Un aboiement assez proche arracha le chien à sa béatitude, il se remit sur ses quatre pattes, regarda et huma les alentours, aboya avec une fureur parfaitement jouée et partit au trot. Juliette fumait sa troisième cigarette quand Surrugues apparut, marchant très vite, à très petits pas. Pendant la traversée de Papeete tous deux se turent. Juliette qui avait ôté ses sandales regardait ses pieds nus ; de temps en temps elle agitait ses orteils.

Dès la sortie de la ville les encombrements les freinèrent.

« Je me demande, observa Surrugues sans regarder Juliette, de quoi vous avez pu parler pendant tout ce temps. Plus de deux heures.

— Vous savez que mon laboratoire a une revue dont je m'occupe. Elle comporte toujours quelques articles non professionnels. Je lui ai pris une interview.

— Vous ne perdez pas le nord.

— Pourquoi le perdrais-je ? Mais je vous citerai dans l'interview, ajouta-t-elle avec douceur, ne vous inquiétez pas.

— Demain ce sera terrible. La presse mondiale va déferler. J'ai obtenu de Levska qu'il me confie le soin de filtrer parmi les journalistes et les photographes ceux qu'il admettra à le voir. Il va très bien mais il est sous antibiotiques et doit se ménager.

— Demain, nous ne serons plus là.

— Dès votre arrivée en France veillez à ce que Paul fasse l'objet d'un examen approfondi. Confiez-le à Corlion ou à qui vous voudrez mais un bilan s'impose. C'est bien joli vos piqûres mais vous ne lui injectez que des palliatifs.

— Vous préféreriez que je pousse Paul vers un autre cardiologue que Corlion ?

— N'exagérons rien. Je n'ai pas dit ça.

— Je me rappelle exactement tout ce que vous m'avez dit.

— Je vous ai dit que Corlion, comme tous les grands patrons, ressemblait à ces tyrans dont l'histoire est pleine, qui perdent le contact avec la réalité. C'est un peu vrai. Ça n'empêche pas qu'il soit un grand cardiologue. Le danger principal c'est qu'il est un ami de Paul Bâche. On doit toujours éviter de se faire soigner par ses amis. »

La route s'était dégagée. Surrugues avait pris de la vitesse. Il conduisait voracement, effaçant tout véhicule qui se présentait devant lui. Les cocotiers défilaient, effacés eux aussi en file, se renouvelant toujours.

« N'ayez pas peur, dit Surrugues. Vous pouvez me parler.

— Je n'ai pas envie de parler. »

Quand ils entrèrent dans le faré, Lise finissait de mettre le couvert d'un air sombre.

« Si vous saviez ! soupira-t-elle.

— Paul ! s'écria Juliette.

— Non, Ticha. Elle est toujours chez les flics.

— Elle a été arrêtée ?

— Elle est allée voir un vieux pasteur, lui a fait ses confidences et le vieux pasteur l'a conduite à la gendarmerie. C'est elle qui a volé le kriss.

— Ça, je le savais, triompha Surrugues. Rappelez-vous bien : je vous l'ai déjà dit cent fois ! Mon intuition ne me trompe jamais. Ou très rarement, concéda-t-il en s'adressant à lui-même un sourire bienveillant.

— Et rassurez-vous, dit Paul, elle avait jeté votre arme derrière le faré, les gendarmes sont venus et l'ont retrouvée dans l'herbe. Ticha soutient d'ailleurs qu'elle ne l'a pas volée, qu'elle l'a seulement déplacée, ce qui se défend.

— En attendant, cria Lise affairée et revendicatrice, si vous croyez que c'est drôle d'improviser toute seule un dîner pour votre général, tout est retombé sur moi. Heureusement qu'Anne Coquet a fini par nous envoyer sa fidèle Virginie, elle est en train de farcir les coquillages parce que les farces, moi, ce n'est pas mon rayon. Je vais ouvrir des boîtes de confit de canard, il n'y aura plus qu'à les mettre à la poêle, tu viens avec moi, Juliette ? »

Dans le corridor Lise se retourna tout à coup :

« J'espère, dit-elle, que si Ticha est soupçonnée de meurtre, tu te dénonceras.

— Lise, tu as pris trop vite trop d'autorité. Mêle-toi de tes affaires.

— En fait tu préfères que je te dénonce.

— Qu'est-ce que tu cherches ? Si j'étais arrêtée, Paul ne voudrait plus partir. Et de me savoir en prison tu crois que ça arrangerait son cœur ?

— Du chantage avec Paul ! Je ne t'aurais jamais crue aussi basse.

— Ni moi, aussi idiote.

— Alors laisse l'idiote travailler. Je n'ai aucun besoin de toi à la cuisine, Virginie me suffit. »

Juliette retrouva Paul assis devant la table préparée qui avait un air gai ; il regardait ses genoux avec mauvaise humeur.

« Où est passé Surrugues ? demanda-t-elle à tout hasard.

— Il est allé se raser. En proclamant qu'il se rase deux fois par jour, il essaie de nous faire croire en la sauvagerie farouche de son système pileux. A la vérité il n'a guère que du duvet sur les joues, tout comme un bambin, mais il n'a pas tort de se vouloir une barbe drue qui compléterait son personnage. Avec le nom qu'il porte et le mystère qu'il affecte il mériterait en effet une barbe en poil de sanglier qui attirerait la limaille de fer, repousserait les aimants et désorienterait les boussoles.

— Tu es très brillant.

— Je suis accablé. Tu es une salope. J'en ai fait la découverte aujourd'hui, tu me diras que j'ai été long à comprendre. Dès l'affaire Évariste, j'aurais pu déposer mes conclusions. Mais quand on éprouve un sentiment pour quelqu'un on hésite à le condamner sur un acte, on se plaît à croire que, par une circonstance fortuite, il est sorti de son caractère. Tu joues la droiture, la vaillance, la sincérité alors que ta nature est courbe. Tu as réussi à me faire croire que j'étais paumé en Inde et que tu accourais pour me dépanner, que Tahiti serait un très bon décor pour mon film, que Surrugues avait les clefs du paradis. Tout ce que tu voulais c'est que je te serve de prétexte pour débarquer ici et monter contre Levska ce coup pour satisfaire ton imagination — ton imagination qui est malsaine. J'ai horreur des gens malsains.

— Moi aussi mais je fais un effort.

— Pourquoi faire un effort ? Je ne t'aime plus.

— Tu ne m'as jamais aimée, tu as aimé que nous partagions des fantasmes. Or tu n'en as plus. Tu as essayé d'en procréer avec Maritia mais je t'ai vu la regarder, tu ressemblais à un retraité qui s'ennuie devant son poste de télévision.

— Ça aussi c'est ton style, tu cherches à m'abaisser avec l'espoir que je m'en vais miauler, te demander aide, chaleur et protection, ce qui te permettra ensuite de me reprocher le service que tu m'auras rendu. Seulement ça ne prend pas. »

Il se leva avec vivacité et pointa l'index vers Juliette.

« Tu veux à la fois te débarrasser de Maritia et fuir, parce que tu as peur qu'on t'interroge sur l'emploi de ton temps la nuit dernière.

— Dénonce-moi donc ! Lise aussi en a envie.

— De quoi se mêle-t-elle ? Qu'est-ce que Lise viendrait faire là-dedans ? Je me demande bien pourquoi tu m'as affublé d'elle alors que je n'en avais aucun besoin. C'est à croire que tu as décidé de m'exaspérer. Je pense qu'à notre retour en France...

— Rentrons déjà en France et puis nous verrons bien. »

Surrugues surgit, rayonnant. Ses joues qui entre les rides étaient parfaitement lisses embaumaient « Habit rouge ». Il souriait et semblait chercher une glace pour se regarder sourire.

« Un bon coup de rasoir et on est d'attaque ! déclara-t-il. Le général ne va plus tarder, j'espère que tout est prêt. Vous ne vous changez pas, Juliette ? »

Juliette souleva les épaules puis sortit et se dirigea lentement vers le petit faré où elle se dévêtit. Elle s'allongea sur le lit où elle avait vu Maritia étendue la veille. Ses doigts retrouvèrent un sillon dont ils connaissaient toutes les ressources. Les yeux fermés elle attendait la plainte qui la délivra. Ayant enfilé la robe mauve que Paul aimait, elle s'assit pour se maquiller les yeux, s'attarda à fumer une cigarette.

Quand elle reprit le sentier, l'obscurité se répandait sur le lagon avec douceur. Elle marchait sur un sol familier. Devant le grand faré elle trouva Paul adressant des supplications à un chat perdu dans les herbes et qui poussait un chant d'amour.

« Je t'en prie, va-t'en ! »

Il ajouta pour Juliette :

« Elle ressemble à Ange.

— Heureusement que tu n'avais pas eu d'animal avec Germaine. Nous l'avons échappé belle.

— Qu'elle s'en aille ! Je ne peux pas supporter qu'elle vive alors que la nôtre est morte. »

Il se baissa et ramassa un caillou.

« Tu ne vas quand même pas lui faire du mal ! » s'écria Juliette qui ajouta : « Je vais l'éloigner. »

Elle courut vers l'animal en inventant des cris de guerre. Le chat disparut comme une flèche.

« J'espère qu'elle ne va pas se faire écraser en traversant la route, il ne manquerait plus que ça, soupira Paul.

— Et naturellement ce serait ma faute. »

Paul lui posa doucement la main sur l'épaule, ils se regardèrent au fond des yeux. Devant la porte, Lise annonçait :

« Le général Hurlu est arrivé. »

Blond, l'œil clair, la chevelure à demi blanche, de petite taille, le général ne ressemblait pas du tout à son frère. Il s'était mis en bras de chemise pour montrer qu'il était simple et savait s'adapter aux coutumes locales. Il portait une chemise blanche, un pantalon de lin grège. Comme les autres, tout en buvant un whisky, il suivait sur l'écran de télévision le déroulement de l'enquête. Ticha apparut, encadrée par deux gendarmes, larmoyante. « Je n'ai pas volé le couteau, je l'ai déplacé, c'était une blague. » Un policier en civil lui montra le kriss. Elle le reconnut en continuant de pleurer.

Ticha surgit sur le seuil du faré, haletante, elle tremblait. Quand elle se reconnut sur l'écran de télévision, elle poussa une brève plainte, puis elle montra le poing à l'appareil.

« Ce n'est pas vrai ! s'écria-t-elle, je ne suis plus chez les gendarmes, ils m'ont relâchée. Je suis ici.

— Bien sûr, dit Paul avec bonté, mais ces images qui ont été tournées tout à l'heure sont transmises maintenant. Ce que tu vois c'est du passé.

— Tout le monde me voit ! cria Ticha. Ma réputation est foutue. Je n'aurais pas dû écouter le pasteur. »

Elle découvrit la présence de la vieille Virginie qui était embusquée au débouché du couloir et fixait l'écran avec une ardeur joyeuse qui épanouissait ses rides.

« Et toi, Virginie, qu'est-ce que tu fiches ici ! Tu es venue prendre ma place ? »

Virginie voulut répondre mais s'interrompit la bouche ouverte pour récupérer dans la poche de son tablier ses prothèses qu'elle enfila précipitamment.

« Virginie, déclara-t-elle avec dignité, t'a remplacée pour préparer le dîner. C'est mon patron qui me l'a demandé.

— Tu as beau être plus vieille que moi, ça n'empêche pas que tu es une pas grand-chose.

— Voilà qui suffit, lança Surrugues en donnant sur la table un coup de poing qui fit tressaillir le général. Allez régler vos litiges à la cuisine, s'il vous plaît ! Et toi, Ticha, estime-toi heureuse que je ne te reproche pas davantage le vol de ce kriss. Si Madame était là...

— Je ne l'ai pas volé, je l'ai changé. Et madame je l'emmerde. »

Quand elles eurent disparu dans le couloir Surrugues se leva pour couper la télévision et présenta des excuses souriantes au général.

« J'espère que cette scène pittoresque ne vous a pas trop importuné, c'est de la couleur locale.

— Moi, je suis de très bonne humeur, dit le général, ce whisky m'a fait du bien.

— A moi aussi, dit Paul, j'en reprendrai une goutte. »

Le geste qu'il amorçait vers la bouteille fut interrompu par l'irruption de Ticha qui, souriante, tenait dans ses bras un vaste plat de coquillages. Ils prirent place autour de la table et le général Hurlu se déclara charmé.

« Grâce à vous, docteur, j'échappe au moins un soir aux festins officiels. Quel repos ! »

Pendant une partie du dîner, la conversation se maintint néanmoins sur des thèmes de convention. Le général développa un long parallèle entre l'économie de la Nouvelle-Calédonie et celle de Tahiti. Il esquissa un tableau également comparatif des diverses solutions qui s'offraient au gouvernement français pour résoudre les problèmes financiers que ses danseuses du Pacifique lui causaient.

« Savez-vous, lui jeta brusquement Paul, que je connais depuis bien longtemps votre frère ?

— Quand il a des amis honorables il s'en vante volontiers. Depuis longtemps il me parle de vous. Vous l'aidez à surnager.

— Vous aussi. Mais à ce qu'il prétend vous cédez à la crainte de l'avoir pour concierge. »

Surrugues qui désapprouvait cette interpellation par trop brusquée se mit à fabriquer une quantité de boulettes de pain. Mais le général Hurlu souriait :

« Il se figure qu'en devenant mon concierge il nuirait à ma carrière et se trompe. Si je ne veux pas de lui comme concierge c'est seulement parce que tous les métiers sont des métiers, y compris celui de concierge, et qu'il serait un très mauvais concierge. Oui tous les métiers sont des métiers, poursuivit le général en s'enflammant, celui de prestidigitateur aussi. Il faut une longue pratique pour sortir avec grâce un lapin vivant d'un chapeau haut de forme vide. J'en parle en connaissance de cause. Je ne pratique la prestidigitation qu'en amateur donc je ne peux pas dépasser un certain stade et je le sais. Je ne pourrai jamais me produire sur une scène de music-hall, ajouta-t-il avec un soupir. Je réussis des tours difficiles, c'est entendu, mais enfin ce n'est pas mon métier et il m'aurait fallu une autre vie pour égaler les maîtres. »

Il se leva, cueillit un jeu de cartes dans la poche de sa veste, le battit puis le présenta à Lise.

« Tirez-en une, n'importe laquelle. »

Lise, hébétée, s'exécuta.

« C'est la dame de pique, proclama le général. Exact ? »

Lise hésita, introduisit précipitamment la carte dans le jeu, rougit beaucoup et acquiesça :

« Exact. »

De la poche de son pantalon Hurlu avait sorti un élastique. Il le passa autour de son index et de son majeur, ferma son poing qu'il avança au-dessus de la table pour l'offrir à tous les regards.

« Regardez bien ! »

Il déploya la main et l'élastique alla mystérieusement s'enrouler autour de l'annulaire et de l'auriculaire.

« J'avais conseillé à mon frère de se professionnaliser dans la prestidigitation. Il a besoin de vivre dans la fable, il aurait agi sagement en en faisant son métier. »

Visiblement le général tenait un thème qu'il espérait exploiter mais il fut interrompu par le chant de Ticha qui du fond de sa cuisine psalmodiait :

Seigneur, si tu nous abandonnes,
C'est pour voir si nous sommes forts,
Mais ensuite c'est toi qui donnes
De ta céleste main la palme à nos efforts.

« Ne vous inquiétez pas, intervint Surrugues, les pasteurs apprennent quantité de psaumes à leurs catéchumènes et Ticha quand elle est désorientée ou perplexe se rapproche volontiers du Seigneur.

— Pour en revenir à mon frère, reprit Hurlu, il faut convenir à sa décharge que la grande coupable c'est notre mère. D'une part je ne suis pas freudien, d'autre part je n'aurai pas le mauvais goût de vous infliger des histoires de famille, mais mon frère, tout enfant, ayant attrapé la diphtérie, sa mère qui était née en un autre siècle et continuait d'appeler cette maladie le croup, et de la croire mortelle, fit un de ces vœux qui étaient assez fréquents jadis : elle le voua au bleu. Sans doute aura-t-il été un des derniers enfants voués. Avant la guerre il y avait encore rue de Clichy un magasin de vêtements qui s'appelait « A l'enfant voué ». Il a fermé faute de clients. Mon frère était voué au bleu et pas à n'importe quel bleu, au bleu d'azur.

— Jusqu'à quel âge ? demanda Paul.

— Jusqu'à dix-huit ans.

— C'est pour ça qu'il est entré dans les S.S. !

— Probablement.

— La vie est d'une redoutable simplicité, concéda Paul à regret.

— Probablement mais n'allez pas lui confier que je vous ai narré cette anecdote, il me ferait une scène. »

Ticha et Virginie traversèrent la pièce portant des couffins rebondis qui contenaient sans doute les reliefs du dîner, elles étaient également dignes et ne répondirent pas aux « bonsoirs » qui leur furent adressés.

« Cette affaire, dit le général, préoccupe à juste titre l'administration. J'en ai parlé cet après-midi avec le gouverneur. Il est certain que la fuite d'un criminel traversant les murs comme un fantôme ne manque pas d'intérêt. D'un autre côté la métropole et le reste du monde risquent de croire que la police n'a procédé qu'à un examen superficiel, ce qui apporterait un discrédit à l'île. Bref l'affaire est gênante.

— Mais vous avez sûrement votre opinion ? demanda Surrugues avec un sourire gourmand.

— Nos services savent ce qu'ils ont besoin de savoir. »

Le ronronnement d'un moteur apprit à tous les convives que la voiture du général revenait le chercher. Personne ne songea à le retenir et, quand il fut parti, Surrugues n'incita pas davantage ses amis à s'attarder. Tous trois reprirent le chemin du petit faré, Paul armé de la lampe électrique. Ils avançaient la tête basse, comme s'ils portaient le même fardeau. Lise qui marchait la dernière rejoignit Juliette et glissa sa main dans la sienne.

« Pardonne-moi ce que je t'ai dit tout à l'heure, chuchota-t-elle.

— Je l'ai oublié. »

Paul ne s'occupait pas d'elles et marchait à son pas. Elles lui laissèrent prendre un peu de distance.

« C'est un vrai général, cet Hurlu ? demanda Lise.

— Tout permet de le penser.

— J'ai l'impression que plus rien n'est vrai.

— Moi aussi. C'est l'influence de Paul. Depuis

Delhi je le sens s'éloigner. Il est parti. Maintenant il faut faire les bagages. »

A peine arrivé, Paul se dévêtit. Il enfila son masque noir avant de s'enfoncer dans le lit. Toutes deux pliaient les vêtements et les empilaient à côté des sacs. Elles besognaient sans se regarder.

« Il faut quand même que je vous dise une chose, déclara Lise. La carte, il a prétendu que c'était une dame de pique, j'ai fait semblant d'approuver. C'était une dame de cœur. »

Paul se retourna dans son lit et releva son masque comme un chevalier son heaume :

« Tu as eu raison. En revanche tu as eu tort de l'appeler *mon* général.

— Toi aussi, tu l'appelles mon général.

— Parce que je suis un homme. »

Lise leva les yeux au ciel et se remit à plier les chemises. Il dormait quand elles regagnèrent leur chambre. Comme elles allaient entrer dans le lit, Lise posa sa joue sur celle de Juliette.

« Chérie, tu as besoin qu'on t'aide...

— Non.

— Bien sûr. Tu n'aimes qu'aider les autres. Ça te soutient.

— Tais-toi ! »

Quand elles eurent tiré le drap sur elles, Juliette ordonna à Lise :

« Éteins ! »

Au matin il pleuvait tranquillement. Il fallut arracher Paul à son sommeil. Il lui fallut se rappeler que le jour du départ était venu. Pour tout arranger Maritia survint. Elle prétendait se rendre utile. Elle y parvint en retrouvant dans la salle de bain une brosse à dents oubliée. Traînant leurs sacs ils gagnèrent le grand faré où Surrugues les attendait en buvant une tisane de sa composition dans laquelle il trempait des petits-beurre.

« Ticha n'est pas venue. Elle n'en a pas fini de faire des embarras. Il est vrai que, pour une fois où il lui arrive quelques chose, on la comprend de vouloir en tirer le maximum. J'ai préparé du café, vous n'avez qu'à le réchauffer. »

L'appareil téléphonique étant posé à côté de lui, au premier tintement de la sonnerie il décrocha et jeta d'un ton rude :

« Docteur Surrugues à l'appareil. »

Sa voix s'adoucit aussitôt après, il s'efforça même de la rendre mélodieuse et d'en jouer comme un chanteur de charme. On aurait pu croire qu'il s'adressait à une femme, à une de ses clientes du club Méditerranée, mais il passa le combiné à Juliette.

« C'est Petre Levska. Il attend ma visite à l'hôpital mais il souhaitait vous parler avant votre départ. »

La conversation fut brève. Juliette donna son adresse à Paris et son numéro de téléphone. Quand elle eut raccroché, Surrugues la regarda d'un air interrogatif comme s'il attendait une explication. La mine de Paul était réprobatrice, mais distraite aussi. Maritia et Lise réapparurent portant l'une la cafetière, l'autre les bols. Nul ne parvenait à rompre le silence. Même Maritia, malgré elle, se taisait. Ils écoutaient la douce pluie chuchoter sur l'herbe. Le petit déjeuner terminé, Juliette emporta la vaisselle à la cuisine pour la laver. Paul sortit des billets de banque tahitiens pour régler les appels téléphoniques qu'il avait lancés à Paris et dont il avait apprécié la durée à l'estime. Surrugues fit quelque manière puis accepta. L'arrivée d'Anne Coquet produisit un soulagement.

« J'ai pris ma voiture pour vous accompagner à l'aéroport. Je peux charger les bagages peut-être ?

— Diable ! c'est ma foi vrai ! s'étonna Surrugues en regardant sa montre, l'heure approche.

— C'est vraiment le départ », dit Lise effrayée. Elle ajouta :

« Il pleut comme à la fin des vacances. »

II

Personne n'avait relevé la remarque de Lise. Tous, sauf Paul, avaient envie de s'agiter. Ils s'affairèrent autour des bagages qu'ils hissèrent dans la voiture d'Anne Coquet, une vieille Peugeot qui devait être à Tahiti le véhicule le plus ancien. Paul monta auprès de lui, les trois filles embarquèrent avec Surrugues. Le lent défilé des cocotiers commença. Il y avait beaucoup de voitures et de camionnettes sur la route.

« Je vais doucement, expliqua Surrugues, parce que Coquet a pris la vitesse en horreur et que son moteur partage cette répugnance. Ce matin, ajouta-t-il, je trouve que Paul a une mine affreuse. Il est blanc avec des taches rouges sur les joues, ses narines sont pincées, il respire la bouche ouverte. A Paris ne perdez pas de temps pour voir un cardiologue. Il faut l'hospitaliser et faire faire un bilan.

— Oui », dit Juliette.

Ils se retrouvèrent dans le hall de l'aéroport. Surrugues donna les billets à Paul et lui rappela qu'il devait aller les régler au bureau d'Air France.

« Les formalités vont recommencer, marmonna Paul. A la longue c'est décourageant, décidément je ne voyagerai plus. »

Juliette se chargea d'aller faire la queue pour le contrôle des billets. Quand elle revint, elle trouva Surrugues, Coquet et Maritia les bras chargés de colliers de coquillages qu'ils passaient autour du cou des voyageurs, moins par élan que par respect de la tradition. Les regards se portaient souvent vers l'horloge. La sonorité de la salle répercutait les rires, les souhaits de bon voyage et de tout ce qu'il y a d'heureux sur la terre. Plusieurs Tahitiennes en paréo attiraient les regards qui, à mesure que les minutes passaient, devenaient européens.

« Je crois, dit Surrugues, qu'il est temps de vous présenter à la douane. »

Ils échangèrent des baisers sur les joues, des pressions de main, se lancèrent des « merci » et des « à bientôt ». Un avocat, farouche partisan de l'indépendance, qui dînait parfois chez Surrugues, déboucha essoufflé avec son lot de colliers. Il ne chercha pas à cacher son jeu :

« Levska n'a pas encore déposé de plainte. Qu'est-ce qu'il attend ? Ensuite il lui faudra se constituer partie civile. Il a besoin d'un avocat, cette affaire m'excite assez, mon bon docteur vous pourriez peut-être lui parler de moi. »

Le haut-parleur rappela d'une voix insistante que les passagers du vol 787 devaient immédiatement satisfaire aux formalités de douane et de police. Au dernier instant le dressage social arracha Paul à son mutisme, il tint à remercier Surrugues de son hospitalité, le pria de transmettre ses hommages à sa femme et d'embrasser les enfants pour lui.

« Félicitez votre fille de sa voix qui est vraiment divine, tout au moins au téléphone, cria Juliette en s'éloignant.

— Oui, oui, c'est ça ! Bon voyage, je me sauve, on m'attend à l'hôpital. »

Anne Coquet demeura planté sur place. De temps en temps il leur adressait un geste mécanique du bras.

Seule Maritia les escorta jusqu'au goulot où la file des passagers s'étirait entre les comptoirs de la police. Elle tint à les embrasser encore une fois. Quand ils parvinrent enfin dans la salle d'attente, ils se laissèrent tomber dans des fauteuils.

« J'ai oublié d'envoyer sa carte postale à Mme Tiffauge, observa Paul avec accablement.

— Rien n'est bien grave.

— Le fait que je sois perdu n'est pas bien grave non plus.

— Paul, tu n'es pas perdu ! Qu'est-ce que tu racontes ?

— Je rentre à Paris sans scénario. Les mains et le cerveau vides. Je n'arriverai jamais à faire ce film et je me retrouverai sans métier.

— Tu es de mauvaise humeur ce matin. Tout à l'heure tu verras les choses autrement.

— Je les vois comme elles sont.

— Tu es fatigué ?

— Très fatigué, mais ça c'est secondaire. »

Quand ils se dirigèrent vers l'avion, Lise et Juliette se chargèrent des sacs sans que Paul parût s'en apercevoir. La pluie avait cessé. A travers les nuages, le soleil révélait sa présence par un éclat sourd que reflétait une mer pâle. Ils trouvèrent leurs trois places dans l'avion, Lise près du hublot, Juliette au bord de la travée, Paul au milieu. Pendant que l'appareil s'arrachait à la piste, Paul avait tiré du fourre-tout qu'il tenait entre ses chevilles un livre qu'il posa sur ses genoux avant de l'ouvrir.

« Tu relis encore *La Vie de Marianne !*

— Cette prose grise, lente et précise convient à mon humeur. D'ailleurs elle n'est pas vraiment grise mais ses feux sont savamment voilés. C'est une belle matière continue, semblable à celle que j'aurais voulu trouver pour mon film. »

Lise et Juliette parcoururent les journaux de Tahiti qui l'un et l'autre reproduisaient une photographie de Ticha. Celle-ci pleurait dans *La Dépêche* et souriait dans *Les Nouvelles.* Paul daigna jeter un regard sur les deux clichés puis sur les titres des pages intérieures.

« Toujours le chômage, dit-il en bâillant, toujours des otages, et l'Afghanistan, et le Liban... »

Elles avaient acheté des magazines, il feuilleta *Lui.* Une paire de fesses retint fugitivement son attention. Il finit par se débarrasser de tous ces illustrés sur les genoux de ses voisines et il entrouvrit *La Vie de Marianne* à une page qu'il avait cornée. Il lut pendant un quart d'heure et rejeta en arrière le dossier de son fauteuil. Il lui arrivait de suivre du regard un passage de l'hôtesse, de fixer un groupe d'Américaines dont la joie était brillante mais son visage n'exprimait rien. Lise l'enjamba pour se rendre aux toilettes où Juliette la suivit.

« Il avait déjà cet air-là sur la plage, pas toujours mais souvent, tu avais remarqué, Juliette ? On dirait qu'il ne voit pas les choses autour de lui.

— Il les voit très bien mais elles ne le concernent plus. »

Elles se retrouvèrent en sortant des toilettes et s'attardèrent dans le couloir en fumant. Lise sourit d'un air coupable :

« Nous nous offrons une récréation.

— Je n'aurais pas supposé qu'un jour il me faudrait faire un effort sur moi-même pour supporter sa compagnie.

— A Tahiti, il y avait des gens autour. Si Maritia était à bord de l'avion je préférerais. Même Maritia. »

Elles fumèrent encore une autre cigarette puis se dirigèrent vers leurs places. Paul n'avait pas bougé. Il contemplait le bleu du ciel collé au hublot, la perspective voûtée sous laquelle s'allongeait un troupeau de sièges couronnés de cheveux. Quand elles se rassirent il ne broncha pas. Lise se plongea dans un de ces petits romans d'amour qu'elle aimait parce que tous les événements y sont prévisibles, Juliette ouvrit un roman d'espionnage qui commençait par une explosion. De temps en temps elle jetait furtivement un coup d'œil à la statue qu'elles encadraient. Juliette, saturée de rafales d'armes automatiques et de blondes pulpeuses, en était arrivée à la moitié de son bouquin quand elle s'aperçut que Paul s'était remis à lire. Au bout d'un moment il poussa un cri qui les fit tressaillir :

« Jamais ce passage ne m'avait frappé et il est sublime, écoutez : « Je consultais donc en moi-« même ce que j'avais à « faire ; et, à présent que j'y « pense, je crois que je ne consultais que pour « perdre du temps : j'assemblais je ne sais combien « de réflexions dans mon esprit ; je me taillais de la « besogne, afin que, dans la confusion de mes « pensées, j'eusse plus de peine à prendre mon « parti, et que mon indétermination en fût plus « excusable. »

Épuisées, elles se taisaient, Juliette rassembla son courage et déclara :

« C'est bien.

— Ce n'est pas bien, c'est extraordinaire, s'écria-t-il avec un enthousiasme qui recomposa son visage. Dans ces quelques lignes je suis non pas résumé mais concentré. Sous la lumière de ce passage je vois enfin clair dans ma vie. Dommage que je ne puisse pas m'en servir dans le film.

— Et si tu essayais ? proposa Lise, gentille.

— Deux domaines différents. Tu ne feras pas voler une carpe. »

Ce constat qui aurait dû l'affliger, il le proclamait gaiement. Il avait réappris à sourire. Il posa d'autorité une main sur la cuisse de Juliette, l'autre sur celle de Lise et annonça :

« Moi, j'ai très faim !

— Ça tombe assez bien », observa Juliette en montrant la table roulante que les hôtesses poussaient devant elles en s'arrêtant à la hauteur de chaque rangée.

Paul se pencha pour apercevoir le chariot et éclata d'un rire qui les inquiéta.

« Ça me rappelle les voitures d'éboueurs qui s'arrêtent à chaque porte cochère, expliqua-t-il entre deux accès de rire. Une fois j'allais prendre l'avion, dans une petite rue je me suis trouvé coincé derrière un de ces engins qui s'arrêtait, qui repartait. C'était frénétique. A la fin je me suis amusé. Mais j'ai raté mon départ. »

Il dévora. S'apercevant que ses voisines avaient négligé l'une son bout de poulet, l'autre sa crème de gruyère, il se permit d'en solliciter l'octroi. Il avait bu deux quarts de vin, il commanda un cognac après le café.

« Ce voyage, décida-t-il, n'est pas désagréable du tout. »

Elles soupirèrent ensemble que ce voyage était en effet très agréable. Dans l'après-midi on leur passa un film. D'autorité il loua des écouteurs pour eux trois et s'absorba dans un spectacle de western qui semblait l'intéresser vivement. Après la dernière image il s'exclama :

« Voilà peut-être une idée ! Si j'arrivais à transformer ma vie en western ! »

Il acheta des cartouches de cigarettes et des bouteilles de whisky sous prétexte de se débarrasser de ses francs tahitiens. Puis il s'endormit tout à trac. Quand il s'éveilla, il leur parut gaillard. Il les étonnait. Un brouillard épais couvrait l'océan. Le sol n'apparut qu'une minute avant l'atterrissage. Bien qu'ils fussent en transit, devant repartir de Los Angeles le lendemain matin, les formalités de douane et de police recommencèrent. Elles l'assombrirent. Irrité, les mains tremblantes, il monta dans le car qui les emportait à l'hôtel où ils devaient passer la nuit. C'était le premier hôtel américain de Lise. Elle fut déçue. Il ressemblait à n'importe quel hôtel français des alentours de la Défense ou du Palais des congrès. Juliette se chargea de traverser la cohue des voyageurs et d'obtenir leurs trois clefs. Les chambres étaient situées au même étage mais distantes l'une de l'autre. Il entra d'un air rêveur dans la sienne. Elles le suivirent portant les sacs.

« Où est le lit ? gémit-il. Il n'y a pas de lit... C'est dément ! »

Juliette manœuvra un clapet, le lit se détacha de la cloison et se posa sur la moquette. Il se laissa tomber dessus et, assis, posa ses coudes sur ses genoux, cacha son visage dans ses mains. Elles s'assirent en face de lui dans des fauteuils. L'une était vêtue de rose, l'autre de rouge brique.

« Demain, dit Lise, je me mettrai en jean.

— Moi aussi. De toute façon il s'en fiche. »

Toutes deux le surveillaient du regard. Il n'avait pas bronché. Juliette lui écarta les doigts, les yeux étaient fermés.

« Paul... »

Il ne répondit pas. Elle fouilla dans son sac, en tira le stéthoscope, déboutonna la chemise, appliqua l'écouteur tout en cherchant son pouls sur le poignet puis se releva.

« Je vais faire quelque chose. »

Elle s'était dirigée vers la porte, Lise la suivit dans le couloir.

« Reste avec lui, je téléphone.

— A qui ?

— J'essaierai d'obtenir Surrugues. Je ne sais pas quelle heure il est à Tahiti mais je peux toujours essayer.

— Et ça t'avancera à quoi ?

— Il me donnera un conseil. J'ai peur. »

Elle se raidit et posa sur Lise un regard hostile.

« Je sais que je manque à tous mes devoirs. Il faut que je sois forte éternellement. De ma part la moindre défaillance est considérée comme un manquement à un pacte. Mais...

— Va téléphoner, je reste auprès de lui. »

A peine dans sa chambre Juliette décrocha l'appareil. Elle fut étonnée d'obtenir très facilement Tahiti et de reconnaître la voix de Surrugues.

« Il est mort, dit Surrugues.

— Non, il n'est pas mort, mais il va très mal.

— C'est Levska qui est mort. Une embolie cérébrale.

— Est-ce une suite de sa blessure ? s'écria-t-elle avec élan.

— Peut-être que la station couchée y a contribué, mais pour très peu. Cet accident était sans doute inévitable. Et Paul ?

— Je viens de te le dire : il va très mal.

— On se tutoie ?

— Peu importe. Tu connais ou vous connaissez des médecins à Los Angeles. Si je le faisais hospitaliser ?

— Non, répondit Surrugues après réflexion. Tous les trois vous seriez paumés à Los Angeles. Reprenez l'avion demain matin sauf s'il ne tient pas debout. En attendant soutenez le cœur.

— Oui, je vais lui faire une piqûre.

— Mais à Paris, reprit Surrugues dont la voix était devenue bonne et tendre, il faut jouer serré. J'ai envie d'appeler Corlion. J'ai l'heure d'arrivée de votre avion. Le mieux est qu'il vienne vous chercher. Je l'appelle. »

Après un temps de silence Surrugues ajouta : « Je penserai beaucoup à toi et à lui. S'il ne peut pas repartir demain matin, rappelle-moi. Consulte les fuseaux horaires. Tu as aussi le numéro de mon cabinet ?

— Oui, merci. Au revoir. »

Quand elle revint dans la chambre, Paul était allongé sur la moquette.

« Il s'est laissé glisser, confia Lise d'un air coupable, je n'ai pas eu le temps de le retenir. »

Juliette le souleva sous les aisselles. Paul s'agita aussitôt et s'assit de nouveau sur le bord du lit. Le regard qu'il fixait devant lui était creux. Au bout d'un moment Juliette lui demanda comment il se sentait. Il ne répondit pas tout de suite, comme s'il se trouvait en un lieu où la question était longue à parvenir, puis il observa d'une voix bien timbrée :

« Les fuseaux horaires me fatiguent toujours. Vous aussi je pense ?

— Nous aussi... »

A l'improviste, Juliette posa la main sur la poitrine de Paul et saisit son poignet.

« Allonge-toi, dit-elle. Je vais te faire une piqûre pour te ragaillardir.

— C'est vraiment une manie chez toi. »

Tout en protestant il s'allongeait. Juliette fouillait dans son sac pour trouver sa trousse pendant que Lise aidait Paul à baisser son pantalon et son slip. Il dit merci poliment après avoir reçu la piqûre et se rajusta. Tout en restant allongé il souhaitait fumer. Lise lui alluma une cigarette et posa un cendrier sur le lit.

« Tu ne veux pas te coucher et dormir ?

— Il est trop tôt. J'ai toujours été un nocturne. »

Il ne bougeait pas. Toutes deux s'étaient assises sur une banquette de bois qui servait normalement à déposer les bagages.

« On se croirait dans une salle d'attente », chuchota Lise.

Juliette lui fit signe de se taire. Elles le regardèrent éteindre méticuleusement sa cigarette dans le cendrier puis Lise fit signe à Juliette de la suivre dans la petite entrée qui séparait la chambre du couloir.

« On ne va tout de même pas rester toute la nuit comme ça ?

— Il va bien finir par s'endormir. »

Elles l'entendirent s'agiter et le trouvèrent à genoux devant les sacs.

« Qu'est-ce que tu veux ?

— Ma brosse. Il faut absolument que je me lave les dents. »

Muni de sa brosse et de sa poudre dentifrice il disparut dans la salle de bain. Elles l'attendirent en silence, sans se regarder. Elles écoutèrent le tumulte de la chasse d'eau puis le virent surgir d'un pas ferme.

« Nous n'allons pas traîner ici comme des croûtons. C'était une expression de mon père : traîner comme un croûton en panne. Descendons, il est temps de dîner. »

Quand ils parvinrent dans la salle à manger le service réservé aux passagers d'Air France se terminait. La maîtresse d'hôtel fut inflexible. Trop tard. Paul contrarié par ce refus avait envie de se mettre en colère. Il se calma pour demander s'ils pouvaient manger quelque chose au bar.

« A vos frais. »

Le bar était sombre, vaste et presque désert. Ils s'assirent à une table. Paul sortit de sa poche une liasse de dollars froissés, parut rassuré et même fier de lui. Il commanda d'autorité du saumon fumé et de la vodka.

« Tu te rappelles, dit-il à Juliette, la vodka que nous avons bue à la Marquise à Tours. »

Elle acquiesça en amorçant un sourire puis annonça qu'elle allait aux toilettes.

« J'ai tant de souvenirs de vodka, reprit Paul. Léone m'a fait manger des pâtes avec de la vodka. Ma première vodka je l'avais bue avec Germaine. A Paris je vais les retrouver. Il faut que je me prépare. Tu ne peux pas comprendre, Lise, tu n'as pas de passé. Il faudra aussi que je rencontre Larrivée et Deul. Voyager est inutile : au retour on retrouve intact ce qu'on avait fui. »

Quand Juliette se rassit le barman venait de

disposer le repas sur la table. Quelques gorgées, quelques bouchées rendirent la joie à Paul.

« Il y a sur terre, s'écria-t-il, des lieux privilégiés. On cite toujours Vézelay, Bénarès, Venise, l'île de Pâques mais à deux pas d'ici près d'Hollywood il y a un lieu où les rêves de toute une génération se sont solidifiés. C'est à Culver City dans l'immense banlieue de Los Angeles. On appelle Les Lots ce lieu insensé où sur de vastes étendues sont perpétués les décors de films dont les images ont parcouru l'univers et le parcourent encore. Ces étendues proches de la mer sont désertes et l'on peut errer seul à travers un puzzle chaotique de paysages qui sont inscrits dans des millions de mémoires. On monte un tertre et l'on découvre le port de la Nouvelle-Angleterre, et pourrissante dans le lagon la carcasse du trois-mâts des *Mutinés du Bounty* ; on détourne sa marche et l'on passe en 1930 dans une avenue de Chicago où ne demandent qu'à apparaître les gangsters de *Scarface*. Les ruelles deviennent des avenues surplombées de balcons en bois, on est entré dans un quartier d'Atlanta donc dans *Autant en emporte le vent*. Sur une colline se dresse la maison où se terrait le fou de *Psychose*. On y entre, on suit un couloir, on ouvre une porte, c'est le vide devant soi : on domine le lagon où Johnny Weissmuller plongeait dans *Tarzan*. Et comme je redescendais le fantôme solidifié d'un escalier j'ai entendu un téléphone sonner, que je n'ai pas osé décrocher, j'avais vraiment peur de recevoir un appel venu des fonds des temps. J'ai poursuivi cette promenade kilométrique à travers le domaine du souvenir, descendant derrière Marlène Dietrich l'interminable escalier de *Kismet* vers la rue devenue silencieuse de *Chantons sous la pluie*, qui allait se perdre jusqu'aux remblais du fort assiégé d'Alamo. Ce serait un bon départ pour mon film, le passage d'un voyageur solitaire, pareil à moi, qui, après avoir traversé ces mythes pétrifiés, s'apercevrait qu'il a tout à coup pénétré dans les décors de son passé, celui des gens qu'il aime ou qu'il a aimés.

— Tu n'as qu'à le faire, dit Lise, qu'est-ce qui t'en empêche ?

— Il y a trois ans ces brutes ont résolu de construire des buildings. Les explosifs ont effacé ce songe qui avait trop duré.

— Si ça n'existe plus, s'impatienta Juliette, tu fais travailler ton imagination dans le vide.

— C'est vrai, constata Paul. C'est très juste ce que tu dis. »

Il poussa un soupir mais conserva sa bonne humeur. A toute force il voulut commander de nouveau des vodkas, elles refusèrent. Il en but une tout seul en continuant de penser à haute voix :

« Ce qui manque à mon film c'est ce pouvoir magique auquel Hollywood accédait comme en se jouant. Je cherche le tremplin grâce auquel je sauterais du quotidien à l'éternel. Cela tient à un rien sans doute. »

Il devint songeur. Tous trois traversèrent le hall de l'hôtel, allèrent humer sur le parvis la tiédeur de la nuit. Les buildings étincelaient. Il accepta assez facilement de remonter se coucher.

« Veux-tu que je dorme avec toi ? proposa Juliette.

— Nous nous reposerons mieux chacun de notre côté. Le voyage de demain sera tuant. Il ne dure guère que quatorze heures mais pour tout embrouiller il faut ajouter les six heures de fuseau horaire. Je voudrais que les avions se déplacent à la vitesse de la lumière. »

Seules elles tinrent un conseil de guerre, décidèrent d'occuper la même chambre et de remonter le réveil de la pendulette pour s'éveiller toutes les deux heures et jeter un regard sur Paul. Ce fut une nuit hachée par les injonctions aiguës de la pendulette, la blessure de l'électricité, les aller et retour le long du même couloir rouge. Dans la chambre elles évitaient d'allumer par crainte d'éveiller Paul dont Juliette se bornait à écouter la respiration. Au début de la matinée, après avoir avalé un insipide café, bâclé leur toilette et revêtu chacune un jean et un tee-shirt, elles se rendirent chez Paul qu'elles trouvèrent fin prêt. Elles arrivaient hargneuses, harassées, inquiètes, elles le trouvèrent fringant. Il avait dévoré des œufs sur le plat et du bacon, il fumait une cigarette. Il leur montra le ciel pur et bleu, comme s'il méritait leurs félicitations.

« Hier on a passé une bonne soirée ? Ce voyage est bien parti. Décidément nous aurons fait un tour du monde plaisant. »

Dans l'avion il ne se départit pas de sa bonne humeur. A cause du retard d'un charter qui devait apporter une trentaine de passagers, un grand nombre de places restaient inoccupées. L'avion en devenait spacieux. Paul en profitait pour s'agiter, changer de place. Quand le haut-parleur annonça, sur la droite, le Grand Canyon du Colorado, il courut à un hublot pour le considérer avec le regard d'un peintre qui a pris du recul pour juger son œuvre. Lise l'avait suivi. Elle était gagnée par sa gaieté.

« Je pourrai dire que j'ai vu le Grand Canyon du Colorado !

— Tu pourras dire à Philibert que tu as vu l'Himalaya, les îles du Pacifique, le grand Canyon.

— Je le dirai à ma sœur et à mes parents. »

Seule Juliette conservait une physionomie inexpressive. Elle broncha à peine quand, s'étant plongée dans un des quotidiens américains qu'on leur avait offerts, il lui montra une brève information publiée en dernière heure. Petre Levska était mort d'une embolie, peut-être consécutive à sa blessure. Elle marqua juste un peu de surprise puis regarda ses mains et joua avec ses petites bagues d'argent tressé.

« Tu as eu ce que tu voulais, chuchota Lise.
— Je le sais depuis hier. Surrugues me l'a dit au téléphone.
— Tu es contente ?
— Je n'en sais rien, je ne sais plus rien. Taistoi. »

Pendant le déjeuner le bon appétit de Paul les gagna. Elles reprirent du vin comme lui.

Bientôt Paul s'émerveilla de ne plus savoir si l'appareil survolait les États-Unis ou le Canada et Juliette se leva avec impatience. Son absence se prolongeant, Lise partit à sa recherche et la trouva assise à l'arrière. Elle s'assit auprès d'elle.

« Qu'est-ce que tu as ? »

Lise avait l'air désemparé d'un enfant dont les parents se querellent.

« J'ai qu'il m'agace. D'habitude il est plutôt trop compliqué, aujourd'hui il est trop simple. Il ne m'a pas habituée à le juger niais.
— Il est content parce qu'il est en forme. Plainstoi ! »

Juliette se pencha, prit la nuque de Lise et l'obligea à regarder.

« Tu vois ? Il fait du gringue à l'hôtesse. Et en plus ça a l'air de marcher. »

Elles le rejoignirent quand l'appareil commença sa descente sur Toronto. Il protesta contre les escales qu'il trouvait aussi ennuyeuses que les entractes mais descendit la passerelle avec élan comme s'il était pressé. Dans la salle où on les parqua pour y attendre un certain temps, Paul se mit à déambuler en sifflotant. Quand il se dirigea vers elles, Juliette glissa à Lise :

« Fais la conversation avec lui, je t'en supplie, moi je n'en peux plus. »

Lise affolée interrogea Paul comme un voisin d'avion dont elle viendrait de faire la connaissance, lui demandant s'il était déjà venu au Canada.

« Jamais au grand jamais ! répliqua-t-il triomphalement. Je suis allé dans presque tous les pays du monde mais pas au Canada, sauf en escale. »

Il énuméra complaisamment tous les pays qu'il avait visités, Lise regardait les petits pieds de Juliette trépigner sur le dallage.

Il s'interrompit pour crier « merde ! ». Son visage rougissait.

« J'avais promis à Mlle Beaunon de lui rapporter un petit animal exotique !

— Vivant ! protesta Juliette. Il n'aurait plus manqué que ça.

— En bois ou en n'importe quoi. Elle en fait collection. On peut en trouver ici, il doit y avoir des boutiques.

— Elles sont au-delà du transit ; ce que tu peux être embêtant, je vais voir. »

Quelques minutes plus tard elle revint avec un petit paquet. Elle avait négocié avec une hôtesse, un douanier, et réussi à obtenir un caribou en os.

« Mais ça ressemble à un chamois ? demanda Paul avec angoisse.

— Un peu, sans doute. C'est une bête du même genre.

— Elle est déjà couverte de chamois, la malheureuse !

— Je n'y peux rien, tu n'avais qu'à y penser plus tôt », répondit Juliette sur le ton d'une mère excédée.

Dès qu'ils eurent repris place dans l'avion, Paul, après avoir annoncé qu'il attendait le dîner avec impatience, repiqua dans *La Vie de Marianne*. Juliette disparut de nouveau et de nouveau Lise partit à sa recherche.

« Il se demande pourquoi tu lui en veux.

— Il te l'a dit ?

— Il me l'a demandé comme si je pouvais le savoir. J'ai soutenu que je n'avais rien remarqué, il m'a assuré que les femmes avaient une connaissance mutuelle d'elles-mêmes et que le fin mot n'avait pas pu m'échapper. Il croit que tu as appris que, ce matin, il avait téléphoné à Léone.

— Première nouvelle. Et je m'en fous.

— Il se demande également si tu le boudes à cause de Maritia.

— Je crois que je ne ferai plus jamais l'amour avec personne. »

A la vue du chariot roulant elles regagnèrent leurs places. Un gigot bien chaud qui se trouvait être bon et plusieurs quarts de vin rétablirent entre eux une humeur presque gaie. Ils évoquaient leur voyage comme si celui-ci ne les concernait pas. Paul se moquait agréablement de Surrugues, inventant l'adjectif surruguineux. Juliette qui consentait de nouveau à parler reconnut qu'Anne Coquet méritait sans doute un jugement plus mélangé que celui qu'elle avait porté sur lui. Lise regrettait que le général Hurlu n'eût pas poursuivi ses tours de prestidigitation. Tous évoquaient ces êtres comme des personnages de l'histoire ou de la littérature et Tahiti devenait un séjour fictif.

L'avion avançait au-dessus d'une plaine de nuages compacts. Paul put soutenir qu'on était déjà au-dessus de l'Atlantique. Le ciel commençait de rougeoyer, les passagers de s'ensommeiller. Le stewart annonça que par suite « d'une désynchronisation technique » un second film n'avait pas été embarqué ce qui obligeait à repasser devant les passagers en provenance de Papeete le même western. Ils ne louèrent pas d'écouteurs. Juliette s'endormit. Paul regardait de tous ses yeux.

« Nous connaissons l'intrigue, les répliques, confia-t-il à Lise peu convaincue, c'est merveilleux de suivre une action muette en reconstituant par la mémoire les paroles. Ça me donne peut-être une idée : exposer le thème d'une séquence puis la projeter muette. Pour l'évocation d'un souvenir cette méthode serait assez conforme à celle qu'utilise notre mémoire. Par exemple, toi quand je t'ai connue, je me rappelle la qualité de la lumière, le lieu, ce que nous avons fait et j'impose à ces images un résumé de ce que nous nous sommes dit. »

Lise essayait de résister au sommeil. Quand elle s'éveilla Juliette dormait toujours et Paul contemplait une carte d'Air France qu'il avait retirée du filet.

« Nous devons être par là », décida-t-il en dessinant du doigt un cercle assez vaste au milieu de l'Atlantique.

Dans un ciel nocturne traînaient encore des roseurs qui provenaient peut-être des feux de l'avion.

Juliette, quand elle se redressa, d'un élan brusque, mue par le sens de la vigilance, distingua dans la pénombre les deux visages endormis. Elle rencogna une joue dans le dossier de son siège en fermant les yeux. Les rouvrant, elle crut n'avoir dormi qu'un moment car, derrière les hublots, le ciel était rouge et doré.

« Le soleil n'a pas encore fini de se coucher ? demanda-t-elle à Lise qui veillait, le visage dans ses mains.

— Il est levé depuis un bon moment. »

Juliette jeta par habitude un regard à sa montre et s'en détourna aussitôt.

« L'heure de Toronto n'a plus cours ici.

— On est encore au-dessus de l'océan. »

Elles parlaient bas pour ne pas éveiller Paul qui s'était allongé en chien de fusil sur deux sièges.

« Il va bien ? demanda Juliette.

— Oui, il est très tranquille, depuis que je me suis réveillée, je ne l'ai pas vu bouger. Ce qui est curieux, c'est qu'il dort sans son masque. »

Juliette se glissa jusqu'à lui, l'examina, lui saisit précipitamment le poignet. Puis elle posa son oreille sur la poitrine immobile. De son sac elle tira un miroir qu'elle posa devant la bouche entrouverte. Puis elle retourna le miroir vers elle et rencontra son propre visage qui était figé.

« Alors ? demanda Lise.

— Alors, il est mort.

— Si tu lui massais le cœur, si tu lui faisais une piqûre !

— C'est trop tard. Il doit être mort depuis une bonne heure. En dormant. Ça se voit à son visage. C'est drôle qu'il n'ait pas mis son masque. »

Elle ajouta avec calme :

« Selon Corlion, l'arrêt du cœur constitue très souvent le terme de l'évolution de ce cancer. »

Un chariot arrivait à la hauteur de la travée, les hôtesses distribuaient des plateaux de petit déjeuner.

« Surtout, tais-toi, dit Juliette, ne leur dis pas. »

Toutes deux prirent les trois plateaux et en fixèrent un devant Paul.

« Bois ton café, dit Juliette, il faut qu'on tienne le coup.

— Pourquoi ne veux-tu pas le dire aux hôtesses ?

— Parce que Paul étant un passager et non une marchandise, sa sortie de l'aéroport, en tant que cadavre, poserait des problèmes administratifs sans fin. Un peu avant l'arrivée j'irai prévenir qu'il est dans le coma pour qu'on demande une ambulance par radio. »

Elles partagèrent la tasse de Paul. Lise n'arrivait pas à avaler.

« Il faut te forcer.

— Maman me disait ça quand j'avais cinq ans.

— La mère de Paul avait dû le lui répéter aussi. Il y a toujours une période où les enfants renâclent devant la nourriture.

— Il est beau, dit Lise. Il est... mort les yeux clos.

— Heureusement ! S'il avait fallu que je voie ses yeux, c'était trop !

— Souvent le matin quand je le voyais dormir, il avait l'air de lutter, de souffrir. Maintenant il est léger. On croirait qu'il va sourire.

— Débonde-toi. Raconte ce qu'on raconte en pareil cas : on croirait qu'il va parler, qu'il va se lever. Il ne parlera plus, il ne se lèvera plus. »

L'hôtesse tendait la main pour récupérer les plateaux.

« S'il vous plaît, demanda Juliette, nous arrivons dans combien de temps ?

— Il est six heures, heure française. Nous devrions nous poser dans dix minutes mais nous avons pris du retard, nous ne serons pas à Roissy avant six heures quarante-cinq. »

Elles avancèrent leurs montres puis Juliette exposa son plan :

« J'attends un moment puis j'irai les voir et leur demander si l'on peut avoir Roissy et y appeler le professeur Corlion afin qu'il retienne une ambulance. Corlion ne doit pas être au courant du retard par conséquent il arrivera à l'aéroport dans quelques minutes.

— Et où irons-nous ?

— A Lucé, où il possède son caveau de famille. Cours aux toilettes sinon après tu le regretteras. »

Lise obéit. Après son départ Juliette chercha dans le sac de plastique l'une des bouteilles de whisky que Paul avait achetées dans l'avion. Elle la déboucha et avala plusieurs gorgées au goulot. Elle se pencha sur Paul, l'embrassa sur la joue et fuma une cigarette en attendant le retour de Lise.

« Vas-y, moi j'ai dû attendre mais en ce moment c'est dégagé, dépêche-toi. »

Juliette se dépêcha. En revenant elle regarda sa montre et sans se rasseoir se dirigea vers l'une des hôtesses à qui elle récita la phrase qu'elle avait préparée.

« Mais de quoi souffre-t-il, balbutia l'hôtesse, c'est peut-être un infarctus ?

— Non, il est cardiaque, ce genre d'accident lui est déjà arrivé. Peut-on envoyer ce message à terre ?

— Venez voir le chef de cabine. »

Celui-ci, un beau garçon qui tentait de prolonger sa jeunesse en se teignant les cheveux, était en train de trier des billets et des pièces sans doute pour séparer les devises américaines des canadiennes, des françaises et des tahitiennes. Il s'interrompit, plongea son trésor dans une serviette, sortit un carnet et nota le nom de Corlion.

« Attendez-moi, je vais poser la question au commandant de bord.

— C'est votre mari ?

— Non. »

Le chef de cabine revint le sourire aux lèvres :

« On est en train de transmettre le message. S'il y a une suite je vous préviendrai. »

En se rasseyant, elle répéta la réponse à Lise puis étouffa une grimace. Sur un regard interrogateur de Lise elle jeta, avec une sourire pointu.

« J'avais failli te demander comment il allait.

— Ne souris pas comme ça ! Tu ressembles à Surrugues.

— Finalement, il a été très gentil au téléphone, Surrugues. Peut-être qu'il est bon.

— Mais quand tu ressembles à Surrugues, tu ressembles à Mme Tiffauge qui, elle, n'est pas bonne.

— On n'en sait jamais rien. Quand on est jeune, qu'on se fait une copine ou qu'on tombe amoureuse on ne se lasse pas de commenter le caractère des gens qu'on connaît, on est content de se retrouver d'accord pour critiquer et même pour louer. Désormais je serai de ceux qui dans les sondages sont classés « sans opinion ». Je ne juge ni Mme Tiffauge ni Paul ni Corlion ni même Levska.

— Et moi ?

— Toi, tu es trop petite, j'ignore ce que tu deviendras, et toi aussi. »

Le chef de cabine les interrompit pour leur annoncer que Corlion avait fait répondre qu'il s'occupait de l'ambulance.

« D'ici peu, ajouta-t-il, nous allons nous poser. Y a-t-il un inconvénient à redresser le malade pour fixer la ceinture ? »

Juliette se pencha, souleva le torse de Paul, cala sa nuque sur le dossier et boucla la ceinture.

« Parfait. S'il n'y a pas trop d'urgence, poursuivit-il, nous préférerions que les passagers descendent d'abord et que les brancardiers montent ensuite. »

Juliette acquiesça. Avant de s'éloigner il s'inclina en murmurant :

« Merci beaucoup. »

Elles n'éprouvèrent plus le besoin de parler. Quand, au micro, l'hôtesse le leur enjoignit elles fermèrent à leur tour leur ceinture. Les petites secousses de l'appareil firent bouger les épaules et inclinèrent la tête de Paul que Juliette redressa. Pendant que l'avion roulait sur la piste elles rassemblèrent les paquets de cigarettes, les foulards, les livres qui traînaient sur les sièges. Lise fit un effort pour enfoncer *La Vie de Marianne* dans le sac de Paul ; les colliers de coquillages bousculés par le livre grésillèrent. Les passagers s'étaient dressés, ils soulevaient leurs bagages, s'avançant à petits pas les uns derrière les autres, lente procession de pèlerins aux bras chargés, aux nuques courbées. Quelques paréos qui ne s'accordaient plus au contexte évoquaient le chatoiement de Tahiti en le niant.

Comme une bonne nouvelle, Lise, qui après le passage du dernier voyageur avait bondi au hublot, annonça que l'ambulance était là. Juliette sembla soulagée, elle détacha sa ceinture puis celle de Paul.

« Il n'a pas de fracture ? demanda le premier infirmier. On peut le soulever ?

— Il n'a pas de fracture.

— Alors prenez les sacs et descendez, on s'occupe de lui. »

Au bas de la passerelle elles trouvèrent Corlion qu'escortaient deux C.R.S.

« Il est mort, chuchota Juliette, mais il serait plus pratique de...

— J'ai compris. »

Paul descendait la passerelle sur le brancard que l'ambulance avala aussitôt.

« Il faudrait le ramener à Lucé, insista Juliette.

— Laissez-moi faire. »

Les C.R.S. ne les acceptèrent pas dans l'ambulance ; Corlion courut demander au conducteur du car par quelle porte les passagers sortiraient.

« Rendez-vous à la porte 16. »

Elles montèrent dans le car dont les portes se refermèrent derrière elles, chacune portait son sac sur le dos et elles tenaient celui de Paul par les courroies. Sur le tapis roulant qui les promena le long d'un lent tunnel, Lise remarqua qu'elle prêtait à Corlion une tout autre allure, surprise qu'il ressemblât en plus vieux à Philibert. Juliette ne répondit rien. Elles firent la queue pour franchir le contrôle de police puis, arrivées à la douane, choisirent la sortie réservée aux voyageurs n'ayant rien à déclarer quand un douanier jaillit entre elles.

« Vous venez d'où ?

— De Paris, s'écria Lise, en passant par l'Inde et Tahiti.

— Posez vos sacs ici et ouvrez-les.

— Tu es intelligente, chuchota Juliette, dès qu'on leur parle de l'Inde ils flairent les stupéfiants. »

Ils s'étaient mis à deux pour explorer les sacs. Les colliers bruissaient en se répandant sur le comptoir. Les sandales, les slips de Paul apparurent. La fouille se terminait quand ils tombèrent en arrêt devant la pharmacie de Juliette. Ils ouvrirent les deux longues boîtes et découvrirent avec enthousiasme les quelques ampoules qu'elles contenaient encore.

« C'est un stimulant cardiaque et un sédatif. Vous n'avez qu'à lire les notices. J'accompagne un cardiaque, je suis médecin. »

Les doigts tremblants elle trouva dans son portefeuille une carte qu'elle leur tendit.

« Où est-il, le malade ?

— Il est sorti en ambulance. Vous n'avez qu'à les ouvrir ces ampoules, ajouta-t-elle avec impatience, vous sentirez tout de suite que ce sont des médicaments.

— Vous acceptez de les laisser ?

— Oh ! oui, je n'en ai plus besoin. »

L'un des douaniers rouvrit le passeport, l'examina avec une attention soutenue et prit des notes sur un registre, puis :

« Il faut que j'établisse une décharge et un reçu. »

Juliette aperçut Corlion qui se tenait à quelques pas de la ligne idéale qui les séparait de la liberté. Elle le désigna à ses deux adversaires :

« Voilà un professeur agrégé de médecine qui vient nous chercher. Il peut vous confirmer que ce sont bien des médicaments. »

Elle prit sur elle d'appeler Corlion qui exhiba ses papiers et assura que ce sédatif et ce stimulant faisaient partie du traitement qu'il avait lui-même prescrit. La lassitude atteint même les douaniers.

« Bon, allez ! »

Elles enfournèrent les colliers et les vêtements dans les sacs, Corlion les aida.

« Prenez les médicaments aussi, ordonna le brigadier qui ajouta avec une manière de sourire : Nous n'avons besoin ni de calmant ni de stimulant. »

Corlion se chargea du sac de Paul et elles le

suivirent. Il leur expliquait qu'il était obligé de monter dans l'ambulance pour surveiller le « malade ».

« Ils le croient seulement très mal et ils ont accepté de le conduire à l'hôpital de Tours. J'avais choisi une ambulance privée. Il faut que vous preniez ma voiture et que vous nous suiviez. Un peu avant Tours je ferai semblant de découvrir le décès et je les persuaderai, au lieu de nous mener à la morgue de l'hôpital, de nous conduire à Lucé... jusqu'à la maison mortuaire.

— Nous ne pouvons pas monter dans l'ambulance ?

— Je ne tiens pas à abandonner ma voiture ici. Voilà le ticket de parking et les clefs. Les papiers sont dans le coffre à gants. Nous allons vous attendre un peu avant l'autoroute. Ensuite vous nous suivrez.

— N'allez pas trop vite, je suis fatiguée, je préfère conduire tranquillement. »

Elles traînèrent assez longtemps avant de trouver le bon parking, avant de dénicher la voiture de Corlion ; les mains de Juliette tremblaient tant qu'elle ne parvenait pas à ouvrir la serrure. Elles jetèrent leurs sacs à l'arrière, poussèrent toutes les deux un soupir.

« Fume une cigarette avant de démarrer », dit Lise.

Juliette obéit. Elle aspira quelques bouffées.

« Si tu savais conduire, observa-t-elle d'une voix sans timbre, je te laisserais volontiers le volant. »

Elle démarrait. Après avoir emprunté un sens interdit elle trouva la sortie et, au débouché de l'autoroute, la blancheur de l'ambulance. L'autoroute les aspira.

« Quand je suis partie avec Paul, disait Lise, il pleuvait. Il m'avait montré ces grands arbres, ce sont des cèdres. Ils étaient tout noirs, aujourd'hui ils brillent. »

Les cèdres isolés se dressaient sur la plaine qui reflétait sa blondeur sur leur feuillage inerte. L'ambulance ayant pris de l'avance, Juliette accéléra.

« Ne va pas trop vite !

— Je te comprends d'avoir peur mais il faut bien que je les suive. »

Les contreforts de la ville se hissèrent cruellement sur le ciel bleu. Un camion doubla et masqua l'ambulance. Impatientée, Juliette le doubla à son tour. Aussitôt après elle se trouva à la hauteur de l'ambulance qui accéléra alors, ce qui permit à Juliette de se rabattre. Le camion protesta par un coup de klaxon.

« Ils s'en fichent tous, dit Lise, que Paul soit mort.

— Il y a des Kleenex devant toi, passe-m'en un. »

Elle essuya l'une après l'autre les paumes de ses mains puis le volant qui était aussi moite qu'elles.

« On va traverser Paris ? demanda Lise.

— Évidemment pas, répondit Juliette, on le contourne par le périphérique. Tiens, tu vois... »

La ville énorme commença de tourner comme un disque. Les souterrains se succédaient. Parfois l'écran rouge ou noir d'une voiture dissimulait la blancheur de l'ambulance qui réapparaissait ensuite.

« Maintenant nous roulons vers Tours, annonça Juliette. C'est déjà ça de gagné.

— Ce sera long ?

— Au train où nous allons, près de trois heures. Puis il y aura la traversée de Tours, la route de Lucé. En tout plus de trois heures et demie.

— Je ne sais pas si je pourrai supporter.

— Quand tu en auras assez je te débarquerai au bord de la route.

— Tu m'imagines, toute seule, marchant au bord du talus sans aller nulle part...

— Alors tiens-toi tranquille et tais-toi. »

Pendant près d'une heure elles réussirent à se taire. De temps en temps Lise passait un Kleenex à Juliette qui séchait ses mains et son volant.

« Ouvre la bouteille de whisky dans le sac en plastique qui est derrière, ordonna-t-elle enfin, débouche-la et passe-la-moi. »

Elle en but une gorgée au goulot et la rendit à Lise sans détacher son regard de la route.

« C'est pire que l'attente dans l'avion », dit Lise.

La campagne ondulait à peine, toujours semblable à elle-même. Parfois, à une certaine distance, un village se profilait, hérissé par son clocher.

« Est-ce que je pourrai essayer de dormir ? demanda Lise.

— Non. Est-ce que je dors moi ?

— Je ne te sers à rien puisque tu ne veux pas que je parle.

— Parle si tu as quelque chose à exprimer.

— J'ai envie de parler mais je n'ai rien à dire.

— Nous sommes dans le même cas.

— Aucun voyage au monde n'est aussi long que le trajet de Paris à Tours. »

Le temps et l'espace s'écoulaient dans la même continuité indifférente.

« Nous ne vivons pas plus que Paul », constata Lise, sans chercher et sans obtenir de réponse.

Juliette tressaillit quand enfin se produisit un événement. L'ambulance freinait et clignotait, un bras s'agitait par la portière. Les deux voitures finirent par s'arrêter l'une derrière l'autre. Corlion accourait. Juliette baissa complètement sa vitre. Il se pencha.

« Je viens de leur annoncer le décès. Ils ont accepté de ne pas passer par l'hôpital et de continuer directement jusqu'à Lucé. Ils ne connaissent pas le trajet, je monte avec vous, nous les guiderons.

— Je vous en prie, François, prenez le volant. »

Juliette descendit, monta à l'arrière et Corlion démarra. Ils doublèrent l'ambulance qui prit leur sillage.

« Comment est-il mort ? demanda-t-il.

— En dormant je crois. Vous avez vu son visage. Il n'a rien senti.

— Je n'aurais jamais pu souhaiter une meilleure fin pour Paul. Il ne l'a pas vue venir ?

— Il ne se doutait de rien, ou ne voulait se douter de rien, c'est difficile d'en décider. »

A l'entrée de Tours, Corlion reprit :

« Il l'a échappé belle et nous aussi. »

Après la traversée de la Loire Lise observa :

« Je n'ai pas reconnu Tours. »

En remarquant un enclos de vignes où des grappes claires se montraient entre les feuilles, Juliette s'exclama avec surprise :

« Mais le raisin est presque mûr !

— C'est dans trois semaines les vendanges. »

Ils reconnurent les toits de Lucé et son clocher, leur jetèrent en silence des regards familiers. Corlion ralentit après le virage, passa la main par la portière pour prévenir l'ambulance. Les deux voitures s'arrêtèrent, laissèrent passer un poids lourd, puis coupèrent la route et s'engagèrent l'une derrière l'autre dans le chemin montant.

« Je descendrai ouvrir le portail », annonça Juliette.

Les deux battants étaient largement ouverts et aussi les fenêtres de la maison. Mme Tuffauge se tenait sur le pas de la porte.

Elle ne les salua pas, elle demanda :

« Il va mourir ?

— Il vient de mourir. »

Avec lenteur elle fit le signe de la croix. Elle était vêtue d'un pantalon et d'un blouson noirs, d'un fichu noir aussi mais semé de pois blancs et d'une casquette de jockey rouge.

« J'étais venue donner de l'air à la maison. Je

vous attendais un peu. Le lit de M. Paul Bâche est prêt avec les draps frais. »

Les ambulanciers réussirent à extraire le brancard et se dirigèrent vers la porte mais Juliette les arrêta. Elle souleva Paul par les épaules.

« Prends-le sous les jarrets », dit-elle à Lise.

Une camionnette à l'enseigne du *Rendez-vous des Ames* s'était arrêtée derrière l'ambulance et Blancherut aidait à descendre le chanoine Plancafort qui se dirigea vers Corlion. Ils contemplèrent le mouvement des deux femmes qui portaient Paul.

« A l'église de Lucé, dit Corlion, il y a une belle copie assez ancienne d'une *Mise au tombeau* de Raphaël.

— Raphaël s'était inspiré de la statuaire antique. Regardez le bras de Paul qui pend flasque, c'est celui du soldat dont la pierre tombale est au musée du Capitole. Et ce bras on le retrouve partout, dans Michel-Ange comme dans le Caravage. »

Elles disparaissaient dans le corridor, emportant leur fardeau, essoufflées ; elles n'étaient plus visibles, leurs voix parvenaient toujours.

« C'est à toi, murmurait Juliette, qu'il a parlé en dernier. Qu'est-ce qu'il a dit ?

— Il regardait cette carte d'Air France où il y avait l'Atlantique, un bout d'Amérique, un bout d'Europe. Il s'est exclamé sur le ton de la récitation : « Ah ! que le monde est grand à la clarté des « lampes ! »

Blancherut vêtu d'un jean orange et d'un vaste blouson ardoise s'approcha.

« Il arrive que les hommes aident les saintes femmes, allons-y.

— Je reste pour régler l'ambulance », déclara Corlion.

Le prêtre et l'aubergiste pénétrèrent dans la maison où l'ombre succéda brusquement à l'extrême lumière d'une matinée écrasante. Les saintes femmes auxquelles Mme Tiffauge s'était jointe s'introduisirent en même temps que la civière dans la chambre. Les boots de Paul hésitèrent et s'effacèrent.

Les deux hommes se savaient inutiles, se tenaient les bras ballants. Plancafort, à la place de son habituelle soutane, portait un pantalon de velours sombre et un pull noir à col roulé sur lequel luisait une petite croix d'argent ou de nickel. Ces deux hommes avaient été formés, dans des régions différentes de la société, par des influences précises qui ne semblaient pas compatibles mais, l'un client, l'autre restaurateur, ils s'étaient entendus facilement et estimés. Pourtant dans ce couloir c'était la première fois qu'ils se regardaient avec la même attente impatiente dans les yeux. Le prêtre comptait sur le brio de l'infatigable bavard et le bavard sur la pratique de la mort que les ecclésiastiques acquièrent dès leur jeunesse. Il aurait été convenable et même nécessaire de dire quelque chose mais rien ne leur venait à l'esprit, ils ne savaient absolument que faire et accueillirent avec élan l'éclat de l'électricité que Corlion allumait en entrant. De la chambre de Paul se glissaient des chuchotements qu'accompagnaient les chants aigus des oiseaux. Le museau pointu de Mme Tiffauge apparut à bon escient pour les sortir de l'embarras où le silence les mettait tous les trois.

« Dans la penderie, déclara-t-elle, il a un complet décent, une chemise blanche, des chaussures, j'espère qu'il a des chaussures noires qui conviendraient mieux, bref laissez-moi m'occuper de sa toilette et chargez-vous de me distraire de ces demoiselles. »

Juliette et Lise sortaient de la chambre. Sans s'être concertés ils s'échappèrent tous du couloir humide, pressés de retrouver l'ardeur du soleil. Ne sachant comment employer leur temps dans l'immédiat, ils s'assirent sur le muret en tournant le dos à la Loire. Le coteau était écrasé par une lourde végétation immobile. Lise, la première, osa parler.

« Et comment avez-vous été prévenus à Lucé ?

— C'est tout simple, belle Lison, je conduisais M. le chanoine à Tours où il avait quelques emplettes à faire, nous vous avons reconnus dans la voiture, l'ambulance vous suivait, nous avons fait demi-tour pour vous rejoindre. Nous nous doutions que c'était grave. Il faut dire que depuis des semaines Mme Tiffauge nous préparait au pire, cette sacrée mémé : Paul ne lui avait pas envoyé de cartes postales, c'était mauvais signe. »

Corlion se racla la gorge avant de se lancer dans le discours qu'il tenait en réserve.

« Nous devons, exposa-t-il en soignant son articulation, nous efforcer d'être heureux de ce qui se passe. Jusqu'au bout il ne s'est douté de rien.

— Et c'est le principal, s'écria Blancherut qui retrouvait son enjouement. Je m'en vais téléphoner à Seguin, le représentant des pompes funèbres, il se chargera des formalités. »

En quelques bonds il eut regagné la maison.

« Quand même il faudrait prévenir ses femmes, soupira Juliette. Vous les connaissez, François, chargez-vous-en. »

Les sacs étaient restés dans l'herbe près de la porte. Elle fouilla dans l'une des poches et en tira le carnet d'adresses de Paul.

« Il commençait à se méfier de sa mémoire. Il notait tout, même les numéros qu'il savait par cœur, même le sien, tenez.

— J'irai dès que Blancherut aura terminé. »

Celui-ci passa son long torse par la fenêtre.

« Hello ! cria-t-il. J'ai les pompes. Les obsèques demain matin ça colle, vous dites la messe, ça va de soi, monsieur le chanoine ? Pas de faire-part, n'est-ce pas ? M. Seguin propose qu'on fasse passer un avis dans *Le Monde* et un autre dans *Le Figaro*. Texte : « On nous prie d'annoncer le décès de

« M. Paul Bâche, cinéaste. Les obsèques religieuses « se sont déroulées dans la plus stricte intimité. » On est vendredi, ça paraîtra lundi. D'accord ? Alors je confirme. »

Mme Tiffauge avait débouché sans bruit de la maison.

« Maintenant il est tout à fait présentable. Si ces messieurs-dames veulent bien me suivre. »

Ils obéirent machinalement et s'engagèrent en file dans le couloir. Mme Tiffauge pénétra la première dans la chambre. Elle offrait Paul avec satisfaction. Il était vêtu d'un complet anthracite et portait des souliers jaunes que Mme Tiffauge avait passés au cirage noir. La chemise était d'une blancheur éblouissante mais le nœud de cravate clochait de sorte que Paul était affublé d'une lavallière. Ses joues étaient bleues.

« Ce n'est pas la peine de le raser, dit Mme Tiffauge, le poil repousserait. »

Blancherut qui les avait rejoints baissa la voix pour annoncer lui aussi avec satisfaction :

« M. Seguin se charge du médecin légiste et des services municipaux d'hygiène. Tout est réglé. »

Juliette, qui avait remarqué sur le marbre de la cheminée un *Laocoon* de bronze, s'adressa sévèrement à Mme Tiffauge :

« Ce bronze avait disparu. Par quel miracle est-il de retour ?

— Cela fait des années que je l'avais emporté chez moi pour le fourbir et il en avait bien besoin. Je le gardais parce que j'avais peur qu'il porte malheur à Paul Bâche.

— Je vous demanderai, murmura le chanoine, de me laisser un moment seul avec le défunt. Avec Paul », ajouta-t-il en rougissant.

Ils sortirent et refermèrent la porte derrière eux. Dans le couloir, Corlion les quitta pour appeler Léone et Germaine. De nouveau la brutalité du soleil les frappa.

« Je ne sais pas pourquoi, observa Lise songeuse, mais ça me fait plaisir de savoir Paul avec un prêtre. »

Elle se ravisa aussitôt :

« D'un autre côté est-ce qu'il souhaitait des funérailles religieuses ?

— Ah ! ne complique pas les choses ! Il se disait incroyant mais les derniers mois il a peut-être changé. De toute façon ses parents avaient été enterrés religieusement et il était beaucoup plus traditionaliste qu'il ne l'avouait.

— Et puis quoi de plus beau qu'une messe ! s'extasia Blancherut. J'ai une proposition à vous faire, poursuivit-il du même élan : il est près de midi déjà, je fais un saut aux « Ames » et je reviens avec un déjeuner froid, froid ça sera plus pratique. Je crois qu'il traîne quelque part une grande table de jardin en métal blanc ajouré ?

— Elle est dans la remise, dit Mme Tiffauge.

— Plantez-la sur l'herbe, ma divine, mettez le couvert. Je fais juste un saut chez moi et la baraque je la confie à Claude-Henri-Bernard. Il embauchera un gamin dans le coin pour servir les Japonais. »

Elles aidèrent Mme Tiffauge à sortir la table de la remise et à la porter devant le muret.

« Pas trop près de l'arbre, ordonna-t-elle, essoufflée, rapport aux oiseaux du Bon Dieu qui vous chieraient sur la tête. Est-ce qu'il s'est vu ? »

Lise comprit la question :

« Il ne s'est pas vu, il dormait.

— En un sens c'est bon mais d'un autre côté il n'a pas eu le temps de se repentir. Moi, je voudrais me voir pour avoir le temps. »

Elle les laissait ; toutes deux se regardèrent puis détournèrent les yeux.

« Nous sommes flapies. Nous devons être laides à faire peur.

— Je n'ai pas envie de faire ma toilette.

— Moi non plus. »

Mme Tiffauge revint pour déployer sur la table une nappe blanche damassée qui était à peine jaunie par l'usage.

« Il y a encore des restes de cristal et d'argenterie, je m'en vais nettoyer, ne venez pas me traîner dans les jambes. »

Corlion se montra, l'air éreinté.

« Germaine a été pareille à elle-même. Elle m'a fait répéter la nouvelle. Elle a henni de ce rire qui faisait peur à Paul, après elle semblait avoir une voix d'homme. Elle m'a demandé si elle pouvait rendre des services, je l'ai asurée du contraire. Elle sera là demain matin avec Hurlu pour la conduire. Léone a perdu la voix, elle. Elle voulait venir tout de suite, elle sanglotait. Elle m'a demandé aussi ce qu'elle allait devenir. Je l'ai convaincue de n'arriver que demain matin. Elle compte sur une amie musicienne pour la transporter. Au fait, Paul a-t-il laissé un testament ? »

Juliette haussa les épaules.

« Il n'a guère à léguer que cette maison pourrie et sa vieille voiture. Où est-elle au fait sa voiture ?

— Il l'avait laissée dans le garage de sa société, s'empressa de répondre Lise, heureuse d'être informée.

— A propos, coupa Juliette, il faut que j'appelle Mlle Beaunon, j'espère qu'elle n'est pas en vacances. Par elle je toucherai peut-être Juaurez, bon, j'y vais. »

Lise et Corlion restèrent seuls, assis sur le muret et troublés par leur silence. Lise se lança :

« Je me demande ce que le chanoine fait ou pense dans la chambre.

— Il lit peut-être son bréviaire.

— Je ne lui en ai pas vu.

— Il en a un dans sa poche revolver. Ou peut-être qu'il prie. Ou qu'il se rappelle l'époque où il nous faisait le catéchisme, et sa jeunesse. »

Il s'interrompit à la vue du chanoine qui sortait d'un pas assez vif et venait s'asseoir auprès d'eux.

« Pour une fois, dit-il, je fumerais bien une cigarette, mais je n'en ai pas.

— Je ne fume plus. Je me le suis interdit et je crois que j'ai réussi. »

Lise s'était levée pour prendre sur la nappe le paquet de Juliette. Le prêtre cueillit une cigarette et Corlion lui offrit du feu.

« Voilà qui est bien, François, tu ne fumes plus mais tu transportes du feu pour les autres. »

Le fracas de la camionnette les surprit. Blanche se rangea entre la table et l'orme et commença de sortir les victuailles enveloppées dans des serviettes blanches.

« De la terrine de lièvre, et de la vraie ! Un rôti de veau froid, notre Paul adorait le veau. Un fromage de ferme qui n'a pas de nom, les gens l'appellent le fromage de vache. Il y a un clafoutis de prunes encore tiède conçu et réalisé par Claude-Henri Bernard. Mon meilleur chinon qui est bien frais. Comme pousse-café une framboise que j'ai déjà entamée, ce qui me donne le droit de vous la garantir. »

Juliette revenait essoufflée.

« J'ai eu Mlle Beaunon. Elle s'est exclamée : « Mon Dieu, j'aurais dû m'en douter, sinon il n'au-« rait pas quitté son poste ! Je serai là demain « matin ! » Elle a appelé Juaurez par le téléphone intérieur. Il ne viendra pas, m'a-t-elle expliqué ensuite. Il paraît qu'il a poussé des hurlements de colère, criant que Bâche n'avait pas le droit de lui faire ça. Elle l'entendait donner des coups de poing sur la table de montage.

— Je le comprendrais volontiers, observa Plancafort, les yeux baissés sur la cigarette qui fumait entre ses doigts. Ce qui me surprend c'est la facilité avec laquelle nous admettons qu'un être disparaisse sous nos yeux. »

Il posa la main sur l'épaule de Juliette et l'entraîna le long du muret. Cette main tremblait.

« Notre ami Corlion, dit-il enfin en baissant la voix, m'a chargé de vous transmettre une requête qu'il n'osait pas formuler lui-même. Cet après-midi, après le passage du médecin légiste, Corlion souhaiterait... »

Elle s'arrêta et lui jeta un regard impatient. Il reprit en précipitant son débit :

« Le cas de Paul est assez exceptionnel pour justifier une autopsie. Corlion voudrait emmener le corps à l'hôpital et procéder au prélèvement du cœur. La blessure sera ensuite bandée, le corps rhabillé, aucune trace visible ne subsistera.

— Et vous approuvez ?

— Ce serait peut-être utile pour la science et la science est peut-être utile.

— Tous les deux ont été vos enfants de chœur ?

— Oui, je les revois très bien.

— Et l'un arrachera le cœur de l'autre... »

Du chemin parvint un pas sonore. Tous deux sautèrent sur la diversion qui les délivrait. Leurs visages épuisés par cet entretien ressemblaient à ceux des coureurs que l'on photographie au paroxysme de leur effort. Ils se retournèrent et virent le baron Chapuseau s'arrêter entre les battants du portail. Il portait des leggins et son habituelle culotte de cheval mais il avait endossé une veste noire beaucoup trop courte et boutonnée hermétiquement qui le boudinait ; il avait également boutonné sa chemise jusqu'au cou mais négligé de passer une cravate. Visiblement il attendait pour entrer d'en être sollicité.

« Faites donc ! » cria Blanche.

Chapuseau s'avança, salua et annonça de sa voix tonitruante qu'ayant appris la funeste nouvelle il venait se recueillir devant la dépouille. Blanche lui lança sur le ton dont il indiquait le chemin des toilettes aux touristes :

« Dans le couloir, deuxième porte à gauche. »

Mme Tiffauge, les bras chargés de fleurs coupées, entreprenait de les glisser dans les vases qu'elle avait disposés sur la nappe.

« Mais vous avez dévasté le jardin ! » s'exclama Plancafort.

Elle avait même coupé les fleurs d'un rosier grimpant, les tiges étaient si courtes que les pétales se noyaient à la surface de l'eau, dominée par la gloire béate des dahlias. Mme Tiffauge souriait de joie, ses yeux pétillaient.

« Après le déjeuner je porterai les vases dans la chambre mortuaire. Et puis j'allumerai les bougies.

— Des bougies en plein jour ? s'étonna Corlion.

— Et à l'église alors, les cierges ne veillent pas pendant la journée ?

— Un petit apéritif s'impose, proposa Blanche qui assis en bout de table brandissait un tire-bouchon. J'ai apporté du pastis à tout hasard.

— Paul prenait du pastis quand il était au soleil, dit Juliette, surtout quand nous allions dans le Midi. »

A l'appel du téléphone elle courut, suivie par Lise. Au moment de décrocher elle hésita.

« C'est peut-être Germaine ou Léone. Réponds, je n'ai rien à leur dire.

— Moi non plus.

— Toi tu peux dire que tu es sa secrétaire. »

Lise prononça un « allô » étranglé puis balbutia :

« Non je suis sa secrétaire. »

Elle rougit aussitôt et posa la main sur l'appareil.

« Là ! là ! C'est Mlle Beaunon. Elle a étouffé en gémissant : « Mais c'est moi sa secrétaire... »

— Précise que tu es la secrétaire du médecin.

— Je suis la secrétaire du médecin, reprit Lise avec une assurance nouvelle due au rôle qu'elle s'attribuait. Que puis-je pour vous ?... Bien, je transmettrai, je prends note. M. Deul faisant les Cyclades ne sera pas présent mais M. Larrivée qui est en vacances à La Baule viendra demain... Non je ne crois pas qu'il y ait d'Interflora à Lucé, procédez plutôt par Tours. »

Elle raccrocha puis regarda Juliette dans les yeux :

« J'ai un ennui. Douze jours de retard.

— Je croyais que tu prenais la pilule ?

— Il y a trois mois mon gynéco m'avait demandé d'interrompre.

— Alors ça serait de qui ?

— Je les ai eues après Jean-Louis, ça serait donc de Paul.

— Quand on interrompt la pilule, des irrégularités se produisent souvent mais cet après-midi nous prendrons un test à la pharmacie. Admettons que ce soit positif, tu le gardes.

— A mon âge et toute seule !

— Quand il naîtra on se débrouillera pour le déclarer sous mon nom, je l'élèverai, si tu veux nous l'élèverons ensemble, sinon tu t'en iras, tu seras libre. »

Elles se turent en apercevant Chapuseau qui se décidait à s'en aller et suivait le couloir en jetant des regards de curiosité autour de lui, puis Lise éclata :

« Tu as assez disposé de moi, je ne marche plus. Je ne suis pas ta chose. Paul aussi tu en avais fait ta chose, tu le traînais autour de la terre comme un enfant. Et Levska ! »

Elle s'échappa en courant. Juliette la rejoignit devant la table éclatante de blancheur. Des insectes tournoyaient autour des fleurs ; les cristaux luisaient dans une lumière étale. Les verres étaient dépareillés, les assiettes aussi. Mme Tiffauge étageait les tranches de terrine dans un long plat bleu marqué d'initiales indéchiffrables. Lise voulut l'aider mais elle fut repoussée :

« Laissez-moi donc à mon travail ! »

Les hommes se tenaient debout derrière les chaises, buvant le pastis. Le bourdonnement de la route s'apaisait, un coq lointain chanta.

« En tout cas, énonça Juliette, c'est moi qui ferai la vaisselle. »

La voix était sans réplique et Mme Tiffauge ne broncha pas.

DU MÊME AUTEUR

LES CORPS TRANQUILLES, La Table Ronde, 1948.
PAUL ET JEAN-PAUL, Grasset, 1951.
NEUF PERLES DE CULTURE (en collaboration avec Claude Martine), Gallimard, 1952.
LE PETIT CANARD, Grasset, 1954.
MAURIAC SOUS DE GAULLE, La Table Ronde, 1964.
LA FIN DE LAMIEL, Julliard, 1966.
AU CONTRAIRE, La Table Ronde, 1967.
CHOSES VUES AU VIET-NÂM, La Table Ronde, 1968.
LETTRE OUVERTE AUX ÉTUDIANTS, Albin Michel, 1969.
LES BÊTISES, Grasset, 1971.
HISTOIRE ÉGOÏSTE, La Table Ronde, 1976.
ROMAN DU ROMAN, Gallimard, 1978.
LE NU VÊTU ET DÉVÊTU, Gallimard, 1980.
LES SOUS-ENSEMBLES FLOUS, Grasset, 1981.
LES DIMANCHES DE Mlle BEAUNON, Grasset, 1982.

Composition réalisée par C.M.L., Montrouge

IMPRIMÉ EN FRANCE PAR BRODARD ET TAUPIN
7, bd Romain-Rolland - Montrouge - Usine de La Flèche.
LIBRAIRIE GÉNÉRALE FRANÇAISE - 14, rue de l'Ancienne-Comédie - Paris.
ISBN : 2 - 253 - 03130 - 5

30/5732/0